Tucholsky  Wagner       Zola        Scott             Schlegel
Turgenev     Wallace         Fonatne  Sydow    Freud
   Twain    Walther von der Vogelweide   Fouqué      Friedrich II. von Preußen
                Weber                 Freiligrath                     Frey
Fechner       Weiße Rose                Kant     Ernst
       Fichte           von Fallersleben        Richthofen   Frommel
           Engels       Fielding     Hölderlin
   Fehrs    Faber              Eichendorff    Tacitus    Dumas
                         Flaubert    Eliasberg                Ebner Eschenbach
   Feuerbach  Maximilian I. von Habsburg  Fock        Zweig
                          Ewald          Eliot                       Vergil
         Goethe                                      London
Mendelssohn  Balzac   Shakespeare   Elisabeth von Österreich
                    Lichtenberg   Rathenau      Dostojewski      Ganghofer
      Trackl  Stevenson                  Doyle        Gjellerup
Mommsen          Tolstoi    Hambruch
       Thoma              Lenz         Hanrieder  Droste-Hülshoff
Dach         Verne  von Arnim   Hägele      Hauff         Humboldt
       Reuter                Rousseau   Hagen                        Gautier
   Karrillon      Garschin                    Hauptmann
         Damaschke    Defoe        Hebbel    Baudelaire
                        Descartes              Hegel      Kussmaul   Herder
Wolfram von Eschenbach              Schopenhauer
          Darwin       Dickens              Rilke      George
    Bronner        Melville        Grimm  Jerome          Bebel
       Campe     Horváth    Aristoteles                        Proust
Bismarck   Vigny           Barlach  Voltaire   Federer         Herodot
              Gengenbach         Heine
   Storm   Casanova              Tersteegen           Grillparzer   Georgy
         Chamberlain   Lessing   Langbein      Gilm
Brentano                                                 Gryphius
     Strachwitz     Claudius    Schiller   Lafontaine
                                          Kralik    Iffland  Sokrates
        Katharina II. von Rußland    Bellamy  Schilling
                              Gerstäcker   Raabe    Gibbon    Tschechow
 Löns     Hesse   Hoffmann      Gogol           Wilde         Vulpius
    Luther    Heym   Hofmannsthal                Morgenstern   Gleim
        Roth            Klee    Hölty                        Goedicke
   Luxemburg   Heyse  Klopstock     Puschkin   Homer    Kleist
                La Roche                Horaz      Mörike
    Machiavelli             Kierkegaard                           Musil
Navarra  Aurel   Musset             Kraft    Kraus
                         Lamprecht  Kind                        Moltke
   Nestroy   Marie de France     Kirchhoff  Hugo
                            Laotse     Ipsen   Liebknecht
   Nietzsche    Nansen                                    Ringelnatz
            Marx   Lassalle   Gorki    Klett
 von Ossietzky  May                         Leibniz
                   vom Stein  Lawrence                    Irving
   Petalozzi
        Platon     Pückler                   Knigge
     Sachs   Poe        Michelangelo              Kock   Kafka
                                      Liebermann
         de Sade  Praetorius     Mistral       Zetkin    Korolenko

Der Verlag tredition aus Hamburg veröffentlicht in der Reihe **TREDITION CLASSICS** Werke aus mehr als zwei Jahrtausenden. Diese waren zu einem Großteil vergriffen oder nur noch antiquarisch erhältlich.

Symbolfigur für **TREDITION CLASSICS** ist Johannes Gutenberg (1400 — 1468), der Erfinder des Buchdrucks mit Metalllettern und der Druckerpresse.

Mit der Buchreihe **TREDITION CLASSICS** verfolgt tredition das Ziel, tausende Klassiker der Weltliteratur verschiedener Sprachen wieder als gedruckte Bücher aufzulegen – und das weltweit!

Die Buchreihe dient zur Bewahrung der Literatur und Förderung der Kultur. Sie trägt so dazu bei, dass viele tausend Werke nicht in Vergessenheit geraten.

# Luther in Rom

Levin Schücking

# Impressum

Autor: Levin Schücking
Umschlagkonzept: toepferschumann, Berlin

Verlag: tredition GmbH, Hamburg
ISBN: 978-3-8472-6665-5
Printed in Germany

Rechtlicher Hinweis:
Alle Werke sind nach unserem besten Wissen gemeinfrei und unterliegen damit nicht mehr dem Urheberrecht.

Ziel der TREDITION CLASSICS ist es, tausende deutsch- und fremdsprachige Klassiker wieder in Buchform verfügbar zu machen. Die Werke wurden eingescannt und digitalisiert. Dadurch können etwaige Fehler nicht komplett ausgeschlossen werden. Unsere Kooperationspartner und wir von tredition versuchen, die Werke bestmöglich zu bearbeiten. Sollten Sie trotzdem einen Fehler finden, bitten wir diesen zu entschuldigen. Die Rechtschreibung der Originalausgabe wurde unverändert übernommen. Daher können sich hinsichtlich der Schreibweise Widersprüche zu der heutigen Rechtschreibung ergeben.

Text der Originalausgabe

Levin Schücking

# Luther in Rom

Ich wollte nicht hunderttausend Gülden nehmen, daß ich Rom nicht gesehen hätte.
*Dr. Martin Luther*

## Vorbemerkung

Man spricht heute von einer »Lutherrenaissance«. Die Gestalt und das Werk des deutschen Reformators sind in Kampf und Not der Gegenwart aufs neue wieder bei Freund und Feind lebendig geworden. Bedeutsame literarische Erscheinungen theologischer, historischer und politischer Art geben davon Zeugnis. Daneben hat auch die dichtende Phantasie ihr gutes Recht, sofern sie sich im Rahmen des geschichtlich Wahrscheinlichen und Möglichen hält. Der gestaltende Trieb bemächtigt sich begreiflicherweise mit Vorliebe jener Gebiete, für welche geschichtliche Quellen spärlich fließen oder ganz fehlen. Es ist mancher Lutherroman in neuester Zeit geschrieben worden, keiner jedoch hat Levin Schückings »Luther in Rom«, der im Jahre 1870 erschien, in Schatten zu stellen vermocht, sowohl was die literaturgeschichtliche Bedeutung des Verfassers, als auch was die Problemstellung anlangt. Schückings Romandichtung, die längst vergriffen ist, darf im Chor der Stimmen nicht dauernd fehlen. Sie verleugnet zwar nicht den Geist der Zeit ihrer Entstehung, aber sie ist heute noch – und heute wieder – von einer oft überraschenden Neuheit, z.B. da, wo sie das Kulturevangelium der Kunst, das in Rafael verkörpert ist, und die Gottesbotschaft Christi, die in Luther ihren unbeirrbaren Vertreter findet, einander gegenüberstellt. Nur einige allzu weit ausgesponnene Dialoge und das gar zu üppig wuchernde Rankenwerk der Reflexionen mußten da und dort beschnitten werden.

**Erster Teil**
# Egino

## 1. Die Zeit

Die Zeit unserer Erzählung ist das Jahr 1510.

In diesem Jahre war Luther, der Apostel der freien Innerlichkeit, siebenundzwanzig Jahre alt, und eben so alt war Rafael, der Apostel der freien Schönheit. Sie sind in einem Jahre geboren.

Und im Jahre 1510 sind sie einander in den Mauern der ewigen Stadt begegnet.

Die Zeit war nicht christlich und die unsere ist wenigstens auf dem Wege es zu werden, auf dem Wege zu erkennen, daß Christus der Apostel des Friedens, der Duldung und der Menschenliebe ist und daß sein Kultus in der Ausübung der Brüderlichkeit bestehen muß, welche Hand in Hand geht mit dem Erkennen, daß im letzten Grunde die Interessen aller Menschen solidarisch und gemeinsam sind.

Das Christentum ist die Aufhebung der Grenzen und Schranken. Die Menschen jener Zeit aber hatten noch hundertfache Grenzen und Schranken um sich liegen. Die enge Schranke war die Signatur des Lebens; die Welt war mit tausendfach sich durchzirkelnden Grenzen bedeckt – den Grenzen der Zunft und der »Geschlechter« innerhalb der Gemeinwesen, um welche wieder die Grenzen des weltlichen oder geistlichen Kleinstaats, dem sie angehörten, lagen; die Grenzen des Kleinstaats wurden wieder von den Grenzen des Stammesganzen und diese von denen des Reiches, der Nation, umschlossen. Nach Ort, nach Geburt, nach Sprache und nach Besitz oder nach der Abstufung eines größeren oder geringeren Rechts auf Leben, Genuß und Bewegung waren diese eingeschachtelten Menschen hundert- und tausendfach abgeteilt und von einander getrennt. Der allgemeinste und mächtigste Gedanke, welcher das Leben beherrschte, war ein gründlich dem Christentum widersprechender. Es war ein allgemeines Sichüberheben des einen über den anderen, ein allgemeines Sichbesserdünken. Es war der Stolz, der sich breit machte bald in der gewalttätigsten Handlung, bald in der grausamsten Geltendmachung des Vorrechts.

Wir haben diese Schranken überwunden. Es gibt für uns auch nicht mehr zwei Welten, eine helle und sonnige und eine dunkle und kalte; eine Oberwelt und eine Unterwelt, eine Welt der Gewalt und eine Welt des Leids; jene für die Berechtigten, zum Genuß Geborenen, und diese für die Rechtlosen, Duldenden.

Da liegt der Unterschied zwischen damals und heute. Der Kampf, den die Menschen von 1510 unter einem egoistischen Banner um ihre freie Selbstbestimmung führten, konnte deshalb mit einer Niederlage enden, und in die furchtbare Reaktion am Ende des sechzehnten und im siebzehnten Jahrhundert auslaufen.

Der Kampf, den unsere Zeit unter dem christlichen Banner der Humanität, die gleiches Recht für alle, Sonne und Licht für alle, für die Hochgeborenen sowohl wie für den armen Konrad verlangt, kann nicht mehr mit einer Niederlage enden. Sie hat das siegverbürgende Zeichen: *in hoc signo vinces*. Dies Zeichen ist nicht zu überwältigen, es ist ewig, weil es das Symbol des Teiles ist, den die Menschennatur am Ewigen hat.

## 2. Der Herrscher

Der erste große Sieger in dem Kampfe um die Reformation der Gewalten, den das sechzehnte Jahrhundert erhob, war ein armer deutscher Mönch, eine große und mächtige Natur, in dem ein genialer Verstand, ein bewundernswürdiger Mut und ein tiefes deutsches Gemüt sich begegneten. Er forderte das Recht der Glaubensfreiheit für sein Volk, sein gesamtes unterdrücktes Volk zurück; und dieses humane Element in seinem Kampfe hat ihm den Ausschlag gegeben.

Wie viel hat zu dieser Seite seines Wirkens der Umstand beigetragen, daß er selbst den Sitz der Unterdrückung seines Vaterlandes kennen lernte?

Die Bücher der Geschichte geben uns wenig Andeutungen darüber. So bleibt unsern Gedanken aller Spielraum, um diese Lücke auszufüllen; unsrer Teilnahme für seine Gestalt bleibt die Freiheit ihn mit dem Herzen intuitiv auf seinen Wegen durch den Ort zu begleiten, wo in ihm der Drang entstehen oder doch zum Entschlusse reifen mußte das große Werk zu versuchen, das, wenn es auch ohne seine Schuld nur halb gelang, doch ein ganzes war. Denn seine Hand grub das Bett, in welchem in den Jahrhunderten nach ihm der Menschengeist dahinströmte, bis dieser Strom höher und höher schwoll und endlich übertretend den Boden Europas zu dem großen fruchtbaren Ackerfeld machte, in dem die Gedankenfreiheit unsrer großen Männer keimen und aufgehen konnte, um die Welt zu ernähren, bis ihr das Mark der Tat gekommen. –

Es ist nur vorauszusenden, daß um 1510 die Menschheit eben das Schauspiel der Regierung Alexander Borgias gehabt hatte, und daß jetzt auf dem höchsten Throne der Christenheit Papst Julius II. aus dem Hause Della Rovere saß, ein Mann, der mit seinem Vorgänger verglichen uns Achtung einflößt, wenn auch Ludwig XII. von Frankreich empört wider ihn sein: *Perdam Babilonis nomen* auf Münzen schlagen ließ.

Papst Julius war ein starker, willenskräftiger, zorniger, in seinen Mitteln nicht wählerischer Charakter. Er war ganz geschaffen das Werk der vollständigen Verweltlichung seiner geistlichen Gewalt und Würde, das die Weltlage dem Papsttum aufgedrungen, das die

Sixtus IV. und Alexander VI. begonnen, glorreich durchzuführen. Seine Natur war die eines klugen und tapferen Soldaten; er hatte die Ehrlichkeit eines Soldaten, wenn er nicht für Angehörige und Nepoten und sein Haus, sondern einzig für die Kirche eroberte und abrundete, bis er von Piacenza bis Terracina herrschte, und so zugleich den Ehrgeiz sättigte, den seine Zeitgenossen ihm vorwarfen, wenn sie sagten, er wolle der »Herr und Meister des Spieles der Welt« sein.

Julius II. gründete den Staat der Kirche. Sein Nachfolger, der Medicäer Leo X. baute diesem Staate die Hauptstadt aus. Unter ihm gestaltete sich im Trümmerwust alter Zerstörung, aus dem sich die Bauten und Schöpfungen Julius II. noch oft wie Inseln erhoben, das heutige neue Rom.

## 3. Der Glockengießer von Ulm

An einem Vormittag in den ersten Tagen des Maimonats jenes Jahres 1510 ritt ein stattlich gebauter, aber noch junger Mann unfern von Rom, an der Nordseite der Stadt, einen steinigen Pfad hinauf, der zwischen alten und zerbröckelnden Weinbergmauern hinführte.

Es war in der Gegend jenes kleinen gemauerten Tunnels, den man Arco Oscuro nennt.

Der Reiter trug einen schwarzen, mit dunkelroter Seide gefütterten Rock und an seinem schwarzen Samtbarett die lange weiße Straußenfeder links, was ihn als Ghibellinen erkennen ließ; denn was Guelfe war, trug sie rechts. Auf seiner Brust glänzte ein goldenes Kleinod, das von einer goldenen Kette niederhing; und da er zu jung schien, um eine solche Gnadenkette als einen fürstlichen Lohn für seine Verdienste im Krieg oder Frieden erlangt zu haben, so mußte er sie seiner hohen Geburt verdanken. In der weit über die Knöchel hinauf behandschuhten Rechten schwang er eine weiße Reitgerte und an seiner linken Seite nieder hing ein langes Rappier mit einem großen schützenden Korbe, dessen Bügel eine fein ziselierte Arbeit zeigte.

Der junge, etwa fünfundzwanzig Jahre zählende Mann war ein deutscher Fürstensohn. Er hieß Egino von Ortenburg; sein älterer Bruder war der regierende Graf in dem kleinen deutschen Reichslande, in welchem der junge Reiter daheim war, und er selbst nach Rom gesendet, um dort eine Angelegenheit seines Hauses zu betreiben.

Der Weg, den er auf seinem Spazierritte verfolgte, lief über den Kamm der Bodenerhebung, welche sein Pferd eben überschritt, weiter, um abwärts in ein freies Gelände auszumünden, in ein Stück der Campagna, durch das man in der Entfernung von fünf Minuten oder wenig mehr den jetzt wasserreichen und bis an seinen Uferrand vollgeschwellten Tiber erblickte. Doch eine gute Strecke noch bevor der Reiter den Fluß erreichte, kam er an jene unter hohen alten Bäumen liegende ummauerte Quelle, die von dem mineralhaltigen Wasser den Namen Aqua Acetosa führt.

Unter dem Schatten der Bäume an dieser Quelle traf er drei Wesen an, über die er lässig seine Blicke hinschweifen ließ, Blicke von jener flüchtigen Art, die sehen und doch nicht wahrnehmen. Schenken wir, während der junge Mann so teilnahmslos weiterreitet, dieser Gruppe die Aufmerksamkeit, die sie ihm nicht abzugewinnen vermag.

Sie befand sich jenseits einer niederen, etwa drei Fuß hohen Mauer, welche den Bering der Quelle umfaßte und bestand aus einem jungen Burschen, einem alten Mann und einem alten Esel.

Des alten Esels hätten wir zuerst erwähnen müssen. Denn dieses Mitglied der kleinen Familie trug einen Saumsattel und an jeder Seite desselben zwei große mit Habseligkeiten vollgepackte Körbe. Dem Bürdenträger aber, dem von allen Belasteten, dem Sorgenträger, dem Packesel in einer Familie sollte in jeglicher Weise der Vorrang gebühren.

Der alte Mann war wie der Esel klein und sehr häßlich. Obendrein war er sehr verwachsen. Er hatte eine Nase in seinem rotbraunen Gesicht, die den Ehrgeiz gehabt zu haben schien, an jeder Stelle eben so schnell anzukommen, wie der weit vorgewölbte Brusthöcker unter ihr ankam, und so war sie sehr, sehr weit in die Luft hinausgewachsen. Sie drückte, wenn sie anders echt und nicht, was man hätte denken können, von Pappe war, außerordentliche Tatkraft aus, und auch das vorgeschobene Kinn tat das; aber die kleinen graugrünen Augen zerstörten diesen Eindruck, sie hatten etwas außerordentlich Unstetes und Scheues, sie machten diesen Mann mit der Nußknackerfigur noch abschreckender.

Der junge Bursche hatte krauses blondes Haar, ein von Sonne und Staub gebräuntes oder mehr gelb gewordenes Gesicht, das vielleicht nur gewaschen zu werden brauchte, um es zu einem recht hübschen Knabenantlitz zu machen; wenn die ziemlich fein geschnittenen Züge auch unregelmäßig und ein wenig ineinandergedrückt, nicht in großen und einfachen Linien entwickelt waren. Er hatte das Haar sorgsam gescheitelt; dies und die auffallend sanften blauen Augen gaben ihm etwas Mädchenhaftes.

Als der Reiter an der Umfassungsmauer des Quells vorüberritt, hinter welcher die Gruppe sich befand, scheute sein Pferd – vielleicht vor der Häßlichkeit des Mannes; es machte einen Seitensprung und dabei fiel ein Gegenstand klirrend zu Boden.

Graf Egino beruhigte das Tier, indem er die Zügel verkürzte und es zusammennahm; dann, auf den Boden blickend und mit seiner Reitgerte darauf deutend, rief er in italienischer Sprache dem Jungen zu:

»Du da, komm und nimm mir das auf!«

Es war eine kleine länglich viereckige Silberplatte, auf die er hindeutete; sie war von dem mit solchen Plättchen belegten Zaume seines Pferdes abgesprungen und bei der heftigen Bewegung desselben fortgeschleudert worden.

Der junge Mensch sah ihn an, ohne sich zu rühren.

Der Reiter lenkte sein Pferd dicht an die Mauer und seine Gerte schwingend, rief er noch einmal:

»He, Schlingel, rühr' dich und heb mir das Stück Metall auf!«

»Ich will nicht!« sagte der Bursche, die Brauen zornig zusammenziehend und den Reiter vollständig ruhig anblickend.

Im selben Augenblicke fuhr die Reitgerte nieder – der Schlag war auf das Gesicht des Knaben gezielt; eine rasche Kopfbewegung desselben machte, daß er nur die linke Schulter traf.

Der Bucklige hatte bisher nur mit einer gewissen Apathie, den Kopf über seine Achsel gewendet, dem, was vorging, zugesehen; jetzt fuhr er mit der Plötzlichkeit einer Heuschrecke in die Höhe und schwang sich mit einer wunderbaren Behendigkeit auf den Rücken der Mauer; mit derselben Behendigkeit war eine furchtbar große und kräftige, auf der oberen Fläche dunkel behaarte Faust in die Zügel des Pferdes gefahren und hielt sie wie mit eisernem Griffe. Das Pferd setzte zum Steigen an; die Faust hielt es wie eine Klammer am Boden nieder; der Reiter aber sah mit einem offenbaren Erschrecken in das Gesicht des buckligen Wesens auf der Mauer vor ihm – dies durch Zorn und Rachedurst entstellte Gesicht hatte etwas von einem nicht menschlichen Ungeheuer, und eine übermenschliche Kraft schien ja auch in der Hand zu liegen, die sich nach dem Reiter ausstreckte, um ihn vom Pferde zu reißen.

Dies wäre wahrscheinlich auch geschehen, obwohl sich Egino zurückwarf und mit der Rechten nach seinem Degenkorb fuhr, wenn nicht der Knabe, seine rechte Hand auf die getroffene Schulter drückend, ausgerufen hätte:

»Laßt ihn, Ohm, laßt ihn, stellt kein Unglück an!«

Der Knabe rief dies in deutscher Sprache. Das erzürnte Ungetüm aber schien an einen willenlosen Gehorsam gegen den jungen Menschen gewöhnt; es ließ den Zügel fahren und lachte nun dem Reiter grinsend ins Gesicht, ein Lachen, das etwas Verrücktes hatte, wenn es nicht sagen sollte:

»Sieh, ich könnte dich erwürgen und zerbrechen, wenn ich wollte!« und nur die Freude über diese Überlegenheit an Kraft ausdrückte.

Graf Egino beruhigte sein Pferd.

Dann sagte er, ebenfalls in deutscher Sprache:

»Ihr seid Deutsche, Landsleute? Nun, dann tuts mir leid, daß ich Dich geschlagen habe, mein Junge, wie einen nichtsnutzigen römischen Ragazzo, für den ich Dich hielt. Du hättest mir aber auch mit ein wenig Freundlichkeit und sehr wenig Mühe die Last sparen können abzusteigen.«

»Das hätt' ich auch getan«, antwortete zu deutsch der junge Mensch, »hättet Ihr mich anständig darum gebeten. Jetzt freut's mich, daß ich's nicht getan, wenn Ihr auch ein Deutscher seid; denn Euer rohes Benehmen beweist, daß Ihr eine noch so geringe Gefälligkeit auch von Landsleuten nicht verdient.«

Egino sah den Knaben betroffen an; sein Auge glitt wie forschend über die schlanke weiche Gestalt im einfachen schwarzen Tuchrock. Dann antwortete er mit einem Tone gutmütigen Scheltens:

»Nun, nun, nichts für ungut; ist bei mir die Hand vorschnell, so ist's bei Dir die Zunge, Bursche. Schließen wir Frieden und machen's beide wieder gut, ich mit der Hand den Schlag, Du mit der Zunge Dein Schelten – da ist meine Hand!«

Er reichte, sich niederbeugend, dem Knaben die Rechte.

Dieser nahm sie und sagte versöhnt:

»Ich bin's zufrieden und will auch nächstens, wenn Ihr mich nur hübsch darum bittet, aufheben, was Ihr verloren habt.....«

»Was ich verloren habe«, fiel Egino mit einem flüchtigen Lächeln ein, »von dem wirst Du wenig aufzuheben finden... man verliert mancherlei gute Dinge freilich auf dem Wege vom zwanzigsten zum dreißigsten Jahre, besonders wenn dieser Weg über Rom führt! Aber sind sie verloren, so sind sie nicht wiederzufinden.«

»Es wird doch weder Euer Kopf, noch Euer Herz, weder Euer Ruf, noch Euer Mut unter den Dingen sein, die Ihr verloren habt!«

»Zum Teufel«, sagte Egino, diesmal mit wahrer Überraschung in die sanften, sprechenden Augen des Knaben blickend, »Du hast wenigstens einen frühreifen Mutterwitz auf dem Wege aus Deutschland hieher *nicht* verloren. Es wundert mich nur, daß Du damit Dich hieher auf die Strümpfe gemacht hast ... der deutsche Mutterwitz und die deutsche Klugheit stehen hier nicht sehr im Preise, deutsche Dinge überhaupt nicht, es wäre denn das deutsche Geld.«

»Mit deutschem Gelde kommen wir eben auch!« versetzte der junge Mensch wie mit ruhigem Selbstbewußtsein.

»Mit deutschem Gelde?«

Der Bucklige, der unterdes von der Mauer niedergeglitten war, seine beiden Ellbogen darauf gestemmt hatte und auf diese den Kopf, um so mit einem stillen und zufriedenen Grinsen den Reiter an der andern Seite der Mauer anzustieren, fuhr jetzt plötzlich zu seinem jungen Begleiter herum.

»Irmgard!« rief er verweisend mit einer barschen, grollenden Stimme.

»Seid still, Ohm, ich weiß, was ich sage.«

»Irmgard?« rief der Reiter verwundert und gedehnt.

»So nenne ich mich«, sagte Irmgard offen.

»So nennst Du Dich«, entgegnete Egino lächelnd, »und ich, ich nenne mich einen Dummkopf, daß ich's nicht gleich sah, daß Du ein Mädchen bist; ich hätt's Dir an den Augen ansehen können. Nun tut's mir doppelt leid, daß ich Dich geschlagen habe.«

»Mir nicht.«

»Dir nicht? Weshalb nicht?«

»Weil es ein rohes Unrecht war, das Ihr beginget, und weil Ihr als ein ehrlicher deutscher Mann es nun gutzumachen suchen müßt. Und das ist just, was uns dienen kann, dem armen, dummen, häßlichen, lieben Ohm Kraps da und mir. Wir kommen schutzlos und allein – der Ohm hat's so gewollt – in dies fremde Land, unter fremde Menschen, die mir, je mehr ich von ihnen sehe, desto weniger gefallen; und da müssen wir den Himmel segnen, wenn wir jemanden finden, der uns nun raten und zu Hilfe kommen muß!«

Egino sah das junge Mädchen eine Weile schweigend an, dann schwang er sich aus dem Sattel, band sein Pferd an einen der nächsten Weidenbäume und nun setzte er sich auf die Mauer, verschlang die Arme auf der Brust, und während Irmgard sich von der inneren Seite her an die Mauer lehnte, sagte er:

»Du hast auch darin recht. Ich bin auch bereit Euch mit Hilfe und Rat beizustehen, wenn Ihr ihrer hier bedürft; freilich vermag ich selber nicht viel hier und bin ein Fremder, aber ich bin der Graf Egino von Ortenburg, kenne die Stadt, welche ihr betreten werdet, seit Wochen und jedenfalls habe ich mehr Freunde darin als Ihr. Also sprich, was kann ich für Euch tun?«

Irmgard schien durch die Mitteilung des jungen Mannes, daß er solch ein vornehmer Herr, durchaus nicht betroffen zu sein. Hatte sie es an seinem Wesen sogleich erkannt oder hatte die weite Wanderung sie davon entwöhnt sich über etwas verwundert zu zeigen – oder lag das in ihrem Charakter, der sich überhaupt durch ein eigentümlich gehaltenes und ruhiges Wesen aussprach? Sie antwortete nur:

»Wir sind nicht so vornehm. Wir sind aus Ulm daheim. Mein Ohm Kraps ist ein Glockengießer. Er ist sehr geschickt in seiner Kunst. Er kann auch Geschütze gießen, Schlangen, Falconette und andere Rohre. Und er hat viel Geld dabei verdient. Das hat er gespart und dann hat er noch eine Erbschaft dazu gemacht ...«

»Ja, ja eine Erbschaft!« sagte hier Ohm Kraps mit einem wunderbaren schlauen Lachen, das er noch still in sich hinein fortsetzte, als Irmgard schon längst weiter redete.

»Ich bin«, sagte sie, »eine Waise, des Ohms Schwestertochter. Er hat mich bei sich aufgenommen; als ich größer wurde, hab ich ihn gepflegt und seinen Haushalt besorgt. Dafür, war immer sein Reden, werde er mich in die Welt führen, sobald ich erwachsen sei. Er führte immer solch ein Gerede von Reisen und in die Welt gehen. Er mochte nicht in Ulm sein, es war ihm wie verleidet seit Jahren. Wenn die Glocken reisen, kann ich auch reisen, sagte er. Am Donnerstag in der letzten Karwoche sagte er: Heute nacht fliegen die Glocken, die ich gegossen habe, nach Rom, da tauft sie der Papst. Wenn das Frühjahr kommt, will ich auch nach Rom. Mich treibt es fort mit Gewalt.

Nichts hält mich mehr, Irmgard; ich will sehen, was die Glocken in der nächsten Karwoche in Rom machen. Du wirst mit mir gehen. Wir wollen einen Esel kaufen, einen Esel und einen Saumsattel mit zwei Tragkörben. Er wird unsere Sachen und mein Geld tragen. Mit dem Gelde will ich in Rom ein Herr werden, so gut wie der Stadtschreiber und der Syndikus von Ulm sind. Mit Geld kann man in Rom ein Herr werden und das will ich werden. Sie haben mich hier lange genug den krummen Silberdieb, den Speiteufel genannt; lange genug hat jeder, der mich sah, getan, als koste es ihm als Eintrittsgeld mich ansehen zu dürfen, einen Spaß; er müßt's mit einem neuen Witz- oder Spott- oder Schimpfwort auf meine Gestalt wett machen. Lange genug, Irmgard und ich hab's satt. Nun, da Du groß und erwachsen bist, will ich fort. Ich will ihnen keine Glocken mehr gießen. Die ich gegossen habe, reichen hin, um sie alle zu Grabe oder als arme Sünder zum Galgen zu läuten, wohin sie gehen mögen! Ich will ein Herr werden. In Rom. Da kann man's. Der Stadtpropst hat's mir gesagt. Man bekommt ein großes lateinisches Pergament darüber und einen Titel und eine blaue Schaube mit einem breiten silbernen Bord rund herum, oder auch eine rote mit einem goldenen, und dazu bekommt man jährlich so viel, daß man reichlich seine Lebsucht hat. Nicht wahr, Ohm, so habt Ihr gesagt?«

Ohm Kraps nickte vergnügt mit dem Kopfe.

»So habe ich gesagt«, antwortete er. »So war es, Irmgard. Ich will aber lieber die rote Schaube. Wenn mein Geld für die rote langt, so will ich lieber die rote.«

Egino schüttelte verwundert über die seltsamen Waller den Kopf.

»Und was wollt Ihr denn werden?« wendete er sich an den Glockengießer. »Präsident der Getreide-Kommission, Sekretär der Breven oder Inspektor der Maut; Assessor des Salzkollegiums, Türsteher, Jannicer, Abbreviator des Papstes ... Ihr könnt freilich das alles werden, falls Ihr ein so reicher Mann seid ... und Deutsche gibt es genug unter all diesen Leuten – aus aller Herren Länder sind sie und vorab Deutsche. Papst Julius hat eben begonnen hundert neue Schreiber des Archivs zu ernennen; genügt Euch so etwas, so habt Ihr nur siebenhundertfünfzig Scudi dem Thesaurar des Papstes zu zahlen ...«

»Siehst Du, Irmgard, siehst Du?« wendete sich mit dem ganzen Gesicht lachend Ohm Kraps an das junge Mädchen. »Just so hat's der Stadtpropst gesagt; er hat mich nicht belogen, wie Du immer glaubtest. Und ein treffliches Zeugnis über meine Kunst und meine gute Lebensart und meinen erbaulichen Wandel all mein Lebzeiten hat er mir mitgegeben und nun will ich damit zum ... Wie nanntet Ihr den Mann, Herr?«

»Den Thesaurar Sr. Heiligkeit ...«

»Thesaurar des Papstes gehen ... Zäume den Esel auf, Irmgard. Der Stadtpropst hat mich nicht belogen. Zäume den Esel auf, Kind, wir wollen nun weiter.«

»Dann will ich dem Stadtpropst Abbitte tun«, sagte Irmgard; »ich habe immer die Sorge gehabt, er habe Euch just so gut zum Besten, wie die ganze Stadt glaubte Euch zum Besten haben zu dürfen.«

Damit wendete sie sich, um den am Boden liegenden Zaum des Esels aufzunehmen und dem Tiere überzuwerfen.

Graf Egino hatte unterdes seine Augen von dem Ohm auf die Nichte und von dieser wieder auf den Ohm gleiten lassen. Jetzt folgten seine Blicke den ruhigen und anmutigen Bewegungen Irmgards und dabei sagte er:

»Aber Ihr habt nur erst die Hälfte Eurer Geschichte erzählt, und wenn ich hier in Rom Euer Freund und Berater sein soll, so muß ich sie doch ganz wissen. Habt Ihr um der Sicherheit auf der Wegfahrt willen dies Knabengewand angelegt, Irmgard?«

»Es war ja nicht anders tunlich«, versetzte sie, von der Beschäftigung mit dem Tiere sich halb zu ihm zurückwendend. »Wir mußten, um immer sichere Herberge zu finden, von Kloster zu Kloster ziehen; ein Mädchen hätten die frommen Väter, die uns Obdach und Mahlzeiten gewährten, in ihre Klausur nicht aufgenommen; und hätten wir deshalb um ein Nachtlager an ein Nonnenkloster geklopft, so würden die Nönnchen wohl ein großes Geschrei beim Anblicke dieses armen Ohms erhoben und ihn fortgewiesen haben, obwohl er doch gar nicht verführerisch aussieht. So mußte schon einer von uns sein Geschlecht wechseln, und da Ohm Kraps«, setzte Irmgard mit einem schelmischen Lächeln hinzu, »keine Naturanlage zeigte ein reputierliches Frauenbild zu werden, so mußte ich schon ein Knabe werden.«

»Und ein ganz hübscher dazu!« sagte Graf Egino, immer mehr von dieser Erscheinung angezogen, deren einfache Aufrichtigkeit und Offenheit etwas um so Gefallenderes für ihn hatte, je mehr sie in Kontrast standen mit dem ganzen Wesen der Welt, in der er seit Monden gelebt.

»Wollt Ihr jetzt wirklich aufbrechen?« fuhr er fort. »Drängt es den Ohm Kraps so sehr sich in der blauen oder roten Schaube zu sehen?«

»Ihr seht es«, antwortete Irmgard lächelnd. »Wir werden in die deutsche Wallfahrer-Herberge einkehren – die guten Mönche in Baccano, wo wir zur Nacht waren, haben uns die Lage beschrieben, und so werden wir wohl hinfinden; der Ohm Kraps findet überall Weg und Steg.«

»Wohl denn«, versetzte Graf Egino, »ich will dahin kommen nach Euch zu sehen. Und wenn Ihr meiner bedürft, findet Ihr mich im Albergo del Drago, in der Via della Mercede, an San Sivestro – könnt Ihr Euch das einprägen?«

»O ja ... Albergo del Drago – Via della Mercede, an San Silvestro«, wiederholte das Mädchen ... »ich finde mich schon hin, wenn uns etwas zustoßen sollte, was den Ohm und mich zwänge, um Rat zu Euch zu gehen. Auf dem Wege hieher haben wir zu welschen gelernt, der Ohm und ich, daß Ihr Eure Freude daran hättet, Graf Egon ...«

»Egino ... Graf Egino von Ortenburg ...«

»Graf Egino von Ortenburg ... und nun gehabt Euch wohl ... Euer Roß wird ungeduldig darüber, daß Ihr an uns geringe Leute so viel Zeit verwendet – es ist hochmütiger als sein Herr, scheint es!«

»Das ist leicht möglich, wenn der Herr ein so bescheidener Gesell«, lachte Graf Egino, reichte Irmgard noch einmal die Hand, nickte dem grinsenden Glockengießer zu und wendete sich sein Roß wieder zu besteigen.

Als er sich aufgeschwungen und weitergeritten, blickte er noch ein paarmal auf seine neuen Bekannten aus der Heimat zurück und sah, wie sie aufbrachen. Irmgard schritt voraus, der Esel folgte, zuletzt kam mit wegwunden Füßen humpelnd Ohm Kraps. So zogen sie der ewigen Stadt zu.

»Ein paar seltsame Klienten, die ich mir da gewonnen habe«, sagte sich Graf Egino endlich »gewonnen durch einen Hieb meiner Reitgerte!«

»Wunderlich«, fuhr er dann, als sie aus seinem Gesichtskreise verschwunden waren, fort, »es ist mir seitdem zu Mute, als stände mir das Mädchen, diese aufrichtige Irmgard, dadurch bereits wie eine alte Bekannte nahe, als wäre seitdem zwischen meinem und ihrem Gemüt etwas, das uns näher verbände, das Band einer Verpflichtung gegen sie; oder gar das einer alten Freundschaft – oder ... nun, mag es sein, was es will, ich werde tun für sie, was ich kann. Dieser alte Glockengießer will sich einen Titel und das Recht in einem stattlichen Ehrenkleide umherzugehen, kaufen! Als ob ihm die Gassenbuben darum weniger: Ecco Pasquino nachrufen würden, wenn er auch zehnmal das Recht hat sich Signor Segretario oder Signor Abbreviatore nennen zu lassen!«

Daran, daß Ohm Kraps sich bald solch ein Recht gewinnen würde, zweifelte also auch Graf Egino nicht. Und in der Tat, es war damals in Rom unschwer zu erlangen.

Eine wunderliche Methode Staatsanlehen aufzunehmen, hatten die Päpste seit Sixtus IV. eingeführt. Unsere Staaten, wenn sie Geld bedürfen, geben Schuldverschreibungen mit Zinskoupons aus. Das kanonische Recht aber verbot es Zinsen zu nehmen und zu geben. Die Päpste gaben statt der Schuldverschreibung ein Pergament, das einen Titel, ein Amt mit allen seinen Privilegien verlieh. Das Gehalt repräsentierte den Zins der Ankaufsumme. So konnte man gegen Einzahlung einer bestimmten Anzahl Scudi nicht wie jetzt bloß der Gläubiger, sondern einer der unabsehbar zahllosen Beamten und Würdenträger des Staates werden.

Selbst solch eine Spottgeburt wie der Glockengießer von Ulm, vorausgesetzt, daß sein Edelmetall aus reinem Guß bestand, konnte zu diesen Ehren gelangen.

## 4. *Parva domus; magna quies.*

Graf Egino hatte den Weg abwärts am Tiber entlang eingeschlagen; am Fuße der schroff sich erhebenden Tufsteinhöhen zu seiner Linken, ritt er auf dem schönen Rappen von edelster Zucht, der ihn trug, dahin. Rechts von ihm erhoben sich die Bogen der Milvischen, noch mit einem festen Turme gesicherten Brücke über den gelben Fluten, die geschwellt unter ihnen fortrauschten. Als er sie und damit den alten Flaminischen Weg erreicht hatte, folgte Egino, sich links wieder der Stadt zuwendend, diesem. Er war belebt von Fußgängern, von lässigen Burschen, die auf Eseln saßen, im Schatten eines über ihren Köpfen erfinderisch an dem Sattel aufgebauten dreieckigen Daches von alter schmutziger Leinewand; von Weibern mit Kindern an der Hand und langen Cannabündeln auf den Köpfen; von Pilgrimen, Reitern, von Bauern der Campagna, welche schwerfällige Büffel vor schwerfälligen Wagen führten und mit langen stachelbewehrten Stecken antrieben. Das alles lärmte, schrie und regte eine Wolke von Staub auf, der sich Egino nicht ausgesetzt haben würde, wenn sein nächstes Ziel nicht an dieser Via Flaminia gelegen hätte. Es war die Villa eines Freundes, die sich links hinter endlos langen Mauern erhob, welche den Weg begleiteten und ihn von den zur Seite liegenden Vignen und Gärten abtrennten. Die Villa lag etwa in der Mitte zwischen dem Ponte Molle und dem Flaminischen Tore; eine Fülle von blühenden Rosen hatte sich an der Stelle, wo sie begann, über den Mauerkamm geworfen. Zypressen und Lorbeerbäume erhoben dahinter ihr dunkles Grün und kündigten ein schattiges Asyl der Ruhe und des sommerlichen Stillebens an. Man konnte von dem heißen, hoch mit Staub bedeckten Boden der sonnigen, lärmerfüllten Straße nicht durch das graue schwere Bohlentor, an das Egino klopfte, in diesen grünen Bering eintreten, ohne durch ein tiefes Atemholen sein innerliches Erquicktsein und ein über alle Gefühlsnerven kommendes Behagen an den Tag zu legen.

Das Casino oder Wohnhaus der Villa stand im Hintergrunde, mit der Rückseite dicht an den steilen Höhenzug, der hier jäh abfallend das Tibertal beherrscht, gerückt. Es erhob sich zweistöckig über einer Terrasse; von dieser führte rechts eine Steintreppe auf eine offene kleine Säulenhalle oder »Pergola« hinauf, aus der man dann in den Hauptstock des kleinen Gebäudes trat.

Es war klein, das Ganze; am Fries über den oberen Fenstern, deren vier waren, stand die Inschrift:

*Parva domus; magna quies.*

Egino führte sein Pferd, als er in die Villa, die ihm ein alter Gärtner geöffnet, eingetreten, selbst in die beschränkte, eigentlich nur für ein paar Ziegen eingerichtete Stallung, die sich neben dem Tor an die innere Seite der Mauer lehnte. Dann schritt er zum Casino, schon von fern den zwei Personen winkend, welche er unter der Säulenhalle an einem Frühstückstische sitzen sah. Es war ein Mann und eine Frau. Jener erwiderte mit der Hand lebhaft seinen Gruß, die Frau trat an die Balustrade der kleinen Halle und rief ihm zu:

»Der heit're Morgen bringt willkommnen Gast.«

Egino eilte die Stufen zur Terrasse und zur Halle hinauf, um die befreundeten Hände zu schütteln, die sich ihm entgegenstreckten.

Er saß bald zwischen ihnen an dem mit Wein, Brot, Honig und Früchten besetzten Tische; die Dame kredenzte ihm das venezianische Flügelglas, das der Hausherr mit Monte-Pulciano gefüllt hatte, und bald war man inmitten einer lebhaften Unterhaltung, die eine Richtung nahm, um derentwillen man sie den geistigen Spiegel der Umgebung hätte nennen können.

In einer Säulenhalle, in deren Wände alte Bildhauer-Arbeiten, Überreste klassischer Kunst in kostbaren Fragmenten, eingemauert sind; in einer Villa, wo das Auge auf den immergrünen Wänden der Lorbeeren und Zypressen ruht, während springende Brunnen mit rastlosem Plätschern die Luft kühlen; auf einer Höhe, von der hinab man den gelben Tiber strömen und die Ruinen des heidnischen und die Basiliken des christlichen Rom vor sich schaut – an einer solchen Stelle, zwischen geschätzten und verehrten Menschen, deren Seelen wir lieben, weil sie uns gleichgeartete Seelen sind, kann nur ein Gedankenaustausch entstehen, der etwas von derselben Schönheit spiegelt, welche ihren Zauber auf die Umgebung gebreitet hat.

»*Magna quies*« sagte Egino, »habt Ihr selbst das oder etwa Euer Vorgänger im Besitz an die Front Eures Hauses geschrieben, Signor Callisto?«

»Ich ... nachdem ich mein Weib in dies Haus geführt!« antwortete Signor Callisto, ein fein gebauter Mann in den Dreißigern mit intelligenten Zügen und einem Munde, um den ein spöttisches Lächeln zuckte, wenn er nicht gerade, die Augen halb wie träumerisch geschlossen, seine Blicke in die Ferne schweifen ließ.

»Euer Gatte«, wendete sich Egino an die junge und schöne Frau, die in ihrem leichten Morgengewande das Bild einer stattlichen und vornehmen Römerin darstellte, nur zarter, kleiner, und auch anmutiger, wie der gewöhnliche Typus der römischen Schönheit ist ... »Euer Gatte spricht ein großes Lob für Euch aus, Donna Ottavia, wenn ich anders *Quies* mit Frieden übersetzen darf!«

»Ihr versteht sein spöttisches Lächeln schlecht, Signor Conte Gino«, versetzte Donna Ottavia, »wenn Ihr es als ein Lob für mich auslegt. Es ist nichts als ein Epigramm auf mich.«

»Ein Epigramm? Und wie könnte es das sein?« fragte Egino.

»Er will andeuten«, fuhr Ottavia, ihren Gatten schelmisch ansehend, fort, »daß ich ihn lange in böser und stachelnder Pein und Unruhe des Herzens erhalten, so lange, als ich gefallsüchtig ihn um mich werben ließ. Nun, seitdem ich ihm meine Hand gereicht, hat er – Ruhe. Die Herzensflamme ist erloschen!«

Sie gab ihm einen leichten Schlag auf den Oberarm.

Alle lachten.

Graf Egino sagte dann:

»Lassen wir die Inschrift, mag sie bedeuten, was sie will, sie beweist jedenfalls, wie reich doch die Welt und wie bedeutungsvoll jedes Einzelne in ihr. Man braucht nur um sich zu blicken, wie hier von dieser Pergola, um tausend Gegenstände zu entdecken, die unseren Geist gefangennehmen und unser Gemüt in Schwingungen setzen; man braucht nur zwei Worte zu lesen wie die Inschrift Eures Hauses und man findet Stoff, um stundenlang ihren Sinn erörtern zu können.«

»Bis man gelernt hat«, fiel Callisto ein, »für das bewegte Gemüt den Ankergrund solcher *quies* zu finden und den Geist nicht mehr gefangen nehmen zu lassen, sondern ihn widerstandsfähig für beirrende Eindrücke zu machen.«

»Das lernt sich schwer«, erwiderte Egino. »Mich erregt noch im tiefsten Innersten dieser Reichtum der Welt, und just der Welt, die mich hier umgibt, und reißt meinen Geist bald zu dieser, bald zu jener Gestaltung, die hier vor mir auftaucht, bald in dieses, bald in jenes Reich der Gedanken und Empfindungen. Es hat etwas Sinnverwirrendes, ich möchte ausrufen zuweilen: wohin rett' ich mich vor diesem Rom! Da ist die alte Welt, da sind ihre Monumente, ihre Trümmer, ihre zerschlagenen Säulen, ihre verstümmelten Marmorwerke; da sind hoch in die Lüfte ragende Steingebilde, deren stolze Linien mich mit den Gedanken an die Größe und Geisteshoheit der Alten erfüllen; da sind die leuchtenden Standbilder antiker Kunst, die Marmorgestalten alter Götter und Heroen, aus denen der Gedanke der Schönheit mich, ich möchte sagen, überströmt! – Da sind alle die Schöpfungen des christlichen Roms, seine Basiliken, seine Märtyrergräber, seine Stein und Metall gewordene Tradition von dem erhabensten Mysterium, von der Tatsache des vermenschlichten Gottes, der nun die Menschen vergöttlicht. Da ist, von jedem irdischen Glanz umgeben, der Heilige Vater, jener wundersame Mann, der in seiner halb der Erde, halb dem Himmel angehörenden Doppelnatur mit den Füßen am Grabe der Apostel steht, mit dem unfehlbaren Haupte über unseren Sehkreis empor in die Wolken des Himmels ragt, wo ihm der Heilige Geist seine Eingebungen zuflüstert. Da ist der Mittelpunkt der Welt, der Punkt, von wo die Bildung der Menschheit des Abendlandes ausging, wohin ihre Verehrung, ihre Gedanken, ihr Hilfeflehen zurückströmen. Unter meinen Schritten hier tönt die Wölbung der Katakomben wider, der Mine, die, still unter dem Boden der alten Heidenwelt ausgewühlt, diese endlich in die Luft sprengte; unter meinen Fußtritten hier wirbelt Staub auf, der vielleicht die Asche der Scipionen, der Cäsaren enthält. Im Sturme, der über mein Haupt hinfährt, höre ich bald den brausenden Ruf des Volkes bei dem Triumphzug seiner Imperatoren, bald das Wehegeheul der Erschlagenen und Sterbenden unter den Tatzen der Arena-Bestien – bald den gellenden Aufruhrschrei der Menge, die Neros goldene Bildsäulen zerstört. Ich kann dort den Tiber seine Wellen nicht wälzen sehen, ohne im Geiste die Götterbilder zu erblicken, die auf seinem Grunde ruhen; die Mauer Aurelian's nicht ragen sehen, ohne mir die gewappneten Scharen der Prätorianer vorzustellen, wie sie über ihre Zinnen dahinschreiten, die Blicke gen Norden gewendet, von woher die Heere des Alarich und Theodorich, die hohen Gothen dräuend herannahen. Und so erregt, bestürmt, erschüttert, ja oft berauscht, wenn Ihrs so nennen wollt – woher soll da dem Gemüt die Seelenstille, die *magna quies* kommen!«

Donna Ottavia hatte dem erglühenden jungen Manne still zugehört; jetzt sagte sie:

»Ihr seid fremd in diese Welt geworfen, Signor Conte Gino – und Ihr seid jung; was Euch so bewegt und nicht ruhen läßt, mag deshalb so auf Euer Herz wirken, weil dieses Herz frei ist von eigenem Leben. Seid Ihr erst wieder daheim, so wird sicherlich eine liebe Hand Euch an Eures Hauses deutschen Söller schreiben dürfen, was mir Signor Callisto auf den Fries unseres kleinen Casino schrieb.«

»Grundgütiger Himmel«, rief Egino aus, »wenn das Herz so voll ist, so nennt Ihr es ohne eigenes Leben und gar leer?«

»Conte Gino«, versetzte Ottavia, »Ihr seid ein Stück von einem Poeten und deshalb werde ich mich Euch nicht verständlich machen können mit meiner Meinung, die Euch nur nüchtern erscheinen wird. Ihr versteht mich nicht, Don Gino – geht und verliebt Euch erst, verliebt Euch ein wenig unglücklich und Ihr werdet mich verstehen.«

»Ich danke Euch für den Rat, Donna Ottavia«, erwiderte lachend Egino, »aber ich denkt ihn nicht zu befolgen – ich bin viel zu sehr beschäftigt dazu, und eine Liebe, zumal eine unglückliche, würde mich stören.«

»Was hätte ein junger Fürstensohn, wie Ihr, so viel Dringendes zu tun?«

»Genug, um die Tage rasch wie Traumgewebe an mir vorüberfliegen zu sehen. Heute zum Beispiel habe ich mit Eurem Gatten die Schrift durchzugehen, welche Signor Callisto in dem Prozeß, den ich hier an der Rota betreibe, aufgesetzt hat; dann nach Tische habe ich Freunden versprochen mit ihnen zum Colosseo zu gehen, wo ein Stierkampf gehalten wird, und am Abend endlich muß ich zum Albergo bei Pellegrini tedeschi wandern, um nach einem wunderlichen Landsmann und seiner hübschen Nichte zu sehen, die ich eben an Aqua Acetosa traf, als ich vorüberritt, und denen ich dann meine Hilfe bei ihrer Niederlassung in Rom zusagte.«

»Weil die Nichte hübsch war?« fragte Donna Ottavia lächelnd.

»Nicht deshalb – sondern weil ich sie geschlagen habe und dies gutmachen möchte.«

»Ihr habt sie geschlagen ... unmöglich – ein Mann schlägt kein Weib!«

»In Italien!« antwortete Egino. »Wir Deutsche sind darin roher, ich muß es leider gestehen, obwohl ich nicht so unritterlich handelte, wie meine Worte glauben lassen. Das Mädchen hatte sich um ihrer Sicherheit während der weiten Wanderfahrt willen als Knaben verkleidet; ich verlangte von diesem jungen Burschen eine kleine Hilfeleistung, und da sie mir verweigert wurde, fuhr ich in gedankenlosem Ärger mit der Gerte darein – der Junge schien mir so halsstarrig! Und ich wußte ja nicht, daß sie ein Mädchen, daß beide Deutsche waren! Aber habe ich nicht recht es wieder gut machen zu wollen?«

»Das habt Ihr, Don Gino. Macht's nur nicht zu gut!« lächelte die Frau vom Hause. »Also an unsere Arbeit«, unterbrach Signor Callisto, sich erhebend, »auch ich habe zu tun, – ich habe noch heute für ein Brautpaar aus einem der größten Häuser Roms einen Ehevertrag vorzubereiten ... für eine seltsame Ehe ... ich werde meine Gedanken sehr angestrengt dabei zusammennehmen müssen, damit ich beider Klienten Vorteil wahre und der stärkere von beiden nicht zu sehr den Löwenanteil bekommt.«

»Du redest von den Savelli ... wird diese Ehe wirklich geschlossen? Das arme Mädchen!« rief Donna Ottavia aus. »Ich bitte, nimm Dich ihrer an, damit sie so unabhängig gestellt, und ihres Gutes Herrin bleibe, wie es Dir möglich ist ihr zu erwirken.«

»Gewiß werde ich tun, was ich vermag«, entgegnete Signor Callisto – »wir Juristen sind, wenn wir an solchen Banden schmieden helfen, nie so unerbittlich wie die Preti, die, weil sie selbst kein

Weib nehmen dürfen, den andern die Fessel eisern und unzerbrechlich machen. – Aber nun kommt, Signor Conte, zu unsern Akten!«

Mit diesen Worten öffnete der Rechtsgelehrte die ins Innere des Hauses führende Türe, um Egino in sein Arbeitsgemach zu führen und ihm dort vorzulegen, was er als sein Prokurator an der Rota Romana in den Angelegenheiten, die den jungen Deutschen nach Rom geführt, geschrieben und getan.

## 5. Irmgard.

Eine Stunde vor Ave Maria ging Egino zur Herberge der deutschen Wallfahrer, die unfern der Piazza Navona in einer engen und schmutzigen Gasse lag, da, wo sich später das Hospital der Deutschen erhob; damals stand erst die aus Beisteuern der Deutschen und Niederländer auferbaute Nationalkirche Santa Maria del Anima, die, im Jubiläumsjahre 1500 begonnen, sich jetzt ihrer Vollendung nahte. Daneben lag die Herberge. Egino hatte in diesem alten vielstöckigen Gebäude lange zu suchen, Treppen zu ersteigen, dunkle Korridore zu durchtappen, bis er in eine große aber dunkle, mit dem einzigen Fenster auf eine schmale Gasse hinausgehende Kammer gelangte, in welcher von seinen drei neuen Bekannten von Aqua Acetosa zwei, Irmgard und Ohm Kraps, unterdessen richtig eine Unterkunft gefunden hatten.

Ohm Kraps saß am Fenster; er hatte auf einem schmalen Tischlein eine strohumflochtene Flasche hellen Orvietoweines und einen Teller mit Schnitten eines hellgelben Anisbrotes daneben vor sich, und auf seinem grotesken Antlitz lag der Ausdruck unsäglichen Behagens und Genusses.

Das Fenster hatte Ohm Kraps trotz der warmen Luft geschlossen; er blickte durch die kleinen Glasscheiben die Fronte des Hauses jenseits der engen Gasse an; hatte er doch seine Freude an diesen Glasscheiben, durch die er wie ein vornehmer Mann hinaussah.

Irmgard hatte ihre Knabenkleider noch nicht abgelegt.

»Es ist gütig von Euch, Graf Egino, daß Ihr wirklich schon heute kommt nach uns zu sehen«, sagte sie ihm entgegentretend. »Ihr findet uns aufgehoben, so gut wir's erwarten konnten, und Ohm Kraps ist sehr zufrieden, daß wir am Ziele sind. Er hat einen Wein hier im Hause gefunden, von dem er behauptet, wenn er auch sein Leben ein Glockengießer bleiben müsse und man auch niemals etwas Besseres aus ihm machen wolle – das Getränk verlohne schon drum nach Rom gepilgert zu sein.«

»Und Ihr«, fragte Egino, »Ihr habt in den ersten Stunden so viel von Roms Herrlichkeit zu schauen gehabt, daß Ihr nicht Zeit gefunden Euch in ein Mädchen zu verwandeln?«

»Es ist fast so«, versetzte Irmgard, Egino einen Stuhl zum Fenster tragend. »Ich bin eine Weile durch die Stadt gewandert, um meine Schaulust zu befriedigen.«

»Allein?«

»Allein. Ohm Kraps war zu ermüdet. Mir war's unerträglich, nachdem wir wochenlang gewandert, gewandert Tag für Tag, ohne Rast talauf, talab, nun plötzlich still in dieser Kammer sitzen und die Stunden verträumen zu sollen ... mir war's wie der geläuteten Glocke, die sich langsam ausschwingt und nicht plötzlich stille stehen kann.«

»Und nun wie in einer geläuteten Glocke summt in Euch wohl der Lärm und der Rumor der volkreichen Stadt nach und der Kopf schwirrt Euch von Allem, was Ihr gesehen?«

»Volkreich ist die Stadt genug und ein buntes Gedränge auf den Gassen – daheim ist's beim Mummenschanz und Fastnachtsspiel nicht viel ärger. Landvolk hab' ich gesehen in vielfarbiger Tracht und schöne stattliche Weiber mit Goldschmuck in den Ohren und um den Hals, aber mit zerrissenen Röcken, schmutzige Kinder an der Hand führend; vielerlei Mönchvolk und Klerisei in verschiedenen Habiten, als ob sie's ausprobieren müßten, welcher Schnitt und welche Farbe dem lieben Gott am meisten nach seinem Geschmack oder für die Frömmigkeit am gedeihlichsten; auch Kardinäle, die waren ganz rot und saßen auf stattlichen Rossen und hatten bewaffnete Trabanten neben sich schreiten, wüste Kerle, Landsknechte mit Büchsen auf den Schultern und langen klirrenden Schwertern. Einem Zug begegnete ich, vor dem bin ich davongelaufen, es waren zwei lange Reihen von Männern in hellblauen Leinwandkitteln mit Kapuzen, die über den Kopf gestülpt waren und bis auf die Brust niederhingen – es waren Löcher für die Augen ausgeschnitten, durch die sie blickten ... das erschreckte mich, ich kann Euch nicht sagen wie ... sie sahen aus wie die Miselsüchtigen, die daheim vor unserer Stadt um das Siechenhaus schleichen ... so schauerlich! Weshalb vermummen sie sich so?«

»Es sind Bruderschaften«, versetzte Egino, »sie machen gemeinschaftliche Bußfahrten oder begleiten Leichenbestattungen, Hinrichtungen oder das heilige Bambino, das Christkindlein, wenn es zum Wundertun zu Kranken gebracht wird ...«

»Und einmal«, fiel Irmgard ein, »begegnete ich einem Trupp Soldaten, die umringten einen langen Zug von vielen Jochen Büffelochsen, welche große schwere Geschütze auf wuchtigen Rädern daherschleppten ... Da ist mir ein Gedanke gekommen, Graf Egino, wißt Ihr mir's zu erklären? Wenn unser Heiliger Vater nun einmal Geschütze, Soldaten, Land und Untertanen haben soll, weshalb beherrscht er dann nicht die ganze christliche Welt? Ein solcher unfehlbarer Mann muß es doch besser wie alle Könige verstehen, und weshalb jagt man nicht die dummen, fehlbaren Könige fort, um nur ihm zu gehorchen?«

»Ihr habt Recht, Irmgard«, antwortete Egino lachend, »er braucht's ja nur als Glaubenssatz auszusprechen. Aber ich fürchte, die Fürsten der christlichen Welt würden an dies Dogma nicht glauben. Die Menschen sind nun einmal so, sie geben den Dogmen sehr gerne ihren Verstand, ihre bessere Einsicht und ihren Mutterwitz preis, aber nicht ihren Vorteil oder ein einträglich Stück Land.«

»Mag sein, und es ist unsere Sache nicht es zu entscheiden«, versetzte Irmgard, die, während sie sprach, sich mit den Armen auf die Lehne des Stuhles gestützt hatte, auf dem Ohm Kraps saß, und so mit ruhigen Blicken Egino, der neben dem Tische des Ohms Platz genommen, anschaute ... »obwohl«, fuhr sie scherzend fort, »es ein gutes Ding für den Ohm und seine Kunst wäre, denn die Glocken würden im Preise steigen!«

»Das würden sie«, erwiderte Egino. »Aber nun erzählt mir weiter, was Ihr gesehen. Wart Ihr im Sankt Peter, saht Ihr sonst irgend ein schönes und großes Monument der Vergangenheit ... wißt Ihr, daß ich Euch gar lau und kühl für den ersten in Rom verbrachten Tag finde?«

»Tut Ihr das? Ihr mögt Recht haben und ich bin wohl einfältig, daß ich mich nicht über all' solche Dinge mehr verwundern kann. Ich glaube, es ist all mein Leben lang mein Fehler gewesen, daß keine rechte Freude in mich eingehen will, wenn ich Dinge sehe, über die gescheitere Menschen oft in großen Jubel ausbrechen, daß sie so etwas mit Augen sehen. Ohm Kraps sagt, ich wäre die rechte Frau gewesen für den starken Michel, der das Fürchten lernen wollte ... doch fürchten kann ich mich schon, aber verwundern nicht ... ich denke, wenn ich mich über etwas verwundern sollte, müßte ich bei Sonne, Mond und Sternen, bei den Bergen und dem blauen Himmel, der darüber ausgespannt ist, anfangen, und nicht bei Menschenwerken. Wo sollte ich da aber ein Ende finden?«

»Menschenwerk also, wenn es auch schön und groß ist, macht Euer Herz nicht höher schlagen?« fragte Egino.

Irmgard schüttelte den Kopf.

»Ich bin zu dumm, um urteilen zu können, ob es schön und groß ist. Mein Herz schlägt nur höher, wenn ich von etwas recht Bravem und Gutem höre, das ein Mensch getan. Und am höchsten und fröhlichsten, wenn ich sehe, daß ich es diesem garstigen, bösen, alten Ohm Kraps so recht behaglich und wohnlich in seinen vier Wänden gemacht; wenn ich denke, wie garstig und herzlos die Menschen oft gegen ihn waren, wie er so mutterseelenallein in der Welt und keiner sein Freund ist und kein Ding ihm eine rechte Freude gibt; und wenn ich dann für ihn sorge und sehe, wie er ein Wohlbehagen hat und wie es ihm wie ein Lächeln von Glück über die alten, häßlichen, schwarzbraunen Züge läuft, dann schlägt mir das Herz wohl höher – nicht wahr, alter Ohm«, fuhr sie lächelnd und sich über ihn beugend und ihre Schläfe auf den grauen struppigen Scheitel des mit dem Lächeln eines Idioten dasitzenden kleinen Ungeheuers legend, fort – »das ist doch das beste Glück, wenn wir daheim in stiller Zufriedenheit sitzen!«

Egino sah sie wohl ein wenig gerührt, aber mehr noch verwundert an – es war doch so himmelweit von seiner Art zu empfinden entfernt, so kleinherzig, so beschränkt ... und doch war etwas darin, weshalb er es nicht zu verdammen wagte, etwas, das – Donna Ottavia hätte es nur zu hören brauchen, sie hätte ihm vielleicht darin eine neue Art von Poesie gezeigt! »Aber nun«, hob Irmgard wieder an, »hab' ich schon zu lange von mir geredet, und wenn es nicht gar zu kühn ist, möchte ich sagen, es sei nun an Euch, Graf Egino, Euren Landsleuten ein wenig zu erzählen, was Euch nach Rom führt, wer die Eurigen daheim sind, ob Ihr lange hier zu bleiben gedenkt, ob Ihr vielleicht wohl gar vorhabt als ein jüngerer Sohn Eures Hauses Euch der Kirche zu widmen und ...«

»Mich der Kirche zu widmen«, unterbrach sie kopfschüttelnd Egino, »wahrhaftig, das ist meine Absicht nicht; ich bin nicht dazu auferzogen. In Bologna habe ich drei Jahre lang die Rechte studiert, mit vielen anderen vom deutschen Adel; aber während sie über die Alpen heimzogen, hat ein älterer regierender Bruder mich hierher gen Rom gesendet, um hier einen großen und verwickelten Prozeß zu betreiben, der an der Rota Romana angebracht ist, dem höchsten Gerichtshof der Christenheit, wenn Ihr je in Eurem Leben davon gehört habt ...«

Irmgard schüttelte den Kopf.

»Nein«, sagte sie. »Und um was handelt es sich bei diesem Prozeß?«

»Um einen Streit mit dem Augustiner-Orden über allerlei Recht an einem den Mönchen vermachten Gut, das beim Belfried von Ortenburg zu Lehn geht.«

»Mit einem Orden? Und da hofft Ihr hier in Rom zu gewinnen?«

»Weshalb nicht? Wir glauben das Recht für uns zu haben, das ist immerhin etwas ...«

»Nicht viel!« schaltete hier, sein Gesicht verziehend, Onkel Kraps ein, der sehr aufmerksam dem Gespräch zugehört und dabei bald Irmgard, bald den jungen Grafen angeblickt hatte. »Wenn die Mönche, die Euer Widerpart sind, sehen, daß Ihr ein Recht habt, räuchern sie's Euch aus dem Prozeß schon mit ihrem Weihrauch hinaus ...«

»Der Weihrauch tut nicht alles. Der eine der heiligen drei Könige brachte Weihrauch, der andere Myrrhen und der dritte Gold zur Krippe. Ich denke nicht, daß Sankt Joseph den Letzten am ungnädigsten angeschaut hat.«

»Ja, ja, Gold ... wenn Ihr denn dessen zur Genüge habt«, nickte grinsend Ohm Kraps ... »es ist seiner sonst in deutschen Fürstentaschen nicht zu viel!«

»Ohm Kraps!« fiel Irmgard erschrocken ein.

»Laßt ihn reden, er sagt ja die Wahrheit«, unterbrach Egino sie. »Aber wo es sein muß, da findet sich's eben auch. Es ist das, Gottlob, nicht meine, sondern meines Bruders Sorge. Und dazu kommt, daß unsere Gegner einen billig denkenden, gelehrten und gar einsichtigen Mann hiehergesendet haben.«

»Einen Ordensmann, der hier Euer Widerpart ist?« fragte Irmgard.

»Einen Ordensmann«, antwortete Egino, »einen noch jungen Mönch; er ist aus dem Kloster zu Wittenberg und heißt Bruder Martin.«

»Und eines gelehrten und einsichtigen Widerparts *freut* Ihr Euch?« »Sicherlich, denn es ist eine ehrliche deutsche Seele, die immer nur mit offenem Visir handeln wird, und von der ich mich keiner welschen Tücke zu versehen habe. Ich werde, denk' ich, mit ihm schon handelseins werden. Und nun gehabt Euch wohl. Ich hab' ja gesehen, daß Ihr fürs erste wohl aufgehoben seid. Und wenn Ohm Kraps Hindernisse und Schwierigkeiten findet sein gutes deutsches Geld für eine blaue oder rote Amtsschaube loszuwerden, so kommt zu mir, ich führe ihn dann, wenn alles andere nichts fruchtet, zu eben jenem meinen Widerpart, dem Bruder Martin. Er wird dann helfen müssen und es können, denn seines Ordens ist immer der Sakristan der päpstlichen Kapelle, womit die Seelsorge im Vatikan verbunden ist – da haben wir die ersprießlichste Anknüpfung ...«

»Und Ihr glaubt, auf Euren Wunsch würde dieser Bruder, Euer Widerpart, geneigt sein ...«

»Just weil ich sein Widerpart bin«, fiel lächelnd Graf Egino ein. »Er ist ein evangelischer Mann, der das »liebet eure Feinde« begriffen; Ihr solltet nur erst sehen, wie vertraute und herzliche »Feinde« wir sind! Nun aber behüt' Euch Gott, Euch beide; laßt den Ohm nicht zu viel trinken, seine deutsche Arglosigkeit könnte sonst von dem hellgelben italienischen Stoff da in Schaden gebracht werden – er ist nicht so harmlos wie er aussieht. Was wäre auch harmlos in diesem schönen Sonnenlande! Merkt Euch's auch Ihr, Irmgard!«

Er nickte Ohm Kraps mit dem Kopfe zu, reichte Irmgard die Hand und schritt mit den klirrenden Sporen laut und rasch über den Steinflur der Kammer davon.

Irmgard stand lange und horchte, wie dieser feste und ritterliche Schritt draußen auf dem Gang verklang.

»Was stehst Du so und horchst, Irmgard?« fragte Ohm Kraps, zu ihr aufschauend. »Das ist ein Narr. Gutmütig, aber ein Narr! Er redet, wie er denkt. Er lobt seinen Widerpart, den Mönch, der ihn anführen wird. Er hat Dich mit der Peitsche geschlagen und gebahrt sich nun freundschaftlich! So, meint er, sei's gut! Er ist ein Narr, Irmgard.«

Irmgard sah ihren Ohm an, mit einer Miene, worauf sich eine große Betroffenheit zeigte.

»Ist das Euer Ernst?« rief sie aus.

»Denkst Du anders? Kannst Du's vergessen?«

Sie schwieg.

»Vergessen?« antwortete sie dann nach einer langen Pause wie aus tiefem Sinnen auffahrend. »Nein! Ich glaube nicht, daß ein Mädchen so etwas vergißt. Aber ich meine das Nichtvergessen anders als Ihr, Ohm!«

Damit ging sie in eine Nebenkammer, um endlich ihre Knabenkleider abzulegen, die sie jetzt plötzlich wie in ungeduldiger Heftigkeit von sich warf.

## 6. Grübeleien einer Deutschen.

Am andern Tage schon, in der Nachmittagsstunde, kehrte Egino zu dem Albergo dei Pellegrini tedeschi zurück.

Als er in die Kammer seiner deutschen Freunde eintrat, fand er Irmgard in ihrer Mädchentracht. Sie errötete, als sie ihn so plötzlich und unerwartet eintreten sah, und dies Erröten machte sie sehr hübsch in ihrem schwarzen Samthäubchen, unter dem die reichen blonden Haare in krausen Locken kurz hervorquollen; sie hatte sie ja kurz verschnitten um der Reise willen. Ein braunes Mieder mit schwarzem schmalen Samtbesatz und ein kurzer ebenso gesäumter Rock zeigte ihre vorteilhafte Gestalt. Es war alles sehr einfach; aber Egino fand sie viel hübscher, als er sie gestern gefunden hatte.

»Ich komme«, sagte der junge Mann, ihr die Hand reichend und dem Ohm zunickend, »weil mir der Gedanke gekommen ist, es sei am besten Euch, Irmgard, zu einer verständigen und wohlwollenden Frau zu führen, die ich kenne, und die sicherlich am besten im Stande ist Euch guten Rat zu geben, wie Ihrs anfangt Euch hier sicher und passend unterzubringen.«

»Das ist überaus gütig von Euch«, versetzte hocherfreut Irmgard.

»Ihr habt noch keine Wohnung für Euch gemietet?«

»Nein.«

»Wohl denn, so kommt! Donna Ottavia Minucci, zu der wir gehen, ist die Frau eines Prokuratore, eines geschätzten Rechtsgelehrten; sie ist eine Römerin, die ihre Vaterstadt kennt und sich gerne Eurer annehmen wird. Seid Ihr bereit?«

»Ich bin es, Herr – und Ihr selbst wollt mich hinführen?«

»Würdet Ihr sonst sie finden?«

Irmgard machte sich freudig erregt zum Ausgehen fertig. Sie holte eine Tasche, die sie mit einem Silberhaken an ihren Gürtel befestigte, herbei; dann ein Paar Handschuhe, ein Tuch, dessen es an dem warmen Tage nicht bedurfte, und das die deutsche Gewohnheit sie über den Arm werfen ließ und nahm Abschied von Ohm Kraps.

»Haltet Euch wohl, Ohm«, sagte sie »und zerbrecht von unserem Geräte nichts; vergeßt auch nicht Wasser in Euren Wein zu gießen, wenn Ihr trinkt. Gott behüt' und laßt Euch die Zeit nicht lang werden.«

Sie ging und Egino folgte ihr.

Auf der Straße gingen sie schweigend und rasch. Das deutsche Mädchen wurde von vielen der Männer, denen sie begegneten, bemerkt. Die blonde Schönheit fiel ihnen offenbar auf; sie starrten ihr frech ins Gesicht, machten laute Bemerkungen über sie, blieben stehen, um ihr nachzuschauen – Egino geriet mehreremale in Versuchung die Unverschämten zurechtzuweisen, aber Irmgard zog ihn flüchtigen Fußes weiter.

Als sie vor die Porta del Popolo kamen, atmete sie auf. Sie ließ ihre hellen Blicke über die Landschaft draußen schweifen.

»Die Berge sind schön – sind jene Bäume Palmen, die dort auf der Höhe?« fragte sie.

»Nein, es sind Pinien. Die Palme wächst nicht in Rom«, versetzte Egino. »Zur Entschädigung hat es den Lorbeer.«

»Daraus flicht man den Siegern Kränze«, antwortete Irmgard. »Das ist nichts für Mädchen und Frauen, die sich nur eine Palme verdienen können; für sie ist hier also nicht gesorgt. Rom scheint für sie überhaupt kein guter Ort«, setzte sie, vielleicht noch unter dem Eindruck des eben Erlebten, hinzu, »ich wollte heute Morgen in eine Kapelle eintreten, aber man wies mich heftig zurück, weil ich ein Weib sei.«

»Darein«, rief Egino achselzuckend aus, »werdet Ihr Euch fügen müssen, Irmgard, viele Orte hier nicht betreten zu dürfen, weil sie zu heilig für den Fuß einer Frau sind.«

»Die Männer also sind reiner und unschuldiger! Seht, wenn ich mich über Eure Monumente und großen Ruinen nicht verwundere – das sind nun Dinge, darüber verwundere ich mich! Ach, es ist soviel im Glauben, worüber ich mich verwundere. Zum Beispiel, daß sie immer davon reden, wie der Heiland so grenzenlos viel für uns Sünder gelitten und schier alles Leid der Welt auf sich genommen habe.«

»Scheint Euch das denn nicht?«

»Ihr denkt wohl«, sagte Irmgard, schüchtern zu Egino aufblickend, »ich bin eine rechte Ketzerin?«

»Nein, nein, redet weiter, Irmgard.«

»Und dann«, fuhr Irmgard eifrig fort, »leben die geistlichen Menschen hier, wo sie doch am meisten an das Leiden des Herrn denken müssen, so in rechter voller Lebensfreude. Welche Herrlichkeit hat nicht der Papst ...«

»Freilich, freilich«, fiel hier Egino ein; »wenn er umringt von seinen Garden durch die Stadt zieht, hoch zu Rosse, unter Glockengeläute und Kanonendonner, so ist wohl Niemand, der ihm im Geiste das bleiche, leidende und trauererfüllte Antlitz eines armen Dulders über die Schulter blicken sieht.«

»Ja, ja«, fuhr Irmgard fort; »aber Eins will mir noch schwerer zu Sinn; das ist, weshalb Gott die Niederen und Armen geschaffen hat? Hier auf Erden ist nur Elend für sie, und in den Himmel können sie nicht kommen, weil sie nicht das Geld haben und nicht die Zeit Wallfahrten zu gehen, Messen zu stiften, Ablässe zu kaufen, den ganzen Tag zu beten oder irgend was für die Kirchen herzugeben und so den Himmel zu gewinnen!«

»Aber dies alles sind gefährliche Gedanken für ein Mädchen, Irmgard.«

»Das weiß ich«, sagte Irmgard ernst, »aber wenn sie mir kommen, so hilft kein Wollen oder Nichtwollen, ich muß sie ausdenken.«

»Und sprecht Ihr sie dann auch aus?«

»Nein, ich hüte mich.«

Es lag in dieser Antwort ein Eingeständnis des Vertrauens für Egino, dessen Irmgard sich plötzlich bewußt wurde, denn sie errötete und schwieg.

Sie kamen zur Villa. Donna Ottavia war im Garten und führte sie zu einer Bank im Schatten eines Laurusgebüsches. Das junge Mädchen aus Deutschland flößte ihr lebhaftes Interesse ein; sie ließ sich von ihr ihre Lebensgeschichte erzählen. Dann sprach Irmgard von den einzelnen Punkten, wobei sie Rat und Auskunft über römische

Verhältnisse der Alltagsexistenz wünschte, vom Kapitel der Wohnungen und der Wäsche bis auf das der Bereitung von Broccoli und Artischocken herab.

Egino suchte Callisto in seiner Arbeitsstube auf.

»Ich werde nicht stören«, sagte er zu dem über Pergamente und Akten gebeugten Rechtsgelehrten, »und werde gehen, sobald ich von Euch vernommen, worin ich Euch dienen könnte.«

»Das könnt Ihr in der Tat, Graf Egino«, versetzte Signor Callisto. »Ihr könnt mir einen Gefallen erweisen, falls Ihr eine kleine Mühe nicht scheut und nicht etwa hier mit einem Mitgliede des Hauses Savelli bekannt geworden seid?«

»Weder das eine, noch das andere ist der Fall.«

»Nun wohl denn – ich habe morgen um die Abendzeit bei dem Herzog von Ariccia zu erscheinen, um dort einen Ehevertrag, den ich in seinem Auftrage aufgesetzt habe, unterschreiben zu lassen. Dabei möchte ich wenigstens einen der Zeugen mir ergeben und unter allen Umständen geneigt auf meine Seite zu treten, wissen. Ihr ahnt nicht, wie stürmisch es oft bei solchen Szenen, wo endgültig über das Mein und Dein entschieden wird, hergeht – wie gut es für den Rechtsgelehrten ist, dabei einen vertrauten und zuverlässigen Freund neben sich zu haben.«

»Ich bin gern bereit ... aber es muß etwas Absonderliches bei der Sache sein, daß Ihr nicht einen Eurer römischen Freunde vorzieht.«

»Ich ziehe nun einmal solch einen fremden, ganz unbefangenen und unabhängigen Freund wie Euch, der von den Leuten nichts zu fürchten und nichts zu erwarten hat, vor ... ist's Euch genehm?«

»Ihr ehrt mich damit und könnt über mich verfügen.«

»Dürft ich kommen Euch morgen eine Stunde vor Ave Maria abzuholen?«

»Gewiß; ich werde bereit sein jeden Weg mit Euch zu machen.«

»So sei's. Ich hoffe, es wird Euer Interesse erwecken einen Blick in das Innere des Hauses Savelli zu werfen.«

»Ohne Zweifel! Und nun sollt Ihr nicht länger von mir gestört sein. Ich weiß, daß Ihr zu arbeiten wünscht. Also ich erwarte Euch morgen. Soll ich«, setzte Egino lächelnd hinzu, »hoch zu Roß, in Wehr und Waffen sein wegen der »Szenen«, auf die Ihr deutet ... bei einer Vermählung?«

»Nein, nein, dessen bedarf's nicht; ich habe mich falsch ausgedrückt, wenn Ihr das denkt. Es gilt keine Fehdeszene, nur eine Angelegenheit, wo – eben vier Augen mehr sehen als zwei, zwei Männer entschlossener denken und die Sachlage besser überschauen als einer. Und falls mir gesagt würde: ändert dies oder bringt das hinein, so möcht ich nicht allein sein, wenn ich sagen müßte: ich darf, ich mag nicht! Euer Roß mögt Ihr aber immerhin nehmen, ich nehme das meine, weil der Weg für mich weit ist.«

»Nun wohl denn, bis morgen.«

Die Freunde reichten sich die Hand und Egino ging, um seinen Schützling im Garten abzuholen und zurückzubegleiten.

Als er zu den beiden Frauen kam, sagte Donna Ottavia:

»Was Eure Landsmännin Irmgard zunächst bedarf, haben wir unterdes glücklich gefunden, eine passende Wohnung bei redlichen Leuten für sie und ihren Ohm. Sie muß nur den Weg zu dem Quirinalischen Hügel zu finden wissen. Dort, hinter den Thermen des Constantin, und dicht an der Mauer, welche den Garten der Colonna umschließt, liegt das kleine Haus einer Witwe, die sich Giulietta nennt, und es mit ihrem Sohne Beppo, einem braven jungen Manne, der sich als Artista ernährt, bewohnt. Frau Giulietta, die einst meine Wärterin war und dann einen Handwerker, einen Klienten der Colonna heiratete, hat mir gesagt, daß sie zwei Kammern ihres Hauses an wohlempfohlene Fremde zu vermieten wünsche ... dort werden Eure Landsleute die beste Aufnahme finden, wenn sie kommen und sagen, daß ich sie sende!«

»Wie dankbar muß ich Euch sein!« fiel Irmgard ein, sich erhebend.

»Grüßt Giulietta von mir und auch Beppo, den braven Burschen«, sagte Ottavia, ihr die Hand reichend.

Mit dem Versprechen, daß sie nach einiger Zeit kommen und Donna Ottavia Bericht erstatten wolle, wie sie sich eingerichtet, verabschiedete sich Irmgard und Egino begleitete sie zurück zu

Ohm Kraps, der zum Glück diesmal während ihrer Abwesenheit keinerlei Unheil angestiftet hatte.

»Er zerbricht stets, wenn man ihn einmal für Stunden allein zu Hause läßt, irgendein Gerät, oder wirft eine Lampe oder rennt ein Möbel um – er ist wie ein Bär, so stark und so täppisch!« sagte sie lachend.

Egino verließ sie mit dem Versprechen, daß er ihr am andern Morgen seinen Diener Götz senden werde, um sie zur Frau Giulietta auf den Quirinal zu führen.

## 7. In der Burg der Savelli.

Es war am folgenden Tage eine Stunde vor Ave Maria.

Der Rechtsgelehrte war pünktlich gewesen. Auf einem bescheidenen, aber wohlgenährten Klepper reitend, erschien er in der Via della Mercede, vor dem Albergo del Drago.

Graf Eginos Diener führte hier seines Herrn schönes deutsches Edelroß gesattelt und gezäumt bereits auf und ab.

Als Egino jetzt aus der Tür der Drachenherberge trat, gestiefelt, gewappnet mit dem langen Stoßdegen und eben die langen Handschuhe von sämischem Leder anziehend, rief ihm Signor Callisto entgegen:

»Eigentlich ist es sehr töricht von mir, daß ich mit einem solchen Zeugen wie Ihr aufziehe!«

»Weshalb, Signor Legista? Denkt Ihr nicht Ehre genug mit mir einlegen zu können?« antwortete Egino, sich in den Sattel schwingend.

»Nein,« versetzte der Rechtsgelehrte, sein Pferd in Bewegung setzend, während Egino an seine Seite ritt, – »just umgekehrt; Ihr seid ein zu stattlicher Mann mit Eurem stolzen und schönen deutschen Kopfe und Eurem Wesen, als wäret Ihr ein Prinz aus dem Blute der alten Gothenkönige, so ein Enkel Alarichs; und Euer Roß nun gar mit seiner glänzenden Zäumung ... Ihr laßt doch Euren Diener zu Hause?« unterbrach sich Callisto, wie besorgt sich umschauend.

»Ich lasse meinen trefflichen Götz zu Hause, wie immer,« antwortete Egino, »wo er sich mir nicht selber aufdrängt, weil er meint, ich werde ohne ihn überfallen, beraubt, von Banditen entführt werden, wie ein Kind, das die Zigeuner rauben. Übrigens ist er müde, da er meinen deutschen Landsleuten beigestanden hat aus ihrem Pilgerquartier zu ziehen – auf den Quirinal, wißt Ihr, zu jener Frau Giulietta, die Eure Donna uns empfohlen.«

»Nun, desto besser,« sagte Callisto. »Die Sache ist die, daß ich nicht wünsche, daß mein Zeuge den Leuten, mit denen wir zu tun haben, auffalle. Man braucht nicht Forschungen anzustellen, wer

Ihr seid, ehe Ihr die Urkunde, die wir vollziehen sollen, mitunterschrieben habt.«

»Ihr scheint mir mit einem großen Mißtrauen an Euer Geschäft zu gehen, Signor Callisto. Wohin bringt Ihr mich eigentlich? Ist dies der Weg zum Monte Savello?«

»Ich bringe Euch nach Santa Sabina.«

»Auf dem Aventin? Das ist weit. Und was sollen wir im Kloster?«

»Wir reiten nicht zum Kloster von Santa Sabina, sondern zu dem daneben liegenden Hause der Savelli.«

»Aber die Savelli wohnen an der Montanara, in ihrem Palast auf dem Theater des Marcellus – auf Monte Savello, wie man's nennt.«

»In der Tat, und weil sie da wohnen, ist es seltsam, daß sie mich beschieden haben in ihre feste Burg, die einsam oben auf dem Aventin bei Santa Sabina liegt.«

»Zu einer Trauung?«

»Zu einer Trauung. Ihr müßt gestehen, daß der wohleingerichtete Wohnpalast für solch ein Familien-Ereignis fröhlicher Art ein bequemerer und besserer Schauplatz wäre.«

»Vielleicht,« fiel Egino ein, »ist in der Burg mehr Raum; vielleicht umschließt der alte Bau gerade die alte Hauskapelle, die seit der Väter Zeiten stets bei solchen Anlässen im Hause der Savelli gedient hat; oder es ist ein ähnlicher guter Grund, der sie dazu bestimmt!«

Callisto schüttelte den Kopf.

»Ich denke, Ihr werdet es selbst nicht mehr so harmlos nehmen, wenn ich Euch von der Braut und dem Bräutigam erzähle.«

»Nun so erzählt!«

»Die Braut ist ein Geschöpf, von deren Schönheit die, welche sie sahen, sich hingerissen zeigen. Ich sah sie nicht und kann also darüber nichts sagen. Aber ich weiß, daß sie eines alten und hohen, vielleicht gar aus irgendeinem Königsblut stammenden Geschlechts letzte Nachkommin ist. Sie stammt von den Corrados von Anticoli aus dem Sabinergebirge; die Corradina wird sie genannt und ihre Hand verfügt über ein stattliches Erbgut.«

»Und der Bräutigam?« fragte Egino.

»Der Bräutigam – das ists eben; der Bräutigam paßt zu ihr, wie ein Eber zu einer weißen Hindin. Nicht, als ob er noch viel vom Eber an sich hätte, leider nein; Luca Savelli ist durch sein ausschweifendes Leben erschöpft, morsch in allen Knochen; ein Gesell, wenn Ihr ihn seht, werdet Ihr sagen, er sieht aus wie mit der Giftjauche der Sünde getauft, die in dem großen Pfuhl, den man Rom nennt, zusammenläuft, und dann vom Teufel mit seinen schmutzigsten Brühen gewaschen. Er war der Freund des Cesare Borgia, bis Cesare Borgia ihn zu lasterhaft fand und ihn aus Rom fortjagte. Darauf hat er eine zeitlang mit einer Schar Banditen die Gegend von Nemi und Genzano tyrannisiert – und jetzt haben wir ihn hier, krank an der Perniciosa, gebrochen und durchfault, und Bräutigam der schönen Corradina. Was sagt Ihr dazu, Graf Egino?«

»Daß mich das arme Geschöpf in tiefer Seele dauert.«

»Ihr müßt nämlich noch wissen, daß die Herrin von Anticoli die Mündel des Herzogs von Ariccia ist. Ihr wißt, der Herzog von Ariccia ist das Haupt des Hauses Savelli.«

»Und er ist's, der seine Mündel zwingt dieses Scheusal von Luca Savelli zu heiraten?«

»Ich denke, so ist's!« entgegnete Callisto. »Luca Savelli ist sein zweiter Sohn. Der älteste, der Stammerbe, ist vermählt mit einer Colonna von Palliano. Ihr seht, für den ist gesorgt. Und für Luca, der sein väterliches Erbteil längst vertan hat, soll nun auch Fürsorge getroffen werden.«

»Ich hätte weit eher Lust die Braut, die geopfert werden soll, ihrem Oger zu entführen,« sagte Egino, »als, wie Ihr mich heißt die Hand zu dem Schmieden der Kette zu bieten, welche sie fesseln soll. Weshalb bietet Ihr die Hand dazu?«

»Ich? Bin ich nicht einmal der Notar und Rechtsbeistand des Hauses? Was hälfe es, wenn ich mich entzöge? Ein anderer wäre bald gefunden, der alles vollbrächte, was man verlangte. Aber Ihr könnt versichert sein, ich werde alles tun, was ich zum Schutze des armen Mädchens tun kann. In den Kontrakt, welchen mir der Herzog von Ariccia aufzusetzen geboten hat, habe ich anscheinend ganz harmlose Wendungen und Klauseln gebracht, die ihr doch das schönste Spiel gewähren, wenn sie einst vor einen Gerichtshof kommen und ein geschickter Advokat sie auszulegen hat. Ich werde die Augen offen halten; wenn die Corradina ein Wort fallen läßt, welches ihre mangelnde Einwilligung verrät, so wird es nicht auf den Boden fallen, und seht, just darum will ich als Zeugen mir nicht irgendeinen abhängigen Dienstmann oder Klienten der Savelli, einen von Signor Lucas Banditen gar, oder nur einen vielleicht bestechlichen, leicht einzuschüchternden Römer aufdrängen lassen – ich habe Euch gebeten mich zu begleiten.«

»Wahrhaftig, Ihr hättet niemanden bitten können, der bereitwilliger ist den Retter dieser bejammernswerten Corradina zu machen; und dem Luca Savelli seine morschen Knochen zu brechen!« rief Egino erregt aus.

»Ich hoffe, Ihr verliebt Euch nicht in sie, wie Ihr auf dem besten Wege zu sein scheint,« sagte lächelnd Callisto.

»Ihr müßt wenigstens einräumen, daß Ihr alles getan habt mich dazu zu verführen. Ich bin kein solcher Tor. Ich weiß, daß Colonna, Orsini, Savelli die größten Namen Eurer Geschichte sind und daß gar zwei Päpste, beide des Namens Honorius, diesem Hause Savelli angehörten. Ich kenne das von den Cosmaten kunstreich hergestellte Grabmal des Luca Savelli in Ara Celi.«

»Der Senator von Rom war, schon um 1266,« fiel Callisto ein; »doch geht ihr Stamm noch höher hinauf – jener Aventinus gar, der einen der Tiberhügel wider Aeneas verteidigte, war nach der Sage ein Saveller und der Hügel soll von ihm den Namen tragen. Sie sind Herren von Castell Savelli bei Albano, Grundherren von Albano und Ariccia, vielfach mit den Colonnas verbündet und Ghibellinen wie sie; sie sind des Heiligen Stuhles Erbmarschälle und Wächter der Conclaven, sie haben als solche ihren Gerichtshof, die Corte Savella – also haben wir es freilich mit Leuten von ziemlich anständiger Herkunft zu tun. Und nun, da wir aus Straßengewirre und Menschenstrom zu kommen beginnen, laßt uns unsere Pferde in Trab zu setzen, wir haben ein gut Stück Weges vor uns.«

In der Tat, es war ein weiter Weg; er führte über das alte Forum, am Palatin und dem Tal, welches einst den Circus Maximus umschloß, vorüber, und endlich den steilen Hang des Aventin hinauf. Zu ihrer Rechten hatten die beiden Reiter bald die mächtigen Substruktionen der Savellerburg und ihre Zinnenmauern, ihre Türme und Bastionen hoch darüber. Oben wandte sich der Weg rechts, südwärts; sie erreichten einen freien Platz, auf dem einige alte Zypressen standen; weiterhin erhob sich das Kloster Santa Sabina mit seiner Kirche, diesseits desselben lag dunkel, schwer und massig das Savellerhaus. Der freie, mit kurzem dürren Grase bedeckte Platz umgab es wie eine Art Glacis. Der Bau war im Stile jener Burgen, von denen uns der Venezianische Palast in Rom und der der Signoria oder der des Podestà in Florenz als Muster geblieben; ein fast aller Lichtöffnungen entbehrender Unterstock, ein hohes erstes Geschoß, darüber ein niederer Stock mit kleinen Fenstern, oben eine Reihe fester Zinnen; hie und da ein kleiner Erker; über das Ganze aus der Mitte emporragend ein vierkantiger, oben sich ausladender Turm mit Plattform hinter den schmaleren Zinnenzacken. Alles schwer und düster aufgebaut *»alla saracenesca«*, aus großen Quadern und kleinerem Ziegelwerk in schichtenweiser Abwechslung. Die Reiter ritten durch das offene Tor in die Burg ein und stiegen in dem Hofe ab, in welchem unten rundum eine Reihe schwerer Pfeiler die am oberen Stock entlang laufenden, von schönen antiken Marmorsäulen gebildeten Arkaden trug.

In dem bedeckten Pfeilergang unten und im Hofe trieb allerlei Volk sich um, das teils in Festkleidern, teils und zumeist in zerrissenem und verwildertem Zustande war und mit den langen wilden Haaren und Bärten, den Dolchen im Gürtel, den Bundschuhen, den Ziegenfellen, die als Gamaschen dienten, den mageren, sonnenverbrannten Gesichtern und tückischen Physiognomien nichts von dem an sich hatte, was eine zu einer friedlichen Hochzeitsfeier geladene Gesellschaft auszeichnet.

»Ihr habt recht, Signor Callisto,« sagte Egino, als sie einem der Burschen ihre Pferde übergeben hatten und nun sich dem Innern des Gebäudes zuwendeten, »Ihr habt recht diese Hochzeit ein wenig befremdlich zu finden, vorausgesetzt, daß dies die Hochzeitsgäste sind.«

»Wir werden die richtigen oben finden,« antwortete der Advokat. »Das Gesindel da sind die Banditen des Herzogs und die ärmeren Klienten des Hauses aus der Stadt – diese letzteren haben sich, wie

Ihr gesehen haben werdet, zu Ehren des Tages in Festkleider geworfen.«

Auf der breiten, nach oben führenden Treppe fanden sich Diener die beiden Ankömmlinge in das große Zimmer mit dem Thronhimmel, der jedes römischen Fürsten Vorzimmer schmückt, zu geleiten, in welchem sich jedoch ebensowenig von den Gästen, welche Callisto zu sehen erwartet hatte, als draußen entdecken ließ.

Nur zwei Männer in der schwarzen Tracht von Hausbeamten gingen in dem Saale auf und ab, leise miteinander redend.

»Da wär' ich mit meinem Zeugen, Signor Antonio,« sagte Callisto zu dem einen, während er dem anderen zunickte: »kommen wir zur rechten Zeit, Signor Giovanni Battista?«

Die Männer verbeugten sich und Signor Antonio, der ältere, sagte:

»Es ist alles zur Trauung bereit, Signore Minucci, wir sollen Euch sofort zur Excellenza führen!«

Der andere hatte sich schon der nächsten Türe zugewendet und öffnete sie, um Callisto mit seinem Begleiter in einen kleineren Raum eintreten zu lassen.

Der Herzog von Ariccia saß in diesem Raume am Fenster in einem Lehnstuhl, ein kleiner magerer Mann, in dunkelgrünen Samt gekleidet, eine goldene Ordenskette auf der Brust; er hatte die Hände auf den Knauf des Degens, den er zwischen seinen Knien hielt, gelegt und stützte darauf das spitze, vorspringende Kinn. Das Gesicht war wie das eines Vogels – aber Egino fiel bei dieser gekrümmten Nase, diesen kleinen tief unter dichten schrägen Brauen liegenden Augen nicht der Adler ein – nur der Weih.

Ein jüngerer Mann in reicherer Tracht, die Arme über der Brust verschlungen, mit dem Rücken an die Fensterwand gelehnt, stand vor dem Herzog.

»Endlich, Signor Callisto, kommt Ihr!« sagte den Kopf erhebend der Herzog von Ariccia. »Wir warteten nur noch auf Euch.«

»Ich komme pünktlich, gnädiger Herr!«

»Wen bringt Ihr da?«

»Einen jungen Deutschen, der in Bologna Jura studiert hat und nun bei mir lernt, wie denn das Recht, von dem man ihm dort so viel gesprochen hat, in unserer Praxis eigentlich gemacht wird.«

Callisto zog ein mehrfach gefaltetes großes Pergament aus seiner Brusttasche hervor und überreichte es dem Herzog.

Dieser begann es aufmerksam, mit gerunzelter Stirn zu lesen – sein Sohn war hinter ihn getreten, und blickte ihm dabei über die Schulter. Die Dämmerung fing an sich bemerkbar zu machen – sie schien nach einer Weile dem alten Herrn das Lesen zu erschweren.

»Es wird dunkel,« bemerkte Callisto, »befehlt Ihr, gnädiger Herr, daß ich nach Licht rufe?«

»Nein, nein, laßt nur – ich sehe schon,« versetzte der Herzog, und dann, nachdem er zu Ende, sagte er zu seinem Sohne aufblickend:

»Ich denke, es ist alles, wie wir es wünschen, Livio?«

Livio Savelli nickte mit dem Kopfe.

»Es ist alles darin, was wir Signor Callisto angegeben haben, scheint mir,« sagte er dabei – »nur ein wenig aus der Sprache des gesunden Menschenverstandes in die des Rechts verdreht – ohne das wird es Signor Callisto nun einmal nicht tun!«

»So können wir hinübergehen und lassen die Unterschriften und dann die Trauung vollziehen,« sagte der Herzog, sich erhebend. »Signor Callisto, wißt Ihr, daß mein Sohn Luca sehr krank ist?«

»Ich wußte, daß er leidend ist, gnädiger Herr.«

»Leidend ..., nun ja, so leidend, daß es ihm schwer wird ein Glied zu rühren. Er hatte die Perniciosa, wißt Ihr; das Fieber ist nun gewichen, der heiße Puls ist stiller geworden, die wilden Träume sind zu Ende; aber Ihr wißt, solch ein Fieber, wenn es abzieht, läßt im Menschen eine große Mattigkeit und Kraftlosigkeit zurück und deshalb braucht es Euch nicht Wunder zu nehmen, Signor Callisto, wenn Ihr den Bräutigam bei der Trauung ein wenig apathisch erblickt.«

»So nimmt mich nur Wunder, gnädiger Herr, daß Ihr nicht seine Heilung abwartet, um ihn zu verheiraten,« sprach Callisto.

»Freilich, Signor Callisto, das ist ein sehr vernünftiger Rat, den Ihr da gebt. Nur schade, daß ihn die Corradina nicht hören will. Das

Mädchen ist, wie Ihr wißt, seit Jahren ihm bestimmt, seit Jahren hat sie diese Verbindung in ihren bräutlichen Gefühlen ersehnt; der wilde Luca hat weniger Eile an den Tag gelegt; jetzt hat das arme Geschöpf sich an seinem Krankenbette geängstigt und um ihn gebangt; sie ist außer sich bei dem Gedanken, daß er sterben könne, bevor er ihr Gatte geworden, und so müssen wir ihr wohl den Willen tun sie mit ihm zu trauen; wenn er stirbt, will sie wenigstens den Trost haben seinen Namen zu tragen, seine Witwe zu sein. Was ist zu machen, wenn Frauen wollen?« schloß der Herzog seine Rede.

»Ihr werdet deshalb auch natürlich finden, daß wir die Trauung im engsten Kreise vollziehen,« fügte Livio Savelli hinzu. »Die Hochzeitsfeier kann später, wenn Luca genesen ist, stattfinden – heute hätten viel Gäste und ein lärmendes Fest sich nicht geschickt. Also kommt!«

Nach diesen Worten wendeten die beiden Savelli, Vater und Sohn, sich dem Ausgang des Gemaches zu – die bedeutungsvollen Blicke, welche Signor Callisto seinem Schüler zuwarf, entgingen ihnen deshalb ... Egino aber verstand sie nicht.

Sie traten in einen großen Raum, welcher wohl ehemals als Bankettsaal gedient haben mochte, jetzt aber, der Einrichtung beraubt und von der Dämmerung durchdunkelt, mit seinen verblichenen Wandmalereien sehr trist und öde aussah; am Ende des Raumes wurde von innen von einem Diener, der die Schritte der Nahenden gehört haben mußte, eine Tür geöffnet und die vier Männer standen gleich darauf in einem großen Wohngemach von eigentümlicher Einrichtung.

Links hatte der Raum zwei hohe Fenster, die auf den freien Platz und den Rücken des Aventin hinausgingen. Die Wand rechts, den Fenstern gegenüber, lief nur bis etwa zur Mitte des Raumes. Dann sprang sie im rechten Winkel zurück, so daß man dort in einen anschließenden zweiten und tiefen Raum blickte, in dessen Hintergrund ein hohes Himmelbett stand und in dem mehrere Schichten von Teppichen den Boden bedeckten.

Gepolsterte Lehnstühle und Vorhänge vor den Fenstern und Flaschen mit Heiltränken auf den Tischen ließen erraten, daß dieser Raum für die Pflege eines Leidenden bestimmt sei.

Der Tür gegenüber, durch welche die Savelli und unsere Freunde eingetreten, führte eine breite Treppe von etwa acht oder neun Stufen in einen ferneren Raum, der um ein halbes Stockwerk höher lag; man sah im Hintergrunde desselben einen Altar, auf welchem zwei Kerzen brannten und auf dessen Stufen zwei Mönche, die weiße Röchel über ihren Kutten trugen, knieten; der erhöhte Raum mußte die Hauskapelle sein, die Mönche dem benachbarten Kloster Santa Sabina angehören; sie trugen das Dominikanerhabit.

Eginos Auge überflog mit raschem Blick das alles, um dann an zwei Gruppen von Personen haften zu bleiben, welche das Gemach, in dem er sich befand, belebten.

Die erste bestand aus zwei Frauen in stattlichen Roben von schweren faltigen Stoffen, die eine bereits bejahrt, die andere mit einem schönen edelgeschnittenen Gesichte, etwa dreißig alt, im Übergang zu jener Derbheit der Gestalt und stattlicher Fülle, welche den Römerinnen oft so früh schon die Anmut ihrer Jugendblüte rauben.

Sie saßen, sich leise zusammen unterhaltend, auf den Steinbänken in der Fensternische einander gegenüber und erhoben sich jetzt beim Eintritt der Männer.

Im Hintergrunde des Gemachs, dem Eingang in das Krankenzimmer nahe, stand ein Tisch; hinter demselben in einem Armstuhl ruhte lässig, den Kopf auf die Brust gesenkt, den rechten Arm auf den Tisch gelegt, ein Mann in einem Wams von dunkelrotem Samt, einen mit einer Perlenschnur umschlungenen Hut vom selben Stoffe auf dem Kopfe, so daß seine Züge völlig beschattet waren; auch erhob er, als die Männer eintraten, das gesenkte Haupt nicht, er blieb regungslos und wie völlig ohne Teilnahme.

Zu seiner Linken, den rechten Arm auf die Lehne des Sessels gestützt, stand eine große hochgewachsene Frauengestalt; sie war in weiße langhinflutende Seide gekleidet, ein Kranz von Orangenblüten ruhte auf ihrem Haupte über dem reichen dunkelblonden, ganz frei über die Schultern hinfließenden Haar. Ein großer freier Blick unter den sich ruhig emporschlagenden Lidern her begegnet den Eintretenden – haftete auf keinem, nur auf Egino eine kurze Weile, und wendete sich dann auf – den stillen Bräutigam.

Egino öffnete beim Anblick dieser Gestalt die Lippen, als ob er einen Ausruf der Überraschung, des Staunens unterdrückte.

Er hatte in all seinem Leben solch ein Mädchen, solch ein Weib nicht gesehen, solch ein hinreißendes Weib. Es war ein Weib und war wie die Gestalt einer Göttin. Sie konnte, so schien ihm, diesen Brautkranz nicht für einen Mann, für einen Sterblichen tragen; es war unmöglich, daß diese Gestalt etwas gemein hatte mit dem morschen, halbtoten Menschen neben ihr, um dessen gebrochene Glieder die Falten seiner Kleider schlotterten – nein, nein, der Kranz auf ihrem goldenen Haar, auf diesem stolzen Haupte war wie ein Kranz ihrer Vermählung mit etwas unendlich Hohem, Schönem, Überirdischem!

Was die Schönheit ihrer Züge für Egino noch zauberhafter machte, war die große Weiche, das Unbestimmte, Verklärte, welches ihnen die Dämmerung gab. Ein schönes Gesicht, das in der Dämmerung vor uns auftaucht, erhält dadurch den gefährlichsten Zauber. Egino erfuhr es in diesem Augenblicke, der Zauber ergriff ihn mit einer Gewalt, als ob er ihn von dieser Stunde an nie mehr loslassen werde – er stand wie an den Boden gewurzelt, seine Arme hatten sich leise, unmerklich gehoben, wie sie sich heben, wenn etwas Plötzliches uns ergreift, wenn am dunkeln Himmel plötzlich ein Meteor vor uns aufflammt.

Der Herzog von Ariccia war zum Tische getreten; er stand vor ihm, so daß er zwischen dem Rechtsgelehrten und dem kranken Bräutigam zu stehen kam. Livio näherte sich auf der anderen Seite seinem Bruder.

»Hier ist der Ehepakt, auf den wir warteten«, sagte der Herzog, das Pergament auf den Tisch breitend; »setzt Eure Namen darunter, meine Kinder – Du zuerst, Luca, und dann Corradina und wir anderen; und dann zur Kapelle – beeilen wir alles, damit die Anstrengung und Aufregung für Luca abgekürzt werde, so viel es möglich ist – Livio, hilf Deinem Bruder bei der Unterschrift, seine Hand ist schwach.«

Livio hatte bereits das Pergament sachte unter seines Bruders Arm geschoben und nahm nun eine Rohrfeder, die er mit Tinte füllte und dem Kranken zwischen die Finger schob, und dann nahm er dessen Hand und half ihm die Worte: Luca Savelli schreiben.

Er gab die Feder der Braut. Langsam, gemessen, ruhig nahm diese sie in Empfang und schrieb. Der Herzog folgte, dann Livio, dann die zwei schwarz gekleideten Männer in der Tracht höherer Hausbeamten, die Callisto im Vorsaal als Sor Antonio und Giovan-Battista begrüßt hatte und die während des vorigen leise aus dem Krankenzimmer herbeigekommen waren. Auch sie unterschrieben, dann bückten sich beide zu dem Stuhle des Kranken, hoben ihn auf und trugen ihn der Treppe zu, die Stufen empor und in die Kapelle. Mit eigentümlichen Blicken hatte dem allen Callisto zugeschaut – jetzt sich zu Egino wendend, sagte er flüsternd:

»Es scheint fast, unsere Unterschrift wird nicht verlangt, so – drängen wir uns nicht damit auf – ich schreibe ohnehin nicht gern – ins Dunkle!«

Es war – man weiß, wie rasch im Süden die Nacht der Dämmerung folgt – so dunkel geworden, daß das Schreiben in der Tat fast schon schwierig wurde – Egino aber sah mit einem Blick auf das Pergament, mit wie kräftigen festen Zügen, neben dem fast unleserlichen Luca Savelli und über den erregt, unruhig gekritzelten Worten: Geronimo Savelli d'Ariccia, der Name: Corradina, Contessa d'Anticoli stand.

Die Anwesenden hatten sich schon sämtlich die Treppe hinauf in die Kapelle begeben; sie umstanden rings wie eine Wache den Stuhl des Kranken, neben dem auf einem Kissen die Braut auf der ersten Stufe des Altars kniete.

Der eine der beiden Mönche stand, den Rücken dem Altar zugewendet, vor ihnen, ein offenes Buch in der Hand. Der andere als sein Gehilfe seitwärts hinter ihm.

Durch die zwei niederen Fenster links quoll nur noch ein sparsames Licht auf die ganze seltsame Gruppe: den Kranken in seinem Stuhl, das neben ihm kniende Weib in ihrem leuchtenden Weiß und mit dem freiflutenden Haar; die um eine Stufe erhöhten Mönche und die reich gekleideten Männer und Frauen umher.

Callisto war in die Kapelle rasch hinaufgeschritten – Egino, wie von einem Zauber gezogen, langsam gefolgt.

Wie ein Traum war ihm das ganze Bild, auf dem starr seine Augen lagen, während er unbeweglich auf der obersten Stufe der

Treppe, welche zugleich die Schwelle der Kapelle war, stand. Einen Augenblick zuckte er zusammen; es war, als ob er ein Ja aussprechen hörte, das Ja eines Mannes, nicht laut, nicht kräftig, aber vernehmlich und rasch hervorgestoßen; ein anderes Ja, rein und fest von einer klaren Frauenstimme gesprochen, folgte.

Und dann wendete sich der Mönch, wobei der Kerzenschein sein mageres markiertes Gesicht erhellte; er wandte sich zum Altare, um die Ringe zu nehmen, und wandte sich zurück, und darauf folgte wieder Gemurmel des Mönchs und Bewegungen seiner Hand, als ob er segnete und Hände zusammenfüge und wieder segnete, und dann ...

Egino fühlte eine Hand auf seinem Arm.

Es war die Callistos.

»Ich bitt' Euch, seht Euch genau den Bräutigam an, wenn er an Euch vorübergetragen wird«, raunte der Advokat.

Egino wendete ihm langsam den Kopf zu, als ob er ihn nicht verstanden.

Nur noch wenige Augenblicke, dann war alles zu Ende; die Gruppe vor dem Altar öffnete sich, die zwei schwarz gekleideten Männer hoben den Stuhl mit dem Kranken empor und trugen ihn an Egino vorüber zur Kapelle hinaus. Die Vermählte folgte dicht hinter ihm. Egino dachte an Callistos Ermahnung nicht, er sah nur sie. Sie schritt an ihm vorüber in stolzer aufrechter Haltung, mit starren Zügen, wie ein Marmorbild, das schreitet; so ging sie die Treppe hinab. Während sie niederstieg, sah Egino von seiner höheren Stelle auf den Orangenblütenkranz und das goldene Haar hinab; es war ihm, als ob die Gestalt vor ihm versinke, als ob sie hinabstiege, hinabgezogen werde in Nacht und Dunkel, in die Nacht ihres Schicksals.

Und dann verschwand alles. Der kleine Zug wendete sich, am Fuße der Treppe in dem Gemache unten angekommen, nach links, dem Krankenzimmer zu – die Falten der Schleppengewänder der zwei zuletzt schreitenden Frauen, wie sie um die Mauerecke an der Treppe unten verschwanden, waren das letzte, was Egino erblickte.

Nur der Herzog von Ariccia war am Altare zurückgeblieben. Er sprach dort flüsternd mit dem einen der Mönche. Jetzt kam er mit raschem Schritte dem Rechtsmanne nach, der seinen Arm in den Eginos legend mit diesem ebenfalls die Treppe hinabschritt.

»Signor Legista«, sagte er, »nun, da alles Nötige vollzogen, folgt mir in meine Gemächer drüben – ich denke, Ihr nehmt eine kleine Entschädigung für das fehlende Hochzeitsbankett an und leert mit mir einen Becher Montefiascone auf das Wohl der jungen Leute, Ihr und Euer »Schüler« da!«

»Nein, Herr, das tu' ich nicht, wenn Ihr's nicht ungnädig nehmen wollt.«

»Und weshalb nicht, Signore Minucci?« fragte der Herzog, den Kopf aufwerfend.

»Als kluger Jurist nicht!« versetzte Callisto mit leichtem Ton. »Nähm' ich heut' die Entschädigung, so wäre ich abgefunden am Tage des Hochzeitsbanketts und auf das will ich mein Recht nicht verscherzen, und mir alle Ansprüche vorbehalten, daß Ihr's nur wißt!«

Der Herzog zwang sich zu einem kurzen Lachen.

»In der Tat, Ihr seid ein Mann der Vorsicht – aber wenn ich Euch nun beruhige und gelobe – seht, da kommt Livio zurück, er wird uns Bescheid tun und auch die Mönche, sobald sie ihr Priestergewand abgelegt haben – also folgt mir ...«

Callisto fühlte einen heftigen Druck vom Arme Eginos auf dem seinen.

»Entschuldigt uns in der Tat«, antwortete deshalb der Rechtsgelehrte – »Ihr wißt, ich wohne fern, vor der Porta del Popolo; es wird Nacht und die Nacht ist niemands Freund, oder besser, sie hat in Rom zu viele Freunde – drum zürnt uns nicht, wenn wir ...«

»Laß sie ziehen, unsere Rechtsleute«, fiel hier Livio ein, »Du siehst, Vater, sie fürchten, daß, während mein armer Bruder noch so schwach und hinfällig ist, sie schlechte Zechgenossen für einen Abendtrunk an uns haben würden – es mag lustigere Gesellschaft geben, die sie erwartet also *bona sera*, Ihr Herren!«

Der Herzog bestand nun auch nicht weiter. Er reichte Callisto die Hand, nickte kalt Egino einen Gruß zu und mit den Worten: »Wohl denn, Livio mag recht haben, gehabt Euch wohl, Signor Callisto, und habt fürs erste Dank!« wendete er sich ab und dem Raume des Kranken zu.

Livio begleitete Callisto und Egino bis an die Tür des Gemachs.

Als sie sich draußen allein sahen, schritten beide durch die Vorzimmer mit einer Hast wie ein paar Verfolgte, Fliehende.

## 8. Dem Tode getraut.

Unten im Hofe angekommen, schwangen sich die beiden Männer ebenso hastig auf ihre Pferde. Schweigend verließen sie die Burg der Saveller.

Draußen drängte Signor Callisto sein Tier dicht an das Eginos und flüsterte mit einer Stimme, in welcher die Aufregung bebte:

»Habt Ihr es wahrgenommen?«

»Wahrgenommen? Was wahrgenommen?« rief der Deutsche mit einem barschen Tone und stürmisch aus. »Bei Gott, ich habe wahrgenommen, was hinreicht, um mich verrückt zu machen. Ich bin von Sinnen gekommen dabei, ich habe mich selbst nicht mehr; es ist mir, als hätte eine böse Gewalt, ein wilder Dämon meine Seele um und um gekehrt – ich möchte aufschreien, ich möchte weinen, ich möchte jemanden töten, am liebsten alles, was Savelli heißt – ich bin nicht mehr ich selbst, ich bin an dieses Mädchen, an dies wunderbare Weib wie verloren, wie an sie gezaubert, nicht bloß mit meinen Gedanken, nein mit meinem ganzen Sinne, mit jeder Muskelfaser, jeder Fiber, jedem Herzschlag, jedem Blutstropfen ... Callisto, Callisto, was habt Ihr an mir getan und über mich gebracht, daß Ihr mich dies Frauenbild schauen ließet, dies Bild, das mich nun besitzt, sich nachreißt, in seine Nacht und in sein entsetzliches Elend zieht!«

Callisto blickte erschrocken auf den wie in Heller Verzweiflung diese Worte hervorstoßenden jungen Mann.

»Gott steh uns bei!« sagte er – »Ihr redet verstörtes Zeug in mich hinein, und meine Seele ist, der Himmel weiß es, verstört genug! Ihr seid durch die Schönheit dieser »Braut« bezaubert, hingerissen, in Leidenschaft geraten? Zum Teufel, Ihr werdet kein Tor sein! Ihr werdet es zu überwinden wissen ...«

»Dazu müßt' ich den Willen haben es zu überwinden. Und ich habe, das schwöre ich Euch beim Blute Christi, nur den einen Willen mir dies Weib zu erobern, sie loszureißen von dem elenden, siechen, armen Hund von Bräutigam, der kein Glied rühren konnte .. ich morde diesen Luca Savelli, ich morde seine ganze Sippe, wenn ich durch Blut ...«

»Halt, halt, Graf Egino«, rief Callisto aus, »redet keinen Wahnwitz und vor allem verschwört dem Teufel Eure Seele nicht, wenn nur der Teufel Vorteil davon hat. Ihr könnt dies Weib durch einen Mord nicht freimachen –«

»Und weshalb nicht?«

»Weil sie nicht mit einem Lebenden, den Ihr aus dem Wege zu räumen hättet, getraut ist ...«

»Was heißt das?«

»Wo hattet Ihr Eure Augen?«

»Meine Augen? Meine Augen ruhten auf ihr; hätte ich hundert gehabt, ich hätte nur sie gesehen ..«

»Und lagen sie keinen Moment auf dem – Bräutigam?«

»Nur lange genug, um zu sehen, daß sie einer jammervollen Gliederpuppe getraut wurde ...«

»Einer Gliederpuppe? Nein, einer Leiche, Graf Egino! Die Corradina wurde, man könnte sagen, dem Tode vermählt!«

»Dem Tode?!«

»Ja, Graf Luca Savelli war tot.«

»Tot!« schrie Egino laut auf.

»Ihr wart blind, daß Ihr es nicht saht!«

»Gerechter Jesus!«

»Ich erkannte es sehr bald«, fuhr Callisto fort, »trotz dem, was sie taten es vor uns zu verdecken. Luca Savelli war tot.«

»Aber ums Himmelswillen, wozu...«

»Fiel es Euch denn nicht schon auf«, sprach Callisto, ohne auf diesen Ausruf zu hören, weiter, »daß der Herzog geflissentlich das Licht bereits im ersten Zimmer, in dem wir ihn fanden, fern hielt? Obwohl es dunkel wurde? Die ganze Handlung war in die Stunde der Dämmerung verlegt. Auch auf dem Altar brannten nur zwei dürftige Kerzen. Daß ich Euch mitbrachte, einen Fremden, mochte störend genug erscheinen, aber sie hatten das Gewissen nicht rein genug, um einen Einwand zu wagen – und keinen Vorwand! Saht

Ihr nicht, wie sie stets den Toten umstanden, damit unsere Blicke nicht auf ihm ruhen sollten?«

»Und das »Ja«, das er sprach?«

»War Livios – habt keinen Zweifel. Ich kenne die Stimme!«

Egino war sprachlos geworden vor Erstaunen.

»Aber die Zeugen, die unterschrieben, der Mönch, der traute –«  rief er dann nach einer Pause.

»Gott«, fiel Callisto achselzuckend ein, »ein Herzog von Ariccia findet Werkzeuge zu allem!«

»Und Ihr, Ihr selbst, Callisto, um der ewigen Gerechtigkeit willen, weshalb zerrisset Ihr Euer falsches und lügnerisches Dokument nicht und schleudertet die Stücke nicht diesen entsetzlichen Menschen ins Angesicht; weshalb sagtet Ihr mir nicht, nicht mit einer Silbe, was Ihr wahrnahmt? Ich hätte mich lieber in Stücke reißen lassen, als diesem Frevel schweigend zuzuschauen ...«

»Dankt Gott, daß ich schwieg. Was hätte Reden genützt? Es waren Leute genug da unten unter den Arkaden und im Hofe, um uns unschädlich zu machen; ich sah Lanfranco mit seinen Söhnen drunter, einen der schlimmsten Gurgelabschneider aus dem Gebirge. Freut Euch, daß wir sicher auf dem Heimwege sind und wieder im Sattel unserer Gäule. Ihr könntet, im Vorbeigehen gesagt, dem Euren ein wenig mehr die Zügel kürzen auf diesem sich steil abwärts senkenden Wege; wären wir weniger ruhige Zuschauer geblieben, so schritten diese selben Gäule jetzt wohl unter einem Paar geknebelter Männer ostwärts den Bergen und irgendeiner stillen, einsam liegenden Burg der Saveller zu.«

»Und wenn auch, dies himmlische Weib wäre gerettet worden, es wär' nicht das Entsetzliche geschehen, sie wäre nicht dem Tode vermählt worden!«

»Wißt Ihr das so gewiß ...? Und war es nicht an ihr zunächst zu reden, konnte sie nicht das entscheidende Nein sprechen? Wißt Ihr, ob nicht alles mit ihrer Einwilligung geschah? Ob sie nicht stolz darauf ist nun den Namen dieses toten Luca tragen zu dürfen? Wahrhaftig, sie sah ganz danach aus, als ob sie mit voller Freiheit sich zu diesem verruchten Spiele hergegeben; ihre Brauen waren fest zusammengezogen, ihre Lippen zitterten nicht ...«

»O, das ist unmöglich! Wie ließe solche Jugend, Schönheit und Lebensfülle sich dem Tode antrauen, freiwillig an einen Toten schmieden? Nein, nein, das Entsetzen und die Verzweiflung hatten sie versteinert!«

»Es ist möglich«, versetzte Signor Callisto Minucci sinnend, »es ist möglich. Wer weiß es! Fürs erste ist das wenigstens sicher, daß wir nach einigen Tagen die Anzeige erhalten werden, Graf Luca sei soeben seiner Krankheit erlegen, und daß Rom das Schauspiel der Bestattung eines Savellers in dem alten Erbbegräbnis in Ara Celi haben wird ... man wird artig genug sein mich dazu zu laden; wollt Ihr mich dann wieder begleiten, Graf Egino, so werde ich Euch auch dazu abholen wie heute.«

»Ich könnt' Euch hassen, Callisto, wegen der Ruhe, womit Ihr alles dies sagt«, entgegnete zornig Egino. »Hat es nicht auch Euch das Herz im Leibe umgewendet, hat ...«

Der Rechtsgelehrte zuckte noch einmal die Achseln.

»Blickt um Euch, Graf Egino; es ist sehr dunkel geworden, aber Ihr erkennt dort rechts noch den Palatinischen Hügel und die Trümmer der Cäsarenschlösser; dort vor uns die Höhe ist das Capitol. Ihr seid in Rom und verwundert Euch über etwas, Ihr habt nicht verlernt über Menschen und ihre Taten zu erstaunen?«

»Ihr müßt«, fuhr er, als Egino nicht antwortete, fort, »Ihr müßt weiser werden und lernen, daß in einer Welt, deren geistiger Aufbau zur letzten Grundlage das Mirakel hat, alles möglich wird. In jener hochliegenden Kammer, worin wir dieser Trauung beiwohnten, hat einst der heilige Dominicus als Gast des Papstes Honorius geschlafen; deshalb haben sie sie zu ihrer Hauskapelle gemacht. Weshalb sich entsetzen, wenn an dem Altare eines solchen Mannes das Lebendige dem Toten geopfert wird! Was mit dem Mirakel beginnt, muß mit dem Wahnsinn enden.«

## 9. Der Schild der Hohenstaufen.

Der leidenschaftliche Ausbruch, mit welchem Egino den unauslöschlichen Eindruck gestanden, den die Braut des toten Savellers auf ihn gemacht, hatte nichts zu Heftiges, zu Feuriges, nichts Unwahres gehabt. Was er seinem Begleiter gesagt, geschildert, das fühlte er; er fühlte es in unverminderter Stärke während der Nacht, die er schlaflos zubrachte; er fühlte es am folgenden, an allen nachfolgenden Tagen, während denen er die Stunden einsam in seiner Kammer zubrachte, untätig, träumend, stumpf wider alles andre, oder umherschlich, einsame Wege aufsuchend, den Anblick von Menschen meidend, schon die Stimme der Menschen scheuend und umherirrend wie ein Verlorener.

Und je mehr er still gegrübelt und gedacht, desto mehr versank er in die heillose Verzweiflung, die sich seiner bemächtigt hatte ... die Verzweiflung des Willens in Ketten der Leidenschaft, welche ihre Stirn wider die eherne Mauer des Unmöglichen einrennt. Unmöglich, unmöglich ... es war ja unmöglich für ihn, den Fremden, Hilflosen, sich einen Weg in die Burg des gewalttätigen Geschlechts zu bahnen und das Opfer zu befreien, das nach seiner Vorstellung keinen andern Retter, Rächer, Schützer hatte als ihn – es war tausendfach unmöglich!

Unmöglich – schon durch ihn selbst, vielleicht am meisten durch ihn selbst. Hätte nicht ein anderer in seiner Lage Mittel und Wege entdeckt sich den Savelli bekannt zu machen, ihre Freundschaft, ihr Vertrauen zu gewinnen, sich in ihr Haus, auf ihre Villen laden zu lassen, sich der Corradina so zu nähern, ihre Gesinnungen zu erforschen, um ihre Neigung zu werben? Alles das hätte ein anderer gekonnt. Aber Egino dachte nicht daran. Sich verstellen, eine Maske vornehmen, Freundschaft und Ergebenheit heucheln, wo er haßte, bis aufs Blut haßte – seine ehrliche deutsche Natur war nicht im Stande dazu! Er hatte wider die Lüge nur die Wahrheit, wider die Tücke nur den Zorn, wider die Gewalt nur die Gewalt als Waffen. Und diese Waffen, was nützten sie!

Egino fühlte sich versinken, verkommen, untergehen in dieser entsetzlichen Lage. Er kam nicht mehr los aus dem engen Gedankenkreise, der ihn umspann, gefangen hielt, umschloß wie ein eiserner Ring, der ihm den Atem, die Kraft zu leben raubte ... aus den Gedanken an das unglückselige wunderbare Weib und an ihr Los und die Tatsache, daß er sie retten wollte, retten mußte, und daß er so ohnmächtig sei wider diejenigen, welche ihr junges Leben vernichteten, wie ein armer Vogel ohnmächtig ist wider die Mauer, gegen die er flattert.

Eines Abends kam Egino todmüde von einem langen Spaziergange heim; er war in der Campagna umhergeirrt, unter Ruinen alter Grabmäler an der »Königin der Straßen«. Als er in seine Wohnung trat, meldete ihm sein Diener Götz, Signor Callisto Minucci sei dagewesen, um ihn zu einem Gange zum Kapitol abzuholen.

»Und was sollt' ich mit ihm auf dem Kapitol?« fragte Egino.

»Es wird da einer von den Großen bestattet, in einer der Kirchen da oben«, versetzte Götz.

»Einer der Großen Roms wird auf dem Kapitol bestattet?« rief Egino aus. »Er heißt Luca Savelli, dieser Tote?«

»Ich glaube, ein Name, der so klang, war es«, versetzte der Diener. »Wollt Ihr nachgehen, Herr?«

Egino warf sich erschöpft in seinen Armstuhl.

»Nein«, sagte er. »Ich brauche ihn nicht bestatten zu sehen, um zu wissen, daß er tot ist. Geh' Du, wenn es Dich lockt. Geh'! Doch halt, gib mir mein Schwert, meinen Mantel zurück; ich werde gehen und Du folgst mir.«

Egino verließ eilig das Haus wieder. Der Gedanke war ihm gekommen, daß bei dieser Bestattung die Frauen des Hauses Savelli anwesend sein könnten und daß es möglich sei, daß er Corradina unter ihnen erblicken würde.

So schritt er in Hast, von seinem Diener gefolgt, den Corso hinab und dem Kapitol zu, dann die hohe Treppe mit der endlosen Folge von Marmorstufen zur Kirche Ara Celi hinauf.

Das Portal war schwarz verhangen.

Als er in das Innere trat, das mit schwarzem Tuche ausgeschlagen war und von zahlreichen flammenden Wachslichtern und Fackeln erhellt wurde, hörte er einen düsteren Trauergesang sich entgegenschallen, der aus einer der Seitenkapellen rechts am oberen Ende der Kirche kam. In der Mitte des Schiffes sah er einen von brennenden Fackeln umgebenen Katafalk ... er war leer, der Sarg war heruntergenommen; den Sarg hatte man bereits da oben in der Kapelle in die Gruft gesenkt.

Eine große Menge von Zuschauern und Leidtragenden verlief sich nach allen Richtungen; – das Ganze war zu Ende, und Frauen, schien es, hatten keine anderen daran Teil genommen, als die der Klienten des Hauses und die aus dem Volke, das rechts und links von Egino jetzt dahin strömte die Kirche zu verlassen.

Auch Egino wendete sich zurückzukehren. Als er durch das Schiff der Kirche wieder an dem Katafalk vorüberschritt, fiel sein Auge auf dies mit schwarzen Samtdecken und Goldstoff verhüllte Gerüst. Die Ahnenwappen des Hauses Savelli waren daran angebracht, wie ein Kranz seine Basis umgebend; am Kopf- und am Fußende das Wappen des eben bestatteten Toten selbst; das letztere zeigte Luca Savellis und seines Weibes Schild nebeneinander gestellt. Auf dem einen der Löwe der Saveller und die Schwerter der Erbmarschallswürde, auf dem andern, dem Schilde der Frau aber ... was bedeutete das? .. auf diesem Schilde, auf den blutig der Schein der Fackeln fiel, zeigte sich auf goldenem Grunde ein zweiköpfiger schwarzer Adler, der auf seiner Brust einen Herzschild mit einem springenden roten Löwen trug ... das war das deutsche Reichs-, das deutsche Kaiserwappen, wie es das Geschlecht Friedrichs von Büren, das Geschlecht der Hohenstaufen, geführt. Seltsam! Was hatte die Gräfin Corradina von Anticoli mit den Hohenstaufen zu schaffen?

Egino stand versunken in dem Anblick. War das Wappenschild eine märchenhafte Runenschrift, ein Zauberpentagramma, das ihn festbannte, über das er nicht hinwegkonnte? Er stand und schaute darauf, bis die Kirche völlig menschenleer geworden, – auf das Hohenstaufenwappen, das plötzlich vor seinen Augen auf dem Kapitol aufgetaucht war – an einem Katafalk!

## 10. Stanza della Segnatura.

Einige Tage nach dem Begräbnisse des Luca Savelli war Egino bei seinen irrenden Wanderungen auf den Platz vor der Peterskirche geraten und schaute mit apathischem Blicke in das ameisenhafte Treiben um die Baustätte, in deren Mitte sich die vier Pfeiler erhoben, die heute die Kuppel tragen, während man zwischen diesen Pfeilern hindurch im Hintergrunde in das großenteils durch Bretterwände verdeckte Innere der alten Peterskirche blickte, deren einzelne Teile man nur in dem Maße abtrug und zerstörte, in welchem dies das Bedürfnis für den Neubau Raum zu gewinnen, nötig machte.

Egino starrte auf dies Schauspiel und setzte sich dann auf einen daliegenden Marmorblock, ohne wahrzunehmen, daß er beobachtet wurde. Nach einer Weile legte sich eine Hand auf seine Schulter und aufblickend schaute er in das Gesicht eines jungen Mönchs, der ein Untergewand von weißem Wollenstoff und ein weißes Scapulier, darüber eine vorn offene schwarze Kutte mit weiten hängenden Ärmeln trug; er hatte den ledernen Gürtel, der zu seinem Kostüm gehörte, abgenommen und über die Schulter geworfen, weil ihm an dem warmen Tage in seiner Mönchstracht zu heiß geworden sein mochte.

Der junge Mönch sah mit seiner festen und gedrungenen Gestalt, seinem dicken blonden Kopfe, seinen derben Zügen, denen ein breites, unternehmendes Kinn den Charakter des Mutigen und Energischen aufdrückte, ganz wie ein Deutscher aus. Es war nicht möglich, daß anderes als germanisches Blut durch diese kräftige untersetzte Gestalt rollte. Nur was in seinen auf Egino lächelnd niederblickenden Augen lag, dieses eigentümliche glänzende Leuchten, dieser Wechsel zwischen Hellem Strahlen und tiefem Glühen, den er bald bei der Erregung zeigte, in welche ihn die Unterhaltung mit Egino führte, hatte nichts von nationalem Typus; es war ein eigentümliches, ganz diesem jungen Mann im Habit der Augustinermönche Eigenes, das stets eine Art von Zauber auf den, der ihm in dies tiefe flammende Seelenauge blickte, übte.

»Sieh, sieh, Graf Egino!« sagte denn auch in deutscher Sprache der junge Mönch lächelnd. »Da sitzt das junge deutsche Fürstenblut und läßt sich von der Sonne den Rücken braten, um zu betrachten, wie sich die römische Kirche neu auferbaut.«

»Bruder Martin«, rief Egino aus, »Ihr seid es? Nun ja, ich schaue zu und betrachte all die Hast und sehe, wie der hitzige Meister Bramante seine Arbeiterscharen in Atem zu halten weiß.«

»Und was denkt Ihr bei diesem Anblick, Ihr deutsches Fürstenblut?« fragte der Bruder Martin, indem er sich vertraulich neben Egino auf den breiten Stein setzte.

»Was ich dabei denke?« fuhr Egino fort. »Nun, wenn Ihr's wissen wollt, ich denke: es ist eine alte Lehre, wenn man in einem bescheidenen und engen alten Hause lange Glück und Gedeihen gefunden, soll man's nicht verlassen, um ein glänzenderes, größeres zu beziehen; das Glück weigert sich dann wohl mitzuziehen in das neue Haus. Wer weiß, ob die Zukunft der Kirche in dem neuen Hause da so glücklich ist, wie die Vergangenheit im alten war.«

»Ihr seid etwas von einem Ketzer, Graf Egino«, antwortete kopfschüttelnd der Mönch. »Glück? Was ist Glück? Bedarf die Kirche seiner?«

»Wäre ich ein Ketzer, so würde ich im Gegenteil sagen, es ist gut, daß die Kirche anfängt sich neu aufzubauen, denn wie sie war, war sie doch ein wenig verfallen und morsch.«

»Und doch ließe sich das schon eher hören«, gab Bruder Martin nickend zur Antwort. »Bei jedem Ding auf Erden muß das Verfallene erneuert werden; und es ist leider auch in die Kirche, wie sie in die irdische menschliche Erscheinung tritt, viel, sehr viel des Verfalls und Fäulnis gekommen und neue Arbeit tut not den Glanz des Tempels und die reine Schönheit des Heiligtums wieder herzustellen.«

»Dürft Ihr das sagen, Mönchlein?« fragte Egino.

»Weshalb soll ich nicht sagen, was vor aller Welt Augen liegt? Ich sehe hier viele schmutzige Hände den Schatz der Kirche hüten; der Schatz ist darum nicht geringer, wenn ich spreche: wascht eure Hände. Ich sehe, daß sich viel Moos gesetzt hat an die Säulen des Tabernakels; die Säulen sind darum nicht weniger von Porphyr und Gold, wenn ich sage: scheuert dies garstige Moos und diesen Rost ab von ihnen. Ich sehe, es liegt Schutt und Unrat auf dem Boden um den Altar her; der Altar ist darum nicht minder eine heilige Opferstätte, wenn ich sage, feget den Unrat hinaus! Hab' ich Recht, Graf Egino von Ortenburg, oder hab' ich es nicht?«

»Ein Mann wie Ihr, Bruder Martin, hat immer Recht«, gab Egino zur Antwort. »Ihr seid eben ein absonderlicher Geist und leistet als ein Mönch schon das Unglaubliche, wenn Ihr überhaupt nur den Schmutz an den Händen, den Rost an den Säulen und den Schutt um den Altar wahrnehmt und einräumt.«

»Ah, ah, da redet Ihr wie einer, der nichts von den Dingen versteht«, fiel hier Bruder Martin ein. »Der Mönch, weil er ein Mönch ist, sollte sein wie der demütige Hund, der den Großen und den hochmögenden Würdenträgern die Füße leckt? Ich weiß, die Welt betrachtet den armen Bettelmönch so. Aber Ihr irrt; wenn er Euch Kindern der Welt doch einmal zum Gespött sein soll, hättet Ihr eher Recht das arme bettelnde Mönchlein den Hofnarren der Kirche zu nennen, denn der Hofnarr, wißt Ihr, hat das Recht, rund heraus die Wahrheit zu sagen.«

»Die Wahrheit! Pilatus fragte Christum, was ist Wahrheit; einen Bettelmönch hätte er sicherlich nicht danach gefragt. Vielleicht höchstens einen so gelehrten Augustinerbruder wie Euch, Bruder Martin.«

»Wir sind auch nur arme Eremitenbrüder, weiter nichts, und halten uns nicht für klüger als die in den geflickten braunen Kutten mit langen oder kurzen Kapuzen, mit langen oder kurzen Bärten. Und aus dem armen Kloster ist immer der Widerstand wider die steigende Verweltlichung der Kirche hervorgegangen, ja kühne, widerbellerische Sekten, wie die Fraticelli und die Umiliati, oder ganze Kongregationen, wie die Minoriten-Celestiner, gegen welche die Inquisition scharf genug aufgetreten ist ...«

»Das wißt Ihr alles freilich besser als ich«, unterbrach ihn Egino, »ich bleibe nur bei meinem Satz, daß mir die neuen Kirchenbauten nicht gefallen, danach fragtet Ihr mich ja, Bruder Martin. Weshalb immer größere Kirchen bauen, während der Geist, der drinnen regiert, sich immer mehr so gestaltet, daß er fromme Menschen abschreckt hineinzugehen?«

Bruder Martin hatte seinen Ledergürtel von der Schulter gezogen und beschäftigte sich damit spielend die Spange auf- und zuzuschnallen.

Dabei sagte er:

»Ihr redet darüber wie ein deutscher Junker. Der Geist, der drinnen regiert, ist derselbe, der war von Anbeginn, wenn er auch sich um- und fortgestaltet. Jedweder Geist ist eine Strömung. Auf ein fortwährend Erzeugen immer besserer Gestaltung, darauf geht der Trieb in allem, was Leben hat.«

»Gestaltet und entwickelt nur nicht zu viel und nicht Dinge, welche die Menschen, Euch zu folgen, abschrecken«, fiel Egino ein. »Soviel habe ich in Bologna im Kolleg des gelehrten Griechen Tryphon gelernt. Die großen Ketzereien sind immer durch den Protest wider Eure Neugestaltungen entstanden. Vor der Neugestaltung der Lehre von der Gottheit des Sohnes sind die Arianer stehen- und zurückgeblieben; vor der Entwickelung der päpstlichen Allmacht die Waldenser, vor dem Dogma, das den Kelch beseitigte, die Hussiten; alle diese Ketzer haben sich immer nur gegen die »Neugestaltung« gesetzt und beim alten ursprünglichen Gotteswort bleiben oder zu ihm zurückkehren wollen; und ich fürchte, es werden ihrer noch viele, viele zurückbleiben, wenn diese Entwicklung neuer »Gestaltung«, neuer Machterweiterung, neuer für Geld zu habender himmlischer Gnaden so fürder schreitet.«

»Was versteht Ihr davon und Euer tückischer Grieche in Bologna, der dort die deutsche Jugend verführt«, antwortete Bruder Martin. »Soll ich Euch die Ehre antun eine theologische Disputation mit Eurer jungen Weisheit zu halten?«

»Ach nein«, versetzte Egino lächelnd, »ich räume Euch ein, daß meine junge Weisheit dazu nicht im Stande ist – niemals weniger als jetzt ...«

»So kommt lieber und folgt mir, ich kann Euch zu einem Anblick verhelfen, der nicht jedermann schon jetzt zu Teil wird.«

»Und das wäre?«

»Ich gehe zu dem Bruder meines Ordens, dem Sakristan des Heiligen Vaters. Er hat mir zugesagt mich in die Gemächer dort oben –

der Mönch deutete rechts auf den hoch über ihnen sich erhebenden Bau der päpstlichen Residenz – zu führen, den ein junger, aber gar berühmter Meister mit Schildereien ausgeschmückt hat, wie man sie niemals und in keinem Lande schöner soll erblickt haben.«

»Ah, so viel hab' ich gehört von diesem Meister und seinen Gemälden im vatikanischen Palast«, rief hier Egino aus; »Ihr leistet mir damit einen großen Dienst, Bruder Martin.«

»Nun so kommt.«

Egino erhob sich und die beiden Landsleute wendeten sich rechts hin, wo sie sich bald auf einer steil emporführenden Straße befanden, die sie zwischen Substruktionen des Palastes und hohen Futtermauern hinführte und auf der sie langsam schreitend emporwandelten, mit Leuten in den verschiedensten Trachten sich kreuzend, mit Männern in geistlichen und weltlichen Kostümen, Hofdienern, Prälaten, Schweizer Söldnern in ihrer malerischen Landsknechttracht, römischen Großen in stattlichem Aufzuge und mit bewaffnetem Gefolge; es schien hier ein ewiges Ab- und Zufluten zu sein in der hohen Königsburg des irdischen Statthalters der Himmelsmacht.

Bruder Martin schien den Weg schon mehr als einmal gemacht zu haben; als er mit Egino den Damasushof erreicht hatte, wendete er sich einem Portale zu, hinter welchem unmittelbar eine breite Steintreppe emporführte. Auf dem ersten Treppenabsatz stand ein Söldner still auf seine Partisane gelehnt, der die beiden Männer apathisch nach dem Wohin fragte, und als Bruder Martin Fra Anselmo, seinen Ordensbruder, genannt, sie ebenso apathisch durch eine bloße Kopfbewegung weitergehen hieß.

Oben gelangten Egino und Martin an einen Vorhang von grünem Tuche, an dem ein Türhüter sie noch einmal anhielt; auf Martins Auskunft, wohin sie wollten, lüftete er den Vorhang und die beiden Deutschen traten in einen Raum, halb Halle, halb Korridor, mit gewölbter Decke, mit Wandmalereien, die Bilder aus dem alten Testament darstellten, mit wenigen hohen und ein nur unzulängliches Licht gewährenden Fenstern. Bänke liefen rund an den Wänden umher, mit gewirkten Stoffen und Polstern belegt, und Matten aus feinem Flechtwerk bedeckten die Steinplatten des Bodens. Langsam wandelnd schritten auf diesen Matten mehrere Gruppen von Männern auf und nieder, zwei von ihnen in der roten Kardinalstracht; andere saßen zusammen plaudernd auf den Bänken zur Seite – Männer im verschiedensten Alter, von den verschiedensten Nationen der Welt; der Gesandte des deutschen Ordens aus dem fernen Norden neben dem langbärtigen Prior eines spanischen Mönchsklosters; ein ungarischer Bischof neben einem schottischen Herzoge in der Tracht seines Landes – Männer mit stolzen und ausdrucksvollen Köpfen und schlaue magere Gesichter mit bewegtem Mienenspiel, alle herbeigeführt von demselben Zwecke, hier an diesem Mittelpunkt geistlicher Weltherrschaft irgendein für sie eine Lebensfrage bildendes Begehren erfüllt zu sehen, mochte dies nun das Anliegen eines Souveräns oder ein Bistum, ein Rechtsspruch oder ein Privileg, eine Dispensation von einem Gesetz oder eine Absolution von einer Sünde sein; dieser Vatikan war ja damals noch das Herz eines großen Adern- und Venensystems, in dem das religiöse Leben der Welt pulsierte; durch die Adern flossen die geistlichen Gnaden der Welt zu und durch die Venen floß – Geld zurück.

Die beiden deutschen Männer, welche in diesen Raum eingetreten, ließen forschend ihre Blicke über die Versammlung gleiten, als ihnen ein ältlicher Mönch in weißem Habit, wie es Bruder Martin unter seiner schwarzen Kutte trug, vom andern Ende des Raumes, wo er mit einem Manne in geistlicher Tracht geplaudert hatte, entgegenkam und dem letzteren schon von weitem freundlich zunickte.

»Es ist Bruder Anselmo, der Sakristan und Beichtvater Sr. Heiligkeit«, sagte Martin zu seinem Begleiter.

Dann sich in lateinischer Sprache an den Kommenden wendend, fuhr er fort:

»Ihr seht zwei wißbegierige Deutsche statt eines, ehrwürdiger Vater. Dies ist ein junger Graf von jenseits der Alpen, der hieher gekommen ist, um einen Prozeß wider mich und unser Kloster zu führen. Doch sind wir darum nicht minder gute Freunde und werden uns schon vergleichen, wenn uns die Rota nicht vergleicht.«

»Recht, recht so,« antwortete Fra Anselmo, Egino mit einem freundlichen Lächeln anblickend, »besser, daß zwei Freunde eine strittige Frucht spalten, als daß der Streit um die Frucht die Freunde spaltet. Ihr wollt also sehen, was unser junger Urbinate in der Sala della Segnatura malt?«

»Da Ihr es mir verhießt es mich sehen zu lassen, ehrwürdiger Vater«, fiel Martin ein.

»Ich weiß, ich weiß und erwartete Euch. Folgt mir. Nur verratet dem Meister Eure Anwesenheit nicht durch zu lautes Reden; er wäre dann wohl imstande uns alle drei scheltend fortzusenden.«

Fra Anselmo schritt dem anderen Ende des Raumes zu und die Deutschen folgten ihm; durch einen zweiten Vorhang kamen sie in einen schmalen Korridor und dann in einen gewölbten Saal von mäßiger Ausdehnung.

»Hier ist, was Ihr zu sehen verlangt«, flüsterte Fra Anselmo beim Eintreten.

Die beiden jungen Männer traten wenige Schritte vor, dann blieben sie beide wie verschüchtert stehen, die überraschten Blicke umherwerfend, über die Pracht der Farben und Gestalten, welche sie umgab.

Der ganze Bilderschmuck des Raumes war eben vollendet, die Gerüste waren entfernt, nur einige Planken und Seile lagen noch auf dem Boden; einige Arbeiter waren beschäftigt auch diese zu entfernen, während mehrere junge Leute in leichten hellen Kitteln über ihren Gewändern in einer Gruppe am Fenster zusammenstanden, eine Zeichnung betrachtend, welche auf der Fensterbrüstung ausgebreitet vor ihnen lag.

Nachdem die beiden Deutschen das, was sich ihren Augen darbot, eine Weile stumm überblickt, rief Egino aus:

»Bei meinem Schöpfer, Bruder Martin, und wenn man mir auch drohte mir die Zunge auszuschneiden, ich könnte nicht stumm bleiben hier, nicht leise flüstern; mich faßt etwas wie ein Übermächtiges, wie die Gewalt eines Wesens, das ich nie geahnt, wie ein Rausch, nicht weil ich Wein, sondern weil ich etwas wie Himmelsluft getrunken! – Bruder Martin, Martin, ist's Euch denn nicht auch so zu Mute ... dies ist ja schön, schön, um in den Tod zu gehen dafür ... ein Welt von Schönheit, vor der man sich in entzückter Andacht auf die Knie werfen möchte.«

Bruder Martin blieb schweigend. Er schaute schweigend mit einem eigentümlich flammenden Blick das Bild an, das man die »Disputa« nennt. Dann erhob er das Haupt, um die Deckengemälde, die Gestalten der Theologie, der Poesie, der Philosophie und der Gerechtigkeit anzuschauen; und endlich sich wendend, ließ er lange Zeit sein Auge auf der der Disputa gegenüberliegenden Wand, auf dem »Parnaß« und der »Schule von Athen« ruhen.

»Nun, Bruder Martin«, rief Egino wieder aus, »Ihr könnt stumm und schweigend das alles betrachten?«

Bruder Martin fuhr sich mit der Hand über Stirn und Gesicht, wie um sich zu sammeln.

»Wie könnte mans anders als schweigend betrachten?« sagte er alsdann halblaut. »Gibt es doch eine Welt zu denken auf.«

»Zu denken? Ei, wer mag da denken? Wenn Euch große Schwingen an die Schultern gesetzt werden, was denkt Ihr? Armselige Seele, die da denkt – man schlägt die Schwingen auseinander und fliegt – auf, auf, ins Morgenrot, in die Himmelsluft und in die Strahlenwelt der Sonne.«

»So empfindet Ihr, Graf Egino«, versetzte wie in Verwirrung und Betroffenheit der deutsche Mönch. »Hier aber ist eine Himmelsluft, in die ich zagen würde mich aufzuschwingen und zu verlieren. In diesen Bildern ist viel von Gott, denn in der Schönheit ist immer etwas von Gott, und so ist auch die Schönheit Tugend ...«

»Aber?«

»Aber«, fuhr Bruder Martin fort, »diese Tugend ist durch die Schlange verführt und hinter ihr steht der Teufel!«

»Ach, nun möcht' ich lachen, wenn mir nicht so heilig ernst zu Mute wäre!«

»Lacht nicht! Es ist so; das Menschengeschlecht, der irdische Leib, unsere elende Körperlichkeit in dieser freien Schönheit dargestellt, das ist ja eine Vergöttlichung der Kreatur, als ob sie ohne Sünde geboren sei! Seht diese Gestalten! Sind das irdische Geschöpfe, für den Schmerz geboren, wie wir Menschen es sind, und der Erlösung durch Christi Opfertod, der Gnade bedürftig, um zu leben, um im Schmerz nicht unterzugehen? Stehen sie nicht da in stolzer Selbstgenüge und als ob sie der Rechtfertigung nicht bedürften, weil sie gerechtfertigt durch sich selbst sind? Predigt die neue Kunst im Hause des Heiligen Vaters das Heidentum?«

»Weshalb nicht das Heidentum«, sagte Egino, »wenn das Heidentum so schön und, wie Ihr selbst sagt, so tugendhaft ist?«

Bruder Martin sah ihn groß an, er antwortete nicht, er blickte wieder auf die Gestalten der Bilder und versank in ihren Anblick.

Unterdessen hatte aus der Gruppe der jungen Leute am Fenster der, welcher den Mittelpunkt derselben gebildet und die Zeichnung erklärend das Wort geführt, sich herumgewendet. Es war ein Mann von Gestalt nicht groß und mehr zierlich als stark, von auffallend schönen Zügen, mit reichen, auf die Schultern niederfließenden braunen Haaren. Er trug den Kopf auf dem langen Halse ein wenig vorgebeugt; schöne, weit geöffnete braune Augen glänzten darin, die Haut war von einer feinen olivenfarbenen Blässe bedeckt, es war eine ganz geistige, fast Sorge einflößende Erscheinung. – Einen Schritt nähertretend, fixierte er den deutschen Mönch; Fra Anselmo trat an ihn heran und flüsterte ihm einige Worte wie zur Entschuldigung, daß er die Fremden hergebracht, zu. Der Maler nickte und sagte dann lächelnd:

»Und was spricht Euer Ordensbruder da zu seinem Landsmann ... er scheint mit meiner Arbeit nicht sonderlich zufrieden zu sein?«

Dabei warf er mit einer Kopfbewegung, die für einen Mann beinahe zu viel Anmut und etwas Weibliches hatte, das lange Haar zurück; die Stimme, womit er sprach, hatte etwas Klares, Silbertöniges, was eigentümlich zum Herzen drang.

Der deutsche Mönch wendete sich von den Bildern ab und trat dem Maler einen Schritt entgegen, wie betroffen und hingezogen von dieser merkwürdigen Erscheinung.

Auch Egino konnte nicht anders, als seine Aufmerksamkeit von den Bildern abziehen, um sie den sich gegenüber tretenden beiden Männern zuzuwenden, dem schönen seelenleuchtenden Antlitze des jungen Malers, aus dem voller heiterer Lebensmut bei einem seltsamen, fast Scheu erweckenden Ernste blickte, und dem festgemeißelten Kopfe des Mönchs, der um anzuziehen, nichts hatte, als die in diesem Augenblicke von einem ganz eigentümlichen Feuer belebten Augen; es war, als ob aus den vier sich so begegnenden Augen sich kreuzende Strahlen geworfen würden, unsichtbare Geistesfäden hin- und herzuckten, die eine Verbindung suchten und sie nicht finden könnten, ein wechselndes Suchen der Seelen und ein trotziges Herausfordern.

»Welch einen Kopf Ihr habt, guter Frate«, sagte mit überlegenem Wesen dann lächelnd der Maler; »hätte ich ihn eher gesehen, hätt' ich ihn dort unter den Männern der streitenden Kirche brauchen können.«

Er wies nach rechts hin auf das Gemälde der Disputa.

»Vielleicht aber«, fuhr er fort, »hättet Ihr ihn nicht dazu hergegeben; Ihr macht ein gar ernstes und wie erschrockenes Gesicht zu diesem Bilde.«

Er hatte dies in ziemlich fließender lateinischer Sprache gesagt und Bruder Martin versetzte in derselben:

»Erschrocken, doch nur über die Schönheit Eurer Darstellungen, die darauf deuten, daß Ihr mehr in Platos Gastmahl als in der Bibel gelesen habt.«

Der Maler nickte lächelnd.

»Ich habe Platos Gastmahl gelesen, aber die Bibel auch; es hat, sagt es selbst, meinen Bildern nicht geschadet?«

»Nicht Euren Bildern, vielleicht aber schadet es den Seelen, welche sich in diese Bilder versenken.«

»Und weshalb?«

»Weil sie wie ein berauschender Zaubertrank sind. Diese Fülle von Schönheit ist zu groß, um nicht das Herz gefangen zu nehmen und es in einen gefährlichen Traum von menschlicher Hoheit, Größe und Schönheit zu lullen. Seid nur ganze volle Menschenbilder, also predigt Ihr da von diesen Wänden herab, und Ihr habt der Schönheit, des Glückes, der inneren Harmonie genug; Ihr strahlt dann als freie Könige der Welt, Ihr seid dann die Gestalt gewordenen ewigen Ideen, die aus dem Schoß des göttlichen Wesens Euer griechischer Philosoph hervorgehen läßt – Ihr bedürft nicht mehr!«

»Und soll ich solche Wesen nicht darstellen?« sagte der junge Maler. »Ist der Gott der Bibel schwächer, ohnmächtiger als das ewige Wesen Platos, und wenn dies Ideen bildet, die, zur Gestalt geworden, sich als Ideale schöner Erscheinungen darstellen, soll ich dann den Inquisitor wider sie machen und sie als heidnisch, unchristlich und sündhaft vernichten, sie in der Glut meiner christlichen Devotion als Ketzer verbrennen? Sind die Geschöpfe des christlichen Gottes schwächer und ungesunder, und erkennt Ihr nur die gestümperten als seine Kinder, die wie die langen mageren und verdrehten Heiligen in Euren deutschen Kathedralen und leider auch in unseren italischen aussehen?«

»Der Gott Platos ist nicht unser Gott«, erwiderte lebhaft der deutsche Mönch. »Der Gott Platos ist der Gott der heidnischen Welt. Was die alte Welt darstellt, was die heidnischen Künstler bilden, das ist eine Welt des Glücks, des Heldentums, des Sieges, der Kraft, des sich selbst genügenden Seins, der Daseinsfreude. Das Altertum ist das Erdenglück. Das Christentum aber ist der Schmerz. Im Altertum gehört der Mensch der Natur, im Christentum dem Geiste. Es herrscht im Christen der Zwiespalt zwischen Mensch und Natur. Die Sünde hat den Zwiespalt zwischen sie gebracht. Der Zwiespalt geht bis zum völligen Auseinanderscheiden beider, dem Tode, und so ist unser ganzes Leben ein schmerzhafter Kampf, ein Sichdurchschlagen bis an jenes dunkle Tor ins Jenseits, an dessen Schwelle wir zusammenbrechen und durch das sich dann ein rettender Arm hervorstreckt, um uns hineinzureißen in die Burg des ewigen Friedens. Darum, Meister, tut Ihr Unrecht, wenn Ihr Menschen malt, in denen kein Zwiespalt ist, die nicht sterben können, weil ihr harmonisches Sein in einer Herrlichkeit des Geistes und der Gestalt dasteht, an der keine Sünde ist, und die nicht zu kämpfen brauchen bis an den Tod. Wir sind Christen und wissen, daß wir der Gnade bedürfen, wollen wir das Leben haben. Ihr aber, Meister, bildet Göttermenschen.«

Während der Mönch so sprach, hatte das Antlitz des jungen Malers einen Ausdruck angenommen, der es eigentümlich veränderte.

Es war, als ob der Hauch jugendlicher Schönheit, der darauf geruht, sich leise verzogen habe, um einem ernsten Denkergesicht mit den Runzeln der Anstrengung darauf Platz zumachen. Seine Augenhöhlen hatten sich vertieft, der leise Schimmer von Röte auf seinen Wangen war verflogen.

Er kreuzte die Arme über der Brust, er sah eine Weile stumm den Bruder Martin an, dann, wie in der Zerstreuung, warf er auch die Hemmung der lateinischen Rede ab und antwortete in italienischer Sprache:

»Wenn Du so sprächest in Deiner Zelle jenseits der Berge, deutscher Mönch, möchtest Du recht haben. Jedes System gilt so weit, als es Macht über die Gemüter hat, über diese Grenze hinaus wird es Torheit und der Kinder Spott. Ist Dein System nicht in mir, wenn ich male, so kann ich auch Deine Schmerzmenschen nicht malen. Laß mich der Welt Gestalten zeigen, in denen nicht Zwiespalt, sondern Eintracht zwischen dem sinnlichen Sein und der Seele ist, Gestalten, die mit schöner Seele in schöner Form die Freiheit gefunden haben, und mit der Freiheit das Glück, die Daseinsfreude; Gestalten, die nicht des Schmerzes Knechte, sondern seine Herren sind. Vielleicht ... Du nennst es ja eine Predigt, vielleicht wirkt diese Predigt an die Menschen auch ihr Gutes. Verstehst Du mich?«

»Ich verstehe, Signore Rafaele«, antwortete Bruder Martin in derselben Sprache; »aber laß mich fortfahren, in lateinischer Sprache zu reden, da ich nicht so geläufig die Deine rede. Ich würde Dich Deine Gestalten malen lassen, wie Dein Auge sie erblickt, Dein Gemüt sie schafft und Deine bewunderswürdig kunstfertige Hand sie in unnachahmlicher Vollendung, gleich als ob sie atmeten, hinzuzaubern weiß, wenn Du nicht eben predigtest, zu deutlich und zu aufrührerisch. Du stellst das Menschentum nicht allein dar, wie es von den Heiden dargestellt wurde, Du erbaust Dir auch die Welt, wie der Christ sie nicht auferbaut sehen darf. Dort der Verherrlichung der Religion auf dieser Wand hier stellst Du auf der gegenüberliegenden Wand, wo Deine Weltweisen versammelt stehen, die Verherrlichung der Philosophie gegenüber; dort die Kirche mit ihrer Offenbarung, hier den selbständigen Menschengeist, und die Heroen des forschenden Denkens! Du gibst ihnen also gleiches Recht in Deiner Welt! Da oben über uns leuchtet in ergreifender Schönheit neben der »Theologie« die »Poesie« und dort das »Recht«. Sind das die gleich starken Grundpfeiler Deiner moralischen Welt? Kunst, Recht, Philosophie, sind sie Dir dasselbe, was die Religion? Und so stellst

Du sie in dem Hause des Nachfolgers der Apostel hin? Dort die Kirchenväter und hier Apoll und die Musen? Den Parnaß gegenüber der Eucharistie? Der Geist, der eine solche Anschauung der irdischen Dinge hegt, kann freilich auch irdische Menschen wie Götter, wie »Herren des Schmerzes« schaffen. *Eritis sicut deus!* sagt die Schlange.«

Der Maler sah wieder ernst, sinnend, wie in Gedanken verloren den Mönch an und antwortete lange nicht. Wohl nie hatte ein Beschauer seiner Werke so mit dem ersten Blick erkannt und ausgesprochen, was der weltgeschichtliche Inhalt seiner Kunst war: die Aufnahme des heidnisch humanen Prinzips in die christliche Kunst.

»Höre, Mönch,« sagte er dann, stolz das gesenkte Haupt erhebend, »Du predigst wie Du mußt. Das ist Dein Handwerk. Aber rührt Dich meine Kunst nicht, so rührt mich Deine Predigt nicht. Ich stelle nicht allein Recht und Poesie und Weltweisheit gleichberechtigt neben Deine Theologie, nein, sogar mich, den lebendigen Menschen. Ich weiß, Gott hat mich, wie ich bin und wirke, geschaffen, aber ich habe ein gut und schwer Stück Arbeit und sauren Schweiß daran gewendet dem lieben Gott nachzuhelfen, um zu werden, wie ich bin; nun aber habe ich eine Kraft in mir, das ist eine gute Kraft, der ich, wenn ich im Feuer des Schaffens bin, die Zügel schießen lassen darf voll Vertrauen, daß sie, des Rechten sich bewußt, die rechten Bahnen wandelt. Und so mach ich's denn. Jammerst Du, daß ich die Gestalten nicht kirchlich male? Ich male sie, wie richtige Menschen sind; fallen sie nun nicht kirchlich aus, so muß es daran liegen, daß Gott den richtigen Menschen nicht geschaffen und nicht bestimmt hat für Dein Kirchentum. Willst Du ringende, gefesselte Leiber sehen, die unter der Sünde wie unter einer Felsenwucht ihre Muskeln spannen und ihre Glieder stemmen, so geh' in die Kapelle drüben, wo Michel Angelo malt. Täte ich so, so frevelte ich an mir selber und würde ein Heuchler, denn ich, ich erkenne und sehe nicht so. Des Malers Offenbarung ist sein Auge. Mag unter dem Mantel des hageren Heiligen die ganze Theologie des Thomas von Aquin stecken, in der nackten Schulter der Muse ist eine höhere Theologie, die Gottesgelehrtheit, die vom Schönen gepredigt wird und mehr des Ewigen vielleicht, wie in der scholastischen »Summa«. Und weil Du so klug aus Deinen feurigen Augen blickst, deutscher Frate, so nimm einen Rat von mir. Ich habe mich frei gemacht und so die Schönheit gefunden. Geh' Du Dich frei zu machen, um die Wahrheit zu finden!«

Damit nickte der Meister Rafael Santi dem Bruder Martin einen kalten stolzen Gruß zu, winkte den anderen jungen Männern und ging, von ihnen geleitet, davon.

Der deutsche Mönch blickte ihm mit finsterer und gerunzelter Stirne nach.

»Ihr seid betroffen und stumm geworden, Bruder Martin?« sagte nach einer Pause, während welcher er ihn beobachtet hatte, Graf Egino.

»Betroffen, ja, das bin ich«, rief der Mönch aus, »und ich denke, Ihr dürftet es auch sein! Dort drüben« – er deutete nach der Richtung der Peterskirche hin – »bricht der Papst selber den heiligen Dom der Christenheit, in dem die Gräber der Apostel sind und jeder Fleck durch tausendjährige Verehrung geheiligt ist, nieder, um ein neues Werk im heidnischen Stil zu erbauen, und hier in seinen Kammern malt ihm der erste Maler der Welt das lichte Heidentum an die Wände. Nun sagt mir, Graf Egino, was soll aus der Kirche werden?«

»Das weiß ich nicht«, antwortete Egino achselzuckend. »Mir scheint nur, daß, wenn die höchsten Geister nicht mehr zur Kirche kommen, die Kirche am Ende doch wohl tun wird zu den Geistern zu kommen.«

Bruder Martin versetzte nichts. Er erhob langsam sein Auge zu dem Gemälde der »Disputa«. Eginos Blicke aber hingen flammend und entzückt auf den Gestalten der anderen Wände.

»Das Schöne«, rief dieser endlich aus, »wo liegt es hier? Ich glaube, es liegt in der makellosen Reinheit dieser Gestalten. Wenn dieser Meister von Urbino nackte Leiber malt, so stehen sie da, wie aus dem Schoße der Natur hervorgegangene Wesen, für die Ihr so wenig eine Hülle fordert, wie für den Baum, an dem Euer Weg vorüberführt. Wenn Ihr den Duft einer Blüte einsaugt, denkt Ihr daran, ob sie männlichen oder weiblichen Geschlechts ist? Ja, ja, in seiner hellen Seelenreinheit liegt das Geheimnis dieses Malers. Mögt Ihr ihn heidnisch nennen, so viel Ihr wollt, in seiner Keuschheit liegt sein Christentum, und wenn er die heidnische Form zwang der lebendige atmende Ausdruck einer reinen und idealen Seele zu werden, so solltet Ihr ihn loben und nicht ihn tadeln!«

»Kommt, kommt«, sagte der Bruder Martin, »gehen wir, ich sah genug. Mir ist weh in meinem Herzen geworden an diesem Orte!«

## 11. Das Bild der Kirche.

Als Egino wieder in seiner Wohnung angekommen war, warf er ermüdet und schwer aufatmend Degen und Hut ab und streckte sich auf sein breites ledernes Ruhebett; mit offenen Augen starrte er lange so die Wand ihm gegenüber an, eine dunkelblaue getünchte Fläche mit rotem Stabwerk und grünen Rankenverschlingungen, die als Rahmen umherliefen und für ihn bald der Rahmen für eine bunte Fülle von Bildern wurden.

Er erblickte, wie unfaßbare Schatten auftauchend und sich wieder verflüchtigend, die Gestalten Rafaels vor sich; auf dem blauen Hintergrunde schwebten sie kommend und verschwindend auf und nieder wie in einem Zauberspiel, das ihn nicht wieder ließ. Der Apoll mit seiner Viola, die Poesie, die schönen Gestalten der Musen, der Dichter und Weisen in ihrer blendenden Farbenglut; und dann zwischen ihnen, vor ihnen, sie alle beherrschend, und doch wie zu ihnen gehörend, die andere Gestalt, die Egino nie mehr verließ – sie war wie ein Wesen aus *dieser* Welt, aus ihr hervorgetreten ins Leben, eine Schöpfung des höchsten Künstlergeistes, der sie in schönheittrunkener Begeisterung ins Leben gerufen – sie allein von allen um zu atmen, zu leben, und so alle andern zurückzudrängen und in den Schatten zu stellen, alle diese tote Schönheit gegen ihre warme lebendige.

Und doch, wenn sie auch lebte, war sie darum für ihn, für Egino, mehr als ein Bild? Hatte er mehr an ihr als an all diesen toten Gestalten? Was war es ihm, ob sie atmete oder nicht, ob ihre Lippen sich zum Sprechen bewegten oder nicht, ihre Lider sich hoben und senkten oder nicht? Ein Wort, an ihn gerichtet, konnte nie über diese Lippen kommen; um einen Blick auf ihn zu werfen, konnten nie diese Lider sich heben; sie war nichts, nichts als ein Bild für ihn, ein Schattenbild der Erinnerung für immer. Und darüber erfaßte ihn wieder das ganze Weh der letzten Tage, von dem ihn die eben verlebte Stunde ein wenig zerstreut hatte. Die Bilder des Meisters, die er eben noch so warm in Schutz genommen, verloren ihre bezaubernden Farben; sie verschwammen und verflüchtigten sich, sie verloren ihre Macht über seine Seele, in die wieder als in sein ausschließliches Eigen der Schmerz zurückkehrte.

Egino vergaß die Bilder, und nach und nach zogen alle seine Gedanken wieder dahin in der alten Strömung, nach dem einen Ziel. –

Mit ganz anderen Gedanken war Bruder Martin beschäftigt, als er in sein Kloster heimging.

Alles was er erfahren und gesehen in dieser römischen Welt, in der er nun seit Wochen weilte und die ihm, je mehr er der fremden Sprache mächtig ward, desto erschreckender wurde, stand im ärgsten Widerspruch mit den mitgebrachten Vorstellungen. Mit seiner tiefgründigen religiösen Natur hatte er an alles den Maßstab seiner Theologie gelegt. Und nichts wollte stimmen zu dem! Aber er hatte die Erscheinungen, welche ihn beunruhigten, weil sie sich ganz dem theologischen Maßstab zu entziehen schienen, nach und nach mit einer Art gewaltsamer Dialektik unterworfen und verarbeitet, bis sie ihm den Frieden nicht mehr störten, und bis der Optimismus seines gläubigen Gemüts ihrer Herr geworden.

Die Kirche, das hatte er gesehen, hatte tausend Schäden. Mit einem naiven Zynismus herrschte die Simonie in ihr. Weltliche und rohe Menschen kleideten sich in Priesterröcke und trieben Handel und Wandel mit den Gnaden und Schätzen der Kirchen. Und die Menschen – wie man als Scholar daheim die Quälereien, welche der Pennalismus auferlegte, über sich nahm, um alsdann in eine hohe Schule aufgenommen zu werden, so nahmen sie die Quälereien hin, welche die Kirche ihnen auferlegte; sie fasteten, beteten Rosenkränze ab, zahlten Ablässe, Dispensen, Messen, beugten sich vor Pfaffen, die sie um ihres Wandels willen verachteten, kreuzigten ihren Mutterwitz und ihren Verstand, um an hundert abergläubische Dinge zu glauben – das alles, um alsdann in den Himmel aufgenommen zu werden. Man legte in eine Sparbüchse ein, um ein großes Kapital himmlischer Freuden zu erhalten.

Das alles war erschreckend. Die Kirche war etwas geworden, vor dem die wundertätige Mutter Gottes in Sant Agostino ein merkwürdiges Abbild darstellte. Wie saß sie da! Umgeben vom strahlenden Lichtglanz; gehüllt in Seide und goldtuchene Gewänder; eine demantenbesäete hohe Kaiserkrone auf dem Haupte und Diamanten- und Perlenschnüre von unschätzbarem Werte um ihren Hals, ihre Arme; zu ihren Füßen im Staube knieten Hunderte von Gebete murmelnden Menschen!

Auf dem Schoße der Gestalt aber ruhte eine Leiche. Der Christus, den dies Bild der Kirche auf den Knien hielt, war eine Leiche. Der Christus des Evangeliums, der die Predigt vom Berge gesprochen, und das Wort: Ihr sollt anbeten im Geist und in der Wahrheit, der war tot; er war gestorben auf den Knien dieses Weibes. Auch betete man nicht zu ihm; die Menschen richteten ihre Verehrung an die Frau im goldtuchenen Rock und den Perlenschnüren.

So lauteten oft Bruder Martins grollende, zornige Gedanken, wenn er um sich blickte in der heiligen Stadt des Christentums. Aber er beschwichtigte sie. Lag ihm nicht auch hundertfacher Trost nahe? Was focht das alles das Wesen an? Es waren zeitliche Erscheinungen, die abfallen mußten wie die Schale vom Kern, wenn er reif ist. Christus war nach drei Tagen erstanden und konnte auch erstehen von dem Schoß der Frau mit der Kaiserkrone. Der Fels Petri war für die Ewigkeit errichtet. Der Geist Gottes schwebte dennoch über all dem Chaos von Sündhaftigkeit der Welt. Die Unfehlbarkeit der Lehre mußte nach und nach die Schäden, die Auswüchse, die krankhaften Stoffe abstoßen und der Herr sein Haus reinigen – es war nur eine Frage der Zeit.

Und so hatte ja auch der General seines Ordens zu ihm gesprochen, wenn er manchmal in der Beklommenheit seines Herzens an seine Zelle – die größte, schönste und am bequemsten ausgestattete des Klosters – geklopft. Ein mild und frei denkender Mann hatte ihn dann väterlich aufgenommen. Fra Egidius von Viterbo war ein Mann von glänzender Gelehrsamkeit, der in seiner Jugend sich als Dichter ausgezeichnet und der unter den Würdenträgern der Kirche durch seine geistige Freiheit hervorragte. Das hatte Bruder Martin freudig erfahren, in den ersten Zeiten schon, nachdem er mit seinem vollen andächtig erglühten Herzen in der ewigen Stadt angelangt und nun aus dem, was er sah und erlebte, die ersten kalten Schauer sich auf diese Andachtglut ergossen. Er hatte sich dann wohl halb entrüstet und empört, halb wie ein Hilfeflehender zu diesem Manne geflüchtet und ihm geklagt, wie die Messelesenden da unten in der Ordenskirche ihn gehöhnt, daß er's so ernst nehme und so langsam mache und wie hastig sie ihm *Passa, passa!* zugerufen; ja, wie er vernommen, daß sie dabei gotteslästerliche Dinge vorgebracht, daß sie sich mit schmutzigem Scherze ergötzt; wie er unter dem Eindruck von dem allen in verdüsterter Stimmung die *Scala santa* hinaufgestiegen, und wie ihn mitten in diesem häßlichen Rutschen plötzlich ein Ekel an all der Werkheiligkeit ergriffen und er sich trotzig erhoben und davongegangen. – Egidius von Viterbo hatte ihm dabei mit einer Art milder Herablassung zu seinen wie kindlichen Gefühlen, seinem treuherzigen Novizentum getröstet, dann auch wohl gescholten wegen seines grübelnden Kopfes, der die Welt nicht nehmen wolle wie sie sei, und endlich stets auf das unwandelbare, hoch über den irdisch wechselnden Formen und menschlichen Gebrechlichkeiten stehende, ewige Prinzip der Kirche und den bei und in ihr bleibenden Geist, den Paraklet, verwiesen.

Damit hatte sich Bruder Martin getröstet. Aber heute bohrte sich etwas in seine Seele, das durch solchen Trost nicht mehr beschwichtigt wurde.

Für das sittenlose Pfaffentum, für die gedankenlose Götzendienerei, für den Schmutz, für das Häßliche, für die Verderbnis gab es einen Trost.

Aber wo war der Trost für das, was das Schöne, das sich frei wider sein Heiligtum erhob, in sein Gemüt geworfen? Als schlügen ihm die Dinge über dem Haupte zusammen, erfaßte ihn eine tiefe Seelenangst. Was verbürgte ihm denn sein Vertrauen auf die Ewigkeit des Felsens Petri; verbürgte es ihm die Ewigkeit der Herrschaft dieses Felsens über die Gemüter? Erhob sich nicht eine neue Macht dräuend vor seinen Augen? Lag nicht eine ungeheure Empörung in dieser Welt der Bildung, die sich an den Brüsten der klassischen Vorzeit groß zog und von der Kirche nicht länger die Seelen leiten und die Leiber beherrschen lassen wollte? Wandte sich nicht die Wissenschaft schon von ihr ab? Und warf ihr nun gar die Kunst im Höchsten, was sie schuf, den Fehdehandschuh hin? Hatten das diese Erasmus, diese Reuchlin, diese Agricola und Hegius gewollt – die Menschen zu einer Bildung führen, welche die Sprache der Kirche auch dann verachtete, wenn diese geläutert sie unter ihre Flügel zurückrief? – War nicht auch das Volk der Juden nur ein kleines Häuflein, eine schmale Völkerinsel gewesen? Konnte nicht die Kirche der Zukunft mit ihrem Felsen Petri solch ein winziges Felseneiland werden, an dem teilnahmlos die Wogen des Lebens und der Geschichte vorüberfluteten?

Wie ein eiskaltes Bad umschauerten diese Gedanken den deutschen Mönch. Mit beklemmender Gewalt trat die Angst an seine Seele, daß es für die Reformation der Kirche, welche die Jahrhunderte vor ihm gefordert hatten, ein *Zuspät* geben könne.

Nein, nein, es wäre ein furchtbarer Abfall der Welt von Christus gewesen! Und durch Christus nur konnte sie gerechtfertigt werden, konnte sie hier die Gnade erlangen und dereinst selig werden. Aber in der Tat, es war Zeit, daß vom Schoße jenes diamantengeschmückten Weibes im goldtuchenen Rock die Leiche neu lebendig sich erhob und als Herr der Welt die Menschen wieder zu sich rief. Es war Zeit. Dann, dann aber mußte die Welt gehorchen. Bruder Martin war in der Scholastik aufgewachsen; er war Theolog, er war Mönch. Er war Hierarch genug noch in diesem Augenblicke, um auch an die Strafgewalt der Kirche, an Zwang und Gewalt wider die Empörung zu denken!

So hatten die Bilder Rafaels ihn erschüttert, ihn geängstigt. Er hatte daheim der Bilder viele gesehen; schöne Schildereien von seinem Freunde Lucas Sunder aus Kronach, der so herzlich innige Heiligengesichter malte; auch von Albrecht Dürer und Lucas von Leiden einiges; es war alles gar fromm und lieb gewesen und hatte zu seinem Gemüte gesprochen, und wenn er es beschaut, hatte es ihm die Seele erfrischt wie schöner Lautenklang.

Was aber war das alles gegen diesen Rafael; an gläubige kirchliche Vorstellungen hatte es sich angeschmiegt wie Musik an die Worte eines Liedes. Hier aber war die freie Bildung seiner Zeit, der auf sich selbst stehende Menschengeist vor ihn getreten, in seiner schönsten, reinsten, sieghaftesten Gestalt.

Die humanistische Bildung, der Inhalt des Jahrhunderts in seinem Stolz, seinem Triumph.

Mußte nicht etwas darin liegen, was dem deutschen Mönch »die Zirkel zerstörte«, was ihn kleinmütig machte, und dann auf die Stirn dieser mächtigen Natur einen Ausdruck wie der Herausforderung legte, als ob ein Drang zu Kampf und Tat in ihm auflodere?

Und doch war er sehr unglücklich. Weshalb war ihm kein Freund nahe, um sich auszuschütten gegen ihn? Es drängte ihn mit einem Freunde zu reden. Zu Fra Egidio konnte er sich nicht flüchten, der war verreist. Mit seinen Ordensbrüdern wollte er reden vom Stande der Kirche und der Dinge. Sie konnten nicht blind sein wider das, was seine Seele erfüllte. So kam er heim. Die Brüder waren im Garten des Klosters. Als er in den Garten eintrat, sah er, daß er seine Stunde schlecht gewählt. Er sah sie in ihren weißen Habiten in einem hellen Haufen, lebhaft sich bewegend, rufend, lachend, Steine werfend ... Bruder Martin trat näher und sah, was sie trieben.

Es entsetzte ihn; es machte ihm das Herz bluten.

Sie hatten ihr Spiel mit einem armen Hasen, der auf irgend eine Art in den Garten gekommen war; vielleicht hatte ein Ragazzo ihn lebend gefangen und dem Bruder Koch gebracht für die Klosterküche. Sie hatten ihn mit einem langen Faden am Hinterbein an den Stamm eines Orangenbaumes gebunden. So warfen sie mit Steinen nach ihm, und übten sich ihn zu treffen. Hohn und spöttische Rufe wurden denen, die ihn fehlten, zu Teil; lautes Gelächter und Jubel erhob sich, wenn das arme Tier, das den anderen nicht gebundenen Hinterlauf gebrochen und blutend hinter sich drein schleppte, trotz der Sätze, die es in seiner Todesangst machte, getroffen wurde. Die ganze Herzlosigkeit des Romanen wider das hilflose, von der Kirche preisgegebene Tier tobte sich aus.

Bruder Martin stand mit wenig raschen Schritten mitten zwischen ihnen. Mit *diesen* Leuten konnte er freilich nicht reden von dem, was sein Herz bewegte. Er sagte nichts als:

»Wer den Herrn liebt, liebt auch seine Kreatur!« aber er sagte es mit bleicher zitternder Lippe, mit einem Tone, daß sie ihn still gewähren ließen, als er hinging, den Faden mit starker Hand zu zerreißen, das arme Tier in seine schwarze Kutte zu bergen und es auf seine Zelle zu tragen, um es zu hegen und zu sehen ob er es heilen und retten könne.

## 12. Das Handwerksgeheimnis.

Es war am andern Tage in der Nachmittagstunde. Egino hatte sich zur Siesta niedergelegt, ohne Schlummer zu finden. Die Tür öffnete sich leise; es mußte sein Diener sein, und ohne die Augen zu öffnen, sagte er leise: »Bring mir Wasser, Götz, ich will trinken.«

Er hörte Schritte, die über den Matten, welche den Boden bedeckten, sich wieder entfernten.

Nach einer Weile kehrten sie zurück und eine weiche Stimme sagte:

»Hier ist Wasser, Herr.«

Er schlug die Augen auf und sah Irmgard vor sich stehen ... in ihrem Knabenanzug.

»Irmgard«, rief er überrascht aus, »Du bist es?«

»Ich bin's, Herr, Ihr verlangtet zu trinken, hier ist ein Becher mit frischem Wasser.« Sie reichte ihm den Becher, den sie in der Hand trug und heftete ihr Auge dabei scharf in seine Züge.

»Ich danke Dir, Mädchen; ich dachte, es sei mein Diener, dem ich den Befehl gab. Weshalb blickst Du mich so forschend an? Und weshalb steckst Du noch immer in den Bubenkleidern?«

»Das Herr, würdet Ihr erfahren haben, falls Ihr einmal wieder die Güte gehabt hättet Euch nach Euren armen Landsleuten umzusehen«, antwortete sie mit dem Tone stillen Vorwurfs.

»Ja, ja, ich hatte Euch wahrhaftig vergessen. Vergib mir's!« sagte Egino mit einem Seufzer. »Da setz' Dich zu mir und sprich.«

»Und was Eure zweite Frage angeht, Herr, so sah ich Euch so scharf an, weil ich in Euren Zügen zu lesen glaubte, daß es Euch hier in der Fremde nicht viel besser gehe, als uns armen Leuten auch. Ihr seid krank, Ihr seid so bleich...«

»Bin ich? Nun ja, ich bin ein wenig krank, Du hast recht. Aber reden wir von Dir. Weshalb sagtest Du, daß es Euch nicht gut gehe? Was ist geschehen?«

»Nichts weiter, als daß man meinen armen Ohm Kraps auslacht, wo er sich blicken läßt und wo er nur den Mund auftut. Und was das Schlimmste ist, man lacht ihn auch und dann am meisten aus, wenn er mit seinem Verlangen kommt etwas Großes und Fürnehmes hier zu werden. Ein gutes Quartier bei einer redlichen Frau, die uns Wohnung und Essen gibt, haben wir, wie Ihr wißt, durch Donna Ottavias Güte gefunden, aber ein freundliches Gehör bei den Männern, zu denen man uns zu gehen, riet, nicht.«

»Und du gingest stets in diesem Anzug mit dem Ohm?«

»Kann ich anders?« antwortete Irmgard errötend. »Die Menschen, die jungen Männer und auch die älteren und die in geistlichen Trachten nicht am wenigsten, sind so unverschämt! Wenn ich als Mädchen allein über die Straße gehe, mit meinem fremden Aussehen und blonden Haar...« »Armes Kind!« sagte Egino seufzend und sich erhebend und in seinem Gemache langsam auf- und niederschreitend. »Ich fürchte, wir argloses deutsches Blut sind alle nicht zu unserem Glücke in diese römische Welt gekommen, weder Du, noch ich, noch vielleicht auch der wunderliche Mönch, der sich über die Bilder Meister Rafaels entsetzt!«

»Von welchem Mönch redet Ihr? Von demselben, von dem Ihr uns sagtet, daß er uns helfen könne?«

»Von demselben, dem Bruder Martin aus Wittenberg.«

»Um dessentwillen komme ich just, Herr, ich dachte mir, wenn ich Euch unsere Not klagte, würdet Ihr mir die Güte erweisen mich zu ihm zu führen, daß ich ihn bitte, mit seinem Ordensbruder im päpstlichen Palaste für uns zu reden.«

Egino schüttelte den Kopf.

»Heute wird's nicht gehen, Irmgard. Der Bruder Martin ist verstört; es hat ihm etwas die ganze Seele wie umgewendet.«

»Und was ist ihm geschehen, dem Bruder Martin?«

»Was ist ihm geschehen! Kann ich's Dir deutlich machen? Man sagt, wer die Wahrheit entschleiert und ihr ins Antlitz blickt, der müsse sterben. Der Mönch hat ins Antlitz der Schönheit geblickt und – ist wenigstens krank davon geworden.«

»Das ist öfter geschehen, nicht bloß armen Mönchen, beim Anblick einer Schönheit«, antwortete mit flüchtigem Lächeln Irmgard.

»Ja, ja, doch so ist's nicht gemeint. Der Mönch hat eine andere Schönheit erblickt und dabei die Entdeckung gemacht, daß ein Treiben, Wachsen und Gestalten in die Welt gekommen, das über sein Kirchendach hinauswächst..«

»Ich versteh's nicht«, antwortete Irmgard. »Aber was ist's denn, was Euch sagen läßt, auch Ihr wäret nicht zu Eurem Glücke hierher gekommen?«

»Bei mir ist's ein ander Ding ... und doch am Ende dasselbe.«

Sie schlug die Augen auf und beobachtete ihn wieder.

»Ihr seht aus, als hättet Ihr nächtelang nicht geschlafen. Für mich läge ein Trost darin, wenn Ihr mir's sagen wolltet, was Euch bedrückt, denn es zeigte mir, daß Ihr Vertrauen zu mir hättet.«

»Und wünschest Du mein Vertrauen, Irmgard?«

»Ich meine, Ihr wäret es mir schuldig.«

»Und weshalb schuldig?«

Sie sah ihn mit einem eigentümlichen Blicke an, in welchem etwas Fragendes, fast Verwundertes lag.

»Nun ja«, sagte sie dann nach einer Weile, – »mir ist es freilich so, aber Ihr habt recht, daß Ihr solche Reden anmaßend von mir findet. Von einer armen Dirne aus dem Volke. Ihr seht wenigstens, daß ich Euch vertraue, wenn ich so offen sage, was ich denke. Auch das Törichte!«

»Ich glaube, daß Du eine ehrliche treue Seele bist, Irmgard, und darum nenn' dich nicht eine arme Dirne aus dem Volk. Wozu die falsche Demut? Du bist reich, weil Du ein sinniges und warmes Gemüt hast. Höre mir zu: An einem Abende – es sind etwa zehn oder zwölf Tage jetzt – hat mich ein Freund mit sich genommen in den Palast eines großen Adelsgeschlechts hier, das sich Savelli nennt, oben auf dem Aventin – Du wirst die Burg da oben neben dem großen Dominikanerkloster von Santa Sabina gesehen haben – «.

»Ich war in Santa Sabina ... also dort?«

»Dort sollte ich dem Freunde als eine Art Zeuge dienen und eine Trauung ansehen. Ich habe die Trauung angesehen. Die Braut war ein zauberhaft schönes Weib und der Bräutigam war tot!«

»Tot ... der Bräutigam?«

»So sagte ich!«

»So wurde aus der Trauung nichts?«

»Doch, doch! Man traute die Lebendige dem Toten an!«

»Das ist unglaublich, was Ihr da sagt!«

»Und doch ist es so; in Rom am Ende auch so unglaublich nicht. Man traut auch den lebendigen Geist der Menschheit mit einer toten Satzung; da ist der Bräutigam lebendig und die Braut tot ... Du schaust mich an, Irmgard, glaubst Du, ich sei irre geworden?«

Egino lachte bitter auf.

»Beinahe muß ich's, Herr!«

»Vielleicht hättest Du auch so unrecht nicht. Ich bin irre geworden; meine Seele ist mir geraubt, seit dem Augenblicke, meine Gedanken sind nicht mehr mein, mein ganzes Denken und Trachten ist nur noch auf ein Einziges nur noch Eines in all' dieser Welt gerichtet ... ich möchte dieses lebendige Wesen von ihrem Toten befreien ... o mein Gott, laß mich nicht zerbrechen unter dieser Eisenwucht, mit der das Entsetzliche, die Ohnmacht auf mir liegt!«

Egino rief dies mit einem solchen Tone von Verzweiflung aus, daß Irmgard erschrocken auffuhr.

Schweigend folgte sie mit ihren Blicken seiner langsam auf- und abwandelnden Gestalt.

»Ihr habt wohl recht«, sagte Irmgard nach einer langen Pause, »daß wir hierhergekommen, um innerlich verstört zu werden. Es scheint für uns aber doch nicht unmöglich aus der Verstörung herauszukommen. Entführt Euch Eure schöne Braut, da Ihr ein lebendiger Mann seid; ich entführe dann am besten meinen unglücklichen Ohm der Narrheit, die ihn hierherführte, auch, und so ziehen wir über die Berge heim, um manches, ja, um sehr viel klüger.«

»Du redest, wie Du's verstehst.«

»Zeigt mir, daß ich's nicht verstehe.«

»Wenn die Savelli etwa so Verbrecherisches, Ungeheuerliches tun, wie sie taten, als sie jenes Weib an einen toten Menschen trauten, so müssen sie zwingende Gründe haben, so zu handeln. Es muß ihnen viel, sehr viel daran gelegen sein, daß dies Weib den Namen Savelli führt. Zum mindesten wollen sie, daß sie, was sie besitzt, in das Haus trägt. Man wird ihr ganz sicherlich unmöglich zu machen wissen je einen andern Namen zu führen.«

Irmgard nickte mit dem Kopfe.

»Aber wenn sich ein Retter aus der Gewalt der Savelli für sie findet«, sagte sie nachdenklich, »ein Mann mutig genug...«

»Mutig genug«, fiel ihr Egino ins Wort, »was nützt hier der Mut? Ich weiß, daß ich ihnen gegenüber vollkommen ohnmächtig bin.«

»Kennt Ihr niemand, der Euch als einen harmlosen Fremden in ihr Haus, in den Kreis der Familie einführte.«

»Dann müßt ich vor ihnen heucheln! Und darf ich daran denken, seit mich Signor Callisto, der Advokat des Hauses, als einen ihn begleitenden jungen Rechtsgelehrten in den Palast der Savelli eingeführt hat?«

»Und könnt Ihr nicht wieder so erscheinen, als ein junger Rechtsgelehrter?«

»Unmöglich ... schon deshalb unmöglich, weil, wenn ich es könnte, ich ihr, Corradina gegenüber nicht in einer erlogenen Maske auftreten wollte ... nichts würde mich dazu bewegen!«

»So habt Ihr schlechte Aussichten; mit offener Gewalt werdet Ihr's nicht durchführen können.«

»Sicherlich nicht.«

Irmgard stützte ihre Stirn auf die Hand. Sie biß fest ihre Lippen aufeinander; das stumme Spiel ihrer Mienen bewies ein innerliches Kämpfen, irgendein schweres Durchdenken.

Dann langsam das Gesicht erhebend, sagte sie mit einer erzwungenen Scherzhaftigkeit:

»Für den armen Heinrich fand sich eine Maid, die ihm ihr Blut gab ihn zu retten ... Euch, Graf Egino, soll man nicht nachsagen, daß sich nicht eine Maid gefunden, die ihm ihre innersten Gedanken hergegeben, um ihn zu retten, denn der Rettung scheint Ihr mir mehr zu bedürfen, als Eure ... Corradina.«

»Und was sind Deine innersten Gedanken, Maid Irmgard, die Du mir geben willst?« »Zuerst, wenn Ihr's nicht übel deuten wollt, daß ich Euch sehr hilflos und mutlos finde. Und daß man Euch also mit guten Anschlägen schon zu Hilfe kommen muß. Und daß Eure Leidenschaft für jenes Weib eine sehr kühle ist, wenn sie eine kleine Lüge, ein klein wenig Maskenspiel, das nötig wäre, um zum Ziele zu kommen, als ein nicht zu überspringendes Hindernis zwischen sich und ihrem Gegenstand betrachtet.«

»Eine Lüge?«

»Nun ja... ist die Corradina Euch nicht wert, daß Ihr Euren Stolz ihretwegen so weit demütigt zu lügen? Ist's doch so oft ein Muß wie ein andres auch! Könnt Ihr es überhaupt?«

»Nun, bei Gott, um der Corradina willen könnt' ich es versuchen. Ob es mir gelingen wird, weiß ich nicht.«

»So versucht es, denn ohne Lüge werdet Ihr nicht Euch Zutritt zu ihr verschaffen...«

»Und mit einer Lüge würde es gelingen? Und Du, Irmgard, wüßtest anzugeben, wie?«

»Ich weiß dazu zu helfen ... ja«, sagte sie, »wenn Ihr versprecht, mir dafür zu danken und uns um deswillen nicht zu verachten, was ich Euch vorher gestehen muß.«

»Verachten ... ich Euch verachten? Und wie sollt' ich denn...«

»Hört mir zu. Mein Ohm Kraps, wißt Ihr, ist ein Glockengießer seines Zeichens.«

»Ich weiß, ich weiß.«

»Und Ihr wißt auch, daß, wenn in einer Stadt daheim das Metall zu einem Glockenguß im Schmelzofen ist, die alten Mütterchen und die frommen Leute kommen und allerlei Silbergeschirr bringen, damit es, zum Erz getan, einen besseren Klang gebe; sie glauben, das sei ein Gott besonders wohlgefälliges Opfer.«

»Auch das weiß ich.«

»Aber nicht, daß es Aberglauben ist! Das Silber tut nichts zum reinen Klang. Es verdirbt ihn nur. Siebenundsiebzig Teile Kupfer, einundzwanzig Teile Zinn und zwei Teile Wismut, das gibt den richtigen Klang. Aber was wollt Ihr, die Leute lassen sich's nicht nehmen, daß es ohne ihr Silber nicht gehe und daß ohne solche Opfer die Glocken niemals würden den rechten Dienst tun und die Gewitter wegläuten können und was sie sonst alles tun sollen. Und so, Herr, ist's denn eines von den Handwerksgeheimnissen .. jedes Handwerk, wißt Ihr, hat seine Geheimnisse und ererbten Griffe, die andere Leute, die nicht dazu gehören, nicht zu kennen nötig haben; eines von den Handwerksgeheimnissen der Glockengießer also ist es, daß sie das Silber, welches man ihnen bringt, nicht dazu verwenden den Ton ihrer Glocken damit zu verderben. Sie nehmen das Silber und schleudern es durch den Rauchfang ihres Schmelzofens anscheinend in die Metallmasse hinein – vor der Leute Augen; in der Tat aber geben sie ihm im Werfen eine Wendung, daß es seitwärts schräg in das Aschenloch unter der Feuersglut fällt.«

»Ah, ich verstehe«, rief Egino aus; »also darum ist Ohm Kraps so reich?«

Irmgard beobachtete mit einem ein wenig scheuen Aufblick den Ausdruck seiner Züge.

»Ihr müßt darum nicht schlecht von ihm ... von uns denken, Herr ... es ist eben ...«

»Handwerksgeheimnis!« unterbrach sie lächelnd Egino. »Beruhige Dich, Irmgard; ich finde, daß Ohm Kraps sehr weise gehandelt hat den alten Weibern von Ulm nicht offen etwas einzugestehen, was sie bei jedem Gewitter einer großen Angst ausgesetzt hätte, und nun fahre fort.«

»So«, sagte Irmgard, »haben wir allerlei Silbergeräte bekommen, darunter denn manches war, was dem Ohm Kraps zum Einschmelzen zu gut schien; er ist ein Mann wie ein Kind, wißt Ihr, und wenn er irgendein Stück erhielt, das ihm gefiel, so war's ihm wie ein Spielzeug, das er sich nicht entschließen konnte, aus den Händen zu geben.«

Egino nickte mit dem Kopfe, sah aber Irmgard dabei höchst fragend und gespannt, wo sie mit diesem allen eigentlich hinauswolle, an.

»Ihr verwundert Euch, was ich mit meinem Silberzeuge will«, schaltete sie lächelnd ein, »hört nur weiter. Unter den Sachen nun, die dem Ohm gefielen, so daß er sie uneingeschmolzen ließ und mit einigen ziselierten Schalen und Figuren von Heiligen und getriebenen Arbeiten hieher mitgebracht hat, ist ein kleiner Altaraufsatz mit zwei Flügeln zum Zusammenklappen gemacht; auf dem Mittelstück, nicht größer als eine Mannsfaust, ist in schöner Arbeit, kunstreich getrieben, der heilige Dominikus zu sehen, wie er vor der Mutter Gottes mit dem Kinde kniet und diese ihm das weiße Ordenskleid mit schwarzem Scapulier und dem daran hängenden Käppchen zeigt, in welchem die Dominikaner gehen. Auf den Flügeln des Altärchens ist auf dem einen der Traum der Mutter des Heiligen, von dem kleinen Hunde mit der Fackel, welche die Welt erleuchtet, in der Schnauze, und auf dem andern der Heilige, wie er den toten, unter einem verschütteten Hause erschlagenen Baumeister wieder lebendig macht, dargestellt.«

»Und diese Silberarbeit?«

»Diese Silberarbeit sollt Ihr gehen am Altare des heiligen Dominikus in seinem Kloster Santa Sabina zu opfern, um Euch dafür die Mönche von Santa Sabina zu Euren besten Freunden zu machen.«

»Ah ... und dann?«

»Und wenn Ihr alsdann dem Prior von Santa Sabina die Bitte vorträgt, für drei oder vier Wochen in sein Kloster aufgenommen zu werden, um darin Exerzitien zu machen, so könnt Ihr sicher sein keine abschlägige Antwort zu bekommen.«

»Ich ... Graf Egino von Ortenburg... soll Exerzitien bei diesen Hunden des Herrn machen?« fiel Egino gepreßt auflachend ein.

»Weshalb nicht ... wenn Ihr's nicht im Glauben, daß es zu Eurem Seelenheil gereiche, tun wollt, so tut's im Glauben, daß Ihr im Laufe von vier Wochen gewiß eine Gelegenheit findet das Weib zu sehen und zu sprechen, das Euch bezaubert hat und das mit diesen »Hunden des Herrn« ja beinahe unter einem Dache wohnt, vielleicht täglich in denselben Gärten sich ergeht wie sie.«

»In der Tat, Irmgard, Dein Gedanke ist vortrefflich ... er ist gut, sehr gut ... und sei's drum«, rief Egino erregt aus, »ich will tun, wie Du sagst ... ich will, wenn's nötig, mich zum Mönch machen unter diesen schwarz-weißen Menschenverbrennern, ich will ihre Homilien über mich ergehen lassen, ohne mit einer Miene zu verraten, was ich von all diesem Mönchtum denke ... Gib mir Deine kunstreiche Tafel, ich will sie dem Ohm Kraps zahlen, als ob sie an Gold wiege, was sie an Silber wiegt.«

»Weshalb?« fragte Irmgard, die seine Erregung mit einem Blicke beobachtete, aus welchem etwas wie Kummer oder Niedergeschlagenheit sprach. »Weshalb?« fragte sie kühl.

»Weil Dein Rat unbezahlbar ist.«

»So betrachtet ihn so und gebt auf ihn mir bezahlen zu wollen.«

»Dir nicht, Deinem Ohm.«

Irmgard antwortete nicht.

»Kann es nicht gleich heute sein?« rief Egino aus.

»Wenn Ihr Euch so nach dem Klosterleben sehnt«, versetzte sie schmerzlich lächelnd, »weshalb nicht? Ich gehe Euch das Kleinod zu holen«, sagte sie dann, sich erhebend.

»Geh', geh' ... hol' es. Wenn wir die Zeit benutzen, kann ich diese Nacht schon in einer Zelle in Santa Sabina schlafen. Während Du gehst, will ich meinem Götz seine Weisungen geben.«

Irmgard reichte ihm flüchtig die Hand; er wollte ihr mit einem warmen Drucke sagen, wie sehr sie ihn verpflichtet habe, aber sie entzog sie ihm hastig wieder; sie vermied seinen von Freude und Hoffnung leuchtenden Augen zu begegnen und war im nächsten Augenblick aus dem Gemach verschwunden.

Als sie draußen in der Straße war, ging sie langsam, die Blicke an den Boden heftend; vor der Kirche von San Silvestro am Ende der Straße, wo Egino wohnte, blieb sie einen Augenblick stehen, dann wendete sie sich dem Portal derselben zu, hob den schweren Ledervorhang, der den Eingang bedeckte, empor und trat in den dunklen kleinen Vorraum ein, der durch ein hohes Gitter von dem Schiffe der Kirche abgetrennt war. Wollte sie da beten, in dem kühlen dämmerigen Raum? Es schien nicht; sie setzte sich auf eine dunkle

Holzbank, die an der Mauer angebracht war, faltete schlaff und wie ermüdet die Hände im Schöße und starrte so in die Kirche hinein, aber wie in eine leere Ferne.

Das Rundbogenfenster über dem Altare ihr gegenüber war mit einem grünen Stoffe verhangen. Es mußte der Widerschein dieser Farbe sein, der Irmgards Züge so erschreckend bleich machte.

## 13. Wie die Seelenpflanze wächst.

Vor wenig Wochen noch, noch an dem Tage, an welchem er Donna Ottavia in schwärmerischer Sprache die Eindrücke schilderte, welche Rom ihm machte, hätte Egino den Gedanken von sich gestoßen, auf den er jetzt so rasch, so begierig einging.

Unter einem falschen Vorwande sich in ein Haus einzuführen, zu lügen, ein religiöses Bedürfnis zu heucheln, das er nicht empfand; er hätte es unmöglich gefunden!

Aber seine Seele hatte in kurzer Frist einen ganzen Kreislauf der Entwicklung durchgemacht. Die Pflanze seiner Seele war in diesem Rom wie in ein treibendes Warmhaus gesetzt worden; sie hatte die Riesenschüsse einer Banane, einer wilden Rebe getan in der erhitzenden aufregenden Atmosphäre, worin er jetzt seit Monden gelebt.

Die blendende Größe der Erscheinungen Roms hatte ihn anfangs tief ergriffen, wie aus den Angeln gehoben und wie schwindlich gemacht. Aber neben dem, was ihn begeistert und ganz erfüllt, stand zu dicht, was ihn abstieß, empörte und entrüstete. Und nach seinem Erlebnis im Hause der Savelli war die Begeisterung zusammengesunken, zu Asche geworden. Es hatte einen Umschwung in seinem ganzen Wesen hervorgebracht. In den Stunden seines einsamen Umherirrens hatte er oft Anwandlungen tiefer Mutlosigkeit nachgegeben, oft mit grenzenloser Bitterkeit auf die Welt um ihn her, die ihn vor kurzem noch so entzückte, geschaut. Dagegen galt es dann wieder zu ringen. Sich aufzuraffen aus dem Schmerze, sich zu retten durch ruhiges klares Besinnen und gefaßtes Rechnen mit den Tatsachen. Er war dann stark genug gewesen diese Fassung zu finden. Aber es hatte für ihn kein Trost gelegen in dem, was das Rechnen ihn finden ließ. Er war zu jung, um sich wie Callisto mit dem verzichtungsvollen *nil admirari* zu trösten; er brütete über das Wie und Wozu einer Geschichte, deren Trümmer um ihn herumlagen, um einst mit den Schichten neuer Trümmer und Ruinen überschüttet zu werden. Was blieb unter dem allen, was war der ewige Kern und Gehalt dieser Erscheinungen; wozu schufen die Jahrhunderte an ungeheuren Bildungen, die dann wieder zusammenbrachen und versumpften, an Religionen, Staaten und Weltreichen, wie dies römische?

Egino floh vor seinen Gedanken in sein Gemüt, indem er Corradina liebte. Er floh aus einer kalten stürmischen Nacht in einen warmen Lichtkreis – war auch für ihn keine Hoffnung da in diesen warmen Lichtkreis einzudringen und darin sich bergen zu können, seine Seele strömte doch mit allen ihren Regungen in ihn hinüber, sein ganzes Herz flog doch demselben zu; sein Auge haftete doch nur an ihm, wie an seinem einzigen Heil auf Erden; – und in dem rücksichtslosen Drang zu ihr war all sein Tugendhochmut untergegangen. Und als Irmgards Rat ihm eine Hoffnung erweckte, da fühlte er: in seinem Gefühle lag sein Recht. Im Kampfe für dies Recht, das jede Waffe weihte, zu der er greifen konnte, dachte er nicht daran eine Rüstung zu verschmähen, die ihm diente, und war diese Rüstung auch eine Verkleidung, eine Maske, eine Lüge. Die Liebe nimmt nur von sich selber Gesetze an.

## 14. Im Kloster.

Ein paar Stunden später wandelte Egino mit Irmgard auf dem stillen Platze vor der Kirche Santa Sabina auf und ab. Er hatte seinen Diener in das Innere des Klosters gesendet, um dem Prior seinen Wunsch kund zu tun, und harrte jetzt auf die Rückkehr des treuen Götz.

Irmgard trug das Silbergerät, von dem sie geredet, in ein weißes Tuch geschlagen auf ihrem Arm.

»Wirst Du mich besuchen im Kloster, Irmgard?« fragte Egino.

»Es wird Euch schwerlich erlaubt werden solche Besuche anzunehmen«, antwortete sie.

»Würde man Dich erkennen in Deiner Tracht?«

»Und wenn auch nicht, so ...«

»Ich möchte nicht wochenlang sein, ohne von Dir zu erfahren – von Dir und Deinem wackeren Ohm; laß mich Dich ins Kloster als meinen vertrauten Diener zum Tragen Deines Silbergeräts da jetzt mitnehmen – so erhältst Du wohl Erlaubnis das eine oder andere Mal zu kommen, um nach mir zu sehen. Willst Du?«

»Wozu sollt's dienen, Herr? Ihr habt Euren getreuen Diener, den Ihr werdet bei Euch halten dürfen.«

»Was ist mir der Diener? Kann ich reden mit ihm wie mit Dir? – Und wenn ich in Fährlichkeiten geriete oder in Hilflosigkeit, wo ich eines Rat bedürfte ... hab' ich doch gesehen, wie rasch Dein anschlägiger Kopf einen Rat findet!«

»Wohl denn, – wenn Euch wirklich daran liegt, so will ich jetzt mit Euch gehen, und mich im Kloster zeigen, damit sie mich später zu Euch lassen.«

»Tu' das, tu' es, Irmgard; es ist mir ja beinahe, als hätte ich eine Schwester an Dir gefunden.«

»An mir, dem armen Glockengießerkind, Ihr, der fürstliche Herr?«

»Ich denke nicht, daß meine Fürstlichkeit viel daran ändert«, sagte Egino; »meines Bruders arme Grundhelden daheim mag sie blenden – was ist sie hier? Hier in Rom! Darum wird es Dich auch nicht just stolz machen, wenn ich's Dir sage, Du armes Glockengie-ßerkind, wie Du Dich nennst... wenn ich Dir sage: Ich fühl's so. Es ist mir, als gehörtest Du zu meinem Leben, als seist Du keine Fremde, sondern es liege wie in unserem Schicksale, daß unsere Lebenswege sich kreuzen sollten, und wir dann hilfreich für einander hier in der fremden Welt nebeneinander hergehen sollten.«

»Und doch habt Ihr lange Zeit vergehen lassen, Herr«, sagte Irmgard kühl, »ohne daß Euch dieses Gefühl dahin führte zu sehen, was aus uns geworden, und erst heute, wo ich Eurer – Leidenschaft diene, kommt es Euch zum Bewußtsein!«

»Du hast recht, Irmgard. Aber was willst Du«, versetzte Egino unbefangen, »ist das nicht das Gewöhnliche, daß uns vieles, welches in uns liegt, erst bewußt wird, wenn ein Ereignis, ein äußerer Anstoß kommt und es hervorlockt?«

Eginos Diener trat in diesem Augenblicke aus dem Klosterportal hervor; ein Mönch in weißem Habit war bei ihm. Er hatte Auftrag Egino zum Prior zu führen.

Egino und Irmgard folgten dem Mönch ins Innere des Klosters. Götz trat ihnen nach, ein Felleisen mit den Sachen seines Herrn unter dem Arm.

Ein breiter dunkler Gang nahm sie auf; als sie weiter hineinschritten, lichtete er sich, er öffnete sich zur linken Seite mit leichten zierlichen Bogen auf einen schönen, wenn auch kleinen Klosterhof, um den ein gewölbter Kreuzgang lief; ein Springbrunnen plätscherte darin; der Wasserstrahl schien sich anzustrengen, so hoch aufzuspringen, daß er in den Bereich des über die Dächer hereinfallenden Sonnenlichtes gelangte, welches in seinem oberen Teile funkelte und blitzte; einige Oleander und Orangenbäume standen unbewegt daneben; es herrschte eine wundersame Ruhe und Stille in dem kleinen Hofe. Am Ende des Ganges war eine Türöffnung durch einen Vorhang geschlossen, den der Mönch aufhob, um Egino und seinen Begleiter eintreten zu lassen. An einem langen Tische im Hintergrunde des hohen und gewölbten Raumes, in den sie kamen, saßen drei Mönche, ebenfalls in weißen Habiten; die schwarzen Skapuliere, die zur Vervollständigung ihres Habits gehörten, hatten sie um des warmen Tages willen abgeworfen; man hätte sie so nach der Tracht kaum vom Bruder Martin unterscheiden können, nur daß dieser sein Kostüm durch einen Ledergürtel befestigte, der eine Erinnerung an den Ursprung seines Ordens aus armen Anachoreten war.

Zwischen den Mönchen lagen Bücher und Schriften, auf einen Haufen zusammengeschoben; die Fratres schienen heiter und von ganz anderen Dingen, als was in ihren Büchern stand, geplaudert zu haben. Jetzt erhob sich einer, ein stattlicher Mann, mit einem runden, wohlwollenden Gesichte, um dessen geschorenen Schädel ein Kranz von blondgrauen Haaren lag, und trat Egino langsam entgegen.

»Gelobt sei Jesus Christus!« sagte er. »Ihr seid ein deutscher Graf und begehrt dem heiligen Dominikus um Eurer Seele Heil willen ein Opfer darbringen zu dürfen?«

»So ist's, ehrwürdiger Vater, und dabei ist ferner mein Begehr für einige Wochen in Euer Kloster aufgenommen zu werden und darin geistliche Übungen machen zu dürfen.«

»Wohl, wohl, das sind löbliche Vorsätze, die Euch zu uns führen. Hoffen wir, daß Eure Übungen dem lieben Gott so wohlgefällig sein werden, wie Euer Opfer dem heiligen Dominikus ... worin besteht es?«

Egino winkte Irmgard; diese schlug das Tuch von ihrer leichten Last zurück, legte sie auf den Tisch und öffnete die beiden Klappen, welche das Mittelstück des Altärchens bedeckten.

»*Ecco, ecco, è cosa bellissima, cosa rara!*« rief der Blondgraue, der Prior aus, während die anderen Mönche sich herbeidrängten, das alte Kunstwerk zu betrachten.

»*San Domenico e la Madonna! è fatto molto bene!*« sagte der eine, während der andere das Ganze aufnahm und es in der Hand wiegend ausrief:

»*Vale almeno scudi cinquanta!*«

Sie schienen eine Freude über Eginos Geschenk zu haben, wie Kinder über ein Spielzeug. Der Prior begann die Figuren zu deuten und als es geschehen, befahl er dem Bruder, der Egino eingeführt es dem Vater Generalvikar des Ordens zu bringen, damit er es sehe.

Egino fühlte bei dem Allen die Beklemmung schwinden, mit der er sein Begehren vorgebracht; er sah ja, wie empfänglich die guten Söhne des heiligen Dominikus sich für solche Art die Verbindung mit ihnen einzuleiten, erwiesen, und so brachte er desto unbefangener seine Bitte vor im Kloster so einquartiert zu werden, daß er sich zu jeder Tageszeit im Garten ergehen könne und seinen Diener Götz bei sich zu behalten.

»Euren Diener bedürft Ihr nicht«, versetzte der Prior, »denn Ihr werdet einen unserer Brüder zur Bedienung haben; was aber Euren Wunsch angeht, zu jeder Stunde Euch in unserem Garten aufhalten zu dürfen, so steht ihm nichts im Wege, unser Garten steht allen Bewohnern unseres Klosters offen, und wenn Ihr ein so großer Freund vom Lustwandeln in frischer Luft seid, so mag Pater Eustachius, der Exerzitienmeister – wo ist Pater Eustachius? man soll ihn rufen – Euch eine Zelle anweisen, die auf den Garten geht und aus deren Fenstern Ihr noch dazu weit über San Michaele fort auf den Ianicolo blicken könnt.«

»Und darf, während ich hier bin, von Zeit zu Zeit dieser mein vertrauter Diener« – Egino deutete auf Irmgard – »zu mir kommen, um mir Nachrichten zu bringen, wenn Briefe aus der Heimat oder Botschaften für mich einlaufen ...«

»Während Ihr Euch in den Mauern dieses Klosters befindet, müßt Ihr die Welt und was in ihr sich zuträgt, vergessen«, warf der Prior ein; »wozu sollen Euch die geistlichen Übungen dienen, wenn nicht, um die Welt in Euch zu überwinden?«

»Ihr habt recht, ehrwürdiger Vater; aber ich bin hier in Rom um wichtiger Geschäfte meines Hauses willen, die ich bei der Rota und bei einflußreichen Männern zu verfolgen habe, und da es nötig werden könnte, daß ich Mitteilungen empfinge oder erwidern müßte ...«

»So, so ... nun, dann mag es darum sein; der Pförtner soll Euren Pagen da zu Euch einlassen, wenn er sich einstellt; Euer Felleisen mag der Diener dort auf den Boden legen, man wird es in Eure Zelle schaffen ... und da ist der Pater Exerzitienmeister, in dessen Obhut ich Euch stelle, so lang Ihr hier unter uns armen Söhnen des Heiligen weilt, um Eure Sünden zu büßen und das Gewand Eurer

Seele vom irdischen Staube zu reinigen durch Reue, Gebet, Betrachtung und die heiligen Sakramente.«

Der Exerzitienmeister, der jetzt herantrat, war ein magerer Mann mit gelbem Gesicht, tiefliegenden kohlschwarzen Augen und einem ebenso schwarzen Haarkranz; er machte mit seinen tiefgeschnittenen Zügen, seinem hohen, spitz zulaufenden Schädel, seinen niedergeschlagenen und von Zeit zu Zeit rasch und stechend aufleuchtenden Blicken auf Egino einen unangenehmen Eindruck; der rosig blühende, offenbar aus irgend einem nordischen Lande stammende Prior wäre ihm für die Art Seelenwäsche, die er vornehmen zu wollen vergab, als Bademeister weit lieber gewesen, denn dieser ausgedörrte Südländer; aber er hütete sich diesen Wunsch auszusprechen und verneigte sich ehrfurchtsvoll vor dem sich ihm still und gemessenen Schrittes nähernden Mann, den er um eine Kopfeslänge mindestens überragte.

Der Exerzitienmeister musterte die fremde Gesellschaft, wobei sein Blick am längsten und schärfsten auf Irmgard haften blieb, und blickte dann stumm und wie fragend den Prior an.

»Unser deutscher Gast ist ein Freund von frischer Luft«, sagte dieser; »laßt ihm die Zelle am Garten, die früher der Marchese del Monte bewohnte, geben. Ihr«, wendete er sich alsdann an Eginos Diener, »legt Eures Herrn Gepäck endlich ab, man wird es ihm schon in die Zelle schaffen.«

»Also auf Wiedersehen!« sagte Egino, indem er Irmgard die Hand reichte und seinen Diener mit einem Kopfnicken entließ. Dann wendete er sich dem Exerzitienmeister zu, der jedoch unbeweglich stand und mit seinen scharfen Blicken Eginos sich entfernende Begleiter verfolgte.

»Kommt!« sagte der Pater Eustachius endlich, nachdem der Vorhang der Tür hinter den Letzteren zugefallen war. Mit einem »Gelobt sei Jesus Christus!« entließ jetzt seinen Gast der Prior, und Egino folgte dem Pater Eustachius, der ihn durch dieselbe Tür wieder in den Korridor führte.

Im Kreuzgang angekommen, wendete Pater Eustachius sich rechts; bald darauf blieb er vor einer verschlossenen Tür stehen und murmelte leise die Worte:

»Wartet hier.«

Er schritt langsam wandelnd von Egino fort, den Kreuzgang hinab und kam ebenso wieder zurück, wie um die Zeit des Wartens durch Auf- und Abgehen zu vertreiben.

»Ein Mann von übermäßigem Rededrang scheint Pater Eustachius nicht zu sein«, dachte Egino, »und das ist immerhin ein Glück; er wird mir wohl die Ruhe lassen an anderes zu denken, als seine Heiligen und ihre Kasteiungen.«

Ein Laienbruder kam mit Schlüsseln. Die Zelle wurde geöffnet und Egino sah sich in einen für eine Klosterzelle ziemlich weiten Raum eingeführt, der anständig genug eingerichtet war, um nichts anderes zu wünschen übrig zu lassen als ein wenig mehr Ordnung und Reinlichkeit.

Der Pater Eustachius war verschwunden in dem Augenblick, wo Egino seine Zelle betreten.

»Wo ist der Exerzitienmeister?« fragte er ein wenig verwundert. »Der Mann scheint mit seiner Person ebenso karg zu sein, wie mit seinen Worten.«

»Er wird schon zurückkehren, Herr«, versetzte der Laienbruder, »sobald Ihr Euch erst ein wenig eingerichtet habt ... welche Befehle habt Ihr für mich?«

»Daß Ihr meine Sachen herholen wollt, die mein Diener trug und dann mehr Ordnung in diesen Raum bringt.«

Der Bruder ging.

Egino trat an das Fenster der Zelle und öffnete es; die Aussicht, die sich ihm bot, war von entzückender Schönheit. Über den unter ihm liegenden Garten sah er ein gutes Stück der Ewigen Stadt vor sich, und drüben den Ianiculus bis über den Vatikan hinaus. Weiter rechts die Engelsburg, das Capitol aber wurde ihm durch die Türme der Savellischen Burg verdeckt. Von dem Bereiche derselben war der Klostergarten durch eine Mauer abgeschlossen, an der diesseits eine Reihe alter Zypressen entlang stand; auf ihrem schwarzdunklen Grün lag mit wunderbarem Goldschein eben der Glanz der dem Niedergang zueilenden Sonne.

Der Laienbruder kam zurück; er brachte das Felleisen, das Eginos Sachen enthielt.

Dann begann er aufzuräumen.

»Sankt Dominikus«, sagte Egino, sich vom Fenster ab- und dem Bruder zuwendend, »wohnt hier sehr dicht neben der Burg der Savelli. Halten der Heilige und die Bürgherren gute Nachbarschaft?«

»Wie sollten sie nicht«, versetzte der Mönch aufschauend. »San Domeniko ist ein großer Heiliger für Alles, was zu ihrem Hause gehört. Ihr müßt wissen, daß vor mehr als dreihundert Jahren Papst Honorius III., der ein Savelli war und hier neben uns in der Burg wohnte, dem Heiligen dies Kloster in seinen eigenen Baulichkeiten einräumte, und darum seht Ihr die Türme und Mauern so dicht umher stehen; sie schützen San Domeniko's arme Söhne, es ist noch alles, wie ein einziges Bauwerk; die Savelli haben ihren Weg durch unser Kloster, wenn sie in die Kirche gehen wollen.«

»In die Kirche Santa Sabina?«

»Ja, Herr, in unsere Kirche; und auch ihren eigenen Betstuhl haben sie in unserer Kirche, und an den großen Festtagen wie Ostern und ...«

»Also die Bewohner der Burg wandeln durch Euer Kloster in die Kirche?« unterbrach ihn Egino erregt.

»So ist es, Herr, die Bewohner ... was die Bewohnerinnen sind, wißt Ihr, so dürfen sie freilich durch die Klausur nicht hindurchgehen!«

»Aber die Bewohnerinnen?«

»Wonach fragt Ihr, Herr?«

»Wie gelangen sie in die Kirche?«

»Sie? Nun, wie andere; draußen über den Weg aller ... das heißt, was zur Herrschaft gehört, die Donnen dürfen durch den Garten unter diesem Fenster da gehen .. es führt ein Törlein aus unserem Garten in die Kirche hinein; nicht aber die vom Gesinde dürfen es ...«

»So werde ich also die Damen der Familie Savelli unter meinem Fenster vorübergehen sehen?« warf Egino mit möglichst gleichgültigem Tone hin.

»Ihr werdet ihrer nicht viel sehen, Herr; nur die Witwe des armen Herrn Luca, der jüngst, nachdem er eben getraut war, so früh hat sterben müssen; die anderen wohnen drüben an der Montanara, auf Monte Savello.«

Egino schlug bei den Worten des Mönchs die ihm die Aussicht eröffneten stündlich die Corradina zu sehen, das Herz so heftig, daß er seine Bewegung zu verraten fürchtete, wenn er auch nur eine Silbe mehr gesprochen hätte. Er wendete sich schweigend dem Fenster wieder zu.

Als der Mönch ging, folgte ihm Egino. »Wollt Ihr mir den Weg in den Garten zeigen, Bruder ... wie heißt Ihr?«

»Alessio.«

»Also, Bruder Alessio, zeigt mir, wo es zum Garten hinabgeht«, sagte Egino.

»Ihr müßt den Vater Exerzitienmeister erwarten, Herr«, sagte der Mönch.

»Muß ich? Er hat mir seinen Besuch nicht angekündigt. Doch sei es drum.«

Egino kehrte in seine Zelle zurück und erwartete im Fenster stehend den Vater Exerzitienmeister.

Vater Eustachius aber erschien nicht. Egino war eben im Begriffe seine Zelle zu verlassen, um sich selbst den Weg zum Garten zu suchen, als die Aveglocke erklang, und Bruder Alessio hereintrat, um ihn zum Abendessen der Mönche zu rufen.

Egino folgte ihm mit festem zuversichtlichem Schritte durch die Gänge, die zum Refektorium führten. Er war eigentümlich, aber freudig, mutig erregt von dem Wagnis, das sich so vortrefflich anließ. Wäre Irmgard ihm begegnet in diesen Gängen, er würde seinen klugen Pagen umarmt haben aus Dankbarkeit für seinen guten Rat.

In dem langen Speisesaal der Mönche ward ihm sein Platz neben dem Prior angewiesen. Egino hatte volle Muße sich diese Gesellschaft von fünfzig bis sechzig weißgekleideten Männern zu betrachten, die den langen Raum hinab in zwei Reihen saßen, um ihr frugales aus gemischtem Wein, Brot, Käse und Früchten bestehendes Nachtmahl einzunehmen; denn alle saßen schweigend, während auf einer kleinen Estrade inmitten des Refektoriums der Pater Lector saß und aus einem dicken lateinischen Buche eine lange Legende vorlas, die von einem frommen Maler handelte, welchen ein Wunder vom sicheren Tode rettete. Der alte Mönch las sie mit gläubiger Inbrunst. Der Maler war all seine Lebenszeit ein besonderer Verehrer der unbefleckten Jungfrau gewesen. Darum malte er mit heiligem Eifer, als es ihm von einer Klosterbruderschaft aufgetragen, in einer Kirche hoch oben an der Wand die Madonna auf der Weltkugel und der Mondsichel stehend und das Haupt von Sternen umkränzt, die »Immaculata«. Darüber erbost voll Verdruß und Ingrimm der böse Feind; der lange schon den frommen Künstler zu verderben gesucht hat und nun die treffliche Gelegenheit wahrnimmt und die Stützen des Gerüstes, auf welchem der Meister, ganz in sein Werk versunken, arbeitet, tückisch durchsägt. Das Gerüst wankt, stürzt ein, die Bohlen schwinden dem unglücklichen Maler plötzlich unter den Füßen ... aber siehe, die von ihm gemalte Madonna öffnet ihre Arme, umfaßt ihren frommen Verehrer und drückt ihn an ihre erbarmende Brust, bis man, durch den Lärm des eingestürzten Gerüstes herbeigerufen, kommt und den da oben an der Wand Hängenden mit Leitern aus der Umarmung der beschützenden Himmelskönigin herunterholt. –

Der Dominikaner-Orden vertrat im Anfang des sechzehnten Jahrhunderts die theologische Gelehrsamkeit der Kirche; er war die Quelle und der Hüter der scholastischen Wissenschaft, durch welche die Entwicklung der Dogmen geleitet worden war; er behauptete die Lehrstühle der Wissenschaft auf den Hochschulen, er besetzte die Gerichtshöfe, welche über die Orthodoxie und Heterodoxie der Meinungen und der Systeme entschieden und richtete die Gewissen.

Und die Männer dieses Ordens hörten mit Andacht auf solche Mären!

Konnte etwas bezeichnender sein? Konnte es etwas Grauenhafteres geben, als die Gewissen der Menschen, unterworfen dem Richterspruch, der Kontrolle von Männern, die in solchen Anschauungen, in solch einer geistigen Atmosphäre aufgezogen waren und bis ans Ende ihrer Tage darin blieben?

Mit Andacht, sagten wir eben. Doch nein, sie hörten nicht alle mit Andacht zu; auf diesen Physiognomien der verschiedensten Art, jungen und alten, mit dem Typus des Südens und dem des Nordens, auf den bald breiten und behäbigen, bald tiefgeschnittenen, markierten, fleischlosen Gesichtern lag der Ausdruck der verschiedensten inneren Gedankenbeschäftigung, oder auch völliger Gedankenlosigkeit. Während einige ihr Ohr dem Vorgetragenen offenbar nur in stumpfsinniger Gleichgiltigkeit verschlossen hielten, nur mit den Bissen, die sie verschluckten, und dem Inhalt des Kruges, den sie leerten, beschäftigt, waren einige offenbar in Sinnen verloren und mit ihren Gedanken weit von dieser Stätte entfernt; wieder andere beobachteten mit forschenden oder feindseligen Blicken versteckt und heimlich ihre Nachbarn. –

Egino hörte flüchtig der Legende des Pater Leetor zu; der italienische Akzent, womit der Mann sein Latein vorbrachte und verwälschte, hatte etwas, das ihn zum Lächeln zwang, die Geschichte selbst aber rief eine Art von höhnischem Übermut über diese ganze Welt in ihm hervor, sie tat das Letzte, um ihm das Gefühl der Beklommenheit und einer gewissen Sorglichkeit zu nehmen, womit er die Schwelle des Klosters beschritten hatte.

In dem Mönch, der an der andern Seite ihm gegenübersaß, erkannte er den, welchen er in der Hauskapelle der Savelli gesehen, welcher die Corradina mit dem toten Luca Savelli getraut hatte.

Während er ihn beobachtete, nahm er nicht wahr, wie scharf und forschend auf ihm selbst das Auge des Paters Eustachius lag, der weiter unten an der anderen Seite des Tisches saß.

Als der Prior sich erhoben und nachdem der Jüngste der Genossenschaft am unteren Ende des Tisches das Benedicite gesprochen hatte, näherte Pater Eustachius sich Egino.

»Ihr werdet mich morgen bei Euch erscheinen sehen, Herr«, sagte er, indem er ein Lächeln, das freundlich sein sollte, über sein düsteres Gesicht gleiten ließ. »Ich denke, Ihr wißt es mir Dank, daß ich Euch heute Abend Euch selbst überließ; Ihr seid ein Weltkind, und wenn ein solches in einen so fremden Kreis tritt, wie ihm der unsere ist, so drängen sich ihm der Eindrücke gar manche auf; man muß ihm Zeit lassen sie zu überwinden und sich zu sammeln, ehe man Vertiefung in heiligere Gedanken von ihm verlangen kann. Nur ein vollkommen glattes Gewässer vermag es das Blaue des Himmels abzuspiegeln.«

»Doch fährt der Herr auch über den See Genezareth, wenn er im Sturme wogt«, antwortete Egino. »Aber ich will Euch nicht widersprechen, ehrwürdiger Herr, und danke Euch für Eure Rücksicht.«

Pater Eustachius erwiderte nicht; er schien, nachdem er seine Worte gesprochen, eine Erörterung derselben ablehnen zu wollen und stumm mit dem Kopfe nickend, ging er.

Egino verließ das Refektorium, und da er draußen auf seinen Laienbruder stieß, wiederholte er sein Verlangen in den Klostergarten geführt zu werden.

Der Klostergarten bestand aus einer Terrasse, die an dem Teil des Gebäudes, in welchem Eginos Zelle sich befand, entlang lief und aus einer tiefer liegenden Abteilung, welche von mehreren in rechten Winkeln sich kreuzenden Heckengängen aus immergrünen Pflanzen, Lorbeern, Buchs und Taxus eingenommen wurde.

Im Schatten der Klostermauern zu ihrer Linken und der Reihe von Orangenbäumen zu ihrer Rechten mußte also die Corradina wandeln, wenn sie sich in die Kirche von Santa Sabina begab ... Am nördlichen Ende der Terrasse befand sich in einer Mauervertiefung mit spitzgewölbtem Bogen eine kleine Tür aus eisenbeschlagenen Bohlen, die offenbar in den Garten oder in einen Hinterhof der Savellischen Burg führte. Am Südende der Terrasse zeigte sich über einigen Stufen eine ähnliche, nur weniger ängstlich verwahrte Tür, die sogar nur angelehnt stand und ins Innere der Kirche führte.

»Der Lebensweg der Corradina läuft durch Schatten«, sagte sich Egino, ein wenig kleinmütig und niedergeschlagen, als er die Beschaffenheit der Örtlichkeiten erkundete. »Wird es mir je gelingen aus all diesen Mauern zu ihr zu dringen und sie dem Lichte und dem Leben zu gewinnen? Wird diese eisenbeschlagene Tür sich je für mich öffnen oder werde ich diese Mauer da überklettern können, die unter der Zypressenreihe hinläuft und den Bereich des Klosters von dem der Nachbarburg abgrenzt?«

Die Mauer war allerdings sehr steil, sehr hoch. Der Baron und der Mönch hatten sich sehr nahe zusammengefunden; die Heiligen und die Ritter sich sehr dicht neben einander angebaut und in denselben Boden geteilt. Und doch hatten sie für gut gefunden eine starke und hohe Mauer zwischen sich aufzubauen.

Egino ging an dieser Mauer entlang. Da der Garten ganz menschenleer war – denn die Mönche begaben sich nach der Abendmahlzeit sogleich zur Ruhe, um in der Nacht ihrem Chordienst obliegen zu können – so durfte er ungestört seine Untersuchungen anstellen. Die Mauer war überall in gutem Stande erhalten, sie bot nirgends Lücken oder Vorsprünge oder andere Erleichterungen für einen Mann dar, der den Wunsch hatte sie nötigenfalls überklettern zu können.

In einem glatten rechten Winkel stieß sie an die mächtigere zinnengekrönte und mit Türmen verstärkte Mauer, welche die nach der Marmorata hin steil abfallende Felswand des Aventin krönte, sowohl das Terrain der Burg, wie das des Klosters an dieser Seite schützend.

Kein Baum stand in dieser Ecke, um da hinaufzukommen. Man hätte Flügel haben müssen.

Egino ging ziemlich entmutigt von der Mauer fort in die Mitte des Gartens zurück, wo im Kreuzungspunkt der zwei Hauptgänge eine große antike Granitschale stand, von einem ebenso antiken korinthischen Säulenkapitäl aus verwittertem weißen Marmor getragen. Er setzte sich auf den Rand dieser Schale; die Arme unterschlagend blickte er hinüber auf die schweren massigen Mauern der Burg.

Diese zeigte nach dieser Seite hin zwei Gebäudeteile, einen älteren mit wenigen kleinen und ungleich verteilten Fenstern und einen höheren mit symmetrischen Fensterreihen und also neueren; beide Teile wurden von viereckigen Turmausbauten flankiert und in der Mitte, wo sie aneinanderstießen, legte sich ein halbrunder Treppenturm an sie an. Der neuere Teil, der der entferntere vom Standpunkt

Eginos war, hatte einen hochliegenden, an einer Fensterreihe entlang laufenden Altan, vielleicht über Arkaden liegend, welche die, den Kloster- und den Burggarten trennende Mauer nicht erblicken ließ. Die Flügel einer aus dem Innern auf diesen Altan führenden Fenstertür standen offen; ein Lichtschein drang eben aufleuchtend durch diese Tür in die dämmernde Nacht hinaus und erhellte ein Stück des Altans mit einem schwachen Lichte.

Als Egino eine Weile hinübergestarrt hatte, geschah, was er in herzklopfender Spannung ersehnte, erwartete, schon wie im Traum vorher erblickte.

Eine in dunkle Gewänder gekleidete weibliche Gestalt trat auf die Schwelle der Fenstertür; sie blickte einen Augenblick in den dunkelnden Abend, der schon Nacht zu nennen war, hinaus, einen Augenblick, aber lange genug, um Egino erkennen zu lassen, oder besser – denn zum bestimmten Erkennen war sie viel zu fern, war es viel zu dunkel – um ihn wie durch einen sechsten Sinn es fühlen zu lassen, was er auffahrend, die Hand an sein stürmisch aufschlagendes Herz pressend, flüsterte:

»Sie ist es!«

Sie trat auf den Altan hinaus und begann auf demselben langsam auf- und abzuwandeln.

Eginos Seele war in seinen Augen; als ob es möglich gewesen wäre, daß sein Atem ihn hätte verraten können, unterdrückte er ihn, während seine Blicke sich schärften jede der Bewegungen dieser dunklen Gestalt wahrzunehmen, die so, wie ein Geist der Nacht hoch oben auf- und niederschreitend, an dem düsteren Gewaltbau der Saveller entlang schwebte.

## 15. Der Exerzitienmeister.

Egino mochte eine geraume Weile auf der alten Brunnenschale gesessen und durch die Dunkelheit gestarrt haben, als er ein Geräusch hinter sich hörte.

Er blickte rasch um sich und sah eine der weißen Mönchsgestalten sich hell von der nächsten dunklen Hecke abheben; jetzt trat sie näher und die Stimme, welche Egino anredete, war die des Pater Eustachius.

Seltsam, war der schweigsame Vater nicht da, wo alle die anderen Mönche in dieser Stunde waren? Entzog er sich der Ruhe, bloß um über seinen geistigen Schutzbefohlenen zu wachen?

Es schien fast so.

»Ihr meditiert, junger Herr?« fragte er in einem trockenen scharfen Tone.

Egino verwünschte ihn von ganzer Seele, aber er konnte nicht anders, als sich von dem Gegenstande, der ihn fesselte, abwenden und sich zu einer unbefangenen Antwort zwingend, sagte er:

»Ich freue mich der milden weichen Nachtluft.«

»Und das«, versetzte Vater Eustachius, sich im Sprechen wendend und so Egino auffordernd, mit ihm den Gang hinabzuwandeln, »– das stimmt die Seele ernst und mag eine gute Vorbereitung sein zu dem Werke, welches Ihr morgen hier beginnen werdet...«

»So ist es«, entgegnete Egino, der so wenig an dies Werk dachte und es so leicht nahm und sich jetzt mit einiger Beklommenheit sagte, daß dieser Vater Eustachius ganz der Mann sei es ihm sehr schwer zu machen.

»Ihr habt Euch zu Euren Exerzitien in unser Kloster begeben, Graf Egino«, fuhr der Mönch fort »und Ihr tatet es sicherlich mit bestimmten Gründen, die es Euch jedem andern Kloster vorziehen ließen...«

»Gewiß, gewiß, ich hatte die bestimmtesten Gründe...«

»Das spricht für die Schärfe Eurer Urteilskraft und für den vollen Ernst, mit dem Ihr der Heiligung Eurer Seele nachstrebt, für den tiefen Ernst Eurer Absicht«, sprach Eustachius. »Denn Ihr wißt, daß der Geist, der unter den Söhnen des heiligen Dominikus lebt, so ernst ist, wie das Grab. Auch die anderen Orden haben es wohl begriffen, daß die Menschheit in Nacht wandelt und mühselig dem kommenden Tag zuwandern muß. Sie stehen den Wandelnden bei und führen sie. Der unsere aber hat es zu seiner besonderen Aufgabe erhalten die in der Nacht Verirrten in ihrem Dunkel aufzusuchen und auf den rechten Weg zurück zu geleiten, freundlich und mild gegen die, welche folgen, streng und unerbittlich gegen die, welche störrisch den Irrpfad die rechte Bahn nennen ... und dies Amt ist ernst.«

»Wie jedes Strafamt!«

»Wie jedes Strafamt, ja, wo die Milde Sünde und die Güte Pflichtverletzung wird.«

»Und man wird Sünde und Pflichtverletzung den Söhnen Guzman's nicht vorwerfen!« konnte sich Egino nicht versagen mit scharfem Tone einzuschalten.

»Nein«, versetzte Vater Eustachius, das Ironische dieser Bemerkung überhörend – »wer die Geschichte unseres Ordens kennt, wird es nicht. Jede Gesellschaft und auch die christliche bedarf hingebender Männer, deren Selbstverleugnung so weit geht, daß sie eines der tiefgewurzeltsten Gefühle der nicht wiedergeborenen Menschennatur, das Mitleid und die Sympathie für das mitlebende Geschöpf, aus sich tilgen und an die Stelle des Herzens einen Gedanken setzen, der unerweichbar und unerbittlich ist; den Gedanken an das Gesetz, daß die Menschheit zu Gott wandeln soll auf dem Einen Wege und daß Schwert und Feuer sie strafen sollen, wenn sie abirrt von diesem Wege.«

»Und San Dominikus' Söhne sind eben zu den Trägern des Schwerts und des Feuers ersehen!«

»So ist es«, sagte der Mönch; »das ist unser Beruf, dazu ist unser Orden als die *Militia Jesu Christi contra Haereticos* gestiftet; ihm ist die Inquisition übertragen, und seine Gerichtsbarkeit erstreckt sich über die Welt – über Hohe und Niedere, über den Laienbruder wie über den Bischof, über den Leibeigenen wie über den Fürsten..«

»Ich weiß«, fiel Egino fast erregt ein, »und der Orden hat das Vertrauen, das die Kirche, die ihm das Gewissensrichteramt übertrug, in ihn setzte, glorreich gerechtfertigt; er hat Ketten, Einmauerungen, Holzstöße und Foltern aller Art gehabt für – Verirrte und in den großen Albigenserkriegen hat er zehnfach mehr Unglückliche vertilgen müssen, als je christliche Märtyrer den Verfolgungen der heidnischen Kaiser erlegen sind... man könnte auf den Gedanken kommen, ob dem milden, die Liebe predigenden Christus ein solcher Kultus mit Menschenopfern, mehr als die Heiden je schlachteten, denn auch wohlgefällig sei? Allein die Kirche lehrt es und sie muß es wissen...«

Vater Eustachius nickte mit dem Kopfe.

»So ist es«, sagte er wieder trocken; »wir haben mancherlei Strafwerkzeuge für Halsstarrige und Verhärtete in Anwendung zu bringen gehabt, und daß wir es taten, dem dankt so manches Volk, Spanien, Frankreich vor allem, auch Italien das hohe Glück seiner Glaubenseinheit. Ihr kennt also unsern Orden. Ihr kennt ihn, sagt Ihr. Ihr wähltet ihn mit Vorbedacht...«

»So tat ich.«

»Und Ihr wollt Eurem Vorsatze treu bleiben?«

»Sicherlich; weshalb sollte ich nicht?«

Der Pater Eustachius antwortete nicht; er ging stumm neben Egino her. Dann, wie aus Gedanken auffahrend, sagte er:

»Wollt Ihr noch bleiben im Garten? Ich rate es Euch nicht; die Luft hier auf dem Aventin ist in der Nacht, ja selbst am Tage nicht sehr gesund, darum tut Ihr wohl, Euch in acht zu nehmen, Graf Egino. Wollt Ihr noch bleiben?«

Sie waren am Ende des Ganges und an der Treppe angekommen, welche auf die höher liegende Terrasse führte. Der Mönch sprach mit eigentümlicher Betonung seine letzten Worte, indem er den Fuß auf die Stufen der Treppe fetzte.

»Ich möchte noch eine Weile im Garten zurückbleiben, ehe ich mich zur Ruhe begebe, ehrwürdiger Vater«, antwortete Egino ruhig.

»Dann gute Nacht, Graf Egino. Wenn ich Euch morgen sehe, werde ich mit Euch über die Generalbeichte reden, die Ihr mir abzulegen habt. Gelobt sei Jesus Christus.«

Vater Eustachius ging über die Stufen hinauf, quer über die Terrasse und verschwand im Kloster.

Egino sah ihm ein wenig betroffen nach. Was hatte der Mönch gewollt? Hatte er seine Schritte ausspähen oder hatte er ihn gar warnen, ihm drohen wollen? War nicht in seinen Reden etwas wie ein Wink gewesen, mit seinem wie das Grab ernsten Orden nicht zu scherzen? Hatte er auf Eginos Stirn dessen Gedanken gelesen und erkannt, daß gar manche darunter seien, welche so waren, daß Vater Eustachius aus menschlicher Teilnahme für ihn wünschte, darüber nicht bei Gelegenheit einer Generalbeichte in eine Erörterung mit ihm zu treten zu brauchen?

Hatte er gar seine Absicht durchschaut?

Nein, das war nicht möglich!

Und um daß Andere kümmerte sich Egino nicht viel. Er eilte zu seinem früheren Standpunkt, zu der Steinschale zurück. Die Gestalt aber auf dem Altan an der Savellerburg war verschwunden, das Licht erloschen. –

Am andern Morgen in der Frühe wurde Egino durch den Bruder Alessio geweckt, der ihm sagte, daß es Zeit sei am Frühgottesdienst der Mönche in der Kirche von Santa Sabina teilzunehmen. Es war sehr früh noch. Egino folgte dem Bruder ziemlich widerwillig und ließ sich in der Kirche in einer Ecke auf dem Chor der Mönche einen Platz anweisen.

Nach dem Gottesdienste wurde das Frühmahl im Refektorium eingenommen, das, noch frugaler als das Nachtmahl, aus Milch und Brot bestand. Dann, als Egino sich kaum in seine Kammer zurückgezogen, erschien Vater Eustachius.

Vater Eustachius war schweigend eingetreten und nahm schweigend den Stuhl ein, den Egino ihm herbeitrug. Er blickte eine Weile zu Boden, dann plötzlich scharf die dunklen feurigen Augen zu ihm aufschlagend, sagte er:

»Ihr wisset, daß die Exerzitien mit einer Generalbeichte beginnen, die sich über Euer ganzes Leben, von dem Augenblicke an, wo mit der Erkenntnis von gut und böse Eure moralische Verantwortlichkeit für Eure Handlungen begann, zu erstrecken hat. Vorher aber beantwortet mir eine Frage – falls Ihr vorbereitet seid darauf zu antworten«, setzte er mit scharfem, fast spöttisch klingenden Tone hinzu, und dabei stand er auf und ging, um das offene Fenster zu schließen. Dann sprach er weiter:

»Sie lautet: Weshalb seid Ihr in dies Kloster gekommen, Graf Egino?« »Bedarf es einer Vorbereitung auf diese Frage zu antworten?«

»Es scheint doch, da Ihr sie nicht zu beantworten wisset, weil Ihr gelernt habt, daß es eine Todsünde ist in der Beichte zu lügen.«

»Ich lüge nicht, weder in noch außer der Beichte«, versetzte Egino stolz.

»So antwortet die Wahrheit.«

»Daß ich kam, war doch – Ihr werdet es am wenigsten behaupten – keine Sünde, also braucht auch in meiner Beichte keine Rede davon zu sein.«

»Und wenn ich Euch sage, Graf Egino, daß Euer Kommen eine Sünde war?«

»So leugne ich es ...«

»Leugnet es nicht, Ihr ändert nichts dadurch. Ihr kamt nicht um Eurer Exerzitien willen! Sie sind ein Vorwand. Es ist ein anderer Zweck, der Euch herführt, ein Zweck, den Ihr hartnäckig verfolgt, denn ich finde Euch noch hier trotz der Warnungen, die ich gestern an Euch richtete und die Ihr verstehen mußtet. Nun redet... Ihr redet zu Eurem Beichtvater.«

»Ich habe Euch nichts darüber zu sagen«, entgegnete Egino, »als daß Ihr irrt, wenn Ihr in meinem Kommen etwas sehet, das einer Sünde gleichsähe und deshalb in den Beichtstuhl gehörte...«

»Und ich sage Euch«, fiel Pater Eustachius fast drohend ein, »der Mensch ist sündhaft ganz und gar, und jedes Eurer Werke, Eurer Worte, Eurer Gedanken gehört in das Ohr dessen, der Euch von der Sünde lösen kann. Darum redet, zu welchem Ende kamt Ihr und welche Aufgabe hat dabei das Weib, welches Ihr in dies Kloster einführtet, das verkleidete Weib, das Ihr Euren Pagen nanntet, und das, indem es die geheiligte Schwelle dieses Gotteshauses, die Klausur, überschritt, die Fülle ewiger Strafen auf sich zog?«

»Ihr habt ein scharfes Auge, Padre Eustachio«, antwortete Egino betroffen.

»Ich habe es, und dies scharfe Auge hat auf Euch aufmerksamer geruht als Ihr ahnt.«

»Es scheint«, versetzte Egino, mit zornigem Schmerz es fühlend, daß sein Plan kläglich zu scheitern im Begriffe stehe und diese Unterredung mit einer schmählichen Austreibung aus dem Kloster für ihn enden mußte. Und wider eine solche Schmach und wider das Aufgeben der Hoffnung, in der er gekommen, bäumte sich doch alles in ihm auf.

Sein ganzer Trotz erwachte.

Sollte er diese Mönche fürchten? Weshalb? Hatten sie nicht auch am Ende ihn zu fürchten? Er warf stolz das Haupt zurück und rasch gefaßt sagte er mit fester und entschlossener Stimme:

»Wohl denn, da ich sehe, daß man Euch nicht entgeht, so will ich Eure Frage, was mich trieb zu den Söhnen des heiligen Dominicus zu kommen, beantworten. Vernehmt denn, es liegt eine Schuld auf mir, und sie ist es, die ich eine Zeitlang in weltentrückter Einkehr bereuen und so sühnen möchte.«

»Und diese Schuld, bei deren Büßung Ihr eines verkleideten Mädchens bedürft, welche ist sie?«

»Das verkleidete Mädchen ist harmloser als Ihr denkt, Padre Eustachio – aber lassen wir sie aus dem Spiele, sie soll nicht wieder erscheinen, da Ihr nun einmal des wunderlichen Glaubens lebt, daß, wenn ein weibliches Wesen, sie mag so unschuldig sein wie Sanct Peters Tochter Petronella und so fromm wie Sanct Augustins Mutter Monica, über Eure Schwelle tritt, ihr reiner Atem die Atmosphäre Eurer moderigen Klostergänge verunreinige. Meine Schuld ist folgende: Wir Grafen von Ortenburg sind, oder waren unserer Drei. Mein ältester Bruder Bruno, der Herr und Erbe; mein zweiter Udo, und ich, der jüngste, wie Udo als nachgeborner von dem Stammerbe ausgeschlossen. Ich war für des Kaisers Dienst bestimmt; für

Udo sollte gesorgt werden durch die Vermählung mit einer Verwandten, deren Vormund mein verstorbener Vater war, deren großes Erbgut an das unsere stieß. Aber mein Bruder Udo war ein wilder und roher Gesell. Ulrike, die Verwandte, liebte ihn nicht und sie weigerte sich hartnäckig ihm die Hand zu reichen; sie wurde deswegen von uns gequält, gepeinigt, bestürmt in jeder Weise; wir hielten sie gefangen, wir ersannen alle Mittel, das, was wir ihre Hartnäckigkeit nannten, zu brechen, denn wir waren entschlossen ihr reiches Erbgut uns nimmermehr entgehen zu lassen. Da plötzlich fuhr ein entscheidender Schlag in diese Lage der Dinge – mein Bruder Udo starb. Ein Siechtum führte ihn rasch hinweg, bevor wir Ulrike ihm hatten vermählen können, und das Erbgut derselben, das wir längst als das unsere betrachtet, wohl auch zum Teile schon entfremdet, verbracht hatten ...«

»Es durfte nicht in andere Hände fallen, indem Eure Verwandte Ulrike sich einem andern Manne vermählte«, unterbrach ihn der Mönch mit einem spöttischen Zucken der Mundwinkel, »und darum blieb Euch nichts zu tun übrig, als die Verwandte mit Gewalt dem Toten, dessen Tod Ihr verheimlichtet, anzutrauen. Nach einigen Tagen wurde der Tod bekannt gemacht; die Verwandte war nun Eures Bruders Udo Witwe, als seine Witwe blieb sie in der Gewalt Eures Familien-Oberhauptes und Ihr, Ihr Grafen von Ortenburg, wollt nun den sehen, der sie und ihr Gut Euch entreißt!«

»Bei Gott, so war es«, rief Egino erstaunt über des Mönchs rasches Verständnis, aber entschlossen ihm völlig den Handschuh hinzuwerfen, aus; »ja, wir zwangen das Weib, wir fanden einen Mönch, einen Mönch Eures Ordens, Padre Eustachio, der sich bestechen ließ und sie dem Toten traute ... und meinen Anteil an diesem Frevel, dieser himmelschreienden Gewalttat komme ich zu Euch zu sühnen, und auch mir bei Euch Rats zu holen, ob ich den abscheulichen Mönch, der sich dazu hergab, seinen Oberen, ja dem Papste anzeigen soll, oder ob ich dies um des Rufes des Ordens, um des ungeheuren Ärgernisses willen, den es der Welt gäbe, die Euch von Tag zu Tag feindseliger wird und ohnehin Euch so viel nachzureden weiß, unterlassen muß.«

Vater Eustachius hatte Egino mit blitzenden Augen durchbohrt, während dieser sprach; auf seinem gelben Gesichte war flüchtig eine Röte wie die von hellem Zorn aufgeflammt, und dann wieder verschwunden. Vater Eustachius besaß offenbar eine merkwürdige Gewalt über sich selber, denn mit der ruhigsten Stimme sagte er jetzt:

»Wenn Euch solch ein außergewöhnliches und mit all seinen Umständen schwer zu verstehendes Handeln beunruhigt und drückt, so tatet Ihr freilich wohl hierher zu kommen. Ich hoffe, daß Ihr hier Euren Zweck erreichen und in Eurer Seele und in Eurem Gewissen völlig beruhigt, diese Mauern verlassen werdet. Zunächst aber muß ich Euch sagen, daß Ihr von mir keinen Rat verlangen dürft, ob Ihr in Eurem Gewissen verpflichtet seid jenen bestochenen Mönch seinen Oberen anzuzeigen oder nicht; denn da er, wie Ihr angebt, von meinem Orden ist, so kann ich nicht unparteiisch in dieser Sache sein. Ein Anderer soll Euch hierin raten.«

»Ein anderer? Und wer? Macht Ihr Euch so wenig daraus, daß noch ein anderer, ein Dritter von dieser Schandtat Eures Ordensbruders erfahre?«

»Schandtat... seid nicht so rasch mit Euren Worten, Graf Egino – der andere, der Euch raten soll, weiß ohnehin von dem, worüber wir reden – er ist darin völlig eingeweiht, ja, er ist am meisten dabei beteiligt... es ist die getraute Verwandte selbst.«

»Was sagt Ihr?«

»Die Witwe des Toten...sie ist uns ja so nahe!«

»Das ist sie... und sie ...«

»Sie soll Euch raten. Ihr sollt sie sehen und sie befragen!«

»Ich soll sie sehen, sie sprechen... Ihr wolltet das vermitteln?« rief Egino mit einer Bewegung aus, welche Vater Eustachius nicht entgangen wäre, hätte Egino sie auch viel mehr zu verbergen gesucht, als er daran dachte es zu tun. »Ihr werdet mich zu Ihr begleiten«, erwiderte der Mönch, ihn scharf fixierend, ruhig und sehr langsam.

»Und wann soll dies geschehen?«

»Das hat die Signora zu bestimmen. Ich werde zu ihr senden, um bei ihr anfragen zu lassen, oder selber zu ihr gehen.«

Egino ging außer sich vor Erregung in seiner Zelle auf und ab. Vater Eustachius folgte ihm mit den kleinen tiefliegenden Augen, in denen doch etwas Mattes, Erloschenes andeutete, daß er jetzt in Gedanken mit etwas Anderem als dem Betragen des jungen Mannes beschäftigt war.

»Was still und friedlich geschlichtet werden kann«, sagte er endlich sich erhebend, »das soll man nicht im Zorne schlichten. Und diese Sache, um derentwillen Ihr, wie ich sehe, nicht wie ein Büßer, sondern trotzig und fehdedurstig gekommen, kann, denk ich, friedlich geschlichtet werden, zu Eurer Beruhigung, zu des armen Mönchs, den Ihr anzuklagen und zu verfolgen bereit seid, Rechtfertigung. Ich will nicht allein jenem armen Mönch, als meinem Ordensbruder, wohl, sondern auch Euch, Graf Egino, glaubt mir das. Mit diesem Wohlwollen redete ich gestern zu Euch, als ich Euch den Wink gab, Ihr tätet besser unser Kloster zu verlassen. Und mit demselben Wohlwollen für Euch, schlage ich, so trotzig Ihr Euch gebahrt und so herrisch Ihr auftretet, heute den Weg der Milde in dieser Sache ein. Ich lasse Euch allein, bis ich zurückkehre, um Euch zu der Frau zu führen, die – Euch raten soll!«

Vater Eustachius ging.

**Zweiter Teil**
# Die Kaisertochter

## 16. Corradina.

Egino harrte auf die Rückkehr des Mönchs; ob kurze Zeit oder lange, er wußte es kaum; die Zeit war für ihn wie ein Wirbel, ein Sturm, eine wilde Flut, in die er gestürzt worden; es waren Augenblicke furchtbarer Erregung. Endlich öffnete sich die Türe seiner Zelle wieder und Pater Eustachius trat auf die Schwelle. Stehen bleibend winkte er mit der Hand.

»Folgt mir, Graf Egino!« sagte er.

Egino griff nach Degen und Handschuhen und nach dem Barett; er trug sie noch in den Händen, als er schon draußen auf dem Wege in dem Garten war. Hier, über die Terrasse, schritt Vater Eustachius auf die Mauertür, die den Klostergarten mit dem jenseits liegenden Garten der Savelli verband, zu. Sie stand nur angelehnt. Papst Honorius schien mit seinem Freunde Dominikus brüderlich geteilt zu haben. Nur war die Terrasse stattlicher und höher; sie lief auch nicht an der ganzen Gartenfront der Burg entlang, sie endete an dem halbrunden Mittelturm, in dem eine offenstehende Tür eine emporführende Treppe zeigte.

Eustachius führte seinen Begleiter über die Terrasse in diese Tür hinein, die Wendelstiege hinauf, bis zu einem Absatz der Stiege; von diesem führte eine andere Tür auf den großen Balkon, auf welchem Egino am Abende vorher die schwarze Gestalt hatte auf- und abschreiten sehen. Sie betraten diesen Balkon; es stand auf demselben unfern der Fenstertüre, welche von ihm ins Innere der Gemächer führte, ein kleiner Tisch und ein Schemel daneben; auf dem Tische lag ein offenes Buch, darauf eine Frauenarbeit, auf dem Schemel lag ein leichtes Tuch; die Bewohnerin der anstoßenden Räume mußte einen Teil des Morgens hier zugebracht haben. Der Exerzitienmeister hielt, in die Nähe der offenen Fenstertür kommend, plötzlich seinen Schritt an, er machte eine Verbeugung voll mönchischer Demut und, indem er auf Egino deutete, sagte er:

»Der junge deutsche Herr, Madonna, dem ich Euch eine Unterredung zu gönnen bat!«

Innerhalb des nächsten Raumes, kaum einen Schritt hinter der offenen Fenstertüre, stand die Gräfin Corradina von Anticoli.

Sie warf einen prüfenden raschen Blick auf Egino, und ohne seine Verbeugung zu erwidern, wendete sie sich und schritt mehr ins Innere des Zimmers zurück.

»Folgt nur hinein und – holt Euch Euren Rat!« sagte Vater Eustachius mit einem wie spöttischen Lächeln.

Dann wendete er selbst sich dem kleinen Tische zu und setzte sich auf den Schemel dahinter.

Der ein wenig hochmütige Empfang und Vater Eustachius' spöttisches Lächeln waren für Egino in diesem Augenblick fast etwas Willkommenes. Sie machten ihm leichter seine Aufregung zu bemeistern; er trat über die Schwelle mit dem festen Schritt eines Mannes, der sich bewußt ist, daß er mit einem bestimmten Willen kommt; in die Mitte des mäßig großen Raumes tretend, der mit seinen goldbedruckten Ledertapeten, seinen feinen Matten, seinen kunstvoll geschnitzten und mit Elfenbein verzierten Möbeln alle Bequemlichkeit und Zierlichkeit eines Frauengemachs jener Zeit zeigte, verbeugte er sich tief vor der Dame, die eben am Ende des Raumes angekommen war, sich auf eine gepolsterte Ruhebank niederließ und ihm dabei ganz und voll ihr Antlitz zuwendete.

Dasselbe wunderbare Antlitz voll Schönheit und Hoheit, das Egino im weichen Dämmerlicht gesehen und das nun vom hellen Tageslichte beleuchtet denselben und wenn möglich noch höheren Zauber auf ihn übte. Ihr blaues Auge schaute ihn unter den langen blonden Wimpern her an mit der vollen selbstbewußten Klarheit einer stolzen Frau, und doch mit einem Ausdruck von unsicherer Neugierde, der ihr das Mädchenhafte zurückgab, das ihr sonst vielleicht gefehlt hätte. Sie hatte die Stirnbinde, die Haube, welche sie als Witwe hätte tragen müssen, nicht angelegt; wenigstens floß ihr gescheiteltes goldblondes Haar reich und wellig, ganz so wie es Egino bei der Trauungsszene gesehen, über die Schultern; nur ein schmales Stirnband von schwarzem Samt mit einigen darauf gestickten Perlen hielt es um die Schläfen zusammen. Ihre schlanke Gestalt war in ein Kleid von leichtem schwarzen, mit violettem Samt besetzten Stoffe gehüllt.

»Ihr nennt Euch Egino von Ortenburg?« begann nach einer kurzen Pause die Gräfin von Anticoli.

Egino, der sie mit seinen Blicken verschlungen, vergaß fast ein Ja zu antworten, so überrascht war er sie diese Worte in deutscher Sprache an sich richten zu hören.

»Und«, fuhr sie fort, »ich erkenne Euch wieder; vor kurzer Zeit betratet Ihr dies Haus als ein junger Jurist, als des Rechtsgelehrten Minucci Schüler...«

Egino bejahte mit einer kurzen Verbeugung, noch immer sich fragend, ob er nicht blos im Traume die deutschen Laute von diesen Lippen fallen höre.

»In das Kloster unserer Nachbarn habt Ihr Euch eingeführt mit der Angabe dort Exerzitien zu halten, Bußübungen anstellen zu wollen...«

»So ist es, hohe Frau«, versetzte Egino, aufatmend, seine linke Hand um den Griff seines Degens klammernd, während er die Rechte auf sein Herz gepreßt hielt... »ich kam in dies Haus an der Seite eines Rechtsgelehrten, der mich als seinen Schüler einführte; er nannte mich so, nicht ich; er hatte Gründe, die ihn meine Begleitung wünschen ließen. Ich ward so Zeuge des Ehebundes – wenn es erlaubt ist, das was geschah, so zu nennen – den Ihr schloßt. Und das, was ich sah, dessen Zeuge ich wurde, ließ mir nicht Ruhe, nicht Rast in meiner Seele; so ward ich aus Signor Minuccis Schüler ein Schüler Padre Eustachios, bis ich nun vor Euch wie ein Schüler stehe, nicht vorbereitet zu reden, wie's mir auf dem Herzen liegt, und wenn ich's wäre, dennoch wohl nicht im Stande zu sprechen, wie ich Euch gegenüber sprechen möchte... Padre Eustachio hat mich hergeführt, so unerwartet, so rasch, so ganz wie in einem Traume werde ich plötzlich vor Euch gestellt...« »Seltsam«, unterbrach sie ihn, »daß ein deutscher Fürstensohn in einer Schülerrolle auftritt – seltsam, daß er sich beunruhigt um der Handlungen eines ihm fremden Mönchs willen, die er nicht versteht und begreift und die er, so völlig unberührt sie ihn lassen, verfolgen zu müssen wähnt... und seltsam auch, daß Padre Eustachius verlangt, ich solle dieses Mönchs Handlung Euch erklären..«

»Findet das nicht seltsam, hohe Frau. Vater Eustachius scheint in der Menschen Seelen lesen zu können und mag wahrgenommen haben, daß die meine von dieser Sache in einer Weise erfüllt ist, für die es nur eine Beruhigung, nämlich durch Euch selber gibt. Er mag in der meinen etwas wahrgenommen haben, von dem er weiß, daß mit ihm nicht gut ringen ist, sondern besser ihm nachgeben ...«

Sie sah ihn fragend, forschend an.

»Nachgeben? Man gibt Kindern nach«, sagte Corradina dann stolz, das Haupt zurückwerfend.

»Mach' ich Euch den Eindruck eines Kindes?« fragte Egino ebenso stolz und zu seiner ganzen Höhe sich aufrichtend.

»Ihr glaubt wohl, Ihr machtet den eines Ritters, der sich edelmütig unbeschützter Frauen annimmt und Arglist und Gewalttat bestraft«, sagte sie mit einem Tone von Scherzhaftigkeit, der etwas Spöttisches und doch wieder Freundliches hatte.

»Ihr mögt daran gewöhnt sein, daß die Ritter Euch gegenüber als Kinder erscheinen«, versetzte Egino, dem dadurch der Mut zu einer Antwort im selben Tone wurde.

»Das ist eine höflichere Antwort, als sie von einem Schüler, wie Ihr Euch nanntet, zu erwarten war«, versetzte sie mit feinem Lächeln. »Ich seh', Ihr seid nicht ohne Klugheit, und diese wird Euch sagen, daß Ihr nun genug von meinen eigenen Lippen hörtet, um über das beruhigt zu sein, was Euch, wie Ihr Euch ausdrücktet, nicht Ruhe und Rast in Eurer Seele ließ. Sollte es Euch aber noch nicht genügen, so mag das übrige Padre Eustachio, der sich so nachgiebig gegen Euch zeigt, erklären, ich gebe ihm die Erlaubnis dazu.«

»Es liegt nicht in der Macht eines welschen Mönchs meiner Seele Ruhe und Rast zu geben«, entgegnete Egino. »Ihr redet deutsch wie ich. Redet Ihr zu mir. Sendet mich nicht von Euch nach so wenig Worten, ich bitte Euch. Ihr mögt es wissen: ich habe viel gelitten durch das, was ich erlebte, viel, sehr viel in dem Gedanken an Euch – ich habe ein Anrecht auf ein wenig Güte von Eurer Seite!«

Corradina blickte ihn eine Weile schweigend an, nicht gütig und wohlwollend und auch nicht zornig, sondern wie mit dem Ausdrucke der Verwunderung.

»Seltsam...« sagte sie dann. »Ihr müßt einsehen, Graf Egino von Ortenburg, daß dies eine seltsame Szene ist. Ein fremder Mann, den ich nicht kenne, von dem ich nur weiß, daß er in verschiedenen Rollen auftritt, steht da ganz unerwartet und plötzlich vor mir und spricht mir von einem Anrecht auf mein Vertrauen. Er will eine Erklärung, eine Erklärung über mein Handeln, meine Lage, meine Gedanken und Beweggründe... und das alles, weil ihm mein Handeln, zu dessen Zeugen ihn der Zufall machte, rätselhaft ist. Fühlt Ihr nicht selbst, mein deutscher Graf, daß Ihr, Ihr, dem ich nur um Padre Eustachios willen den Eintritt in dieses Gemach verstattete...«

»Daß ich mit meiner Anmaßung lächerlich sei, wollt Ihr sagen, Madonna. Möglich, daß ich Euch so scheine. Und doch habt Ihr Unrecht. Daß ich so unerwartet, so plötzlich vor Euch erscheine, beweist nichts wider mich. Was wär' das Leben, wenn nicht wie mit einem heiligen Wetterschlage das Schicksal zuweilen hineingriffe und es in eine neue Bahn schleuderte? Solch ein heiliger Wetterschlag ist es, wenn ein Mann eine Frau erblickt, bei deren Erscheinung ihm eine heiße Flamme und ein großes Licht in seine Seele fällt, ein Licht, das ihm zeigt, er hat ein Herz, eine Kraft, einen Willen in sich, deren Gewalt er vorher selbst nicht ahnte. Wär' ich von guten Freunden Euch empfohlen, von Euren Verwandten Euch vorgestellt, in einem heiteren Gesellschaftskreise vor Euch getreten, um Euch zu huldigen, so würde ich Euch mit meiner Teilnahme nicht lächerlich erscheinen. Jetzt, wo ich ein Fremder bin, der auf seinem eigenen Wege bis zu Euch drang, schein' ich's Euch. Weshalb? Glaubt mir, so ernst wie Eure Lage, als man Euch einem Toten traute, ist das, was in mir vorging, als ich es wahrnahm; das, was in mir sich regte und mich beherrschte seit dem Augenblicke, glaubt mir, es ist Eurer vollen Teilnahme wert!«

Egino hatte dies alles mit fester Bestimmtheit und fast gebieterisch gesprochen, das errötende Haupt mit den blonden wallenden Locken zurückgeworfen.

Die Gräfin hatte ihn angesehen, wie mehr mit den schönen Zügen des jungen Mannes vor ihr beschäftigt, als mit dem, was er sprach;

sie antwortete jetzt mit einem völlig veränderten Ton, leiser und wie plötzlich ergeben darin mit ihm verhandeln zu müssen:

»Ihr heißt Graf Egino von Ortenburg... wo liegt Euer Stammhaus?«

»In Schwaben.«

»Schwaben!« wiederholte sie mit einem eigentümlichen Ton, wie mit einem unterdrückten Seufzer, so wie ein Heimwehkranker sein Land nennt.

»Wie lange wart Ihr in Italien?« fuhr sie dann nach einer Pause fort.

»In Italien Jahre. Ich war in Bologna auf der hohen Schule.«

»Und in Rom?«

»Wochen, Monde.«

»War Graf Eitelfriedrich von Ortenburg Euer Vorfahr?«

»Er war der Stammvater der Linie unseres Hauses, der ich angehöre. Was wißt Ihr davon, Madonna?«

»Er kämpfte«, versetzte sie langsam, »an der Seite meines Ahnherrn, Herzog Friedrich von Antiochien in der Schlacht von Benevent.«

»Eures Ahnherrn Friedrich von Antiochien?« rief Egino aus. »Friedrich von Antiochien war Kaiser Friedrichs II. Sohn, war König Manfreds, König Enzios Bruder; er war Euer Ahnherr?«

»Er war es. Er war König Manfreds jüngerer Bruder...«

»Und Ihr, Ihr wäret seine Enkelin, sein Blut?« »Ich bin's«, sagte sie ruhig. »Herzog Friedrichs Sohn war Conrad von Antiochien und Alba, und erster Graf von Anticoli; weil seine Nachkommen stets Conrad oder im welschen Idiom Corrado hießen, nannte man Anticoli, ihren Sitz, nach ihnen Anticoli-Corrado und mich auch nannte man nach dem Vater Corradina.«

»Und darum führt Ihr den Schild der Büren! Ihr seid in gerader Linie aus dem Heldenblut der Hohenstaufen entsprossen!«

»Ich bin die Letzte, die einzig übriggebliebene aus dem Geschlecht der Hohenstaufen!« sagte sie.

Egino starrte sie noch eine Sekunde wie von einem Traume befangen an. Dann kniete er vor sie nieder auf beide Knie, öffnete zu ihr emporschauend die Lippen, als ob er reden wollte, bückte sich, um den Saum ihres Kleides zu küssen, und als er wieder zu ihr aufschaute, sah Corradina, daß Tränen über sein Gesicht strömten.

Sie blickte mit ihren großen Augen ruhig, fast wie zerstreut in die seinen; dann trat auch in die ihren ein feuchter Glanz; sie näherte langsam ihr Gesicht dem seinigen mit einem Ausdrucke von unendlicher Milde und Weiche, der plötzlich ihre Züge wunderbar verklärte; sie hob ihre Hand und legte sie auf Eginos Scheitel und schien sein Haupt leise an sich ziehen zu wollen, dann drückte sie es mit rascher Bewegung wieder von sich, warf den Kopf zurück und sagte halblaut, kaum verständlich, auf einen Sessel deutend:

»Erhebt Euch! Setzt Euch dort.«

## 17. Hohe Ahnen.

Egino hatte sich erhoben und ihrem Befehl gehorcht.

»Glaubt Ihr«, sagte sie, »als Padre Eustachio mir sein seltsames Begehren vortrug, ich solle einem fremden Mann Erklärungen geben, da hätte ich ihn Euch zu mir führen heißen, wenn er nicht den Namen Ortenburg genannt und dieser Name nicht der eines treuen Vasallengeschlechts meines Hauses[1] gewesen wäre? Und nun sehe ich, Ihr habt Euch den Namen nicht ohne ein Recht zugelegt; ich sehe, daß Ihr Eurer Väter wert seid und ein treues Blut in Euch ist.«

»Ich weiß aus der Geschichte meiner Vorfahren, daß wir Eurem Hause Alles verdanken«, antwortete Egino. »Aber nicht das ist es, was mich so ergreift in diesem Augenblick, was mich so erschüttert und durchstürmt bei diesem Unverhofftesten, das je in mein Leben getreten. Ich sehe den Glanz des erlauchtesten Geschlechts und lichtumflossener Ahnen vor mir aufleuchten in Euch, in Euch, Madonna...«

»Laßt, laßt«, unterbrach Corradina ihn mit einer ungeduldigen Handbewegung, »laßt mich beiseite und sprecht mir von Euch, von Eurem, von unserem Lande, von Deutschland. Ist die Erinnerung und die Überlieferung dort noch lebendig von dem, was einst gewesen, als noch das Reich...«

»Als das Reich noch die Welt, die geordnete Welt und der Allumfang der christlichen Menschheit war und Euer Geschlecht der Hort und der Hüter seiner Größe – o gewiß ist die Überlieferung davon noch lebendig! Sie läßt Euren Ahnherrn, den Rotbart, im Berge schlafen, aber sie selbst schläft nicht, sie kann und darf dem deutschen Volke nie verloren gehen, denn darin liegt ja sein ewiges Anrecht auf seinen Kaiserrang unter den Nationen, die ewige Mahnung an seine Pflicht vor den anderen Völkern auf der Bahn, die zu den Zielen der Menschheit führt, einherzuschreiten.«

---

[1] Nach der gewöhnlichen Annahme erlosch das Hohenstaufensche Geschlecht mit Conradin 1268 und den Kindern König Manfreds. In der Tat aber hatte König Manfreds jüngerer Bruder Friedrich Nachkommen, die sich noch mehrere Jahrhunderte hindurch verfolgen lassen.

Auf Corradinas Züge trat ein stilles Leuchten von Glück, als Egino so sprach. Sie atmete rascher und mit ihrem großen Blick ihn ansehend, sagte sie:

»Und man spricht noch von den Hohenstaufen?«

»Die Hohenstaufen! O glaubt mir, der Name hat einen Zauberklang in jeder deutschen Burg, in jedem Hause, in jeder Brust. Er stürmt einen Flug von Gedanken in uns auf, die wie Adler sind und über die Länder der Erde fliegen; er zaubert Bilder hervor von der Kraft gewaltiger Männer, die mit den Fesseln geistiger Knechtschaft ringen; er weckt ein Klingen und Tönen um uns her, als ob die goldenen Saiten wieder zu schwirren begännen, zu deren Klang die Sänger Barbarossas und Friedrichs von hoher Rittertat und Frauenliebe sangen, auf jenen Hochfesten im goldenen Mainz, am Strand des deutschen Stromes, oder in den Burgen Siziliens, am Ufer des blauen Mittellandmeeres; o, der Klang dieses Namens tönt uns entgegen wie das Rauschen, das durch die Wipfel deutscher Bergwälder mit alten Götterstimmen fährt; er webt den Sonnenglanz Siziliens um uns, er wirft uns den Blütenduft der Concha d'oro zu und sein Zauber baut vor uns die hohen Dome der Heimat auf – für ewig steht der Name der Hohenstaufen in den Grundstein eingehauen, über dem sich der Wunderbau des deutschen Gemüts erhebt!«

Corradina war aufgestanden; mit einer raschen Bewegung hatte sie beide Hände Eginos ergriffen und rief aus:

»Das, das macht Euch mir verbündet, Graf Ortenburg. Nicht Euer törichtes Begehren Euch in meine Lage drängen, den Ritter einer unterdrückten Frau, für die Ihr mich zu halten scheint, spielen zu wollen... aber diese Worte tun es, diese Worte und das Gefühl, aus dem sie quellen, machen mich glücklich ...«

»Und wie kann Euch mein Gefühl glücklich machen«, fiel Egino, ihre beiden Hände fassend, ein, »wenn dies Gefühl für Euch, für Eure Verhältnisse nichts soll sein dürfen, Ihr keinen Dienst...«

»Ich bedarf Eures Dienstes nicht«, sagte sie, ihm die Hände rasch entziehend und sich wie plötzlich erkaltet abwendend.

»Verzeiht, wenn ich nicht daran glauben kann. Ein Weib, so jung, so schön, so hochdenkend und so warmfühlend wie Ihr, kann nicht gezwungen werden zu etwas, was Ihr doch nur gezwungen tatet, ohne –«

»Ich ließ mich nicht zwingen!« unterbrach sie ihn abermals, stolz das Haupt zurückwerfend. »Der tote Luca war – meine Wahl!«

»Unmöglich!« fuhr Egino auf.

»Und doch ist es so. Er war meine freie Wahl!«

»Ihr hättet wirklich ungezwungen einem Toten Eure Hand gegeben?«

»So tat ich – um für immer – doch was geht es Euch an!«

»Und dann«, rief Egino, »dann lastet nicht schwer wie ein Verbrechen auf Eurer Seele dieser entsetzliche Selbstmord, dieser Frevel an Eurer Freiheit, Eurem Leben, dies Gaukelspiel – verzeiht, der Eifer reißt mich hin –«

»Sprecht nur, sprecht. Ihr glaubt, ich hätte damit ein Verbrechen begangen? Ich leugne es. Ich weiß, was ich meinem Namen schulde. Ihr werft mir eine Gaukelei vor...«

»Ja, Ihr habt das Wichtigste, Ernsteste, Heiligste, den Schwur des Weibes vor dem Altare, zum Spott gemacht. Diese dunkle Witwentracht, ohne daß Ihr je eines Mannes Weib wäret, dieser Name der Savelli, den Ihr tragt, sind sie etwas anderes als eine Lüge, als eine falsche Maske...«

»Ich habe«, entgegnete Corradina ruhig, »mit Padre Eustachio darüber gesprochen, er ist mein Beichtvater. Und«, setzte sie mit einem Anflug milden Lächelns hinzu, »sollte er nicht ein besserer Richter darüber sein als ein junger deutscher Graf, der in Bologna wohl nicht Gottesgelahrtheit studierte?«

»Ob ein welscher Mönch ein besserer Richter sei als ein ehrliches deutsches Gewissen, fragt Ihr, hohe Frau? O gewiß, gewiß nicht! Und wenn Euch dabei von soviel Gewicht die Gottesgelahrtheit zu sein scheint, wohl denn, deutsche Gottesgelahrtheit wird sicherlich fühlen, urteilen, richten wie ich; wolltet Ihr es auf die Probe ankommen lassen, ich würde Euch einen deutschen Gottesgelehrten stellen, der es Euch bewiese. O hätte ich Bruder Martins Geist und seine Beredsamkeit, um Euch zu sagen, was mich in Eurem Handeln empört, um Euch diese Maske ruhiger Zufriedenheit, die ihr mir zeigt, zu entreißen, um Euch dem Leben wiederzugewinnen, dem Ihr entsagt – ich möchte seine Zunge besitzen...«

»Um mir eine Strafrede zu halten?« fiel Corradina in mildem Tone lächelnd ein. »Wer ist denn dieser beredte Bruder Martin?«

»Ein deutscher Mönch, ein wenig mein Freund und ein Mann wie ein Apostel.«

»Ein Mönch und dabei ein Apostel?« warf sie mit einem Achselzucken dazwischen.

»So sagt' ich, und wenn Ihr ihn hörtet, ihn sähet mit seinem blitzenden Auge...«

»Weshalb sollt' ich ihn nicht sehen? Ich habe nichts dawider. Bringt mir den Apostel; einen Apostel darf ein junges Weib über sich richten lassen, nicht einen jungen Ritter. Doch mögt Ihr dem Gericht beiwohnen und mich absolvieren hören. Um aufrichtig zu sein, wenn ich nicht Lust habe mich vor Euch zu verteidigen, so gebe ich doch ein wenig darauf vor Euch freigesprochen zu werden und gerechtfertigt zu sein. Und nun gehabt Euch wohl. Es ist besser, daß diese Unterredung jetzt endet. Kommt mit ihm, Eurem Wunder von Mönch, morgen, so Ihr wollt, um diese Stunde. Da er ein Ordensmann ist, wird ihm das Kloster von Santa Sabina ja offen stehen und das Geleit Eures Apostels werden die Mönche Euch sicherlich verstatten... wenn Ihr sagt, ich wünsche es! Gott behüte Euch!«

Sie reichte ihm nochmals die Hand, die er an sein Herz drückte.

»Ich gehe, glücklich, daß ich das Recht habe, das unantastbare Recht, als ein Ortenburg Euer Vasall und Dienstmann zu sein für ewig!«

Ein kühles Lächeln, ein kurzes Kopfnicken antwortete auf diesen Ausruf Eginos.

Egino ging.

Auf der Terrasse draußen war Padre Eustachio verschwunden. Egino fand ihn erst drüben im Garten des Klosters wieder.

»Und nun?« fragte ihn der Mönch, aus einem der Gänge auf ihn zuschreitend. »Seid Ihr beruhigt über Eure Gewissensskrupel?«

»Nicht ganz«, antwortete Egino, »doch soll ich es morgen werden. Bis morgen werdet Ihr mich also schon hier in Euren Mauern als Gast dulden müssen und einem deutschen Mönch erlauben mit mir denselben Weg zu machen, den ich heute ging.«

»Einem deutschen Mönch? – Weshalb? Wozu?«

»Weil er mein Freund ist.« Der Exerzitienmeister sah ihn an, nicht angenehm überrascht, wie es schien. Dann sagte er:

»Wenn es die Contessa Corradina wünscht – was könnten wir dawider haben?«

»Sie wünscht es.«

Der Exerzitienmeister nickte blos mit dem Kopfe und wendete sich den nächsten Gang hinunter zu schreiten, doch nach zwei Schritten sich umkehrend, aber Eginos Blick vermeidend, sagte er leise und mit einer eigentümlich ernsten Betonung:

»Signore Conte, ich habe getan für Euch mehr als ich durfte. Ich habe gegen meine Oberen geschwiegen, als ich Eure Absicht durchschaute; ich habe Euch Gelegenheit gegeben Euch zu beruhigen über das, was Ihr als auf Eurem Gewissen lastend vorgabt. Auch habe ich Euch gewarnt, nicht... Mangel an Ehrfurcht zu zeigen wider San Dominikos Söhne... jetzt warne ich Euch noch einmal. Verlaßt das Kloster und vergesset die Dame Corradina Savelli!«

»Sie hat mich geheißen zu ihr zurückzukehren«, versetzte Egino trotzig, »daran werdet Ihr mich nicht hindern wollen; ich denke Mangel an Ehrfurcht gegen eine Savelli stände San Dominikos Mönchen ebenso schlecht an, wie mir der Mangel an Ehrfurcht wider San Dominikos Mönche. Und so werde ich bleiben, wenn Ihr mich anders nicht austreibt und mich zwingt mir den Weg zu ihr durch ihre Burg, durch das offene Portal da drüben zu bahnen.«

»Was Euch doch schwer fallen würde«, antwortete Eustachio zu Boden blickend. »Doch, wie Ihr wollt! Gelobt sei Jesus Christus!« Der Mönch schritt langsam weiter.

Egino begab sich in seine Zelle, um einen Brief an den Bruder Martin im Kloster der Augustiner an Santa Maria del Popolo zu schreiben. Als er ihn vollendet, gab er ihn mit einem Geldgeschenke an seinen Laienbruder, daß dieser ihn in seine Wohnung im Albergo del Drago sende, wo Götz damit den Bruder Martin aufsuchen solle. Alessio versprach es wohl zu besorgen.

## 18. Livio Savelli.

Als Egino gegangen war, saß Corradina lange auf dem Ruhebett im Hintergrund ihres Gemaches und blickte durch die offene Fenstertüre in die weite Ferne, mit halbgeschlossenen Lidern, mit jenem Ermatten des Auges, das andeutet, wie weit die Seele eben von den Dingen, die sie umgeben, entfernt ist. So saß sie regungslos, die Hände im Schoße faltend, als sie plötzlich aufschreckte... ohne daß sie ein Anklopfen gehört, öffnete sich eine Seitentür und der Graf Livio Savelli trat auf die Schwelle.

Er trug ein Gerät in der Hand, das er vor Corradina auf den kleinen runden Tisch am Kopfende ihres Ruhebettes stellte, dann nahm er, ohne ihre Einladung abzuwarten, auf dem nahestehenden Sessel Platz, den vorhin Egino eingenommen.

»Du liebst diese alten Kunstsachen, schöne Schwägerin«, sagte er, ihr das Geräte zeigend, dabei. »Sieh, was ich Dir bringe; es ist eine alte Silberschale mit halberhobenen Gestalten darauf; besonders schön sind die zwei Delphine gearbeitet, welche als Henkel dienen.«

»In der Tat, es ist schön«, versetzte Corradina, die alte, nur wenig beschädigte Schale betrachtend; »woher hast Du sie?«

»Mein Diener Antonio hat sie von einem der lombardischen Bauern erstanden, die hierher kommen in unseren Weinbergen zu arbeiten. Du weißt, diese Menschen finden dabei im Umwühlen des Bodens die mannigfaltigsten Schätze, alte Bronzen, Münzen, Cameen, und sie geben sie her für geringes Geld. Ich dachte, die Schale werde Dir dienen, um Schmuck und Ringe hinein zu werfen.«

»Ich danke Dir, Livio, sie ist mir wert durch die feine klassische Arbeit«, versetzte Corradina – »wie gern suchte ich selbst solche Sachen! Auch denke ich mir, es müsse eine spannende Unterhaltung sein den großen Ausgrabungen zuzuschauen, welche Meister Rafael Santi in dem Boden unserer alten Stadt vornehmen läßt.«

»Wünschest Du es, Corradina? Ich bin bereit Dich hinzuführen; wie ich vernehme, wird der Meister in kurzer Frist auch in den Boden unter unseren Füßen eindringen lassen; er behauptet, aus den Substruktionen unter dem Dianentempel, der einst auf dieser Höhe den Aventin krönte, müßten Ausgänge nach dem Flusse hinab geführt haben und er gedenkt sie zu suchen und offen zu legen, um in jene Substruktionen zu dringen, die ihn, glaubt er, auch zu den Gräbern der alten Könige Aventinus und Tatius führen könnten, oder gar zu der Höhle des fabelhaften Riesen Cacus, den just hier die Sage hausen läßt.«

»Ich weiß, aber ich danke Dir für Dein Anerbieten«, fiel Corradina ein. »Es würde sich nicht ziemen für mich, bei meinem Witwenstande mich in solch eine Schar arbeitender Männer zu begeben.«

»Bei Deinem Witwenstande! Du hast Recht, *cara mia*!« antwortete Livio Savelli, den Arm auf die Lehne seines Sessels und das Kinn auf die Hand stützend. »Du hast Recht!« wiederholte er langsam und gedehnt, und dabei mit eigentümlichen wie lauernden Blicken unter den Brauen her Corradinas Züge beobachtend. – »Arme Schwägerin, wie lange wird es Dir möglich sein diese Rolle zu spielen?« setzte er dann, plötzlich lebhaft das Haupt aufwerfend, hinzu.

»Gewiß so lange, wie es die Sitte mir gebietet«, fiel Corradina ruhig ein.

Livio schüttelte leise den Kopf.

»Glaubst Du?« sagte er. »Glaubst Du, Du hieltest es aus, ein Jahr lang in dieser toten öden Burg, seekrank vor Langeweile, übel vor Überdruß an der Monotonie Deiner Tage, verdummend vom Durchdenken stets derselben Dinge? Man sagt, aus einem Hahnenei brüte der Teufel einen Basilisken; die schlimmsten und giftigsten Würmer brütet aus den Eiern unserer Einbildungskraft die Einsamkeit aus.« »Ich freue mich dieser Einsamkeit«, antwortete ruhig Corradina. »Ich bin glücklicher hier, als in dem Treiben leerer Geselligkeit, wo die Menschen unter den Formen der Freundschaft verbergen, wie tief sie sich innerlich abgewandt sind. Ich hasse nun einmal alles Verbergen. Ich habe die Einsamkeit immer geliebt; was Du Langeweile nennst, das habe ich nur dann gekannt, wenn die Menschen um mich her mich zwangen an Dinge zu denken, die mir nicht der Mühe wert schienen, daß man ihrer gedenke, und die Höflichkeit von mir die Heuchelei einer Teilnahme verlangte, welche ich nicht empfand. Ich weiß mir Arbeit zu machen und ich habe so viel gelernt, daß ich weiß, wie viel ich noch lernen muß, um nur den winzigsten Teil von dem zu fassen und zu begreifen, was ich begreifen möchte. Und so segne ich denn diesen meinen einsamen Witwenstand, der so ähnlich meinen Mädchenjahren auf der stillen Burg zu Anticoli, der glücklichsten Zeit meines Lebens, ist.«

»Du nennst sie die glücklichste Zeit, denn Du warst viel umworben – und so mochte sie Dir gefallen! Euch Frauen gefällt auf die Dauer nur, was Euch hilft Euch selbst zu gefallen! Die Einsamkeit hier wird dies eine Zeitlang tun. Du wirst Dich im Lichte einer poesievollen Vereinsamung sehen. Sehr bald aber wird es Dich langweilen, daß Du nur Dich darin siehst, und es wird Dich verlangen von den anderen zu erfahren, wie Du als Einsiedlerin Dich vor ihnen ausnimmst!«

Corradina zuckte schweigend die Achseln.

»Eins nur möcht ich«, sagte sie nach einer Pause. »Ich möchte Angela wieder als meine Dienerin um mich haben.« »Hast Du Rafael Riario so verziehen, daß Du nicht mehr scheust in Angela's Augen zu blicken?«

»Ich habe dem Kardinal nicht verziehen und werde ihm nicht verzeihen. Wenn ich die Scheu vor Angela's Augen als ein kindisches Gefühl überwinden will, so ist es, weil ich jemanden neben mir wünsche, dem ich ganz vertrauen kann.«

»Tust Du das nicht mir?«

»Das kannst Du selbst nicht voraussetzen!« antwortete Corradina mit Bitterkeit.

»Du tust mir Unrecht, tief Unrecht, Corradina. Deinen Wunsch aber kann ich nicht erfüllen, Du mußt ihn meinem Vater sagen, der beeifert sein wird es zu tun.«

Corradina schwieg.

»Glaubst Du nicht?« fragte Livio wieder, den lauernden Blick auf sie heftend.

Wie um einer Antwort zu entgehen, nahm Corradina noch einmal die silberne Schale, welche Livio ihr gebracht und schien sie aufmerksam zu mustern.

»Ich vergaß bei dem, was ich vorhin sagte, freilich«, hub Livio Savelli jetzt mit einem boshaften um seine Lippen zuckenden Lächeln wieder an, »daß Du nicht ganz in dieser alten Burg allein bist. Mein Vater hat ja seinen bleibenden Wohnsitz darin aufgeschlagen, wohl um die Pflichten seiner Vormundschaft über Dich desto eifriger und treuer erfüllen zu können.«

»Meine Verheiratung macht mich mündig, und diese Burg ist groß!« antwortete sie kühl.

»Sehr groß und weit in der Tat«, versetzte Livio. »Es kann an der einen Seite derselben viel geschehen, was man an der anderen nicht ahnt.« »Es können viel Leute darin wohnen, ohne sich Zwang aufzuerlegen.«

»Wie unbefangen Du tust, *cara mia*.«

»Was sollte mich dabei befangen machen? Der Herzog von Ariccia hat das Recht zu wohnen, wo es ihm in seinen Häusern gefällt.«

Livio begann mit den Fingern auf der Armlehne seines Sessels zu trommeln, während er anscheinend in Gedanken verloren, durch eines der Fenster ins Weite schaute.

»Corradina«, sagte er dann, »reden wir offen mit einander. Es hinge nur von Dir ab dieser Gaukelei Deines Witwenstandes, die Dich hier einsperrt und von aller Lebensfreude abgetrennt hält, ein Ende zu machen; nur von Dir, dieser Gefahr, die Dir von meinem Vater droht ...«

»Welche Gefahr? Ich bin die Frau, die Witwe seines Sohnes.«

Livio zuckte mit den Achseln.

»Du bist es!« sagte er; »aber Du siehst ja: er – bleibt hier, in Deiner Nähe, in dem Hause, das Du als Witwe bewohnen sollst! Ich fürchte, wir haben mit Deiner Trauung nur Halbes, Unzulängliches, Unnützes getan. Es wäre besser gewesen, Du wärst mein, mein Weib geworden, statt des toten Luca!«

Corradina schlug die Augen zu ihm auf – er konnte das unverhohlenste Erstaunen darin lesen.

Ein bitteres Lächeln glitt über seine Lippen.

»Dazu hätt' ich Witwer sein müssen, denkst Du!« sagte er. »Nun ja. Vielleicht hätte ich aus Lieb« zu Dir Mittel gefunden es zu werden!« Ihr Blick ruhte noch immer auf ihm. Dann wandte sie ihn, zornig die Brauen zusammenziehend, ab und mit dem unverkennbaren Ton der Verachtung antwortete sie halblaut:

»Ich will nicht gehört haben, was Du sprichst!«

»Daß Du, was ich spreche, nicht anzuhören pflegst, weiß ich. Tätest Du es, Du hättest keinen Menschen, der Dir mehr mit Leib und Seele ergeben wäre, der trotziger um deinetwillen die ganze Welt herausforderte, und Tod und Verdammung nicht scheute, wenn es Dein Glück gälte.«

»Was wurde mir das helfen«, entgegnete Corradina wegwerfend; »ich danke für ein mit der Gefahr von Tod und Verdammung erkauftes Glück, und die Freundschaft eines Trotzes, der die ganze Welt herausfordert. Und damit laß uns dieses Gespräch enden. Ich sehe nicht ein, weshalb Du herkamst, mir dies alles zu sagen; Du kannst unmöglich glauben, daß es mir angenehm zu hören sei.«

»Cara mia«, fiel Livio ein, »darüber beschwer' Dich nicht; denn sagtest Du mir je Dinge, die mir angenehm zu hören waren? Doch ich will Dir gehorchen, und dies Gespräch, das Dir so lästig zu werden scheint, abkürzen. Aber ich kann darüber den Gedanken nicht aufgeben, daß es besser wäre, wenn Du diese Burg verließest und Dich – nach Castell Savello bei Albano zurückzögest. Die heißen Sommermonate nahen, während deren auf dem Aventin die Luft ungesund wird; im Gebirg drüben ist sie frischer und – besser für Dich.«

»Sprichst Du im Ernst?«

»Weshalb zweifelst Du daran? Ich spreche so sehr im Ernst, daß ich dort alles für Deine Aufnahme bereits habe herrichten lassen.«

»Du hast nie im Leben Unnützeres getan, Livio!«

»Ich glaube nicht. Fürs erste bitte ich Dich nur meinen Vorschlag zu überdenken; und Dir auch ein wenig zu sagen, daß ich die Sache beschlossen habe. Denn da mein Vater nun einmal den Kopf verloren hat, werde ich schon ein wenig an seiner Statt in die Leitung der Angelegenheiten unseres Hauses eingreifen müssen. Ich will nicht,

Corradina, daß Du hierdurch die Aria cattiva am Fieber, durch die Einsamkeit an langer Weile oder durch den Wahnsinn meines Vaters aus Angst stirbst. Ich will im Castell Savello alles tun, um Dich für das, was hinter Dir liegt, durch Genuß und Vergnügen zu entschädigen. Ich will Dir auch, wenn Du's begehrst, Angela dahin kommen lassen, obwohl sie bei ihren Ziegen im Gebirge hübsch verwildert sein mag!«

Corradina hatte bei Livio's Worten leise die Farbe gewechselt. Sie war offenbar davon geängstigt. Doch erhob sie sich und antwortete mit ruhigem Stolz:

»Du könntest mir allerdings, wenn Du öfters kämst, mich mit solchen Vorschlägen zu beleidigen, den Aufenthalt in diesem Hause unerträglich machen; das Deinige aber wäre das letzte, wo ich eine Zuflucht suchte.«

Sie schritt aufgerichtet durch das Zimmer und trat, Livio den Rücken wendend, in eine Fensterbrüstung.

Livio's Gesicht nahm einen dräuenden zornigen Ausdruck an, eine stille Wut glühte in seinen schmalgeschlitzten Augen auf; doch sagte er mit anscheinend voller Ruhe nach einer Pause:

»Du solltest mir's nicht so schwer machen, Du Weib von Marmor! Weshalb bist Du so hart gegen mich? Daß ich Dir diente, daß ich Dir beistand wider alle, hast Du Dir gern gefallen lassen, und wußtest doch, wie ich für Dich fühlte...«

»Berechtigt Dich Dein Beistand, zu dem Dein eigenes Interesse Dich zwang, mich zu quälen?«

»Mein Interesse, weil es Deines war; ich habe sie nie getrennt. Und was die Qual angeht – wie mag, wer wider einen Strom schwimmt, sich über Qual beschweren? Höre auf wider ihn zu ringen! Doch Du willst, daß ich gehe. Ich will's, wenn Du mir versprichst über meinen Vorschlag nachzudenken.«

»Ich verspreche Dir ihn zu vergessen, das ist günstiger für Dich!«

»Vergessen wirst Du ihn nicht können; ich werde zurückkehren, um wieder davon zu reden; gehab Dich wohl indes, cara sorella.«

Er ging; als Corradina ihr Gesicht vom Fenster abwandte, um sich zu überzeugen, daß er das Gemach verlassen hatte, waren ihre Züge marmorbleich geworden.

»Es ist entsetzlich!« flüsterte sie nach einer Weile. »Kann ich denn durch nichts, selbst durch das Verwegenste und Schwerste nicht, mir Ruhe vor ihnen erkaufen?

Und bei alledem hat er recht! Ich bin allein, allein, allein hier! Und so schutzlos, so entsetzlich schutzlos gegen diese Menschen.«

Sie begann leise auf- und abzuschreiten. Es kam jene Art von Verzweiflung über sie, die um dem Unerträglichen zu entrinnen, blind jeden Weg beschreiten möchte, der uns zu anderen Schicksalen fortreißen könnte und schleuderten diese auch unser Lebensschiff in Sturm und Untergang. Sie schritt hastiger auf und nieder. Sie dachte an den Deutschen, der so heftig erregt, so leidenschaftlich seine Dienste ihr angeboten. »Ach wär' er nur ein reifer, besonnener Mann, ein Mann mit grauen Haaren«, sagte sie sich, »ich würde ihm sagen: laß mich fliehen mit Dir, fliehen über Deine Alpen und so weit die Füße mich tragen!«

## 19. Im Atelier Rafaels.

Rafael wohnte, als er seinen kleinen Palast im Borgo noch nicht gebaut hatte, in einem jetzt zerstörten Hause an dem Tiber, an seinem linken Ufer, gegenüber dem großen Hospital von San Spirito, das auf dem rechten liegt. Zwischen der Rückseite des Hauses und dem Flusse befand sich ein kleiner Garten, der am Wasser von einer niederen Mauer begrenzt wurde.

Der kleine Garten enthielt nichts als einen verkommenen und zertretenen Rasen und einige Orangenbäume, die ihn beschatteten, einige hohe Lorbeerbüsche und Oleander, welche Mauerwände der Nachbarhäuser rechts und links verkleideten. Was ihn sonst erfüllte, waren nicht Früchte oder Blumen, sondern Steine, aber Steine, welche die Menschenhand zu Gebilden so schön wie Blumen gestaltet hatte. Es waren ausgegrabene Reste des Altertums: Reliefs, Statuen, Büsten von Frauen, Helden und Göttern – das alles mehr oder weniger erhalten oder halb zertrümmert. Es mußte ihnen nicht eben große Verehrung zuteil werden, denn ein junges Mädchen von etwa achtzehn Jahren war eben beschäftigt ein Wäscheseil um den Hals eines verstümmelten Gottes zu schlingen.

Aus dem Gärtchen führte eine kleine Treppe von zwei oder drei Stufen ins Haus durch eine Türöffnung, die nur mit einem blauen Vorhang bedeckt war. Dieser Vorhang wurde eben von dem Hausherrn zurückgeschlagen und an der Seite an einem Haken befestigt.

Der Maler trat auf die Schwelle; er lehnte sich mit der linken Schulter an die zurückgeschlagene Draperie, so daß man an ihm vorüber den Blick frei bekam in das geräumige und mit einem gemilderten Lichte erfüllte Atelier, aus welchem er getreten.

Seine Augen folgten den Bewegungen des jungen Mädchens.

»Du wirfst dem Apoll einen Strick um den Hals«, sagte er, »hat er ihn verdient?«

»Eh, wer weiß es«, antwortete sie. »Ich weiß nur, daß er den Strick sich sehr geduldig umknüpfen läßt.«

»Und wer sich geduldig einen Strick um den Hals legen läßt, der verdient ihn auch, meinst Du, Margarita? Folge mir, Du sollst mir sitzen.«

»Ich Mag nicht heute; es ist so furchtbar ermüdend und Ihr malt immer ganz etwas anderes wie mich, wenn ich auch mit der Geduld eines Maultieres tagelang wie ein Steinbild regungslos vor Euch dagesessen.«

»Ich male Deine Hände, Deine Schultern, Deine Brust, die Falten der Gewänder, die ich über Dich werfe, aber Deine Züge kann ich nicht gebrauchen; ich bedarf anderer, wenn ich einen Engel male, mein kleiner Dämon, anderer, wenn ich die tiefste und heiligste Mutterliebe darstelle; denn Du mit Deinen Schelmenaugen, Deinen trotzigen Lippen, so rot wie eben aufgesprungene Granatblüten ...«

»Ich bin keine Heilige, ich weiß es«, sagte Margarita mit einem Gemisch von Schmollen und Trauer, von Rafael fort in die Ferne über den Strom hinüberblickend. »Aber Du, Du solltest es mir nicht vorwerfen!«

»Tu ich es, *anima mia*?«

»Ach, ich will nichts mehr hören und gehe meine Wäsche zu holen. Aber das laß Dir gesagt sein, ich habe nicht den geringsten Respekt vor Deiner »tiefsten und heiligsten Mutterliebe«, wie Du sie darstellst, vor Deinen Madonnen, wenn auch alle Menschen sie preisen und mit Gold aufwiegen.«

»Nicht? Und weshalb bist Du unzufrieden mit ihnen? Laß hören, Margarita.«

»Was soll ich's sagen! Es ist das auch eines der Dinge, worüber wir Euch Männer nicht belehren können, weil Ihr uns nicht versteht.«

»Sag's immerhin, ich will mich anstrengen Deine Belehrung zu verstehen, *carissima*.«

»Nun wohl. Glaubst Du, daß die Madonna ein braves ehrliches Weib mit einem ganzen starken Frauenherzen war?«

»Sicherlich.«

»Wohl dann, dann hat sie sich auch San Giuseppe nicht verlobt und nicht mit ihm vermählt ohne ihn zu lieben. Ist das wahr?«

»Es ist wahr.«

»Und lieben Deine Madonnen ihren San Giuseppe?«

»Sie lieben das Bambino mehr!«

»Und Du hast nie darüber nachgedacht, weshalb und warum eine Mutter ihr Kind und wann sie es mit der Fülle der Seele liebt? Wahrhaftig«, fuhr sie stockend und halblaut fort, »wenn ich ein Kind hätte ...«

»Du – nun Du?« sagte Rafael zu ihr aufblickend und ihr Auge suchend.

Sie wendete das ihre langsam dem seinen zu mit einem halb zärtlichen, halb vorwurfsvollen Blick, dann ging sie dem Hause zu.

Als sie die Stufen der Tür betrat, wendete sie sich schelmisch lächelnd zurück.

»Komm, komm«, sagte sie dabei, »male Du die Madonna, verzückt ihr Bambino anschauend, und San Giuseppe vergnügt im Hintergrunde, das ist kluge Männerarbeit und ich will an meine dumme Frauenarbeit gehen.«

Rafael strich mit beiden Händen das Haar aus der Stirne fort, dann das Kinn auf die Hand stützend, sagte er:

»Margarita sollte diesen deutschen Mönch in die Schule nehmen mit solchen Gedanken! Will mir doch der einfältige Kuttenträger nicht aus dem Kopfe!«

Er saß eine Weile sinnend da, als ein Diener auf die Schwelle der Gartentür trat.

»Was willst Du, Baviera?« fragte er.

»Es sind zwei Herren da, die Euch zu sehen wünschen«, versetzte Baviera. »Der eine ist Monsignore von Ragusa, der andere ein Mönch.«

»Ein Mönch – von welchem Orden?«

»Aus Santa Maria del Popolo.« »Ein noch junger Mann? Ich komme.«

Der Diener trat zurück, Rafael erhob sich, um erregt und hastig in sein Atelier zu gehen.

Dies war ein großer kühler Raum, nach Norden, d. h. dem Gärtchen und dem Flusse hin durch ein mächtig großes aber hoch angebrachtes Fenster erleuchtet, in dessen Nähe die Staffelei stand, mit dem Schraubsessel des Meisters davor. Alle die tausend Gegenstände, welche ein anderes Atelier mit seinem »Urväter-Hausrat«, seinen Abgüssen, Statuetten, Gewändern, alten Waffen usw. füllen, fehlten hier; es war offenbar, daß der Mann, der in diesem sann, fand und erschuf, das Bedürfnis hatte nicht durch ein Chaos bunter Farben und Gestaltungen beirrt zu werden und verwirrende Eindrücke von sich fernzuhalten.

Gab es doch auch genug dieser Gegenstände, die zum Handwerk gehören, in dem großen Hinterraum, der auf das Atelier folgte, und in den man durch eine offene Tür blickte. Da waren ein paar junge Leute an Staffeleien beschäftigt, ein paar andere saßen an Zeichentischen; im Hintergrunde stand jetzt schon Baviera wieder und rieb Farben und umher an den Wänden, auf den Möbeln, befand sich die Fülle dessen, was als Modell oder Gerät einem Bedürfnis der Arbeit oder des Genusses entsprechen konnte.

Die jungen Männer da drüben schienen in Gegenwart des Meisters an eine respektvolle Stille gewöhnt. Sie arbeiteten schweigend oder nur leise flüsternd.

Als Rafael in das vordere Gemach eingetreten war, fand er die zwei angemeldeten Männer in der Mitte desselben stehend.

Der Mönch war kein anderer, als der, den er nach Baviera's Meldung zu sehen erwartete; es war Bruder Martin. Der andere war ein mittelgroßer starker Mann, dessen feistes und doch lebendiges und intelligentes Gesicht mit den schielenden Blicken, den höchst beweglichen Zügen nicht ganz zu dem Kostüm eines Bischofs, der violetten Soutane, dem Hut mit golddurchflochtenen grünen Schnüren paßte, in welchem er erschien.

»Monsignore Phädra«, sagte Rafael, dem Letzteren die Hand entgegenstreckend, »Ihr überrascht und erfreut mich ...«

»Sprecht das nicht so vorschnell aus, Meister Santi«, versetzte der Angeredete; »wird es Euch erfreuen, wenn ich erstens komme Euch zu schelten, daß Ihr mir nicht bei Gelegenheit meiner Erhebung auf den Bischofsstuhl von Ragusa Glück zu wünschen gekommen ...«

»Ach, war das nicht Glück genug für einen Herrn wie Euch? Sollt' ich Euch noch mehr wünschen?« versetzte Rafael neckend und die beiden Männer einladend auf der Ruhebank Platz zu nehmen.

»Gehört nicht zu jedem Amt Verstand und Glück?« entgegnete der Bischof. »Und müßt Ihr einem Freunde nicht umsomehr von diesem wünschen, je weniger Ihr ihm von jenem zutraut? Zum Zweiten aber«, fuhr Monsignore Phädra sich setzend fort, »bringe ich Euch einen Mann hier von fürchterlicher Gelehrsamkeit, einen hartgläubigen verstockten Deutschen, der sich wider Eure Kunst auflehnt und, fürcht' ich, nur so lebhaft darauf bestand, daß ich ihn bei Euch einführe, weil er beabsichtigt sich wie ein echter Tedesco mit Euch zu zanken.«

»Da Ihr mich einen deutschen Mönch nennt«, fiel hier Bruder Martin ein, »hab' ich auch wohl das Recht ein wenig derb zu sein, und somit sag' ich Euch offen, Herr Bischof, daß ich zuerst mit *Euch* zanken möchte, weil Ihr so falsch vortragt, was mich wünschen ließ diesen berühmten Meister Santi in seiner Arbeitswerkstätte besuchen zu dürfen.«

»Nun, so tragt es selbst vor«, antwortete der Freund Rafaels, den der Letztere nicht, wie er hieß, Tommaso Inghirami nannte, sondern »Monsignore Phädra«; der geistliche Herr hatte einst, als er noch nicht wie heute Bibliothekar des Papstes und Bischof war, bei einer Aufführung von Seneca's Trauerspiel »Hippolyt« die Phädra gespielt und dabei, als eine Stockung in der Maschinerie den Fortgang des Stückes aufhielt, mit großer Geistesgegenwart die Zuschauer durch improvisierte lateinische Verse so gut unterhalten, daß ihm der Scherzname für alle Zeit geblieben war.

»Das will ich«, entgegnete Bruder Martin. »Seht, edler Meister, ich befand mich in dem vatikanischen Palaste, in den Räumen, die Papst Sixtus IV. für die berühmte Büchersammlung hat herrichten lassen, mit deren Aufsicht dieser ehrwürdige Bischof betraut ist. Dieser war herablassend genug mich selbst darin umherzuführen und mir die gelehrten Schätze, die Papst Nikolaus V. da gesammelt hat, die aus Avignon herübergebracht worden und die, so unsere glorreich regierende Heiligkeit erworben hat, zu zeigen. Darunter wies mir Monsignore Inghirami auch eine wundersame Handschrift mit kleinen Miniaturbildern, so sauber in Gold und Mennig und anderen Farben ausgeführt, wie ich sie nie gesehen, und als ich in Entzücken darüber geriet, verlachte mich dieser gelehrte Herr und nannte alles das, womit diese alten Künstler die tiefe Mystik des Glaubens in die lebendige Menschengestalt getragen, einen Spott, gehalten gegen das, was die neue Kunstweise und insbesondere Ihr, Meister, schüfet; und so kamen wir in einen Kampf über Eure Kunstweise, der damit endete, daß Monsignore Inghirami mich zornig fortzog, um ihm in Eure Werkstatt zu folgen, wo, wie er sagte, meine Augen mich eines anderen belehren sollten. Es verlangte nun mein Herz nichts Besseres denn seit ich Eure Bildwerke in den Gemächern des Vatikans gesehen, lastet mir etwas schwer auf dem Gemüt und ich bin in meinen Gedanken wie umgewandelt in mir selber.«

»In der Tat?« fragte Rafael, gespannt aufhorchend. »Ist es mir nicht viel besser selbst ergangen, seit Ihr mir durch Eure Worte neulich einen Stachel in die Seele gedrückt. Ich sagte mir: soll denn alles, was du erreicht hast, nicht groß und mächtig genug sein, um solch einen Mönch mit seinem Aberglauben und seiner Scholastik zu bezwingen? Sind meine Werke nicht beredt genug, um solch ein Gemüt von seiner Ungesundheit zu heilen und zu bekehren? Sind meine Gestalten nicht stark genug, um den, der, ihrer Welt fremd, zum erstenmale vor sie hintritt, zum Niederknieen vor ihrer Hoheit zu zwingen? Auf der Stirn und im Auge dieses Mönchs lag doch ein Menschengemüt, auf dessen Stimme ich hören muß! Und mich ergriff eine wunderbare Unruhe, ein Drang etwas noch Höheres, Mächtigeres zu erreichen, etwas unüberwindlich Bezwingendes ... ein stachelnder Sehnsuchtsdrang und zugleich ein apostolischer Trieb der Welt das Schöne, das ich darzustellen suchte, noch geweihter, noch verklärter zu offenbaren, noch mehr umleuchtet von einem Lichte, das ihm denn freilich nur aus einem göttlichen Jenseits heraus zuströmen kann. So trat vor meine Seele das Bild einer Madonna, eines Weibes, das auf Wolken schwebt, das schön ist wie das schönste Weib, das je auf Erden gewandelt und aus deren Zügen, deren Augen doch die Fülle des Unendlichen auf Euch niederflutet, daß Ihr, und wäret Ihr der verstockteste Mönch auf der Welt, auf die Knie davor sinken müßt, Ihr mögt wollen oder nicht.«

Bruder Martin sah mit einem Ausdruck von Überraschung in das leuchtende, sich verklärende Antlitz des Malers. Dann sagte er:

»Ich hätte nicht geglaubt, daß meine Worte von neulich so Euer Nachdenken erregt. Was mich betrifft, so sag' ich Euch gern, daß Eure Werke mich in eine wahre Schwermut gesenkt haben. Ich sah die Welt, die mich hier umgibt, frevelhaft vom Christentum abgewendet; ich sah die Sitten verwildert; die Kirche geleitet von Männern, die in ihr eine große Zwangsanstalt sehen, um unter dem Vorgeben die Seele zu leiten, die Leiber zu beherrschen; die Wissenschaft dem Glauben entfremdet; und nun sah ich auch noch das Höchste, was der Mensch geistig erschafft: die Kunst, sich von dem christlichen Wesen abwenden! Soll denn der Fels Petri ein einsamer dürrer Fels im Strome werden, an dem die Wasser vorüberfluten, ohne sich weiter um ihn zu kümmern? Soll der Glaube der Welt verloren gehen, soll Weltklugheit unsere Moral, Genuß unser Dogma, sinnliche Schönheit unser Kultus werden? Ihr könnt das nicht wollen! Ihr nicht! Was soll geschehen, danach brannte ich Euch zu fragen, damit die Kunst wieder dem Höchsten, der Offenbarung des Göttlichen zugewendet und eine Gotteslehre werde und die Sitte verchristliche, statt sie tiefer ins Heidentum zu locken?«

Rafael stützte sinnend seine Stirne auf die Hand, dann sagte er:

»Weiß ich's? Soll die Kunst sich der Gotteslehre zuwenden, so gebt uns die Gotteslehre so, daß jene es vermag. Gebt sie uns rein, groß, frei, in Harmonie mit des Menschen innerem Leben, gebt uns eine Gotteslehre, die als Tau in unsere Seele fällt; nicht eine, die von unseren Lippen Rosenkranz plappern, von unseren Knien das Rutschen auf heiligen Treppen, von unserem Magen Fasten, von unseren Händen Geld für allerlei Gnaden verlangt. Eine Lehre, nicht der Furcht und des Drohens, sondern der Liebe und der Freiheit. Der kann eine Kunst sich zuwenden, mit ihr Hand in Hand gehen. Furcht und Haß und Schrecken, Teufel und Hölle, Marter und Tod kann ich nicht malen.«

»Ihr seht«, fiel hier der Bischof von Ragusa ein, »unser Meister ist ein verstockter Ketzer, und Ihr werdet nicht mit ihm fertig werden, Fra Martino. Wenn ich Euch offen sagen soll, wie ich denke, so ist mein Rat ihn gehen zu lassen, wie er mag. Die Kunst wird der Religion nicht viel nützen und nicht viel schaden können, so wie das Dogma wieder den Sitten nicht viel nützt oder schadet, wenn man's im großen ganzen betrachtet. Der Heide Nero war ein sehr schlechter Gesell, der Christ Ezzelin von Romano ein noch viel schlechterer. Kaiser Diokletian, der Heide, hat sehr viele Christen totmartern lassen, Papst Innocenz III., ruhmwürdigen Gedächtnisses und sein großer Feldherr Simon von Montfort, diese guten Christen, noch viel mehr Albigenser, rechtschaffene Leute, wenn es derer je gab!«

»Und das sagt Ihr, ein Bischof«, fuhr Bruder Martin auf.

»Das sagt' ich«, versetzte ruhig Monsignore Phädra, »denn seht, ich denke, es kommt alles darauf an, daß der Mensch eine gute Bildung erhalte und daß er durch Unterricht zum Denken, durch weise Zucht zur Herrschaft über sich geführt werde. Was aber die Religionen angeht, so sind sie und der Menschen Vorstellungen über das Jenseits immer sehr verschieden gewesen und dennoch die Menschen sich immer sehr gleich geblieben.«

Entsetzt über diese Rede eines italienischen Bischofs fuhr der deutsche Mönch auf:

»Daß die Kunst nie viel über die Menschen vermocht, Eure Kunst, die Ihr mit allen Euren Gedanken und all Eurem Wissen im Heidentum steckt, das will ich Euch zugeben. Das alte Rom hatte, Gott weiß es, Kunst genug: Tempel, Säulen, Statuen, Thermen, Gold und Elfenbein und Glanz ringsum, unermeßliche, für uns gar nicht mehr auszudenkende Pracht. Und alle diese Römer, die inmitten solcher Pracht wandelten, was waren sie anders, als elende Hunde, schuftige Bluthunde samt und sonders. Sie peitschten Sklaven, schlachteten Gefangene, ließen zu ihrem Ergötzen Gladiatoren sich zerfleischen, arme Menschen von Bestien zerreißen und lustwandelten im Scheine von brennenden Pechfackeln, deren Kern lebende Menschen waren. Und so seht Ihr, was *Eure* Kunst nützt. Das Christentum allein hat die Sitten gemildert, die Rohheit gezähmt, den Menschen das Gemüt erschlossen; ein geistlich Lied, das ich zu meiner Laute singe, gibt meinem Gemüte mehr Trost, mehr Gottvertrauen, als alle Statuen aller griechischen Bildhauer, alle Thermenhallen aller römischen Imperatoren. Darum sag ich: tut Christentum in Eure Kunst, oder sie nützt uns nichts.«

»Und ich«, entgegnete Rafael, »antworte euch: Gebt uns ein Christentum, das unsere Kunst in sich aufnehmen kann!«

»Ihr habt das Christentum«, rief Bruder Martin aus ... »Euch ist es gegeben die Geheimnisse des Himmelreichs zu verstehen, sagt der Herr.«

»Nein, wir haben's nicht«, erwiderte Rafael. »Euer Christentum, wie Ihr's gestaltet habt, taugt nicht für uns. Es hat lange peinigend in mir gelegen, und oft ist's zu einer wahren Qual in mir geworden, da ich's wohl fühlte und mir dennoch nicht gestand; die Klarheit aber ist endlich wie eine innere Offenbarung über mich gekommen. Wollt Ihr hören wie? Es war in Siena, sieben oder acht Jahre mögen es sein. Ich war in die Stadt gekommen, um mit Messer Pinturicchio in der Bibliothek der Kathedrale neue Wandbilder auszuführen. Eines Tages war ich allein in diesem großen Bibliothelsaal eingeschlossen. Ich war eifrig darüber aus eine christliche Heilige, eine arme gepeinigte Märtyrerin zu entwerfen. Ich zeichnete, ich vertilgte meine Linien wieder; ich machte neue und fühlte, daß ich Stümperarbeit schuf. Gequält, geriet ich in eine gereizte Stimmung. Die Heilige mit ihrem Mondscheinleibe, ihren verschmachteten Zügen, beängstigte mich endlich wie ein Gespenst! Ich konnte die Formen, die Züge nicht finden; sie legte sich auf mich wie ein Alp, der uns den Atem beklemmt. Müde vom Ringen mit ihr wischte ich die Stirn und warf die Kohle fort und tief aufatmend wendete ich mich ab ... und siehe, als ich mich wende, fällt mein Auge auf jene inmitten des Saales aufgestellte antike Gruppe der Grazien, jene Gruppe, die man in Siena im dreizehnten Jahrhundert aus dem Schutte ausgrub und die trotz ihrer Verstümmelung noch heute so wie einst im vollen Glanze ewiger Jugend und hoheitsvoller Schönheit leuchtet. Mein Auge ruhte wie von Zauber gebannt auf diesen Gestalten; es war, als ob unsichtbare Fäden mich zu ihnen zögen, in meine Seele aber fällt es wie ein Licht, und mit dem Licht kommt es wie ein innerer Jubel über mich; ich ergreife, im tiefsten Innersten erschüttert, meinen Stift wieder, ich werfe das Blatt mit der mißratenen Heiligen herum und auf der Rückseite zeichnet meine Hand, wie von Ekstase beflügelt, die heidnischen Marmorgestalten, die nackten Götterweiber. Von da an ward es klar in meiner Seele – der Bibliothekssaal zu Siena war mein Weg nach Damaskus.

»Paulus ward ein Christ, Ihr ein Heide!« entgegnete Bruder Martin trocken.

»Nicht ganz«, versetzte Rafael. »Aber lassen wir einen Streit fallen, den wir nie enden würden. Kommt her und seht Euch diese Zeichnungen an; vielleicht lernt Ihr doch einst anders darüber denken.«

Er stand auf und ging in den Raum, wo seine Schüler beschäftigt waren.

Hier öffnete er eine Mappe und zog ein großes Blatt, das mit einer Zeichnung bedeckt war, heraus. Damit kam er zurück und stellte es auf seine Staffelei.

»Seht«, sagte er, als die beiden Männer herzutraten, »das ist der Entwurf eines Gemäldes, das ich für Messer Agostino Chigi bestimmt habe. Er will droben am Tiberufer eine Villa bauen, und ich habe übernommen sie ihm mit Fresken zu schmücken. Eine davon, so wünscht er, soll die Geschichte der Galathea darstellen ... wenn Ihr in der heidnischen Mythologie weniger erfahren seid, Fra Martino, so wird unser gelehrter Bischof hier desto gründlicher Auskunft geben können, wer Galathea war ...«

»Die Auskunft steht zu Dienst«, fiel der gelehrte Bischof und Bibliothekar ein. »Ihr müßt zuerst wissen, daß es der Galatheen drei gibt. Von der einen spricht uns Theokrit; sie ist eine junge lustige Sizilianerin, welche nach Polyphem's Schafen mit Äpfeln warf, um des Riesen Aufmerksamkeit auf sich zu ziehen und sein Verlangen zu erregen. Die zweite, die Galathea Lucian's, ist nicht just so keck und ausgelassen, aber eine hochmütige Dorfschönheit, die Geliebte Polyphem's, und sehr stolz auf die Eroberung des Riesen. Ganz anders die dritte, eine Nereide, von der Ovid's Metamorphosen erzählen; sie ist ein reizendes, in Leidenschaft entflammtes Weib, das den schönen Acis liebt und eines Tages, an seiner Seite ruhend, von dem ungeschlachten Riesen überrascht wird, der, von Eifersucht entbrannt, ein Felsstück auf den armen Acis schleudert, das ihn zerschmettert. Galathea aber, in tödlichem Schmerz, entflieht dem Riesen, sie stürzt sich in das Meer, um sich auf dessen Grund in ihres Erzeugers Nereus Haus zu retten.«

»Nun seht«, sagte Rafael, als Tommaso Inghirami geendet, »diese Zeichnung an. Wäre ich ein Heide, wie Ihr sagt, so hätte ich die sinnlich begehrliche Galathea des Theokrit oder die selbstbewußte, ihrer Schönheit frohe und hochmütige des Lucian vorgezogen und zu meiner Darstellung gewählt. Ich wählte die des Ovid, weil sie allein sich rein und keusch und sozusagen mit dem Inhalt einer Seele darstellen ließ, mit einer Seele voll eines schönen, veredelnden, menschlichen Schmerzes, dessen um den erschlagenen Geliebten. Dieser Schmerz gibt ihr das Heiligende, Verklärende, Keusche – so habe ich's wenigstens gemeint, gewollt; ich habe eine ideale Schönheit und ein Seelenwesen darstellen wollen, von dem ich am Ende doch nicht glaube, daß Ihr es bei den Heiden findet!«

»Und das«, fiel jetzt Tommaso Inghirami, die Zeichnung Rafaels betrachtend, ein, »habt Ihr meisterlich erreicht, Freund Rafael; diese nackte Schönheit, dieser unverhüllte blühende junge Leib mit dem edlen, wie klagend aufwärts blickenden Haupt ist über jedes Sinnenverlangen hinausgerückt, weil Ihr eine Seele in sie hineinzulegen wußtet, und wo eine Seele ist, da ist nicht mehr, was unser deutscher Frater Heidentum schilt. Es blickt aus Euren Werken Heidentum und Christentum heraus, die Formenschönheit des einen und die Seele, die Gemütstiefe, die der Welt doch wohl nicht ohne das Christentum gegeben wären. Innigkeit und Zerschmelzen in Gottesliebe und schwärmerisches Hinüberleben in das Jenseits haben schon Giotto und Fra Angelico darzustellen gewußt. Ihr aber habt es verstanden, das, wonach unsere Kunst seit einem Jahrhundert vielleicht schon ringt, was unsere Geister in ihrer freieren Bildung fordern, die freie schöne Form für das Seelenleben zu finden, und ihm, indem Ihr es in diese Form brachtet, das über die wahre Natur Hinausgezerrte, Verzerrte, zu nehmen ... Und so habt Ihr, scheint mir, durch die Verschmelzung der heidnischen Form und des christlichen Ideals unserer Zeit ihr höchstes Siegel aufgedrückt.«

»Ihr lobt mich zu viel, Monsignore«, sagte Rafael; »wär's so wie Ihr sagt, so müßte, denk' ich, auch unser deutscher Mönch hier zufrieden sein. Und doch hadert er mit mir!«

Bruder Martin stand schweigend in den Anblick der Zeichnung der Galathea versunken.

»Ich hadre mit Euch«, sagte er nun, »weil Ihr trotz allem, was dieser ehrwürdige Bischof von Christlichkeit spricht, nicht Gott dient. Es ist nichts von der Lehre in Euren Werken. Die Lehre aber ist unsere Geistessonne. Was hilft mir, daß Ihr von dieser Sonne ein wenig Licht vielleicht auf Eure Werke, ein wenig Wärme vielleicht in Eure Gestalten fallen lasset. Malt die Sonne selbst, wie sie in der Welt aufgeht und ihr leuchtet!«

»Die Mönche«, antwortete Rafael lächelnd, »haben zu viel Staub und häßliche Wolken gemacht vor der Sonne – man sieht sie nicht mehr.«

»Und wenn wir armen vielgescholtenen Mönche Euch diesen Staub und diese Wolken wieder entfernten, würdet Ihr sie dann malen?« fragte Bruder Martin wie kleinmütig.

»Ja, gebt Eurer Lehre, die jetzt nichts ist als eine Dressur gedankenloser Menschen, ihre Seele wieder; macht sie zur Lehre von der Liebe, die das Menschliche mit dem Göttlichen versöhnt und verschmilzt, vom Einssein des Menschlichen mit dem Göttlichen durch die Liebe, und ich will Euch Bilder für diese neue Lehre malen. Ich will Euch nicht mehr die bloße schöne Sinnenwelt malen, sondern Bilder, worin Erde und Jenseits sich begegnen: die Madonna, die Weib und doch auch Himmelskönigin ist; die Verklärung, die durch den menschlichen Leib Christi seine himmlische Natur strahlen läßt; Gott Vater selber, ein Mann wie Zeus, und doch der ewige Weltgeist und Allerbarmer ... An Eifer und Trieb zu solchen Gestalten wird es in mir nicht fehlen, sorgt Ihr nur dafür, daß Eure Sonne, über die Ihr so viel heilige Karwochen-Hungertücher und Schweißtücher der Veronika und anderes Lappenwerk gehängt habt, rein und hell werde und ich sie durch Eure Lehre hindurch erblicke.«

»Dann«, sagte Bruder Martin, ironisch lächelnd und doch mit einem Seufzer, »müssen wir freilich schon ein Herz fassen und sehen, was sich tun läßt, das »Lappenwerk« zu zerreißen und die Wolken zu vertreiben, die Euch die Sonne verdüstern.«

»Und so«, fiel der Bischof von Ragusa, seine Hand auf die Schulter des Mönchs legend, scherzend ein, »wird dies unser gelehrtes Gespräch noch die Wirkung haben, daß Ihr, mein eifriger Bruder Martin, in Euer querköpfiges und streitlustiges Deutschland zurückkehrt, und dort eine große Wolkenjagd, eine große Ausstäubung und Aufräumung in der Kirche beginnt, nur damit der Meister Santi hier frömmere und mystischere Bilder malen könne; und Meister Santi wird, wenn Ihr von der Sonne die Lappen gerissen und das reine Gotteswort wiederhergestellt habt und die Welt einen

Umschwung zum Christlichen und zur gereinigten Lehre genommen, Euch Bilder dazu malen, wie sie die Welt nie gesehen, das Diesseits durch das Jenseits verklärt, das Jenseits plastisches Diesseits geworden! Es wird das freilich sehr schön und erbaulich werden, doch rate ich Euch, wirbelt bei Eurer Kirchensäuberung nur nicht zu viel Staub auf! Ihr könntet viel zu schlucken bekommen! Bis zum Ersticken viel.«

»Ihr scherzt«, versetzte Bruder Martin, die Hände über der Brust verschlingend, und sein Feuerauge auf Rafael richtend. »Mir aber kommt im Ernst das Gefühl, als könnten ein paar rechte Männer der Welt von heute einen großen Dienst leisten. Die Welt von heute bedarf der Männer!«

Tommaso Inghirami hörte auf diese erregt ausgesprochenen Worte nicht mehr, ebensowenig wie er ahnte, welche Erfüllung seinen scherzhaft hingeworfenen Worten werden sollte. Denn wie der einfache Bruder Martin, der da vor ihm stand, über die Alpen gehen würde, um in der Tat der Welt einen »großen Dienst« zu leisten, konnte er nicht voraussehen. Er konnte nicht voraussehen, wie dieser Dienst, die Zurückführung der Welt zu einer tieferen und innerlicheren Auffassung der Lehre des Christentums, der ganze Umschwung im Empfinden und Denken, der so rasch auch in Italien auf jenen »Dienst« folgen sollte, auf den großen Meister von Urbino wirken würde, dessen Wendung nach dem Visionären, nach den Verklärungen, nach Werken wie die Sixtinische Madonna, die Vision des Ezechiel, die heilige Cäcilia, der Spasimo di Sicilia usw. doch wohl im innerlichen Zusammenhange steht mit der neuen Weltströmung, in die Luther die Gemüter der Menschen riß; mit jenen Analogien des Protestantismus, die um dieselbe Zeit Sannazar ein Gedicht *de partu virginis* schreiben und die berühmtesten Humanisten, wie Bembo, Sadolet, Contarini, eine Bruderschaft, ein *Oratorio del divino amore* stiften ließen, zu der vielleicht auch Rafael selber gehörte, so daß man sagen könnte, Rafael sei ein Heide gewesen und ein protestantischer Christ geworden.

Tommaso Inghirami, wie gesagt, hatte Bruder Martins Antwort nicht mehr gehört; er hatte sich eben gewendet und seinen goldverzierten Hut genommen, um zu gehen, als in das Atelier Margarita trat, begleitet von einem jungen Mädchen fremdländischen Aussehens, das ein Papier in der Hand trug.

»Das Mädchen will sich nicht abhalten lassen zu Euch einzudringen, Signori«, sagte die Fornarina; »sie behauptet, sie habe Wichtiges an einen der Herren auszurichten und ihm einen Brief, der keinen Aufschub dulde, zu geben.«

»Verzeiht, daß ich mich eindränge«, sagte in ihrem deutsch betonten Italienisch das erhitzt und aufgeregt aussehende junge Mädchen, das niemand anders als Irmgard war; »ich habe einen Brief an den Bruder Martin ... Ihr seid es wohl«, fügte sie dem Letzteren nähertretend hinzu. »Da ist der Brief, er kommt vom Grafen Egino von Ortenburg; er ward zur Bestellung in sein Quartier gebracht und sollte rasch befördert werden ... das schien mir beunruhigend; gewiß enthält der Brief nichts Gutes, ich bitte Euch, lest ihn, lest!«

Bruder Martin sah ein wenig überrascht das junge Mädchen an, das mit so drängender Hast ihm das Schreiben hinhielt, dann nahm er dies, öffnete und durchflog es, während Irmgard ängstlich in seinen Zügen las.

»Es steht eine seltsame Kunde in dem Briefe«, sagte Bruder Martin. »Graf Egino hat ein wundersames Abenteuer erlebt; er hat sich in ein Kloster zurückgezogen und hat in dessen Nachbarschaft einen – nun, sagen wir, er hätte unerwartet einen großen Schatz, ein Kleinod aus alter Zeit, an das die Menschen nicht mehr dachten, gefunden. Ich soll augenblicklich kommen, um ihn zu sehen, diesen Schatz und ihn mit ihm zu verehren.«

»Und das, das ist alles?« fiel Irmgard aufatmend ins Wort.

»Alles? Ist es nicht genug?«

»Ich dachte nur, es könne ihm ein Unfall zugestoßen, er könne unter böse Menschen geraten sein ...«

»Davon, mein Kind, steht nichts im Briefe und Du magst Dich beruhigen«, antwortete Bruder Martin. »Wie ward es Dir möglich, mich hier aufzufinden?«

»In Eurem Kloster sagte man mir, Ihr seiet nach der Bücherei des Papstes gegangen und als ich diese auffand und an die Tür pochte, öffnete mir ein Diener, der mir antwortete, ein deutscher Frater, wie ich ihn suche, sei mit dem Bischof von Ragusa fortgegangen und dieser habe zurückgelassen, daß er zum Meister Rafael Santi gehe. So fragte ich mich hieher.«

»Also hast Du tüchtige Wege gemacht in Deiner Sorge um diesen jungen Grafen Ortenburg«, erwiderte Bruder Martin, sie fixierend.

Während sie bei diesem Blicke höher errötete, legte Rafael die Hand leise auf ihre Schulter.

»Und da Du nun so beruhigt bist, junge Donna, so laß mich Dir einmal ins Auge schauen!«

»Was wollt Ihr von mir?« antwortete Irmgard fast barsch, sich dem Maler zuwendend, der sie scharf und, wie ihr schien, unverschämt musterte.

»Du mußt wissen«, entgegnete Rafael lächelnd, »Du bist hier in etwas wie eine Löwenhöhle geraten, aus der ein Geschöpf, das die Natur bildete wie Dich und das ein Antlitz hat wie das Deine, nicht sobald wieder entlassen wird. Ich werde diese beiden ehrwürdigen Herren da fortschicken und Dich bei mir behalten.«

Irmgard trat erschrocken zurück und rief zornig aus:

»Das ist ein häßlicher Scherz, den Ihr Euch erlaubt.«

»Kein Scherz, da ich Dich zeichnen will! Wo fände ich je wieder solch ein zierlich Urbild blonden deutschen Jungfrauentums? Bist Du nun beruhigt?«

»Ich bin nicht gekommen, um mich zeichnen zu lassen!« antwortete Irmgard stolz und gereizt.

Rafael und Tommaso Inghirami lachten.

»Und weshalb nicht?« rief der Letztere aus. »Du mußt wissen, stolze und spröde Jungfrau, daß Fürstinnen und Kardinäle eitel darauf sind von der Hand dieses Meisters gezeichnet und auf seinen Tafeln verewigt zu werden.«

»Und ich«, sagte Irmgard, »bin viel zu wenig eitel, um solchen erlauchten Personen, auch nur auf den Tafeln dieses Meisters den Platz nehmen zu wollen.«

»Du willst in der Tat nicht?« rief Rafael aus. »Auch wenn ich Dir sage, daß ich es wünsche, daß ich Dir dankbar sein, daß ich Dich, womit Du willst, belohnen werde?«

Irmgard schüttelte sehr energisch den Kopf und sich an Bruder Martin wendend, sagte sie:

»Ich kenne den Weg zum Grafen von Ortenburg; wenn Ihr Euch von mir führen lassen wollt, ehrwürdiger Bruder, so bin ich bereit; ich möchte gehen.«

»Du willst gehen«, fragte Tommaso Inghirami, »bevor Du noch in diesem Raume Dich umgeschaut, noch einen Blick auf diese Zeichnungen, diese Arbeiten geworfen? Weißt Du, in wessen Mannes Hause Du bist?«

»In eines Malers Haus – und ich bin es nicht zum erstenmale«, antwortete Irmgard kühl; »daheim in Ulm war solch ein Schilderer unser Nachbar. Ich sah gar oft sein Gebahren mit den Farben und den Pinseln, wenn er Heilige für die Stationen in der Kirche oder weiße Rosse und goldene Löwen für die Herbergsschilder malte.«

Die drei Männer lachten herzlich.

»Ihr seht, wie unerbittlich sie ist und müßt sie schon mit mir gehen lassen«, sagte Bruder Martin.

Dann nahm er von dem Bischof und mit einem warmen Händedruck von dem Meister Abschied und entfernte sich mit dem jungen Mädchen, das seine Führung übernommen.

»Nun seht da des Künstlers Lohn, Monsignore Phädra«, rief Rafael, als sie gegangen waren, aufseufzend aus. »Diesem Mönch ist all mein Arbeiten nur ein Ärgernis, weil ich nicht orthodox male, und diese Dirne wirft mich zusammen mit ihrem Nachbar, der Herbergsschilder malt! Ist's nicht demütigend? Wahrhaftig, ich will Euch bitten zu unserem heiligen Vater zu gehen und ihn zu fragen, ob nicht irgend ein Bistum in der Gegend von Ragusa erledigt sei, womit er mich versorgen könne!«

»Weshalb nicht?« antwortete Monsignore Phädra ... »ein Mann wie Ihr verdiente nicht ein Bistum, sondern einen Kardinalshut.«

»Ich bin mit weniger zufrieden«, versetzte lächelnd der Maler, »und wenn Ihr's mir erwirkt, will ich Euch zum Lohne die erste schöne Kunstarbeit zuwenden, die ich bei unseren Ausgrabungen entdecke.«

»Es wäre das ein Geschäft!« fiel lachend Inghirami ein, »irgend eine schöne Venus, Diana oder Leda für einen Kardinalshut.«

»Es ist mein Ernst«, fuhr ebenfalls lächelnd Rafael fort, »ich lasse in den nächsten Tagen Ausgrabungen an einem noch undurchforschten Orte beginnen und hoffe Wunderdinge da zu finden.«

»Ach, bleibt in Eurer Werkstatt, Meister«, sagte der Bischof, sich zum Gehen anschickend, »und wenn's auch nur Herbergsschilder wären, was Ihr malet, Ihr wäret doch glücklicher da, als wenn Ihr im violetten oder roten Rock einhergehen und nichts tun solltet. Keine saurere Arbeit als der Genuß, der Arbeit wird. Auch müßt Ihr Euren Pinsel in Bereitschaft halten, um Euer Wort gegen diesen deutschen Mönch zu lösen, denn vielleicht löst er, wie ein Wundertäter das seine. Der Mann hat in seinem Auge etwas, das an den großen Girolamo mahnt; nur ist's heller, man fürchtet sich nicht davor. – Und nun gehabt Euch wohl, teurer Meister; habt Ihr die neueste Hofnachricht erfahren, daß Fabricio Colonna, der wackere Feldhauptmann, der einst Alfonso von Ferrara's Kriegsgefangener war und in dieser Gefangenschaft sein Freund wurde, Alfonso den Frieden bei unserer Heiligkeit ausgewirkt hat, und daß dieser an unserem Hofe erscheinen wird?«

»Ich erfuhr es und freue mich den edlen kunstliebenden Herzog hier begrüßen und ihm huldigen zu können! Vielleicht auch ist Messer Ludovico in seinem Gefolge ...«

»Schwerlich«, fiel lächelnd der Bischof ein; »Messer Ludovico hat unsers heiligen Vaters Antlitz einmal zu sehen bekommen und verlangt nicht nach dem zweiten Male!«

»In der Tat, ich vergaß es«, erwiderte leicht auflachend Rafael.

»Also – auf Wiedersehen, geliebter Freund«, sagte Monsignore Phädra und reichte Rafael die Hand zum Abschied.

## 20. Bruder Martins Vorsatz.

Eine halbe Stunde später hatten Irmgard und Bruder Martin die Höhe des Aventin erreicht. Als sie bis vor das Kloster von Santa Sabina gekommen, mußte Irmgard, die heute ja in ihrer Mädchentracht war, zurückbleiben und Bruder Martin reichte ihr die Hand, indem er sagte:

»Und nun danke ich Dir, meine freundliche Wegweiserin ... Da ist die Pforte des Klosters und ich bedarf Deiner nicht mehr.«

Irmgard aber blieb, wo sie stand.

»Ich will erst sehen, ob man Euch einläßt«, versetzte sie.

Bruder Martin klingelte an der Klosterpforte; ein Schieber öffnete sich darin und das Antlitz des Pförtners wurde sichtbar. Als dieser einen Mönch erblickte, öffnete er ohne zu fragen den einen Flügel der Pforte. Irmgard wollte sich bereits zum Gehen wenden, da sie Bruder Martin über die Schwelle treten sah, als sie diesen ein paar laute Worte ausstoßen hörte und zugleich wahrnahm, wie er zurücktrat, wie der Flügel der Pforte, der sich eben vor ihm geöffnet, so rasch wieder vor ihm geschlossen wurde, daß er förmlich hinausgedrängt ward.

Sie eilte hinzu.

Bruder Martin rief, ihr entgegenkommend:

»Aber Graf Egino ist ja nicht mehr in diesem Kloster.«

»Er ist nicht mehr da?«

»Nein, der Bruder Pförtner sagt, er sei am Morgen schon gegangen.«

»Das kann nicht sein.«

»Der Bruder sagt's und schob mich ziemlich mürrisch hinaus.«

»Graf Egino hat doch selbst den Brief in seine Wohnung gesendet, worin er Euch, wie Ihr ja sagt, einladet um diese Stunde zu ihm zu kommen – hieher, in dieses Kloster, so steht's doch im Briefe?«

»Im Briefe steht's so.«

»Und nun sollte er gegangen sein? Unmöglich.« »Wer weiß, was ihn dazu veranlaßt hat!« antwortete Bruder Martin.

»Es ist gewiß, gewiß nicht so«, fiel Irmgard beunruhigt ein. »O, ich bitte Euch, fragt diesen Pförtner noch einmal, sagt ihm –«

»Mein Kind«, versetzte der deutsche Mönch, »ich habe nicht die geringste Lust dazu; dieser Bruder Pförtner ist brutal wie der Cerberus und gab seine Auskunft mit einer höchst mürrischen Bestimmtheit.«

»Dann bleibt nichts übrig, als daß wir in die Wohnung des Grafen eilen, um ihn dort zu suchen; ich bitt' Euch, geht mit mir hinab, Ihr bleibt ja dabei auf Eurem Wege.«

»Ich will mit Dir hinabgehen«, antwortete Bruder Martin, »schon deshalb, um Dich dort beruhigt zu sehen, denn es ist offenbar, daß Du um ihn eine unnütze Sorge hast.«

»Ich habe Sorge um ihn, und habe Grund zu dieser Sorge, denn, um es Euch zu gestehen – doch kommt, eilen wir.«

Irmgard schritt rasch voraus und im Gehen gestand sie dem jungen Mönche neben ihr, der durch sein Gespräch auf dem Hergange schon Irmgards ganzes Vertrauen gewonnen hatte, was eigentlich Egino ins Kloster geführt und welche Gefahren ihn dort bedrohen könnten, falls er in die Hände der Savelli geraten.

Bruder Martin hatte ihr höchst betroffen zugehört. Erregt rief er aus:

»Das ist eine sehr wunderliche Geschichte, die Du mir da erzählst; in dem Briefe des jungen Grafen steht das alles nur mit einigen rätselhaften Worten, die ich jetzt verstehe, angedeutet; aber Du, Du selbst, woher weißt Du das alles so genau?«

Errötend gab Irmgard auch darüber Bescheid, wie Egino sie gefunden und sich ihrer hier in der Fremde als seiner Landsleute angenommen und wie er sie endlich so ganz in sein Geheimnis eingeweiht, wohl weniger, setzte sie wieder errötend hinzu, aus Vertrauen für sie und in der Voraussetzung, daß sie ihm nützen und helfen könne, als weil er das Bedürfnis gehabt auszusprechen, was in ihm vorgehe und was ihn so bedrücke.

Bruder Martin nickte mit dem Kopfe.

»So mag es sein; es ist auch gut, mein Kind, daß Du es so auffassest; helfen und nützen in seiner Lage mögst Du ihm dennoch können, wenn er wirklich in Gefahr und Bedrängnis geraten sein sollte, was auch mir jetzt nicht mehr unwahrscheinlich vorkommt. Er hat eben mit der Gefahr gespielt, die welsche Tücke ist zu vielem, an das unsereins nicht denkt, fähig, und jener Bruder Cerberus sah ganz so aus, als gebe er seine Auskunft über den Grafen Egino mit einem schlechten, aber ruhigen Gewissen, wie der heilige Thomas von Aquin sagt. Gott zeigt seine Macht am liebsten durch ein schwaches Gefäß, und so wollen wir hoffen, daß wir etwas tun können diesen armen Jüngling aus der Gefahr zu retten, in die er hineingeraten sein mag, wenn er ohne Vorsicht handelte, wie ein rechtes unüberlegtes junges Blut. Doch lassen wir die Sorge fahren, so lange wir die Hoffnung haben ihn wieder zu finden. Vielleicht tritt er uns schon nach wenigen Augenblicken wohlbehalten auf der Schwelle seiner Wohnung entgegen.«

Sie erreichten endlich diese Wohnung; aber Bruder Martins Hoffnung sollte sich nicht erfüllen. Sie hörten, die Treppe zu Eginos Gemächern hinaufschreitend, oben Stimmenwechsel, und sahen bald auf dem Vorplatz den treuen Götz mit einem Fremden stehen, dem er sich in gebrochenen italienischen Redensarten mit Mühe verständlich zu machen suchte. Irmgard kannte den Fremden; sie hatte ihn draußen in der Villa mit der »*parva domus*« gesehen. Es war Signor Callisto Minucci.

»Der Herr fragt nach dem Grafen«, rief der Diener, als er Irmgard erblickte, auf deutsch entgegen; »ich verstehe ihn nicht, seht Ihr, ob Ihr mit ihm fertig werdet ... er scheint in Sorge um meinen Herrn.«

Irmgard redete Minucci auf italienisch an. Dieser antwortete:

»Ich sehe, daß Ihr uns als Dolmetsch dienen könnt und das trifft sich glücklich. Ich möchte mit dem Grafen Ortenburg sprechen, dessen Diener aber sagt mir, sein Herr sei nicht daheim, er sei im Kloster Santa Sabina, aber ich werde nicht klug daraus, was in aller Welt ihn dahin geführt haben kann.«

»So ist der junge Mann in der Tat nicht hier?« fiel Brüder Martin ein.

»Ihr seht es«, sagte Irmgard, »ich hatte nur zu sehr recht zu erschrecken. Laßt uns in des Herrn Kammer treten, Götz«, wendete sie sich dann an den Diener, »daß wir mit Muße darüber reden können, was jetzt zu tun.«

Götz öffnete das Wohngemach seines Herrn vor ihnen und alle vier traten ein.

Signor Callisto ließ sich in einen Sessel nieder und zu Irmgard gewendet, sagte er:

»Ihr seid das deutsche junge Mädchen, das der Graf zu meiner Gattin führte, und Ihr?« fuhr er, Bruder Martin ansehend, fort.

»Ein deutscher Mönch, mit mir gekommen in der Sorge um den Grafen, dessen Freund er ist«, versetzte Irmgard rasch einfallend. »Ich bitte, Herr, sagt uns, was Euch herführt, denn Ihr seht uns beängstigt um das Los des Grafen.«

»Auch mich«, erwiderte Signor Callisto, »hat eine Sorge um ihn hergeführt. Ihr müßt nämlich wissen, daß Graf Egino vor kurzem mich begleitete, um mir als Zeuge zu dienen bei einer Trauung –«

»O, wir wissen es, Signor, wir wissen es; ich bitte Euch, fahret fort«, unterbrach Irmgard ihn.

»Wohl denn, so begreift Ihr meine Unruhe«, entgegnete Signor Callisto, »wenn ich Euch sage, daß ich plötzlich am heutigen Morgen niemand geringeren als den Herzog von Ariccia an meiner Villa draußen erscheinen sah; er hielt zu Pferde an der Treppe, die zu meiner Wohnung aus dem Garten hinaufführt.«

»Signore Minucci«, sagte er, als ich herbeigerufen über ihm auf der Terrasse erschien, »bleibt nur da oben und ladet mich nicht ein abzusteigen und in Eure Wohnung zu treten, denn ich habe nicht Zeit dazu, weil ich hinaus will nach Prima Porta. Im Vorüberreiten an Eurer Villa kam mir ein Gedanke, und der veranlaßt mich Euch so von Euren Arbeiten aufzuschrecken. Sagt mir doch, wer war der junge Mann, der Euch neulich, Ihr wißt bei der Trauung meines Luca, als Euer Schüler, wie Ihr angabt, begleitete?«

»Ich erteilte ihm«, fuhr Signor Callisto zu erzählen fort, »die verlangte Auskunft. Er fragte alsdann nach der Heimat, nach den Verbindungen des jungen Mannes, nach dem Ansehen seines Hauses in

Deutschland, nach dem Besitz und Einflusse desselben. Als ich auf alles das die Antwort gegeben, welche ich geben konnte, fragte ich ihn:

Und welches Interesse nehmt Ihr an dem allen, Exzellenza?«

»Nur ein zufälliges und ganz oberflächliches, teuerster Signor Legista«, versetzte der Herzog. »Der junge Mann ist im Kloster der Dominikaner, bei meinen frommen Nachbarn auf dem Aventin, erschienen, und hat da Exerzitien zu machen begehrt; die guten Mönche aber haben nicht viel Frömmigkeit bei ihm entdeckt und wissen nicht recht, was aus ihm zu machen; ob es rätlicher seiner offenbaren Ketzerhaftigkeit mit ihren moralischen und mit ihren eisernen Zwickschrauben zu Leibe zu gehen, oder ihn laufen zu lassen. Das hat mir heute zufällig im Gespräche der Prior mitgeteilt, und da ich ohnehin an Eurer Wohnung hier vorüberritt, versprach ich ihm bei Euch Auskunft über den deutschen Jüngling zu holen. Ich danke Euch für diese, Signor Minucci, und befehle Euch in den Schutz der Madonna. Auf Wiedersehen!«

Noch eine Handbewegung und der Herzog ritt davon, als sei er begierig, einem weiteren Gespräche zu entgehen.

»Desto besorgter ließ er mich zurück«, fuhr Signor Callisto fort; »ich konnte mich nicht täuschen darüber, daß er nicht in meine Villa geritten gekommen wäre, ohne ein ganz besonderes Interesse an unserem jungen Freunde, und daß diesem die Heimlichkeit, womit er es ableugnete und sich bloß als den Boten der Mönche von Santa Sabina darstellte, nichts Gutes bedeuten könne.«

Die Erzählung des Rechtsgelehrten konnte die Sorge der versammelten Freunde Eginos nur aufs peinlichste steigern. Sie besprachen und unterhielten sich lange über das, was zu tun sei und jeder übernahm es für sich aufs Eifrigste die Mittel und Wege zu verfolgen, durch die er imstande sein könne sich Kundschaft über das, was aus Egino geworden, zu verschaffen. Signor Callisto, der die Leibdiener der beiden Savelli, des Vaters wie des Sohnes, und außer Sor Antonio und Sor Giovanni Battista noch andere Angehörige ihres Haushalts kannte, wollte diese auszuhorchen suchen. Irmgard sollte Götz zum Schutze mit sich nehmen und in der Nähe von Santa Sabina zu erfahren suchen, ob man Egino das Kloster verlassend gesehen; Bruder Martin sollte durch seine Ordensbrüder in Santa Maria del Popolo Erkundigungen bei Mönchen des heiligen Dominikus einziehen lassen, wenn möglich; auch sobald man eine Nachricht über Egino hätte, sich an Padre Anselmo wenden und um seine Verwendung beim heiligen Vater bitten – dazu aber freilich bedurfte man vorher sicherer Anhaltspunkte über Eginos Schicksal. Wollte man sich an den hochstehenden Mann mit einem Gesuch wenden, mußte man ihm Bestimmtes und zuverlässig Feststehendes vortragen können. Man beschloß am andern Tage um dieselbe Stunde hier in Eginos Wohnung sich wieder zu treffen, um sich zu berichten, was man ermittelt.

Irmgard war so innerlich erschüttert und außer Fassung gebracht, daß sie an dieser ganzen Unterredung sehr wenig Anteil genommen. Sie hatte nur mit ihren großen erschrockenen Augen von einem Redner auf den andern geblickt.

Die Männer gingen. Götz begleitete sie hinaus und war dann in seine Kammer geeilt, um sich zum Ausgehen und zur Begleitung Irmgards bereit zu machen.

Da öffnete sich die Tür wieder und Bruder Martin trat zurückkehrend noch einmal ein. Er kam rasch auf sie zu und die Hand auf ihre Schulter legend, sagte er:

»Irmgard – armes Kind, ich sah wie angsterfüllt Du bist ...«

»Hab' ich nicht allen Grund dazu«, rief sie plötzlich in Tränen ausbrechend aus, »war ich es nicht, der ihm den bösen Rat gab?«

»Tröste Dich ... was kommt's auf Deinen Rat an, auf den Rat eines unerfahrenen Mädchens, eines Kindes ... der Graf mußte wissen, was er tat ... tröste Dich, stell' es Gott, der über uns allen wacht, anheim und vertrau, wir werden ihn wiederfinden. Signor Callisto sagte mir eben, als wir die Straße hinausschritten, er sei zu einem Gelage gebeten, an welchem auch der Herzog von Ariccia teilnehmen werde. Er kann mich einführen da; und ich, obwohl es sich für mein Gewand wenig ziemen wird dabei zu erscheinen, ich werde hingehen. Hier ist's ja nicht wider die Sitte, daß ein Mönch, ein Priester erscheint bei üppigen Gastmählern schwelgerischer Weltkinder. Ich werde gehen um des verschwundenen Freundes und ein wenig auch um deinetwillen, auf daß ich Beruhigung für Dich erlange, Irmgard.«

»O, wie gut Ihr seid, Bruder Martin«, unterbrach ihn Irmgard, »Graf Egino hat nicht umsonst Euer braves Gemüt gerühmt.«

»Hat er?« erwiderte lächelnd Bruder Martin; »ich werde es ihm leider heute nicht vergelten können, sondern im Gegenteil, ich werde recht viel Schlechtes von ihm reden müssen ...«

»Schlechtes? Ihr? Weshalb?«

»Begreifst Du nicht? darauf beruht ja mein Plan. Sagt' ich Dir nicht, der Herzog von Ariccia werde zu dem Feste kommen?«

»Freilich – und ihm wollt Ihr Schlechtes von Graf Egino sagen? Ah, ich begreife – Ihr seid als sein Gegner hier, Ihr führt wider ihn einen Streit am Gerichtshofe ...«

»So ist's«, fiel Bruder Martin ein, »just das. Ich werde mich dem Herzog zu nähern suchen, ich werde ihm sagen, daß ich erfahren, wie er sich nach meinem Widerpart erkundigt, ich werde geltend machen, daß ich sein Landsmann und sein Gegner bin. Glaubst Du nicht, daß der Herzog alsdann einen Mann in mir sieht, dem gegenüber er nicht auf seiner Hut zu sein braucht, daß ich ihm wenigstens Andeutungen entlocken werde, was aus Egino geworden? Dazu in der Erregung eines solchen Festes, wenn der Wein das Herz aufschließt, und die Lippen beredt macht – es müßte sehr ungeschickt von mir angestellt werden, oder ich müßte großes Unglück haben, wenn es mir nicht gelänge!«

»O gewiß, gewiß«, rief Irmgard hoffnungsvoll und freudig errötend aus, »Ihr habt den besten Weg gefunden – und daß Ihr ihn gehen wollt, ist um so edler von Euch, weil es Euch schwer werden wird ihn zu gehen, weil er Euch List und Verstellung kosten wird.«

»Du hast recht«, versetzte Bruder Martin, »aber wie kann ich anders – ich tröste mich, wenn ich solch eine Notsünde begehe, durch das Gleichnis des Herrn, das mir erlaubt auch am Sonntag zu arbeiten, wenn ich das arme in den Brunnen gefallene Tier retten will, und durch jenes andere, das meines Nächsten Kornähren zu rauben erlaubt, wenn mich hungert. Und so behüte Dich Gott, liebe Landsmännin, ich hoffe Dir bald Tröstliches bringen zu können.«

Er gab ihr die Hand und ging; gleich darauf kam Götz, um Irmgard zu geleiten.

## 21. Cinque-Cento.

Das Fest, zu welchem Callisto den Bruder Martin zu führen versprochen, fand in einem Hause statt, das jenseits des Tiber und unweit des Klosters von Sant Onuphrio lag, da etwa, wo heute an der Straße Longara der botanische Garten sich am Fuße des Monte Ianicolo ausbreitet, beschattet von der steil ansteigenden waldigen Bergwand des letzteren.

Das Haus war nicht groß, und obwohl es ein mit einem alten Wappen geschmücktes Portal hatte, doch kaum mit dem Namen Palazzo, zu dem sonst Wappen und Portal das Haus des Römers berechtigen, zu benennen; es stand allein, hohe Mauern trennten seinen Bereich rechts und links von der Straße und grüne über diese Mauern sich streckende Wipfel zeigten, daß es an einem weit sich erstreckenden Garten lag, und in der Tat war dieser Garten sein Hauptvorzug.

Man trat durch das Portal in eine Treppenhalle und vom ersten Absatz der breiten, im Hintergrunde dieser Halle emporführenden Stiege in einen karg erleuchteten Vorsaal. Aus ihm gelangte man in einen großen Festsaal mit kassettierter kunstreicher Holzdecke und Wänden, welche *a tempera* gemalte mythologische Schildereien zeigten. Aus diesem trat man in jenen Garten, zunächst auf eine breite, marmorgedielte Terrasse, auf der an der Hauswand entlang Bänke und Tische zum Sitzen einluden, während auf der gegen den Garten hin abschließenden Brustwehr auf kleinen Pfeilererhöhungen sich schön gearbeitete Büsten berühmter Männer des Altertums und römischer Imperatoren aufgestellt zeigten, an deren Namen, wie dem des Marc Aurel, des Trajan, des Antoninus Pius und des Titus, sich Gedanken humaner Bildung knüpften.

Von der Terrasse führten sehr breite, niedere, für den Schreitenden kaum merkliche Stufen in den wohlgepflegten Garten mit seinen dunklen immergrünen Hecken, auf deren Hintergrunde die weißen Hermen schimmerten, hinab; eine Marmorstatue erhob sich hier am Ende jedes Seitenganges, ein Bild stiller und keuscher Schöne in der umschattenden üppigen Pflanzenwelt.

Der in den Garten hinabführenden Terrassentreppe gegenüber, am Ende des breiten Mittelganges, zeigte sich eine über mannshoch im Halbrund aufgeführte Dekorationsmauer, mit einer vasengekrönten Brustwehr darüber; ein rundes Bassin wurde von dieser Mauer zur Hälfte umfaßt, in dem ein Springbrunnen mit hellem Rauschen eine starke Wassersäule hoch auf in die Luft warf. Rechts und links von dem runden Becken des Springquells führten sanft sich windende Treppenfluchten auf eine weit höher als die erste liegende, mit der Dekorationsmauer gleich hohe Terrasse, deren Breite sich in dem Wald verlor, der hier mit dichtem Gebüsch und prachtvollen Korkeichen an der Bergseite emporstieg.

Rechts und links an den Enden dieser Terrasse erhoben sich zwei zierliche Bauten, kleine vorn offene und säulengestützte Hallen oder Pavillons, mit Draperien von farbigen Stoffen, die, wenn sie niedergelassen wurden, die lauschigsten Versteckwinkel aus diesen kleinen Zierbauten bildeten.

Das Haus gehörte dem reichen Messer Agostino Chigi aus Siena, dem, wie man sagte, reichsten Kaufmann Italiens, der nach Rom gezogen, um hier sein großes Wechselgeschäft zu betreiben, dem Freunde Rafaels und Michel Angelos und so vieler ausgezeichneter Männer, demselben Agostino Chigi, dem Baldassare Peruzzi eben weiter abwärts am Tiberufer die schöne Villa baute, deren der Meister von Urbino im Gespräch mit Bruder Martin erwähnt hatte. Bis zu ihrer Vollendung gab Messer Agostino hier seine üppigen und berühmten Feste, zu denen er alles zu vereinigen wußte, was Rom an großen Namen und hervorragenden Männern und Frauen besaß; Feste, die mit seiner Sitte auch manches verbanden, was, durch die Begriffe der Zeit gerechtfertigt, heute nicht mehr die Anmut heiteren Lebensgenusses, sondern oft entfesselte Genußsucht und schwelgerische Ausgelassenheit genannt werden würde. Rom besaß nicht das, was Florenz und Neapel an ihren Akademien, jenen Mittelpunkten zur Pflege der wissenschaftlichen und geistigen Interessen und des Gedankeninhalts der Zeit besaßen; aber Agostino Chigis Haus bot etwas Ähnliches, nur Ungebundeneres, mehr dem Zufalle, wie er die Gäste eben zusammenführte, Anheimgegebenes dar.

Er gab heute sein Fest als eine Art von Abschied für viele seiner Bekannten, welche das Nahen der heißen Jahreszeit von Rom fort und auf ihre Sitze im Gebirge oder an das Meeresufer trieb.

Als Bruder Martin an Callistos Seite in das Haus eintrat und sie in die schon dunkelnde mit Dienern erfüllte Vorhalle gelangten, fanden sie auf hohen bronzenen Kandelabern Fackeln aufgesteckt, von denen drei brannten – ein Zeichen, wie Signor Callisto seinem Begleiter erklärte, daß drei Kardinale oder römische Fürsten das Fest durch ihre Anwesenheit ehrten.

Ein Kranzgewinde umschlang die Eingangstür zum Festsaal, an deren Pfosten Sonette angeschlagen waren, bewillkommnende Dichtergrüße für die Gäste; andere von Freunden des Hauses gebrachte Gedichte fanden sie an die Wände des Bankettsaales selbst geheftet. In diesem letzteren zeigte sich eine reich bedeckte, mit kunstreich gearbeiteten Aufsätzen, Blumen und geschliffenen Schalen, reichen Silberkrügen und glänzendem Gerät aller Art besetzte Tafel – in dem Zustande, wie sie, von den Gästen eben verlassen, zu sein pflegt. Der Wirt hatte die nächsten seiner Bekannten und Freunde zum Mahle gebeten, den weiteren Kreis derselben aber, zu dem Signor Callisto Minucci gehörte, zur »Conversazione«, deshalb war der Saal auch beinahe von allen Gästen bereits verlassen, der ganze bunte Schwarm belebte die Terrasse vor demselben, den Garten und die höhere Terrasse im Hintergrunde des Gartens.

Als Bruder Martin die glänzende Ausstattung dieses Hauses, die mit solcher Pracht ausgestattete Tafel in dem schönen Festsaal mit seinem Bilderschmuck erblickte, und dann durch offene Fenstertüren hinaus auf die Terrasse mit den reich und üppig gekleideten Frauen und Männern, auf den Hintergrund des so reizvoll und mit so viel edlem und reinem Schönheitssinn angelegten Gartens seine Augen warf, machte das Ganze auf ihn den Eindruck einer zauberhaften Traumwelt. Solch eine Welt des idealen Lebens in einer aus reinen künstlerischen Formen gebildeten Umgebung, auf der sich vom dunkelblauen Himmel der Glanz der Abendsonne goldig ergoß, über welche die Töne einer mächtigen und ergreifenden Stimme bald anschwellend, bald leise verhallend dahinzogen – war dem deutschen Wallfahrer, der daheim außer engen Klosterzellen und außer nicht viel größeren Kemnaten und Gelassen deutscher Bürgerhäuser oder enger Burgställe nicht viel Nennenswertes gesehen, ein Anblick, der ihn betroffen machte und die ängstliche Scheu erhöhte, womit er an Callistos Seite jetzt unter all diese fremden Menschen trat, welche so viel Reichtümer, Würden oder stolze Namen trugen; er, der arme namenlose Bergmannssohn in der weißen Kutte des Eremiten-Mönchs.

Callisto führte ihn dem Hausherrn zu, einem kleinen, sehr beweglichen Manne, der eben lebhaft redend vor einem noch jungen und schönen Manne im roten Kardinalsgewande stand, welcher letztere sich halb rückwärts lässig auf die Brustwehr der Terrasse lehnte. Der Kardinal blickte hochmütig und mit zerstreuter Aufmerksamkeit auf den Mönch nieder, während Callisto ihn dem Hausherrn vorstellte.

»Messer Agostino«, sagte er, »erlaubt mir, daß ich Euch einen Gast zuführe, der mich mit mehr Zuversicht als wenn ich allein gekommen, Euer edles Haus, den Vereinigungsort so vieler gelehrter und ausgezeichneter Männer, betreten läßt. Denn während ich sonst wohl fühle, daß ich gar arm und gabenlos hier unter so vielen reichen und verehrungswürdigen Gästen erscheine, weiß ich heute, daß ich Euch etwas bringe, in diesem gelehrten, in den Schriften der alten Welt ebenso erfahrenen, wie freilich der römischen Welt unerfahrenen Deutschen, einem Freunde, den ich zudem nicht heimkehren lassen darf, ohne daß er Euch und Euer Haus kennen gelernt, denn alsdann hätte er das schönste Stück der römischen Welt nicht kennen gelernt.«

Messer Agostino Chigi reichte zuvorkommend Callisto und dann Bruder Martin die Hand und sagte lächelnd zu diesem:

»Seid willkommen, herzlich willkommen. Was Ihr jedenfalls von Rom bereits kennen gelernt, das ist der beredteste aller Prokuratoren der Rota; nur solltet Ihr, Signor Callisto, nicht so darauf ausgehen mich zu beschämen und in Eurem Freunde Vorstellungen zu erwecken, die mein Haus nur dann erfüllen kann, wenn es von Gästen geehrt wird, wie ich sie heute mit so großer Freude bei mir sehe.«

Messer Agostino machte hiebei dem Kardinal eine leichte Verbeugung, der lächelnd zum Bruder Martin gewandt sagte:

»Ihr seht, daß in guter Redewendung Messer Agostino keinem Prokuratoren der Rota nachsteht.«

»Ich sehe«, versetzte Bruder Martin, »daß er sehr gütig ist den eingeladenen Gast mit so viel Wohlwollen aufzunehmen.«

Messer Agostino lächelte über den fremden Akzent, mit dem Bruder Martin sein Italienisch sprach, und während der Kardinal wieder mit dem kalten hochmütigen Blicke auf den Mönch schaute, fuhr jener zu Callisto fort:

»Ihr müßt nun aber auf Euch nehmen für Eures Freundes Stärkung und Erfrischung und seine Unterhaltung zu sorgen und ihn den Männern bekannt zu machen, mit denen er wünschen kann in Berührung zu kommen.«

Callisto verbeugte sich schweigend und trat mit seinem Begleiter zurück.

Sie gingen, auf einer unbesetzten Bank, hinter einem kleinen Tische, der mit Wein, Früchten und Gebäck beladen war, Platz zu nehmen. Die freundliche Aufnahme des Hausherrn und die Wahrnehmung, daß viele Männer in kirchlichen Gewändern und in Ordenstrachten sich in der Gesellschaft befanden, hatte Bruder Martin seine Scheu genommen, die, wie er sah, bei dem zwanglosen Wesen, womit alles sich durcheinander trieb und bewegte, auch in der Tat sehr überflüssig war.

Callisto füllte ihm und sich ein paar hohe Flügelgläser mit Wein an und sagte:

»Ihr werdet nicht ganz ohne Bekannte sein in dieser Gesellschaft, Bruder Martin; ich sehe dort eben Rafael Santi und Monsignore Phädra, dort drüben seitwärts von dem Springbrunnen schreiten sie die Treppe hinauf.«

»Ihr habt recht ...«, fiel Bruder Martin ein, »aber wer ist der hohe Mann neben ihnen, der mit so wuchtigem Schritt die Stufen aufwärts geht?«

»Kennt Ihr ihn nicht? Jedes Kind in Rom kennt ihn und würde ihn kennen, auch wenn er nicht diese mächtige Gestalt und die häßliche breite Nase, die ihm als Knabe Torrigiani einschlug, hätte ..., es ist der Florentiner Buonarotti.«

»Hätte er das dunkle Haar nicht, ich hätte ihn für einen Deutschen angeredet«, sagte Bruder Martin.

»Er hat vom Deutschen wohl nur den harten eigenwilligen Kopf«, gab lächelnd Callisto zur Antwort. »Mich wundert, daß er gekommen, denn obwohl Messer Agostinos Freund, ist er doch die ungeselligste und einsiedlerischste Natur, die Ihr Euch denken könnt; er gehe schweigsam und allein wie der Henker, hat ihm ja Rafael Santi entgegnet, als er diesem eines Tages vorwarf, daß er stets von einem Schwarm und Gefolge begleitet sei, wie der Bargello, das Haupt der Häscher. Aber werft Euer Auge auf die zwei Männer dort, welche eben quer über die Terrasse schreitend in den Garten hineinwandeln.«

»Wer sind sie?« fragte Bruder Martin. »Der eine, der im Prälatengewande, ist Herr Pietro Bembo, ein Mann, ausgezeichnet durch Fülle und Liebenswürdigkeit des Geistes und der eleganteste Schriftsteller unserer Zeit; er gehört dem glänzenden und durch so viel große Männer hervorleuchtenden Hofe von Urbino an, ist aber hierher geführt, wie er sagt, durch den Wunsch unseren heiligen Vater zur Errichtung einer Schule von Geschwindschreibern zu gewinnen, da er die Kunst einer abgekürzten Geschwindschrift, wie schon Cicero zur Aufzeichnung seiner Reden sich ihrer bediente, neu zu beleben strebt; im Grunde jedoch mag er ebensowohl hier sein, um seine Geliebte, die reizende Marosina zu sehen und zu bewegen ihm nach Urbino zu folgen. Habt Ihr nicht von dem Buche *Gli Ascolani* gehört, worin er so scharfsinnig wie elegant über die Natur der Liebe dialogisiert, in die Madonna Marosina ihn so gründlich eingeweiht hat – vielleicht, wie die böse Welt sagt, auch ein wenig Madonna Lucretia?«

»Ich lese,« erwiderte kopfschüttelnd Bruder Martin, »die Dialoge nicht, in denen Männer der Kirche, wie er doch nach seinem Gewande ist, über ihre Liebe reden!«

»Dann dürft Ihr auch die kecken Lustspiele nicht lesen, welche den andern der beiden Männern berühmt machten. Denn auch er ist ein Mann der Kirche, wie Ihr am Gewande seht und Bembos Freund; ein beredter und sehr witziger Mann, Bernardo Dovizio, da Bibiena genannt.«

»Ihr habt mir,« fiel Bruder Martin ein, »noch nicht gesagt, wer der Kardinal ist, mit welchem Messer Agostino sich unterhält und der, als wir zu ihnen traten, so stolz auf uns niederblickte.«

»Das ist der Kardinal Rafael Riario – ein Mann von so glänzenden Geistesgaben, wie sein stattliches und schönes Äußere sie ankündigt. Er ist aus vornehmem Hause, gewandt, gebildet, ehrgeizig – es fehlte ihm nichts dazu einmal die dreifache Krone zu erlangen, als leider der Ruf besserer Sitten ... man sagt ihm zu viel Glück bei den Frauen und zu viel Eifer es zu suchen, nach!«

»Er hat ein schönes Antlitz«, erwiderte Bruder Martin, »und dennoch etwas, was mich abstößt – es ist mir bei ihm zu Mute, wie beim ersten Anblick von Menschen, denen man später im Leben noch einmal begegnen soll, und dann in Span und Hader ...«

Ihre Zwiesprache wurde durch ein lautes Lachen und Geplauder einer Gruppe schöner und ohne Ausnahme junger Frauen unterbrochen, die mit einer auffallenden und eigentümlichen Freiheit des Wesens sich ihnen näherten, indem sie eine aus ihrer Schar umringten, die mit einem seltsamen Kleidungsstück, welches sie trug, zur Ergötzung der andern sehr anmutige Bewegungen machte. Es war das ein Kopfputz aus seidener Gaze, und mit einem Zipfel am Gürtel befestigt; die Schöne aber warf ihn wie zu verschiedenen Zwecken, bald als Haube, bald als Schleier, bald wie zur Verhüllung irgendeines Teiles ihrer Züge, um den Kopf, und schien den andern Damen unter Gelächter und Lärm Unterricht darin zu erteilen, welche Vorteile sich aus dieser gefährlichen Waffe der Koketterie, die sie Candale nannte und die, wie Callisto aus ihrem Plaudern heraushörte, venetianischen Herkommens sei, ziehen ließen. Männer traten an den Kreis; dieser war bald von Zuschauern umschlossen. Auch der Kardinal Rafael Riario war hinzugetreten; aber bald, wie von dem Spiele gelangweilt, legt er die Hand auf die nackte Schulter einer dieser Frauen, der schönsten und stattlichsten von ihnen, und sie sanft an sich ziehend, schritt er mit ihr die Terrasse hinunter; den Arm und die Hand ließ er auf ihrem Nacken und ihrer Schulter ruhen, indem er neben ihr dahinschritt.

»Seht doch, wie vertraut der Kardinal Riario mit jener Donna plaudert«, flüsterte Bruder Martin betroffen ihnen nachschauend. »Ist es seine Schwester?«

»Schwester?« gab Callisto lächelnd zur Antwort. »Guter Bruder, was denkt Ihr! Es ist Imperia, die schönste der römischen Kurtisanen – seht, sie wenden sich und nähern sich uns wieder. Ihr könnt jetzt selbst sehen, wie edel und schön dieses stolze Frauenantlitz ist.«

»Bei allen Heiligen, ich sehe nur, daß dies das furchtbarste Ärgernis ist, welches mich je empört hat... Dies Betragen eines Kardinals! Und eine Kurtisane, sagt Ihr, ist das schöne Weib?«

»Gewiß – wie die ganze Gruppe dieser mit dem venetianischen Kopfputz da scherzenden Damen! *Honesta meretrix* – Ihr könnt es über der Tür von mehr als einer von ihnen lesen. Diese Imperia ist für einen Teil der römischen Welt was für einen Teil der athenischen Aspasia war – jene andern sind so viel wie Lais oder Phryne oder andere berühmte Hetären der Griechenwelt. Sie gehören zu unseren Sitten, sie machen zum Teil unsere Sitten. Sie bilden Mittelpunkte für einen Teil unseres geselligen Lebens, und es sind Frauen von guter Geburt unter ihnen, Frauen, die alle Eigenschaften des Geistes und des Herzens haben, ausgenommen die Tugend. War doch die schöne Julia Farnese, unseres früheren Herrn, Alexanders VI. Geliebte, die ihren Bruder trotz seines wüsten Lebens zum Kardinal machte, nicht viel anderes. Und doch hat jener größte aller Sünder sie als Madonna und sich zu ihren Füßen kniend malen lassen. Ihr entsetzt Euch darüber? Ihr habt recht, Bruder Martin, aber betrachtet das Leben, wie es hier ist, und gesteht dann, daß solche Erscheinungen, wie dieser Stand ehrbarer Kurtisanen, ihr sehr Gutes und Nützliches haben. Wir haben tausend Männer in den verschiedensten Stellungen, welche, weil sie der Kirche angehören, kein Weib nehmen dürfen. Wir haben tausend andere Männer, Gelehrte, Künstler, Soldaten, deren Verhältnisse ihnen nicht erlauben mit einem ebenbürtigen Weibe einen Hausstand zu gründen. Sollen sie alle darauf angewiesen sein, mit ihrem Liebesbedürfnis in die untersten und gemeinsten Sphären, die uns denn leider auch nicht fehlen, der ein zahlloser Bruchteil unserer Bevölkerung angehört, zu versinken? Nein, nein, die griechische Hetäre und die römische Kurtisane ist ein Institut, das einen großen Fortschritt aus der rohen Sittenlosigkeit heraus darstellt.«

Bruder Martin stand auf und sagte:

»Kommt nur fort aus der Nachbarschaft dieser lachenden Damen und der Nähe dieses mit seiner »Anstandsdame«, wie Ihr sie nennt, lustwandelnden Kardinals – ich mag sie nicht ansehen und nicht dieselbe Luft mit ihnen atmen.«

»Und doch gibt es keinen Platz, auf welchem wir besser die Gesellschaft überschauen als diesen; aber wie Ihr wollt, es mag auch Zeit werden, daß wir uns nach dem Herzog von Ariccia umschauen.«

»Gewiß, laßt uns, wenn er nicht hier auf der Terrasse ist, in den Garten hinabgehen!«

Sie schritten an dem Kardinal und der Donna Imperia vorüber, der Gartentreppe zu, Callisto sagte dabei:

»Unrecht habt Ihr aber doch, Bruder Martin, dieses Mädchen oder Frau, wie Ihr wollt, nicht anzublicken. Schaut doch in ihre Züge. Ihr seht nicht leicht ein schöneres und geistvolleres Gesicht und eine edlere Gestalt.«

Bruder Martin hatte zu dem allen, während er seinen Schritt beeilte, nur ein verdrossenes Achselzucken. So gelangten sie in den Garten hinab. Auch die Gänge des Gartens waren mit Gästen gefüllt, die auf- und abwandelten.

Callisto fragte einen der Begegnenden nach dem Herzog von Ariccia und erhielt zur Antwort, daß er am Ende eines Ganges gesehen worden – als Callisto und Bruder Martin den Gang weiter hinabschritten, sah jener den Herzog mit einer schönen stattlichen Frau – es war eine jener Frauen, die Egino bei der Trauung Corradinas wahrgenommen – sich lebhaft unterhalten.

»Der Mann mit der Nase eines Habichts und den starken buschigen Brauen ist der Herzog«, sagte Callisto; »die Frau, welche vor ihm auf der Bank sitzt, seine Schwiegertochter, Madonna Cornelia Savelli – aus dem Hause Colonna-Paliano.«

»Wollt Ihr mich vorstellen?« fragte Bruder Martin.

»Setzen wir uns hier und warten wir, bis dies eifrige Gespräch, in dem er begriffen, abgebrochen wird«, versetzte langsam ihm nähertretend Callisto und nahm Platz auf einer den Redenden nahen Bank.

Von der Unterredung drangen einzelne Worte zu ihnen herüber – für Bruder Martin mit seiner schwächeren Kunde der Sprache unverständlich; Callisto verstand einzelnes, doch hätte er hinüberhorchen wollen, er wäre bald gestört worden, denn ein lebhafter, beweglicher kleiner Mann trat zu ihnen, reichte Callisto die Hand und begann mit großer Zungengeläufigkeit ein Gespräch mit ihm – er schien einer jener Mäckler im großen Tauschgeschäft der Geselligkeit, die jedermann kennen, an jeglichem Ding Interesse nehmen und die von Teilnahme für Personen und Zustände förmlich dampfen, einer Teilnahme, die dann freilich auch nur Rauch ist.

»Ihr kamt spät, spät, Signor Legista«, sagte er, »und wo ist Donna Ottavia, Eure Gattin! habt Ihr sie nicht mitgebracht – sie liebt die großen Gesellschaften nicht, ich weiß es, aber heute hätte sie kommen sollen, denn unser edler Wirt, Messer Agostino, dieser König aller Kaufleute, bereitet uns die schönsten Überraschungen vor – ich war eben dort oben im Walde und warf einen Blick in die geheimnisvollen Zelthütten, aus denen uns sicherlich irgendein Geheimnis entgegenschreiten wird – Ihr seht die verhangenen Pavillons an den Enden der Terrassen da oben – aber ich will nichts von dem, was Euch überraschen soll, verraten, Ihr werdet ja sehen. Selbst der menschenscheueste Mann in ganz Rom ist herbeigelockt worden ...«

»Ihr meint den Buonarotti?«

»Eben den, und, was noch mehr, er hat uns beim Aufbruch von der Tafel ein Sonett vorgelesen – so wohlgelungen und schön, daß man, behaupt' ich, weit mehr den Dichter in ihm bewundern muß, als den Bildhauer und Maler; denn in beiden Künsten ist er, wißt Ihr, nicht ganz nach meinem Geschmack ...«

»Nicht nach Eurem Geschmack, Messer Sylvestro – und was tadelt Ihr an seiner Weise?«

»Was ich daran tadle? Buonarotti will nur zeigen, daß er ein Hexenmeister im Zeichnen ist. Er lacht mich ingrimmig aus, wenn ich's ihm sage, aber hab' ich nicht recht? Messer Michel Angelo Buonarotti, sag' ich ihm, Ihr seid ein so einsichtsvoller Mann und werft Eure gute Zeit an die Darstellung von Dingen, an die niemand mehr glaubt, und die, wie Ihr sie darstellt, auch niemandem gefallen können. Ist mir, wenn Ihr mir malt, wie Sokrates oder Phocion, diese edlen Menschen, den Giftbecher trinken müssen, nicht ein ergreifenderes Bild, als der wüste nackte Menschenknäuel Eures jüngsten Gerichts, über das ich lache, das in's Reich der Fabeln gehört?«

Bruder Martin, der immer mehr staunend dem gesprächigen Manne zugehört hatte, unterbrach ihn hier, indem er sich langsam, wie dräuend, flammenden Auges, vor ihm erhob – aber an sich haltend und rasch zu Callisto gewandt, sagte:

»Ist diesem Schwätzer das alles Ernst, oder will er mein Gewand verspotten?«

Callisto legte die Hand auf Bruder Martins Arm und zog ihn wieder auf seinen Platz.

»Seht Ihr denn nicht, daß das nicht im Traum Signore Sylvestros Absicht ist?«, sagte er lächelnd.

»Und Ihr denkt wirklich, wie Ihr sprecht«, fuhr Bruder Martin zu dem, überrascht bald auf Callisto, bald auf den Mönch blickenden Herrn gewendet fort: »Ihr habt wirklich so allen Glauben abgetan, so alle Scheu ...«

»Glauben!« rief lachend Signor Sylvestro aus. »Guter Bruder, Ihr seid komisch. Ich geh zu Beichte und Abendmahl und nehme Ablaß und bestelle Messen, wie jeder gute Bürger und Christ. Aber wenn ich für das alles mein gutes Geld zahle, was verlangt Ihr dann mehr? Die Kirche verkauft mir ihre Ware, ich zahle in guter Münze dafür – nun wollt Ihr auch noch Glauben? Hat der Kaufmann, der mir Ware gibt und dafür mein Geld empfängt, nach meinen Gedanken zu fragen?«

Bruder Martin war verstummt. Er blickte mit düstern Augen den Mann an; es war ihm eine Erleichterung, als dieser sich lachend abwandte, um Vorübergehende anzureden.

»Ihr seid wie niedergeschmettert, Bruder Martin!« sagte Callisto.

»Das bin ich«, versetzt dieser ... »Denken viele Menschen so?«

»Viele!« sagte Callisto.

»Euer Meister Santi, sah ich, hat sich doch nur kühl von der Kirche abgewendet; dieser aber ist ihr Feind geworden!«

»O nein«, versetzte Callisto, »glaubt das nicht. Er beugt sich unter sie, wie wir ja müssen, und da er sich beugt, läßt sie ihn seine Wege gehen! Aber denken wir an unsere Absicht. Der Herzog erhebt sich eben, treten wir ihn an.«

Der Herzog erhob sich in der Tat; aber ihn anzureden blieb für Callisto untunlich, denn die Donna, seine Schwiegertochter, die neben ihm gesessen, erhob sich ebenfalls und sagte, wie um ihn zurückzuhalten seinen Arm ergreifend, lauter als sie bisher gesprochen und eifrig:

»Exzellenza, Ihr müßt mir mehr davon erzählen so entkommt Ihr mir nicht!«

»Ich weiß nicht mehr, als ich Euch sagte«, versetzte der Herzog, »nichts weiteres, als daß Livio einen heftigen feindlichen Zusammenstoß mit einem fremden Manne, einem Deutschen, gehabt hat, den er bei ihr entdeckte... und daß ich denke, Livio wird jetzt, wo er hat erfahren müssen, daß Corradina nicht allein ihn nicht liebt, sondern auch einen andern in ihrem Herzen trägt, der, ohne daß wir's ahnten, in ihrer Nähe sich aufhielt – Livio wird nun seine törichten Pläne auf Corradina fahren lassen und vernünftig werden. Ihr wißt, daß ich, unruhig und besorgt, Livio führe eine Gewalttat wider Corradina im Schilde, in ihrer Nähe, in der Burg auf dem Aventin blieb ...«

»Ich weiß, daß Ihr in ihrer Nähe bliebt, und das gewiß nur, um sie zu schützen, freilich!« schaltete Cornelia Savelli ein – die Worte ein wenig spöttisch betonend. »Denn«, setzte sie hinzu, »seit Ihr aus Furcht vor Livio vermocht wurdet in die Trauung Corradinas zu willigen, die doch von ihnen nur ersonnen war, um Euch einen Querstreich zu spielen, scheint mir, daß Ihr dabei kein anderes Interesse mehr haben könnt!«

Ohne etwas darauf zu äußern, fuhr der Herzog fort: »Euch, Cornelia, kann ich nur den Rat geben, jetzt, da Livio von seiner verrückten Leidenschaft mindestens ein wenig abgekühlt sein muß das Eurige zu tun, um ihn ganz zu heilen.«

»Ich hätte viel zu tun, wenn ich alle von Corradina eingeflößten verrückten Leidenschaften heilen wollte!« versetzte Cornelia sarkastisch im wegwerfenden Tone. »Also das ist alles, was Ihr mir gestehen wollt?«

»Was soll ich Euch mehr sagen, Cornelia«, erwiderte der Herzog nun mit boshaftem Lächeln. »Der deutsche Geliebte Corradinas und sein Schicksal wird Euch nicht interessieren, und da Euch, wie Ihr sagt, so wenig interessiert, ob Livio, Euer Gatte, nach dieser Erfahrung Euch wieder gewonnen werden könne oder nicht, so können wir das Gespräch fallen lassen. Gebt mir Euren Arm, die Sonne ist untergegangen und die kommende Nachtluft mahnt uns uns auf die Terrasse oder ins Haus zurückzuziehen.«

Er reichte ihr den Arm; da aber die den Römern eigentümliche Sorge vor den schädlichen Einflüssen der Abendluft nach Sonnenuntergang bereits viele der Gäste desselben Weges geführt und der Gartengang menschenleer geworden, konnte der Herzog von Aricia nicht an Callisto vorübergehen, ohne ihn zu bemerken. Er erwiderte seine Verbeugung mit einem kurzen:

»Ah, Signor Legista – *bona sera*, – es scheint, Ihr gebt jetzt auch Unterricht in der Theologie, da ich Euch mit einem jungen Mönche sehe, wie unlängst mit einem juristischen Scholaren!«

»Ich gebe Unterricht allerdings, Exzellenza«, versetzte Callisto unbefangen, »doch nicht in der Theologie, sondern in römischen Personen, Verhältnissen und Sitten. Mein Begleiter, dieser junge Augustiner-Bruder, müßt Ihr wissen, ist ein Neuling in allen Dingen, da er erst vor kurzer Zeit aus Deutschland gekommen. Aber da Ihr mich eben an meinen früheren Schüler, den Juristen, mahntet, so lasset mich hinzusetzen, daß dieser da just der Widerpart von jenem ist – im eigentlichsten Sinne – Widerpart in einem Prozesse; auch könnte er Euch die Auskunft über ihn geben, welche Ihr von mir verlangtet und die ich nur so unvollständig zu erteilen imstande war – um so zuverlässiger, als er, der an der Rota hier mit ihm haderte, seine Herkunft und Verhältnisse wohl kennt ...«

Der Herzog maß Bruder Martin mit einem mißtrauischen Blick, und sagte dann zu Callisto gewendet sehr spöttisch:

»So so ... es ist wohl dieser deutsche Frate, nach dem der junge Herr, um den ich Euch befrug, gesandt hat ... wahrscheinlich, um einen Vergleich in seinem Prozesse mit ihm abzuschließen! Sagt Eurem neuen Scholaren alsdann Signor Minucci, daß er wohl getan nicht zu kommen, und einen Vergleich anzunehmen – jener deutsche Herr wird, fürchte ich, auf längere Zeit verhindert sein seinen Prozeß nachdrücklich zu führen, und sein Widerpart wird also jetzt doppelt günstiges Spiel haben. *Felicissima notte*, Signor Minucci!«

Der Herzog ging mit stolzem Kopfnicken; Madonna Cornelia rauschte an seiner Seite dahin; Callisto sah ein wenig verdutzt ihm nach und dann Bruder Martin an.

»Da ist nichts zu machen«, flüsterte er, »der Herzog ist argwöhnisch ...«

»In der Tat – er ist ein schlauer Herr; mein unglücklicher Landsmann muß also davon geredet haben, daß er mich in seinem Kloster erwarte. Man könnte ihm gram werden wegen seiner ewigen Unvorsichtigkeiten. Die arme Irmgard. Sie harrt auf eine tröstliche Nachricht von mir – so werde ich ihr keine zu bringen haben.«

»Und welches böse Schicksal lassen die höhnisch betonten Worte des Herzogs für den armen Grafen Egino fürchten«, sagte Callisto.

»Es ist eine unselige Geschichte!« fiel Bruder Martin ein – »statt mit Trost und guter Hoffnung für ihn, gehen wir mit doppelter Sorge – können wir gehen?«

»Nicht wohl«, versetzte Callisto; »Ihr seht es drängt sich alles auf der Terrasse und in dem Festsaal zusammen, wo neue Erfrischungen gereicht werden – man wird uns da kaum durchlassen, wenn wir schon jetzt gehen wollten. Messer Agostino bereitet seinen Gästen sicherlich noch irgend eine Überraschung, ein Schauspiel vor; es würde zu viel Aufsehen machen, wenn wir gingen, und wenn es dieser schlaue Herzog sähe, er würde sicherlich den Argwohn fassen, daß wir eben nur deshalb, um uns ihm zu nähern, gekommen. Darum müßt Ihr schon noch eine Weile aushalten.«

»Was mir schwer genug wird!«

»Weshalb? Ist diese Gesellschaft nicht glänzend? Lehrt sie Euch nicht die Welt kennen, eine Welt, die Euch fremd ist?«

»Die Lehre, die sie mir gibt«, antwortete Bruder Martin, »drückt mir einen Stachel ins Herz wie einen glühenden Stahl, und als sie mir fremd war, war mir wohler. Die christliche »Mythologie« wie die heidnische, es ist alles gleich; nicht einmal mehr den Lauen, die ausgespieen werden, gleichen sie, ihr Herz ist kalt, kalt wie das Nichts – so stehen sie am Abgrund, und wer sie zurückreißen wollte vom jähen Rand des ewigen Verhängnisses, dessen Stimme würde sein wie die eines Rufenden in der Wüste!«

»Bei manchen, vielleicht. Manche andere würde die Stimme zurückrufen, wenn es die rechte Stimme wäre!«

»Euch selber?« fiel hier mit raschem, scharfen Blick in Callistos Züge Bruder Martin ein. »Sagt einmal selber, was ist Euer Credo?«

»Mein Credo? Das ist eine Gewissensfrage, guter Frate«, gab Callisto zur Antwort. »Ich habe kein Credo. Aber ich habe eine Anschauung, eine Philosophie, wenn Ihr wollt. Es ist die Philosophie aller erleuchteten Geister unserer Zeit, die Philosophie Platos.«

»Begnügt Ihr Euch dabei nicht, wie so viel »erleuchtete Geister«, mit dem Wahn die Philosophie Platos sei in Euch, ohne Euch doch Rechenschaft geben zu können, was denn Platos Philosophie ist?«

»Nein«, versetzte Callisto, »für so oberflächlich haltet mich nicht. Ich weiß sehr wohl, was von Plato, was von den Vorstellungen der Stoa, was auch von christlicher Verfeinerung und Vertiefung der heidnischen Anschauungen in meinem Denken ist. Glaubt mir, trotz aller Versumpfung der Kirche, aller Ausgelassenheit der Sitten, aller Roheit der Leidenschaften und Unverschämtheit des Egoismus, die wir in unserer Zeit wahrnehmen, liegt über ihren edleren Geistern doch eine sehr ernste weihevolle Stimmung, ein Sehnen nach dem Schönen und ein Verlangen nach Wahrheit, wie wohl über keiner früheren Zeit. Es ist wie die Vorabendstimmung eines großen Ereignisses in der Geisterwelt – wie einer kommenden Lichterscheinung, wie ein stilles Ahnen in den Gemütern, die da lauschen, ob nicht durch die Wipfel der Zypressen, unter welchen der stille Denker ruht, der sinnende Künstler träumt, der Herr mit lindem Säuseln fahren werde!«

Bruder Martin antwortete nicht. Er ging zu Boden blickend neben Callisto her. Sie stiegen über die Treppe zur Terrasse hinauf, wo Callisto von einem andern Bekannten angeredet und in ein Gespräch verwickelt wurde, das nicht so bald enden zu wollen schien, da der Bekannte von juristischen Dingen mit Callisto zu reden begann.

Verdüsterten Auges wandte sich Bruder Martin von ihnen und die Stufen in den Garten wieder hinab. Dort schritt er den breiten Mittelpfad zu dem Springbrunnen hinunter. Es tat ihm wohl eine Zeitlang allein zu sein. Es war ihm schwül geworden; er atmete schwer auf. In der Tat war der Abend sehr schwül, als ob ein Gewitter nahe; am Himmel hatten sich Wolken zusammengezogen, die sich immer mehr verfinsterten. Dadurch hatte sich außerordentlich rasch die Dämmerung, die dem Sonnenuntergang gefolgt war, mit tiefem Dunkeln über den Garten gelegt.

Bruder Martin kam bis an den Springbrunnen; er stieg rechts von ihm die Treppe zu der höheren, im Hintergrunde des Gartens liegenden Terrasse empor; er sah, daß hier einige Männer mit Aufstellung und Zurüstungen von eisernen Schalen, die wie Feuerbecken aussahen, mit dem Ausbreiten von Teppichen und dem Hin- und Herrücken niederer Sitze beschäftigt waren, während ein anderer ein Bündel kurzer Speere brachte und dann mit einem Paare schöner Wolfshunde, die ihm gefolgt waren, spielte.

Der deutsche Mönch wandte sich und warf rückwärts seine Blicke auf Garten und Haus; der Festsaal begann von Beleuchtung aufzuglänzen und den Schein von zahllosen Lichtern auf die vor dem Hause liegende Terrasse auszugießen, auf die geputzten, in mannigfaltigen Lichteffekten von dem hellen Schein umflossenen Gestalten.

Bruder Martin starrte eine Weile auf das Schauspiel hinab, dann kam ihm der Gedanke, ob er, wenn er geradeaus weitergehe und in den Wald hineinschreite, der die rückwärts steil umfassende Bergwand bedeckte, nicht oben rasch die Umfassungsmauer erreichen und darin irgend einen Ausweg finden könnte ... er hätte viel darum gegeben entschlüpfen zu können, um mit sich und seinen Gedanken allein zu sein.

Er verließ deshalb die Terrasse, die er erstiegen und klomm durch das Gebüsch dahinter rasch aufwärts, durch Unterholz und unter hohen Bäumen empor. Es war seltsam lebendig in dem Gehölz; Gestalten, die wie sich vor ihm flüchteten, glitten durch das Buschwerk ... weißglänzende, und ... in der Tat, nackte Gestalten, zwei halbnackte Mädchen waren es, die vor ihm jetzt um ein Dickicht schlüpften und lachten und flüsterten.

Erstaunt blieb er stehen; er fuhr mit der Hand über sein Gesicht. Es konnte ja doch nur ein Traum sein!

Er ging dann weiter und blieb wieder stehen; er atmete rascher; seine Pulse begannen wild zu schlagen, sein Atem stockte und es war ihm, als ob ein Schwindel ihn in der nächsten Minute befallen müsse ... was war das, was bedeutete das, was bedeuteten diese Gestalten, die jetzt, schon eine kurze Strecke unter ihm, an der Bergwand von allen Seiten aus dem Gebüsch zusammen kamen, zu der Terrasse niederstiegen – eine ganze Schar, alle kaum halbgewandet oder nackt, trotz leichter flatternder Hülle – was wollten sie da unten, weshalb ließen sie sich da auf den Teppichen nieder, lehnten sich, die eine in dieser, die andere in jener Stellung aneinander, hier vereinzelt, dort zu fünf und sechsen gesellt? Und nun, wurden da in der Tat Lichter angezündet, die aufgestellten Feuerschalen entflammt, ein plötzlicher greller Schein hervorgezaubert, um, während zugleich aus dem Garten eine schmetternde Jagdfanfare erscholl und dann in eine sanfte Musik überging, diese nackten Weiber zu beleuchten?

So war es; es war wirklich so. Eine große Bewegung entstand drüben in dem Festsaale, wie Bruder Martin durch die erleuchteten Fenster wahrnehmen konnte – Alles stürzte aus demselben auf die davor liegende Terrasse, lachte, klatschte, ließ hundert Bravos erschallen.

»Brava, Bravissima, Diana und ihre Nymphen!«

*Montium custos, nemorumque, Virgo!*
*Diva triformis!*

vernahm Bruder Martin – es war als ob Signor Sylvestro es rufe; zahllose andere Rufe folgten.

Die Worte gaben ihm etwas wie einen Schlüssel zu dem, was unter seinen Augen vorging; es war eine Darstellung des Jagdlagers der Diana und ihrer Jägerinnen, ein lebendes Bild, wie wir sagen würden, das Messer Agostino Chigi anordnen lassen und das auf seiner Terrassenhöhe, vor dem Hintergrund des grünen Buschwaldes, mit geschickt angeordneter Beleuchtung von drüben, von unten her malerisch und zauberhaft genug anzublicken sein mochte; woher sonst der laute Jubel, mit dem es aufgenommen wurde, und der sich ins Enthusiastische steigerte, als die Flammen in den Feuerbecken begannen in einem anders gefärbten Feuer zu strahlen und bald purpurn, bald violett, bald grün aufzulodern.

Von oben, vom Standpunkt Bruder Martins gesehen entbehrte das Bild der Göttin der Jagd mit ihren Nymphen, mit ihren Speeren, ihren Hunden, dies Gewirr nackter Leiber und Glieder mit allerlei farbigem Faltenwurf leichter Hüllen dazwischen ganz des Zaubers, den es für die unten Stehenden hatte; es fehlte der Sinn im Ganzen, den nur die rechte Anordnung, das rechte Licht geben konnte; wären die Klänge der Musik nicht gewesen, welche für Bruder Martin wie etwas das Krasse der Szene Milderndes waren, die es so zu sagen der gemeinen Wirklichkeit entrückten und aus dem wirklichen Leben ins Land des Traumes hoben – er hätte nicht einmal die leiseste Erregung der Sinnlichkeit dabei gefühlt, er wäre einfach empört, entsetzt worden.

Und doch empört, entsetzt war er auch so; er stand und schaute starren Blickes auf das ganze Bild da unten vor ihm hinab ... wie lange es dauerte, dies Schauspiel, er hätte es nicht zu sagen gewußt; er nahm nur mit einem Male eine sehr plötzlich in das Lager der Nymphen geratene Aufregung wahr – sie zuckten zusammen, leise Schreie wurden laut, einige sprangen auf, zogen, was sie an Gewand an sich trugen, eng um sich her; die anderen folgten ihrem Beispiel – es waren dicke niederfallende Regentropfen, die auf die nackten Schultern und Rücken aufschlagend, so plötzlich den panischen Schrecken in dies Lager geworfen. Sie rauschten jetzt schon über Bruder Martins Haupt in den Blättern der Bäume. Diana und ihre Nymphen stoben davor auseinander, nach rechts und links hin suchten sie Unterkunft in den beiden Pavillons am Ende der Terrasse und waren nach wenig Augenblicken hinter den Vorhängen derselben verschwunden.

Das Gewitter, welches die dunkel sich zusammenballenden Wolken angekündigt hatten, schien ausbrechen zu wollen – sein erster Gruß waren die dick niederschauernden Tropfen. Ein die Wipfel der Bäume kräuselnder Wirbelwind fuhr von oben her über die Bergseite. Bruder Martin stieg langsam an derselben nieder, um im Hause Schutz zu suchen. Er kam auf die Terrasse unter ihm, und quer über die ausgebreitet daliegenden Teppiche schreitend, hielt er plötzlich inne, um zu einem aufzuckenden Blitzstrahle empor zu schauen.

Er fühlte zugleich, daß das Niederfallen der Tropfen aufgehört hatte; nur ein zweiter Windstoß kam und bewegte heftig die in den Feuerbecken zur Rechten und Linken lodernden farbigen Flammen.

So blieb er stehen und die Arme über der Brust verschlingend, sah er zum Himmel auf, wie erwartend, daß ein zweiter Blitz kommen werde seine Zacken an die schwarzdunkelnde Himmelswand zu schreiben.

Der Blitz kam; er zerriß jäh und schmetternd die Wolkenmassen bis auf die Erde hinab, und ein dumpfer Donner grollte ihm nach. Bruder Martin streckte unwillkürlich die Hand aus, wie in einer Wallung zorniger Freude über dies Schmettern, das er wie einen schreckenden Gottesruf hätte in diese Welt zu seinen Füßen schleudern mögen.

»Sieh doch den Mönch da oben«, sagte unterdessen auf der unteren Terrasse am Hause einer der Gäste sich rückwärts wendend zum andern.

»Ah!« rief dieser aus, »wie fahl der Wind die blaue Flamme der Feuerschale über ihn wirft!«

»Und jetzt, wo der Blitz über ihn dahin zuckt, – er steht da wie eine dräuende Vision.«

»Wie dräuend er die Hand wider uns ausstreckt!«

»Girolamo Savonarola, der im Feuer wiederkehrt!« rief lächelnd ein Dritter.

»Seine Blitze in unser Fest zu schmettern.«

»Nicht doch«, fiel eine Stimme in ihrer Nähe ein – es war die Signor Callisto's – »diese dräuende Gestalt da oben auf der Höhe, die Euch wie eine Vision erscheint, ist nur ein deutscher Mönch, der Bruder Martin Luther aus Wittenberg«.

## 22. Familienleben im Hause Savelli.

Am Abend des Tages, an welchem Egino mit Corradina gesprochen und jenen Brief geschrieben, der, wie wir sahen, erst am anderen Tage in die Hände Bruder Martins gekommen, am Abend dieses Tages befand sich Egino im Garten seines Klosters.

Es war nach der Abendmahlzeit der Mönche, die sich bereits zur Ruhe begeben hatten; nur aus wenigen der Zellen schimmerte noch ein mattes, rötliches Licht; vielleicht waren es die »Gelehrten« des Ordens, die da bei ihren Büchern wachblieben und der frühzeitigen Ruhe das wache Gedankenleben vorzogen, in welches ihre theologischen Untersuchungen sie führten.

Die größte Stille herrschte in dem Garten. Aus der weiten Ebene her, in welche sich, nachdem er die Felsenwand des Aventin gespiegelt hat, südwestwärts der Tiber wirft, um dem Meere zuzuziehen, kam der Abendwind und säuselte in den Lorbeerwipfeln des Klostergartens und pfiff leise gedehnte Klagetöne durch die alten Zypressen, die an der Mauer entlang standen. Heimchen zirpten, zuweilen läutete eine Glocke oder schlug eine Uhr in einem der vielen Hunderte von Türmen der schlummernden ewigen Stadt; sonst aber war alles lautlos und die Luft so klar und still, daß man das Plätschern des Springbrunnens vernehmen konnte, der drüben im Quaderraum des Kreuzganges rauschte.

Wie am gestrigen Abend war auf dem Balkon an der Savellerburg die Fenstertür geöffnet, drang Licht aus dem Innern.

Aber Corradina erschien nicht wie am gestrigen Abend auf dem Balkon. Egino starrte von seinem früheren Platz auf der Brunnenschale aus hinüber und wurde nicht müde hinüberzustarren; die Zeit verging; Corradina erschien nicht. Statt dessen bemerkte er ein paarmal einen Schatten an der Tür vorübergleiten, der auf einen Augenblick das Licht verdunkelte, welches auf einen Teil des Balkons hinausfiel; nur einen raschen Augenblick; jedoch es mußte jemand sehr schnell durch das Gemach schreiten.

Einmal glaubte er Stimmen von daher durch die Nacht schwirren zu hören. Gewiß, er hatte sich getäuscht. Alles versank wieder in die frühere Stille. Da vernahm er sie noch einmal, deutlicher ... und dann – war das nicht etwas wie ein zorniges Aufschreien oder gar wie ein Hilferuf?

Nein, es erstarb alles wieder. Es war sehr töricht sich darum zu beunruhigen. Der Schatten glitt auch nicht mehr wie vorher an der offenen Tür vorüber. Doch zog es Egino näher hin. Er schritt am Kloster entlang und kam bis zu der Mauertür, welche in den jenseits liegenden Garten führte. Sie war wieder verschlossen wie gestern. Noch einmal blickte er prüfend zu der Mauer auf, zu den Zypressen, welche an ihr entlang standen.

Daß diese Zypressen auch so eigensinnig ihre Äste an sich legen mußten! Hätten sie sich ausgestreckt, wie andere Bäume ihre Äste von sich strecken, so wäre es leicht möglich gewesen an einem starken Zweig sich auf den Rücken der Mauer zu helfen. Egino grübelte über die Möglichkeit dazu nach, denn trotz aller drüben in der Burg eingetretenen Stille hatte seine Unruhe nicht aufgehört.

Plötzlich schlug er sich vor die Stirne, indem er murmelte:

»Wie dumm bin ich! Wenn kein Ast sich freiwillig über die Mauer erstreckt, so muß man einen derselben zwingen sich dahin zu biegen.«

Er schwang sich gewandt an dem Stamm, der ihm am geeignetsten schien, hinauf und kletterte, was wegen der zahlreichen, an dem Stamm aufsteigenden Äste sehr leicht wurde, höher empor, als die trennende Mauer war. Dann kletterte er an einem jener Äste hinauf, bis dieser unter der Last sich bog; nun ließ er sich mit ihm niedersinken. So gelang es Egino ein Bein über den Mauerrand zu strecken, und ein leichter Schwung reichte nun hin, um rittlings auf der Mauer zu sitzen.

Egino sah in den Garten der Burg hinab, der verlassen da lag wie der des Klosters. Wenn er, die Hände an den Mauerrand klammernd, sich hinabließ, so war die Höhe nicht mehr so bedeutend, um nicht ganz ohne Gefahr auf den Boden springen zu können. Dann aber zur Rückkehr wieder über die Mauer zu gelangen, war freilich schwerer; es standen keine hilfreichen Zypressen an der Seite des Burggartens.

Obwohl sein Standpunkt jetzt dem Balkon und dem erleuchteten Gemache mit der offenen Fenstertür um vieles näher war, so entging ihm doch jeder Ton von gewechselten Stimmen; nur sah er auf's neue von Zeit zu Zeit den rasch bewegten Schatten vor dem Lichte im Innern des Gemachs vorübergleiten.

Er hatte eine Weile so gesessen, als dieser Schatten, wieder auftauchend, das auf den Balkon fallende Licht wieder verdunkelnd, sich plötzlich zu einer Gestalt verdichtete und in den Rahmen der Fenstertür trat.

Es war eine männliche Gestalt, ob jung oder alt, Egino konnte es wegen der Entfernung und Dunkelheit nicht unterscheiden, auch bewegte sie sich zu rasch; sie trat, offenbar erregt, bis an die Brüstung des Balkons vor und rief, das Haupt zurückwendend, in die offene Tür hinein:

»Dein Wille! Weiberwille! Du wirst die folgende Nacht im Castell Savello zubringen!«

Ein in die Nacht hineingeworfener Fluch folgte diesen Worten, während deren der Mann sich mit den Armen auf die Brüstung des Balkons legte.

Egino zitterten diese Worte durch die Seele, sie gingen wie ein Schwert durch ihn. Die Stimme kannte er. Er hatte sie bereits einmal vernommen. Aber nachzusinnen, wem sie gehöre, hatte er die Muße dazu? Genug, die Stimme war zornig drohend, gewaltdrohend – es war genug; es riß ihn fort da oben hinauf an die Seite des Weibes, das der Gewalt ausgesetzt war. Im nächsten Augenblick hatte er sich so lautlos wie möglich hinabgelassen von seinem Mauerkamm und flog unten an der Mauer entlang und in ihrem Schatten der Terrasse, dem offenen Eingang in den Stiegenturm, zu; dann erklomm er sachte die Stufen, ihrer zwei zumal überschreitend, und stand oben auf dem Balkon.

Die Gestalt, die sich noch eben auf die Brüstung desselben gelegt, war bereits verschwunden. Sie war wieder ins Innere getreten. Zu Eginos Glück, da sie sonst seine Bewegungen im Garten unten wahrgenommen haben müßte.

Und zu seinem Glück auch war der Stimmenwechsel drinnen jetzt so laut, daß er ohne alle Sorge gehört zu werden, bis dicht an die offene Tür treten konnte.

Hier mußte er innehalten. Sein Herzschlag drohte ihn zu ersticken. Er mußte Atem schöpfen. So hörte er die folgenden Worte, die die Stimme Corradinas sprach:

»Tor, der Du bist! Höhn' immerhin meinen Willen. Du hast, denk ich, genug von ihm gesehen, um ihn zu fürchten.«

»Was hab' ich von ihm gesehen?« rief spottend die Stimme des Mannes.

Es war die Livio Savellis.

»Was Du von ihm gesehen? Habt Ihr, Ihr alle, nicht jahrelang mit mir gerungen, mich zu knechten gesucht, mich mißhandelt wie eine Leibeigene, auf daß ich Deines Bruders Luca, dieses Elenden Weib werde? Hat mein Wille triumphiert oder der Eure?«

»Rühm dich dessen! Wäre nicht mein Vater mit seiner blödsinnigen Leidenschaft für Dich gewesen ...«

»Wohl denn, hat die blödsinnige Leidenschaft Deines Vaters über mich triumphiert, trotz allem, was sie aufgeboten mich zu brechen, oder hat es mein Widerstand, mein Wille?«

»Nicht Dein Wille hat es, sondern der meine, der Dir beistand.«

»Dein Beistand! Hätte ich alsdann den Entschluß zu fassen brauchen mich dem toten Luca antrauen zu lassen, um dadurch ein- für allemal den Werbungen Deines Vaters zu entgehen?«

»Mein Vater würde Dich den toten Luca nicht haben heiraten lassen, dessen sei sicher, wenn ich nicht gewollt, wenn Du bei diesem Entschluß nicht meine entschiedene Hilfe gehabt hättest.«

»Mag sein; es war töricht von mir diesen Beistand anzunehmen und dabei vorauszusetzen, Du handelst blos aus einem einfachen Egoismus, blos mit der Berechnung, daß Dein Vater gehindert werden müsse noch einmal ein Weib zu nehmen und vielleicht Dir Brüder zu geben, mit denen Du einst zu teilen haben würdest. Ich sehe jetzt, Du handeltest heimtückisch mit einem doppelten Egoismus ...«

»Allerdings«, lachte Livio ein wenig gezwungen auf, »ich handelte auch in der Hoffnung, daß eine Stunde kommen werde, wo ich mein Verdienst um Dich geltend machen könne. Madonna Corradina, was willst Du! Wir Menschen sind alle Egoisten, einfache, doppelte, hundertfache. Aber niemals, denke ich, hat ein Weib es einem Manne vorgeworfen, daß er, in Liebe für sie entbrannt, um sie wirbt und daß er sie besitzen will. Ich will Dich retten.«

»Retten und vor wem?«

»Kannst Du Dir nicht das selbst sagen?«

»Ich wüßte nicht, was mich bedrohte, was mich zwänge mich zu Deinem Beistande zu flüchten.«

»Du magst das so hochmütig aussprechen wie Du willst, es kann Dir dabei nicht wohl und ruhig ums Herz sein.«

»Ich versichere Dich, daß mein Herz sehr ruhig schlagen wird, sobald ich Dich gehen gesehen«, erwiderte Corradina.

»Ich nehme das Geständnis, daß meine Anwesenheit es unruhig schlagen macht, gern an«, antwortete Livio lächelnd. »Es wäre auch seltsam, wenn der Schlag des meinen es nicht ansteckte. Aber kannst Du aufrichtig sein, wenn Du sagst, Du fürchtest nichts, wenn Du allein in diesen weiten, öden, wie ausgestorbenen Gemächern der alten Burg bist, wo niemand zu Deiner Gesellschaft, zu Deiner Hilfe, zu Deiner Verteidigung Dir nahe ist?«

»Ich bin nicht allein; ich habe meine Dienstleute.«

»Welche mein Vater, der ja auch wollte, daß Du Dein Witwenjahr in diesem alten ausgestorbenen Hause zubringen solltest, Dir aussuchte! Sie werden Dir ein großer Beistand sein!«

»Weil Dein Vater sie mir aussuchte?«

»Corradina«, rief Livio jetzt mit erhobener Stimme, »Du kannst nicht von so törichter Einfalt sein, wie Du Dich stellst. Du kennst meinen Vater genug, um zu wissen, was Du von seiner Leidenschaft für Dich zu befürchten hast.«

»Und was hätte ich von ihm zu befürchten?« sagte Corradina mit einer Stimme, worin sich Spott und Verachtung mischten.

»Alles, Törin, geradezu alles! Und seltsam, daß Du den Schein annimmst, als fürchtetest Du ihn nicht! Wenn Du ihn fürchtetest, weshalb griffest Du zu dem Auskunftsmittel, dem grauenhaften Auskunftsmittel, das eine unübersteigliche Schranke zwischen Dir und seinem Verlangen Dich zu seinem Weibe zu machen, aufrichten sollte? Sprich. Weshalb erklärtest Du, als Luca im Sterben lag: Ihr habt mich um meines Erbes willen mit ihm verkuppeln wollen. Ich habe mich widersetzt, weil ich ihn verabscheute. Jetzt, wo er sterben wird, laßt mich mit ihm trauen – ich bin dann Euer und mein Erbe ist es! Ja, weshalb bliebst Du bei diesem Entschluß, als während der Zurüstung zu dieser Trauung, der sich mein Vater gern widersetzt hätte und es doch aus Furcht vor mir nicht wagte, Luca uns unter den Händen starb?«

»Du weißt, Du hast es gesagt, weshalb ich es tat. Weil ich Deines Vaters Zudringlichkeiten ein Ende machen wollte. Und auch, weil ich überhaupt keines Mannes Weib werden wollte – keines auf Erden. Ich weiß, daß jetzt, wo ich Lucas Witwe bin, Ihr dafür sorgen werdet, daß kein anderer, kein Fremder sich mir mit Anträgen und Bewerbungen naht und Euch entzieht, was Ihr einmal zu dem Eurigen gefügt habt.«

»Mag sein, mag sein, in Einem aber hast Du Dich verrechnet.«

»Und worin?«

»Wenn Du glaubtest, ein Schritt, der meinem Vater die Möglichkeit abschnitt Dich zu seinem Weibe zu machen, würde seiner Leidenschaft ein Ende machen. Hegtest Du wirklich diesen Wahn? Die Liebe eines jungen Mannes ist eine Glut, die erlischt, wenn sie keine Nahrung findet, die Liebe eines alten Mannes ist ein Stück Höllenflamme, die verzehrt und doch nicht tötet, die nie erlischt, die kein Gewaltmittel ausrottet, die vor keinem Gewaltmittel scheut, die zu Handlungen des Wahnsinns treibt. Glaub' mir, Corradina, hast Du früher meinen Vater zu fürchten gehabt – jetzt fürchte ihn mehr!«

Corradina schwieg.

Das stumme Achselzucken, das stolze Zurückwerfen des Hauptes, womit sie auf Livios Rede antwortete, konnte Egino nicht wahrnehmen.

»Du bist allein«, fuhr er fort, »hier in den öden Gemächern, in denen man Dich töten könnte, ohne daß Dein Hilferuf ein menschliches Ohr erreichte, als höchstens das Deiner alten Zofe, die bei der ersten Gefahr davonlaufen würde. Kann es Dein Verlangen sein an diesem Orte zu bleiben?«

»Es ist es!« antwortete sie ruhig.

»Dein Verlangen«, sprach er heftig weiter, »hier Deine Tage in grauenhafter Einsamkeit zu verträumen? Du wirst auf Castell Savello alles finden, was Dir angenehm die Zeit verkürzen kann; ich werde mein ganzes Leben Dir opfern, alle meine Stunden werden Dir geweiht sein. Wir werden unsere Freunde dahin laden, wir werden Feste geben, wir werden im Albanergebirge den Hirsch jagen, auf dem See von Nemi Regatten halten ...«

»Gute Nachbarschaft mit den Colonna zu Palliano pflegen«, warf Corradina spöttisch ein.

»Auch das, wenn Du es willst«, versetzte Livio kühl. »Mein Weib weiß, daß sie das Anrecht verloren hat wider meine Neigungen Einspruch zu erheben. Mein Weib!« setzte er mit einem eigentümlichen Ton der bittersten Verachtung hinzu.

»Dein Weib, Livio, war einst gut und edel! Sie war eine stolze Natur, zu stolz für das Unreine. Du hast ihr den Stolz gebrochen, und was sie nun ist, das ist zunächst Dein Werk – dann freilich auch das Eurer Sitten, des Tuns und Treibens von Euch Allen. Und weißt Du, daß ich mir ein Beispiel an ihr genommen?«

»Du? Ein Beispiel an ihr?«

»Ja, an ihr, an ihrem Schicksal. Ich habe mir gesagt: ich will nicht über mich ergehen lassen, was über sie ergangen ist. Ich will nicht. Ich will nicht das Weib eines dieser Männer werden, von denen keiner besser ist wie Livio, wie sie alle. Ich will mich nicht von einem von ihnen beherrschen, zerbrechen, in den Schlamm ihrer Sünden treten lassen; ich kann nicht leben mit ihnen, ich will mir nicht das weiße Gewand meiner Seele abziehen lassen, um in die nackten Orgien ihrer sittenlosen Gedanken, den Schmutz ihrer Schwelgereien gezerrt zu werden. Ich habe Euren Glauben nicht, daß ich, wenn ich mir die Seele befleckte durch eine Sünde, nur einen Prete de Piazza zu rufen habe, damit er mir eine Messe liest oder irgend ein Kleinod vor der Madonna in Sant Agostino aufhänge oder mir einen Ablaß kaufe, und alles sei gut! Euer Gott mag dadurch mit mir versöhnt werden, aber ich selber werde dadurch nicht versöhnt mit mir. Und wie ich Euren Glauben nicht habe, kann ich nicht Liebe haben zu Euch. So wurde mein Handeln bestimmt. Es war nicht bloß die Hilflosigkeit des Augenblicks, was mich trieb, nicht blos, um Deinem Vater unmöglich zu machen mich zu seinem Willen zu zwingen. War ich einmal des toten Luca Weib und seine Witwe, dann war ich frei von jeder Bewerbung für alle Zeit. Ihr werdet von nun an schon Mittel finden jedes anderen Mannes Werben um mich ferne zu halten ...«

»Du wirfst mir das Letztere jetzt schon zum zweiten Male so bitter vor, daß es lautet, als ob es doch nicht sehr nach Deinem Sinne wäre«, entgegnete Livio spöttisch.

»Ich werfe Euch nichts vor als Eure Habsucht, die Habsucht, womit Dein Vater sich meines Erbes bemächtigt hat, womit Du mein Verbündeter wider Deinen Vater wurdest, damit ihm etwas unmöglich gemacht werde, was einst Dein Erbe schmälern könnte ...«

»Ich wurde Dein Verbündeter, Corradina, weil ich sah, daß es Dein Wunsch war, und Dein Wunsch mir über alles ging.«

»Mein Wunsch ist, daß Du mich verläßt, daß Du nie wieder zu mir sprichst wie heute, daß Du mich hier still und friedlich die Tage meines Witwenjahres abspinnen läßt; hörst Du, Livio, das ist mein Wunsch, laß Dir's gesagt sein, zwinge mich nicht mich in irgend ein Kloster zurückzuziehen, die Klöster sind mir verhaßt, und jetzt geh!«

»Noch nicht. Ein Friede wird nur geschlossen, wenn jeder etwas von seinem Willen nachläßt. Beuge Du Deinen Willen dem meinen darin, daß Du mir nach Castell Savello folgst, dann will ich dort den meinen dem Deinen beugen und Dich nicht mit meinem Werben bestürmen.«

»Ich wäre sehr töricht, wenn ich Dir glaubte.«

»Ich will Dir's schwören.«

»Ich glaube nicht an Deine Schwüre.«

»Auch nicht an die Gefahr, die Dir hier droht?«

»Ich glaube an die Gefahr, aber auch an meine Kraft ihr zu trotzen.«

»Wille, Kraft, Trotzen – fürwahr, Du zeigst am besten, daß Du nichts wie ein schwaches Weib, just durch den Übermut, womit Du mit diesen Worten um Dich wirfst! Wenn ich Deinen Trotz nun verlachte und Deinen Willen mit Gewalt bräche? Laß sehen Deine Kraft!«

Er trat dicht an sie heran und streckte den Arm nach ihr aus.

»Rühr mich nicht an oder ich rufe um Hilfe!«

»Ruf, Du wirst sehen, ob man Dich hört!«

Er ergriff sie am Oberarm, aber blitzschnell hatte sie sich ihm entwunden und floh auf den Balkon hinaus.

»Du kannst hinunter eilen«, rief Livio, ihr hastig nachschreitend, »aber der Garten ist abgeschlossen.«

»Ich kann mich über die Brüstung stürzen und mich töten«, versetzte Corradina, an diese tretend, »vielleicht auch Dich hinunter schleudern.«

»Dazu«, rief er zornig und den Arm ausstreckend, um sie zu umschlingen und zurück zu reißen, »dazu reicht Deine Kraft nicht aus!«

»Aber die meine, denk ich!« sagte hier Egino, aus dem Schatten auftauchend und plötzlich dicht neben Livio stehend, den er ebenso plötzlich mit einem kräftigen Faustgriff am Nacken gefaßt und an sich gerissen hatte.

»Graf Ortenburg ... Ihr?« rief erschrocken, nach Atem ringend, Corradina. »Ihr seid's? O laßt, laßt!«

Sie rief dies, weil Egino jetzt auch mit seiner anderen Hand Livio in der Seite gepackt hatte und ihn wie eine leichte Last empor hob, als wolle er ihn in der Tat über die Brüstung des Balkons in die Tiefe hinunter schleudern.

»Laßt, laßt!« rief sie, mit beiden Händen den Arm Eginos erfassend, wie um diesen von seinem Opfer loszureißen. »Ich befehle es Euch!«

»Wenn Ihr bef...«

Egino vollendete nicht, er fuhr plötzlich zusammen. Livio, der die Hände frei behalten, hatte Zeit gewonnen, nach der ersten Bestürzung zu seinem Dolch zu greifen und damit einen Stoß zu führen; die Klinge wurde jetzt erst, im Lichtschein blitzend, sichtbar, als Livio sie zurückzog und wieder erhob, um Egino einen zweiten Stoß zu versetzen.

Egino wich ihm aus, zugleich mit der linken Hand, um sich zu stützen, nach der Brüstung tastend. Corradina war im selben Augenblick zwischen ihm und Livio.

»*Demonio!*« knirschte dieser mit den Zähnen. »Fort da oder Dich triffts mit ihm.«

Corradina hielt das Gelenk seines erhobenen Armes umspannt, sie rangen zusammen.

Das junge Weib schien in diesem Augenblick mehr Kraft zu besitzen als der Mann; dieser ließ den Dolch fallen und mit einer plötzlichen Wendung rannte er davon.

»Rettet, rettet Euch, Egino!« rief Corradina jetzt. »Er wird Leute holen und sie werden Euch töten, so gewiß, wie jene Sterne dort oben schimmern.«

»Wenn sie mich töten, so sterbe ich mit dem Gedanken, daß ich mein Leben für Euch lasse.«

»Was ist mir damit geholfen? O fort, nur fort ... flieht! ... Seid Ihr verwundet?«

»Hier in der Seite«, flüsterte Egino zurück. »Ich fühle keinen Schmerz, aber das warme Blut.«

»Und doch müßt Ihr fliehen, augenblicklich ... o mein Gott, welch Entsetzen ... wenn Ihr fliehen könntet, fliehen bis ans Ende der Welt, ich möchte mit Euch fliehen aus diesem Grauen. Doch fort, fort, hätte dieser Elende nicht selbst die Diener entfernt, sie wären schon da Euch zu morden.«

Sie erfaßte seinen Arm und zog ihn mit sich fort; er ging schwankenden Schrittes; jetzt, da er sich bewegte, fühlte er einen heftigen Schmerz in seiner Seite.

Sie hatten den Eingang des Treppenturms erreicht, als er sagte:

»Soll ich da unten die Mauer übersteigen? Ich werde nicht dazu im Stande sein.«

»Nein, nein«, stieß sie hervor. »Kamt Ihr denn über die Mauer, nicht durch das Tor?«

»Das ist verschlossen, ich kam über die Mauer.«

»O mein Gott, wie schlimm das ist! ... Steht, wartet hier!«

Er lehnte sich, um nicht zusammen zu brechen, an die Wand, neben dem Eingang zum Treppenturm; sie flog zurück. Nach wenigen Minuten war sie neben ihm.

»Ich habe den Schlüssel«, sagte sie. »Nun fort!«

Auf sie gestützt, gelangte er die Treppe hinunter, dann durch den Garten; als sie glücklich das kleine Tor erreicht hatten, erklangen schon schwer hastende Schritte oben auf den Steinplatten des Balkons; mit zitternder Hand schloß Corradina das Tor in der Mauer auf und schob Egino hindurch, drückte ihm den Schlüssel in die Hand und hastig stieß sie die Worte hervor:

»Nehmt, nehmt den Schlüssel mit, sonst entwindet man ihn mir.«

Dann schlug sie die schwere kleine Tür hinter Egino zu.

Livio und die Diener, die ihm folgten, kamen zu spät. Livio stieß Corradina von der Tür zurück.

»Den Schlüssel oder ich erdrossele Dich!« knirschte Livio in namenloser Wut zwischen den Zähnen, das Gelenk ihrer Hand wie eine Klammer zusammenpressend.

Sie riß die Hand zurück und sich zum Gehen wendend, sagte sie:

»Sucht ihn! Ich warf ihn weit von mir in den Garten hinein!«

Sie schritt davon.

Die Diener stürzten nach der Stelle im Garten, wohin sie ungefähr gedeutet. Zwei Leute mit flammenden Fackeln kamen jetzt über den Balkon geeilt. Die Diener unten riefen sie zu sich sie beim Suchen zu unterstützen. Livio stand mit zornig wogender Brust, tief aufatmend. Einen Augenblick sah er den suchenden Dienern zu, dann stieß er einen Fluch hervor.

»Dummköpfe!« sagte er. »Sie wird uns die Wahrheit gesagt haben!«

Und dann Corradina folgend, flüsterte er für sich:

»Also darum ihr Widerstand! Das war's weshalb sie so trotzig in diesem Hause bleiben wollte! Ein Mann versteckt in diesem Garten! *Corpo della Madonna!* Ein Mann, den sie liebt! Der Unglückliche! ... Zu den Mönchen jetzt!«

Livio rief den Fackelträgern; sie mußten vor ihm herschreiten, die Turmstiege hinauf, in die Burg zurück, durch Gemächer und Korridore, da oben endlich in den kleinen Gang, der die Burg mit dem Kloster verband. Im Kloster war alles in tiefe Ruhe begraben. Livio machte Lärm. Er weckte einige der Mönche. Verschlafen hörten sie ihn an. Laienbrüder kamen herbei. Man begann zu suchen; Eginos Zelle war leer; so eilte man in den Garten; hier fand man den Verwundeten ohnmächtig auf der Terrasse liegend, Livio verlangte, daß man ihn in seine Burg schaffe. Die Mönche nahmen ihn gegen Livio's Wut und wilde Todesdrohungen in Schutz. Während des Streites, der darüber entstand, trugen die Laienbrüder ihn in seine Zelle und holten den Padre Infirmario herbei. Livio's Befehle, Drohungen, Toben half diesen Mönchen gegenüber nichts. Er mußte wutschäumend zurückkehren. Er hatte nur durch den Lärm, den er gemacht, Egino vor dem Schicksal gerettet die Nacht über auf der Terrasse liegen zu bleiben und an seiner Wunde zu verbluten. Jetzt stand der Padre Infirmario hilfbeflissen an seinem Lager, wusch seine tiefklaffende Wunde, die in seiner linken Seite sich quer über mehrere Rippen erstreckte, und ließ sich vom Bruder Alessio Sonden und Verbandzeug zutragen.

## 23. Der Inquisitor ketzerischer Verdorbenheit.

Der Orden der Dominikaner hatte zwei Klöster in Rom, das von Santa Sabina und das untere in der Stadt, in der Nähe des Pantheons liegende Sopra Minerva.

In dem letzteren wohnte der General des Ordens, der ehrwürdige Fra Thomas de Vio, jener in Deutschland berühmt gewordene Mann, dem Papst Leo X. den Kardinalspurpur und das Bistum Gaeta verlieh, der als Kardinallegat Cajetanus auf dem Reichstage zu Augsburg sich so starr und unversöhnlich zeigte und der doch von der Berührung mit dem großen deutschen Reformator mit Gedanken heimkehrte, welche ihm selber später die Verurteilung seiner Schriften durch die Sorbonne zuzogen.

In dem Kloster von Santa Sabina war der höchste Würdenträger der Inquisitor Padre Geronimo.

Padre Geronimo war ein vollständiger Gegensatz zu dem schmächtigen, in jedem Zuge den Typus des Südländers tragenden Padre Eustachio. Er überragte diesen um einen halben Kopf; er war starkknochig gebaut, hatte ein volles rotbraunes Gesicht und hängende Wangen.

Padre Geronimo war ein Schweizer seiner Abstammung nach, aus dem rhätischen Teile Helvetiens.

Er stand am folgenden Morgen in dem Klostergange, der in die Kirche Santa Sabina führte, im Begriffe sich, vom Padre Eustachio begleitet, zum ersten Frühgottesdienst auf das Chor der Mönche zu begeben.

Auf diesem Wege war er aufgehalten, eingeholt worden von dem Herzog von Ariccia und seinem ältesten Sohne Livio.

Sie hatten sehr heftig auf ihn eingeredet, der Inquisitor hatte dann Padre Eustachio ausführlich berichten lassen und darauf gesagt:

»Ihr hört es. Padre Eustachio sagt es Euch, wie er schon gestern mir angezeigt hat, daß dieser Deutsche ein verkleidetes Mädchen mit sich über die Schwelle dieses Konvents, in die heilige Klausur gebracht hat. Seine ketzerischen Reden, seiner Absicht uns wie ein Wolf im Schafskleide zu täuschen, seiner Lüge nicht zu gedenken, macht jenes Sakrileg allein schon ihn unserem Inquisitions-Gerichte verantwortlich. Es ist keine andere Jurisdiktion, welche mit der unseren konkurriert; auch die Eure nicht; und hätte er auch zehnfach schlimmer Euer Hausrecht verletzt, Exzellenza, so würde ich nicht einwilligen können ihn Euch ausliefern zu lassen.«

»Wir müssen uns darein fügen«, sagte Livio darauf mit verdrossenem Gesicht, »wenn Ihr uns versprecht, daß die Art, wie Ihr mit Ihm verfahrt, uns eine volle Genugtuung gewährt.«

»Wir werden nach der Gerechtigkeit und nach dem Gesetze mit ihm verfahren; das Gesetz hat strenge Maßregeln wider die Hartherzigen und Unbußfertigen, milde wider die Bereuenden«, versetzte würdevoll und kühl der Groß-Inquisitor.

»Und die, welche in bloßer jugendlicher Leichtfertigkeit und Unbesonnenheit handelten«, setzte zu Boden blickend Padre Eustachio hinzu.

»Richtig – wider die Narren«, sagte Padre Geronimo.

Der Herzog von Ariccia sah mit seinem bewegten Gesichte, dessen Muskeln vor innerer Aufregung zuckten, mit den funkelnden, stechenden Augen das Ordenshaupt an. Er verstand diesen Mann nicht und die Kaltblütigkeit desselben stachelte in ihm die empörte Wut, den eifersüchtigen Haß, womit er augenblicklich Egino tausend Tode angetan sehen wollte. Er begriff nicht, wie diese Heiligen so kühl bleiben konnten, wo er, der Ritter, so sehr in Flammen stand.

Der Herzog von Ariccia dachte nicht daran, daß er, wenn auch ein Herzog, doch nur ein Laie war und daß die Kirche ihre Angelegenheiten ohne der Laien Einspruch und Rat zu ordnen liebt. Auch sagte er sich nicht, daß Egino einen natürlichen Schützer in Padre Eustachio besitzen müsse, dessen demütige und halblaut hingeworfene Äußerungen dem Padre Geronimo sehr viel mehr galten, als alle erhitzten Reden der beiden Savelli. Padre Eustachio hatte schon am gestrigen Abend dem Prior und dem Inquisitor gegenüber sein bisheriges Schweigen über Egino gebrochen; er hatte einen Verweis erhalten, daß er diese Mitteilungen nicht früher gemacht; er hatte durch seine Nachsicht mit dem jungen Manne eine Sünde auf sich geladen, aber diese Sünde menschlicher Teilnahme mit Egino, diese

Schonung und Milde wurde um so geringer und verzeihlicher, je geringer Eginos Verschulden war, und es war also nur natürlich, daß Padre Eustachio das letztere in mildem Lichte darstellte. Er hatte alles gesagt, was Egino anschuldigen konnte, aber er hatte auch nicht verschwiegen, daß er es als die Folge der sinnbetörenden Leidenschaft des jungen Mannes zu Corradina betrachte, und deshalb war der Groß-Inquisitor der ketzerischen Verderbtheit, der Heilige so kühl gegen das stürmische Andringen des Ritters.

»Haltet Ihr ihn für einen Narren«, rief dieser nach den letzten Worten des Mönchs aus, »ihn, der zu Euch in der Absicht kam, zum Dank für die Gastfreundschaft, die Ihr ihm gewährtet, einen der Eurigen anzuschuldigen und so Schmach und Schande über den ganzen Orden zu bringen?«

»So ist es«, sagte der Inquisitor, »das ist leider des jungen Mannes Verbrechen; aber da es nicht der verderbte Geist scheint, was ihn dazu getrieben, sondern die hinfällige Schwäche des Fleisches, die verstandberaubende Leidenschaft zu einem Weibe, auf deren Gewalt ja mehr als die Hälfte aller Sündhaftigkeit der Welt beruht, so müssen wir die Vergehen dieses Deutschen mit Milde richten.«

»Ich bin erstaunt über diese Eure Milde, Padre Geronimo«, fiel hier Livio ein; »mag seine Sündhaftigkeit beruhen auf welchem Grunde sie will, vergeßt nicht, daß die Frechheit des Übeltäters so weit ging sich einen deutschen Mönch zu bestellen, den er in unser Haus einführen wollte, heimlich, ohne unser Wissen ... was sollte dieser Mönch ... wozu war er bestimmt? Sollte er etwa diesen kecken Menschen mit der Corradina trauen? Wollte er sie alsdann entführen, wollte er fliehen mit ihr über die Alpen? Wider die Entführung ist Corradina in dieser Stunde gesichert, Eure Milde aber bei solchen Plänen und frechen Anschlägen scheint mir nicht am Orte!«

»Was am Orte, Graf Livio«, entgegnete Padre Geronimo, »müssen wir erwägen und danach beschließen, die wir des Mannes gesetzliche Richter sind.«

»Und wir, die wir so gut wie Ihr die durch ihn Verletzten und Beleidigten sind, haben dabei, sollt ich meinen, eine Stimme!« rief der Herzog aus.

»Gewiß«, entgegnete mit einem bejahenden Kopfnicken und väterlichem Tone der Inquisitor. »Ihr habt eine Stimme dabei, und wie Ihr seht, hören wir sie eben. Wann hätte unser Orden nicht auf die Stimme des Hauptes des Hauses Savelli gehört? Euch wurde, denk ich, noch unlängst ein Beweis, als wir Euch nach schweren Bedenken in jener Sache nachgaben und zu Willen waren, worin Ihr von uns so stürmisch einen Dienst verlangtet; Ihr wißt, in jener, durch einen unserer Brüder vollzogenen Trauung, die jetzt uns selbst Gefahren aussetzt, wie dieser Fall mit dem jungen Deutschen beweist.«

»Ihr müßt auch bedenken, Exzellenza«, bemerkte Padre Eustachio halblaut, »daß der junge Mann, um den es sich handelt, einem fürstlichen Hause in Deutschland anzugehören scheint und daß unser Orden jenseits der Alpen Häuser und zahlreiche Brüder hat, für die es nicht wohlgetan wäre sie der Rache mächtiger Herren auszusetzen.«

»Ah, bläst daher der Wind!« murmelte Livio verdrossen für sich.

Der Herzog sagte:

»Ich hoffe darüber Euch beruhigen zu können. Der junge Mensch ist nicht ohne Bekannte hier, und was seine transalpinische Fürstlichkeit und ihre Bedeutung, die Ihr fürchtet, angeht, so will ich Erkundigungen über sie einziehen.«

Damit wurde die Unterredung der Männer abgebrochen; die Savelli begaben sich in ihre Burg zurück und auf dem Heimwege sagte der Herzog:

»Diese Pfaffen! Sie haben kein höheres Interesse als ihre Herrschsucht! Darum entziehen sie uns den Menschen, der doch nach allem Recht unserer Jurisdiktion verfallen sein sollte; und wollen nicht handeln wider ihn, weil es aussehen könnte, als gehorchten sie uns dabei.«

»So ist es«, versetzte Livio. »Das Beste wäre, wir nähmen ihnen durch List oder Gewalt den Deutschen und machten ihn auf unsere Art unschädlich.«

»Am besten – aber es würde schwer sein!« entgegnete der Herzog. »Durch Gewalt? Ihre Gewölbe sind fest und offen einbrechen dürfen wir nicht. Und durch List? Ring Du an List mit solch einer Bande Pfaffen!«

»Der Pfaffenlist ist Weiberlist gewachsen.«

»Das heißt?«

»Ich denke mir, daß Corradina uns nicht abschlüge den Mann zu befreien, der ihretwegen in seine Lage geriet.«

»Welcher Gedanke!« rief der Herzog aus. »Ich will nicht, daß sie je wieder eine Silbe von diesem Menschen vernimmt.«

»Es will überlegt sein«, versetzte Livio sinnend und wie die Worte seines Vaters überhörend.

»Hörst Du, ich will es nicht!« wiederholte dieser laut.

»Was kann es helfen, daß sie nie mehr von ihm vernimmt, da sie doch genug an ihn denken wird? Überlaßt die Sache mir, Vater. Es ist am besten, dieser Mensch wird rasch beiseite geschafft, und da wir uns seiner nicht mit Gewalt bemächtigen können, müssen wir sehen ihn auf irgend einem Wege durch eine List aus der Mönche Hände in die unseren zu führen. Gewiß ist aber, daß er sich auf einem solchen Wege am liebsten und am meisten ohne Argwohn der Führung Corradina's überlassen würde.«

»Und kannst Du sie in seinen Kerker senden, daß sie ihn hinausführe und in unsere Hände liefere?«

»Darüber laßt mich nachsinnen!«

Vater und Sohn trennten sich.

Jener schritt durch die Burg, und im Hofe derselben angekommen, ließ er sich ein gesatteltes Pferd vorführen, um zu Callisto Minucci hinaus zu reiten und mit ihm jenes kurze Gespräch zu führen, dessen Inhalt wir kennen und das Callisto angetrieben hatte sich, wie wir sahen, an demselben Morgen noch besorgt in Egino's Wohnung zu begeben.

## 24. Gedanken eines deutschen Mönchs.

Egino's drei Freunde fanden sich, zwei Tage nach dem Feste Messer Agostino Chigis, wieder in Eginos Wohnung zusammen, jeder ohne eine Spur des Verschwundenen entdeckt zu haben. Sie redeten viel darüber, ob es anzunehmen sei, daß er in die Hände der Savelli gefallen, oder von den Mönchen gefangen gehalten werde. In jenem Falle war es leichter sich Auskunft über sein Schicksal zu verschaffen, als in diesem, wo es dem Dunkel und der Heimlichkeit verfallen war. Callisto war der Meinung, daß das Letztere der Fall.

»Der Herzog«, sagte er, »würde nicht seine Erkundigungen bei mir eingezogen haben, wenn Egino in seiner Gewalt wäre. Was kümmert ihn des jungen Mannes Sippe? Die Mönche aber haben Grund umsichtig zu sein. Ihre Klöster sind über die Welt zerstreut. Sind Eginos nächste Blutsfreunde mächtige Landherren, in deren Gebieten sich Klöster des Ordens befinden, so könnten diese letzteren schwer zu empfinden haben, was die Brüder in Rom an Egino sündigen. Diese Rücksicht kann einzig der Nachforschung des Herzogs zu Grunde liegen.«

Callisto berichtete dann, wie er, treu der übernommenen Aufgabe, seine stillen Nachforschungen nicht auf das Kloster beschränkt. Das einzig sichere Ergebnis, das er berichten konnte, war, daß Egino weder in die Kerker dieser Corte Savella, noch nach der Burg bei Albano geführt worden sei.

Bruder Martin hatte ein paar Ordensbrüder ins Vertrauen gezogen, die ihm zugesagt sich Brüdern des Ordens des heiligen Dominikus zu nähern und Kundschaft einzuziehen; er hatte von ihnen die Mitteilung erhalten, daß, wenn alles was zum Sant Ufficio gehöre, auch in Dunkel und Schweigen gehüllt bleibe, doch so viel sicher scheine, daß Eginos Sache bis jetzt nicht vor demselben anhängig gemacht sei.

Irmgard hatte umsonst bei Tage und fast mehr noch in den Stunden des späten Abends und des anbrechenden Tages den Aventin bewacht, umkreist und gehütet. Oft hatte sie sich von Götz begleiten lassen, oft auch war sie allein gegangen, von ihrer Unruhe umher getrieben. Sie sah bleich und überwacht aus. Die Knabenkleider, welche sie alsdann ihrer Sicherheit wegen trug, waren ihr weit und faltig geworden. Ihre Augen hatten etwas eigentümlich Unstetes; die Sonne, die Luft, die innere Unruhe, die sich in ihr Antlitz gelegt und ihm einen gespannten Ausdruck gegeben, hatten ihre hübschen Züge zerstört; sie war sehr entstellt.

Sie redete wenig in der Zusammenkunft der Freunde Eginos, die fürchterliche Vorstellung hatte sich in ihr festgesetzt, daß Egino ermordet sei.

»Es ist nur *ein* Weg«, sagte sie, »uns sichere Auskunft zu verschaffen, der zu der Frau zu dringen, um derentwillen Egino alles gewagt hat. Sie kann nicht gleichgültig bei seinem Schicksale sein; sie muß wie wir, wünschen ihn gerettet zu sehen, und wenigstens ist sie uns Wahrheit schuldig.«

»Ihr habt recht«, versetzte Callisto; »allein ich würde Euch nicht raten den Versuch zu machen zu ihr zu gelangen. Ich habe bereits meine Gattin, Donna Ottavia, gebeten sich in die Burg auf dem Aventin zu begeben und dort zu verlangen, daß man sie zu der Donna Corradina Savelli führe. Donna Ottavia hat meine Bitte erfüllt. Aber man hat sie schroff zurückgewiesen. Die Gräfin Corradina sei nicht in der Burg, nicht in Rom, hat man ihr gesagt; sie sei nach dem Schlosse bei Albano gezogen. Da ich nun weiß, daß dies nicht der Fall ist, so ist klar daraus zu erkennen, daß man Corradina in einer Art Abgesperrtheit oder Gefangenschaft hält, und hieraus geht dann wieder hervor, daß man sie beargwöhnt.«

Irmgard antwortete nicht; sie faltete ihre Hände im Schoße und blickte sinnend nieder.

»Das Schlimmste ist«, fuhr Callisto fort, »daß wir nicht die geringste Aussicht haben die Verwendung irgend eines mächtigen und hochgestellten Mannes zu gewinnen. Der heilige Vater selber greift da nicht ein!«

»Und ich, und ich!« sagte Irmgard in tiefer Verzweiflung leise vor sich hin, »die ihn durch ihren Rat, durch ihre Beihilfe in all dies entsetzliche Unglück brachte!«

»Was sagtet Ihr?« fragte Bruder Martin.

»Daß wir selber ihn retten müssen, wir, wir, seine einzigen Freunde, wenn es nicht zu spät ist!«

»Nein, nein, das ist es nicht, glaubt mir«, fiel Callisto ein; »Egino ist in der Haft der Mönche und die Mönche, wenn sie quälen, quälen lange! Sie übereilen nichts.«

Das Gespräch endete mit dem Gelöbnis der drei Versammelten nicht ablassen zu wollen in ihren Forschungen und sich nach einigen Tagen in Egino's Wohnung zu weiterer Beratung wieder zusammenfinden zu wollen. Dann gingen sie auseinander, Irmgard allein dem kleinen Hause auf dem Quirinal zu, in welchem sie mit ihrem Oheim eine Wohnung gefunden, Callisto und Bruder Martin zusammen, da Callisto, um nach Hause zu gehen, ja an Martins Wohnung in Santa Maria del Popolo vorüber mußte.

Sie gingen eine Weile schweigend nebeneinander.

»Wenn sie mir hier das reine edle Blut, diesen deutschen Fürstensproß auch noch zu Schanden machen«, rief Bruder Martin nach einer Weile tief aufatmend aus, »so, so ...«

»Ihr vollendet nicht!« sagte Callisto.

»Wozu soll ich's, Signore Callisto«, versetzte Bruder Martin. »Ihr versteht's doch nicht, was hier ein deutsches Gemüt um und um kehrt. Seit Ihr mich in den Sündenpfuhl Eures Festes von neulich führtet, ist's mir, als müßt' ich auch Euch hassen.«

Signor Callisto lächelte ruhig und überlegen, als er antwortete:

»Trag ich die Schuld, guter Frate, wenn Ihr so vieles in dieser ewigen Stadt, die doch darum immer die ewige bleibt, anders findet, als Ihr ehrlichen Deutschen es Euch daheim vorstellt?«

»Ja, so ist's«, fiel Bruder Martin bitter ein. »Man sollt' uns verbieten gen Rom zu pilgern. Es ist vieles anders hier, als wir's glauben in Deutschland. Es geht wie ein tiefer Riß mir durchs Gemüt, nun ich's so recht wahrnehme, wie die Menschen in Rom leben. Wie die, so die Gewalt haben, tun wie die Heiden, und die, so da denken, denken wie die Heiden. Ihr selber ja auch. Es ist, als sei in einem schönen und leuchtenden Palast, erbaut für den edlen und milde herrschenden Landesvater, eine Räuberbande eingezogen und hause darin und regiere von dort das Land. Und da wie die Herrschenden die Völker tun, so ist kein Zügel mehr und fast keine Hoffnung! Das verwirrt mir die Sinne und wenn ich in meiner stillen Zelle sitze und das, was ich erlebe hier, an mir vorüberziehen lasse, dann preßt es mir die Brust zusammen und aufstöhnend ruf' ich aus: Herr, Herr, was muß geschehen, um die Räuber zu vertreiben, die in Dein Heiligtum gebrochen und aus Deinen Kelchen zechen und aus den Altarschalen sich in Wein berauschen? Und weil's mir den Odem benimmt, eil' ich hinaus ins Freie, auf die verödeten Höhen und werfe mich da nieder und schaue hinab auf diesen großen Grabstein der Geschichte – dieses Rom! Ist es bestimmt auch der Grabstein für alles das zu werden, was den religiösen Zusammenhang der Menschheit mit ihrem Gott ausmacht? Soll der Glaube begraben werden da, wo die Apostel begraben sind? Im Schatten des Petersdoms? Sollen die Basiliken einst dastehen, den Winden und den Wettern preisgegeben, von den Stürmen ihrer Dächer beraubt, mit wilden Ranken umkleidet, der Marmor ihrer Fußböden von üppigen Nesseln überwuchert, so wie heute die Tempel von Pästum und von Agrigent dastehen – Monumente einer gestorbenen Gedankenwelt, Grabmäler von Vorstellungen, die wir nicht mehr begreifen?«

Callisto blickte ihn überrascht über die Wärme dieses Ausbruchs an.

»Und wenn es dahin käme?« sagte er dann ernst und wie sinnend. »Die Kirche ist eine weltliche Bildung geworden und alles Weltliche, Irdische zerfällt, alles!«

»Ihr sagt das so ruhig! O denkt es Euch doch – die Welt entchristlicht! Denkt es Euch! Die Kirchen nur noch Ruinen! Die Glocken verstummt – keine mehr, die Euch den Abendsegen zuläutet, keine mehr, die Euch mit allen Brüdern zum Liebesmahle ruft; keine Osterglocken mehr, die Weihung und Trost Euch ins Leben läuten; keinen Choral mehr, der über Eurem Grabe von der Verheißung der Auferstehung spricht; keinen Ton mehr, der in Euer drangvolles Leben aus dem ewigen Reiche des Glaubens herüberklänge; kein Priestertum mehr, das Euren Eintritt ins Leben, keines, das den Bund Eurer Liebe segnete, keines, in dessen verschwiegener Brust Ihr eine Schuld ausschütten könntet! Keine Rede mehr von Gott, vom Jenseits, von der Vaterhand, die uns leitet! Welche Welt! Die Menschheit wäre wie ein Instrument, von dem die tönenden Saiten abgerissen. Eine Welt ohne Klang ...«

»Dem Instrument Menschheit hat nicht blos der Glaube Saiten aufgespannt«, antwortete Callisto. »Es gibt noch mehr Saiten, die in der Menschenseele tönen.«

»Und welche sollten es sein?« fragte Bruder Martin, rasch einfallend. »Saiten ja, aber nur die Religion gibt ihnen Klang.«

»Mag sein! Die Religion, ja! Aber Ihr ahnt ja selbst, daß das Wesen, was sich heute die Religion nennt, die offizielle, scholastische, dogmatische Religion Roms, die Welt dahin führt, daß, wie Ihr sagt, eines Tages die Basiliken dastehen wie die Tempel von Pästum heute. Und diese Eure Ahnung ist ganz dieselbe, die auch in mir lebt. Seht Euch hier um. Noch ist das Volk wohl dressiert. Es betet seine Rosenkränze, es wandelt seine Prozessionen, es kniet und besprengt sich mit Weihwasser. Es hört Messen und geht beichten, es greift in den Säckel und bringt Opfer und zahlt Ablässe. Das alles, alles ist Dressur. Das Mittel der Dressur – beim Hunde ist's die Peitsche, beim Volke die Höllenstrafe. Die Peitsche ist etwas Wirkliches, die Hölle nur eine Vorstellung. Die Vorstellung wird eines Tages fallen. Das Volk wird lachen über die Hölle. Und dann? Das Mittel der Dressur ist für immer hin.«

Bruder Martin antwortete nicht; er schritt, schweigend vor sich blickend, weiter.

»Es beschleicht mich«, fuhr Callisto nach einer Pause fort, »der Gedanke zuweilen, als sei Christus mit seinem liebenden Drange der Menschheit die Wahrheit zu bringen, zu früh zur Welt gekommen. Es hätte die Menschheit länger ringen müssen durch eigene Kraft zu schöner humaner Bildung zu kommen. Ein durch Bildung verfeinertes Geschlecht hätte ihn verstanden. Jetzt hat die Welt ihn nicht begriffen und er ist tot für sie. Die Priester haben das Ihrige getan ihn, den rechten, lebendigen wahren Christus tot zu machen. Die Kirche zieht zu Felde, wie die Spanier mit dem toten Cid, mit einem toten Feldherrn.«

»Und wer, wer vermag es der Welt den toten Christus wieder zu erwecken?« fiel Bruder Martin ein. »Es muß, es muß sich eine Kraft dazu finden, denn die Welt bedarf des Christus! Nur durch ihn kann sie gerechtfertigt, nur durch ihn kann sie sittlich werden!«

»Vielleicht«, sagte Callisto, »findet die Menschheit einst ein anderes Gesetz, auf dem sich ihre Sittlichkeit auferbaut. Wer weiß es! Seid Ihr aber so felsenfest überzeugt, daß sie für ihre Sitte Christi bedarf, so dürft Ihr auch getrost annehmen, daß Gott sie nicht lange mehr ohne jene Kraft läßt, welche ihn auferweckt. Vielleicht äußert sich diese Kraft nur dadurch, daß sie ein einziges großes Wort ausspricht. Daß sie statt der Furcht, welche die Menschen dressiert, die Liebe, welche sie nicht durch Furcht in die Kirchen, sondern durch ihres Herzens Drang an die Brust Christi zieht, zum Gesetz zu machen weiß. Solch ein Wort ließe dann ins Ohr der Menschheit wieder alle Osterglocken, die über den wiedererstandenen Christus jubelten, tönen und ein großes und mächtiges Gottesgefühl zöge wie ein volles Geläut über die Menschheit hin, sie hätte ihre Musik wieder, ihre Stimme aus dem Ewigen!«

»Christus konnte die Toten erwecken«, sagte Bruder Martin halblaut und, wie es schien, ergriffen, denn seine Stimme zitterte merklich. »Sollte ein Mensch den toten Christus erwecken können?«

»Ein Mensch? Ein Mensch nicht, aber ein gotterfüllter Gedanke, den ein Mensch ausspricht. Die Welt hat solche Wunder gesehen.«

Sie gingen schweigend nebeneinander her; so kamen sie bis an das Kloster der Augustiner.

»Hier trennen wir uns«, sagte Bruder Martin, »doch habe ich eine Bitte an Euch.«

»Welche ist es?«

»Für das Mädchen, die Irmgard. Sie liebt Egino und der Gram hat sie krank gemacht. Wenn Eure Gattin sich ihrer annehmen wollte.«

»Gewiß«, fiel Callisto ein. »Donna Ottavia denkt mit mütterlicher Sorge an Eure arme Landsmännin. Sie hat ihr, wie Ihr wißt, bei einer trefflichen Frau, oben auf dem Quirinal, neben den Thermen des Constantin, eine passende Wohnung empfohlen und war bereits selbst da nach ihr zu schauen. Die Frau Giulietta ist ebenso redlich als verständig und sorgt aufs beste für ihre Mietsleute, sagt mir Donna Ottavia.«

»Ich danke Euch, Signore Callisto«, versetzte Bruder Martin, »und bitte nur noch um den Trost baldigen neuen Zuspruchs Eurer

Gattin bei dem jungen Mädchen. Mich hindert mein Gewand ihn ihr, so oft ich möchte, zu bringen – und sie bedarf seiner, das sahet Ihr selbst.«

»Es ist so, wie Ihr sagt, doch dürft Ihr sicher sein, daß meine Gattin sie nicht verläßt.«

Sie gaben sich die Hand und Callisto wendete sich, um durch die Porta del Popolo seinem häuslichen Herde zuzuschreiten. Bruder Martin zog an der Klosterpforte die Klingel und verschwand gleich darauf im Innern des Gebäudes. Er suchte seine Zelle auf und setzte sich in einen alten schweren Holzstuhl, außer ein paar Schemeln, dem einzigen, den die dürftige kleine Kammer enthielt und der vor dem Fenster stand. Durch dies Fenster, das weit offen war, blickte er die Höhe hinan, die dicht vor demselben emporstieg, abschüssig und kahl, nur hie und da mit einigem dürftigen Gesträuch bestanden, zwischen dem eine Schar Ziegen ein kärgliches Futter suchte. Die Stirn der Höhe war von einem kunstreich aufgeführten Stück Mauerwerk gekrönt, dem letzten Überrest irgend eines Prachtbaues, der sich einst hier in den üppigen Gärten des Sallust, welche diese Hohe bedeckten, erhob.

Auf halber Höhe stand ein Madonnenbild über zerbröckelnden Steinstufen; auf der untersten lag schlafend ein zerlumpter Junge, der Hirt der Ziegen.

Martin heftete sein Auge auf das Bild der Madonna.

»Arme Frau«, dachte er, »weshalb hast Du die Duldermiene? Weil Welt und Zeit Dir Deinen Sohn getötet, weil sie seinem Geiste und seiner Seele Gewalt antaten, daß beide erstickten und starben? Ist es denn wahr, was dieser Römer sagt, daß die Welt all dem abenteuerlichen Wunderwerk, womit sie den toten Helden als seiner Rüstung umkleidet haben, den Rücken wenden wird? Wird die Welt Deine und seine Bilder zertrümmern? Der Junge da zu Deinen Füßen schläft. Wird er, wenn er ein Mann geworden, einen Stein aufheben und ihn Dir an den Kopf schleudern zum Dank für den Schatten, den Du ihm heute gespendet? Ist die Menschheit im Begriff wie aus einem Schlafe zu erwachen und der Träume, die sie hatte, zu spotten und die Bilder zu zertrümmern? Wird man einst durch unsere Wälder schreiten und nicht mehr den frommen Heiligenschrein am Kreuzwege finden, um den heute noch eine arme

Maid mit einem kummerschweren Herzen einen Eichenkranz legt oder den gelben Ginster windet?

Wird kein Kreuz mehr die stillen, kühlen Gräber unserer Toten bezeichnen? Wenn man durch ein friedlich Dorf im grünen Wiesental schreitet, wird man da fragen: welch ein häßlicher dunkler Trümmerhaufen ist das da inmitten Eurer Hütten? Und wird man die Antwort erhalten: das sind die Trümmer einer Kirche, wie unsere Väter es nannten; die versammelten sich dort, um ihren Gott zu ehren, aber sie hatten einen Priester als Diener des Altars in diesem Gotteshause, der ihnen so viel Vernunftwidriges von seinem Gott redete, der sie mit seinem Zorn so lange bedräute, mit seinen Gnaden so lange Handel trieb, daß sie begannen ihn zu verlachen und beschlossen sich um den Gott nicht mehr zu kümmern, sondern nur noch um ihre Tagesarbeit? Wird es dahin kommen? Werden so die mageren Kühe die fetten verzehren, den Priester der Pfaffe erschlagen und den Pfaffen die Gemeinde? Wird der letzte Papst mit seinen Kardinälen, einem Häuflein altersschwacher Männlein, auf einem dieser sieben Hügel sitzen wie Papst Benedikt auf Peniscola, auf die Welt, die ihn vergessen hat, den Bann schleudernd, der nicht mehr zündet? Grauenhafter Gedanke! Die Welt ohne Christus!«

Bruder Martin hatte den Kopf auf den auf der Fensterbank vor ihm ruhenden Arm gestützt. Er ließ jetzt sein Auge den Berghang emporschweifen, der plötzlich einen wunderbaren rosigen Schein angenommen und er sah zum Himmel auf, der vom Reflex des Abendlichtes im prächtigsten Purpur aufleuchtete.

»*Ecce Signum omnipotentis Dei*!« fuhr er in seinem stillen Monolog fort. »Kommst Du mir zu sagen, daß ich ein Tor sei? Daß Du dies unermeßliche ungeheure Sonnenlicht nicht entzündet haben kannst, um die Kinderei eines zwecklosen *Perpetuum mobile* zu beleuchten? Und daß Dein Wort, Dein Geist weiterflammen wird durch die Aeonen wie dieser schöne und unvergängliche Sonnenball? Daß ich ein Tor sei mit meinem gepreßten kleinmütigen Herzen, wenn ich wähne, die schwarze Totengräberzunft, die den Herrn begräbt, könne der Menschheit ihr ewiges Bedürfnis, den Glauben, nehmen? Wenn ich die Kreuze zerstört, die Kirchen unserer deutschen Dörfer in Trümmern liegend, die ehernen Stimmen in den Türmen unserer Dome verstummt, den letzten Mönch flüchtig in irgend einer Felsöde verschmachten sehe? Ist es ein Frevel an Dir, ein sündhaftes Verzweifeln? Herr, vergib mir, ich sehe ja Tausende, Hunderttausende von redlichen Menschen, in deren Innern schon die Kreuze zerbrochen sind, die Kirche in Trümmern liegt, kein Glockenton der gläubigen Andacht mehr klingt ...

Und doch, es kann, es kann nicht sein! Dieser Römer hat recht. – Nur das Wort muß gefunden werden, ein Wort des neuen Lebens! Woher es nehmen, wo es finden? Was sagte jener wunderbare Meister Rafael Santi ... er habe sich freigemacht und so die Schönheit gefunden – ich solle durch die Freiheit die Wahrheit finden. Freiheit? Soll das lebengebende Wort die Freiheit predigen, die Freiheit von jener Totengräberzunft? Soll es heißen: wir wollen jeglicher auf seinem Wege zu Christo und ohne Euch zu Gott wandeln?

Ist das genug? Nein. Die schwarze Zunft hat den Verstand und die Vernunft empört und so die Menschen aufgewiegelt wider ihren Gott. Was die Empörung beschwichtigt, muß aus dem Gemüte kommen. Aus dem Gemüte das Wort, das uns rettet! Aus dem Gemüt ...

Armer Bruder Martin, wenn Du mit Deinem deutschen Gemüt zu diesen Römern kämst, würden sie Dich verstehen?«

Er sann eine Weile, dann sich erhebend, sagte er:

»Und wenn nicht, was schadet es? Der Deutsche versteht das Wort des Gemüts, und wenn der Römer nicht, so mag jedes Volk auf seine Weise selig werden. Es ist besser, daß sie verschiedene Wege gehen, jedes von seiner ihm innewohnenden Natur geleitet, als daß eines das andere verführt und in den Abgrund zieht!«

## 25. Plaudereien eines »Artista«.

Während der deutsche Mönch und Callisto in so ernstem Gedankenaustausch ihre Straße gewandelt, war Irmgard allein zurückgegangen dem kleinen Hause zu, in dem sie auf Donna Ottavia's Empfehlung mit ihrem Oheim eine Wohnung bei einer Witwe eines Marmor-Arbeiters und deren Sohn genommen. Das Haus lag, wie erzählt, auf dem damals noch wüsten Quirinal, auf der Höhe, an deren westlichem Fuße sich der Palast des Hauses Colonna, der älteste der heute noch stehenden Paläste Roms, erhob, während die Anhöhe hinauf, sich in die Ruinen der Thermen Konstantins hinein erstreckend, der Garten dieses Palastes sich zog. Der ganze Platz oben war still und von Menschen verlassen; an eine alte Mauer der Thermen lehnte sich das kleine Haus der Witwe; es war von einem Garten umgeben, in dem die Frau Broccoli und Artischoken zog und den eine Hecke von stachlichten Agaven umfriedete. In der Ecke des Gartens in einem Strauchgebüsch standen eine Platane und ein Maulbeerbaum zu einer Gruppe zusammen, darunter ein steinerner Tisch; ein Stück von einem Marmorfries aus jenen alten Thermen diente als Bank dahinter. Irmgard setzte sich, als sie daheim war und nach dem Oheim gesehen, dorthin und schaute mit ihrem kummervollen Blick auf die Stadt hinüber, die sie, jetzt noch vom hellen Sonnenglanz übergossen, von dieser Höhe herab überschauen konnte. Es war der Sonnenglanz Hesperiens, der vor ihr leuchtend auf der ewigen Stadt lag. Ein Luftzug, der leise durch die Blätter der Laurusstauden neben ihr zog, trug ihr den Duft blühender Orangen aus den Colonnesischen Gärten zu. Irmgard war jung, sie war kräftig und gesund; jeder Atemzug in dieser reinen Luft hätte sie mit dem Gefühl voller, glücklich machender Lebenskraft durchströmen müssen.

Und doch – sie saß zusammengedrückt, wie umschnürt von der Wucht des Schmerzes. Sie trug die Schuld an Eginos Unglück. Sie wußte nicht wie weiter leben, ohne die Hoffnung ihn zu retten, mit dem Bewußtsein, daß sie ihn ins Verderben geleitet!

Sie fühlte sich zerrissen, sich verzehren, sich sterben unter diesen Gedanken.

Ihr war da, wo sie sich befand, alles gegeben, um zu leben, alles zu einem glücklichen physischen Sein, und ein Gedanke tötete sie.

Der Schmerz ist die große Offenbarung, die aus dem glühenden Dornbusch unseres eigenen Innern heraus spricht und für die wir keiner Zeugnisse, keiner Wunder bedürfen.

Während Bruder Martin und Callisto von dem Glauben sprachen und einer neuen Grundlage für die Zukunft, erhielt Irmgard durch den Schmerz die Lehre, die den Menschen bildet für die Vollendung hier und ihn ausbildet zur Empfänglichkeit für das Ewige.

Irmgard saß lange, lange Zeit so. Durch das offene Fenster seiner Kammer beobachtete sie Oheim Kraps; er hatte nicht mehr das Vergnügen die Welt durch helle Glasscheiben betrachten zu können, denn die hatte das kleine Haus der Witwe nicht; wollte man hinausschauen, so mußte man die hölzernen Läden offen lassen, ganz wie daheim in Deutschland. Ohm Kraps hatte sich darein gefunden, wie in vieles andere. Er hatte sich darein gefunden seine Träume von Titeln und Staatsgewändern und außerordentlicher Vornehmheit schwinden zu sehen; er hatte sich darein gefunden, daß, wenn er sich blicken ließ, die Menschen hier just so über ihn lachten, wie daheim in Ulm; er hatte sich sogar in das Ziegenfleisch und die bittern gebratenen Campagnavögel, welche seine Hauswirtin ihm vorsetzte, gefunden: für alles das hatte er einen Trost, und das war der süße Goldtrank von Orvieto.

Irmgard hatte in den letzten Tagen ihren Oheim zu hüten vergessen und seine Fortschritte in der Kunst durch tonische Anregung der Gemütsstimmung mit dem Leben fertig zu werden, waren ihr entgangen; sie sah nicht, wie seine Übungen in dieser Art der Weltüberwindung von schönen Erfolgen gekrönt waren, denn Ohm Kraps war schweigsamer Natur. Etwas Meckerndes hatte seine Stimme auch daheim gehabt, und wenn sie um die Abendstunde etwas Lallendes annahm, so war diese Nüancierung schwer zu erkennen, weil sie sich in eigentümlich sanftem Übergange vollzog. So war denn um Ohm Kraps kein Kummer zu hegen, er war im Gegenteil ein Element der Erheiterung in dem Hause der Witwe; Beppo, ihr Sohn, der Marmorarbeiter, brach jedesmal in Lachen aus, wenn der wunderliche Mann den Mund auftat, um eines jener italienischen Worte auszusprechen, welche zu seinem ziemlich kargen

Sprachschatze gehörten und die er so komisch hervorbrachte und so falsch betonte.

Was aber konnte nur den Kummer des jungen deutschen Mädchens bilden, die offenbar unter dem Druck eines Seelenleids stand, die nicht mehr aß und nicht mehr trank, die ruhelos umherzuschweifen schien.

So fragten sich die gutmütige Witwe Signora Giulietta und Beppo, ihr lachlustiger Sohn, dem die Miene des Lachens stets erstarb und der stets seinen dunkeln Kopf zurückwarf, um das blauschwarze Rabenhaar aus der Stirn zu schütteln, wenn er Irmgard erblickte.

Sie hatten keine Antwort auf diese Frage, und doch schien sie dieselbe von Tag zu Tag mehr zu beschäftigen – wenigstens Beppo, der seit einiger Zeit an den Abenden viel regelmäßiger und viel früher von seiner Arbeit aus dem Atelier seines Meisters, eines Bildhauers, oder von den Ausgrabungsarbeiten unter Rafaels Leitung, bei denen er mitwirkte, heimkam. Beppo war Scarpellino und nannte sich deshalb »Artista« und war auf seine Art ein gebildeter junger Mann – sie sind ja alle die Nachkommen alten Kulturlebens, diese glücklichen Söhne Ausoniens; auf jeden von ihnen ist ein mehr oder weniger kleines Stück des alten Vätererbes gekommen.

Beppo hatte ein paar dunkelschwarze Augen, und diese glühten immer mehr als sonst, wenn sie auf Irmgard lagen. Irmgard hatte es wohl bemerkt; sie war deshalb immer einsilbig und still gewesen, wenn der junge Mensch da war, und Beppo war deshalb scheu um sie herumgegangen wie um ein Rätsel.

»Sie hat einen Liebeskummer, die Giovinetta, sie hat in ihrem Lande daheim ihr Herz zurückgelassen«, sagte die Witwe, wenn sie mit ihrem Sohne allein war und dieser von der Fremden begann.

»Nein, nein, ich wette, es ist nicht so«, behauptete dann Beppo. »Als sie kamen, um unsere zwei Kammern zu mieten, diese wunderlichen Menschen, war das Mädchen wohl und heiter, und jetzt ist sie es nicht mehr. Ihr Kummer liegt in Rom. Frage sie doch, Mutter.«

»Als ob ich das nicht getan!« versetzte achselzuckend Frau Giulietta.

»Und was hat sie geantwortet?«

»Sie sei unwohl.«

»Unwohl? Und doch ist sie den ganzen Tag über auf den Füßen... doch ist sie mehr oben auf dem Aventin als in ihrer Kammer...«

»Auf dem Aventin?« sagte Frau Giulietta. »Und wie weißt Du das? Bist Du ihr nachgeschlichen?«

»Ich weiß es«, erwiderte Beppo, leicht errötend; »wir haben gearbeitet da, unter Santa Sabina, in alten Gewölben. Ich weiß, daß wenn ihr Kummer in Rom liegt, er auf dem Aventin liegt.

»*Ecco, ecco*«, rief Frau Giulietta aus, »mach' nur nicht Dir selber Kummer!«

Beppo wendete sich und ging in das Gärtchen hinaus und sah Irmgard unter den Bäumen in der schattigen Ecke sitzen.

Er stand und schaute zu ihr hinüber, was er frei tun durfte, denn sie saß regungslos, die Blicke auf den Boden geheftet, so gedankenverloren, wenn sie auch aufgeschaut hätte, sie hätte nicht wahrgenommen, daß sie von ihm beobachtet werde.

Beppo faßte sich endlich ein Herz und ging zu ihr.

Er stellte sich neben sie; die Hände auf dem Rücken, lehnte er sich mit diesem verlegen an den Stamm der Platane und sagte:

»Es ist schön hier oben in der frischen Luft, Signora. Findet Ihr nicht auch? Wenn der Abendwind vom Meer herüberkommt, ist er immer so weich und erquickend, man atmet dann doppelt froh auf, wenn man am Tage in der dunklen Unterwelt umhergekrochen ist wie ein blinder Maulwurf.«

»Und in welcher Unterwelt seid Ihr umhergekrochen, Beppo?« fragte Irmgard, den Blick erhebend, aber zerstreut und ohne den jungen Mann anzusehen.

»Ich habe bei den Ausgrabungen geholfen«, fuhr Beppo fort, »wir sind unserer zwanzig, Artistas und Arbeiter – Meister Rafael Santi kommt von Zeit zu Zeit dazu; der heilige Vater hat ihm die ganze Oberaufsicht übertragen. Wir wühlen in alten verschütteten Gewölben und dunklen Kammern und hohen Gängen.«

»Und weshalb tut Ihr es?« unterbrach ihn Irmgard. »Sucht Ihr nach Schätzen?«

»Nun sicherlich suchen wir nach Schätzen«, rief Beppo lächelnd aus, »nach Schätzen von allen Arten; freilich, solche von der besten Art, von Gold und Kleinodien finden wir nicht.«

»Und welche findet Ihr denn?«

»Büsten, Münzen, Geräte, Bildsäulen, Sarkophage – ach, was finden wir nicht alles!«

»Und habt Ihr heute solche Arbeit getrieben, Beppo?« fragte Irmgard.

»Freilich, noch heute.«

»Und habt Ihr viel gefunden?«

»Ach nein, so viel wie nichts«, erwiderte Beppo, »und so sind wir denn müde und getäuscht abgezogen, und müssen hoffen, daß wir morgen mehr Glück haben. Habt Ihr je von den Katakomben gehört, Signorina?«

Irmgard, die längst Beppos Geplauder nicht mehr folgte, schüttelte nur leise den Kopf.

»Ihr hörtet nie davon – o, die müßt Ihr sehen, Ihr müßt Euch von mir dahin führen lassen«, rief Beppo eifrig, »Ihr könnt Euch keine Vorstellung machen von dieser Welt des Todes und des Grauens. Lange, lange labyrinthische Gänge, schmal und hoch in den dunklen Grund von Tuff und Porzellan gehauen; auch kleine Hallen, Kapellen und rechts und links in die Wände, einer über dem andern, die Loculi oder Grabnischen, wohinein sie die Leiber der Toten gelegt haben, die toten und erschlagenen Christen und Märtyrer. Ach, Ihr müßt das sehen, Signorina, Ihr könnt sonst nie ganz erkennen, wie doch der liebe Gott seitdem so gnädig bei seiner Kirche gewesen und wie mächtig und groß sie doch jetzt ist; als ich das erstemal in die Katakomben gelangte, genau zehn Jahre sind's und mein Vater, der ein sehr frommer Mann war, Signorina, sehr gottesfürchtig und nur zu gut für die Armen und die Mönche, die damals unser Haus nicht verließen – jetzt freilich, wo die Mutter arm und gebrechlich ist, seht Ihr sie weniger bei uns vorsprechen – aber, was ich sagen wollte, mein Vater hat mich mitgenommen, vor zehn Jah-

ren just, und an dem Tage war's, wo Madonna Lucrezia als Braut
gen Ferrara zog. Als ich aus den dunklen Tiefen kam, wo sich einst
die armen verfolgten Märtyrer, die vor den heidnischen Wölfen sich
flüchtenden armen Christenschafe in ihrer Not bargen und jetzt in
dieser meilenweiten Totenwelt schlafen, da war mir gar elend und
krank von dem allen zu Mute. Meine Glieder zitterten vor Frost und
meine Zähne schlugen aneinander. Aber in der hellen Sonne, die
draußen schien, an dem schönen warmen Wintertage, und inmitten
des Volks, das wir zum Korso strömen sahen und das uns mit sich
dahinzog, und als meine Augen dann bald den schönsten Festzug
erblickten, den je die Welt gesehen, da war ich rasch geheilt! Ich war
ein Ragazzo, Signorina, kaum vierzehn Jahre alt und was vergißt
der nicht bald! Aber den Zug, den habe ich nicht vergessen und
werde ihn nie vergessen, solch eine Pracht und Herrlichkeit war's,
just über der Katakombe, in der wir bei den toten Märtyrern gewesen,
zogen sie fort; der heilige Vater und seine Tochter und sein
Sohn, Don Cesare und des Herzogs von Ferrara Söhne und die Kardinäle,
der hohle Boden mußte widerhallen vom Hufschlag ihrer
stolzen Rosse und das Freudengeschrei des Volkes dringen bis in
die stillen Loculi der armen Heiligen. O, Ihr hättet es sehen sollen!
So etwas sieht man nur einmal im Leben und nur in Rom. Bis zur
Porta del Popolo gab der heilige Vater ihnen das Geleit, Don Cesare
bis zum Ponte Molle und neunzehn Kardinäle bis nach Prima Porta
und weiter, und unabsehbar war die Zahl der Pagen, der Leibwachen,
der Edelleute, der hohen Würdenträger, und unschätzbar die
Pracht der Gewänder von Scharlach und Goldtuch und Seide, die
ganz unter der Stickerei von Gold und dem Schmuck der Edelsteine
verschwand. Don Cesare trug einen prachtvollen Waffenrock, zusammengehalten
von einem goldenen Gürtel; die Satteldecke seines
mächtigen Schlachtrosses ward allein auf zehntausend Dukaten
geschätzt. Madonna Lucrezia aber trug ein enganliegendes Kleid
von karmoisinroter Seide mit einer Sbernia darüber von goldenem
Gewebe, mit breiten hängenden Ärmeln und mit Hermelin eingefaßt.
Ihren Kopf mit dem wallenden Goldhaar bedeckte ein Hut,
auch von karmoisinroter Seide, mit einer stolz geschwungenen
Feder und auf der linken Seite hing eine Perlenschnur bis zu ihrem
Ohr herab; sie war so schön, Madonna Lucrezia! Eine Schar von
Musikern in kostbaren Gewändern schritt vor ihr her, aber ihre
Weisen übertönte das Rufen des Volkes. Und wie groß der Zug war,

das werdet Ihr Euch vorstellen können, Signorina, wenn ich Euch sage, daß die Zahl der Pferde und Mulos, welche der heilige Vater seiner Tochter mitgab, nicht weniger als tausend betragen mochte, der Wagen waren zweihundert, und von den Kardinälen, die ihr das Geleite gaben, hatte jeder zweihundert Edelleute, Trabanten, Pagen und Diener in seinem Gefolge. O, Ihr hättet es sehen sollen! Mein junges Herz jubelte in mir über alle die sonnenbeglänzte Pracht und mein frommer Vater, der, die Hand auf meine Schulter gelegt, hinter mir stand, sagte: Da siehst Du nun heute, mein Sohn, wie Gott bei seiner heiligen Kirche ist: aus dem Dunkel der Katakomben und dem Elend des Märtyrertums hat er sie geführt zur höchsten Weltherrlichkeit, wie es heißt im Buch der Richter: Ich habe euch errettet von der Ägypter Hand, und von aller Hand, die euch drängten, und habe euch ihr Land gegeben.«

Beppo mußte Atem holen, so war er in Eifer geraten bei seiner von der lebendigsten Gebärdensprache begleiteten Erzählung.

»Ihr habt recht, Beppo«, antwortete Irmgard mit einem schmerzlichen Zucken des Mundes, »er hat sie sehr hoch erhöht. Doch gibt es noch immer Märtyrer, die in den Katakomben, wie Ihr das nennt, schmachten.«

»Märtyrer?«

»Nun ja – hat die Inquisition nicht Kerker?«

»Ah«, rief Beppo aus, »aber die darin schmachten, sind nicht Märtyrer, sondern Ketzer!«

»Freilich, aber jedenfalls ist ihr Los zu beklagen.«

»Santa Madre«, rief Beppo aus, »der Ketzer Los beklagen? Aber wenn man sie nicht richtete, welch Los würde das unsere sein? Würde Gott uns nicht mit allen Landplagen Ägyptens heimsuchen, mit Hungersnot und Pest und Erdbeben, wenn wir lässig wären seine Ehre zu verteidigen und ihn nicht mit der Schärfe des Schwertes an denjenigen rächten, die ihn lästern? Ich bitt' Euch, Signorina, was sollt' aus uns werden.«

»Ihr habt recht, guter Beppo, Euer Gott bedarf der Rache, und daß sie ihm werde, hat er hier auf Erden die Ketzergerichte und dort im Jenseits den ewig flammenden Holzstoß der Hölle.«

Beppo sah sie groß und verwundert an. Sprach das junge Mädchen im Ernst so gottlos? Er wollte antworten, als sie fortfuhr:

»Und so ist denn das ganze Leben auch solch' eine Doppelwelt: unten in der Tiefe die dunklen Labyrinthe für die Armen, die Leibeigenen, die Verstoßenen und oben drüberhin der große Festzug der Mächtigen und Großen!«

## 26. *Chi lo sà?*

Während Irmgard so das Geplauder Beppos anhörte und in ihrem Kummer die Welt wie vom Schicksal in zwei Hälften geschieden, eine dunkle unterirdische für den armen Mühsalbeladenen, und eine helle sonnige Oberwelt für den mit dem »Vorrecht« Geborenen erblickte, ahnte sie nicht, daß sie unter diesen mit dem Vorrecht Geborenen, in einer stolzen Fürstenburg Wohnenden eine Schwester durch den Schmerz habe.

Corradina saß so vereinsamt, so von Kummer erfüllt, wie in ihrem dürftigen Gärtchen Irmgard, auf dem hochragenden, den Blick auf die ewige Stadt bietenden und wie es beherrschenden Balkone des Savellerhauses.

Und fühlte Irmgard zu dem Schmerz um Eginos Schicksal, zu der Sorge um ihn noch auf ihrem Herzen den Druck des bitteren Vorwurfs, den ihr Gewissen ihr machte – Corradina fühlte zu ihrer Sorge um den Verschwundenen den Druck der Beängstigung um sich selbst, um das eigene Schicksal!

Der Schmerz des Fürstenkindes war kein geringerer, als der des armen Mädchens aus dem Volke.

Sie saß auf dem Balkon neben dem kleinen Arbeitstische; auf demselben lag ein kleines Buch mit eng vollgeschriebenen Pergamentblättern, gebunden in zierlich gearbeitete Decken von glänzendem Metall; sie hatte eben darin gelesen, die Fingerspitzen ihrer rechten Hand lagen noch, um es aufgeschlagen zu erhalten, auf dem unteren Rande; aber sie blickte über die Blätter fort – was sie gelesen mußte tief und angestrengt ihren Geist beschäftigen.

Wie aus ihren Gedanken auffahrend, schlug sie dann das Buch zusammen und schob es von sich.

»Wenn sich ein Mann fände«, flüsterte sie dabei tief aufseufzend, »ein Mann für dieses Buch! Sie suchen den Stein der Weisen und hier, hier ist er, der Stein für einen Weisen; aber wo ist der Weise für ihn, wo die Schleuder, kräftig genug diesen Stein dem Goliath an den Kopf zu schleudern? Wo die Hand, stark genug diese furchtbare Waffe, die mein Ahnherr schmiedete, zu führen! Soll sie nie zu weiterem dienen, als in die Seele eines jungen Mädchens den Zorn zu gießen und durch den Zorn ihr Kraft zu geben?«

»Kraft, Kraft! Ach wie bedarf ich ihrer! Und wie lange wird die, welche in mir ist, reichen, aushalten, um mich aufrecht zu halten!«

Diese Worte, die leise und wie klagend über Corradinas Lippen kamen, wurden heute von ihr zum ersten Male ausgesprochen; und das Gefühl, welches sie ausdrückten, war seit einigen Tagen zum ersten Male in ihre Seele gekommen.

Etwas wie ein trutziger Stolz, wie ein hohes Bewußtsein sowohl, als das Zusammenleben ihrer Phantasie mit Gestalten der Vergangenheit hatten ihr diese Gedanken bisher ferngehalten. Sie hatte nicht verzagen können, wenn sie sich gesagt, daß die Männer und Frauen, deren Blut in ihr rollte, in so unendlich größeren und schwereren Kämpfen gestanden.

Heute hatten solche Betrachtungen nicht mehr die stählende Kraft für sie, wie früher.

Der Ring persönlicher Sorgen, die ihr unmittelbar ans Herz greifende Angst, legte sich zu schwer auf sie, um durch die Gestalten der Ferne und der Vergangenheit, mochte ihre Phantasie sich noch so viel mit ihnen beschäftigt, sie ihr noch so nahe gerückt haben, von ihr genommen werden zu können. Was waren alle toten hohen Ahnen gegen die lebendig atmende, ihr so nahe Gestalt eines jungen Mannes, der mit tollkühner Unerschrockenheit sich ihretwegen in eine Gefahr gestürzt, ehe er nur einen Augenblick Zeit genommen an die Größe dieser Gefahr zu denken.

Sie dachte an die Schar von Männern, die von ihrem Reichtum oder ihrer Schönheit gelockt, um sie geworben hatten; indem sie über sie alle mit einer Miene der Verachtung die Lippen kräuselte, fühlte sie eine Art von Stolz auf diesen Deutschen, den sie wie einen Landsmann betrachtete, eine Art von Stolz auf seine Neigung, die sich so ritterlich bewährt hatte.

Egino von Ortenburg stand ihrem Herzen nicht näher als irgendein anderer Mann. Eine so rasche Hingabe wäre diesem Herzen unmöglich gewesen. Ihr Blick wäre, wenn sie ihn zum ersten Male in einer Zusammenkunft unter anderen Menschen gesehen, kalt über ihn weggeglitten. Aber seine Wärme, sein Erglühen für Gedanken, die eben so in ihrer Seele lagen, hatten ihr ein Gefühl von Schwesterlichkeit für ihn eingeflößt, von starker und opfermutiger Freundschaft; und jetzt, wo sein Handeln auf ihre Phantasie gewirkt, wo seine Lage ihre ganze ängstlich bekümmerte Frauenanteilnahme erweckt, dachte sie mehr an ihn, als an jeden anderen Menschen auf Erden.

Mit einer unendlichen Erleichterung hatte sie von Livio erfahren, daß die Mönche drüben Egino ihren Verwandten nicht ausgeliefert. Sie hatte Padre Eustachio zu sich herüberholen lassen und versucht von ihm Kunde über Eginos weiteres Schicksal zu erhalten. Eustachio war darüber schweigsam gewesen; er hatte nichts angeben wollen oder können, als daß fürs erste wider Egino nichts vorgenommen werden könne, da er zu schwer verwundet sei; auch hatte er Corradina in seiner strengen, aber im Grunde des Herzens nicht harten und lieblosen Art zu trösten und zu beruhigen gesucht. Sie hoffte auf Eustachio, hatte er sich doch gleich von vornherein auffallend mild und schonungsvoll gegen Egino betragen – hätte der Mann nicht seine mönchischen Glaubensvorstellungen gehabt, es wäre etwas Menschliches und Freies in ihm gewesen.

Doch reichten Eustachios Worte nicht hin Corradina so zu beschwichtigen, daß sie sich zu stiller Untätigkeit hätte bewegen lassen. Mit Plänen und Gedanken, wie dem Gefangenen zu helfen, wie ihn zu retten, zermarterte sie sich das Hirn. Von ihren Dienstleuten konnte sie keinem trauen: Sie wußte das. Sie dachte daran Livios Gattin, Cornelia Savelli, ins Vertrauen zu ziehen. War es nicht möglich, daß diese eine Befriedigung darin fand den deutschen Ritter dem Hasse ihres Gatten zu entziehen, seiner Rachsucht einen Streich zu spielen? Corradina kannte Cornelia zu gut, um es nicht wahrscheinlich zu finden; aber wenn sie dieser Cornelia von dem Deutschen sprach, so wußte sie auch, daß Cornelia an ihre Liebe zu dem Deutschen glauben werde, sie sah im Geiste schon die Augen dieser leichtsinnigen Frau spottend auf ihr liegen. – Corradinas Stolz empörte sich bei dieser Vorstellung aufs heftigste und so entging ihr der Mut zu einem solchen Entschluß.

Sie hatte versucht ihre Leibdienerin, die sie dem Herzog und Livio verkauft wußte, durch Gold und Zusage größerer Vorteile für sich zu erkaufen. Sie hatte darauf die schönsten Versprechungen erhalten. Und in der Tat, diese Frau hatte ihr wenigstens Nachrichten zu bringen gewußt, die Corradina für wahr halten mußte.

Teresa trat eben jetzt wieder durch die Fenstertür auf den Balkon, mit einem Gesichte, als ob sie Wichtiges zu melden habe.

»Was bringst Du, Teresa, was erfuhrst Du?« fragte Corradina erregt, »Gutes oder Schlimmes?«

»Eh«, versetzte das Mädchen, »wer weiß es! Ich erfuhr, daß Graf Livio mit seinem Diener Sor Antonio in die Gewölbe und Kellerräume unter uns hinabgestiegen ist, und daß sie lange da geweilt haben.«

»Ah«, sagte Corradina, »mir scheint, das bedeutet klar genug das Schlimmste. Denn was kann Graf Livio da wollen, als sich in den Gewölben und Verließen nach einem Kerker für jenen unglücklichen Deutschen umsehen – vielleicht ist er genesen und die Mönche zeigen sich bereit ihn auszuliefern ...«

Teresa schüttelte den Kopf.

»Möglich, möglich«, sagte sie ... »aber ich glaube nicht daran, daß die Mönche ihn ausliefern; er soll ein Ketzer sein, hat Fra Alessio mir anvertraut und dann dürfen sie ihn nicht ausliefern, die Ketzer gehören ihrem Orden, Madonna.«

»Aber was glaubst Du, Teresa, was Graf Livio sonst bewogen da hinabzusteigen?«

Teresa dämpfte ihre Stimme bis zum Flüstern:

»Die Gewölbe unten stoßen an die Gewölbe unter dem Kloster, worin die Gefängnisse sind.«

»Sie stoßen daran? Aber sie werden doch getrennt sein durch dicke Mauern?«

Teresa zuckte die Achseln.

»*Chi lo sà?* Wer weiß es«, versetzte sie, »ob Graf Livio die Mauern, welche sie trennen, so dick findet, daß sie ihn hindern hindurchzugelangen, falls er es will!«

Corradina, deren Antlitz allmählich bleicher geworden war, schwieg eine Weile. Dann sagte sie:

»Aber was könnte es ihm helfen hindurchzudringen, Teresa, Du hast mir ja versichert von Fra Alessio erfahren zu haben, daß Graf Egino nicht in dieser untersten Kerkerregion gefangen liege, sondern in einer höheren Zelle mit gutem Licht und guter Luft, und daß ihn der Padre Infirmario wohl verpflege?«

»So ist es, so ist es – Fra Alessio sagt so«, fiel Teresa ein. »Aber kann ich wissen, ob Fra Alessio die Wahrheit sagt? Und ob, wenn der Deutsche vielleicht geheilt ist, sie ihn nicht in schlimmere Kerker, vielleicht gar in die Kapelle der Muraten bringen wollen? Sagen sie uns die Wahrheit in solchen Dingen?«

»Du hast recht«, versetzte Corradina mit zitternder Lippe und ihre Sorge namenlos gesteigert fühlend.

»Und dann«, fuhr Teresa fort, »muß ich Euch gestehen, daß ich gestern auch diesen Fra Alessio in einer geheimen Zwiesprache mit Sor Antonio drüben im Klostergarten sah. So sah ich sie; sie saßen unter dem Ölbaum des heiligen Dominikus drüben und verhandelten gar eifrig mit einander. Wissen wir nun, ob uns Alessio sagt, was aus ihm kommt, oder was ihm von Sor Antonio eingegeben ist?«

»Glaubst Du das, Teresa?«

Teresa zuckte die Schulter.

»So daß wir so gut wie gar nichts müßten?«

»Wenn nicht das, was Alessio sagte, auch das Wahrscheinlichste wäre, ich würde es denken.«

»Und Eustachio hat mich ja auch dasselbe vermuten lassen«, sagte Corradina.

Teresa nickte; und da sie nichts Weiteres zu berichten wußte, ging sie, um wo möglich im Stillen auszukundschaften, was Graf Livio in den unteren Regionen der Burg vorgenommen. Sie ließ Corradina in größerer Pein und Sorge zurück. Die junge Frau zermarterte ihr Hirn mit Gedanken und Plänen, wie Egino zu retten und unter allen war doch keiner, der nur entfernt eine Hoffnung des Gelingens enthielt.

Nach einer Weile schlug sie beide Hände vor das Gesicht und machte dann eine Bewegung mit diesen Händen, wie um etwas fortzuweisen, wie ein Bild der Phantasie abzuwehren und dabei war es, als ob ein leiser Schauder durch ihre Gestalt ziehe.

»Fort damit, fort!« flüsterte sie dabei. »Warum drängt sich diese entsetzliche Gestalt mir auf! Freilich, durch ihn, durch ihn wär's möglich! Durch diesen Kardinal Riario! Er würde helfen! Aber könnt' ich je so tief sinken? Würde Egino selbst es wollen, daß ich um seinetwillen so tief mich demütigte?«

»Und doch ... doch, weshalb bin ich nicht erzogen zu solcher Demut, solcher Taubensanftmut! Auf diesem Wege könnte die Rettung liegen für den Deutschen und mich. Wenn ich die Lippen öffnen könnte vor Riario und mein Herz klar legen vor Egino – ich würde glücklich sein – mit dem Geretteten könnte ich fliehen in eine bessere, edlere, friedfertige Welt: vor mir läge eine Zukunft, ein Leben mit Hoffnungen, mit Bildern künftigen Glückes darin! Und jetzt, jetzt liegt vor mir das Dunkel und das Grauen vor dem neuen kommenden Tage und was er bringen mag!

»Aber ich kann nicht anders! Ich kann mich nicht erniedrigen, und wenn ich's könnte, ich könnte es nicht so sehr, daß ich's je vergäße, daß ich mich erniedrigt und ich müßte mich selbst hassen darum.

»So muß das Schicksal getragen werden, bis es Gott gefällt es zu wenden und Erbarmen mit einer Seele zu haben, die so ist, wie er sie schuf! Und sehr, sehr unselig dadurch!«

## 27. Ein Weg und eine Hoffnung.

Es war am andern Tage. Irmgard war wie ermüdet, wie verzweifelnd an ihrem Suchen den Morgen zu Hause geblieben, und hatte Frau Giulietta in ihrem Gärtchen beigestanden trockne Schoten auszureißen und zum völligen Austrocknen an die Mauer ihres Hauses zu stellen. Dabei hatten sie viel Lärm und Unruhe vernommen, die drüben in Gärten und Höfen des Palastes Colonna herrschen mußten – es schallte nur gedämpft herüber, die Mauern waren hoch, der Palast lag noch ziemlich weit tiefer unten, am Platze der Kirche zu den heiligen Aposteln. Aber man vernahm es doch, daß etwas Ungewöhnliches da vorgehen müsse und Frau Giulietta säumte nicht Irmgard den Grund mitzuteilen; war sie doch eingeweiht in alles, was drüben geschah, sie und ihr Sohn Beppo gehörten ja zu den Klienten des mächtigen Hauses und der Maestro di Casa von drüben war Frau Giuliettas besonderer Freund und Gönner, der, wenn er an ihrem Hause vorüberging und sie sah, nie unterließ, ein wenig stehen zu bleiben und ein kurzes Geplauder zu halten, bald von diesem bald von jenem.

»Daß sie da drüben ein wenig in Bewegung sind, ist kein Wunder«, sagte Frau Giulietta, »denn in der Nacht, müßt Ihr wissen, cara Irmgarda, haben sie einen Gast erhalten, einen gar hohen und edlen Gast, der mit vielen Herren und Dienern eingeritten ist. Es ist der Herzog von Ferrara, Herr Alfonso von Este, der Gemahl der schönen Madonna Lucrezia, wenn Ihr von der je vernahmt?«

»O doch, Beppo, Euer Sohn hat mir erzählt von ihr. Und hat der Herzog sie mitgebracht, diese Madonna Lucrezia?«

»O nein, das nicht«, antwortete Frau Giulietta; »der Herzog hat die Fahrt hierher nicht zu Fest und Lustbarkeit gemacht, sondern nur auf daß ihn unser heiliger Vater vom Banne löse; der heilige Vater hat ihn in den Bann getan und das war recht, denn der Herzog hat sich mit dem französischen Könige verbündet und so haben sie Krieg geführt mit dem heiligen Vater und seinen Bundesgenossen, der Republik Venedig; dann aber hat der König von Frankreich mit dem heiligen Vater Frieden gemacht. Von seinem König verlassen, konnte der Herzog nun dem heiligen Vater allein nicht Widerstand leisten, denn der heilige Vater ist ein großer und mächtiger

Kriegsherr, vor dem schon Stärkere sich gedemütigt haben; und das wollte der Herzog nun wohl auch, aber der heilige Vater wollte nichts davon wissen und fuhr seine Abgesandten an, daß sie aus Schreck zum Fenster hinaussprangen. Nun müßt Ihr aber wissen, daß der heilige Vater einen gar angesehenen und berühmten Feldobersten hat, und das ist Herr Fabricio Colonna, der einst vor Jahren in einer Schlacht oder eroberten Stadt in Herzog Alfonsos Hände gefallen, und darauf gen Ferrara geführt und dort so liebreich von ihm behandelt worden ist, daß sie ganz innige Freunde geworden. Und an Herrn Fabricio hat sich dann Herzog Alfonso endlich gewendet, und jener hat ihm nun den Frieden und die Lösung vom Bann beim heiligen Vater erwirkt und so ist der Herzog gekommen und wird es eine große Herrlichkeit sein da drüben, es sind ja so mächtige und reiche Herren, wie es keine mehr gibt in Rom und wohl nicht in der Welt, da zusammen.«

Irmgard hörte schon lange nur mit halbem Ohre zu, als sie aufblickend Bruder Martin langsam wandelnd in den Garten kommen sah. Er nickte Frau Giulietta zu, er gab Irmgard die Hand und sagte, daß er nur komme, um sie zu begrüßen und nach ihr zu sehen; er trug ein schweres Buch unter dem Arm, das Irmgard ihm abnahm, um es auf den Tisch unter der schattigen Baumgruppe zu legen, wohin sie ihn führte, damit er sich ausruhe und den hell auf seiner Stirn perlenden Schweiß abtrockne.

Bruder Martin war zerstreut und schweigsam, er kam aus einer Unterrichtsstunde, die er am Vormittage bei einem gelehrten Rabbi, genannt Elias Levita zu nehmen pflegte, um die hebräische Sprache zu lernen; leider blieben die Stunden nicht bloß den Suffixen und Präfixen gewidmet, es kam auch zu Disputationen zwischen dem gelehrten jungen Mönch und dem weisen alten Rabbi; und der Rabbi war nicht immer dabei zu schlagen und zu widerlegen; und heute insbesondere hatte er Bruder Martin geärgert durch die Behauptung ein durchaus religiöses und in engen Schranken des Sittengesetzes lebendes Volk könne ganz ohne Dogma sein; und das seien die Juden; sie hätten kein Dogma außer dem vom einigen Gott und von der Erscheinung des Messias.

Dieser Streit hallte noch so in ihm wieder, daß er ein paar Worte darüber gegen Irmgard fallen ließ; Irmgard schwieg darauf; dann nach einer Pause, das Auge zu ihm aufschlagend, sagte sie:

»Gebt mir einmal eine Auskunft, Bruder Martin ... wollt Ihr?«

»Und welche?«

»Sagt mir: woran glauben die Leute, die nichts glauben?«

Bruder Martin lächelte.

»Das scheint eine kindische Frage und es liegt doch tiefe Weisheit darin, das Gefühl, daß der menschlichen Natur der Glaube ein unauslöschlich Bedürfnis ist! – Was sie glauben? Du würdest mich nicht verstehen, Irmgard, wollte ich Dir von ihren Vorstellungen reden; es ist gar fein und sauber ausgedacht und für grübelnde Geister wie ein lustiger Garten sich darin nach Herzenslust zu ergehen und zu verlieren. Aber dem Menschen, der an seine sündhafte Natur denkt und sorgt, wie er gerechtfertigt werde vor Gott, erquickt es die Seele nicht!«

Irmgard sah sinnend vor sich hin. Dann fragte sie:

»Und was denkt Ihr, sollen wir glauben von der Rechtfertigung, wenn wir fühlen, daß wir der Gnade unwürdig sind, und doch nicht glauben, daß wir durch Rosenkranz und Fasten Geschehenes sühnen?«

»Wurmt das auch in Dir?« fragte Bruder Martin, betroffen sie ansehend.

»Es wurmt auch in mir, denn ich trage eine Schuld auf mir. Und seht, da ist mir klar geworden, daß ich nicht durch Werke, nicht durch ein Meer von guten Werken sie von mir abwasche. Die guten Werke machen nicht gut. Dies Rom ist aufgebaut aus ihnen und sie steigen in Kirchen und Kuppeln in aller Pracht bis zum Himmel auf. Die Menschen aber sind nicht gut drinnen! Darum muß der Mensch durch ein anderes entsühnt werden; und ich meine, das sei allein die Reue, allein der Schmerz. Darf ich es sagen? Ich meine Christus sei nicht gekommen Gottes Zorn wider unglückliche Menschen zu entwaffnen. Ich meine, Christus ist als der verkörperte, als der Gestalt gewordene Schmerz gekommen uns zu zeigen, daß der Heiland, der Entsündiger und Versöhner der Schmerz ist.«

Bruder Martin sah sie mit ernster und fast zornig werdender Miene an.

»Läuft denn nun alle Welt und nun Du auch dem Glauben aus der Schule? Liegt es in der Luft, ist es ein ansteckendes Fieber, eine Seuche und Krankheit? Der Schmerz? Nun ja, der Schmerz der Reue ist der Seele Heilbad. Aber über dem Schmerz steht ein Höheres, zu dem die Seele wie zu dem hochhängenden Kleinod, womit sie die Gnade erkauft, wird sich aufschwingen müssen, sonst nutzt der Schmerz nichts. Das ist die Tat!«

»Die Tat?«

»Ja. Die Tat der inneren Hingabe an Christum in brünstiger Liebe, woraus dann, wie aus einem üppig quellenden Brunnen der Drang zu den Werken der Liebe für unsere Mitmenschen, ja auch für das unverständige Tier, das auch Gottes Geschöpf ist, folgt.«

»Ihr habt wohl recht«, versetzte sinnend Irmgard; »was ich sagte, war das Gefühl eines Weibes, das sich schwach und hilflos zur Tat der Liebe für den Bruder fühlt, an den es allein denken kann, dem es am liebsten helfen möchte.«

»Ich verstehe es, Irmgard«, versetzte Bruder Martin gerührt und ihre Hand ergreifend. »Auch will ich Dich nur schelten, weil Du den Glauben an Gottes Schutz und der Vorsehung Hilfe, die über uns allen wacht, so leicht verlierst.«

»Euer Gott ist so hart!« sagte sie. »Er ist auch nicht gut, Euer Gott; wäre er gut, so hätte er nimmer die Menschen erschaffen. Welch' ein Gott, der sich Menschen schafft und dann ein Ding wie die Hölle für sie. Wird ein guter Gott Menschen schaffen, so er weiß, daß er zwei Dritteile davon wird ins Feuer werfen müssen zum Verbrennen?«

Bruder Martin schwieg. Er fühlte sich dem jungen Mädchen gegenüber noch hilfloser, als er dem weisen Rabbi Elias gegenüber gewesen: er fühlte in tiefer Seele solchen einfachen Vorwürfen gegenüber die Schwäche des theologischen Rüstzeuges, mit dem gewappnet er in die Welt gezogen.

Er beschränkte sich darauf mit mildem Zuspruch ihre Hoffnung zu beleben. Der beste Trost, den er ihr zurückließ, war etwas Sicheres, das er ihr, ehe er ging, über Eginos Schicksal mitzuteilen vermochte. Er hatte von einem seiner Ordensbrüder vernommen, daß Egino noch in Santa Sabina sei, und daß er wahrscheinlich in einer der Gefängniszellen verwahrt würde, welche sich in weiten gewölbten und den Felsen abgewonnenen Räumen unter dem Kloster befänden – der Ordensbruder hatte Martin seine Quelle dafür nicht nennen wollen aber versichert, daß sie zuverlässig sei.

Es lag wenigstens die Beruhigung für Irmgard darin glauben zu dürfen, daß nicht die schlimmste ihrer Befürchtungen eingetroffen, daß Egino nicht umgebracht sei von den bösen Menschen, in deren Gewalt er gefallen.

Als Martin gegangen, wendete sich Irmgard dem Hause zu, um für Ohm Kraps den Tisch in der großen kühlen Kammer zu decken, welche sie beide bewohnten und worin Irmgard auch schlief, während der Ohm für die Nacht in einem anstoßenden Kämmerchen Unterkommen fand. – Nach dem Essen ruhte Ohm Kraps, so war er's von alters her gewohnt, und Irmgard begab sich mit einer Arbeit wieder in den Garten hinaus, zu dem Sitze im schattigen Gebüsch, wohin sie vorhin Bruder Martin geführt; da sann sie über Martins Worte nach, über sein Wort von der Tat, die über dem Schmerz stehe. Aber wie trostlos war es für den, der keine Hände, keine Arme hatte etwas zu tun!

Da kam Beppo durch die Öffnung in der Agavenhecke in das Gärtchen geschritten. Irmgard hörte ihn mit seiner Mutter reden; er verlangte noch zu essen; während Giulietta ging ihm Speisen zu wärmen, kam er zu Irmgard.

»Ihr, Sor Beppo?« sagte sie; »Ihr kommt ja heute zu ungewöhnlicher Stunde heim – nach Mittag, statt am Abend!«

»So ist es«, versetzte Beppo, »aber ich komme so müde an solch heißem Tage, als käme ich am Abend; dazu hungrig wie die Wölfin, die den Romulus und Remus säugte. Wir haben wacker geschafft gestern und am heutigen Morgen; aber wir haben die Arbeit ganz aufgeben müssen, sie lohnte nicht.«

»Und wo wart Ihr denn?«

»Am Aventin.«

»Am Aventin?«

»Ja, Signora Irmgarda, just dort. Der Meister Rafael Santi war darauf erpicht dort die Zugänge zu den alten Begräbnisstätten der latinischen Könige zu entdecken. Aber wir haben nichts davon gefunden und die Arbeit ist verlassen worden, wir werden morgen auf dem Monte Celio sein.«

»Und wo wart Ihr auf dem Aventin?« fuhr Irmgarda zu fragen fort.

»Wir sind unten am Fuße der Felsenwand, die gegen die Via Salara und die Marmorata sich absenkt, gewesen. Da ist ein alter Bogen, der ein Tor in den Felsen bildet. In dem Raum dahinter hat ein Mercatore di Campagna seine Weinkeller gehabt, die jetzt verlassen sind; aber am Ende des Raumes führt ein Gang weiter in den Felsen hinein, der ist verschüttet und den Schutt haben wir ausgeräumt und sind so in ein höher liegendes Gewölbe gelangt; das Gewölbe war oben durchgeschlagen und ein Berg von Schutt lag darunter; wenn man darauf emporklomm, konnte man den Rand der Öffnung über sich in der Höhe mit den Händen erreichen; ich habe mich hinaufgeschwungen in den oberen Raum und was habe ich gefunden? Daß alles längst bekannt und durchforscht war! In einem Winkel des oberen Raumes, in den ich gedrungen, befand sich sogar eine alte verrostete eiserne Gittertür, die in die Gewölbe und Kerker unter Santa Sabina und unter dem Kloster, worin sie die Ketzer sperren, führen mußte ...«

»Zu den Kerkern unter dem Dominikanerkloster?« sagte Irmgard erblassend und halblaut mit bebender Stimme.

»So ist es«, fuhr Beppo fort.

Irmgard blickte ihn eine Weile wie in Gedanken verloren an. Dann, indem eine leise Röte ihre Züge überflog und sie tief aufatmete, sagte sie:

»Hört, Sor Beppo ... ich bin nun einmal ein neugieriges Weib und es plagt mich das Verlangen das einmal zu sehen ...«

»Was wolltet Ihr sehen, Signorina?«

»Diese Gefängnisse, die Ketzer, die in den Kerkern unter Santa Sabina schmachten.«

»Und Ihr fürchtet Euch nicht vor ihrem Anblick?«

»Nicht im mindesten.«

Beppo schlug die Hände vor Verwunderung zusammen.

»*Demonio*!« sagte er, »Ihr, ein Mädchen, habt mehr Mut als ich.«

»Möglich! Hättet Ihr auch den Mut mich dahin zu führen, wo Ihr heute wart – zu jener Gittertür, von der Ihr spracht?«

»*Santa Madre di Dio*! Ihr wollt doch nicht in der Tat ...«

»In der Tat, Beppo, ich möchte einmal da hineingelangen.«

»Unmöglich, unmöglich! Und wenn sie Euch da fänden die Mönche, die Wächter...«

»Es müßte in der Nacht sein, wenn die Wächter und Mönche den Schlaf des Gerechten schlafen.«

»Auch ist ja die Tür verschlossen«, rief Beppo aus; »da einzudringen wäre ganz unmöglich.«

»Vielleicht. Das wäre dann meine Sache. Ihr würdet mich nur bis zur Tür zu führen haben, nicht weiter. Doch wenn Ihr's nicht wagt, reden wir nicht mehr davon.«

»Nimmermehr, nimmermehr!« sagte Beppo, sich den Kopf krauend und noch immer sehr erschrocken.

»Ihr hättet mir einen großen Dienst damit erwiesen«, fuhr Irmgard mit einem tiefen Seufzer fort.

»Ja, seht Signorina«, antwortete Beppo, »ich möchte Euch einen Dienst leisten für mein Leben gern, aber denkt Euch nur, wenn man uns da entdeckte, wenn...«

»Wenn man uns entdeckte, so müßten wir einen Vorwand in Bereitschaft haben...«

»Und welchen Vorwand könnten wir haben, um zu erklären, daß wir in die Kerker des Sant Uffizio eindringen wollen?«

»Ihr Beppo, sollt ja nicht da eindringen,« fiel Irmgard ein, »Ihr sollt mich nur bis an jene verrostete Tür führen. Könntet Ihr nun, wenn man uns da sähe und zur Rede stellte, wohin wir zu gehen gedächten, nicht antworten, Ihr hättet dort bei Euren Arbeiten irgendeinen Euch werten Gegenstand verloren und kämt mit uns, als Euren Freunden, zurück ihn zu suchen?« »*Ecco, ecco,* welch kluge Einfälle Ihr habt, Signorina!« rief Beppo aus. »So etwas müßte jeder glaublich finden, und das um so mehr, als niemand daran denken wird, daß es jemandem einfallen könne in die Kerker des Sant Uffizio dringen zu wollen.«

»Wohl denn«, fuhr Irmgard fort, »was also könntet Ihr verloren haben ...«

»Was könnte es sein? Wenn ich Kleinode besäße, so würde ich sie nicht bei der Arbeit tragen.«

»Das ist wahr; also wenn es der Fall wäre, daß wir beobachtet und befragt würden, so sagt, es sei ein silbernes Agnus Dei, das Ihr zu tragen pflegt als ein Andenken Eures frommen Vaters.«

Beppo nickte mit dem Kopfe.

»Gut das«, sagte er; »aber«, fuhr er, wie in plötzlich zurückkehrender Beängstigung mit einem flehenden Blick Irmgard ansehend, fort, »aber muß es denn wirklich sein, Signorina?«

Irmgard zwang sich zu einem Lächeln.

»Habt Ihr nicht gehört, Beppo, daß, was ein Frauenzimmer sich in den Kopf setzt, immer sein muß?«

Beppo nickte wieder.

»Ja, ja«, sagte er seufzend, »so werde ich Euch denn nicht ausweichen können. Aber wohlverstanden, ich führe Euch nur, so lange der Weg ungefährlich ist ... bis in jenes oberste Gewölbe.«

»Nur so weit«, fiel Irmgard ein. »Da wo die Gefahr beginnt, kehrt Ihr zurück und laßt uns allein gehen.«

»Nein, nein«, rief Beppo errötend aus, »es ist nicht wegen der Gefahr, aber da solche Neugier wie die eure eine Sünde ist, die ich nicht unterstützen darf ohne eigene Sünde...«

»Ganz recht, Ihr weicht nur vor der Sünde zurück«, sagte lächelnd Irmgard. »Soweit aber, wie Ihr es ohne Sünde zu tun vermögt, geleitet Ihr uns, mich und den Ohm, den ich mitnehmen werde und der mich schon schützen wird, und zu dem Ende, teurer

Beppo, sorgt Ihr für ein Paar Laternen oder Fackeln, deren wir bedürfen werden, wollt Ihr?«

Beppo stand in sehr großer Gemütsbewegung, sie anstarrend und sich den Kopf krauend.

Irmgard erhob sich rasch um zu gehen; sie gab ihm die Hand.

»Ich hab Euer Wort, Beppo«, sagte sie – »ich hab Euer Wort, und Ihr müßt es lösen. Ich laß Euch nicht mehr. Ich gehe zum Ohm, mit ihm davon zu reden.«

Sie ging eilig dem Hause zu.

»Santa Madre di Dio!« sagte Beppo, mit einem tiefen Seufzer aufatmend und ihr nachblickend. »Wenn ich ihr mein Wort gab, werde ich's freilich lösen müssen! Aber wozu verführt mich dies Mädchen! Wenn es die Mutter ahnte! Alle Heiligen mögen uns beistehen.«

## 28. Nella perduta gente.

Für eine ganz idealistische Natur, wie es die Eginos war, kann es eine Wohltat werden, wenn sie einmal von einem Schlage getroffen und niedergeworfen wird, der ihr in seiner vollen Trostlosigkeit der Menschheit ganzen Jammer enthüllt, ohne Schleier, ohne irgendeine Milderung, ohne irgendeine Möglichkeit sich durch verschönernde Redensarten dem Grausen zu entziehen, welches das schlangenhaarige Haupt dieses Menschheitsjammers uns durch die Seele, durch Mark und Gebein jagt.

Ohne eine Erfahrung dieser Art lernen solche idealistische Flügelseelen niemals, was die Welt ist und was die Menschen sind. Sie werden ohne sie niemals aus ihrem entsetzlichen Vertrauen aufgeschreckt.

Egino sollte eine solche Erfahrung machen. Er lag gefangen in einer engen dumpfen Kammer, zwischen vier grauschwarzen Steinwänden, unter einem Kloster des Dominikaner-Ordens – in einer Art Zwischenstock zwischen den Klosterräumen über, und den tieferen Gewölben unter ihm. Diese Kammer oder Zelle war noch eine der besten dieser entsetzlichen Keuchen. Sie hatte ein Bett mit einer Decke, einen Tisch und ein paar Stühle. Es waren keine Ketten und keine Ringe an den Mauern befestigt; keine Vorrichtungen dieser Art waren da, um in dem Gefangenen das Entsetzlichste, die Präcordialangst vor dem ihm Bevorstehenden zu erwecken; nur vom Gewölbe hing eine etwa zwei Fuß lange Kette mit einem eisernen Ringe herab – was sie bedeutete, wozu dieser Ring diente – Egino wußte und begriff es nicht, aber seine matten Blicke hafteten oft daran; oft, wenn er im Halbschlummer auf seinem Bette lag, flochten sich widrige, grauenhafte Bilder an den rostschwarzen Ring, schauten aus dem Dämmerlicht hervortretende spukhafte Augen durch das enge Rund, hingen sich die häßlichen Schemen einer kranken Einbildungskraft an dies grauenhafte und entsetzliche Rätsel ihm zu Häupten.

Und dann hatte die Zelle Licht. Ein mattes unzureichendes Licht, welches durch eine schmale, hochliegende, unverglaste Maueröffnung eindrang. Sie war nicht vergittert, es war unnötig, denn sie war zu klein, um einem Menschen zu erlauben hindurch zu schlüpfen. Das Sonnenlicht des Südens aber ist stark und mächtig. Nach einigen Tagen der Gewöhnung genügte es Egino alle Gegenstände mit völliger Schärfe zu sehen.

Er sah, daß die vier Steinwände, die ihn umgaben, wie vier Blätter eines Buches waren, eines Buches von wundersamem Inhalt.

Es war wie ein Buch, das die nackte Menschenseele in ihrer Reinheit und Schönheit und in ihren Delirien und dann wieder in zynischer Schamlosigkeit geschrieben, als ob sie gesprochen: »Ihr habt mir das letzte Gewand abgerissen; nun seht wie ich bin!« Alles, was aus der Menschennatur unter der Presse der Verzweiflung hervorgekeltert werden kann, hatte sich hier in wirren Ausrufen, in Blasphemien, in Flüchen, in abscheulichen Bildern und in edlen Reimen, in Gebeten, in Versen von rührender Schönheit auf diese Wände geschrieben. Es waren Verse von Dante und Petrarca auf diese Mauersteine gekritzelt; Stellen aus Plato, Boethius, Horaz, neben Bibelstellen; Heiligengestalten und Engelköpfe waren dahin gezeichnet, neben den obszönsten und schmutzigsten Dingen.

Egino war ein paar Tage lang in der Infirmerie des Klosters gepflegt worden; als man sich überzeugt, daß seine Wunden ungefährlich, daß sein geschwächter Zustand nur Folge eines großen Blutverlustes sei, und als das Wundfieber rasch abnahm, hatte Padre Geronimo befohlen ihn in diese Zelle zu bringen. Der Padre Infirmario besuchte ihn hier einmal im Tage, um nach seiner Wunde zu sehen, den Verband zu erneuern; Bruder Alessio brachte ihm zur selben Stunde seine Speise und Wasser. Auch seine Kleider hatte man ihm aus seiner Zelle oben gebracht; es deutete nichts an, daß man ihn mit Härte behandeln wolle. Nur sprach man nicht mit ihm; Padre Infirmario redete nur von seiner Wunde, Bruder Alessio war völlig stumm und nichts, gar nichts, nicht einmal der Gedanke der Rettung, der Flucht, die unmöglich schienen, an die Egino in seiner matten Niedergeworfenheit nicht die Energie besaß zu denken, unterbrach das Träumen, Sinnen und Grübeln des Gefangenen, das fieberhaft bewegte Pulsieren des Gedankenlebens in ihm, auf dessen heißem Grunde aber desto stärker und markiger die »Seelenpflanze« in ihm wuchs.

Sein inneres Leben war, sahen wir, zu einem Leben des Gemüts geworden. Seine idealistische Natur hatte sich vor dem Schrecken, womit ihn die Weltlehre Rom bedrohte, an der Hand seiner Leidenschaft in den bergenden Schutz des Gemütslebens geflüchtet. Er hatte sich an seine Liebe geklammert, und neben ihr hatte sich, was von ureigener angeborener Religiosität in ihm war, wie auf sich selbst besonnen und war neu entflammt; die schöne Gotteshingebung seiner Kindheit, diese süße Poesie der jungen Menschenseele war wie ein warmer Sonnenstrahlguß in sein Herz zurückgekehrt.

Egino mußte sich mit diesem Gefühle in der schmutzigen dunklen Zelle des kirchlichen Gefängnisses finden, um mit überwältigender Wucht die Entsetzlichkeit einer Theologie zu empfinden, die solche Mittel des Zwanges ausübte ... des Zwanges zum Glauben! Das in seiner innersten Wesenheit Freieste, die Religion in der Menschenbrust erzwingen zu wollen mit Kerkern, Folterbänken, eisernen Ringen und Holzstößen!

Es war furchtbar. Es war der Wahnsinn auf den Thron gesetzt, mit dem höchsten Richterschwert in der einen, mit einem Gesetzbuche, das ein Dämon geschrieben hatte, in der andern Hand.

Egino fühlte, daß wenn er je diese Zelle wieder verlasse, das letzte Band zerrissen sein werde zwischen ihm und diesem Kirchentume; daß er es hassen werde bis auf's Blut, daß er seinen Gott suchen werde mit dem freien Drange seines Gemütes. Mit diesem Drange mußte er ihn ja finden. Die Ströme rauschten nicht in unaufhaltsamem Gange durch die Lande dahin, wäre nicht das, wohin sie streben, das Meer, auch wirklich da. Der Durst wäre nicht da, wäre nicht das, was ihn stillt, das Wasser, vorhanden; des Menschen Auge mit seiner Sehbegier wäre nicht da, gäb' es kein Licht; und so lohte nicht in der Menschenseele der ewige Gottesdurst, wäre nicht Gott da, in dessen Busen dieser Sehnsuchtsstrom, der seit Jahrtausenden in gleicher Stärke durch die Menschheit geht, sich ergießt.

Aus solchen Gedanken ergoß sich eine eigentümliche Ruhe, ein Frieden über ihn. Er hatte, wie ein tiefes deutsches Gemüt doch zu lange an dem Glauben seiner Väter gehangen; mit hundert Fäden war sein innerstes Herz damit verschlungen gewesen. Es war tief in seiner Seele geschrieben, was die Kirche, als die große Mutter der Kultur gewirkt, was sie der Menschheit gewonnen, was sie an Wildheit gebändigt, an Leidenschaften unterjocht und gefesselt, an rohem Sein vergeistigt und veredelt. Der innere Abfall von ihr konnte nicht ohne schmerzliches Schwanken und Kämpfen gewesen sein. In dieser Zelle aber, das Auge auf diese Wände gerichtet, auf die Blätter dieses entsetzlichen Buches, das er täglich zu sehen, zu lesen hatte, schrieb es sich klar in seine Seele ein, daß das Kirchentum, welches sich seiner Zeit auferlegte, sich um das Recht der Existenz gebracht habe!

Unterdes, so wie mit grauenhafter Eintönigkeit und Langsamkeit ein Tag nach dem andern hinschwand, kehrten allmählich seine Kräfte zurück. Er war noch sehr geschwächt, aber das Lebensgefühl regte sich stärker und stärker in ihm. Dies hatte etwas Beängstigendes. In dem Maße, wie die körperliche Schwäche von ihm wich, stieg das Bedürfnis nach Licht, Luft, Freiheit in ihm, wuchs in ihm das Gefühl der Unerträglichkeit seiner Lage; das Gefangensein wurde zu einem leisen, immer schwerer und schwerer werdenden Herzdruck; die Anstrengung es auszuhalten in diesem Kerker, zehrte schärfer und schärfer an seiner Kraft ... er konnte den Augenblick voraussehen, wo diese Kraft geschwunden und aufgezehrt sein werde, wo er es nicht mehr werde ertragen können, wo er verrückt werden oder sich töten, sich verhungern lassen müsse.

## 29. Livios List.

Livio Savelli hätte nicht Livio Savelli sein müssen, wenn er nicht die feste Überzeugung gehegt, daß zwischen Egino und Corradina ein eingestandenes und vielleicht schuldiges Verhältnis bestehe.

Weder die Sitten jener Zeit, noch das heiße Blut des Südländers in ihm, noch seine Schlußfolgerungen aus den Tatsachen konnten ihn anders denken lassen.

Hätte Egino sich so großen Gefahren ausgesetzt, ohne des Lohnes für sein Wagnis sicher zu sein?

Wär' es ihm möglich gewesen in den Garten der Burg einzudringen ohne Corradinas Mitwissenschaft und Hilfe?

Und hätte Corradina ihn gerettet, wenn sie ihn nicht liebte?

In Livio Savelli kochte noch immer eine giftige Wut darüber. All sein Sinnen und Denken war davon befangen. Er mußte diesen Deutschen vernichten und mußte sich Corradina unterjochen; die Leidenschaft in ihm, die ihren Besitz verlangte, war durch den Gedanken, daß sie einen andern vorziehe, zu etwas geworden, was ihn unausgesetzt folterte, sie war zu einer rastlosen Qual geworden.

Sollte er Egino den Mönchen überlassen, ihrer Inquisition?

Die Inquisition war im Ganzen ein mildes, schlaffes, schläfriges Wesen just damals. Sie war wie ein vollgesättigter Tiger, der verdaut. Sie hatte verbrannt, gefoltert, verschmachten lassen, eingemauert, verstümmelt; sie hatte ganze Bevölkerungen vertilgt und Ströme Bluts getrunken. Das letztere aber war vor langen Jahren geschehen. Jetzt war sie träge und ein wenig kindisch geworden; sie war aus der Mode gekommen. Zuweilen reckte der Tiger sich noch, wie um die Kraft seiner Glieder zu erproben, er führte einen Schlag mit der Tatze und dann flammte ein Scheiterhaufen auf wie der Savonarolas. Aber was konnte sie tun, als sodann wieder in ihren Schlummer zu verfallen, in einer Zeit, wo die Gebildeten die Schriften Platos lasen statt der Evangelien, wo Bembo, der Kardinal, an Sadolet schrieb, er möge die Briefe Pauli nicht lesen, um seinen Stil nicht zu verderben, wo die Päpste selbst, wie Alexander VI., Julius II. und Leo X. sich sehr wenig um Theologie kümmerten; wo man Leo X. nachreden konnte, er habe zu Pietro Bembo gesagt: »Alle

Zeiten sind Zeuge gewesen, wie nützlich uns diese Fabel von Christus geworden...« es war eine Verleumdung, aber es ist bezeichnend, daß sie entstehen und unzählige Male wiederholt werden konnte. Die Inquisition war etwas geworden, das sich in einzelnen Ländern Italiens gar nicht mehr fühlbar machte. Und selbst in Rom war sie nicht mehr das, was hätte Livio Genugtuung geben können, wenn Egino sich nur irgend geschickt zu verteidigen wußte.

Und was Corradina anging – sollte er wider sie ausführen, was er ihr gedroht, sollte er sie mit Gewalt nach seinem Castell bei Albano entführen?

Er durfte Gewalt wider sie nicht mehr wagen. Er hatte seinen Vater zu fürchten. Seit dem Tage, wo dieser die Szene mit Egino erfahren, hatte er die Burg auf dem Aventin nicht mehr verlassen; er bewohnte dort die Zimmer, die für das Haupt des Hauses stets bereit standen, und war jetzt immer daheim.

Es war offenbar, daß er in eifersüchtiger Leidenschaft Corradina zu hüten entschlossen war.

Livio konnte seinen Zweck nur durch List erreichen, auch den sich an Egino zu rächen. Er kombinierte beide Zwecke in einem Plane und traf seine Vorbereitungen.

»Corradina«, sagte er dann, an demselben Tage in ihr Gemach tretend, an welchem Beppo von Irmgard gedrängt und gewonnen ward die gefährliche Unternehmung mit ihr zu wagen, »Corradina, ich bitte Dich nicht zu erschrecken, wenn ich heute zu Dir komme. Ich komme, um mit Dir Frieden zu schließen.«

Corradina sah auf und richtete fragend ihr großes Auge auf Livio.

»Ich fürchte Dich nicht«, antwortete sie, »aber den Frieden, den Du zu bieten kommst – nach Deiner bösen zornigen Miene scheinst Du ihn an schwere Bedingungen knüpfen zu wollen.«

»Ich komme nicht Dir Bedingungen zu machen, wenn vielleicht auch Vorwürfe.«

»Vorwürfe? Und weshalb?«

»Weshalb sagtest Du mir nicht offen, daß meine Leidenschaft für Dich hoffnungslos sei?«

»Das ist der letzte Vorwurf, den ich von Dir erwarten konnte! An Aufrichtigkeit, mein' ich, hat es mir nie gefehlt, und Du kannst nicht vergessen haben, daß ich Dir das sehr oft und sehr, sehr deutlich erklärt habe!«

»Was waren diese Erklärungen! Bei einem Weibe, dessen Herz nicht einem andern gehört, hat ein Mann immer Hoffnungen. Nur wenn es für einen andern schlägt, läßt ein vernünftiger Mensch die Hoffnung fahren. Warum sagtest Du mir nicht, daß Du Dein Herz an diesen Deutschen weggegeben?«

Corradina zuckte die Achseln.

»Ich liebe diesen Deutschen nicht«, versetzte sie, »und wenn ich's täte, würde ich's Dir am letzten anvertraut haben.«

»Du würdest mir freundlicher antworten, wenn Du wüßtest, mit welchem ehrlichen Kampf ich meine Leidenschaft für Dich besiegt und sie für immer aus dem Herzen gerissen habe!«

»Du – weißt Deine Leidenschaften zu besiegen?«

»Es ist so, wie ich Dir sage, Corradina. Wenn Du aber nicht annehmen willst, daß es eine gute Regung meines Gemüts oder eine moralische Kraft gewesen, mit der ich diese Leidenschaft besiegt, so nimm an, es sei der Stolz in mir gewesen.«

»Der Stolz?«

»So sagt' ich.«

»Fühlst Du Dich durch das, was Du Deine Liebe für mich nennst, erniedrigt? Das wäre mehr richtiges Gefühl, als ich in Dir voraussetzte.«

»Ich fühle mich dadurch erniedrigt, aber in anderer Weise als Du denkst. Ich fühle mich erniedrigt durch den Gedanken, daß ein anderer Mann mir vorgezogen wird; ich hätte in den ersten Stunden, Tagen nach dieser Entdeckung diesen Mann gern getötet, ich hätte mit Wollust ihn unter unsäglichen Qualen sterben sehen; ich habe mich selbst verflucht, daß mein Dolch nicht tiefer gedrungen, nicht richtiger getroffen. Seitdem sind die ruhige Überlegung und der kühle Verstand meiner Herr geworden, ich empfinde Mitleid mit diesem armen Teufel von Deutschen und mit Dir, Corradina.«

»Ich bedarf Deines Mitleids nicht, aber sprich weiter.«

»Du bedarfst meines Mitleids nicht, aber meiner Hilfe.«

»Deiner Hilfe? Wozu?«

»Diesen Deutschen zu retten.«

»Will ich das?«

»Ganz sicherlich. Er ist Deinetwegen in Not und Kerker geraten, was ist natürlicher, als daß Du schon deshalb alles aufbieten möchtest ihn daraus zu befreien?«

»Gesetzt, es sei so, auf Deine Hilfe würde ich am letzten zählen!« »Corradina« – sagte Livio nach einer Pause, während er durch den Raum schritt, sich mit der Achsel neben der Fenstertür an die Wand lehnte und die Arme über der Brust verschlang, während sie durch diese Tür starr vor sich hin, über den Garten unter ihr fort in das verglühende Abendrot über dem Janiculus, das ihr Haupt mit einem eigentümlichen Schein rosigen Goldes übergoß, blickte – »Corradina«, sagte er, »durch all diese Bitterkeit und Schärfe beweisest Du mir am besten, was Du mir verbergen willst: daß Du diesen Deutschen liebst; Du vergibst mir die natürlichste Handlung, die einfache Tat der Verteidigung, die ich beging, nicht, weil sie gegen *ihn* gerichtet war.«

»Ich habe nie einen sterblichen Mann geliebt«, versetzte Corradina, »auch ihn nicht!«

»Streiten wir nicht darum. Jedenfalls wünschest Du ihn zu retten. Und ich – ich wünsche Dich aus der Nähe, aus dem Machtbereich meines Vaters fortzubringen. Du aber willst nicht gehen.«

»Nicht nach Deiner Burg.« »Du könntest in jeder andern, die uns offen steht, eine Zuflucht suchen, wenn nicht jede andere meinem Vater gehörte und auch ihm offen stände. Nur die bei Albano ist mein mir zugeteiltes Eigen; ich bin dort Herr und die Zugbrücken dort heben sich und fallen auf meinen Wink, auf niemand sonst in der Welt.«

»Sprich weiter.«

»Rette Du den Deutschen, und da er noch krank an seiner Wunde ist, führ' ihn auf meine Burg und pflege ihn dort.« Corradina erhob langsam ihr Haupt zu Livio und sah ihn mit großen Augen fragend an.

»Ist das Dein Ernst?«

»Ich schwöre es Dir.«

»Rette Du ihn, wenn es möglich ist ihn zu retten. Was brauch ich's?«

»Ich würde am Ende auch das tun, wenn ich gewiß wäre, er würde einwilligen sich von mir retten zu lassen. Aber wenn ich bis zu ihm dränge, er würde mir sicherlich nicht folgen. Und kann ich daran denken es mit Gewalt auszuführen? Mit Leuten in die Kerker der Inquisition zu dringen? Würden meine Leute eine offene Gewalttat wagen, wenn ich sie auch wagen wollte? Du allein kannst es ausführen – Du allein und in der Stille.«

Corradina antwortete nicht und Livio fuhr fort:

»Hör' mir zu. Die Sache ist nicht schwer. Graf Egino kann leichtlich gerettet werden, so er nur dem, der zu ihm dringt, vertraut und folgt. Die Räume unter dem Kloster drüben sind von denen unter dieser Burg durch eine nicht starke Mauer, die sie abtrennt, geschieden. Ich lasse diese Mauer in dieser Stunde heimlich durchbrechen. Jenseits derselben führt ein schmaler Gang zu einer runden Kapelle; um sie herum liegen die Zellen der In Pace; an der einen Seite der Kapelle führt eine Stiege empor in einen Gang über derselben, woran andere, luftigere, und geräumigere Zellen stoßen. In einer dieser letzteren hat man Egino von Ortenburg untergebracht. Es ist die dritte. Der Schlüssel ist in meiner Hand, ich habe ihn nach einem Wachsabdruck, den ich mir verschafft, anfertigen lassen. Gehst Du nun um die vierte Stunde nach dem Ave Maria, wenn die Mönche im Schlafe liegen, zu dem Gefangenen, so wird er Dir folgen wie Paulus dem Engel, der in seinen Kerker trat.«

Corradina schwieg noch immer.

»Du hast recht«, sagte sie endlich. »Und so will ich es denn. Es ist nicht möglich, daß Tücke und Verrat hinter dem Ganzen lauert. Du bist dazu nicht schlecht genug, Livio. Auch könntest Du kein Interesse dabei haben, mich in die Hände der Mönche vom Sant Ufficio fallen zu lassen.«

»Nein«, entgegnete Livio trocken und ihren Blick voll erwidernd. »Du wirst es ohne Gefahr tun können. Einen Teil des Weges werde ich selbst Dich begleiten und Dein Wegweiser sein. Du wirst den Deutschen befreien und zurück durch diese Burg führen; auf dem Hofe unten werden zwei Maultiere Eurer harren und zwei bewaffnete Diener, um Euch nach Albano zu bringen. Dort soll niemand weder Dir, noch ihm ein Haar krümmen. So haben wir beide erreicht, was wir wollen. Er ist gerettet und das ist, was Du willst; Du bist der Macht meines Vaters entzogen; das ist, was ich will!«

»Und ich bin in die *Deine* gegeben!« bemerkte Corradina.

»Wie unauslöschlich und grausam Dein Mißtrauen ist! Du tust mir Unrecht, Corradina.«

»Ich habe Gründe auf meiner Hut zu sein, edler Livio«, sagte Corradina, mit einem Zug voll Bitterkeit ihre Lippe kräuselnd, »gegen Dich nicht minder, wie gegen Deinen Vater und alles, was Euch umgibt.« »Aber Du hörtest ja, daß mein Sinn umgewandelt ist, seit ich weiß, daß Du diesen Deutschen liebst!«

Corradina zuckte die Schultern.

»So sehr, daß Du Dir alle Mühe gegeben«, versetzte sie, »zu erfahren, wo Egino gefangen gehalten wird, wie diese Kerker beschaffen sind, wie man in sie eindringen kann, daß Du der Gefahr trotzen willst in sie einzudringen – alles das aus Eifer mir den Mann zu retten, den, wie Du glaubst, ich liebe? Welch ein Edelmut! Messer Ludovico Ariosto sollte ihm ein Dutzend Strophen in dem Heldengedicht, daran er arbeitet, widmen!«

Livio lächelte.

»Messer Ludovico Ariosto!« rief er für sich aus.

»Weshalb wiederholst Du den Namen?«

»Weil er mit der Sache in näherer Verbindung steht, als Du ahnst.«

»Wer? ... Ariosto?«

»Wenn nicht gerade er, doch sein Hof, sein Herr, der erlauchte Alfonso von Este und seine Gebieterin, die goldlockige Madonna Lucrezia.«

»Wirst Du die Güte haben mir das zu erklären?« fragte Corradina.

»Ich will Dir alles sagen, um Dein Mißtrauen völlig zu verscheuchen. Du weißt, vor Jahren, zu den Zeiten, wo die Borgia noch unsere Herren waren und Dein Luca Don Cesares Freund, war ich ein wenig der Freund Donna Lucrezias. Wir lagen ja alle in ihren Banden, der schönen liebreizenden Frau, der ganze junge Adel Roms und ich am meisten ...«

»Ich weiß ... so viel ein Kind davon erfährt, vernahm ich davon.«

»Nun wohl, Lucrezia ist seitdem Alfons von Estes Weib geworden und Alfons von Este ist hier.«

»Er ist hier, der Herzog von Ferrara? Er führt Krieg mit dem Papst und ist hier?«

»So ist es. Er war des Papstes treuester Bundesgenosse und der Kirche Gonfaloniere; dann, als unser Herr Giulio mit seiner Hilfe die Feinde besiegt und die Romagna erobert hatte, schloß der heilige Vater mit den früheren Feinden Frieden und führte Krieg mit den Bundesgenossen. Ferrara mag ihm sehr gelegen scheinen die Eroberungen in der Romagna abzurunden. In diesem Kampfe hat der Herzog das Kriegsglück wider sich gehabt; er wünscht den Frieden, er hat mehreremale vergebens darum gebeten, einmal sendete er Ariosto mit einem solchen Auftrag, aber vergebens; endlich hat er an Fabricio Colonna den Freund gefunden, der ihm den heiligen Vater gnädig stimmte, und er ist hier den Akt der Unterwerfung und Huldigung zu leisten, den man von ihm verlangt. Ich sah ihn gestern im Hause der Colonna; er brachte mir Grüße von Madonna Luerezia und lud mich zu sich nach Ferrara ein ... herzlich und dringend. Ich nahm es an und werde ihn begleiten. Ich brenne Madonna Lucrezia wiederzusehen als treue züchtige Hausfrau und schöne Fürstin Ferraras, inmitten eines glänzenden Hofes, umgeben von geistreichen und edlen Männern ...«

»Du willst in der Tat gen Ferrara ziehen?«

»So ist es ... Du weißt, daß alte Liebe nicht rostet ... ich will Alfonso auf seiner Heimfahrt begleiten ... und so, denk ich, hast Du einen Schlüssel zu dem, was Du so bitter meinen Edelmut nennst. Ich kann nicht ziehen und ruhigen Gemüts sein, wenn ich Dich hier in diesem Hause zurücklasse. Du aber, so sag ich mir, wirst es nicht verlassen, wenn nicht der Deutsche es mit Dir verläßt ... also rette Dir den Deutschen und verlaß es.«

Corradina blickte eine Weile schweigend in Livios Züge.

»Wer in der Menschen Herz sehen könnte!« sagte sie dann.

»Ich habe Dich in das meine blicken lassen«, versetzte Livio ruhig. »Entschließe Dich!«

»Ist denn der Deutsche von seiner Wunde so genesen, daß er fähig ist zu fliehen?« fragte sie nach einer Pause.

»Er lag am Wundfieber nieder. Es ist vorüber; er ist noch geschwächt, aber genug genesen, um die kurze Reise aushalten zu können. So hat man mir berichtet.«

»Wohl denn, ich bin bereit zu tun, wie Du wünschest.«

»Und Du läßt Dein Mißtrauen wider mich fahren?«

»Machst Du das zur Bedingung Deines Beistandes?«

»Nein, ich wünsche es nur. Bedingungen mache ich Dir keine. Nicht eine einzige. Wenn ich Dir zurede den Deutschen auf meine Burg zu führen und ihn dort so lange pflegen zu lassen, bis er völlig genesen ist, so ist auch das keine Bedingung, die ich Dir mache, sondern einzig der Drang der Umstände, der es gebietet.«

»Wohl denn, Livio«, sagte Corradina, »ich will Dir glauben und Dir vertrauen. Du wirst mein Vertrauen nicht täuschen, nicht wahr?«

»Nimmermehr. Willst Du Schwüre?« »Nein. Ich bin auch ohne sie bereit zu tun, was Du rätst.«

»Gut, so sind wir einverstanden. Ich freue mich dessen, und hoffe, daß wir es immer mehr werden. Gib mir die Hand darauf. Ich verlasse Dich jetzt. Ich gehe nachzusehen, wie weit mein vertrauter Arbeiter seine stille Arbeit tief unter unseren Füßen gefördert hat ... den Schlüssel zu des Deutschen Zelle magst Du schon jetzt an Dich nehmen.«

»Also bis um die vierte Stunde nach Ave Maria«, erwiderte Corradina, den schweren Schlüssel, den Livio hervorzog, erregt an sich nehmend.

»Bis um die vierte Stunde. Sei dann bereit und gekleidet für den Ritt in der kühlen Nacht. Einen Mantel für den Deutschen werde ich auf sein Maultier werfen lassen.«

Livio ging.

Corradina lauschte dem Schritt des Fortgehenden. Als er verhallte, sprang sie auf und ging hastig auf den Balkon hinaus und dort auf und ab.

»Welche Tücke lauert hinter diesem allem?« fragte sie sich. »Glaubt Livio, ich sei wirklich so leicht zu täuschen, um in all seinen Reden nichts zu sehen, als die aufrichtige, zur Tugend zurückkehrende Güte, oder den Wunsch ruhig nach Ferrara reisen zu können? O, mein Gott, habt ihr Menschen mich dazu seit Jahren mit den wüsten Szenen Eurer Leidenschaften umgeben, um mich an Eure Redlichkeit glauben zu lassen?«

Ihr Schritt ward langsamer; die Hände faltend, zu Boden blickend, ging sie lange auf und nieder.

»Wenn ich mich weigere«, sagte sie dann leise, »so bleibt Egino im Kerker der Dominikaner, vielleicht lange Jahre, vielleicht auf ewig! Er hat sie zu übermütig behandelt, um nicht ihre Rachsucht hervorzurufen: er hat das Geheimnis meiner Trauung und sie müssen ihn fürchten; es ist keine Hoffnung für ihn, wenn ich ihn nicht rette, wie Livio es vorbereitet hat.«

»Wohl denn, ich will es! Ich will es auch auf die Gefahr hin, daß schon dort die Schlinge liegt, in welche Livio mich locken will. Doch nein, sie liegt nicht dort, kann es nicht. Er kann nicht wollen, daß seine Schwägerin, ein Weib, das den Namen Savelli trägt, in die Hände der Inquisition gerät und daß die Welt erfahre, das Haus das der Kirche drei Päpste schenkte, sah eine Abtrünnige unter seinen Gliedern. Die Schlinge, in welche ich geführt werden soll, liegt jenseits dieser Mauern. Die Leidenschaft seines Vaters ist eine Gefahr, aber auch ein Schutz für mich. Ich soll gelockt werden aus dem Bereich desselben, auf Castell Savello, in sein Haus. Vor dem nun habe ich mich zu hüten. Und ich werde es! Bin ich draußen, in der

Nacht, auf dem Rücken eines starken Maultieres, unter dem Schutze Eginos, so werde ich statt nach Castell Savello nach Palliano reiten – zu ihr, zu seinem Weibe werde ich mich flüchten, und sie wird mit Jubel mich bei sich aufnehmen und mich schützen, um ihn in Wut zu versetzen. O, diese Menschen! Und welch demütigende Lage, wo meine Sicherheit davon abhängt, daß die böse Leidenschaft des einen mich schützt vor der des andern! Mir graut vor all diesen Menschen mit ihren wilden Trieben!«

Sie versank, nachdem sie dies in heftigster Aufwallung hervorgestoßen, in schweigendes Nachdenken; dann, wie aus ihren Gedanken emporfahrend, strich sie mit der Fläche ihrer Hände das Haar aus der Stirne.

»Denken wir jetzt nur daran ihn zu retten!« flüsterte sie.

Sie ging in ihre Gemächer, um sich zu der Reise zu rüsten, die ihr in der Nacht bevorstand.

Hätte sie von ihrem hohen Balkone hinabblicken können in das kleine Haus weit unten an den Gärten der Colonna, wo sich just ein armes deutsches Mädchen zu demselben gefährlichen Gange rüstete, den auch sie in dieser Nacht gehen wollte!

## 30. In der Nacht.

Es war um die elfte Stunde der Nacht nach unserer Stundenrechnung.

Livio trat in Corradinas Zimmer; er fand sie zur Abreise gerüstet. Sie trug über dem Mieder eine Camora von warmem Tuch, die lose sitzende Jacke ohne Taille und darüber die lange »Sbernia«, ein weites Übergewand von schwarzem Samt mit dunklem Pelzbesatz. Ihren Kopf bedeckte ein Hut aus dem Stoffe der Camora mit einer Perlenagraffe, sonst schmucklos, ohne Feder.

An ihrem Gürtel hing unter der Sbernia ein Budgetto, eine zierliche Ledertasche, rund geschwellt und schwer. Corradina mußte darin untergebracht haben, was es an barem Gelds und kleinen Bedürfnissen aufnehmen konnte.

»Du bist bereit, sehe ich«, sagte Livio; »es ist in der Tat der rechte Augenblick. In der Burg ist alles stille und drüben im Kloster liegen die Mönche in ihrem ersten tiefsten Schlaf.«

»Ich bin bereit. Welche Diener wirst Du mir mitgeben auf den Weg nach Castell Savello?«

»Niccolo und Giuseppe«, antwortete Livio; »sie halten mit den Maultieren im Schatten des Bogenganges unten im Hofe.«

»Nur sie?«

»Gewiß, nur sie. Glaubst Du, ich hätte unser Geheimnis mehreren anvertraut als es nötig ist? Daß mir daran gelegen, daß die Mönche nie erfahren, ich habe die Hände im Spiele gehabt bei dem Streiche, den wir ihnen spielen, kannst Du selbst denken. Auf Niccolo und Giuseppe kann ich bauen; auch auf den Maurer, der unten harrt, um, wenn wir die Tat vollführt, die Maueröffnung so säuberlich wieder zu schließen, daß niemand, was geschehen, bemerkt und die Mönche an ein Wunder glauben.«

»Und wer wird uns leuchten?«

»Ich selbst. Mein Leibdiener Antonio wartet draußen mit Fackeln.«

»Ruf ihn herein.«

»Wozu?«

»Daß er mir den Reitsack, den ich mit meinen nötigsten Bedürfnissen gefüllt habe, aus meinem Schlafgemach hinabträgt und an den Sattel meines Maultieres schnallt.«

Livio nickte und ging dies Antonio aufzutragen. Corradina nahm noch ihre Handschuhe, faßte nach dem Gürtel, um sich zu vergewissern, daß der Dolch, den sie hineingesteckt, da sei und schritt hinaus. Draußen kam Livio mit der brennenden Fackel des Dieners, der eben ging Corradinas Auftrag zu besorgen.

Livio schritt voraus. Durch einen winkligen Gang kam man, leise auftretend, auf einen Absatz der großen Stiege, die unten im Hofe unter dem denselben umschließenden Bogengang mündete. Corradina hörte das Stampfen von Maultieren und flüsternde Stimmen in einem der Winkel. Sie schritt weiter, Livio folgend, in die Räume des Erdgeschosses hinein ... dann in eine Region, die sie nicht kannte, in der sie nie gewesen war, hinab. Durch eine halbgeöffnete Tür, hinter der sich eine steile Treppe senkte, anfangs aus Steinen aufgemauert, dann in den Felsen gehauen; am Fuße der Treppe Gewölbe, die Wände Felsen, die Decken aus Mauersteinen gewölbt; mehrere dieser Räume folgten sich, geschieden durch mächtige Pfeiler, welche die Gewölbe trugen; hie und da verengt durch Abschläge aus Holzbohlen, die das Alter geschwärzt hatte; der Boden schmutzig, so daß der Fuß bald ausglitt, bald irgend eine Scherbe zertrat, bald weich wie auf modernde Überreste trat. Der letzte Raum war durch eine Mauer im Hintergrunde abgeschlossen. Als der Schein von Livios Fackel, die diese Unterwelt grell und spukhaft mit ihrem roten Schein erhellte, auf diese Mauer fiel, sah Corradina, daß sie kunstlos aus dem verschiedensten Material aufgeführt war, aus Schichten von Ziegelsteinen, von Stücken antiken Marmors, von alten Hausteinen. In der Mitte war eine Öffnung gebrochen, groß genug einen Menschen durchzulassen; die ausgebrochenen Steine lagen aufgeschichtet daneben; auch auf ein Gefäß mit Mörtel und auf Maurerwerkzeug fiel der Fackelschein – es war also, wie Livio gesagt, alles bereit die Öffnung wieder zu schließen, nur der Mann, der dies tun sollte, war nicht sichtbar.

»Ich habe ihn fortgesendet«, flüsterte Livio, »es ist nicht nötig, daß er Dich sehe!«

Corradina antwortete nicht, sie folgte beherzt durch die Öffnung, als Livio ihr voraus sich hindurchgedrängt hatte. Drüben umfing sie ein ähnlicher Raum, wie der letzte diesseits; nur war er kleiner und der gebrochenen Maueröffnung gegenüber führte aus ihm ein Gang weiter in die Substruktionen des Klosters hinein. Livio schritt auch hier noch voraus, etwa zwanzig Schritte weit bis an eine große Ausweitung des Ganges. Diese Ausweitung bildete einen runden Raum, der etwas wie eine unterirdische Kapelle darstellte; ein starker Pfeiler stand in der Mitte und trug das Gewölbe und an diesem Pfeiler war ein kleiner Altar angebracht; er stand über ein paar Stufen erhöht; über der grauen, von keinem Tuche bedeckten Altarplatte erhob sich ein hohes Kruzifix.

Livio streckte die Fackel vor sich in den Raum hinein, und auf eine Stelle der rund einspringenden Wand, welche ihm zunächst lag, deutend, sagte er leise:

»Dies ist die Kapelle der Murati! Da sind ihre Nischen.«

Die Flamme der Fackel schrumpfte ein und brannte weniger hell. In dem Räume herrschte ein eigentümlicher, unsäglich widriger Geruch, eine verpestete Luft, unter deren Einfluß das Licht der Fackel verkümmerte.

»Da sind die Nischen«, flüsterte Livio, indem er auf die Wand deutete.

Rings um die Kapelle waren tiefe Nischen ausgemauert oder ausgehauen; Mauern verschlossen sie von vorn entweder ganz und alsdann war in diesen eine kleine viereckige Öffnung angebracht, die herauszublicken erlaubte und durch welche Speisen hineingeschoben werden konnten; oder die Mauern waren bis zu etwa drei Fuß vom Boden niedergebrochen.

Corradina wurde von einem Schauder erfaßt; sie fuhr zurück.

»O Gott«, sagte sie, »und schmachten Unglückliche hier?«

»Nein«, flüsterte Livio zurück; »es würde alsdann ein Licht auf dem Altare brennen; man zündet ihnen ein Licht an, auf daß sie den Christus, der ihnen nicht hilft, dort erkennen können!«

»Dem sie als Menschenopfer dargebracht werden! Es ist entsetzlich!« flüsterte Corradina, die Wände umher anstarrend und wie vom Schrecken an den Boden geheftet.

Livio hielt die Fackel höher. Ihr Schein fiel auf das häßliche Zerrbild über dem Altar, das dunkel, von Zeit und Staub geschwärzt, mit entstellten Zügen unaussprechlich abschreckend aussah.

»O mein Gott, was haben sie aus ihm gemacht!« flüsterte Corradina, tief Atem holend. »Das, was sie bedürfen, einen Götzen«, antwortete Livio. »Aber stellen wir nicht darüber Betrachtungen an. Hier, hinter dem Pfeiler, siehst Du, führt eine schmale Stiege hinauf – in einen Gang im höheren Stockwerke .. die dritte Tür, weißt Du, ist es.. den Schlüssel hast Du ...«

»Ich hab ihn«, versetzte sie kaum hörbar – »gib die Fackel.«

»Warte, wir wollen die Altarlampe entzünden... ich denke, es wird noch Öl genug darin sein; es würde mir grauen, wenn ich hier allein im Dunkel zurückbleiben müßte.«

Er schob die halb mit einem dicken schmutzigen Öle gefüllte irdene Schale näher zu sich heran, die, als Lampe dienend, auf dem Altare stand, und es gelang ihm den alten halbverbrannten Docht darin mit der Fackel zu entzünden. Er knisterte eine Weile und sprühte kleine Funken, dann begann der dünne Docht heller zu brennen und dürftig den runden Kapellenraum zu erhellen, den Altar, das Christusbild darüber und die Steinfläche des Pfeilers hinter demselben. Als Corradina sich entfernte, um mutig den Gang anzutreten, den sie allein machen sollte, und als sie mit der Fackel hinter dem Pfeiler verschwunden war, warf die Lampe nur noch ein schwaches Dämmerlicht rings umher – es reichte nur eben aus die Rundmauer und darin die Nischen erkennen zu lassen.

Livio setzte sich auf die Stufen des Altars.

Er horchte den eine Treppe leise und vorsichtig aufsteigenden Schritten Corradinas. Sie waren nach wenigen Augenblicken verhallt. Dann war alles still; nur die Lampe knisterte; sie kämpfte mit der Luft in diesem Raume. Auch Livios Brust begann damit zu kämpfen. Er atmete schwer. Und... was war das? Livio glaubte ein unterdrücktes Atmen zu hören; er wendete den Kopf und blickte hinter sich. Es war nichts.

Livio wartete lange.

Auch draußen, oben im Burghofe, warteten die dort harrenden Männer lange.

Die im Schatten des Bogengangs aufgestellten Maultiere begannen mit ihren Hufen immer ungeduldiger die breiten Steinplatten zu stampfen. Zu Niccolo und Giuseppe, die sie an den Zügeln hielten, zu Livios vertrautem Diener Antonio, der einem der Tiere Corradinas ledernen Reisesack aufgeschnallt, war der Maurer, der auf das Erscheinen Livios und den Befehl harrte sich hinab zu begeben und seine Arbeit an der durchbrochenen Mauer wieder aufzunehmen, getreten, um sich das lange Harren durch Plaudern zu verkürzen. Endlich schlichen auch drei wüst aussehende Gestalten mit Ziegenfellen an den Beinen und langen Feuerrohren auf dem Rücken, echte Sciocciaren, wie sie das Sabiner- oder Volsker-Gebirg nicht malerischer und nicht unheimlicher aussehend nährte, aus irgend einem Schlupfwinkel in dem weiten Hof herbei.

»*Santo corpo della Madonna!*« rief der eine aus, »wenn aus der Sache nichts wird für diese Nacht, Sor Antonio, so soll die Exzellenza es uns sagen lassen, damit wir gehen und schlafen können.«

»Ihr könnt morgen den ganzen Tag schlafen«, antwortete verdrossen Antonio, ein ältlicher magerer Mann mit langsamem, eigentümlich gedämpftem Wesen; »geht zurück, damit die Signora Contessa Euch nicht sieht, wenn sie mit dem Tedesco, den sie zu retten glaubt, kommt. Ihr wißt ja, sie darf nicht ahnen...«

»Wir wissen das, wir wissen das«, sagte ein anderer, »aber wir möchten auch wissen...«

»*Benedetto!* Ein Mann, der wissen möchte!« unterbrach ihn Antonio. »Je weniger Du weißt, Du Dummkopf, desto besser für Dich. Hast Du das begriffen, so weißt Du genug für Dein Handwerk!«

»Will uns die Exzellenza noch länger warten lassen, so mag sie uns einen Brasero herausschicken«, fiel der dritte der Sciocciaren ein, sich enger in seinen Mantel hüllend.

»Oder einen Brasero mit flüssigem Feuer darin, das den Magen wärmt und wach hält«, sagte der erste.

»*Demonio*«, sagte hier Giuseppe leise, »das wäre nicht übel, Sor Antonio, denn die Nacht ist kalt und das Warten macht flau im Magen.«

»Wenn diese Hunde, die Contessa Corradina nicht wahrnehmen darf, in ihren Stall zurückkriechen, will ich gehen und holen, was Ihr wünscht«, flüsterte Sor Antonio. »Geht, Lanfranco«, wendete er sich dann zu dem ersten der drei Banditen, »geht und drückt Euch in den Schatten. Ich hol Euch dann einen Wärmkrug herbei, wie Ihr wünscht, aber seid still. Niccolo, gib Deinem Maultiere einen Fußtritt in den Bauch, damit die Bestie das Aufstampfen sein läßt.«

Niccolo riß dem Maultiere am Gebiß den Kopf in die Höhe.

»*Bestia. maledetta!*« stieß er hervor, »ich stoße Dir ein Eisen in den Leib, wenn Du nicht stehst.« Giuseppe kraulte seinem Tiere den Hals, um es geduldig zu erhalten.

»*Cara mia, sorella mia*«, sagte er dabei, »Geduld, Geduld, dann sollst du die schönste Gräfin in die Berge tragen, weit, weit, *sorella mia*, du sollst sie tragen, nur du!«

Antonio hatte sich unterdessen gewendet und schritt, quer durch den Bogengang, der Treppe, die ins Innere hinaufführte, zu, als man oben im Innern des Gebäudes, von fern her und nur wegen der nächtlichen Stille vernehmbar, den schrillen Ton einer Pfeife vernahm.

»*Ecco!* Sie kommen«, sagten die Männer, die die Maultiere umstanden, und die drei Banditen schlichen davon, um nicht von Livio ertappt zu werden, der ihnen befohlen sich erst zu zeigen, wenn sie außerhalb der Stadt wären.

Auf dem ersten Treppenabsatz, den Antonio erreichte, blieb er stehen. Er hörte den schrillen Pfiff noch einmal.

»*Corpo di bacco*«, flüsterte er für sich, »das tönt aus den Zimmern des Alten! Es fehlte uns, daß *der* sich in die Sache mischte!«

Antonio nahm eine der zwei brennenden Fackeln, welche auf dem Treppenabsatz in die Wandringe gesteckt waren, dann stieg er weiter empor, und oben angekommen, schritt er in den Gang hinein, um da aus irgend einem Raume den Wein zu holen, der die Ungeduld der Leute beschwichtigen sollte; doch ehe er die Tür dieses Raumes erreicht hatte, sah er am Ende des Ganges eine Gestalt auftauchen, die ebenfalls eine Fackel in der Hand trug und rasch auf ihn zukam. »*Eh Antonio, che cosa c´è?*« rief die Gestalt mit lauter Stimme.

»Giovan-Battista, Du?« antwortete Antonio verdrossen. »Was willst Du? Weshalb bist Du wach und auf?«

»Der alte Signore hat mich geweckt«, sagte Giovan-Battista. »Er sagt, er habe im Hofe den Hufschlag von Rossen oder Maultieren und anderes Geräusch vernommen. Was geschieht, was geht vor?«

»Der alte Signore, scheints, hat Ohren wie ein Maulwurf«, erwiderte Antonio. »Warum steckt er den grauen Kopf nicht in die Kissen und schläft?«

»Frag ihn selbst. Fürs erste sprich und gib Auskunft.«

»Auskunft? Worüber?«

»Über das, was geschieht, weshalb Du hier bist, Sor Antonio?«

»Gehts Dich an?«

»Mich nicht, aber die Exzellenza will es erfahren.«

»So sag ihr, Lanfranco und seine zwei Neffen seien von Albano gekommen und hätten vier Barilen Öl gebracht; ich gehe eben den Burschen einen Trunk Weins zu holen.«

»Du lügst zwar, Sor Antonio, aber ich gehe es ihm zu sagen... *Demonio*, da ist er selbst!«

Der Herzog von Ariccia kam den Gang herabgeschritten; er schlang eben einen Ledergürtel um das lange Gewand, in das er sich geworfen; es war mit einer Kapuze versehen und er sah aus wie ein Mönch, als er rasch dahergeschritten kam, nur zeigte sich, als er in den Lichtschein der Fackeln gelangte, daß das Gewand von dunkelrotem Samt und für einen Mönch zu kostbar war. »Antonio«, sagte er, mit seinen Raubvogelaugen blinzelnd und die Hand zum Schutze gegen den grellen Lichtschein darüber haltend, »wohin willst Du, was bedeutet das Geräusch im Hofe?«

»Exzellenza«, fiel Giovan-Battista ein, »es ist Lanfranco mit den beiden Neffen, die vier Barilen Öl auf ihren Saumtieren von Albano...«

»Geh mit der Fackel voraus«, unterbrach ihn, ohne auf seine Worte zu hören, der Herzog.

»Exzellenza, geht nicht, sondern laßt Euch von mir berichten«, sagte jetzt Antonio, der im Augenblick berechnet hatte, daß, wenn er den Herzog durch eine Erzählung zurückhalte, er seinem Herrn eine ebenso lange Frist verschaffe, um da unten Corradina und den Deutschen, wenn Livio vielleicht jetzt eben mit ihnen zurückkehre, in den Sattel und fortzubringen.

»Nun, so sprich«, antwortete der Herzog.

»Giovan-Battista darf es nicht hören, Exzellenza.«

»Dann tritt zurück, Giovan-Battista«, befahl der Herzog seinem Leibdiener.

Giovan-Battista zog sich tiefer in den Korridor zurück.

»Mein Herr«, begann jetzt Antonio, »ist in die Gefängnisse unter dem Kloster drüben eingedrungen.«

»Ah – Livio ist da eingedrungen... und ohne es mir zu sagen?«

»So ist es, Exzellenza. Ich habe vor einigen Tagen schon mit einem der Laienbrüder drüben reden müssen, Fra Alessio heißt er und ist ein gutmütiger alter Knabe, der aus meinem Paese, aus Marino daheim und ein Stück von einem Vetter ist, ein Mann, Exzellenza, wie ein Kind, der...«

»Zum Teufel mit Deinem Alessio, weiter, weiter!« rief der Herzog zornig.

»Von Alessio habe ich erfahren, wo sie den jungen deutschen Grafen untergebracht haben, und dann habe ich einen Wachsabdruck vom Schlosse seiner Zelle nehmen lassen – es ist die dritte, wenn man aus der Kapelle der Murati emporsteigt und in den Gang darüber kommt... auch wo die Kapelle der Murati liegt, hat Fra Alessio mir beschrieben...«

»Alles das aus Gutmütigkeit?« fragte der Herzog dazwischen.

»Wie Ihr's nehmen wollt, Exzellenza«, versetzte Antonio; »aus Gutmütigkeit, vielleicht auch ein wenig aus Rührung über fünfzig Scudi, die ich ihm von Conte Livio gebracht und in den Ärmelaufschlag seiner Kutte gesteckt habe.«

»Fahr fort!«

»Darauf hat Conte Livio nach dem Wachsabdruck einen Schlüssel machen lassen, und als er fertig war, heute im Stillen in der Dämmerung einen Maurer in die Gewölbe unter der Burg geführt. Was der Mann da gearbeitet und was er noch arbeiten soll, kann er Euch selber sagen, denn er wartet unten im Hofe auf Conte Livios Zurückkunft...«

»Also Livio ist eben jetzt unten in den Gewölben... er will den Deutschen herausholen... und ist er allein?«

»Nein, die Contessa Corradina begleitet ihn.« »Corradina ist bei ihm ... *Santa Madre* ... und das alles hinter meinem Rücken! Aber wozu die Maultiere? Wenn er, den Mönchen den Deutschen entführen will, wozu hat er die Maultiere nötig? Haben wir nicht hier in der Burg Verließe, um einen Malfattore darin unterzubringen, und feste Steine, um ihn daran zu schließen?«

»Ich weiß es nicht, Exzellenz«. Contessa Corradina scheint mit dem Deutschen davonreiten zu wollen, begleitet von Niccolo und Giuseppe; doch hat Conte Livio auch Lanfranco und seine Neffen kommen lassen; sie sollen ihnen unbemerkt folgen, und was sie weiter tun sollen... ich weiß es nicht, Conte Livio hat ihnen seine Befehle gegeben, ich kenne sie nicht.«

»*Accidente*«, murmelte der Herzog zwischen den Zähnen, rasch vorwärts den Gang hinabschreitend. »Dieser tückische Livio, der den Mönchen den Deutschen und mir die Corradina entführen will – Giovan-Battista«, rief er, sich wendend, »wo bleibst Du, Dummkopf? Her zu mir... Antonio, vorwärts, ich will selber sehen, was Dein Herr da unten treibt.«

»Um Euch offen die Wahrheit zu sagen«, flüsterte Antonio, jetzt schon neben der hastenden Exzellenza die nach unten in den Hof führende Treppe niederschreitend, »so ist mir's lieb, daß Ihr gekommen, danach zu sehen... Conte Livio bleibt so über die Maßen lange, daß mir schwere Sorge um das, was ihm zugestoßen sein kann, aufs Herz gefallen ist.«

»Sorge? Was sollte ihm zugestoßen sein?« sagte der Herzog. »Gesetzt auch, er wäre von den Mönchen ertappt worden – er ist nicht der Mann, sich von ihnen den Rückweg abschneiden zu lassen, und ich denke nicht, daß sie auf den Einfall gekommen Livio Savelli den Rückweg abschneiden zu wollen. Wie lange ist's her, daß Livio ging?«

»Eine halbe Stunde fast, Exzellenza.«

»Eine halbe Stunde, Santissima, das ist freilich lange. Und weshalb bist Du ihm nicht gefolgt alsdann, Antonio?«

»Weil er mir's streng verboten hat und weil ich nicht Lust hatte dem Banne zu verfallen, dem ein Conte Livio leichter trotzt, als sein armer Leibdiener Antonio Tarmucci.«

»Trotzdem wirst Du's jetzt auf den Bann ankommen lassen, Antonio Tarumcci«, sagte der Herzog, indem er seine Schritte verdoppelte. »Du wirst den Maurer herbeirufen und Ihr beide werdet mich alsdann den Weg führen, den Livio mit der Contessa Corradina gegangen ist.«

Sie waren unten im Bogengang angekommen. Antonio schritt hastig hinüber, wo die Männer neben den Maultieren standen, winkte dem Maurer und kehrte dann, von diesem gefolgt, zurück; nach wenigen Augenblicken hatten die Räume sie aufgenommen, in denen Livio und Corradina verschwunden waren. Antonio ging mit seiner Fackel voraus, der Herzog folgte, der Maurer und Giovan-Battista mit der zweiten Fackel schlossen sich an auf dem Wege die Treppen hinab und durch die dunklen Gewölbräume.

Sie gingen schweigend; sie erreichten die durchbrochene Mauer, der Herzog von Ariccia trat dicht an die Öffnung, lauschte, streckte den Kopf vor, dann trat er mit einem beherzten Schritt in den dunklen Raum jenseits, indem er, sich zurückwendend, dem Leibdiener seines Sohnes zuflüsterte:

»Es ist alles still. Ich sehe nur einen Lichtschimmer; es muß in der Kapelle sein, von der Du sprachst, Antonio.«

## 31. In der Kapelle der Murati.

Das Licht schimmerte aus dieser Kapelle. Wir haben dort Livio, auf Corradinas Rückkehr harrend, auf der Stufe des Altars sitzend gelassen. Die Minuten waren ihm langsam verronnen. Es hatte begonnen ihn zu frösteln in dem dumpfen feuchtkühlen Raum; ein Schauer zog durch seine Glieder. Auf die Nischen vor ihm starrend, fühlte er seine Blicke von ihnen nach und nach wie gefesselt durch etwas unaussprechlich Unheimliches. Da in der dämmerigen Tiefe dieser Nischen, hinter den halb niedergebrochenen Mauern, durch welche dieselben unten geschlossen waren – bewegten sich da nicht Schatten, Schatten von etwas Lebendem, langsam sich Aufrichtendem und wieder Zusammensinkendem; so, als ob diese Nischen noch ihre Bewohner hätten, noch ihre Opfer; als ob noch im Todeskampf zuckende Wesen da in den dunklen Vertiefungen der Wände wären?

Es war dumm und einfältig es zu sehen, da es ja nur die Wirkung der leisen Bewegung der Öllampe auf dem Altar war, die da still, von Zeit zu Zeit knisternd, in der schweren Luft den Kampf ums Dasein führte; es war dumm so auf etwas, das gar nicht da war, zu starren, und doch graute Livio dabei.

Er hörte auch wieder wie ein Atmen. Töricht! Als ob Gestalten, die nicht da waren, atmen könnten. Und dann ein Knirschen, wie wenn leise eine Sohle auf den Boden gedrückt wird. War etwas Lebendiges in diesen Gewölben? Nein! Nichts! Nichts als die lautlosen Schatten waren da, die Livios Blick anzogen und von denen er ihn gewaltsam abzog.

Er faßte nach seinem Gürtel und zog den Dolch hervor, der an zwei silbernen Kettchen von dem Gürtel herabhing. Der Griff war rund und ziseliert, die Klinge dreischneidig. Livio probierte die Spitze auf dem Nagel des Daumens seiner linken Hand. Doch es war zu düster in dem Raume, um sehen zu können, wie tief die Spitze einritzte; Livio legte die Waffe zwischen seine Knie auf die Altarstufe unter sich, zog die Knie herauf und verbarg das Gesicht in den Händen, um nicht mehr hinüber in die Nischen blicken zu müssen.

»Sie bleibt lange«, flüsterte er dabei. »Vielleicht ist er tot; vielleicht hat Alessio mich belügen lassen; vielleicht wars genug an meinem ersten Stoße und des zweiten bedarf es nicht mehr. Dann aber, wie sie nach Castell Savello schaffen?«

Eine Weile saß Livio so da; mehrere Minuten lang, in denen ihn die Aufgabe, wie Corradina nach seiner Burg bei Albano zu locken sei, wenn Egino an seiner Wunde gestorben, beschäftigen mochte. Da hörte er abermals atmen.

Ein starkes, nicht mehr zu verkennendes, fast schnaubendes Aufatmen – dicht vor sich.

Livio fuhr mit dem Kopf in die Höhe und seine weit aufgerissenen Augen nahmen etwas wahr, das ihn mit einem ganz grenzenlosen Schrecken erfüllte.

Sein Herzschlag hörte auf; seine Augen quollen aus ihren Höhlen, indem sie diesen Gegenstand, der dicht vor ihm aus dem Boden aufgewachsen war, anstarrten.

Da – unmittelbar vor ihm – von allem, was die Öllampe hinter Livio an Licht spenden konnte, grell beleuchtet – stand eine Gestalt, ein Mensch, wenn es nicht eine häßliche Ausgeburt der Nacht, ein Teufel war – ein unaussprechlich häßlicher, grinsender Kopf mit wüstem, tief in die niedere Stirn gewachsenem grauen Haar, mit einer Nase, wie eine Maske sie hat, darunter ein Höcker, und rechts und links von demselben niederhängend zwei lange Arme, lang, als ob sie den Boden berühren könnten...

Es war furchtbar – in dieser Umgebung, in dieser Plötzlichkeit vor Livio dastehend, in diesem roten Scheine des kümmerlichen Öllichtes war es eine Überraschung, die einen Mann von schwächeren Nerven, wie die Livios, von Sinnen bringen konnte.

Der Mensch oder der Geist oder Teufel, was es nun war, grinste; unter dicken wulstigen Lippen blickten lange große Zähne hervor. Er schien dennoch nicht in feindlicher Absicht so lautlos vor Livio getreten, und wenn er den Arm erhoben, so war es vielleicht, weil er Livio schlafend geglaubt und ihn wecken wollte. Aber Livios Schrecken ließ nicht zu solche Beobachtungen zu machen. In demselben Augenblicke, wo sein im ersten Moment stillstehendes Herz das Blut, das plötzlich zu ihm zurückgekehrt, wieder mit gewaltsamen Schlägen zu bewegen begann, folgte er dem Instinkt der Furcht, der Selbsterhaltung; er griff nach dem Dolch zwischen seinen Knien und die Klinge blitzte im Schein der Lampe, sie ritzte schon die Wange der Schreckensgestalt da vor ihm, als ebenso schnell eine mächtige Faust sich um seine Kehle legte, mit einem Griffe, wie eine eiserne Klammer, und ein langer Arm sich so weit streckte, daß Livio mit seinem Dolche nur noch in der Luft umherfahren, seinen Gegner aber nicht mehr erreichen konnte.

»Nun stich zu!« grollte es dumpf aus der Brust des Ungetüms, während Livios Ringen sich zu befreien nur die Wirkung hatte, daß die erwürgende Faust sich mit verdoppelter Kraft um seine Kehle krampfte.

Und in diesem Augenblick war eine andere, eine zweite Gestalt da, neben der ersten, sich zwischen sie und Livio werfend. Livio nahm sie wahr und seine mit dem Dolch umherfahrende Hand stach nach ihr und traf auf sie; das noch fühlte er; aber dann wurde es schwach vor seinen Augen; er konnte nicht mehr unterscheiden, wer oder was dieser zweite vermeintliche Gegner war, er konnte nicht mehr hören, wie eine Stimme flehentlich flüsterte:

»Laßt los, laßt ihn los, um Gott, Ihr erdrosselt ihn, Ohm!«

»Wenn ich ihn loslasse, so ruft er um Hilfe und ruft die Mönche herbei, die uns verbrennen werden«, stieß Ohm Kraps zwischen den Zähnen hervor. »Ich mach ihn kalt, den Hund, der nach mir gestochen hat!«

Irmgard wollte eine Anstrengung machen ihres Ohms grausame Hand von Livios Hals zu reißen, aber sie fühlte sich in diesem Augenblick plötzlich kraftlos werden ... dazu einen heftigen Schmerz zwischen Brust und Schulter – sie sank zurück, an dem Ohm niedergleitend. So sank sie auf die oberste Altarstufe.

»Du stichst nun nicht wieder!« sagte, ohne auf sie zu achten, Ohm Kraps mit einem über sein Gesicht zuckenden Grinsen des Triumphes über seine furchtbare Kraft. »Du stichst nicht wieder; da lieg nun mitsamt Deinem Messer!«

Er warf Livio, der sich nicht mehr rührte, der Länge nach auf den Boden.

»O, mein Gott«, flüsterte Irmgard, mühsam sprechend... »Ohm, Ohm, was habt Ihr getan! Ihr habt ihn erwürgt ... und ich konnte nicht helfen ... mir wird so schwach ... wir müssen fort, fort! Helft mir aufstehen und dann fort!«

»Bist Du getroffen?« sagte Ohm Kraps, sich zu Irmgard niederbeugend, um sie zu umfassen und aufzurichten.

»Getroffen ... hier!«

Irmgard deutete mit der linken Hand nach ihrer rechten Brust und raffte sich auf.

»Kommt nur, kommt«, fuhr sie fort; »wenn nur die Laterne nicht ausgegangen ist ... ich ließ sie aus Schrecken zu Boden fallen, als ich sah, was Ihr tatet ...«

Ohm Kraps umfaßte Irmgard, um sie fortzuführen, als plötzlich eine helleres Licht in die Kapelle fiel, leise eilende Schritte zugleich mit dem lauten Knistern einer brennenden Harzfackel hörbar wurden... Doppelschritte, wie von Zweien, die nahten.

»Man kommt, fort, fort!« hauchte Irmgard, einen Schritt vorwärts stürzend.

Dann aber fiel sie gebrochen in sich zusammen.

Ohm Kraps war eben im Begriff sie wie ein Kind in seine Arme zu nehmen, als sich eine Hand auf seine Schulter legte.

Den Kopf wendend, blickte er in ein bleiches Mannesgesicht mit fieberhaft leuchtenden Augen, die ihn anblitzten, ein Gesicht, das er kannte... Daneben ein anderes, das einer ihm fremden Frau.

»Graf Egino«, hauchte Irmgard in diesem Augenblick, »o, Graf Egino... Ihr... Ihr gerettet!«

Über des Ohms Antlitz glitt ein eigentümliches Grinsen wie des Trutzes und zugleich der Beschämung. Als ob Eginos plötzliche Erscheinung das einfachste und erklärlichste Ding von der Welt sei, deutete er auf die Leiche Livios und hauchte mehr als er sprach schweratmend die Worte hervor:

»Ich Hab ihn kalt gemacht! Er hat sie gestochen!«

Ohm Kraps hatte offenbar in diesem Augenblicke nur für die eine Tatsache, daß er einen Menschen erwürgt, Sinn und Gedanken, nur den einen Drang seine Tat zu rechtfertigen, wie ein ertapptes Kind. Egino aber starrte mit entsetzten Blicken auf ihn, auf Irmgard, die in des Ohms sie jetzt aufnehmenden Armen zusammenbrach, auf die Leiche Livios, auf den Raum umher, und mit schwacher Stimme stammelte er:

»Welch ein Traum ist dies, welch ein Traum!« »Es ist kein Traum, was Ihr seht«, flüsterte eine Stimme, die Stimme der Frauengestalt, die, in einer Hand eine Fackel tragend, mit der andern Hand Eginos Oberarm umspannend, neben ihm stand. »Die Leiche ist Livios. Wer sind diese Menschen?« setzte sie hastig hinzu.

»Meine besten Freunde«, sagte Egino, noch immer auf die Gruppe starrend, als traue er seinen Sinnen nicht.

»Graf Egino, kommt, kommt und folgt uns!« stieß Irmgard mühsam hervor, indem sie die Augen schloß und ihr Haupt bewußtlos auf die Schulter ihres Oheims fallen ließ.

Ohm Kraps schritt davon, in einer Richtung, welche derjenigen gerade entgegengesetzt war, aus der vorher Corradina mit Livio gekommen; er trug Irmgard wie ein Kind auf dem linken Arm, mit dem rechten hob er im Gehen eine am Boden liegende Laterne auf; sie brannte noch und ließ jetzt die dunkle Gangöffnung in der Kapellenmauer gewahren, auf welche Ohm Kraps mit seiner Last, die Laterne hoch erhebend, zuschritt.

»Folgen wir, folgen wir, fliehen wir mit ihnen!« rief Egino, einige Schritte mit wankendem Fuße vorwärts machend.

»Mit ihnen?« sagte Corradina... »Ja, ja, fliehen wir mit ihnen, was sonst bleibt uns übrig! Kommt, kommt, stützt Euch mehr auf mich, legt Euren Arm auf meine Schulter, kommt!«

Sie führte, trug ihn fast; ihr rechter Arm hatte ihn umschlungen, seine linke Hand ruhte auf ihrer linken Schulter, mit der linken Hand trug sie die Fackel. »Wir müssen mit ihnen«, sagte sie, »und sehen, ob da ein Ausgang in die Freiheit ist. Ich darf nicht zurück, woher ich gekommen. Wir würden als Livios Mörder gelten. Ich würde es, da Ihr zu schwach seid einen Menschen zu ermorden. Sie würden uns beide auf dem Fleck töten!«

»Und jenen«, versetzte Egino hastig, »dürft Ihr kühn Euer Schicksal anvertrauen.«

»Ich muß es! Also vorwärts! Gott wird uns schützen!«

Sie verschwanden in dem schmalen Gange, durch den der gelbe grelle Lichtschein ihrer Fackel vor ihnen her flackerte.

In die Kapelle zog die alte Stille und Dämmerung wieder ein, mit der das Lämpchen auf dem Altare kämpfte.

So verfloß eine geraume Zeit, bis von der Seite der Burg her Schritte und Stimmen laut wurden... es war der Herzog und seine Begleiter.

Antonio kam zuerst.

Antonio war der einzige, der durch Fra Alessio eine gewisse Kunde der Räumlichkeiten besaß und nach dessen Beschreibung auch seinen Herrn darin hatte einweihen können.

Die übrigen folgten dem Herzog; alle vier hatten bald die Kapelle erreicht, wo das Öllämpchen auf dem Altare brannte. Jetzt ergoß sich das helle Fackellicht in den dämmerigen Raum der Kapelle der Murati.

»Santissima Madonna!« rief Antonio aus, den leblosen Körper seines Herrn erblickend.

Der Herzog stand im nächsten Augenblick neben ihm.

»Der Herr, der Herr, er ist ermordet!« rief Antonio.

Schon hatte der Herzog sich zu ihm niedergebeugt und ihn an der Schulter gefaßt, wie um ihn aufzuheben, dann schnellte er wieder empor. Mit einem Schrei, der eigentümlich unheimlich, erschütternd, in der grauenhaften Kapelle verzitterte, rief er:

»*Iddio!* Livio! Er ist tot, er ist tot!«

Antonio leuchtete mit seiner Fackel in das fahle, verzerrte Gesicht mit der vorstehenden Zunge, den vorquellenden, weit offenen Augen.

»Er ist erwürgt, erdrosselt!« rief Antonio.

Der Herzog schlug die Hände zusammen, fuhr damit an seine Schläfen, wie um den Kopf zu halten, daß er nicht zerspringe von all den schrecklichen Gedanken, die ihm durchs Hirn fuhren, rang die Hände wieder und stammelte:

»O Gott, wer hat ihn mir getötet, wer hat mein Kind getötet!«

»*Povero Signore!*« sagte Antonio, neben der Leiche seines Herrn niederknieend und in einen Strom von Tränen ausbrechend.

»Wo ist der Mörder, daß ich ihn zerfleische, daß ich ihn tausend Tode sterben lasse!« rief der Herzog plötzlich in einem Wutausbruch, die geballten Fäuste hoch über seinem Kopfe erhebend.

»Der Mörder«, stieß Giovan-Battista, nach Atem ringend hervor, »wo wird er sein? Da oben!«

»Wo da oben?« fuhr ihn der Herzog an.

»Eh, weiß ich's? Aber das sieht doch ein Kind ein! Die Mönche haben den armen Herrn Livio bei seinem Sakrilegio in die Kerker der Inquisition zu dringen, ertappt und ihn dafür erdrosselt. Die Contessa Corradina, als weniger schuldig, mögen sie da oben hinaufgeschleppt und da irgendwo eingesperrt haben.«

»Unmöglich!« rief der Herzog. »Wie sollten sie es gewagt haben? Und doch, wie kann es anders gewesen, wie könnt' es sonst geschehen sein? O Antonio, Giovan-Battista, lauft, schafft mir Waffen her, weckt meine Leute, wir wollen diese Mönche in ihren Betten überfallen, wir wollen sie totschlagen, alle bis auf den letzten, wir wollen das Kloster niederbrennen, wir wollen Pulver in die Gewölbe schaffen und alles, was darüber steht, dem Teufel in den Rachen sprengen.«

Der Maurer zupfte unterdessen, während der Herzog fortfuhr, schäumenden Mundes sich in Drohungen wider die vermeintlichen Mörder seines Sohnes zu ergehen, den neben der Leiche knieenden Antonio am Ärmel.

»Sor Antonio«, sagte er »seht einmal!«

Antonio stand auf und folgte ihm.

Der Maurer, der sich während des vorigen in der Kapelle umgeschaut hatte, führte ihn zu der Öffnung in der runden Wand, durch welche vorhin Egino und die übrigen sich gerettet. Er wies auf eine am Boden liegende Harzschlacke, die noch qualmte, die offenbar von einer Fackel niedergeträufelt war.

»*Corpo della Madonna*«, sagte Antonio, »hier ist noch ein Weg, der nicht nach oben ins Kloster, der vielleicht ins Freie führt.

Er ging mit dem Maurer weiter in den Gang hinein. Die Fackel am Boden haltend, fand er von Zeit zu Zeit mehrere solcher Schlacken.

Der Herzog und Giovan-Battista folgten den Verschwindenden nach.

»Wohin wollt Ihr, wohin führt dieser Gang?« rief der Herzog Antonio an.

»Erforschen wir es«, antwortete dieser; »wir finden Harzschlacken und Fußspuren. Es sind mehrere Menschen vor kurzer Zeit durch diesen Gang gekommen, Exzellenza!«

Es war nicht zu bezweifeln, was Antonio sagte. Der Boden des Ganges war felsig, aber hier und da eine kleine Strecke weit zeigte er einen weicheren, modrigen, wie aus Jahrhunderte alten Staubschichten gebildeten Grund und hier auch frische, aber verworrene Fußspuren.

Die Männer drangen vorwärts; sie kamen, nachdem sie vielleicht sechzig Schritte weit gegangen, ans Ende des Ganges. Eine alte, rostige, eiserne Gittertür, aus starken Stangen geschmiedet, stand offen; sie stand in einen weiten dunklen Raum hinein, offenbar aufgesprengt, denn die Klammer, worin der Riegel eingegriffen, war, wohl mit irgend einem starken Instrument, zur Seite gebogen und halb aus der alten Mauer gehoben.

Antonio hob seine Fackel höher, um den düsteren Raum, in den sie jetzt blickten, zu erleuchten.

Das Mauerwerk zeigte, daß man es mit einem uralten Bau zu tun hatte, viereckig, mit abgeschnittenen Ecken, gewölbt; irgend eine alte Tempel-Substruktion; doch mußte eine Verbindung mit der Außenwelt da sein, denn ein leiser Luftzug begann die Flammen der Fackeln zurückzuwehen; auch rief Antonio, nachdem er einige Schritte vorwärts gemacht, heftig zurückprallend, aus:

»Zurück, zurück, es ist hier der Boden durchgebrochen!«

Alle wichen zurück, um nicht mit dem durchbrochenen Gewölbe, auf dem sie, wie der Rand einer Öffnung einige Schritte vor ihren Füßen zeigte, standen, in die Tiefe zu stürzen. Nur der Herzog riß Antonio die Fackel aus der Hand und trat dicht an den Rand vor, um hinabzuleuchten. Aber der Zugwind, der ihm entgegenwehte, war so stark, daß das Fackellicht zurückgeworfen wurde.

»Es liegt ein Schutthaufen da unten, man kann leicht hinabspringen«, sagte er.

»Wozu Exzellenza?« versetzte Antonio, die Fackel aus seiner Hand zurücknehmend. »Wir wissen genug. Die frische Luft, welche uns entgegenströmt, zeigt ja, daß die, welche durch das Gittertor gebrochen sind, da hinab einen Ausweg gefunden. Und so ist alles erklärlich. Der Deutsche ist aus seiner Kerkerzelle richtig befreit worden, in der Kapelle der Murati aber hat er sich geweigert Conte Livio zu folgen. Euer Sohn, Exzellenz«, hat ihn zwingen wollen, der Deutsche hat mit ihm gerungen und ihn erdrosselt und ist dann mit der Contessa Corradina dieses Wegs entflohen.«

»So muß dieser Deutsche, der ja noch krank und erschöpft von seiner Verwundung war«, sagte kopfschüttelnd der Herzog, »die Kraft eines Löwen besitzen... oder die Contessa Corradina muß ihm mit allen Kräften beigestanden haben. Vielleicht war sie es, die diesen Ausweg kannte und ihn angab.«

»Vielleicht!« entgegnete Antonio. »Aber kommt zurück, Herr, mein Rat ist, wir tragen Conte Livio fort, in die Burg hinein, der Maurer da mauert, wie ihm befohlen, die ausgebrochene Wandöffnung wieder zu und die Mönche erfahren nie, daß Conte Livio, daß wir in ihr Gebiet eingebrochen; mögen sie die Art, wie der Deutsche entkommen, einem Wunder zuschreiben. Es ist besser so, damit auf das Haus Savelli kein Verdacht fällt in ihr Recht eingegriffen und ein Sakrileg begangen zu haben.«

»Und wer, wer schafft mir Rache? Wären nicht diese Mönche just die besten Spürhunde, um die Entflohenen zu finden?«

Ein leise anhaltender Ton zitterte schwach durch die dunkle Halle.

»Kommt, kommt, Exzellenza, die Mettenglocke wird geläutet. Sie werden wach werden im Kloster; laßt uns eilen, sonst werden sie uns hören und ertappen.«

Antonio ergriff den noch am Rande der Gewölbeöffnung stehenden und mit untergeschlagenen Armen in die dunkle Tiefe starrenden Herzog am Arm und zog ihn fort.

Sie eilten zurück und nach kurzer Zeit war Livio's Leiche aus der Kapelle der Murati verschwunden; in dem letzten Kellerraum unter der Burg der Savelli aber war mit Antonios Hilfe der Maurer emsig beflissen Stein auf Stein in den Mauerbruch wieder so zu schichten, daß nur eine genauere Untersuchung das, was hier geschehen, entdecken lassen konnte. Oben in der Burg, in dem Räume, in welchem wir schon einmal die Leiche eines Savellers, aber Leben heuchelnd und zur Trauung geschmückt, erblickten, auf dem Bette Lucas, lag der starre Körper seines Bruders, und neben dem Bette, stieren Blickes auf ihn niederschauend, stand der Herzog von Ariccia, blaß, bebend, zusammenhangslose Worte murmelnd.

Giovan-Battista, der unhörbaren Schrittes über den Teppich glitt, um zahlreiche Wachslichter auf silbernen Kandelabern zu entzünden, verstand sie nicht.

Niccolo und Giuseppe aber sprengten längst auf den Maultieren, die so lange im Hofe geharrt, jetzt durch die Nacht, den Burgen im Gebirge zu, nach Ariccia, nach Albano; andere Diener eilten zu den Angehörigen und Klienten in der Stadt, um es zu verkünden, daß der letzte Stammerbe des Hauses Savelli ermordet worden sei.

## 32. Fra Martino!

Es war um die Mittagsstunde des folgenden Tages. Bruder Martin hatte am Morgen ruhig sein Sprachstudium bei dem alten Hebräer getrieben. Jetzt war er sehr erregt durch das, was seine Ordensbrüder bei der Mittagsmahlzeit, die schon stattgefunden hatte, geredet. Das Gerücht von dem Tode, von der Ermordung des Grafen Savelli war bis in die Klostermauern gedrungen, wie es jetzt bereits in jedem Hause in der Stadt vernommen war; auch von dem Verschwinden der Contessa Corradina wußte man, und der rasche Schluß, daß sie den Verwandten ermordet, lag zu nahe, als daß er nicht von jedem, der eine Teilnahme an diesem Vorfalle äußerte, sofort gemacht worden wäre.

Von der Flucht Eginos hatten die Brüder nicht geredet. Die Söhne des heiligen Dominikus mußten nicht für gut gefunden haben sie kund werden zu lassen. Man wußte nichts, als die zwei Tatsachen, daß die Contessa Corradina in der vergangenen Nacht habe nach einem Schlosse im Gebirge reisen wollen... weshalb im Dunkel der Nacht, das war ein Rätsel; und daß zu den im Hofe ihrer bereits harrenden Gefolgsleuten die Nachricht gekommen, Conte Livio, der Stammerbe des Hauses, sei erdrosselt oder vergiftet gefunden und die Contessa Corradina sei entflohen, niemand könne sagen, auf welchem Wege.

Bruder Martin war von dem allen natürlich betroffen und erregt, wunderbar berührt auch durch die Art und Weise, womit die Nachricht an der Mönchstafel unter den Brüdern aufgenommen wurde. So etwa, wie man heute in einer großen Stadt am Morgen die Nachricht aufnimmt, es habe in der Nacht in einem der Stadtviertel gebrannt. Es war ein Gewöhnliches damals in Rom, daß man in den Morgenstunden drei bis vier Ermordete in den Straßen fand.

Man hätte von dem Vorfalle vielleicht gar nicht geredet, wäre er nicht in einem so großen Hause, wie dem der Savelli, vorgefallen, und hätte er nicht den Reiz des Rätselhaften gehabt.

Bruder Martin war in seine Zelle zurückgekehrt und stand im Begriffe zu Callisto Minucci hinauszugehen und mit ihm über dieses Ereignis zu reden, als er draußen auf dem Gang sehr laut und von mehreren Stimmen zugleich rufen hörte:

»Fra Martino, Fra Martino!«

Zugleich wurde hastig die Tür seiner Zelle, just als er den Riegel derselben zurückschob, aufgerissen; zwei Mönche, hinter denen ein in ein Wams von dunkelrotem Damast mit einem kurzen schwarzen Mantel darüber gekleideter Mann stand, drängten herein und riefen zu gleicher Zeit erregt:

»Fra Martino, Ihr sollt zu Sr. Heiligkeit kommen, der heilige Vater will mit Euch reden.«

»Mit mir?« fragte Bruder Martin erschrocken.

»So ist es; hier ist ein Kursor, der Euch eilends zum Vatikan holen soll.«

Der Kursor machte mit der erhobenen Hand jene Bewegung, welche wie ein Abwehren aussieht und doch dem Italiener ein: »Kommt her!« bedeutet.

Dabei sagte er lebhaft:

»Wenn Ihr der deutsche Mönch seid, der unlängst den Monsignore di Ragusa zum Hause Rafael Santis begleitete, so sollt Ihr unverzüglich mir zum heiligen Vater folgen, so wie Ihr da seid.«

»Ich bin der deutsche Mönch«, antwortete Bruder Martin, »und ich folge Euch; ich bin zum Ausgehen bereit.«

Der Kursor wendete sich.

Bruder Martin folgte ihm und die Mönche blickten beiden überrascht nach.

»Was mag der heilige Vater mit dem armen Fra Martino vorhaben?« fragten sie sich und gingen dann die Nachricht in dem ganzen Kloster zu verbreiten.

Um diese Frage zu beantworten, wandern wir Bruder Martin voraus zu der hochragenden Burg, in welche der deutsche Bruder vor das Antlitz des Statthalters Christi beschieden ist.

## 33. Der Statthalter Christi im Vatikan.

Es ist ein ernstes, strenges, gebietendes Antlitz! Dieser Mann, der der nicht sterbende Moses des Volkes Gottes ist und beauftragt es als Hort und Hirt durch die Wüste des endlichen Lebens in das himmlische Kanaan zu führen, nicht einer Feuersäule, wohl aber der göttlichen Erleuchtung nach, die ihn aus dem leichten Schwingenregen der sein Haupt umflatternden Taube des heiligen Geistes anweht; dieser Mann hatte etwas von der Gestalt und den Zügen des Moses, wie Michel Angelo sein gewaltiges Bild in Marmor ausgehauen hat. Giuliano della Rovere, als Papst Julius II., stand im Alter von 67 Jahren, aber seine kräftige und festgebaute Gestalt stand aufrecht, wie es einem Gebieter zukommt. Seine mehr derb als scharf gemeißelten Züge verrieten, daß er »gelebt« hatte, gelebt in Arbeit, in erschöpfender Aufregung und in Genuß; aber die Spuren der Ermattung und der Abspannung waren nicht in ihnen; der Mann war voll elastischer Kraft in seinem Auftreten und in seinen Gebärden, die etwas Heftiges, Eckiges bekamen, wenn die Erregung die angenommene Würde durchbrach. Er sprach rasch, laut und scharf akzentuiert; leicht ging die Stimme in einen Ton über, der wie Zorn klang.

Das Charakteristische seiner Erscheinung wurde erhöht durch den grauen Bart, den er trotz der lang abgekommenen Sitte zu seiner natürlichen Länge hatte wachsen lassen.

Er schritt in einem der Gemächer des Palazzo Vecchio, jenes Gebäudeteiles des Vatikans, der, wie wir früher sahen, damals an seiner Fronte mit den Gerüsten des Loggienbaues bedeckt war, auf und nieder, in einem großen und schönen Räume mit schwerer kassettierter Holzdecke, die mit Farben und Vergoldungen ausgeziert war. Die Wände bedeckten kostbare, in Arras gewirkte Stoffe und ein großer Teppich breitete sich durch das Gemach aus, an dessen oberem Ende ein Tisch und ein hochrückiger Lehnstuhl auf einer Estrade standen. Auf dem Tisch ein hohes Kruzifix, Schreibzeug, einige Papiere und Pergamente mit Siegeln daran; neben dem Stuhl eine Fußbank. An der Wand des Saales einige Tabourets und in einer der tiefen Fensternischen ein kleinerer Tisch mit Mosaikplatte, auf der eine Karaffe und ein venezianisches Flügelglas und zwei vergoldete Schalen standen, deren eine Konfekt, die andere

Früchte enthielt. Julius II. war nicht unmäßig, aber er liebte den Wein. Seine Feinde warfen ihm vor, daß er es zu sehr tue. Er schritt in seinem langen weißen Hauskleide langsam auf und nieder, aber er unterbrach diesen Gang von Zeit zu Zeit, um in die Fensternische zu treten und von dem dunkelroten Traubensaft zu trinken, welcher in der Karaffe enthalten war.

Es waren außer ihm vier oder fünf Männer in dem Gemache anwesend. Drei davon haben wir früher erblickt. Der eine war Padre Anselmo, der Sakristan und Beichtvater des Papstes; der andere, der feiste Mann mit dem blühenden Gesichte und den stark schielenden Augen, war Monsignore Tommaso Inghirami, sein Gelehrter, der Mann, der Auskunft gab, wo eine Frage sich aufwarf, zu deren Erledigung wir heute ein Lexikon aufschlagen; und der Dritte endlich Padre Geronimo, der Dominikaner, der Inquisitor der ketzerischen Verdorbenheit. Die ersteren saßen auf den Tabourets an der Wand, wo ein Wink des Papstes ihnen Platz zu nehmen erlaubt hatte; Padre Geronimo stand in der Mitte des Raumes, während Julius II. mit ihm redend und an ihm vorüber auf- und niederschritt.

»Es ist in der Tat eine sehr dunkle Geschichte, Eure Heiligkeit«, sagte Padre Geronimo; »Graf Livio Savelli ist tot, ist erdrosselt; Contessa Corradina ist entflohen; aber sie kann ihn nicht erdrosselt haben, sie, ein schwaches Weib, den starken Mann? Nein, gewiß nicht; zum Erdrosseln gehört die Faust eines Mannes, und eine starke und sehnige obendrein!«

»Und wo hat man ihn erdrosselt gefunden?« fragte der Papst.

»Das weiß ich nicht anzugeben, heiliger Vater; denn der Herzog von Ariccia gibt nur ausweichende Antworten. Aber in derselben vorigen Nacht, worin Livio Savelli geendet, ist nun auch, wie gesagt, der deutsche Graf, Corradinas Geliebter, aus unserem Gewahrsam entflohen. Wir wissen nicht, wer ihn aus unserm Kerker geführt hat; wir wissen aber, daß er entführt ist, und haben den Weg verfolgen können, den mehrere Menschen, deren Spuren wir fanden mit ihm genommen hatten. Sind diese Menschen, nicht zufrieden damit, sich heimlich in unser Kloster eingeschlichen und den Deutschen befreit zu haben, nachher in die Burg der Savelli gedrungen, um auch Corradina zu entführen und bei dieser Gelegenheit Livio Savelli zu erwürgen? Das ist nicht glaublich; man darf sagen, es wäre eine gar nicht mögliche Verwegenheit! Und doch muß der Mord, die Flucht Corradinas und die Flucht des Deutschen einen Zusammenhang haben ...«

»Fangt sie Euch ein, diese Leute«, sagte der Papst. »Habt Ihr nicht Spürhunde genug? Fangt sie Euch ein und Ihr werdet den Zusammenhang erfahren. Bringt dann Livio Savelli ein redliches Totenopfer. Ich gönne es diesem armen Herzog von Ariccia. Der Mann ist zu beklagen. Sein Livio war ein geschmeidiger Geselle. Aber diese Menschen gehen alle zu Grunde, weil sie nicht sind, was sie sein sollen; das ist das, was an der Sache nicht dunkel ist! Diese Barone! Gott hat sie als Wächter und Diener um diesen unseren heiligen Stuhl gestellt, wie er im Himmel die Erzengel und die Heerscharen um seinen Thron gestellt. Sie aber haben geglaubt, statt seine Hüter könnten sie seine Tyrannen machen und ihn zerschlagen, um die Stücke an sich zu reißen! Gott straft sie. Er hat sie durch uns gestraft, daß wir ihre Macht gebrochen haben, und ihre Kinder erwürgen sich untereinander oder ersticken im Schlamme ihrer Sünden. Was wollt Ihr noch, Padre Geronimo? Geht und laßt nach den Entflohenen spähen... da, wie Ihr sagt, dieser deutsche Graf noch entkräftet und siech an einer Wunde ist, die ihm Livio Savelli früher zugefügt, so kann er nicht aus der Stadt entflohen sein.«

»Wir lassen spähen, heiliger Vater«, antwortete Padre Geronimo; »wir haben zuerst in sein Quartier gesendet... die Wirtsleute und sein Diener scheinen nichts von ihm erfahren zu haben...«

»Und seine Freunde? Beobachtet sie, haltet ihre Häuser umspäht...«

»Hat er Freunde? Wir kennen keine. Der Herzog von Ariccia nennt den Prokuratore an der Rota, Signor Callisto Minucei, als seinen Freund. Ist er sein Freund, so wird er nichts verraten, und sollen wir ihn verhaften und der Folter unterwerfen, ohne daß ein bestimmter Verdacht wider den angesehenen und geachteten Mann vorliegt?«

»Ich wüßte Euch einen Freund des jungen Deutschen zu nennen, Padre Inquisitor««, fiel hier aufstehend und herantretend Monsignore Inghirami ein.

»Seht, seht«, wendete sich der Papst in scherzhaftem und neckendem Tone an diesen. »Monsignore Phädra! Weshalb, Fra Geronimo, fragtet Ihr nicht früher ihn? Ein Gelehrter wie er weiß alles. Er weiß aus seinen Büchern, was auf dem Monde und auf der Erde vorgeht.«

»Und Eure Heiligkeit weiß, was im Himmel vorgeht«, sagte lächelnd Monsignore Phädra; »so braucht sich die Welt freilich nur an uns beide zu wenden. Aber diesmal tätet Ihr mir zu viel Ehre an, wenn Ihr annähmt, ich hätte es aus den mir zur Obhut vertrauten Büchern geschöpft. Das Beste, was wir lernen, steht nicht in Eurer Heiligkeit Büchern...«

»Verlang' ich so oft nach Euren Büchern, daß Ihr mir diese Weisheit auskramen müßt? Sagt, was Ihr wißt!«

»Ich war mit einem jungen deutschen Mönche von Padre Anselmos Orden beim Meister Rafael Santi; dort erhielt der deutsche Mönch eine Sendung von dem entflohenen Grafen Egino, der ihn zu sich auf den Aventin beschied. Also ist der deutsche Mönch ein Freund, ein Vertrauter des entflohenen deutschen Grafen.«

»In der Tat«, fiel Padre Geronimo ein, »Ihr erinnert mich daran; von diesem deutschen Mönche redete auch Livio Savelli unlängst, der Entflohene habe ihn zu Contessa Corradina führen wollen. Und beim Meister Rafael Santi traft Ihr ihn, dort erreichte ihn des Grafen Egino Botschaft?«

»Ich selbst wies ihm den Weg zu dem Hause Santis, dem er früher bereits bekannt geworden«, versetzte Tommaso Inghirami. »Was macht Euch betroffen dabei?«

»Seltsam«, entgegnete Padre Geronimo, »höchst seltsam, denn auf Meister Rafaels Geheiß ist in den vorigen Tagen unter unseren Klostergebäuden in den Felsenwölbungen gearbeitet, und nur so ist es möglich gemacht worden aus den Kerkerzellen unter unserem Konvente zu entkommen. Wäre nicht just am Tage vorher durch die Ausgrabungen ein Weg geöffnet worden, um durch alte Gewölbe und bisher verschüttete Gänge ins Freie zu gelangen...«

»Was wollt Ihr sagen, Padre Geronimo?« rief der Papst, vor ihm stehen bleibend und offenbar ebenfalls betroffen, aus. »Wollt Ihr andeuten, daß mein unvergleichlicher Meister Santi in einem Komplotte sei, um einen Schuldigen aus den Händen des Sant Ufficio zu befreien und Livio Savelli zu erwürgen! Nehmt Euch in acht! Tastet mir den Mann nicht an!«

Der Papst hatte dies laut und zornig gerufen; sich von dem Inquisitor abwendend, murmelte er für sich:

»Verdammter Mönch! Hat er recht? Gewiß, es ist so! Dieser verwegene Mensch! Die Dominikaner um ihren Gefangenen zu bestehlen! Accidente!«

Julius II. schritt nachdenklich zum Mosaiktische in der Fensterbrüstung, leerte das halbgefüllte Glas und murmelte weiter vor sich hin:

»Und ein deutscher Mönch soll darum wissen... sie werden ihn einfangen und foltern und peinigen, bis er alles gesteht. Armer Meister Santi! Wie schützen wir Dich! Per bacco, wir wollen es! Sie sollen Dich nicht fassen!«

»Laßt mir den Mönch holen, schafft mir den deutschen Mönch zur Stelle, ich will ihn sprechen, augenblicklich!« rief der Papst dann plötzlich, sich wendend, laut aus. »Ihr wißt von ihm, Phädra, gebt Befehl, daß man ihn hole!«

## 34. Alfonso von Ferrara.

Monsignore Phädra ging eilends hinaus, um den Bruder Martin herschaffen zu lassen.

Als der Bischof von Ragusa zurückkam, trat neben ihm durch den gehobenen Türvorhang zugleich ein Cameriere ein und sagte:

»Eure Heiligkeit haben um diese Stunde die Audienz des Herzogs von Ferrara anberaumt. Se. Eczellenz harren in der Antecamera.«

»Ferrara! Ferrara!« murmelte der Papst und strich mehrmals mit der Hand, wie sich in Gedanken verlierend, über seinen Bart. Dann das Haupt aufwerfend, nickte er und mit den Worten:

»So führt ihn zu uns ein«, ging er, sich auf seinen Sessel niederzulassen, während die Anwesenden, die auf den Tabourets saßen, sich erhoben.

Der Cameriere ging zurück; gleich darauf wurden die Türvorhänge von zwei Bussolanten zurückgerissen. Man sah, wie jenseits derselben, noch im Vorgemach, ein reich in weißgeflecktem Goldbrokat gekleideter Mann dem Cameriere seinen Degen und seine Handschuhe übergab; ein Prälat, der Maggiordomo des päpstlichen Hauses, trat dann vor und schritt mit dem Herzog von Ferrara einher. In der Mitte des Gemachs neben Padre Geronimo blieb der Maggiordomo stehen, der Herzog Alfonso von Este, ein Mann von mittlerer Größe mit einem beweglichen geistreichen Gesicht, dunkler Hautfarbe und scharfem Blick der schwarzen Augen, trat mit festem und gemessenem Schritt bis zur Estrade des Papstes vor, ließ sich auf beide Knie nieder und küßte den Fuß, dann den Ring auf der Hand des heiligen Vaters.

»Ich heiße Euch willkommen, Herzog«, sagte der Papst, »da Ihr Euch vor uns demütigt und kommt um den Frieden zu bitten. Den Frieden zu geben, ist unseres Amtes.«

»Ich danke Euch, heiliger Vater«, versetzte mit einer weichen und wohllautenden Stimme der Herzog – »für diese Worte, die es mich glücklich macht, von Euren eigenen Lippen zu hören. Euer Feldherr Fabricio Colonna, der durch seine Fürsprache Euere Gnade für mich gewann, hat mir berichtet, wie huldvoll Ihr nichts weiter von mir verlangt, als daß ich Euch hier vor Eurem Hofe meine Reue ausdrücke wider Euch Krieg geführt zu haben, wider Euch, den heiligen Vàter der Christenheit und den Oberlehnsherrn des Herzogtums Ferrara, als den ich Euch jetzt hier anerkennen soll, und laut und offen anerkenne. Ich bereue es, sowohl allein, wie an der Seite des Königs von Frankreich Krieg wider Euch geführt zu haben, ich erkenne den Bann der Kirche, den Ihr über mich verhänget, als durch meine Handlungsweise verdient an, und bitte Euch demütig, daß Ihr nunmehr ihn von mir nehmt.«

»Erhebe Dich, erhebe Dich, mein Sohn!« erwiderte der Papst, den Herzog an den Schultern erfassend, um ihn aufzuheben.

Herzog Alfonso stand auf, und die Art, wie er das bärtige Haupt mit dem kurzen krausen Haar zurückwarf, zeigte, daß er, vielleicht der mächtigste und jedenfalls der beste Fürst Italiens seiner Zeit, nichts von seinem Selbstgefühle verloren hatte durch einen Akt der Unterwerfung, der in den Augen seiner Zeitgenossen so wenig schimpflich galt, wie das Knien vor einem Altare. Hatte doch einst, um vom Banne erlöst zu werden, Graf Raimund von Toulouse sich blutig geißeln lassen; ließ doch noch Heinrich IV. von Frankreich in einer späteren Zeit unter viel schmählicheren Bedingungen als jetzt der Herzog seinen Frieden mit dem Papste machen; vor dem auf dem Platze vor der Peterskirche errichteten Throne des Papstes warfen sich die Stellvertreter des Königs nieder und mußten mit einem Rutenschlage die Absolution hinnehmen.

Alfonso erhob sich und der Papst fuhr fort:

»Wir werden, hoffe ich, gute Freunde werden von nun an, Herzog Alfonso, so gute, daß ich große Lust hätte Euch hier in dieser edlen Stadt Rom zu halten, in welcher ich die größten Meister in jeglicher Kunst versammelt habe. Denn Ihr werdet nicht leugnen, daß mein feiner Rafael Santi der erste der Maler, mein grober Buonarotti der erste der Bildhauer, und mein hitziger Bramante der erste der Baumeister ist; Ihr aber, sagt man mir, Herzog, wäret der erste Meister, was die Kunst des Geschützegießens betrifft, und solch einen Mann könnte dieser unser heiliger Stuhl in so argen Zeiten, wo er das Recht Italiens und sein eigenes Recht mit Geschützen verteidigen muß, sehr wohl gebrauchen.«

»Heiliger Vater, Ihr habt auch ohne mein reisiges Zeug so tapfere Wunder bei dieser Verteidigung getan, Ihr habt jegliche fremde Herrschaft so siegreich auf unserer schönen Halbinsel bekämpft und Euch selber ein so mächtiges Reich gegründet...«

»Mir selber«, unterbrach ihn auffahrend der Papst, »sagt nicht, mir selber, sagt das nicht, Herzog! Meine Vorgänger haben gekämpft für sich selber, das heißt für ihr Haus, für ihre Nepoten. Ich habe kein Haus, ich habe keine Nepoten. Mein Ruhm ist, daß ich gekämpft habe um der Kirche willen... Laßt's Euch gesagt sein, damit Ihr einseht, was Ihr getan habt, wenn Ihr Eure verdammten Geschütze gegen meine Städte und meine Heervölker richtetet ... es waren Sturmböcke wider die Mauern der Kirche, wider das Haus Christi aufgeführt. Und wollt Ihr es gutmachen, indem Ihr Eure Kunst dem Dienst der Kirche weiht? Wollt Ihr? Ihr seid ein so großer Meister in aller Schmiedekunst, Ihr versteht das Eisen zu Stahl zu härten, auch Festungen zu bauen und daneben heitere Feste jeglicher Art zu ordnen; Schaubühnen und Theater zu errichten; die Welt erzählt sich Wunder von Ferrara. Wär' nicht für solche Künste Rom ein besserer Platz? Und dann führtet Ihr uns ja auch mit Eurem Gefolge jenen lustigen Ritter Messer Ludovico Ariosto zu und unser Hof besäße auch den Mann, den man als den ersten Dichter Italiens rühmt.«

Der Herzog heftete, während der Papst in seiner die Worte scharf hervorstoßenden Weise so sprach, einen fragenden Blick auf ihn; er hörte offenbar aus diesen Worten etwas heraus, das ihn betroffen machte. Wollte Julius II. ihn nur necken, war es ein heiterer Scherz, der bei des Papstes strenger Miene und barschem Tone nur ein wenig bärbeißig lautete? Oder hatte er die Absicht ihm anzudeuten, daß er, der Herzog, nun in eine vom heiligen Stuhle so abhängige Vasallenstellung gebracht sei, daß ihm solche Vorschläge gemacht werden durften?

Wie dem auch war, Herzog Alfonso war nicht gekommen und nicht vor das Antlitz des Papstes beschieden, um darüber mit ihm zu streiten, und so beschränkte er sich darauf, ruhig zu antworten:

»Heiliger Vater, Messer Ludovico ist zwar ein treuer Diener meines Hauses, aber mir gen Rom zu folgen, würde ich ihn schwerlich je bewegen können. Eure Heiligkeit erinnert sich, daß ich zuerst gerade ihn an Euch absendete, um mir den Frieden von Euch zu erwirken. Eure Heiligkeit bewilligte ihm auch voll Huld eine Audienz und er ließ sich dazu geziemendlich in Euren Palast und vor Euer Antlitz führen; jedoch kaum war mein armer Abgesandter, Messer Ludovico, über Eure apostolische Schwelle getreten, als Eure Heiligkeit ihm zornig entgegenrief, er solle sich allsogleich hinausscheren, wenn er nicht zum Fenster hinausgeworfen werden wolle. Darüber ist er in großen Schrecken geraten, hat in eilender Flucht sein Maultier bestiegen und ist ohne anzuhalten geritten, bis er sich in Ferrara sicher fühlte. Jetzt würde er sich nicht wieder in den Bereich Eurer Macht getrauen und wenn Ihr auch ihm verhießet ihn auf dem Kapitol als Dichter krönen zu wollen!«

»Diese Poeten!« lachte Julius II. auf. »Seit Horaz seinen Schild im Stiche ließ, sind sie immer dieselben Hasen geblieben.«

Das Lachen des Papstes hatte etwas Gezwungenes; auch trat ein Ausdruck auf seine Züge, der dem Herzoge bewies, daß er, wenn der heilige Vater ihn zu demütigen beabsichtigt hatte, sich wohl aus der Sache gezogen. Er hatte angedeutet, daß über Ferrara die Macht des Papstes sich nicht erstrecke und diesen zugleich an einen Ausbruch brutaler Laune erinnert, dessen Erwähnung ihm nicht angenehm sein konnte.

Die Züge des heiligen Vaters hatten sich in der Tat ein wenig verfinstert, als er nun fortfuhr:

»Ihr seht, ich habe Euch besser aufgenommen! Was die Bedingungen des Friedens angeht, so werden wir sicherlich leicht und bald eines Sinnes darüber werden. Sie mit Euch festzusetzen, haben wir sechs unserer ehrwürdigen Brüder aus der Zahl der Kardinale beauftragt. Ihr mögt nun gehen, Herzog Alfonso, um mit ihnen zu verhandeln – zum Zeichen der Versöhnung und Eurer Absolution geben wir Euch unseren apostolischen Segen.«

Während Herzog Alfonso sich auf ein Knie niederließ und abermals den Ring auf der linken Hand des Papstes küßte, machte dieser mit der Rechten ein Zeichen über seinem Haupte. Dann erhob sich der Herzog und verließ raschen festen Schrittes, innerlich froh und erleichtert aufatmend, an der Seite des Maggiordomo das Gemach.

Julius II. erhob sich von seinem Stuhle, trat von der Estrade nieder und begann wieder wie früher auf- und abzuschreiten.

»Padre Geronimo«, sagte er nach einer Pause, »Ihr seid zwar ein Heiliger, wir wissen es, aber Ihr seid darum noch kein Säulenheiliger! Wie mögt Ihr so lange stehen?

Macht es wie Phädra dort, der gar kein Heiliger ist, und setzt Euch. Was sagt Ihr zu diesem Herzog von Ferrara und seiner Haltung! Ein stolzer Mann das! Wenn ich Theolog wäre, wie Ihr, so würde ich einen Vers aus dem alten Testamente wider ihn sprechen – leider weiß ich nicht mehr, wie er lautet und nicht mehr, wo er steht. Monsignore Phädra, wißt Ihr es?«

»Vielleicht denkt Eure Heiligkeit an den Vers im ersten Buche der Könige: Du bist hoch in deinem Trutz, aber vor dem Herrn werden erschrecken seine Widersacher und über sie wird er donnern im Himmel!«

»Seht Ihr, dieser Phädra weiß alles.. wißt Ihr vielleicht auch, Phädra, wie lange noch dieser deutsche Mönch, den wir zu uns her beschieden haben, uns wird harren lassen?«

»Jedenfalls länger, heiliger Vater, als es für das arme Mönchlein, wenn er Euch anders in huldreicher Stimmung finden will, gut ist! Denkt gnädig, daß er nun einmal einer dieser langsamen Deutschen und daß der Weg bis zu seinem Kloster und zurück hieher weit ist!«

Der Papst wendete sich zu seinem Sitze zurück und sich niederlassend, sagte er:

»Schade, daß er den Weg nicht mit Eurer Zunge machen kann, Monsignore di Ragusa, die ist schneller; unterdes wollen wir uns die Zeit kürzen, indem wir diese Breven bekräftigen.«

Julius II. nahm eine große Rohrfeder und rollte das erste der vor ihm auf dem Tische liegenden Pergamente auf. Nachdem er es gelesen, murmelte er einige unverständliche Worte und unterschrieb es langsam mit großen Zügen. Alsdann nahm er ein zweites, mitten im Lesen unterbrach er sich und sagte aufschauend:

»Monsignore Phädra, durch wen laßt Ihr Euer Bistum Ragusa verwalten?«

»Durch einen Franziskaner, heiliger Vater.«

»Und Ihr da, Monsignore di Siena«, wendete er sich an einen andern Herrn im Prälatengewande, neben dem eben Padre Geronimo Platz genommen; »wer verwaltet Eure Kirche, während Ihr hier bei der Kurie diese Breven abfaßt, die Ihr mich zu unterschreiben zwingt?«

»Heiliger Vater«, antwortete der Bischof von Siena, »es ist ein Bruder vom heiligen Berge Carmel, dem ich sie anvertraut habe.«

»Und hier«, fuhr der Papst fort, das Pergament unterschreibend, »erteile ich eben die Fakultäten zur Verwaltung des Erzbistums von Sevilla an einen Kapuziner... Welche treue Hirten Eurer Herden Ihr seid... überall übergebt Ihr sie den Bettelmönchen ... Freilich, sie tun's für den niedrigsten Lohn... und sie sind auf ihren Posten bessere Wächter des Glaubens, als Ihr sein würdet, Phädra, denn Ihr seid ein Heide; aber sie werden noch die ganze Kirche sein... die ganze Kirche ein Bettelorden ...«

## 35. Glauben und Werke.

Julius II. wurde unterbrochen durch den eintretenden Cameriere.

»Der Augustiner-Bruder, nach dem Ihr verlangtet, heiliger Vater«, meldete er.

Der Papst nickte mit dem Haupte; der Cameriere ging zurück und gleich darauf hob sich der Türvorhang wieder, um den Bruder Martin einzulassen.

Bruder Martins Gesicht trug alle Spuren der Erhitzung und der Aufregung; er hatte im Sturmschritt den weiten Weg zu machen, den steilen Aufgang zum Vatikan, die zahllosen Stufen der Treppen zu ersteigen gehabt; schon das hätte ihm allen Atem benommen, wäre auch nicht die Erregung des Augenblicks, worin er, der arme deutsche Mönch, vor den Statthalter Christi auf Erden, geführt wurde, dazu gekommen. Es schwindelte ihn, es schwirrte ihm vor den Augen, so daß die Gegenstände um ihn her sich verwirrten und verschwammen. Der hohe weißgekleidete Greis, der auf einer Erhöhung am Ende des großen Raumes thronte, schwebte fast wie ein Traumbild vor ihm. Hätte es ihm der Cameriere nicht beim Eintreten wiederholt, daß er, sobald er die Schwelle übertreten, niederknien müsse, er wäre an der Tür stehen geblieben wie eine Salzsäule.

So aber erfüllte er demütig den Brauch.

Julius II. warf einen flüchtigen Blick auf ihn, dann sagte er zu dem Bischof von Ragusa gewendet:

»Ihr kennt ihn, führt ihn her!«

Tommaso Inghirami trat auf Bruder Martin zu, und ihn an der Schulter berührend, sagte er:

»Kommt, der heilige Vater gewährt Euch huldvoll, daß Ihr seinen Fuß küssen mögt.«

Martin erhob sich, er ging an Inghiramis Seite durch das Gemach, kniete noch einmal auf der Estrade, um das goldgestickte Kreuz auf dem weißen Schuh des Papstes mit den Lippen zu berühren; und dann trat er zurück, um mehrmals tief aufatmend und sich fassend, seinen Blick jetzt frei auf das Antlitz des Papstes zu richten.

Der Papst sah forschend in diese sich jetzt so offen und frei auf ihn richtenden Züge; sie schienen ihm aufzufallen. Mit der Hand über die Mitte seines Gesichtes fahrend, sagte er:

»Bis an den Mund seht Ihr aus wie ein lustiger Bruder und kluger Geselle; und drunter wie ein Exorcist, vor dem die Teufel Schreck haben. Habt Ihr ihrer schon gebannt?«

Der Papst hatte dies in italienischer Sprache zu ihm gesagt; Bruder Martin war ihrer ja nach und nach so mächtig geworden, daß er in derselben Sprache antworten konnte:

»Nein, heiligster Vater, nicht aus anderer Menschen Seelen wenigstens, höchstens nur aus mir selber!«

»Aus Euch selber? Und welche Teufel haben in Euch gesteckt, daß Ihr sie bannen mußtet«, sagte der Papst mit einem Anklange von Spott.

»Der größten einer, der Teufel des Kleinmuts und des Verzagens hat in mir gesteckt.«

»Wie kann, wer da glaubte, verzagen?«

»Der Glaube eben machte mich verzagen.«

»Der Glaube?« warf der Papst zerstreut hin, und offenbar mehr mit der Persönlichkeit des Mönchs beschäftigt, als mit seinen Worten. »Das lautet seltsam. Wie machte Euch der Glaube verzagen, es sei denn, Ihr hättet am Glauben verzagt.«

»Und doch ist es so, heiligster Vater, und wenn Ihr mein Schuldbekenntnis anhören wollt, ich habe in der Fülle des Glaubens verzagt und habe viel Pein darunter gelitten! Wie kann ich, fragte ich mich, je genugtun, um die Gnade zu verdienen und gerechtfertigt zu sein? Wie kann ich Schwacher die Stärke finden, um Werke zu tun, die mir die Seligkeit gewährleisten? Wie mich retten vor der zornigen Gerechtigkeit Gottes? Und mich überwältigte die Herzensangst, die Furcht Gottes kam über mich mit einer Gewalt, die all mein Sein vernichtete und mir den Odem raubte.«

Papst Julius II. hörte ihm aufhorchend zu; was der deutsche Mönch da in so kurzen Worten ihm andeutete, berührte ihn vielleicht wie etwas Wunderliches, Seltsames.

»Und diese Furcht Gottes«, sagte er kopfschüttelnd, »war ein Teufel? Ein Teufel, den Ihr auszutreiben hattet? Die Furcht Gottes ist der Anfang der Weisheit, nun soll der Anfang der Weisheit der Teufel sein!«

»Weshalb nicht, heiliger Vater? Der Teufel kann den Anfang der Weisheit haben, nur nicht die Mitte und das Ende. Die Mitte der Weisheit ist die Liebe und das Ende der Friede.«

Julius II. schüttelte abermals den Kopf.

»Fra Anselmo«, rief er zu seinem Beichtvater hinüber, »hört da einmal Euren Ordensbruder an. Habt Ihr mehr solcher Metaphysiker darunter?« »Nicht so viele, heiligster Vater«, antwortete Fra Anselmo sich erhebend, »daß es nicht der Mühe verlohnte ihn anzuhören.«

Der Papst nickte.

»Mag er weiter reden. Mag er sagen, womit er seinen Teufel gebannt und dahin gekommen, sich wie ein Ketzer der Furcht Gottes zu entschlagen.«

»Ich habe mich nicht der Furcht Gottes entschlagen«, versetzte Bruder Martin, »aber aus der Furcht Gottes drehte mir der Teufel einen Strick, den er mir um den Hals legte, daß ich schier dem Tode nahe war, und diesen Teufelsstrick habe ich mir ab- und fortgerungen. Glaubt mir, heiliger Vater, es war ein schwerer, schwerer Kampf! Ich hatte das Buch der Heiligen Schrift in meiner Zelle und trank in vollen Zügen das Wasser des Lebens und des ewigen Heils daraus. Aber mit diesem lebendigen Wasser strömte wie eine Flut, in der ich zu ertrinken glaubte, die unermeßliche Angst und die unaussprechliche Seelenpein auf mich ein. Viele Wochen lang senkte sich kein Schlaf auf meine Augenlider; das Fieber warf mich aufs Krankenbett; an meiner Lebenskraft nagte der Gedanke meiner Sündhaftigkeit und daß, wie ich nicht das weite uferlose Meer füllen könne, ich durch meine Werke nicht die uferlose Unendlichkeit der Seligkeit gewinnen könne – nimmermehr... daß ich nicht Gottes Gnade auf mich wenden könne, und wenn auch meine schwache Menschenkraft sich vertausendfache zum Tun dessen, was die Kirche uns, um zur Rechtfertigung zu gelangen, vorschreibt. Aus diesem Zustande, heiliger Vater, habe ich mich durchgerungen zur

Erkenntnis, daß all dieses Tun ein untergeordnetes, nebensächliches Ding ist, daß wir nur unsere ganze Seele in den Glauben zu versenken haben, um aus ihm die friedengebende selige Ruhe des Gemüts in uns strömen zu fühlen; denn der Glaube weckt Liebe, und weil unsere Liebe die Liebe Gottes erwirbt, dürfen wir mit beruhigtem Gemüte uns in die Arme Gottes werfen, das angsterfüllte Herz kann nicht lieben, nur das beruhigte Herz kann es. Und weil ich dies erkannte und darin frohen Mutes wurde, darum sagt' ich, heiligster Vater, ich habe den Teufel aus mir gebannt.«

Luthers Auge blitzte, während er so sprach. Seine Miene war erregt, mehr wie je die eines Mannes, der einem Weibe seine Leidenschaft erklärt, war; mehr wie die eines Kindes, das seiner Mutter das Aufwallen seines enthusiastischen Herzens ausschüttet; er war fortgerissen von dem Gedanken, daß er zu dem Stellvertreter Gottes auf Erden, zu dem Vater aller Gläubigen spreche; er konnte nicht anders als vor ihm das Tor seines Herzens weit, weit aufwerfen; es ward ihm während des Sprechens zu Mute, als müsse jetzt gleich von den Lippen dieses apostolischen Greises, der ja ein lebendiges Stück der Offenbarung war, der heilige Geist ihn anwehen und sich in sein geöffnetes Herz ergießen... denn für ihn und für Millionen anderer war trotz aller Schäden und aller Wunden der Kirche das hoch über der Entartung derselben stehende Haupt der Kirche noch der wahre und unfehlbare Ausdruck ihres ursprünglichen Prinzips; es war es geblieben trotz allem was geschehen.

Papst Julius II. aber schüttelte, einige unverständliche Worte murmelnd, den Kopf.

Er hätte wohl geantwortet, wären nicht Padre Geronimo, Anselmo, Phädra und die anderen gegenwärtig gewesen; sie waren so scharfe Theologen ... Julius II. fürchtete die Theologen, weil er sich schwach in ihrer Wissenschaft fühlte, und er zog vor in ihrer Gegenwart sich nicht aufs Glatteis zu wagen und keinen weiteren Ausspruch zu tun, als trocken die Frage hinzuwerfen:

»Und wie seid Ihr zu dieser schönen Erkenntnis, daß die Werke nichts taugen, gekommen, wobei Ihr Eure Kutte an den Nagel hängen, die Sakramente Sakramente sein, mit Fasten und Kasteien aufhören, den Pilgerstab, mit dem Ihr zu dieser heiligen Stadt Rom gewallfahrtet seid, in das Feuer werfen und am Ende ein Heide werden könnt, denn auch die Heiden können an ihre Götter glauben und sie lieben?«

Über Bruder Martins Züge schlich ein Ausdruck wie harter Enttäuschung.

Betroffen und weniger laut antwortete er:

»Heiliger Vater, ein Heide werden? Ich habe ja vom Christenglauben geredet, weil ich tief im Gemüt erkenne, wie herrlich das Christentum alle anderen Religionen überstrahlt. Mit dem Glauben und der Liebe findet der in Christo getaufte Mensch den einzigen Mittler, den von allen Religionen nur das Christentum hat. Bei ihnen allen ist keiner da, der den Menschen, wenn er gefallen, wieder erhebt, an dessen Brust, zu dessen Liebe der Sünder sich flüchten kann, wenn er eine Schuld sühnen will, zu dessen Füßen er all sein menschlich Elend niederlegen kann. Denn der Mittler war ein Mensch, wie wir es waren; er kennt des Menschen Wesen in all seinen Tiefen, auch den Drang der entweihten Seele nach der Wiedergeburt. Wie könnte ein religionsbedürftiger Mensch dem Glauben, der dem Herzen und dem Gedanken vor allem andern genügt, untreu werden, um ein Heide zu werden?«

»Mag sein, mag sein«, fuhr der Papst ungeduldig dazwischen, »Ihr seid aber doch ein Schwärmer, Ihr denkt zu viel, Ihr Deutschen! Was hat ein Bettelmönch zu denken? Lest Eure Messen, singt Eure Psalter ab und dann legt Euch auf Euren Strohsäcken aufs Ohr. Durch Euer Denken kommt Ihr zu Ketzereien. Nicht wahr, Padre Geronimo? Laßt die Kirche für Euch denken, wie die Kirche uns, ihr alleiniges Oberhaupt, denken läßt für sie; und auch wir denken nicht, denn wenn wir grübelten und dächten, so wüßten wir zuletzt nicht mehr, ob, was wir erdacht, unsere sterbliche Weisheit sei oder die unfehlbare Eingebung des heiligen Geistes.«

»Aber das Gehirn der Menschheit kann nicht stille stehen, heiliger Vater.«

»Weshalb nicht? Ist der heilige Geist nicht Gehirn genug für die Menschheit? Brauchen Eure harten deutschen Schädel mehr? Wollt Ihr widersprechen? Wider die von der Kirche Euch auferlegten Werke wollt Ihr Euch erheben? Ei seht doch den Frate! Werft mir den dummen Mönch hinaus, Phädra!«

Papst Julius begann sich in den Zorn zu reden, der so leicht in ihm entfacht ward; zum Glück wurde er durch die Bemerkung Phädras beschwichtigt:

»Eure Heiligkeit wollten ihn wegen seiner Verbindung mit dem deutschen Grafen verhören ...«

»Wollt ich? Nun, er wird nicht viel davon wissen. Hätte der Deutsche zu seiner Flucht und zu seiner Entführung der Witwe Luca Savellis einen Mönch nötig gehabt, er hätte nicht diesen einfältigen Schwärmer genommen. Fragt Ihr ihn, Padre Geronimo.«

Padre Geronimo wendete sich zu Bruder Martin und sagte:

»Ihr kennt den Grafen Egino von Ortenburg?«

»Ja«, versetzte Bruder Martin, zerstreut den Dominikaner anblickend und sich den kalten Schweiß abwischend, den seine innere Erregung ihm jetzt auf die Stirne trieb.

»Er schrieb Euch, daß Ihr zu ihm kommen solltet, in unser Kloster bei Santa Sabina. Weshalb?«

»Weil er eine hohe Dame kennen gelernt, der er mich zuführen wollte.«

»Zu welchem Zwecke?«

»Ich weiß es nicht.«

»Wißt Ihr, daß er entflohen ist, nachdem er den Grafen Livio Savelli getötet?«

»Ich hörte, daß Graf Livio Savelli getötet sei. Ich glaube nicht, daß Graf Egino ihn getötet habe, es sei denn in gerechter Notwehr und gezwungen; ist er entflohen, so wünsche ich ihm Glück dazu, denn ich gönne ihm als einem ehrlichen jungen deutschen Fürstenblut alles Gute.«

»Woher kanntet Ihr Rafael Santi?«

»Dort der Herr Bischof von Ragusa hatte das Wohlwollen gegen mich, mich zu dem berühmten Meister zu führen.«

»Saht Ihr ihn seitdem?«

»Nein.«

»Wohin vermutet Ihr, daß Graf Egino geflohen ist?«

»Ich weiß es nicht und vermute nichts darüber.« »Ihr steht im Angesichte unseres heiligsten Vaters, in seinem Namen fordere ich von Euch, daß Ihr die Wahrheit sagt; ich fordere sie von Euch bei Eurem Gelübde und Eurem kirchlichen Gehorsam. Was wißt Ihr von den Vorgängen der verflossenen Nacht in der Savellerburg?«

»Nichts«, versetzte Bruder Martin ruhig.

»Glaubt Ihr, daß Meister Rafael Santi davon weiß?«

»Ich kann nicht glauben, ohne Grund zu glauben. Der Grund des Glaubens ist das Zeugnis, das unantastbare, das der Untersuchung durch meine Vernunft unterzogen..«

»Fängt nicht dieser Mönch seine Homilien wieder an?« rief hier Papst Julius II. zornig dazwischen. »Werft ihn hinaus, sag ich Euch, Ihr seht, daß er ein Dummkopf ist und daß er nichts weiß; laßt ihn laufen, Padre Geronimo, laßt ihn laufen; ich will daß man ihn laufen lasse und auch Rafael Santi in dieser Sache nicht mehr nenne und ihn nicht beunruhige, hört Ihr, ich will es!«

Bruder Martin, der starr in das sich rötende Antlitz des Papstes blickte, fühlte sich an der Schulter gefaßt; es waren Monsignore Phädra und Padre Anselmo, die herzugeeilt waren ihn fortzuschaffen, da sie wußten, wie gefährlich es war, wenn solche Gebote des heiligen Vaters nicht ihre augenblickliche Ausführung erhielten.

Und so stand er, ehe er sichs versah, ehe er recht zur Besinnung gekommen, draußen in dem großen Vorzimmer... schritt langsam, allein seinen Weg suchend, durch Bussolanten und Türsteher und Schweizerwachen, durch große Räume, über viele, viele Treppen hinunter, über den Petersplatz durch den Borgo endlich, heimwärts, seinem Kloster zu.

Ein wie viel ärmerer Mann, als der er diesen selben Weg so eilends, so hochklopfenden Herzens gekommen!

Es war ihm zu Mute wie einem Kinde, das sein Höchstes auf Erden, seinen Vater, seine Mutter, hat sündigen sehen, dem der leuchtende Stern seiner Zuversicht in Schmutz sank.

Er hatte in Italien und Rom die Kirche in ihrer wildesten Verweltlichung gesehen. Er war empört worden über die sittliche Verwilderung derer, welche sich Priester nannten, über den vollständigen Untergang des religiösen Gefühls bei ihrer Mehrzahl, über ihre Blasphemien und ihre Laster. Aber wie der arme Verirrte, der in Kälte und Nacht geraten, in seinem Herzen nicht an der Sonne zweifelt, so hegte in seinem tiefsten Herzen der arme deutsche Klosterbruder die Zuversicht auf die unverwüstliche Macht des Prinzips, und im sonnenhaften Glanze dieses Prinzips hatte immer noch das Haupt der Kirche als der höchste, wenn auch in menschlicher Gebundenheit befangene Hüter der Wahrheit vor ihm gestanden, als der letzte Träger seiner stillen Hoffnungen.

Und nun waren diese Hoffnungen dahin.

Dieser Papst war eine Erscheinung, so weltlich, so irdisch, so ohne Liebe und unbekümmert um die Wahrheit, wie er Hunderte erblickt.

Bruder Martin hatte in vollem, warmem Drange seines Herzens diesem Manne, der der sanfte Hirte seiner Herde, der Vater der Gläubigen, der auch sein Vater sein mußte, rückhaltlos wie ein Kind sofort ausgesprochen, so gut er's in den wenig Worten, die ihm vergönnt waren, nur konnte, was sein innerstes Gemüt erfüllte. Was ihn in viel traurigen Stunden monde- und jahrelang bewegt und gequält und seine Seele durchwühlt, was der Gegenstand so vieler tiefsinniger Erörterungen mit frommen und gelehrten Freunden daheim, mit seinem edlen und milden väterlichen Johann von Staupitz gewesen, das ganze innere Leben seines Geistes, die Erkrankung seines Gemüts und seine Genesung, das Dunkel seiner Seele und das Licht und den Gedanken, aus dem wie aus dem aufgehenden Stern der Weisen dies Licht in seine Seele gefallen, er hatte es in raschen geflügelten Worten seinem geistlichen Vater gesagt.

Der Papst hatte ihn nicht verstanden. Der geistige Vater hatte kein Ohr für die Sprache seines Kindes gehabt.

Und doch, er hatte ihn verstanden. Der Papst war, wie sie alle, ein – kluger Mann.

Er hatte auf der Stelle wahrgenommen, daß Luthers Gedanke wie ein Atlas den Schwerpunkt des Christentums auf sich nehme, ihn forttrage von da, wohin die Kirche ihn gelegt, und fortschleudere in eine Region, wohin ihm nur deutsche Gemüter folgen konnten.

In die Region der Innerlichkeit. In eine Gegend, wo gute Werke nicht mehr als Ware für Geld ausgeboten werden konnten!

Bruder Martin schlich langsam heim. Er war nicht erschüttert in seiner Überzeugung, aber er war traurig, wie er es je daheim in seiner stillen Klosterzelle in Wittenberg gewesen. Das Wort »das menschliche Herz ist ein trutziges und verzagtes Ding« – nie fühlte er es mehr. So trutzig auf die Wahrheit, die es gefunden, sein Herz war, so unbeugsam es darauf beharrte, so verzagt war es im Gefühl seiner Schwäche der Welt gegenüber, welche die Wahrheit nicht will.

Jeder seiner Mission bewußte, aber noch stumme Prophet empfindet es, daß das große Wort, welches er noch unausgesprochen in sich trägt, mächtiger als er selbst, sich über seine Lippen drängen wird, um ihn zu einem Laocoon zu machen; daß, sobald das Wort gesprochen, der große, tiefe und schmutzige Sumpf, den man das Leben nennt, auch seine Schlangen wider ihn ausspeien wird, die ihn umringeln und ersticken.

Luther fühlte schaudernd und stockenden Herzens das leise Kriechen dieser Schlangen.

Wenn es ihm gelang das weltbewegende Wort zu finden, das den der Menschheit verlorenen, gestorbenen Christus wieder erweckte und das Götzenbild stürzte, das seine Seele usurpiert hatte, dann war keine, keine Macht auf Erden da, die ihn schützte in dem Kampf, der wider ihn entbrennen mußte. Der unfehlbare oberste Hort der Christenheit war, das hatte diese Stunde ihn gelehrt, sein Feind wie alle anderen. Wer da siegen wollte, der mußte stärker sein als Laocoon.

## 36. Im Hause Giuliettas.

Bruder Martin ging, in seine Gedanken verloren, langsamen Schrittes durch die Straßen Roms.

Was er da oben im Gemache des Papstes vernommen, ließ ihn jetzt einen andern Weg einschlagen, als den er zu machen vorhatte, bevor ihn der Cursor aus dem Vatikan zum Heiligen Vater beschieden. Er ging nicht zum Hause Callistos, sondern er hatte sich der Höhe des Quirinals zugewendet, um mit Irmgard zu reden.

Ihr zunächst wollte er die Kunde bringen von dem, was er eben erfahren, von der Flucht Eginos. Er wußte, welche Freudenbotschaft es für das junge Mädchen sein werde, und er fühlt«, daß es für ihn in seiner tiefen Niedergeschlagenheit der einzige Trost, der einzige Balsam für seine gebeugte Seele sein werde, wenn er Balsam in ein anderes gebeugtes Menschenherz gießen könne.

Als er am Fuße des Hügels an dem Eingang in den Palast der Colonna vorüberkam, sah er einen Haufen Volkes, das eben auseinanderlief. Einige Herren in reichen Gewändern standen vor dem Tore; prunkend geschirrte Rosse wurden im Hofe auf- und abgeführt; es war noch ein Teil des Gefolges, mit dem der Herzog von Ferrara zur Audienz bei Julius II. geritten und jetzt heimgekehrt war. Drinnen in den Colonnesischen Gärten – Bruder Martin vernahm es, als er an der hohen Mauer, welche diese Gärten umgab, entlang den Quirinal hinaufstieg – mußte schon der Herzog mit seinen Freunden und Wirten zusammen den guten Erfolg der Audienz feiern, denn sie sprachen und lachten sehr laut und fröhlich da drüben jenseits der Mauer.

Als er an einem großen eisernen Tor in der Mauer, das ins Freie führte, vorüberkam, sah er auch mit einem Streifblick die Gesellschaft. Man stieß eben mit den Gläsern an und ließ den Papst und den Herzog hochleben.

Martin schritt weiter; er erreichte das kleine Haus der Witwe. Da wo der Agavenzaun den Zutritt zum Gärtchen offen ließ, stand ein schwarzgekleideter Mann, lebhaft redend, vor Beppo; Beppo sah außerordentlich betroffen und sehr blaß aus. Er stieß, als Martin an ihm vorüber in den Garten schritt, eben einige: »Eh!« und Oh!« und »Accidente!« hervor und Bruder Martin hörte ihn dann ausrufen:

»Sor Antonio, Ihr könnt auf mich bauen, so gut, als ob ich ein Klient des edlen Hauses Savelli wäre. Ihr könnt auf mich bauen!«

»Ich baue darauf, und da meines armen ermordeten Herrn Livio Gattin, seine arme Witwe jetzt, eine Colonna ist, so müssen uns freilich die Klienten der Colonnas schon beistehen...«

»Gewiß, gewiß müssen sie, aber jetzt laß mich sehen, wohin dieser Frate will...«

»Seht danach, Beppo, und vergeßt ja nicht, was ich Euch sagte.«

»Nein, Sor Antonio, und ich bringe Euch Nachricht, sobald mir das geringste Verdächtige aufstößt.«

Beppo hatte ein eigentümlich hastiges und aufgeregtes Wesen, und damit ließ er Sor Antonio stehen und rannte Bruder Martin nach.

»Wohin wollt Ihr?« sagte er, als er ihn an der Haustür, die heute verschlossen war, erreichte und die Hand auf seinen Ärmel legte.

»Zu den Deutschen, die bei Euch wohnen.«

»Um Gotteswillen«, flüsterte Beppo angstvoll, »sprecht leise. Zu den Deutschen? Welchen Deutschen? Kennt Ihr sie? Ihr selbst seid nach Eurer Sprache...«

»Ich bin ein Deutscher und Eurer Einwohner Freund.«

»Gut, gut, ich will es Euch glauben.«

Beppo pochte an die Tür.

»Ich will Euch zu ihnen führen«, sagte er dabei. »Aber wenn Ihr ihr Freund seid, guter Frate, so sprecht zuverlässig zu keiner Menschenseele von...«

Beppo wurde unterbrochen, denn die Tür öffnete sich und Frau Giulietta steckte den Kopf hindurch.

»Es ist ein Freund, ein Deutscher, Mutter«, flüsterte Beppo ihr entgegen.

Frau Giulietta öffnete die Tür ganz und ließ Bruder Martin, den sie ja kannte, ein. Beppo blieb draußen.

Die Witwe führte den Mönch durch ihre Wohnstube, die der Herd zugleich als Küche bezeichnete, an einer offen stehenden Tür vorüber, durch die man in eine Kammer voll Arbeitszeug, dem Handwerksgeräte Beppos blickte, und öffnete die Tür zu der Wohnung ihrer Einwohner. In das Gemach tretend, erschrak Bruder Martin, als sein erster Blick auf ein altes Himmelbett im Hintergrunde fiel, und er sah, daß Irmgard darauf ruhte und mit einer Bewegung, welche die äußerste Schwäche verriet, ihm den Kopf zuwendete.

»Irmgard«, rief er aus, »was ist Euch geschehen, Ihr seid krank ...«

Ohm Kraps, der wie ein Bild des Jammers, in sich versunken, am Fußende des Bettes gesessen, war beim Eintritt des Mönchs aufgefahren: als er die deutschen Worte hörte, zuckte eine wundersame Verzerrung über sein Gesicht. Er stammelte schluchzend hervor:

»Es hat einer sie gestochen, es hat einer sie auf den Tod gestochen, und ich habe ihn kalt gemacht, er hat kein Glied mehr gereckt, aber nun hab ich die Sünde auf mir, die Todsünde auf mir, die Todsünde...«

Bruder Martin heftete seine Augen erstaunt auf die seltsame, wie irre redende Gestalt, dann kehrte er zu Irmgard zurück und wiederholte:

»Was ist geschehen, sprecht, armes Kind!«

»Ich bin verwundet, in dieser Nacht«, sagte mit matter Stimme Irmgard.

»Verwundet, schwer verwundet...?«

»Der Arzt sagt es, und ich fühle es, daß es wirklich schwer ist!«

»Gerechter Gott! Ihr armes, armes Mädchen! Einen Arzt habt Ihr also ...«

»Er war zweimal schon da – der Sohn unserer Wirtin hat ihn hergeschafft. Er hat mich in der Morgenstunde verbunden.« »Aber sagt mir, wie ist das zugegangen?«

»Wir hatten einen Eingang gefunden ins Kloster zu den Kerkern. Um dieselbe Zeit war mit dem Herrn Livio Savelli die Gräfin Corradina hinein in dieselben Räume gekommen, um Egino herauszuführen. Wir trafen zusammen und ... das Sprechen wird mir schwer ... ich habe, bevor ich verbunden wurde, zu viel Blut verloren, sagt der Arzt... laßt's Euch von dem Ohm berichten. Der Ohm hat Livio Savelli getötet. Jetzt liegt schwer der Mord auf ihm und er jammert nach einem, dem er's beichten könne. Laßt's Euch von ihm beichten!«

»Ja, ich hab keine Ruh', keine Ruhe mehr, bis ich's beichten kann – laßt mich's Euch beichten, Bruder!« greinte Ohm Kraps.

»Wohl, wohl, das mag er«, fiel Bruder Martin ein.

»Aber vorher sagt mir, wo sind sie, wo ist Egino und Corradina?«

»Beide im Hause – Signor Callistos«, gab Irmgard, schwer die Worte hervorbringend, zur Antwort.

Bruder Martin sah sich in dem geräumigen Gemache um; sein Blick flog über die wenigen alten Möbel, über ein Christusbild, das in einem bestäubten schwarzen Rahmen an der Wand hing, über eine große weiße Marmorbüste, das Bild einer schönen, aber streng aussehenden Heidengöttin, das an der Wand, dem Bette Irmgards gegenüber, stand; er nahm einen Stuhl und stellte ihn in die entfernteste Ecke; Ohm Kraps folgte ihm und kniete vor ihm nieder und greinte und flüsterte seine Beichte hervor; Bruder Martin fragte dazwischen und erhielt so Kunde von dem Vorgange der Nacht, so viel sie Ohm Kraps geben konnte; als er ihm die Absolution erteilt, erhob er sich und nahm den Platz zu Füßen Irmgards ein, den dieser vorhin verlassen. Sein Auge lag lange mit einem feuchten Glanz auf dem armen jungen Mädchen.

»Irmgard«, sagte er dann weich und mit einer Stimme, durch die die Rührung zitterte, während er ihre auf der Decke ruhende Hand ergriff, »so habt Ihr also Euer Leben gefährdet um des jungen Mannes willen, der doch eine andere liebt...«

»Wenn er mich liebte«, versetzte sie mit schwachem Lächeln, »wäre es kein großes Verdienst. Dann wäre mein Sterben sein Unglück. Jetzt sterbe ich für sein Glück. Ist's nicht besser so, Bruder Martin?«

»Ihr seid ein Engel an Gemüt!«

Sie schüttelte den Kopf.

»Ein Engel? Ich büße nur eine Schuld. Es war ja alles nur Folge meines unseligen Rates!«

»Solche Folgen konntet Ihr nicht voraussehen.«

»Wenn auch. Der Drang ihm zu helfen machte mich so sündhaft unbesonnen, daß ich solch einen Rat gab. Und vielleicht«, setzte sie tief aufseufzend hinzu, »vielleicht war noch eine andere Schuld dabei!«

»Und welche, Irmgard?«

»Kann ich's Euch sagen? Als ich ihm riet ins Kloster zu gehen, um so in ihre, in der Gräfin Corradina Nähe zu kommen... da kämpft' ich wider mein eigenes Herz. Ich schalt mein Herz mit dem, was in ihm lebte, sündhaft ... sündhaft eifersüchtig! Vielleicht war das Unrecht, daß ich wider mein eigenes Herz Gewalt übte!«

»Ein Unrecht war das nicht«, fiel Bruder Martin ein.

»Wißt Ihr das so gewiß? Darf man sein Herz und seine ganze Seele so unterdrücken? Darf man so handeln wider sein stärkstes, bestes Gefühl?«

Bruder Martin antwortete nicht. Er sah sie nur fragend und betroffen an.

»Ihr braucht mich nicht zu beruhigen über dies Schuldbewußtsein«, fuhr sie lächelnd fort. »Ich habe es ja gut gemeint. Ich habe doch auch das Meiste getan, wenn er gerettet ist und nun glücklich wird. Corradina sagte – als wir auf der Flucht waren, sagte sie es: auf dem Wege, auf dem sie ihn hätte in die Freiheit führen wollen, durch die Burg der Savelli hindurch – da hätten sicherlich Fallstricke oder gar Mörder auf ihn gelauert! Jetzt ist er frei! Durch mich. Ich bin nicht traurig, daß ich den Tod davon habe. Ich hänge nicht am Leben. Wenn nur ein Freund für Ohm Kraps sorgte! Ich wollte, daß es ihm so recht gut ginge. Er kann so wild werden, so wild wie ein Tier. Aber er ist doch gut. Wenn er auch jammert, daß er einen Mord begangen, ich habe ihn doch lieb. Er wollte sich ja nur wehren; und dabei kam seine Wildheit über ihn. Ich liebe ihn doch. Aber nicht mehr das Leben. Seht da, ich gehe zu dem da, mit der blutigen Krone. Ich gehe zu ihm; er ist mein Bruder ... nicht wahr, er ist mein Bruder im Schmerz und im guten Willen?«

Martin folgte der Richtung ihrer Augen, die auf dem Christuskopf an der Wand lagen.

»So ist es«, sagte er, auch sein Auge groß und leuchtend zu dem Bilde aufschlagend. »Er ist Dein Bruder und ist bei Dir. Dir haben sie ihn nicht töten können, Dein Gemüt hält ihn Dir lebendig. Und auch ohne den Schmerz wäre er Dein Bruder, wie der jeder Menschenseele, die ihn sucht und liebt!«

## 37. Das Christusbild und das Haupt der Göttin.

Nachdem Frau Giulietta Bruder Martin in das Zimmer der Kranken geführt hatte, war sie zurückgegangen, zu Beppo zurück. Sie fand ihn mitten im Gartenpfade stehen. Er hatte ein Blatt von einem Strauche gerissen und zerkaute es und blickte in Gedanken verloren zu Boden. Als seine Mutter die Hand auf seine Schulter legte, schrak er heftig zusammen.

»Ach Madre!« rief er tief aufatmend aus.

»Willst Du nun sprechen, was dies alles bedeutet«, sagte Frau Giulietta in großem Eifer und doch mit gedämpfter Stimme, »Werde ich jetzt erfahren, wie es zusammenhängt, daß Du das arme Mädchen mitten in der Nacht zu Tode verwundet ins Haus bringst? Und weshalb dieser Pasquino, dieser Weinschlauch von Zio sich geberdet, als sei er verrückt geworden; und weshalb jener große schwarzgekleidete Mann zu Dir kam, der eben davon ging, und weshalb ich das Haus so ängstlich verschlossen halten soll, und weshalb Du mich auf mein Fragen über das alles mit lauter Ausflüchten und wirren Ausrufen abspeisest, als sei ich ein Kind und ohne Recht zu wissen..«

»*Cara mia Madre*«, stieß Beppo, die zusammengeschlagenen Hände auf ihre Schulter legend und sie mit Tränen in den Augen anblickend, hervor, »ich will Dir ja alles gestehen, alles, alles, welch ein Dummkopf, welch ein Sommaro, welch ein hirnloser Tor ich war! O mein Gott, hätt' ich jetzt, jetzt wo dieser Sor Antonio da war, und mir einen Todesschrecken in die Glieder jagte, nicht Dich, um es Dir zu gestehen und zu beichten, es bräche mir das Herz ab...«

»Nun so sprich, so sprich, was geschehen ist... wo Du mit den Fremden in der vorigen Nacht warst...«

»Wo wir waren, Mutter? Du hast gehört, daß Livio Savelli in dieser Nacht ermordet und daß seine Schwägerin Contessa Corradina entflohen ist...«

»Santo corpo, Ihr werdet ihn doch nicht ermordet haben...«

»Wer weiß es... Mutter, wer weiß es... Beim Himmel, es ist nicht unmöglich!«

»Nicht unmöglich, daß Ihr, daß Du ...« schrie entsetzt Frau Giulietta auf und ergriff mit zitternder Hand den Arm ihres Sohnes, wie um sich daran aufrecht zu halten bei ihrem Schreck.

Beppo führte sie zu dem Sitze unter der Platane und dem Maulbeerbaume. Dort ließ er sich neben ihr nieder, und seinen Arm um ihre Schulter legend und wie vernichtet zu Boden starrend, flüsterte er:

»Sieh, dies ist alles, was ich Dir erzählen kann: Das junge Mädchen hörte von mir, daß wir Ausgrabungen gemacht und einen Zugang zu den unterirdischen Räumen unter dem Kloster von Santa Sabina gefunden, da wo sie, die Dominikusmönche, wie man sagt ihre Kerker haben und die Murati schmachten. Nun wollte sie da hinein ...«

»Da hinein?« rief Giulietta mit dem äußersten Erstaunen aus. »Unmöglich!«

»Es ist so, Mutter. Sie wollte da hinein.«

»Aber, Santa Madre, wozu, weshalb?«

»Sie wollte die Murati sehen.«

»Die Murati sehen – sie, die Deutsche?«

»Sie wollte es ... sie wollte es durchaus!«

»Die Murati des Sant Uffizio sehen!« wiederholte Frau Giulietta, unfähig, sich von ihrem Erstaunen zu erholen.

»Sie hatte ihren Kopf darauf gesetzt!«

»Aber sagtest Du ihr nicht, daß das Sant Uffizio eine heilige Sache, daß ...«

»Ich sagte ihr alles, aber sie bat und bat, und ich, ich war solch ein Tor, solch ein kläglicher Tor, daß ich ihr versprach ihr den Weg zu zeigen.«

»Und Du tatest das, tatest das wirklich?«

»Ich tat es. Ich verschaffte mir eine der großen Laternen, die wir bei den Ausgrabungen gebrauchen. Gegen drei Uhr nach Ave Maria gingen wir, eine Stunde vor Mitternacht. Du schliefst fest und merktest nicht, wie wir uns davonstahlen.«

Frau Giulietta schlug mit einem: »O Iddio!« die Hände zusammen.

»Wir gingen zum Aventin; da, wo links von der Marmorata der Schutt am Fuß der Felsen liegt, weißt Du, da ist ein alter nicht mehr gebrauchter Weinkeller: durch den gelangt man in die Gewölbe, die unter dem Kloster sind. Ein Gang, der verschüttet war, führt empor, und diesen Gang hatten wir in den vorigen Tagen geöffnet; Meister Santi hatte es befohlen: und durch diesen Gang führte ich sie, und dann durch ein durchgeschlagenes Gewölbe hinauf in einen großen Raum, groß, wüst und dunkel; und am Ende dieses Raumes in einer Ecke ist eine alte eiserne Gittertür, durch die man weiter und vielleicht in die Kerker, vielleicht in das Kloster selbst kommt. Da blieb ich zurück, Mutter ... glaub es mir, ich blieb zurück, ich hatte solche Angst vor dem Sakrilegio ...«

»Weiter, erzähl weiter!« rief Giulietta dazwischen.

»Ich sah, wie der deutsche Zio an der eisernen Gittertür rüttelte, wie er ein Stück Eisen hervorzog und aus dem alten Mauerwerk die Klammer brach, worin der Riegel stak, ich glaub', er hätte es mit seinen bloßen Fingern vermocht, denn dieser verwachsene verschrumpfte Mann hat die Kraft eines Stieres ... ich glaube, er nimmt einen Büffel auf den krummen Rücken. Er brach die Klammer aus, wie wenn sie in faulem Holz gesessen, und dann gingen sie beide, er und das junge Mädchen, durch die Tür und nahmen die Laterne mit und ließen mich im Dunkeln zurück; ich sah, wie sie in einen Gang schlichen, weiter und weiter, wie dunkle Schatten glitten sie dahin; das Licht in der Laterne zog über die schwarzen Mauern des Ganges neben ihnen her, immer kleiner und schwächer. Endlich verschwanden sie ganz. Alles war nun still, war Nacht um mich her; ich hörte mein Herz klopfen, ich hörte Staub rieseln, ich hörte meine ängstlichen Atemzüge – das war alles. Und dann plötzlich Stimmen, Stimmen, aber ganz aus der Ferne; ich erschrak furchtbar, Ihr könnt es Euch denken; ich wollte ihnen nach, aber vorwärts tappend, stieß ich mit der Stirn wider die offene, in den Raum, worin ich harrte, hineinstehende Eisentür. Das machte mich besonnener, ich sah auch bald das Licht der Laterne wieder schimmern und dann ein helleres Licht wie von einer Fackel aufglühen. Es kam näher und näher; die Schatten waren wieder da, zwei, drei Schatten;

der eine Schatten so breit und groß, was konnte es sein? Sie eilten und hasteten auf mich zu – Gott, Mutter, wie ich erschrak, als ich sah, daß der große Schatten nichts war, als der krumme Zio, der das junge Mädchen auf seinen Armen trug, und wie tot, wie tot für immer war sie, das Haupt zurückfallend wie das einer Leiche!«

»*Santissima Vergine*«, rief Frau Giulietta aus, ... »und die anderen Schatten?«

»Kannt' ich sie?« sagte Beppo. »Eine hohe, schöne, stolze Frau und ein schöner, aber bleicher junger Mann, der schwach und wankend einherging und den die Dame führte, der sich ganz auf sie stützte, so ...«

Beppo legte seinen linken Arm um den Nacken und auf die linke Schulter seiner Mutter.

»So gingen sie, und als sie mich sahen, winkten sie mir mit der Hand und murmelten: »Fort, fort, Beppo.« Das sagte der Zio und hielt mir die Laterne zu, daß ich sie tragen sollte, aber die Dame gab mir auch die Fackel, und so nahm ich beide und wir eilten weiter, durch die Öffnung in dem Boden auf die darunter liegenden Schutthaufen springend, und durch den Gang und endlich ins Freie; und draußen in der frischen Nachtluft erholte sich die Deutsche von ihrer Ohnmacht und flüsterte mit den anderen und wollte auf eigenen Füßen gehen, aber der Zio litt es nicht und hielt sie in seinen Armen. Sie redeten in ihrer deutschen Sprache miteinander und dann schritt der Zio vorwärts mit seiner Last und trug sie hieher. Ich schritt voraus, den Weg zeigend. Ich hatte nur noch die Laterne; die Fackel hatte ich fortgeschleudert in den Tiber, und so kamen wir zurück, der Zio das Mädchen tragend und ich atemlos vorauf eilend.«

»Und der Herr und die Donna?«

»Sie waren fort, als wir ankamen verschwunden in der Nacht; der Herr und die Donna mußten einen andern Weg eingeschlagen haben, an einer Stelle, wo sie zurückbleiben konnten, ohne daß ich es wahrnahm. Sie waren schon fort, als wir über das Campo Vaccino schritten; da blickte ich nach ihnen um und sah sie nicht mehr.«

»Und wer, ich bitte Dich, waren sie, woher kamen sie, wer hat das junge Mädchen so auf den Tod verwundet und was hat Livio Savelli damit zu schaffen und wer hat ihn ermordet und ...«

»Mutter, ich habe Dir alles, alles gesagt, was ich weiß, aber der Mann, der eben von mir ging, sagte ...«

»Wer war er?«

»Er nannte sich Antonio, des ermordeten Livio Savelli Leibdiener. Er sagte, die Schwägerin seines Herrn sei entflohen und zugleich aus dem Kloster der Dominikaner ein deutscher Graf, der Contessa Corradinas Geliebter sei, und sie müßten die Mörder sein, und alles, was dem Hause Savelli angehöre, forsche und spähe nach ihnen und bewache Weg und Steg, und wir, die wir die Klienten des Hauses Colonna seien, müßten ihnen beistehen; und Sor Marcello, der Maëstro die Casa drüben im Palazzo Colonna habe ihm gesagt, er solle im Vorbeigehen auch mich in Kenntnis setzen und mir in seinem, Marcellos, Namen auftragen zu helfen, daß die Flüchtigen entdeckt würden; und wie mich das nun bestürzt gemacht hat, kann ich Dir gar nicht sagen!«

»O wir armen, armen Menschen«, rief Frau Giulietta aus, in welches Unglück sind wir geraten durch diese Deutschen und durch Deine Torheit, Beppo!«

»Ja, durch meine Torheit!« sagte Beppo, dem die Tränen in die Augen traten.

»Wird man nicht spüren, forschen, suchen, bis alles in dieser entsetzlichen dunklen Geschichte so klar vor Augen liegt wie der helle Tag; bis man weiß, daß Du den Führer dieser Menschen machtest, bis man Dich ergreifen und ... o mein Gott, mein Gott!« stöhnte Frau Giulietta, die vor Schreck und Entsetzen nicht weiter reden konnte, sondern in einen Strom von Tränen ausbrach.

Beppo faltete seine Hände, hielt sie zwischen seinen Knien und auf den Boden starrend, sagte er:

»Das alles sag' ich mir selbst, Mutter. O, wenn ich nur etwas tun könnte es wieder gutzumachen, nur irgend etwas, womit ich mich selbst so recht grausam für meine hirnlose Dummheit strafte!«

»Denk an nichts Weiteres, als daß Du Dich rettest«, schluchzte Frau Giulietta. »Du mußt fliehen, Beppo, Du mußt augenblicklich fliehen, Du mußt fern, fern von hier sein, wenn sie den Zusammenhang dieser Sache erfahren und dann der Bargello und Häscher kommen Dich gefangen zu nehmen.«

»Und wenn sie dann Dich nehmen, wenn sie Dich als die Mitwisserin, die Mitschuldige vor das Gericht schleppten? Nein, Mutter, ich fliehe nicht. Ich werde Dich in keinem Falle verlassen, Mutter.«

»Du mußt, Beppo ...«

»Sprich nicht weiter davon. Ich kann nur das eine tun, um meine Torheiten zu büßen ... nur das eine: trotz meiner Angst bei Dir aushalten, dableiben, um Dich zu schützen, um sagen zu können: ich will euch alles bekennen, was ich weiß, aber laßt meine Mutter ungekränkt, denn sie, sie weiß nicht darum. Ich will die Angst auf mich nehmen, um deinetwillen, Mutter. Es ist das Einzige, was ich tun kann, um meine Schuld zu sühnen, das Einzige! Sprich nicht weiter davon, ich bleibe bei Dir, Mutter.«

Frau Giulietta fand Beppo unerschütterlich darin, auch als sie ihm zuredete, wenn er denn Rom nicht verlassen wolle, so solle er bleiben, aber sich in eines der zahlreichen Asyle flüchten, zu denen Verbrecher ihre Zuflucht nahmen, in eine der Kirchen oder ein Kloster oder in den Hof eines Kardinals ...

»Das wäre töricht«, sagte er, »denn dadurch verriete ich ja mich selbst, noch ehe sie einen Argwohn wider mich haben, und verriete mit mir auch das arme deutsche Mädchen ...«

»Das arme deutsche Mädchen! So sprichst Du von diesen abscheulichen Deutschen, die Dich verführt haben, und denkst mehr an sie als an die Seelenangst Deiner Mutter«, schluchzte Frau Giulietta.

Lautes Sprechen und helles Lachen drang in diesem Augenblicke von draußen her in den stillen Gartenwinkel, in dem Frau Giulietta und ihr Sohn in so tiefer Trübsal saßen. Beppo sprang auf und trat aus dem Gebüsch an die niedere Umzäunung, um zu sehen, wer komme; er erblickte einen ganzen Schwarm von jungen Leuten, etwa zwanzig, die vorüberschritten. Vorauf ging ein schöner und feingebauter junger Mann mit langem, ein wenig vorgebeugtem

Halse und blasser, gleichmäßig olivenfarbiger Haut. Er war in schwarzen Samt gekleidet mit einem dunkelgrünen Überwurf, über dem eine goldene Kette die Brust schmückte, während vom schwarzen Barett eine lange weiße Feder zurückflatterte. Ein anderer ähnlich gekleideter junger Mann, nur ohne Kette, trug in der Hand dem ersteren den mit einem feinen goldenen Gehänge umschlungenen Degen nach.

Beppo machte eine tiefe Verbeugung, als der Schwarm, der ganz aussah, als ob irgendein Fürst mit seinem Gefolge daherkomme, ihm gegenüber war. Der junge Mann an der Spitze blickte ihn an, und ihn erkennend wandte er sich und schritt dem Zaune zu, hinter dem Beppo stand, indem er fröhlich ausrief:

»Ei, ist das nicht Beppo, mein fleißiger Arbeiter? Wohnst Du hier, Beppo?«

Beppo verneigte sich noch einmal, leicht errötend, und antwortete:

»So ist es, Meister Santi.«

»Und dies ist Dein Häuschen und dies hier Dein Garten? Seht, seht, wie klug dieser Beppo sich angebaut hat. Laß mich in Deinen Garten und auch Dein Haus will ich sehen, Beppo. Kommt her, Ihr Giovini, wir wollen Beppo unsere Aufwartung machen, statt dem großen Alfonso von Ferrara und dem mächtigen Fabricio Colonna drüben; die werden uns entraten können, die stolzen Herren, aber Beppo ist ein wackerer Junge und freut sich, wenn wir ihn besuchen. Tust Du nicht, Beppo?«

»Es lebe Beppo und sein Häuschen!« riefen die anderen, die Schüler und Kunstgenossen, in übermütiger Laune und immer bereit auf ihres jungen Meisters Einfälle einzugehen.

Rafael war in das Gärtchen getreten, zu dessen Eingang innerhalb des Zaunes mit abgerissener Mütze Beppo getreten. Jetzt erst nahm Rafael des armen Burschen tief niedergeschlagene Miene wahr.

»Eh, wackerer Beppo, was hast Du? Haben wir Dich so erschreckt mit unserem lärmenden Einbruch?«

»Es ist nicht das, nicht das, edler Meister«, stammelte Beppo, »nur daß ich Euch in dieser Stunde nicht in mein Haus führen kann, weil ... weil ...«

»Hat er eben seinen Schatz drin verborgen, den er uns nicht sehen lassen will, dieser Schelm von Beppo?« rief zum Gelächter der anderen der mit dem Degen.

»Weil eine Kranke im Hause ist«, stieß Beppo gepreßt und flüsternd hervor.

»Das ist etwas anderes«, sagte Rafael, und die Schüler zurückweisend, fuhr er fort:

»Wer ist sie? Eine Schwester? Deine Mutter? Armer Beppo!«

»Nicht eine Angehörige ... es ist eine Fremde, die bei uns zur Miete wohnt.«

»Eine Fremde? Und doch siehst Du so verstört und gepeinigt aus? Kann ich etwas tun, Beppo? Ist ein Beistand nötig? Du kannst offen zu mir reden, Du weißt, ich helfe gern ...«

Beppo sah gerührt in die Züge des Meisters, die mit so edlem Ausdruck einen so warmen Hilfseifer aussprachen; er war versucht ihm sofort seinen ganzen Jammer anzuvertrauen, als sich eben die Tür des Haustors öffnete und Bruder Martin herauskommend auf die Schwelle trat.

»Ach, ist's so schlimm, Ihr habt schon zum Priester gesendet?« sagte Rafael mit einem Blick auf ihn; und dann den Mönch erkennend, ging er mit einem: »Wie, Ihr seid's? Ihr hier?« zu ihm heran.

Bruder Martin war, die Gesellschaft junger Männer erblickend, auf der Türschwelle stehen geblieben; sein Auge leuchtete auf, als er Rafael Santi erkannte und ohne ein Wort zu sagen, winkte er ihm lebhaft mit der Hand und schritt in das Haus zurück, aus dem er getreten und dessen Tür noch offen geblieben.

Rafael folgte ihm. Er ging ihm nach durch die Tür, die Bruder Martin rechts leise öffnete, in Irmgards Gemach, den hellen, freundlichen Raum. Was Rafael beim Eintreten zunächst auffiel, war das weiße Marmorbild, das auf einem kunstlos aus Holz gefertigten Piedestal an der Wand links aufgestellt war; er erkannte eine sehr gute Kopie des schönen Hauptes der Juno, das man heute die Juno

Ludovisi nennt; ein talentvoller junger Mensch, Beppos Freund, hatte sie diesem zum Aufheben anvertraut, da er in seine Heimat nach Ceprano gereist war. Ihr gegenüber, an der entgegengesetzten Wand der großen Kammer, auf dem Bette mit schlichten Vorhängen von grüner Serge, die zurückgeschlagen waren, erkannte er Irmgard, die Züge von starker Fieberglut gerötet, die Augen groß mit einem matten, teilnahmlosen Blick auf die Eintretenden gerichtet. Zu Füßen des Bettes saß Ohm Kraps, wieder in sich zusammengesunken, den Boden anstarrend, die Lippen bewegend, ohne jedoch ein verständliches Wort vorzubringen.

Rafael trat an das Bett. »Ihr seid es, die hier so schlimm daniederliegt«, sagte er voll Teilnahme ihre Hand erfassend. »Armes Kind, so weit von Eurem Lande! Habt Ihr denn auch gute Pflege und alles, dessen Ihr bedürft?«

»Meine Mutter pflegt sie«, flüsterte hier Beppo, der den beiden Männern nach ins Gemach getreten war ... »wir tun alles Mögliche, Meister; auch haben wir den Messer Arranghi, der ein geschickter Chirurg und zuverlässiger Freund ist, hier gehabt ...«

Irmgard nickte Beppo wie dankbar mit dem Kopfe zu und lächelte schmerzlich dabei, als ob sie sagen wolle: bei einem Arzte ist keine Hilfe für mich; dann glitt ihr Blick von den vor ihr Bett getretenen Männern fort und richtete sich auf die Wand vor ihr, dahin, wo über dem Kopfe des Ohms das Gemälde in dem alten Rahmen hing, der bleiche Christuskopf mit der Dornenkrone, ein altes kunstloses Bild aus der Zeit Massaccios.

Ihre Augen nahmen etwas unbeschreiblich Mildes, Inniges, Seelenhaftes an, wie sie sich von den Anwesenden ab auf das Bild richteten.

Rafael betrachtete sie noch eine Weile mit gerührter Teilnahme; jedoch, da sie ihren Blick ihm nicht wieder zuwendete, nicht sprach und die Anwesenden zu vergessen schien, kehrte er sich ab und dem Fenster zu, durch das man das Gärtchen überblickte und, am Eingange zu demselben, die Schar der harrenden Begleiter des Meisters wahrnahm.

»Wozu habt Ihr mich hergeführt, Bruder Martin?« flüsterte er hier dem deutschen Mönche zu. »Kann ich hier von Nutzen sein, so sagt es!«

»Seht, worauf sie blickt!« entgegnete Martin ebenso leise.

»Auf den Ecce Homo!« versetzte Rafael; »was soll's?«

Martin antwortete nicht. Er nahm ihn an der Hand und führte ihn zu dem Gemache und zu dem kleinen Hause hinaus.

Erst als sie wieder im Garten waren, sagte er:

»Ich habe aus dieser Kammer den Kopf voll Gedanken zurückgebracht, und als ich Euch erblickte, da winkte ich Euch herbei, um Euch etwas zu zeigen, das auch Euch zu denken geben könne. Das arme junge Geschöpf da drinnen hat ein großes Herz und eine tiefempfindende Seele; es ist ein volles und reines Menschengemüt in ihr! Sie ist in der vorigen Nacht in ein seltsames Abenteuer geraten und dabei verwundet worden, so daß sie schwerlich mit dem Leben davon kommen wird. Sie wenigstens glaubt, daß sie sterben werde. Und nun, Meister Santi, habt Ihr den Blick ihres sich verklärenden Auges verfolgt? Sah sie das Meisterwerk heidnischer Kunst in ihrer Kammer, den herrlich aus Marmor gehauenen Kopf einer Göttin an, oder das christliche Bild, von dem Ihr am besten wissen werdet, daß es wohl nur recht schwach und stümperhaft gemalt ist? Wem flog ihre Seele zu, woran hing sich ihr trostbedürftiges Herz, und wo fand sie Trost?«

»Ihr denkt an unsern letzten Streit und glaubt, Ihr hättet mich nun überwunden durch den handgreiflichen Beweis, daß der Menschenseele im Schmerz nur die Kunst, die dem Glauben dient, fromme ...«

»Und habe ich es nicht?«

»Nein; eine griechische Jungfrau würde sterbend gewiß nicht den blutigen Kopf eines gequälten Menschen, sondern das schöne Haupt der Göttermutter angeblickt haben!«

»Würde es ihr den Trost gegeben haben, den das arme Mädchen aus dem Antlitz des Erlösers sog und der aus Irmgards Blicken wiederleuchtete?«

»Es kommt alles«, sagte Rafael, ohne die Frage zu beantworten, »auf die Vorstellungen und die Gedanken an, welche wir gelehrt worden sind mit den Bildern zu verbinden. Werfen wir alles von uns ab, so bleibt als Wahrheit doch, daß der Kopf der Juno schön, das Dulderhaupt des ersten Christen tiefrührend ist. Es blickt aus beiden etwas Reines, Großes, Menschliches in seiner edelsten Erscheinung. Das eine schaut von der Höhe der Schönheit auf uns nieder, das andere aus der Tiefe des Gemüts zu uns auf; das eine bezwingt uns durch die Form, das andere durch den Geist, der jenseits irdischer Schönheit steht.«

»Steht nicht der Geist hoch über der Form?«

»Streiten wir nicht drum! Streben wir nur die Form des einen und den Geist des andern zu vereinen; stellen wir die volle, aber reine Formenschönheit der Erde unverkürzt und unverschleiert aber im Lichte der himmlischen Gedanken dar, mitten in die Himmelswolken hinein!«

Bruder Martin nickte.

»Wohl, wohl«, versetzte er, »mit diesem Eurem Worte will ich denn zufrieden sein und wollen auch wir unsere zwistigen Meinungen vereinen, denn ich sehe, mehr erreiche ich doch nicht bei Euch!«

»Und nun sagt mir«, fuhr Rafael fort, »bei welchem Abenteuer ist dies Mädchen ...«

»Ich darf es nicht!« fiel Bruder Martin ein. »Es ist ein Beichtgeheimnis. Des Mädchens Oheim hat es mir gebeichtet; dieser verwirrte und halb tierische Mensch hatte kein größeres Verlangen, als was geschehen beichten zu können ...«

»Dann verzeiht«, unterbrach ihn Rafael, »meine Frage, und gehabt Euch wohl Fra Martino. Meine Zeit drängt. Ihr kennt mein Haus und den Weg zu mir, falls Ihr für Eure deutschen Freunde des Beistandes bedürft ... Gute Nacht denn, und auch Dir, Beppo, gute Nacht!«

Beppo hatte sich in respektvoller Entfernung auf der Schwelle gehalten. Er kam jetzt, um den Meister durch den Garten zu geleiten. Auch Bruder Martin ging; er ging durchströmt von seinen Gedanken, erregt wie kaum je in seinem Leben, ein Gefühl in Kopf und Brust, als wenn sie ihm zerspringen wollten.

## 38. Der wache Hund.

Es war ein öder Weg, durch eine wenig bebaute trümmerhafte Gegend Roms, den Bruder Martin einschlug, über die Höhe, auf der einst die alte Sabinerstadt Quirium und Roms ältestes Kapitol sich erhob.

Es standen an diesem Wege einzelne ärmliche, zum Teil mit Canna bedeckte Häuser, vereinzelt liegende Kirchen mit Klosterbauten daneben, Ruinen alter Baronaltürme, dunkelmassige gebrochene Bogenbauten aus dem Altertum, Berge von Schutt und Verfall überragend; dazwischen Ackerfelder, auf denen nach der Urväter Sitte und Regel, wie sie schon Virgil geschildert, drei oder vier Arten von Frucht demselben Boden zumal abgewonnen wurden.

Die Gegend war menschenleer, und so konnte Bruder Martin, ohne durch Begegnende gestört zu werden, sich in die gährenden Gedanken versenken, die ihn, ohne daß er es selber wahrnahm, bald in eilendem Schritt dahinstürmen, bald ihn, wie festgebannt an den Grund, stillstehen ließen, das Auge matt auf irgend einen Punkt des Panoramas zu seiner linken, der ewigen Stadt da unter ihm, richtend, einen Punkt, den er doch nicht wahrnahm.

Was hatte er erlebt an diesem Tage!

Der Papst hatte ihn mit seinem, sein ganzes Herz erfüllenden Gemütsleben zurückgestoßen. Er hatte gesehen, wie von da oben aus der »heilige Geist« die Kirche regierte!

Er hatte durch das, was ihm von Irmgards Ohm gebeichtet worden, einen Blick in das Dunkel geworfen, worin die Waffen lagen, mit denen der »heilige Geist« seine Regierung verteidigte und behauptete. Das Bild der Kapelle der Murati stand vor ihm und ließ das Blut in seinen Adern erstarren. Er hatte an diesem Tage die höchste Höhe und die unterste Tiefe erblickt.

Und während er nun dahinschritt, in seinem Innersten durchwühlt und von dem Sturm in ihm wie gehetzt und gepeitscht zu irgend einem starken, gewalttätigen Tun, zu irgend einer Tat, die ihn aus seiner Not rette, war es ihm, als liefe ein Etwas neben ihm her, ein böser Geist, ein tückisches, höhnendes Tier, das ihn anbellte wie jener wache Hund des Dichters:

Auf seines Herzens tiefstem Grund
Sitzt auch dem gläubigsten Gesellen
Der Zweifel als ein wacher Hund
Den Nazarener anzubellen.

Der herzzernagende Zweifel war es, der neben der Gestalt des unglücklichen, über die Höhen Roms dahinschreitenden deutschen Mönchs herlief. Er heftete sich an ihn wie der verlängerte Schatten, den die über dem Vatikan niedergehende Sonne auf den dürren harten Grasboden neben ihm warf, ein riesiges Bild von dem schwarzen Mann in der Kutte, mit den im Windzuge zurückflatternden Enden des Gewandes auf den Boden zeichnend.

Hätte er Teufel bannen können, wie Papst Julius ihm zugetraut, er hätte seine mächtigsten Exorzismen wider diesen Teufel geschleudert. Er konnte es nicht.

Der Hund bellte fort und fort.

»Es gibt keine Urschuld!« sagte sein Gebell. »Er ist nicht wahr, der Satz von der Ursünde. Und auf dem ruht alles. Mit ihm fällt alles. Was trieb diesen wirren, halb bewußtlosen alten Mann mit solch einer Seelenangst mir zu beichten, daß er einen Menschen gemordet? Daß er der Mörder des Savelli sei? Was anderes, als weil auch die verhüllteste Menschennatur etwas Urgutes ist, die es drängt, das Schlechte von sich abzutun und von sich fortzuschleudern und von ihm geheilt zu werden wie von einem Geschwüre?«

Hätte er Beppos Geständnis gegen Frau Giulietta gehört, Luther würde hinzugesetzt haben: Was drängt diesen jungen Mann eine Schuld, die er sich vorwirft, durch eine Pein, durch Angst und Not, die er über sich nimmt, zu sühnen? Was ist ihm diese Pein anders, als die bittere Medizin, die er schlürfen will wider das Schlechte, das in seine gute Natur gekommen? Das Schlechte, die Schuld ist nur der fremde böse Stoff, der Eiter, der in Schmerz und Pein herausschwären soll. Der Mensch ist gut, ist urgut, nicht ursündig. Das Gewissen ist die Nabelschnur, mit der er mit dem urmütterlichen Guten zusammenhängt. Das Gefühl aus einem Urguten zu stammen, ein Stück davon zu sein, gibt ihm den Glauben. Glauben ist die Empfindung des die Welt lenkenden Guten. Der Wahn von der

Erbsünde schafft den Wahn vom Teufel. Das Böse ist nur eine Erkrankung des Guten. Eine Krankheit, wie ein Fieber eine Krankheit ist. Was ist ein Fieber? Ist es ein Wesen? Nein. Es ist nichts Dauerndes, nichts Wesenhaftes. Nein, nein, die Saiten der Menschenseele haben einen schönen und lauteren Klang, wenn sie auch verstimmt werden können. Verstimmung, nicht Stimmung ist das Böse. Kälte ist nur Mangel an Wärme. Das Böse ist nur Mangel an Güte. Darum fragt nicht: wie kam das Böse in die Welt? Durch eine Schlange? Torheit! Hängt doch nicht wie Moses Eure ekelhafte Schlange um das Kreuz. Die Schlange, die Ihr um das Kreuz gewunden, das ist Euer Lug und Trug. Das Kreuz!! Es mahnt an den freiwilligen Tod dessen, der der Menschheit Leid auf sich nehmen wollte, und aus dessen Zügen jetzt eben die kranke Irmgard Trost schöpft! An ihn, der gesegnet sei, denn er war stärker als wir alle. Wenn wir an all den Jammer des armen Menschenvolkes denken, so faßt uns ein Drang ein Stück all dieses Leids rings um uns her auf uns zu nehmen. Wir möchten den Nacken vor dem Schicksal beugen und ihm zurufen: Bürde mir einen Teil mit auf, ich will den armseligen anderen tragen helfen; gib meines Bruders Kummer für einen Tag mir, laß ihn für diesen einen Tag sich freuen!

Das liegt in der Menschennatur. Ist die Menschennatur schlecht?

Ist eine Erbsünde in dieser Irmgard, die nicht klagt und getrost ist, weil sie ihr Leben opfert für den, dessen Leben und Glück sie durch das Opfer erkauft glaubt?

Ist es ein ursündiges Wesen, das aus ihren Augen auf das Bild Christi wie auf das eines Mannes blickt, der ihr Gott, aber auch ihr Bruder im Schmerz ist?

So bellte der Hund, der neben dem Mönch über den Abhang des pincianischen Berges lief. Ein ketzerischer Hund, ein Tier wie der Pudel des Faust – aber sicherlich war des »Pudels Kern« ein anderer. Doch quälte sein Gebell den armen Mönch unsagbar. Da er sich wie gebrochen fühlte und seiner Brust das Atemholen schwer wurde, ließ er sich auf einem mit kurzem Gras bedeckten Anger, der zwischen zwei bebauten Grundstücken verlassen dalag, nieder. Er wischte die Stirn mit seinem Tuche ab und dann stützte er das breite Kinn auf den auf sein heraufgezogenes Knie gestemmten Arm.

Mit düster zusammengezogenen Brauen blickte er so auf die ewige Stadt und zum Vatikan hinüber, der sich mit seiner stolzen und festen Masse dunkel an den Horizont zeichnete, weil die Sonne schon jenseits desselben stand.

Da drüben in dem Vatikan malte dieser Meister Rafael seine Bilder dem Papste an die Wand. Schöne, unsündige Menschenbilder, wie sie Plato geschaut als die zu Körpern gewordenen Gedanken Gottes.

Hatte dieser Rafael nicht recht? Bruder Martin begann ihn zu verstehen... aber dann, wenn er recht hatte, dann stürzte alles, alle Theologie und alle Scholastik gänzlich über den Haufen. Die Menschheit war eine Nachtwandlerin gewesen seit so viel Jahrhunderten!

Nach einer Weile kam eine Alte, die einen Esel vor sich hertrieb, des Weges.

Sie blieb vor dem Mönch stehen und fragte: »Eh Frate, wollt Ihr die Perniciosa bekommen?« Bruder Martin schaute auf. »Was soll ich bekommen?« »Wißt Ihr nicht, daß, wer hier so auf dem Boden sitzt, das Fieber, die Perniciosa, bekommt?« »Die Perniciosa«, versetzte Bruder Martin, bitter lächelnd, »gewiß, gewiß, ich weiß es, sie ergreift hier des Menschen Gebein, und ich glaube, sie schüttelt schon das meine...«

Er stand auf und schritt weiter seinem Kloster zu.

## 39. San Domenicos Fackel und die Schlange.

Als Padre Geronimo, der Inquisitor, aus dem Vatikan in sein Kloster auf Santa Sabina zurückgekehrt war, hatte er den Prior und den Vater Eustachius zu sich in den Klostergarten, in den er hinab gegangen, berufen. Er hatte sich berichten lassen, was während seiner Abwesenheit geschehen sei, und der Prior hatte ihm gemeldet, daß die Ordensbrüder unten in der Stadt, bei Santa Minerva, die genaue Überwachung des deutschen Dieners des entflohenen Grafen Egino übernommen, von dem vorauszusetzen sei, daß er seinen Herrn aufsuche, falls er auch nicht in dessen Aufenthalt eingeweiht sei; sodann, daß man auch die Spur des deutschen Mädchens entdeckt habe, welches Egino bei seinem ersten Eintritt in das Kloster begleitet, daß es vor Wochen aus Deutschland angekommen, mit einem Verwandten die deutsche Herberge bewohnt habe und nach einigen Tagen daraus fortgezogen sei – man wisse nicht wohin, aber man werde von Santa Minerva aus allen Fleiß aufwenden sie wiederzufinden. Und endlich, schloß der Prior seinen Bericht, um das Wichtigste zuletzt vorzubringen, habe man nochmals eine Besichtigung an den Gewölben vorgenommen und entdeckt, daß die Mauer, welche die unterirdischen Räume unter dem Kloster von denen unter der Savellerburg trenne, durchbrochen und mit unvorsichtiger Hast wieder zugemauert sei.

»Eins vergeßt Ihr noch zu erwähnen, ehrwürdiger Vater«, fügte Padre Eustachio hinzu, »das ist, daß Bruder Alessio an einem Fieber krank geworden, welches mehr in einer Aufregung oder Beängstigung des Gemüts oder einem erlittenen Schrecken seinen Grund zu haben scheint, als irgend einer anderen Ursache.«

»Der Laienbruder Alessio?« fragte der Inquisitor.

»Er war mit dem Dienst bei dem deutschen Grafen betraut«, fuhr Padre Eustachio fort.

»Das ist seltsam... Ihr mögt ergründen, was es mit ihm ist, Eustachio«, versetzte Padre Geronimo, indem er sich auf eine Steinbank unter dem alten Ölbaum setzte, von dem die Klostertradition behauptete, daß der heilige Dominikus selber ihn gepflanzt. »Aber«, fuhr er fort, »nicht seltsam ist, was Ihr mir von der durchbrochenen Mauer berichtet. Wie wäre alles möglich gewesen ohne das? Es war eben ein lang vorbereiteter Plan, bei dem sich zwei starke und kluge Menschen in die Hände gearbeitet haben. Von der einen Seite hat man jene trennende Mauer durchbrechen lassen, von der andern unter dem Verwände des Forschens nach Altertumsschätzen sich einen Weg bis in unsere Gewölbe gebahnt...«

»Was sagt Ihr, Padre Geronimo?« rief überrascht der Prior aus.

Der Exerzitienmeister lächelte nur; es war nur, was er längst geargwöhnt.

»So«, fuhr der Inquisitor fort, »ist man eingedrungen und hat den deutschen Grafen befreit; die Gräfin Corradina ist, zur Flucht bereit, in derselben Stunde von der Seite der Burg her gekommen, Livio Savelli hat sie dabei überrascht, hat sich ihrer Flucht mit dem Deutschen widersetzen wollen und die Helfershelfer der beiden Flüchtlinge haben ihn erwürgt. So geschah es, so kann es nur geschehen sein. Ich durchschaue alles!«

Der Prior nickte.

»Ja, so wird es gewesen sein!« rief er aus. »Wenn es uns doch gelänge diesen Malfattore, diesen deutschen Grafen zu ergreifen!«

»Dieser Malfattore, dieser deutsche Graf, hat etwas getan, was nur natürlich ist, er hat die Freiheit gesucht«, entgegnete Padre Geronimo, »vielleicht sich nur in die Freiheit führen lassen von denen, die für ihn handelten. Die Bösen sind die, welche frech und sakrilegisch in unsern heiligen Bereich drangen, nicht die, welche sich daraus flüchteten.«

»Nun ja«, sagte der Prior, »und sie ...«

»Und über sie haben wir keine Gewalt«, fiel Padre Geronimo ein; »sie stehen heute noch zu hoch, als daß wir wohl täten unsere Hand nach ihnen auszustrecken.«

»Zu hoch? Wer in Rom und in der Welt kann zu hoch stehen, daß nicht Ihr, ehrwürdiger Bruder, ihn vor Euren Richterstuhl ziehen dürftet, es sei denn etwa, er wäre ein gesalbter König?«

»Freilich«, antwortete der Inquisitor, »wir sind mit allen Rechten und aller Gewalt ausgerüstet; es fehlt uns weder an Gesetzen, um nach ihnen zu richten, noch an Armen um unser Gericht zu vollziehen. Aber auch nicht an Weisheit, die uns sagt, wann es Zeit ist jene

Gesetze ruhen, jene Arme unbewaffnet zu lassen und uns selber schweigend zu verhalten, bis die Stunde des Handelns gekommen.«

Der Inquisitor mochte diese Weisheit besitzen, dem Prior aber fehlte sie seine Gründe zu verstehen.

»Aber ich bitte Euch, Padre Geronimo«, sagte er, »wenn wir das, was in der vorigen Nacht geschehen ist, nicht zu strafen vermögen oder freiwillig ungeahndet lassen, so ist es um unser Ansehen geschehen und all der heilsame Schrecken dahin, den das Sant Ufficio...«

Padre Geronimo machte eine abwehrende Bewegung mit der Hand.

»Sorgt darum nicht«, sagte er.

»Aber diese Schuldigen, die zu hoch stehen«, fiel der Prior ein, »wer sollen sie sein?«

»Dieser Schuldigen einer ist Meister Rafael Santi«, sagte der Inquisitor.

»Rafael Santi, der große Meister aus Urbino?« rief der Prior aus.

»Er«, versetzte Padre Geronimo, »kein anderer als er. Jener deutsche Mönch, von dem die Rede war, der Fra Martino heißt, und der eines ketzerischen Geistes ist durch und durch, hat mit Meister Rafael verkehrt; wozu anders, ich bitt' Euch, als um ihn zu bewegen die Ausgrabungen zu machen, durch welche alles, was geschehen, erst ermöglicht wurde? Denn sicherlich war das Tor der Burg drüben zu wohl verschlossen und bewacht, als daß ihnen auf jener Seite ein Entkommen möglich schien. So hat, wie auf der einen Seite die Gräfin Corradina, so auf der anderen Meister Santi gestanden, um unter unseren Füßen diese Mine der Bosheit zu graben. Ich durchschaue das nur zu gut, und Ihr, ehrwürdige Brüder, werdet jetzt meine Beweggründe durchschauen, wenn ich sage: laßt mir für's erste diesen deutschen Mönch nicht aus dem Auge und verfolgt die Wege, die er wandelt. Aber wider die anderen handeln wir nicht heute, nicht morgen, sondern dann, wenn die Zeit gekommen ist.«

Der Prior nickte verständnisvoll mit dem Kopfe und Padre Eustachio sagte:

»Ihr habt recht, Padre Geronimo. Vielleicht kommt ja auch bis dahin über diesen Rafael, der ein schellenlauter Tor und Heide ist, wie all dies Künstlervolk, dieser San Gallo und Buonarotti und Bramante, diese ganze Sekte Platos, die Einkehr und Erleuchtung...«

Padre Geronimo schüttelte den Kopf.

»Hoffen wir«, sagte er, »daß bald etwas anderes über sie komme: der Zorn unseres heiligen Vaters. Und er wird über sie kommen. Der heilige Vater versteht nicht, daß man mit ihm scherze, und sie, diese Meister sind hoffärtig und übermütig und wagen alles. Seht nur, wie sie einherschreiten: der Santi wie ein Fürst mit dem Gefolge seines Hofes. Auch will er sich, sagt man, im Borgo einen fürstlichen Palast bauen lassen. Und der Michel Angelo Buonarotti gar! Wenn er mit dem breiten Stierkopf und den Schultern eines Holzknechts dahergeschritten kommt, einsam und ungehobelten Gebahrens, meint man, er schaue auf die Welt, als sei sie ein schlechter Marmorklotz, ohne Wert, bis sein Meißel sie zurechthaue! Und hat er nicht auch schon einmal dem heiligen Vater getrotzt und hat sich retten müssen in eiliger Flucht nach Florenz und Venedig? Solch eine Stunde des Zornes und der Ungnade wird über kurz oder lang auch dem andern, dem Urbinaten schlagen. Dann ist auch für uns die Zeit gekommen mit ihm und seinem ganzen Schwarm über Plato zu reden. Die Kirche vergißt nicht. Sind uns heute auch diese Menschen durch den Schutz derer, die sich aus dem Sündenkelch ihrer »Schönheit« berauscht haben, zu mächtig, San Domenicos heilige Fackel brennt doch im Stillen weiter, und einst wird sie hinableuchten in das Dunkel der Schreibstuben platonischer Denker und die Werkstätten dieser Künstler, in alle diese Rüstkammern des Teufels! Geht, meine Brüder, geht jetzt, es wird zu den Vigilien geläutet. Geht und betet, daß die Stunde komme.«

Der Prior und der Exerzitienmeister gingen. Padre Geronimo aber blieb noch lange nachdenklich auf seiner Steinbank unter dem Ölbaum seines großen Heiligen sitzen. Schwermütige Gedanken kamen über ihn. War es wirklich so weit gekommen, daß die Strafgewalt der Kirche nicht mehr frei war, nicht mehr erfassen konnte, wer ihr schuldig schien?

Padre Geronimo versank in Nachsinnen. Es war ihm klar, daß etwas geschehen müsse wider diesen Zustand der Dinge. Die Kirche hatte ihre beiden strafenden Arme einschlafen lassen und sie mußte sie regen. Jede Gewalt, die sich unfehlbar nennt, bedarf dieser Arme sich zu behaupten. Sie bedarf der Zensur für die Geister und des Schwertes für die Leiber. Die Inquisition ist kein bloßer Auswuchs einer unfehlbaren Kirche, sie ist eine Folgerung, eine notwendige Konsequenz aus dem Prinzip und wird immer, sobald die Zeitumstände es möglich machen, wieder da sein. Hinter der unfehlbaren und absoluten Fürstenmacht stehen die Hochverrätergalgen, hinter der unfehlbaren Kirche der Scheiterhaufen.

»Aber«, so fragte Padre Geronimo sich, »war es genug, wie heute die Dinge standen, wenn San Domenicos Söhne sich schürzten und ihre Fackeln schwangen über der großen Orgie, dem »platonischen Gastmahl« der Geister? Mußte nicht neben der Macht, die richtete und strafte, eine neue geschaffen werden, welche die Seelen auch innerlich unterjochte? So wie wider die große Abkehr der Geister in den Albigenserzeiten zwei Mächte zu Felde gezogen, Arnald, der Legat, und Simon von Montfort, der Heerführer? Konnte ein Orden, einer der älteren Orden dazu ausersehen werden diese Mission zu übernehmen? War einer, der im Stande, der Bildung mit gleicher Waffe, der Wissenschaft der Gelehrten mit gleich großen Kenntnissen entgegenzutreten? Nein, nein, es gab keinen. Wenn der Löwe des heiligen Dominikus auszog zum Streit, so mußte eine Schlange neben ihm sein, die ihm half, und diese Schlange war nicht da in der Arche der Hierarchie. Ein großer Zauberer mußte seinen Stab auf den Boden werfen und, wie die Magier des Pharao, daraus eine ganz neue, noch nie gesehene Schlange entstehen lassen.«

Padre Geronimo hing diesem Gedanken nach, der nach dreißig Jahren seine Erfüllung finden sollte, nicht durch die Initiative eines großen Zauberers, sondern durch die eines spanischen irrenden Ritters, der, mit der ergreifenden und tragischen Schwärmerei des Don Quixote für die Donna von Toboso, sich in den Dienst der Donna Unfehlbarkeit begab, und dem die Welt es verdankt, wenn seitdem in den Geistessaaten der Menschheit, an den Fruchthalmen der Wissenschaft ein schädliches Insekt, ein schwarzer Getreide-Laufkäfer nagt.

Padre Geronimo erhob sich endlich; die Dämmerung war eingebrochen und man sah hellen Lichtschimmer aus einigen Fenstern der benachbarten Savellerburg dringen; auch ein leise herüberschwellender Chorgesang von Mönchen wurde von dort vernehmbar; er kam aus dem Gemache, in welchem die Leiche Livio Savelli's aufgestellt war.

## 40. Corradina.

Um die Abendzeit am anderen Tage schritt Bruder Martin durch die Porta del Popolo, den Flaminischen Weg hinab bis an die Villa Signor Callistos.

Als er an das Tor in der Mauer, die sie vom Wege abschloß, klopfte, erschien ein alter Gärtner, der ihn zurückwies. »Niemand sei daheim«, sagte er, »Signor Callisto verreist.« Erst auf sein dringendes Begehren die Donna zu sprechen, entschloß sich der Alte ihn zu melden.

Nun erschien bald darauf Signor Callisto selber in der sich wieder öffnenden Türe.

»Ich erriet, daß Ihr es seid, Fra Martino!« sagte er. »Tretet rasch ein, es ist nicht nötig, daß man uns sehe.« Die Türe wurde, nachdem Bruder Martin eingetreten, durch einen schweren Riegel gesichert.

Bruder Martins Auge haftete auf einem Bilde von großer Schönheit, als er an Callistos Seite durch den Garten schritt. Hinter ihm, hinter dem Monte Mario ging die Sonne unter. Der östliche Himmel vor ihm war vom Reflex des Abendrots mit unnennbar schönen rosigen und violetten und in das feinste Grün und Gelb verlaufenden Tinten überhaucht. Vom Hintergrund dieses entzückenden Farbenspiels hob sich die *parva domus* ab, und auf der Pergola dieses reizenden grünumrankten Gebäudes saß, mit dem Arm auf die Brüstung gelehnt, eine weibliche Gestalt, deren Umrisse sich voll Anmut an der rosigen Fläche abzeichneten.

Es war Corradina, die, ihr Kinn auf die Hand gestützt, in das sinkende Sonnenlicht und die Purpurglut des golden flammenden Abendhimmels blickte.

Als Callisto den deutschen Mönch zu ihr hinaufgeführt hatte, reichte sie ihm freundlich die Hand.

»Ihr seid der Mann«, sagte sie lächelnd, »von dem mir Graf Egino eine Strafpredigt halten lassen wollte. Ich hoffe jedoch, es vergeht Euch der Mut uns zu tadeln, wenn Ihr seht, in welchem Kummer wir sind. Habt Ihr von dem armen deutschen Mädchen erfahren, das uns den Weg zur Rettung zeigte?«

»Ich habe einen Teil dieses Tages bei ihr zugebracht und ich komme von ihr, Gräfin«, versetzte Bruder Martin.

»Und wie steht es um sie?«

»Ich fürchte, nicht gut, denn sie ist sehr schwach.« »Wie ihr mich erschreckt! Hat sie einen Arzt, hat sie eine Pflege?«

»Beides!«

»Gott sei mit der Armen! Wenn ich zu ihr könnte, dürfte! Aber ich darf es ja nicht. Auf sie wird kein Verdacht fallen, an sie wird niemand denken, an sie und den entsetzlichen Menschen mit der Kraft eines Stieres, der sie begleitete. Nach mir wird man an allen Enden spähen – ich darf keinen Schritt über diese Villa hinausmachen.«

»Nein, Ihr dürft es nicht«, fiel Callisto ein, »bei Gefahr Eures Lebens nicht! Die Deutschen sind, glaubt es mir, wohl aufgehoben bei ihrer ehrlichen Frau Giulietta und niemand beargwöhnt sie da; das einzige, was Ihr für sie tun könnt, ist sie durch keinerlei Annäherung oder nur Botschaft zu gefährden.«

»Ich sehe es ja ein, Signor Callisto, aber Ihr«, wendete sie sich zu Bruder Martin, »sagt es nicht dem Grafen Egino, daß es so schlecht um sie stehe. Auch er liegt am Fieber darnieder, welches in Folge der Erschütterungen der gestrigen Nacht heftiger zurückgekehrt ist, er bedarf der Schonung!«

»Ich werde Euch gehorchen, Gräfin.«

Sie stand auf und winkte Bruder Martin. Er folgte ihr mit dem Rechtsgelehrten in das an die Pergola stoßende Wohngemach; dort wies sie ihn durch eine offene Tür in ein zweites helles und schönes Zimmer, in das das purpurne Abendlicht vom westlichen Himmel her seine volle Glorie warf. Egino lag, von einer Decke halb umhüllt, auf einem Ruhebett. Er streckte Bruder Martin erfreut die Rechte entgegen. »Bruder Martin, wie schön, daß Ihr kommt!« rief er aus. »Nicht wahr, Ihr seid erfreut, daß Ihr mich am Leben und in der Freiheit findet, erfreut wie ein treuer Freund? Freilich ein wenig krank und schwach findet Ihr mich noch, aber es ist nicht schlimm; morgen, übermorgen wird die alte Kraft zurückkehren. Bringt mir gute Nachrichten von Irmgard und ich will alle Sorge von mir werfen, um gesund zu werden. Ihr seht mich fragend und verwundert an, Bruder Martin? Ihr glaubt, die Sorge gerade müsse mich töten, die Sorge um meine hohe Herrin die Gräfin Corradina, und ihr Schicksal und die entsetzliche Lage, in welche ja ich, niemand als ich, sie durch mein leidenschaftliches Handeln gebracht; die Reue, die Gewissensqual ihretwegen müsse mich nicht atmen lassen? Ach, Ihr kennt sie nicht, Bruder Martin, Ihr wißt nicht, mit wie liebreichem Wort sie mich getröstet und beruhigt hat! Ihr wißt nicht, mit welcher Huld sie sich zu mir Ärmsten herabläßt und mir sagt, daß sie mir nicht zürne, daß sie gefaßt und ruhig es als eine Schickung des Himmels hinnehme, was geschehen, um sie aus einer weit entsetzlicheren Lage in die Freiheit und Unabhängigkeit zu führen; Ihr wißt nicht...«

Corradina trat jetzt heran und ihre Hand auf Eginos Arm legend, sagte sie:

»Graf Egino, Ihr dürft so viel nicht reden, hört Ihr?«

»Ihr habt recht, Gräfin, und ich gehorche. Aber Fra Martino wird brennen unsere Geschichte zu vernehmen.«

»So will ich sie ihm berichten, wenn Ihr's wünscht, daß er sie erfahre; Ihr aber hört unterdessen stille zu, ohne mich mit einem Worte zu unterbrechen. Versprecht Ihr das?«

»Ich verspreche jedem Eurer Worte zu gehorchen bis an meines Lebens Ende, Corradina, meine hohe Herrin!« versetzte Egino, ihre Hand an seine Lippen ziehend.

»Wohl denn, setzt Euch, Fra Martino«, sagte Corradina, indem sie sich auf das Fußende von Eginos Ruhebett niederließ.

Martin nahm auf einem der hochrückigen Stühle Platz, die umherstanden.

Signor Callisto brachte eine Schale mit einem kühlenden Heiltrank und stellte sie auf ein Tischlein dicht neben Eginos Lager. Dann ging er, da ihm schon gestern Corradina Kunde von dem ganzen Hergange ihrer Flucht gegeben. Hätte er geahnt, daß die Gräfin im Begriffe stand nicht allein die Erlebnisse, durch welche sie in sein Haus geführt worden, sondern ihr ganzes Lebensschicksal zu berichten, damit auch Egino es jetzt höre, er hätte sich sicherlich nicht von dem Kreise der Zurückbleibenden ausgeschlossen. Aber Corradina hielt ihn nicht zurück. Sie saß aufgerichtet, mit im Schoße gefalteten Händen da, ihre wunderbar schönen Züge dem glühenden Himmelslichte zuwendend, während Bruder Martin, müde und doch gespannt, an die Rücklehne seines Sessels zurückgesunken war, und der Kranke das gerötete Haupt mit den leuchtenden, auf Corradina gerichteten Augen auf seinen Arm gestützt hatte.

»Wenn Euer deutscher Freund«, hob Corradina mit einem wie forschend auf dem jungen Mönch liegenden Blicke an, »über mein Handeln urteilen soll, so muß er alles kennen, was mich dahin führte, wo er jetzt mich erblickt, in diesem Asyl, verborgen, flüchtig, arm und ausgestoßen. Er muß wissen, wie ich aufwuchs, wie ich zu Jahren kam, was ich erlebte, was ich zu durchkämpfen hatte bis zu dieser Stunde. Ich wuchs auf ohne Mutter, in der alten, großen und zerfallenden Burg zu Anticoli, an der Seite meines Vaters, des strengen und harten Mannes, der durch seine Erzählungen von der Macht und Höhe unseres großen und einst weltbeherrschenden Geschlechts, von den Taten derer, welche die hervorleuchtendsten Träger seines großen und unvergleichlichen Ruhmes waren, alles tat, um mich selbstbewußt und stolz zu machen. Er konnte dies nicht, ohne zugleich durch den Kontrast dieser Erinnerungen mit dem dürftigen und zerfallenden Zustande um mich her, mit der engbeschränkten Lage unseres Hauses eine große Bitterkeit in meine junge Seele zu bringen. Zum Glücke lag in der eigenen Bitterkeit seines Herzens über diese Verhältnisse ein Gegengift; der Eltern Gemütsschwächen sind selten der Kinder Erbteil; sie nehmen früh ein Beispiel an ihnen. Mein Vater war nicht arm. Unsere Besitzungen waren groß; aber sie waren verschuldet. Seit dem großen Überfalle Roms, den vor hundert Jahren die Colonnesen, mit denen wir fast immer verbündet waren, ausgeführt, hatte unser Haus viel gelitten. Paolo Orsini, des Papstes Feldherr, hatte meinen Vorfahr Corradino di Antiochia gefangen genommen und hinrichten lassen und vieles vom Unsrigen war uns damals genommen worden. Mein Vater hatte eine Savelli zur Frau. Ihr Erbgut hatte dazu gedient Schulden zu tilgen, Verpfändetes und Entfremdetes wieder zu

423 erwerben, das Erhaltene in besseren Stand zu bringen. Die äußerste Sparsamkeit unterstützte meinen Vater in diesem Streben, in dem alle seine Gedanken und all sein Tun aufging; denn unser

Haus wurde nicht wohnlicher, unsere Dienerschaft nicht zahlreicher, unsere Tafel nicht besser besetzt, unser Tor nicht gastlicher geöffnet, wie wir reicher wurden. Meine Mutter war, als ich acht Jahre zählte, gestorben und meine ganze Umgebung bestand von da an in einer alten Amme und einer blutjungen Ziegenhirtin, die mein Vater mir zur Cameriera gegeben hatte; sein täglicher Umgang war der Frater Niccolo, der Hausgeistliche, der mich im Lesen und Schreiben und dann im Latein unterrichtete, während mein Vater selbst mich Deutsch lehrte – er sprach fast immer deutsch mit mir – das Deutschsprechen war eine Tradition in unserem Hause. So wuchs ich auf; von der Welt sah ich nichts und hörte nur, was einzelne seltene Gäste, die aus ihr kamen und bei uns einkehrten, von ihr erzählten – sie waren meist Angehörige der Familie Savelli. Meine Mutter war, wie gesagt, eine Savelli von Ariccia; sie aber, die unserem Hause neuen Wohlstand gebracht, hatte verlangt, daß dieser Wohlstand zu ihrem Hause einst zurückfließe, und daß ich einem der Söhne ihres Vetters, des Herzogs, vermählt werden solle – ich war ja das einzige Kind, die einzige Erbin; einen Sohn hatte sie meinem Vater nicht geschenkt. So wurde ausgemacht, daß ich Luca heiraten solle; meine Mutter noch bestimmte es so. Wenn Luca Savelli zu uns kam, nannte er mich seine *sposa* schon in einem Alter, wo diese *sposa* nicht viel größer war, als die größte ihrer Docken. Wir spielten zusammen und zankten uns dabei und rauften uns; obwohl er um vieles älter war als ich, unterlag er zuweilen dabei und ich glaube, er haßte mich deshalb eben so sehr, wie ich ihn unausstehlich fand. Ich hatte einen Gespielen, der mir weit besser gefiel; er war von meinem Alter und statt mich wie Luca sposa, zu nennen und beherrschen zu wollen, war er beflissen alles zu tun, was ich wünschte und mir in allem nachzugeben, was mir einfiel. Er war meiner Cameriera Bruder und so arm wie sie und hütete die Ziegen auf den Felsabhängen und in den Büschen um unsere Burg; er hieß Mario und hatte Augen von wunderbarer Schönheit, groß und dunkel und sanft wie die eines jungen Mädchens; Angela und Mario und ich, wir bildeten eine so friedliche Spielgesellschaft, wie es Geschwister nur können. Ich weiß nicht, ob ich Angela lieber hatte oder Mario. Mein Vater kümmerte sich wenig um mich; er ließ mich bei schönem Wetter draußen umhertummeln, bei schlechtem mich in den Saal flüchten, wo ein mächtiger alter Schrein stand, in welchem Schriften, Pergamente und Bücher, alte wie neue aufbewahrt waren. Ich las zuerst in den neuen – heimlich, denn der Frate Niccolo durfte es nicht sehen; er nannte alle neuen Bücher Homilien des Teufels und Seelengift; und er hatte recht, diese neuen Bücher waren Novellen und Geschichten von ausgelassenem Inhalte; wie jenes Gift, welches die Pupille des Auges vergrößert und die Sehkraft schärft, schärfte es mein Auge für Dinge, die ich nicht hätte wahrnehmen sollen in diesem Alter. Ich wuchs heran. Es erschienen jetzt öfter Gäste und unter ihnen junge Männer auf der Burg zu Anticoli, Verwandte, Freunde der Savelli, welche sie mitbrachten. Es war ein Kardinal unter ihnen, ein Verwandter der Colonna von Palliano, mit denen Livio Savelli verschwägert werden sollte; Livio führte ihn bei uns ein. Der Kardinal Rafaelo war Erzbischof in einem, Bischof in zwei Städten, hatte Abteien und Pfründen und war noch nicht dreißig Jahre alt; aber er war gewandt, beredt, gelehrt sogar und man sagte, er werde noch Papst werden. Unterdessen bewarb er sich eifrig um meine Gunst. Ich hatte Gefallen an seiner Unterhaltung gefunden; aber nur zu bald verstand ich das leidenschaftliche Wesen, das Feuer in seinen Augen, wenn er mit mir sprach, und schrak vor seinen Annäherungen zurück. Ich konnte ein kostbares Geschenk, das er mir eines Tages von Rom mitbrachte, nicht abweisen, mein Vater litt es nicht; und ich konnte zu meinem Vater, ich wollte zu Luca nicht offen über des Kardinals Annäherungen reden. Aber ich mied, ich floh ihn jetzt. Frate Niccolo machte mir Vorwürfe darüber. Er rühmte mir Rafaelos hohen Rang und Verdienst; er brachte mir heimlich einen Brief des Kardinals; ich war erstarrt über dies Betragen des frommen Frates, den ich verehrt hatte. Während ich den Brief zerriß, hatte ich ein Gefühl, als ob die Welt unter mir zusammenbreche – wie eine Flut von Haß kam es über mich wider diese Preti, wider diese Männer – ich trat im Angesichte Fra Niccolos die Stücke des Briefes mit Füßen. Der Kardinal ließ sich nicht abschrecken. Er verfolgte mich wie früher; ich stahl mich aus der Burg, so oft ich konnte, wenn er da war; ich klagte mein Leid Angela und Angela erzählte es ihrem Bruder, und als ich Mario das nächstemal sah, schwor er, er werde, sobald der Kardinal mit Livio wieder in dem Buschwald von Anticoli jage, wie er pflegte, aus seinem Versteck mit seiner Hirtenschleuder ihm einen Stein an den Kopf schmettern. Fra Niccolo überraschte uns, Mario und mich in unschuldigem vertraulichen Geplauder. Er mochte längst meinen Verkehr mit Mario beargwöhnt haben, der schmutzige

Mensch. Er bedrohte mich mit dem Zorn meines Vaters. Ich antwortete ihm trotzig und wendete ihm den Rücken. Doch führte er die Drohung nicht aus, wohl aber mußte er Rafaelo die Sache hinterbracht haben, denn der Kardinal nahm sich am folgenden Tage heraus mir die bittersten leidenschaftlichsten Vorwürfe zu machen, daß ich mich wegwerfe, daß ich wie ein Wildfang umherschweife und mit einem barfüßig laufenden Buben wie mit meinesgleichen verkehre; er wagte es mich zu schmähen, als ob er ein Recht dazu habe. Empört fiel ich ihm ins Wort. Und was geht das Euch an, rief ich aus, wenn ich mit meinen Gespielen verkehre und wer meine Gespielen sind? Wenn Ihr noch Luca wäret, der sich meinen Sposo nennt! Ich hasse ihn nicht viel weniger als Euch.

»Rafaelo verstummte vor Betroffenheit und blaß vor Wut, ließ er mich allein. Am andern Tage schon reiste er ab. Aber er hatte Sorge getragen sich zu rächen. Mich graut davor es auszusprechen, wie. Was ich ihm ins Antlitz gesagt, das hat er den armen Mario entgelten lassen. Dieser ist von Banditen überfallen worden und sie haben ihm die Augen ausgestochen.

»Das ist entsetzlich!« fuhr Egino hier empor.

Corradina legte, wie um ihn zu beschwichtigen, die Hand auf seinen sich erhebenden Arm, während ihr Blick dieselbe Richtung, gerade aus, in das verglühende Abendrot, behielt; Bruder Martin hatte sich aufgerichtet und vorgebeugt, die Hände auf seine Knie gestützt, starrte er die Erzählerin an.

»Mario ist gestorben«, sagte sie und fuhr dann mit einem schmerzlichen Seufzer fort: »Ich hatte Mario nicht geliebt; nie war mir nur im Traume der Gedanke gekommen ich könne sein Weib werden. Aber mein Schmerz um ihn war so groß, als hätte ich ihn geliebt, und alles, was von Kraft und Empörung in mir lag, wurde in mir wachgerufen und mischte sich mit einer Bitterkeit, die ich nicht beschreiben kann, in diesen Schmerz. Ich war wie verwandelt von diesem Tage an; ich wurde einsiedlerisch, menschenscheu, ich verschloß mich tagelang bei den Büchern meines Vaters, unter denen ich jetzt begann die alten, die Chroniken, die, welche Kunde von meinen Vorfahren enthielten, denen vorzuziehen, welche mich früher beschäftigt hatten. Angela sendete ich von mir, weil ich es nicht ertragen konnte, daß ihre Augen mich anblickten, welche die

Augen Marios waren. Ich begann mich in eine Welt ganz für mich allein einzuleben, die bevölkert war von weichen mütterlichen Frauen und von edlen, starken, ritterlichen Männern, Gestalten der Einbildungskraft, denen ich die Namen meiner Vorfahren gab, die ich in den alten Geschichtsbüchern und Aufzeichnungen fand, die Namen: Manfred, Enzio, Constanze, Beatrix, Isabella, Elisabeth, Sibylla; ich träumte mich mitten zwischen sie, ich sah mich neben ihnen stehen und redete mit ihnen; meine junge Klugheit gab ihnen Ratschläge, deren Befolgung sie ganz sicherlich vor ihren tragischen Schicksalen behütet hätte, hätten sie nur auf mich junges Blut gehört. O gewiß hätte dann Conradin den Bluthund Anjou zu Boden geschmettert und wäre Manfred nicht bei Benevent geschlagen worden! Und in einer alten Schrift, die von meinem Ahn, von dem, der mir der teuerste und liebste von allen, von Friedrich II. herrührte, vertiefte ich mich und las sie wieder und wieder und brütete darüber und grübelte über einzelne Stellen und Sätze, ob der Sinn, den ich in sie legte, wirklich das sei, was da stehe; ich grübelte darüber, unsicher, geängstigt, fürchtend, daß es so sei, und doch wieder frohlockend, daß es so sei; denn diese Stellen und Sätze waren erschreckend für meinen kindlichen Glauben; aber sie rächten mich an dem Kardinal, an dem Frate Niccolo, an den Menschen um mich her. Es lagen die Gedanken, die letzten und geheimsten Gedanken eines Mannes darin niedergelegt, der, wie ein Bergeshaupt den Nebel und Qualm des Tales, die Wahngebilde, die seine Zeitgenossen umhüllten, überschaute.«

»Und welch' eine Schrift war das?« fragte hier Bruder Martin. »Ich spreche Euch noch davon, laßt mich jetzt fortfahren«, antwortete Corradina. »Wenn ich meiner Einsamkeit entrissen wurde und mit Menschen verkehren mußte, so zeigte mein Wesen sich völlig verändert. Ich war nicht mehr gesprächig, harmloses Geplauder liebend und doch schüchtern und blöde und leicht durch ein Wort aus der Fassung gebracht, wie ich es früher war; ich war einsilbig und sicherer geworden; ich sprach wenig, aber das, was ich dachte und für wahr hielt. Ich lernte zu erwidern, den Mut meiner Meinung zu haben; wer sich in ein Wortgefecht mit mir einließ, beendete es nicht immer als Sieger, und da ich aus der bitteren Stimmung, die mich für die Menschen um mich erfüllte, heraus sprach, so muß ich sehr oft verletzend, keck und herausfordernd gesprochen haben.

Und doch schien das niemanden zu verletzen, im Gegenteil, es war, als ob man sich jetzt erst recht beflisse mir zu huldigen.

»Als ich neunzehn Jahre alt wurde, verlor ich meinen Vater nach einer kurzen Krankheit; er sprach mir noch auf seinem Totenbette von Luca Savelli als meinem zukünftigen Gatten. Ich wollte den Sterbenden nicht durch meinen Widerspruch kränken; ich schwieg und unterwarf mich auch, als der Herzog von Ariccia als Vormund nach meines Vaters Tode verfügte, daß ich von nun an bei seiner Schwiegertochter, bei Livio Savellis Gattin und in der Welt leben und da geschult und gebildet werden solle. Was hätte mir auch Widerstand gefruchtet! Ich mußte unsere Burg verlassen. Es war mir zu Mute, als nehme ich nicht allein von meinem Vaterhause, von allen Erinnerungen, von meiner Freiheit Abschied, es war mehr, es war mir, als solle ich von mir selbst Abschied nehmen; als werde ich wie irgendein Stoff, ein beliebiges Metall behandelt, das man umwandeln und in eine neue Form gießen, zu einem neuen Wesen und einer neuen Gestalt machen wolle, in Rom, auf den Schlössern der Savelli und Colonna, in ihren Gesellschaften, in ihrem unruhigen Treiben und Leben, das für mich wie das Leben einer ganz andern Art von Menschen war. Und doch – wie so ganz blieb ich dieselbe; wie blieb mir in dieser Welt, die mich abstieß, ganz meine Art zu empfinden und zu denken treu; wie kam eine hartnäckige Widerstandskraft über mich inmitten all der sittenlosen Ausgelassenheit, die mich umgab! Livios Weib war ihrem Gatten untreu und gab sich keine Mühe dies vor meinen Augen zu verschleiern. Livio dagegen faßte eine Leidenschaft für mich, aber er hatte nicht den Mut oder hielt es nicht für klug es mir offen zu gestehen – er ließ es mich erraten; er spielte den Zurückhaltenden, sich Beherrschenden und machte den Schutzredner seines Bruders Luca bei mir... er spielte ein fein überlegtes Spiel! Er berechnete, wie, wenn ich Lucas Weib geworden, dieser mich elend machen werde und wie ich dann in meiner Not in seine weitgeöffneten Schützerarme werde fallen müssen! Luca behandelte mich, je unumwundener ich meinen Abscheu wider ihn kundgab, desto mehr als sein Eigentum, seine Sklavin ... wir hatten oft harte Kämpfe und dann trat sein Vater, mein Vormund, dazwischen und nahm mich so erregt und leidenschaftlich in Schutz, daß ich bald auch gegen ihn die Unbefangenheit verlor – auch er, auch der fünfzigjährige

Mann fing an um mich zu werben und die Verzweiflung zu steigern, von der ich in diesem Kreise erfüllt wurde, der den schützenden Familienkreis für mich bilden sollte! Zum Glück scheute der Herzog seine Söhne, fürchtete er Livio, und Livio war empört, als er die Entdeckung machte, daß sein Vater den Gedanken gefaßt, selbst, weil ich nun einmal Luca nicht wollte, mich zu seinem Weibe zu machen.

»Es waren schreckliche Tage für mich armes junges Geschöpf, das keinen Freund, keine Hilfe auf Erden hatte; meine Diener waren vom Herzoge ausgesucht; Livios Gattin glaubte ihre Pflicht gegen mich erfüllt, wenn sie mir die feinen Sitten der Gesellschaft beibringe und die Kunst sich mit Geschmack zu kleiden und zu schmücken; über ihres Mannes Beflissenheit um mich spottete sie; sie nannte mich die marmorne Prinzessin und hatte ihre Freude an der Art, wie ich mich schroff und scharf gegen die Männer verteidigte, deren Leidenschaften ich dadurch nur reizte und stachelte.

»Wie oft in jenen Tagen habe ich Angela beneidet, wie oft mich an die Stelle dieses Mädchens gewünscht, das auf den Waldhöhen von Anticoli jetzt wieder barfüßig ihre Ziegen hütete!

»Es waren zwei Jahre, die so verflossen, wir waren zumeist in Ariccia, auch in Palliano oder in Livios Schlosse bei Albano, das der Herzog ihm bei seiner Verheiratung abgetreten; vorübergehend hier in Rom. Endlich zwang Lucas zunehmende Krankheit uns zu längerem Aufenthalte in Rom, und dort war es, wo ich meinen Entschluß erklärte des sterbenden Lucas Weib werden zu wollen. Es schien mir der einzige Weg frei zu werden, frei von den Bewerbungen des Herzogs, den ich am meisten fürchtete, frei und unabhängig als Witwe, der man einen Teil ihres Guts zurückgeben mußte, frei auch für die Zukunft von den Bewerbungen anderer Männer, denn ich haßte sie alle. Luca starb am Morgen des Tages, der zur Vermählung festgesetzt war – ich blieb zu dieser Vermählung dennoch bereit und – Livio bestand nun ebenfalls auf der Trauung im Einverständnis mit seinem Weibe, das über die Absichten des Herzogs dachte wie er. Ich war einverstanden, der Herzog wagte keinen Widerstand ... und so geschah das, dessen Zeuge Ihr wurdet, Graf Egino ...«

»Ihr ließt Euch mit dem Toten trauen?« rief Bruder Martin erschrocken aus.

»Ich ließ mich mit dem Toten trauen!«

Bruder Martin starrte sie an. Eine Pause folgte. Graf Egino streckte seine Hand aus, um die Corradinas zu erfassen; wie geistesabwesend ließ sie ihn gewähren und ihre Rechte in der seinen. Ihr Blick blieb unverwandt in die Ferne gerichtet.

Der Mönch stützte seine Stirn auf seinen Arm und sagte zu Boden blickend:

»Und dann? Sagt mir alles!«

»Graf Egino mag Euch das Weitere erzählen.«

»Wie ein Engel des Lichts kamt Ihr in die Nacht des Verzweifelnden«, rief Egino aus, »und wenn ich zehnfach für Euch sterben könnte, ich würde Euch das Glück des Augenblicks nicht gezahlt haben, in welchem meine verwirrten Sinne sich zu fassen, zu glauben begannen, daß Ihr, Ihr es waret ...«

Sie entzog ihm ihre Hand und sie wieder beschwichtigend auf seinen Arm legend, fuhr sie fort:

»Ich führte ihn hinaus. Wir kamen in die Kapelle der Murati; was dort geschah, wird das deutsche Mädchen Euch erzählt haben ...«

Bruder Martin nickte leise mit dem Kopfe.

»Ich weiß, was dort geschehen«, sagte er.

»So kann ich enden. Als wir, dem Manne, der das verwundete deutsche Mädchen trug, folgend, uns in den dunklen Gassen draußen befanden, sagten wir uns, daß man nicht sie, von denen niemand weiß, sondern nur uns verfolgen und auszuspähen suchen werde; daß wir ihnen deshalb schuldig seien unser Los von dem ihren zu trennen, damit wenigstens sie nicht gefährdet seien; daß wir um jeden Preis außerhalb der Tore – jetzt, wo sie noch nicht bewacht würden – zu gelangen suchen müßten. So trennten wir uns von ihnen und gelangten glücklich und unaufgehalten durchs Tor zu Signor Callistos Hause, der mir stets Wohlwollen und Güte erwiesen hat und für dessen treue Freundschaft Graf Egino einstand

... wir haben uns nicht in dem edlen Manne getäuscht – und so findet Ihr uns hier.«

»Und jetzt«, schloß Corradina ihre Erzählung, »jetzt, Fra Martino, erwägt es in Eurem Herzen, ob das, was Ihr hörtet, eine Geschichte von Schuld und Verirrung ist oder ein Menschenschicksal, das die Vaterhand Gottes so bestimmte und auf dem Wege zu dem Ziele leitete, an welches er mich führen will. Sagt es uns morgen, denn es ist spät geworden; die Sonne versank und die Nacht muß Euch in Eurem Kloster finden.«

Bruder Martin erhob sich.

»Ihr habt recht, Gräfin«, sagte er leise. »Auch wäre ich nicht imstande Euch ein Wort darüber zu sagen. Mein Gemüt ist von allem, was diese Tage mir zuführten, erfüllt, als läg' eine Bergeslast auf mir. Laßt mich gehen. Mir ist zu Mute, als wär' ich in einen tosenden Strudel gerissen ... ich muß aufatmen, bevor ich reden kann.«

Er reichte beiden die Hand und schritt schweren Ganges durch das Zimmer und das Vorgemach, um die Villa zu verlassen.

## 41. Ein Monolog des Mönchs

Als Bruder Martin die Pforte seines Klosters wieder erreicht und Einlaß gefunden hatte, schlich er still und geräuschlos in seine Zelle; er wollte von niemand gehört, von niemand wahrgenommen werden, er wollte nicht müßigen Fragen begegnen, auf die er hätte Antwort geben müssen. Er schloß die Tür seiner Zelle und warf sich in den Sessel an seinem Fenster.

Das volle runde Antlitz des Mondes blickte herein.

Die Hände im Schoß faltend, atmete Luther mehrmals tief auf, dann stützte er die Schläfe auf seine Hand und zum Monde emporschauend murmelte er:

»In welche Welt gießt diese runde Scheibe dort ihr sanftes Friedenslicht! O mein Gott, in welche Welt!

Welche Menschen! Sie haben das hohe milde Himmelslicht, die glitzernden Sterne dort, die in ewig zuckender Bewegung flackern, als sprächen sie in ängstlicher Aufregung den Menschen zu gut zu sein; und sie haben das Seelenlicht, das aus der reinen Lehre des Evangeliums strahlt! Und doch leben sie im Dunkel und handeln wie Räuber und Mörder!

In die reinsprudelnde Quelle der Lehre des Heilandes haben sie das tote Aas ihrer Satzungen geworfen und kein reiner Mund mag mehr aus diesem Wasser trinken. Um des Glaubens willen mauern sie einander ein und morden und brennen.«

Martin sank ermattet in sich zusammen. Niemals war ihm mit so erschütternder Gewalt der klaffende Widerstreit vor Augen getreten, der zwischen der Welt von damals, wie sie war, und der Welt, wie sie der »Lehre« nach sein sollte, bestand; zwischen der ruchlosen Verachtung des inneren Gehaltes der Lehre, der frechen Unbekümmertheit um ihre moralischen Vorschriften und der gewalttätigen Grausamkeit, womit man ihre äußere Herrschaft, ihre Formen, das Gerüst ihrer Hierarchie verteidigte.

Er sah vor sich die Gestalt dieses Papstes stehen, der ihn zur Tür hinausgewiesen und ihm und der Menschheit das Denken verboten. Und neben dem Papst Padre Geronimo, den Gedanken-Scharfrichter; und fern hinter beiden, wie ein weites Blachfeld, auf dem die Sünden und Leidenschaften der Menschen, die nicht denken sollten, sich in einem wüsten Chaos tummelten.

Der böse bittere Zweifel, der ihn schon einmal so giftig angebellt, kam schmerzlicher, stachelnder zurück. Es war ein wahres Elend, das er über den innerlich verstörten armen Mönch brachte. Er hatte gezweifelt an dem Prinzip des ganzen Systems, an der Tatsache einer Ursündhaftigkeit der Menschennatur. Jetzt faßte ihn der Zweifel an der Kraft der ganzen Theologie, an der Fähigkeit derselben die Menschen überhaupt zur Güte und zur Reinheit zu führen. In seiner Erschütterung und Empörung hätte er diese Theologie, diese Scholastik mit einem Fußtritt von sich stoßen können, er hätte sie fassen, schütteln und ihr zudonnern mögen: Nun gib mir Rechenschaft über dein Ziehkind, die Menschheit, wohin hast du es gebracht? Bist du, du nicht selber die Schlange, von der du ewig redest, die es unselig und elend machte, die Schlange, die der Herr verdammte auf dem Bauche zu kriechen und Staub zu fressen? Ja auf dem Bauche kriechst du, dem Bauche lebst du und statt Manna frißt du Staub, schwarze Natter!

Armseliges, bejammernswertes Menschenvolk! Du »Volk von Königen und Priestern«, zu dem der Herr dich machen wollte, wie bist du unter die Füße getreten! Geht der arme Mensch zu seiner Hütte hinaus, um seine Nahrung zu suchen und will ein Getier des Feldes erlegen, so kommt der Grundherr und sagt: Fort, das Wild ist mein! Will er einen Fisch aus den Gewässern fangen, so spricht ein anderer: Fort, das Gewässer ist mein! Will er ein Stück Holz aus dem Walde holen sich zu erwärmen, so kommt wieder ein anderer, der spricht: Fort, denn mir gehört der Wald! Findet es unter dem Boden seiner Hütte eine Ader edlen Erzes, das ihm hälfe, wieder ist der Grundherr da und herrscht ihm zu: Rühr' es nicht an, es ist mein; mein ist der Boden, auf dem du stehst, mein der Schatz unter deinen Füßen, mein der Vogel, der über deinem Haupte durch die Lüfte dahinfliegt. Und will der arme Mensch dann mit seiner Not und seinem Elend sich zu seinem Christus flüchten, dann kommt Frau Theologia, die Schlange, dann kommt die Kirche und spricht: Das Haus Christi ist mein; mein sind die Wohnungen im Hause des Vaters, mein sind alle Gnaden des Herrn, und willst du davon, so kauf' sie von mir! Du hast auf Erden nichts, es sei denn, du kauftest es von deinem Herrn; du hast im Himmel nichts, es sei denn, du kauftest es von mir! Ich habe die Schlüssel zum Himmel. Du kommst nicht hinein, so du nicht viel Geld gibst für Messen, Opfer, Ablaß und all' meine Ware!

Und bäumt sich dann endlich des armen Mannes Seele auf wider diese Ordnung der Welt und beginnt er sich in seinen Gedanken zu fragen nach all' diesem gewaltigen Recht, so ruft ihm die Frau Theologia zu: Halt inne, dein Gehirn ist mein, wie dein Acker deines Grundherrn, dein Wald deines Fürsten ist! Wenn du mit deinem Hirn denkst, mit deinem Verstande Schlüsse ziehst, so frevelst du an meinem Eigentum, und läßt der Grundherr dich auf den wilden Hirsch schmieden, so du wilderst, ich lasse dich verbrennen, so du denkst!

Barmherziger Gott, der Menschheit Los ist entsetzlich geworden!

Freilich nicht für sie, für diese Preti, die blasphemieren, während sie die Messe sagen, für diese Großen, die da treiben, was sie wollen, für diese Kardinäle wie Rafaelo; sie leben in Freude und Wollust und wissen dennoch in den Himmel zu kommen! Der Himmel ist für sie ein großes, ewig dauerndes Fest. Er ist ihnen ein großer Mummenschanz, der Himmel; um zugelassen zu werden, braucht man nur im Maskengewand zu kommen: man zieht ein Priestergewand an oder läßt sich in einem Mönchshabit begraben ...dann läßt Petrus sie ein.«

Bruder Martin schlug in heller Verzweiflung die Hände vors Gesicht; er stöhnte auf wie im tiefsten, zermalmendsten Schmerz. Es war ihm, als stürze die Welt über ihm ein.

Dann stand er auf und begann in seiner Zelle auf- und abzuwandeln.

»Es ist eine große und schwere Sache«, begann er nach langer Pause wieder »die Wahrheit zu finden. Aber der barmherzige Gott wird mir beistehen, wenn ich sie suche, suche, und sollt' es bis ans Ende meines Lebens sein! Das aber leuchtete heute mir klar in die Seele: mit diesem Credo kann die Menschheit nicht edel und gut und selig werden. Und bei diesem Credo hatte Herr Tommaso Inghirami, der Bischof von Ragusa, recht, als er sprach: die Religion habe keinen Einfluß auf die Sitten und der Menschen Charakter und Handeln«.

In solchen Gedanken schritt der deutsche Mönch in seiner Zelle auf und nieder. Er nahm nicht wahr, wie tiefer und tiefer die Nacht herabsank, er hörte nicht, wie bald fern, bald nah, bald in diesem, bald in jenem Kloster die Glocken geläutet wurden zur Mette und nächtlichen Hora. Die Ermüdung zwang ihn endlich sich auf sein hartes Lager zu werfen; ein fieberhafter Halbschlummer, aus dem er von Zeit zu Zeit emporschreckte, führte traumhafte Bilder an ihm vorüber. Er sah die Alte mit dem Esel, die ihn mit der Perniciosa bedroht; sie saß jetzt im Walde und hatte den blutigen Kopf eines Knaben in ihren Schoß genommen, einen Kopf mit schwarzdunkeln, grauenhaft anzusehenden Augenhöhlen; über dem Walde erhob sich ein hoher reicher Palast und darin dehnten sich weite stattliche Räume; in deren einem stand der dornengekrönte Christus des Bildes, auf das Irmgard geschaut hatte, in ganzer Gestalt, an sein Kreuz gelehnt; er folgte mit seinen schmerzlichen Blicken und mit leisem Wenden des Kopfes einem weinenden Mädchen, das durch die Gemächer eilte, aber das Mädchen sah ihn nicht und lief vorüber.

## 42. Der Papst geht schlafen.

Lang vor der Stunde, wo sich diese Bilder wie ein Alp auf die Brust Bruder Martins legten, hatte Papst Julius den Kreis derer entlassen, welche ihn in der letzten Abendstunde umgaben und mit denen er in heiteren Gesprächen nach des Tages Mühen die Zeit bis zum Schlafengehen zugebracht. Julius II. war wie kein Theolog, so kein Gelehrter. Man sagte ihm nach, er habe, wie er einst in den Krieg gezogen, von der Tiberbrücke herab die Schlüssel Petri in den Fluß geworfen, um die blanke Wehr zu ziehen. Als Michel Angelo seine Bildsäule für die Fassade von San Petronio in Bologna vollendet hatte, zürnte er, daß ihm ein Buch in die Hand gegeben worden und rief aus: Ich bin kein Schüler, gebt mir ein Schwert in die Hand! Aber er liebte es Leute von Bildung und Gelehrsamkeit um sich zu sehen, und in jenen Erholungsstunden erntete er oft die Bewunderung dieser Männer für seine Welterfahrung, seine Kenntnis der politischen Verhältnisse und seinen Scharfblick in der Beurteilung derselben ein; dabei konnte ihm trotz seines rauhen Wesens seine offene Ehrlichkeit und unumwundene Gradheit im Ausdruck etwas Liebenswürdiges geben, ein Zug, der noch lebendiger hervortrat, wenn man ihn mit seinem Vorgänger verglich.

»Gennaro«, sagte er gedehnt zu dem Leibdiener, der ihn entkleidete, »warst du heute nicht in der Stadt?«

»Ja, Heiliger Vater.«

»Und was spricht man in der Stadt? Vom Tode des Savelli?«

»Vom Tode des Savelli und auch von einem Feste im Palazzo Colonna zu Ehren des Herzogs Alfonso.«

»So, so... man feiert Feste! Alfonso von Ferrara feiert Feste!« murmelte der Papst.

Und dann nach einer Pause fuhr er fort:

»Er hat gefunden, daß der oberste Pontifex ein gutmutiger Alter ist, mit dem sich leben läßt! Nun jubeln und trinken sie! Im Palazzo Colonna jubeln sie! Der Jubel wird ihnen, denk' ich, vergehen, Gennaro, schon morgen, schon morgen – leg mir das Kissen auf die Füße und schieb mir das Licht aus den Augen... mir tut das Licht weh!«

»Was will Eure Heiligkeit sagen?« fragte Gennaro, der wußte, daß er sich um diese Stunde jede Frage erlauben dürfte.

»Was ich sagen will? Daß ich ihm sein ganzes Herzogtum Ferrara nehme. Das will ich sagen, Gennaro. Abtreten soll er mir's, ganz, ganz; nicht einen Rubbio Ackerland soll er davon behalten. Das will ich sagen. Morgen werden's ihm die Kardinäle sagen... diesem Este!«

»Und wird er sich's gefallen lassen? Er wird heimreiten und den Krieg wieder beginnen!«

»Heimreiten? Man wird's ihn lehren!«

»Aber, Heiliger Vater, Ihr habt ihm doch Frieden gegeben und verziehen unter der Bedingung, daß er sich demütige und als Euer Vasall bekenne. Er hat doch darauf Eure Zusage und es ist Unrecht...«

»Unrecht.. Unrecht...« antwortete Julius. »Du Dummkopf, willst Du mir wehren, daß ich's Recht nenne? Ist's nicht Recht, wenn ich's dazu mache? Hat ein anderer zu entscheiden, was Recht oder Unrecht, oder hab ich's? Bin ich Papst oder bist Du es, Gennaro? Gennaro, wenn Du Papst wärest, würdest Du Ferrara nicht wollen? Geh und lies aus dem Buche das Nachtgebet; wir dürfen das Nachtgebet nicht versäumen. Was würde Padre Anselmo sagen!«

Die Stimme des Papstes ging in ein unverständliches Murmeln über; er hatte längst die Augen geschlossen; er bewegte die Lippen noch ein paar Mal und dann entschlief er.

Gennaro schlich auf den Zehen aus dem Gemach.

## 43. Callistos Nachrichten.

Es war am folgenden Morgen. Callisto hatten seine Geschäfte in die Stadt geführt, auch das Verlangen sich Kunde von dem zu verschaffen, was man heute drinnen von den Ereignissen im Hause Savelli rede und was sich sonst ereignet. Donna Ottavia, seine Gattin, saß auf dem Ruhebette, welches gestern noch Egino eingenommen. Seine Wunde war im Vernarben begriffen; was ihn schwach und matt gehalten, war nur die furchtbare Gemütspein, die qualvolle Sorge um Irmgard, um Corradinas Schicksal, die Schreckensbilder, die ihn in der Haft erfüllt. Die Ereignisse der Nacht, welche ihm die Befreiung gebracht, hatten ihn alsdann neu auf das heftigste erschüttern müssen. Jetzt aber hatte seine elastische Jugendkraft ihn wieder zu durchströmen begonnen und er zog aufatmend die laue Luft mit dem ganzen Wonnegefühl wiederkehrender Kraft ein, so wenig frei noch von Druck und Sorge auch seine Brust sich heben konnte. Es waren im Gegenteil Gründe genug da, um eine Lage wie die seine ziemlich verzweiflungsvoll zu finden; die drohende Gefahr, die über ihm wie über Corradina schwebte, der Zustand Irmgards, an die er mit so viel Sorge dachte; die Gefahr, in welche er seine edlen Gastfreunde gebracht und noch fortwährend erhielt; die Gewißheit jene Angelegenheit seines Bruders, um deretwillen er hiehergekommen, gründlich verdorben zu haben; und mehr als alles, die Zukunft Corradinas, die doch eigentlich nur er so gewaltsam aus ihren Verhältnissen gerissen, um sie einer Zukunft zuzuführen, die wie ein chaotischer Traum vor ihm lag, alles das war hinreichend ihn schmerzlich bewegt zu Donna Ottavia sagen zu lassen:

»Ich bin sehr ratlos in diesem Augenblick, Donna Ottavia.«

»Seid Ihr? Und weshalb, Graf Gino?« fragte Donna Ottavia.

»Ahnt Ihr es nicht selbst? Ich habe kein Hehl aus der tiefen Leidenschaft gemacht, welche mich für Corradina erfüllt hat seit dem Augenblick, in welchem ich sie zum erstenmale sah.«

»Und Ihr wagt nun dennoch nicht um sie zu werben, Graf Egino?« fragte Donna Ottavia, ihre Blicke nachdenklich und halb wie zerstreut auf Egino richtend.

»So ist es«, entgegnete Egino. »Ich fühle mich zu arm dem inneren Reichtum in ihr gegenüber; ich versenke mich in alles das, was sie erlebte, ich durchlebe es aufs neue mit ihr, ich folge den Gedanken, den Empfindungen, womit es ihre Seele erfüllen, ihren Geist erweitern, und wie es sie mit ihrer inneren Welt zu den Menschen und der Welt außer ihr stellen mußte – und dann sag' ich mir verzagt und hoffnungslos: Was kann ich ihr sein, wie kann ich die dunklen Schatten, welche ihre Erlebnisse auf ihre Seele warfen, entfernen?«

Wenn Graf Egino im Stillen die Hoffnung gehegt hatte, daß Donna Ottavia ihm widersprechen und seine Verzagtheit aus grundloser Bescheidenheit hervorgegangen nennen würde, so hatte er sich geirrt, denn sie antwortete nachdenklich:

»Der Gräfin Sinn mußte umdüstert werden durch das, was sie erlebte, darin habt Ihr recht, Graf Egino. Sie mußte alle Männer hassen lernen, sie mußte zu dem Entschlusse kommen nie einem Mann anzugehören – alles das ist natürlich...«

»So natürlich – es wäre ein Wunder, wenn es anders wäre!« fiel Egino ein.

»Und so kann ich«, fuhr Donna Ottavia fort, »Euch Nur recht geben, wenn Ihr zagt um sie zu werben.«

»Und doch, und doch«, brach Egino in Heller Verzweiflung aus, »wüßte ich nicht von ihr zu lassen und mein Herz bräche entzwei, mein ganzes Leben wäre vernichtet, meine Zukunft ein langer Jammer, wenn ich dem Gedanken an sie entsagen müßte!«

»Die Zeit ist der Menschen größte Wohltäterin, Graf Egino. Verzagt darum nicht. Die Zeit wird Euren Schmerz in Wehmut verkehren und die Wehmut untergehen in der Befriedigung, welche Ihr einst empfinden werdet, daß Ihr durch kein Band irgendeiner Art mehr gefesselt seid an römische Dinge und Verhältnisse.«

Graf Egino schwieg. Er starrte zu Boden; seine Züge waren bleicher geworden unter dem Drucke, mit dem die Worte der Donna Ottavia seine sich in Hoffnungslosigkeit verlierende Seele noch mehr belastet hatten.

»Aber sie?« fragte er mit bebender Lippe nach einer Pause. »Was wird aus Corradina?«

»Sorgt nicht um sie«, versetzte Ottavia. »Sie wird in ein Kloster gehen und im Schutze desselben sich leicht glücklicher fühlen, als sie es im Hause der Savelli war. Das Kloster wird diese zwingen ihr Vermögen auszuliefern – die Klöster haben schon Mittel und Wege dazu ihren Angehörigen zu ihren Rechten zu verhelfen und lieben die Erbinnen. Ihr Name und ihr Reichtum werden sie rasch fördern. Sie wird bald die Vorsteherin, die Herrin solch eines Ordenswesens und seines Gebiets sein.«

»Sie, sie eine Nonne! Niemals wird dies geschehen! Was wäre eine Nonne ohne Glauben!« rief Egino aus.

»Was heute tausend Nonnen aus den edelsten Geschlechtern sind...«

In diesem Augenblick trat Callisto ein, rasch und erhitzt.

»Ihr müßt fliehen, Graf Egino, noch in dieser Nacht!« sagte er. »Noch haben Euch zwar die Leute Savellis nicht entdeckt, aber ich weiß, daß sie mein Haus umspähen lassen, während zwei Trupps Reiter Euch nachgesendet sind, schon ehegestern, der eine auf dem Wege nach Civitavecchia, der andere auf der Straße nach Norden. Sie halten für das Wahrscheinlichste, daß Ihr in der Richtung nach Viterbo, auf der Straße in Eure Heimat, entflohen seid. Kommt der Trupp nun ohne Spuren von Euch entdeckt zu haben, zurück, und ebenso der, welcher Euch meerwärts verfolgt, so werden sie schließen, daß Ihr noch hier seid und bei mir einbrechen, des könnt Ihr gewiß sein.«

»Ihr habt recht«, sagte Egino, sich erhebend, mit gepreßter Stimme, »ich muß fliehen – fliehen – und Ihr, Donna Ottavia, sagt selbst, ob ich es kann? O mein Gott, ich kann es nicht!« setzte er mit einem Aufschrei des Schmerzes hinzu, die Hände zusammenkrampfend und dann sein Gesicht mit ihnen bedeckend.

Callisto sah bei diesem Ausruf und dieser Bewegung seines jungen Freundes seine Gattin verwundert an. Donna Ottavia legte Egino die Hand auf die Schulter und sagte:

»Mut, Mut, Graf Gino; was er als das Richtige erkannt hat, muß ein Mann auch die Kraft auszuführen haben.«

»Ich will alles für Eure Flucht rüsten«, fuhr Callisto fort. »Für Euren Prozeß laßt mir Eure Vollmachten und vertraut auf mich, daß ich darin erwirke, was irgend zu erwirken ist. Sobald die Nacht da, soll mein Klepper für Euch gesattelt und gerüstet werden. Donna Ottavia wird sorgen, daß es an Kleidung, und ich, daß es an Geld nicht im Felleisen gebricht...«

»Ich dank' Euch zu tausendmalen, Callisto, für all Eure Güte, ich dank' Euch aus tiefstem Herzensgrunde, aber...«

»Ihr dürft«, fuhr der Rechtsgelehrte erregt fort, »nicht den geraden Weg über den Ponte Molle einschlagen ... die Brücke, wie auch die vor der Porta Salara ist besetzt; wir müssen, denn ich werde selbst Euren Wegweiser machen, durch Porta Sant Agnese zum Ponte Mammolo, um über den Anio zu kommen, und dann linksab, um mit einer Fähre über den Tiber zu setzen...«

»Aber mein Gott, kann ich's, kann ich's denn?« rief Egino wie zerschmettert aus. »Ist es denn möglich, daß ich davonziehe auf Nimmerwiederkehr, auch nicht einmal mit der Hoffnung, daß ich je erfahre, was aus Corradina geworden...«

Callisto sah ihn betroffen an und dann wieder fragend in Donna Ottavias Züge.

»*Dira necessitas!*« sagte er dann leise. »Darein werdet Ihr Euch zu ergeben wissen. Das stolze Hohenstaufenblut wird Euer Weib nicht werden wollen und nicht können, Graf Egino. Ihr könnt eine Palme nicht zwischen Eure Eichen und Kiefern pflanzen.«

Egino war von seiner Krankheit noch zu geschwächt, zu reizbar, um seine Selbstbeherrschung behalten zu können; er warf sich in einen Sessel und die Hände vor sein Gesicht gedrückt, brach er in einen Strom von Tränen aus.

Donna Ottavia verließ das Gemach und stieg in die oben im Hause liegende Kammer Corradinas hinauf, während Signor Callisto alles anwendete durch Zureden den Schmerz seines jungen Freundes zu beschwichtigen. Nach einer Weile kam Donna Ottavia zurück.

»Die Gräfin«, flüsterte sie ihrem Gatten zu, »war sehr erschrocken durch die Nachrichten, die ich ihr eben brachte. Sie stimmte bei, daß Graf Gino fliehen müsse...«

»Sie sendet mich fort – sie auch sendet mich also fort!« rief Egino, der die letzten Worte gehört hatte, aus. »Und so werde ich denn gehen, ich werde gehen, aber ich bitte Euch, laßt sie mich nicht wiedersehen; ein Abschied würde mir das Herz brechen. Nur zu Irmgard werde ich gehen, von ihr will ich Abschied nehmen, ihr will ich sagen...«

»Aber ich bitt' Euch, Graf Egino, Ihr werdet nicht daran denken Euch wieder in die Stadt zu wagen!« unterbrach ihn Callisto.

»Was wag' ich dabei?« fiel ihm Egino ins Wort. »Für eine Pflicht mein Leben. Das ist viel Großes, wenn das Leben so unwert und elend geworden...«

»Und doch sollt Ihr nicht«, rief Callisto zornig erregt, »bei Gott, Ihr dürft nicht ...«

Donna Ottavia legte ihm die Hand auf die Schulter.

»Sei ruhig, Callisto, er wird es nicht«, sagte sie. »Die Gräfin Corradina verlangt nach dem deutschen Mönche; wir sollen ihn zu kommen bitten. Sie glaubt wohl, daß er am besten unseren Freund zu trösten verstehen wird; er wird auch verstehen Graf Egino abzuhalten solch einen vermessenen Vorsatz auszuführen.«

»Und ich«, rief Egino aus, »sage Euch, daß just er mir beistehen und erkennen wird, daß ich nicht gehen kann, ohne dem armen braven Mädchen, das so Großes für mich tat, die Hand gedrückt zu haben...«

In diesem Augenblicke öffnete sich die Tür des Gemaches und Corradina trat ein. Ihr Gesicht mit den feingemeißelten Zügen, das gewöhnlich eine gleichmäßige matte durchsichtige Farbe zeigte, war von einem zarten Rot, wie der inneren Erregung, überhaucht. Ottavia hatte nie diesen Ausdruck wunderbarer seelischer Schönheit auf ihrem Antlitze gesehen. Vor Egino stand wieder ganz jene Hohenstaufentochter, vor der er gekniet, als er die erste Unterredung mit ihr gehabt, die so stolz und doch so bewegt ihre Stirn der seinen zugebeugt.

Sie warf einen Blick auf Egino, dann wendete sie sich zu Donna Ottavia.

»Hattet Ihr die Güte zu Fra Martino zu senden?« fragte sie.

»Ich gehe, um ihn bitten zu lassen, daß er komme«, sagte Donna Ottavia und verließ das Zimmer.

Callisto rief: »Ihr kommt gerade recht! Verbietet unserem Freunde eine grenzenlose Torheit zu begehen; er wird nur Euren vernünftigen Vorstellungen gehorchen ...«

»Ich will sie nicht sparen«, unterbrach ihn Corradina. »Wollt Ihr mich mit Graf Egino allein lassen, Signor Callisto?«

Der Rechtsgelehrte verbeugte sich und ging.

»Graf Egino«, sagte sie nun, auf ihn zuschreitend und ihm die Hand entgegenstreckend, »Donna Ottavia sagt mir, wie der Augenblick gekommen, daß Ihr fliehen müsset, der Augenblick der Trennung für uns, wie sie sagt. So muß ich denn zu Euch reden und Euch das aussprechen, was ich vermieden habe, um Euch Halbgenesenen nicht innerlich zu erregen und Eurer Heilung zu schaden ...«

»Müßt Ihr es aussprechen?« entgegnete Egino mit bitterem Tone und sich abwendend. »Ist es denn nötig, daß es gesprochen werde, das Wort der letzten Trennung, der starräugigen Hoffnungslosigkeit? Ist es denn nötig, daß Ihr mich in diese Versuchung führt in einen letzten Sturm der Leidenschaft auszubrechen und mich vergeblich zu Euren Füßen niederzuwerfen, um Euch mein Herz auszuschütten ...«

»Graf Egino«, unterbrach sie ihn, »Ihr wißt nicht, was Ihr redet! Ich fordere von Euch, daß Ihr ruhig bleibt, ruhig anhört, was ich Euch zu sagen habe. Setzt Euch dort und hört den vernünftigen Vorstellungen zu, die ich, wie Signor Callisto sagt, Euch zu machen habe. Zeigt mir, ich bitte Euch, in dieser Stunde nicht, daß Ihr nicht besser seid wie die Männer, die ich hasse, die nichts können, als uns mit ihrer entsetzlichen Leidenschaft ängstigen und verfolgen. Zeigt mir, daß in Euch ein anderes Blut rollt, ein treues, warmes Blut, nicht eins, das bald wild erhitzt, siedet und tobt, bald zu Eis gerinnt.«

Graf Egino hatte sich auf die Ruhebank gesetzt, Corradina hatte seine Rechte ergriffen und stand vor ihm, während sie weiter sprach:

»Seht, Graf Egino, ich liebe Euch nicht – nicht mit dem Gefühl, das ich von den Männern Liebe nennen hören mußte und vor dem ich mich entsetzen würde, wenn ich es je mit seinem verzehrenden Feuer, seinem sinnbetörenden Wahnsinn mich erfassen fühlte ...«

»Ihr seid sehr gütig, daß Ihr mir es sagt!« stammelte Egino mit bleicher Lippe.

»Das bin ich Euch schuldig«, entgegnete sie. »Ich bin Euch schuldig Euch mein Gefühl für Euch klar darzulegen. Ich sehe in Euch einen Freund, einen Bruder – ich höre Eure Stimme gern, ich freue mich Eurer Nähe, mein ganzes Gemüt hängt an Euch und ich fühle, daß Ihr es vermögen würdet mich besser zu machen als ich bin.«

»Freilich, ich muß zufrieden damit sein!« flüsterte Egino niedergeschlagen und bitter.

»Und könnt Ihr das nicht? Ist es Euch nicht genug zu Eurem Glück?«

»Nein, nein, und abermals nein!« fuhr Egino heftig auf. »Von dem Gedanken, von der Hoffnung Euer Herz, Eure Liebe zu erringen, habe ich gelebt seit all dieser Zeit ...«

»Haltet ein, haltet ein«, rief Corradina aus, »keinen Sturm, keine Leidenschaft in dieser Stunde! Ihr müßt Euch drein fügen, Egino nur mit ruhiger Vernunft zu mir zu reden, und wenn Ihr –«

»Aber ich kann es nun einmal nicht, dies ruhige Verzichten auf mein Glück, auf mein Leben, auf all meine Erdenzukunft, die mir nun zur Hölle werden wird ...«

»Ihr seid ein Tor, wie die Männer alle«, fiel ihm Corradina entrüstet ins Wort. »Ich kann Euch nicht mehr Glück gewähren!« setzte sie fast zornig hinzu. »Und fragt Ihr Euch denn gar nicht, welches Glück Ihr mir gewähren werdet, wenn Ihr so töricht seid mehr von mir zu verlangen, als ich Euch gewähren kann, für jetzt wenigstens gewähren kann? Ein Weib will das Bewußtsein haben, daß sie den Mann, dem sie sich zu eigen gibt, glücklich macht. Darin besteht ihr Glück, nur ausschließlich darin. So wenigstens fühl' ich's. Und wenn ich nun Euch sage: ich will Euer Weib werden, mit Euch in Eure Heimat ziehen ...«

»Ihr – mein Weib?« rief Egino aus, in die Höhe schnellend und ihre beiden Hände ergreifend. »Ja, wolltet Ihr es denn – Ihr wolltet mein Weib werden?!«

Sie sah ihn mit einem großen Blicke an, in welchem Egino nur Überraschung lesen konnte.

»Habt Ihr denn daran gezweifelt?« sagte sie. »Das ist seltsam, Graf Egino. Ich denke, fester wie eines Priesters Segen es könnte, hatte uns das Schicksal zusammengefügt! Es gibt Dinge, die ein edles Weib nur für ihren Gatten tun kann. Aus ihrem Hause mit einem Manne fliehen, allein mit ihm durch die Nacht auf und davon gehen, pflegend am Lager eines Mannes sitzen und tagelang mit ihm zusammenbleiben – das kann ich nur tun, wenn ich diesem Manne gehöre und sein Weib bin für Zeit und Ewigkeit!«

»Corradina!« stammelte Egino.

»Und wollt Ihr nun noch über Euer Glück klagen? Wohl denn, wenn ich Euch nicht das Glück gewähren kann, das für Euch in dem Geständnis einer Leidenschaft, wie Ihr sie verlangt, liegt, so kann ich Euch doch das geben, das ein anderes Geständnis Euch gewähren muß. Das ist: daß ich immer in Euch meinen Retter sehen werde, den Mann, der mich aus unerträglichen Verhältnissen gelöst hat, und den, der mich in ein besseres Land führt, nach welchem ich gelernt habe mich zu sehnen, wie nach dem Lande der Freiheit und wie nach meiner Heimat, dem Lande meiner Väter und dem meinen.«

»Haltet ein, Corradina!« rief Egino aus, indem er vor ihr niederkniete und ihre Hände an sein glühendes Gesicht drückte. »O, wie wenig hab' ich Euch verstanden! Ihr gebt mir so viel Glück, daß es mich tötet!«

»Faßt Euch, Egino«, sagte sie, ihm eine ihrer Hände entziehend und sie auf seinen Arm legend, »wir haben beschlossen, daß diese Stunde vernünftiger Überlegung gewidmet sein soll. Wir bedürfen all unserer Vernunft, um der Gefahr, die uns umgibt zu entkommen. Überlegen wir unsere Flucht. Ich habe Bruder Martin bitten lassen zu kommen. Euer Freund soll unser Verlöbnis einsegnen in

Signor Callistos Gegenwart, der uns als öffentliche Rechtsperson ein Zeugnis geben wird, daß meine Trauung mit Luca Savelli ein wesenloser Schein und eine nichtige Handlung war. Dann, als Eure eingesegnete Braut kann ich mit Euch fliehen. Wird Euch Callisto nicht die Mittel zur Reise geben können, so kann ich aushelfen; ich habe, ehe ich mit Livio Savelli Euch zu befreien ging, mich mit Geld vorgesehen. Wir werden uns, haben wir erst Rom hinter uns, entweder Maultiere oder Pferde kaufen.«

Sie wurden unterbrochen, denn schon trat Bruder Martin in das Zimmer.

## 44. Der letzte Tropfen.

Bruder Martin, der, von Callisto geführt, eintrat, war in äußerster Erregung.

Er warf sich auf einen Sessel, wischte die Stirn und, auf Egino und Corradina blickend, sagte er:

»Ihr wollt auf und davon, Graf Egino – Ihr müßt's, wie mir Signor Callisto sagt? Nun, Gott geleite Eure Flucht!«

»Ich werde dabei nicht allein sein, Bruder Martin«, erwiderte Egino, ihm in seiner Freude beide Hände schüttelnd. »Seht hier meine Braut, sie wird mich begleiten, Ihr sollt uns vorher einsegnen. Callisto wird Euch sagen, daß Ihr es dürft...«

»Oho«, rief Bruder Martin aus, »Euch einsegnen? Ich? Ich soll segnen – heute? Doch, so sei's darum – ich will segnen, obwohl ich herkam, wie Bileam zu fluchen ... ja, zu fluchen ... obwohl ich ein Priester bin und ein Diener des Segens und Friedens ... Das Herz preßt es mir ab, wenn ich nicht einen herzhaften Fluch schleudern könnte auf dies ganze Babel und das Tier, das auf seinen sieben Hügeln sitzt!«

»Und was ist Euch begegnet, was bringt Euch so in den Harnisch, Bruder Martin?«

»Ich will es Euch sagen, was mich in den Harnisch bringt, Graf Egino: Rom bringt mich in den Harnisch! Dies verruchte Rom, das unser christliches Leben getötet hat und die freien Geschöpfe Gottes zu blödsinnigen Gebetmühlen machen will, wie sie in Tibet oder in der Mandschurei haben, wie Marco Polo – oder ist's der Martin Behaim – das beschreibt! Diese Inquisitoren im scharlachnen Kardinalsrock, für die das Rot die rechte Farbe ist, denn nehmt nur das Gewand und windet es und es tropft das Blut eines Zeugen der Wahrheit heraus. Dieser Papst bringt mich in den Harnisch, denn er ist nicht ein Apostel der Liebe, ein Hort der Wahrheit, sondern ein falscher Räuber...«

»Was hat Euch unser Heiliger Vater getan, daß Ihr so zornig wider ihn auffahrt?« fiel Callisto lächelnd, aber durch den leidenschaftlichen Ausdruck des deutschen Mönchs betroffen ein, dessen Rede er mehr erriet, als verstand.

»Hört es!« versetzte Luther. »Ihr mögt wissen, daß ich des Lebens hier satt und überdrüssig geworden. Ich hatte meinen Entschluß gefaßt. Der Teufel fing mit mir in meinem Herzen solch eine Disputation an, daß er mir angst machte vor mir selber. Und da sagt' ich mir: Fliehe von hinnen, armer Schelm Martinus, so lange es Zeit ist und ehe denn du Schaden gelitten an deiner Seele. Haben sie Christum in der Welt ertötet und werden sie's dahin bringen, daß die Kirchen leer, die Altäre verlassen stehen, daß das Glockenläuten erstirbt und die Herzen abfallen vom Glauben, so leid's nicht, daß sie den Tempel in dir selber abbrechen oder verwüsten und veröden; leid's nicht, daß sie die Flammen auf dem Altar deines Herzens ausblasen; leid's nicht, daß sie die Glocken, die dir im Gemüte tönen und klingen, stumm machen. Halt du fest an deinem Gott, deinem Christo und am Glauben an sein Wort. Geh von hinnen, ehe der Zweifel mächtig wird in deiner Seele und der Teufel Gewalt über dich bekommt und in dich fährt. Eile von hinnen, schüttle den Staub Roms von deinen Füßen und nimm den Pilgerstab zur Hand, an dem du hergekommen. So sprach ich zu mir. Und somit also ging ich zu meinem Prior, daß ich ihm meine Vollmacht übertrüge, die mir unsere Kongregation in Sachsen anvertraut – Ihr wißt, wegen des Prozesses wider Euch Grafen von Ortenburg, an der Rota dahier. Auch ist der Prior willig dessen sich sogleich anzunehmen, aber er mahnt mich zuerst zum Vater Anselmo zu gehen und Abschied von ihm zu nehmen. Freilich, Vater Anselmo ist ein mächtiger Mann und steht hoch in unserem Orden und er ist gütig und von bester Gesinnung gegen mich gewesen, wie Ihr es ja selber wißt und sähet, Graf Egino. Also zum Vatikan muß ich schreiten – noch einmal! Ich ging und ging mit schwerem Schritt, als ob ein Etwas mir den Fuß hemme, der noch einmal diesen Pfad betrat. Und als ich oben ankomme, nimmt mich Vater Anselmo gütig auf und hört an, was ich spreche; aber sein Antlitz ist verdüstert und was ich rede, hört er nur halb und zuletzt sagt er:

»Der Heilige Vater hat Euch scharf angelassen unlängst, Bruder Martinus, aber Ihr hattet es Euch selber eingebrockt, weil Ihr spitzfindige Dinge vor ihn brachtet, die er nicht liebt; und dann lag ihm auch der Handel mit diesem Herzog von Ferrara im Sinn, der, fürcht' ich, noch eine üble Wendung für den Heiligen Stuhl und unser armes Italien nimmt...«

»Der Handel mit dem Herzog von Ferrara?« frag' ich darauf. »Ich höre, ehrwürdiger Vater, daß dieser Handel im schönsten Frieden beigelegt, daß der Heilige Vater dem Fabriccio Colonna zugesagt, es solle der Herzog Frieden haben und der Bann von ihm genommen werden, falls er komme und um Verzeihung bitte und der Kirche Lehenshoheit über Ferrara anerkenne. Da nun das alles geschehen ...«

»Das ist geschehen«, fällt Vater Anselmus ein, »aber wißt Ihr vom anderen nichts? Der Heilige Vater kann mit solch glimpflichem Austrag des langen Haders nicht zufrieden sein; er hat Alfonso von Ferrara eröffnen lassen, daß er sein Herzogtum der Kirche abtreten müsse. Der Herzog hat sich zornig geweigert; der Heilige Vater aber wird ihn nicht ziehen lassen, bevor er sich unterworfen. Der Palast der Colonna, in dem der Herzog wohnt, wird von Bewaffneten bewacht, alle Tore werden mit starker Mannschaft besetzt werden, der Herzog wird nicht frei werden, bevor er gehorcht. Aber dann, was wird geschehen? Der König von Frankreich ist sein alter Verbündeter. Wird er nicht ein Gebot der Ehre darin finden Alfonso beizustehen? Der Heilige Vater mag so zornig werden wie er will, ich bleibe dabei, wir werden die Franzosen wieder in Italien haben, ehe zwei oder drei Monate vergehen!«

So spricht mit verdüsterter sorglicher Miene Vater Anselmus, und ich, ich starre dem Mann ins Gesicht, als ob der Blitz vor mir eingeschlagen.

»Bei allen heiligen Nothelfern«, ruf ich aus, »das ist ein verruchtes Tun; ein Wort ist ein Wort und ein Mann ein Mann, und auch Papst Julius...«

»Vater Anselmus aber schneidet mir hastig das Wort ab; auch seh' ich, daß meine Worte bei ihm verloren sein würden, ihm liegt nur der König von Frankreich und seine reisigen Völker und seine Schweizer-Regimenter und wie die Republik Venedig sich zu der Sache stellen werde, im Sinn, nicht aber Treue und Glauben und Wort; das alles drückt sein Gewissen nicht. Und der Mann ist des Heiligen Vaters Beichtvater! Und so geh' ich von dannen. Nun aber bitt ich Euch, Graf Egino, ist dies zu ertragen? Handelt so ein ehrlicher Mann? Ist's nicht gehandelt, wie ein Räuber und Schelm handelt? Mit freundlicher Zusage und sichrem Geleit ist der Herzog hergelockt worden und nun will man ihn plündern und ausziehen bis aufs Hemd in diesem wälschen Fuchsloch, dieser Burg Malepartus! Und das will der Vater der Christenheit, der Hort der Lehre sein? Ist's nicht genug, daß sie uns statt des lebendigen Herzensglaubens einen toten Werkglauben gegeben? Nun soll die Welt auch noch ein anderes *Recht* von ihnen empfangen? Stehen Euch nicht die Gedanken still dabei in Eurem Hirn? Freilich, das wollen sie eben! Wie auf Josuas Befehl die Sonne am Himmel, sollen auf des Papstes Befehl der Welt die Gedanken stille, stehen! Signor Callisto, Ihr, der Ihr ein Rechtsmann seid, wie macht Ihr's nun mit Eurem Hirn, daß solch Tun hineingeht? Schafft Euch ein anderes an, denn das, so Gott Euch gegeben, paßt dem Heiligen Vater nicht. Schafft Euch ein anderes an!«

»Ich werde mich hüten, Fra Martino«, antwortete Signor Callisto, ruhig lächelnd auf den erhitzten Mönch niederblickend; »mein Hirn ist mir just recht, denn es sagt mir, daß, wenn der Heilige Vater ein weltlicher Herr und Fürst ist, er auch handeln muß, wie es der kluge Florentiner Staatsschreiber, Signor Niccolo Macchiavelli, den weltlichen Fürsten vorschreibt ... Das eine folgt aus dem anderen, sagt mir mein Hirn. Und sodann sagt es: Ihr habt unrecht, Fra Martino, mit Eurem Eifer gegen die Preti, wie Ihr sie findet und wie sie draußen bei Euch nicht viel besser sein werden. Oder sind sie besser? Denn seht, der Mensch schafft sich seinen Gott nach seinem Ebenbilde, der Wilde seinen Fetisch, der Hebräer seinen gallichten Jehovah und der Grieche seinen Zeus, und so schafft er sich auch seine Priester, die zum Bilde seines Gottes passen. Das Volk will sie eben so, und was auch immer sie treiben, sie werden's nicht dahin bringen, daß sie des Volksgottes unwürdig erscheinen. Unsere Ketzergerichte haben viel arme Menschen verbrannt, gefoltert und verschmachten lassen. Aber was habt Ihr wider sie, da ihr Gott in seiner Hölle ihrer Millionen in Ewigkeit brennen läßt?«

»Ja, da eben liegts!« sagte Bruder Martin, »es ist Wahrheit in dem, was Ihr sprecht. Sie sehen nicht den wahren Gott, der einzig Liebe und Erbarmung, sondern nur den alten Zürner. Christus, der sanfte, milde, ist ihnen der erste Ketzer. Darum haben sie ihn getötet.«

»Bruder Martin«, fiel hier Egino, dessen Gedanken in diesem Augenblick eine so ganz andere Richtung als die der zwei Männer hatten, »wollt Ihr unser Verlöbnis einsegnen?«

»Gewiß will ich«, entgegnete Bruder Martin. »Wie ich Euch sagte, ich will Euch segnen wie alle, die eines guten Willens und eines reinen Herzens sind, aber ich will fluchen denen, die das Reich Gottes auf Erden verderben; ich will heimziehen in mein armes deutsches Vaterland und zwischen diese meine reinen, ehrlichen Hände will ich meinen Kopf nehmen und Tag und Nacht sinnen, wie ich's beginne der Wahrheit Zeugnis zu geben, daß die Welt auf die Wahrheit lauscht ...«

»Bruder Martin«, sagte hier Corradina vor ihn tretend und die Hand auf seine Schulter legend, während sie ihm wie forschend ins Auge blickte, »Ihr, ehrlicher Bruder, vielleicht bedarfs so vielen Sinnens darüber nicht mehr! Vielleicht ist von einem Größeren als wir alle sind, der Weg gefunden und vorgezeichnet, auf dem das Volk zur Wahrheit geleitet werden kann. Aber ihn zu wandeln ist schwer. Prometheus holte Feuer vom Himmel und ward an den Atlas geschmiedet dafür. Ihr wollt mehr tun; Ihr wollt der Welt eine erloschene Sonne anzünden. Glaubt Ihr, Ihr könntet es ungestraft?«

»Nein. Aber ich bange nicht vor der Strafe, denn ich weiß, daß, wenn sie mich verbrennen, wie den Girolamo Savonarola und wie den Huß von Hussinez und wie Hieronymus von Prag und wie Arnold von Brescia und wie so viele andere, sie wohl Qualm machen, aber eine entzündete Sonne nicht verdunkeln und wieder löschen können.«

»Doch«, fuhr Corradina fort, »wenn Ihr die Feinde nicht fürchtet, die Euch erstehen werden, zahlreich wie das Heer des Pharao wider Moses, werdet Ihr nie den Feind fürchten, der in Euch selbst erstehen wird?«

»Welchen Feind meint Ihr damit?«

»Den, welcher in jedem Menschen aufwacht, der auf neuen Wegen zu einem neuen, großen, noch unerreichten Ziele wandelt; den Zweifel an Euch selbst.«

»Nein«, versetzte Luther fest und bestimmt. »Ich kann leiden, grübeln und mich durchwühlen lassen und tief unselig dabei sein, bis ich mit mir selber eins geworden über ein Ding. Dann aber halt ich's fest in steter Treue. So bin ich, ein Rechtsmann ursprünglich, in den Orden gekommen, trotz Sturm und Wetter, trotz Vater und Mutter. Der Zwiespalt hat nicht Macht über meine Natur. Ich weiß, daß, was je in mir reden würde wider das Licht, nur die Stimme der Finsternis sein könnte.«

»Und wird nicht eine schlimmere Stimme die des Gemütes sein, die Euch zuraunt nicht die Hand zu legen an das Altgeheiligte, nicht den frommen Trost zu nehmen der gläubigen Seele, nicht die Reliquie zu zerbrechen, aus der einfältiger frommer Sinn seine Zuversicht schöpft, nicht das geweihte Wasser zu verschütten, aus dem einst eine segnende Priesterhand Hoffnung und Vertrauen auf das Haupt Eurer betenden Mutter sprengte? Wird das alles Euch nicht hindern und hemmen auf Eurem Wege?«

»Nein«, sagte Luther fest, »denn die Zeit, wo aus dem Weihwassersprengen der Menschheit Segen quoll, ist vorüber. Wir sind Männer geworden und nur aus der Wahrheit noch kann uns frommer Sinn und Zuversicht, Hoffnung und Vertrauen kommen.«

»Wohl denn«, antwortete Corradina, »ich vertraue Eurem Wort und Euren leuchtenden Augen, daß Ihr fest seid in diesem Bekenntnis. Und so will ich in Eure Hand das Erbe meines Ahnen, des großen Friedrich geben. Möge Eure Hand die Gedankensaat des edelsten Kaisers ausstreuen; die Welt von heute ist ein Boden, der vorbereitet, sie aufzunehmen! Möge Gott sie gedeihen lassen zu schöner Frucht. Ihr aber werdet dann der Wohltäter der Menschen sein und mit dem Staufen-Erbe der Staufen Untergang an ihrer Verderberin, der Kirche, rächen!«

## 45. Das Buch Friedrichs II.

Corradina verließ rasch das Gemach und kehrte nach wenigen Augenblicken zurück.

Sie trug ein kleines Buch in der Hand, das in dünne, mit Goldblech überzogene Deckel gebunden war; auf dem Gold waren in Niello-Arbeit allerlei Blumen und Tierfiguren dargestellt; eine Spange aus Goldfiligran schloß es.

»Da ist dies edelste Vermächtnis«, sagte Corradina, als sie das Buch dem deutschen Mönche übergab; »ich hatte es in meiner Gürteltasche geborgen, um mich von ihm nicht zu trennen, als ich meinen Gang mit Livio Savelli antrat; so kann ich Euch's geben.«

Bruder Martin nahm es entgegen und öffnete es. Es enthielt eine Anzahl eng beschriebener Pergamentblätter, in lateinischer, in deutscher, auch in griechischer und in einer Schrift, die Martin nicht zu lesen vermochte – es war arabisch, wie Corradina erklärte. Das Wort des Apostels: »Den Geist dämpfet nicht«, stand auf der Innenseite des Deckels geschrieben.

Als Bruder Martin sich sofort in das Buch vertiefen wollte, sagte Egino, die Hand darauf legend:

»Nicht jetzt, Freund Martin ... Ihr gehört für eine Weile noch uns. Helft und ratet uns zu unserer Flucht, die noch in dieser nächsten Nacht stattfindet ... Und vor allem sprecht, wie steht es um Irmgard und wie kann ich sie sehen? Denn ich, die Brust voll Glück und Seligkeit, kann nicht von hier scheiden, ohne ihr gedankt, ohne sie gesprochen, getröstet zu haben. Das ist unmöglich!«

»Ihr wolltet das tun, trotz der Lebensgefahr, der Ihr Euch dabei aussetzet?« fragte Martin.

»Gewiß will ich; der Gefahr, der ich mich dabei aussetze, kann ich sogar mich freuen, denn daran kann Irmgard ermessen, wie sehr und mit wie heiliger Pflicht ich mich an sie gebunden fühle.«

Bruder Martin sah ihn sorglich an und wendete dann den Blick wie fragend auf Corradina, während Callisto einfiel:

»Wer Euer Freund ist, der muß Euch mit Gewalt von diesem verwegenen Gange abhalten. Ihr wißt es ja doch, daß mein Haus euretwegen vielleicht eben jetzt umspäht und bewacht wird.«

Egino zuckte die Achseln.

»Ich muß!« sagte er. »Es ist etwas in mir, das es mir gebietet. Dem widerstünde ich nicht und müßt' ich durch Flammen gehen um zu Irmgard zu kommen.«

»Und Ihr, Gräfin, Ihr schweigt dazu? Ihr steht mir nicht bei? Sprecht, verbietet es ihm!« rief Callisto empört aus.

Corradina schüttelte den Kopf.

»Ich habe meinem Herrn nichts zu verbieten«, sagte sie leise und gepreßt. »Ich weiß nur das eine, daß, wo ihm eine Todesgefahr dräut, ich an seiner Seite sein muß. Ich werde mit ihm gehen.«

»Corradina, du wolltest!« rief Egino aus. »Das, nein, das kann ich nicht dulden!«

»Und Du wirst es doch müssen, Egino!« antwortete sie. »Ist etwas in Dir, das Dir so mächtig gebietet zu gehen, so ist etwas in mir, das mir gebietet Dich zu geleiten auf diesem Gange. Unsere Schicksale sind verbunden von nun an, für gute und böse Tage. Lehne Dich nicht auf dawider, es fruchtet nichts!«

Signor Callisto wendete sich entrüstet und zornig ab. Nun hatte sich dieser so klar denkende Egino doch noch in einen verrückten deutschen Starrkopf verwandelt! Er verließ das Zimmer und überließ es ihnen sich über die Art und Weise zu besprechen, wie sie ihren Gang ausführen wollten. Es konnte nur im Dunkel des Abends gewagt werden. Nur in irgend einer Verkleidung. Sie konnten gehen wie ein Paar Leute aus dem Volke; Callistos alter Gärtner hatte für Egino, Donna Ottavias Magd, die im Kostüm der Frauen aus den Sabinerbergen gekleidet ging, für Corradina ohne Zweifel einen Anzug herzuleihen. Hätte sich Egino den Anzug eines gemeinen Reiters verschaffen können, es wäre ihm das Liebste gewesen. Aber woher ihn nehmen? Man mußte bei dem am leichtesten zu beschaffenden stehen bleiben. Und so wurde Donna Ottavia gebeten mit dem Gärtner und der Magd zu reden. Sie tat es und nach kurzer Zeit brachte sie selbst den Anzug des Mädchens für Corradina herein.

Um die Zeit der Abendmahlzeit, zwischen sieben und neun nach unserer Zeitrechnung, sind die Straßen Roms am menschenleersten und ruhigsten. Es war diese Zeit, die Stunde der anbrechenden Nacht, welche Egino und Corradina für ihren Gang wählten. Bruder Martin ging; er übernahm es Irmgard zu benachrichtigen. Er wollte am Abend selbst auf dem Quirinal sein und Abschied nehmen von den Freunden, die sodann gleich von dort aus ihren Weg zum Tor von Sant Agnese und in die Freiheit, in die Heimat antreten wollten.

## 46. Am Lager Irmgards.

Bruder Martin war auf dem Heimwege aus Callistos Villa um die Mittagsstunde an seinem Kloster angekommen. Er war eingetreten um mit seinen Ordensgenossen sein Mahl einzunehmen; dabei hatte er dem Prior in kurzen Worten von seinem Besuche bei Padre Anselmo berichtet, just so wie er ihm früher von seiner Audienz bei Papst Julius II. berichtet, in kurzen Worten und gerade das, was er für die Auffassungskraft des ehrlichen, aber gänzlich bildungslosen Mannes für hinreichend hielt.

Er hatte sich von Anfang an diesen römischen Ordensbrüdern, die ihm so gründlich mißfielen, ferngehalten. Er verleugnete vor ihnen, daß er sich im Italienischen auszudrücken verstand und sprach nur Latein mit ihnen. Sie liebten diese Art der Unterhaltung nicht und ließen ihn allein.

Nach dem Mahl war er in seine Zelle gegangen dort zu ruhen während der heißen Mittagsstunde, obwohl es wider seine deutsche Natur war um diese Tagesstunde wie die anderen Mönche zu schlafen. Die Begier sich in das kleine Buch zu vertiefen, welches ihm Corradina gegeben, war außerdem viel zu mächtig in ihm, um nicht fürs erste alles andere darüber zu vergessen. Er warf sich in seiner Zelle damit auf sein Lager und las darin, las, daß sein Kopf erglühte, seine Pulse in den Schläfen hämmerten, daß er Welt und Zeit um sich vergaß.

Endlich sprang Luther auf, er mußte Luft schöpfen, er mußte Atem holen und sich aus dem Wirbelsturm von Gedanken reißen, die ihm durchs Hirn gingen, die ihm tief ins innerste Gemüt griffen und bald wie eine furchtbare erstickende Last auf die Seele warfen, bald wieder wie ein flammendes Feuer in ihm anfachten, wie einen Drang zu Donnerworten, zu Kampf, zu Tat, zum Bluten und zum Sterben für die Tat. Seine ganze Kämpfernatur war durch dies Buch aufs Mutigste entfacht. Und hätte Innocenz IV., der Verderber der Hohenstaufen, selber in diesem Augenblicke vor ihm gestanden, er hätte sich Mannes genug gefühlt ihn wie Sankt Michael niederzuringen.

Er hatte nach einem Wort geseufzt, nach einem rettenden Wort für die Menschheit, die ihm wie durch einen bösen Zauber vom

Pfade der Wahrheit in den Wahn verlockt erschien. Und nun war es in ihm, als lag' nicht ein, nein, ein ganzer Strom von Worten auf seinen Lippen und in seinem Herzen; als braucht' er nur hinauszutreten in die Welt, auf die nächste Kanzel, in jede Versammlung von Männern, und da auszurufen, was in ihm loderte, um dies arme Tier Menschheit, das am Boden lag und sich nicht rührte, weil man ihm einen Kreidestrich über den Hals gemacht hatte, zu befreien und ihm klarzumachen, daß, was es binde, nur ein Kreidestrich sei. War es denn möglich, daß dieser Zauber, der ja gar kein Zauber war, der nicht in der Zauberkraft des Unterdrückers, sondern in der Blindheit des Unterdrückten bestand, sich nicht löste, wenn er dem Blinden die Augen öffnete, wenn er die Formel der Beschwörung sprach, wie dieses Buch da sie ihn lehrte, wenn er sein schlummerndes Deutschland weckte?

Das Herz bis zum Überströmen erfüllt, das Haupt schwindelnd von all diesen Gedanken, verließ Luther das Kloster.

Hätte es ihn auch nicht unwiderstehlich hinaus ins Freie getrieben aus seiner engen Zelle, er hätte nicht vergessen, was er zugesagt: den Weg zum Quirinal, zum Krankenbett Irmgards zu machen.

Er schritt nun rasch und energisch dahin auf dem kürzesten Wege.

Als er dem Palazzo Colonna nahekam, sah er in der Vorhalle des dicht daneben liegenden uralten Baues des Papstes Pelagius, der Kirche zu den heiligen Aposteln, eine Schar Bewaffneter, die ihre Hellebarden und Büchsen an die Wand gelehnt hatten, Morra spielten und, über einen antiken Sarkophag gebeugt, Würfel darauf warfen. Sie hatten sich offenbar da häuslich eingerichtet. Bruder Martin konnte sich deuten, wozu sie da waren; Padre Anselmo hatte es ihm ja erklärt: im Palazzo Colonna wohnte der Herzog von Ferrara... so wurde also in der Tat schon der Ausgang des Palastes gehütet!

Bruder Martin schritt weiter, den Hügel hinauf. Er erreichte das Gärtchen und das Haus Frau Giuliettas; die Tür war verschlossen. Als er anpochte, öffnete die Witwe selbst; sie streckte den Kopf, in dessen Mienen Erschrecken und Aufregung zu lesen waren, durch die Türspalte; dann, beim Anblick des deutschen Mönchs beruhigt, öffnete sie die Tür weiter und flüsterte:

»Ihr seid es, Frate! Ihr kommt in ein Trauerhaus, tretet rasch ein.«

Sie verschloß eilig hinter ihm die Tür wieder.

Bruder Martin sah, in die Küche eintretend, durch die offene Tür in Beppos Kammer und sah Beppo darin stehen. Er bot einen seltsamen Anblick dar; er stand, mit der einen Hand auf die Rücklehne eines Stuhles sich stützend und zu Boden starrend, mit von Schmerz zusammengezogenen Zügen, wie unbeweglich; dabei hatte er ein langes Rappier mit schwerem Korb in seiner andern Hand, und ein eiserner Helm lag auf dem Stuhle, auf dessen Lehne er sich stützte.

»Was habt Ihr, Mutter Giulietta?« fragte Bruder Martin. »Das sieht ja aus, als müßte Euer Sohn in Wehr und Waffen in den Krieg hinausziehen und Ihr jammert darüber – solch ein Gesicht macht Ihr! Ist dem so? Oder was ist denn sonst geschehen?«

»Still, still«, flüsterte Frau Giulietta zurück, »es darf es niemand erfahren: die Klienten der Colonna sind im Geheimen aufgeboten – der arme Junge, nun muß er doch hinaus, so treu er auch bei mir aushalten wollte, und das just heute, wo ich ihn so nötig habe und wo er so zerschlagen und verzweifelt ist um des Todes des armen Mädchens willen, das nun so kalt und still da drinnen liegt...«

»Irmgard ist tot?« rief Bruder Martin erschrocken und erschüttert aus.

»Freilich ist sie tot, sie ist um die Mittagsstunde gestorben; wäret Ihr nur früher gekommen, so hätte sie Euch doch beichten und die heilige Wegzehrung wohl auch noch von Euch empfangen können, so aber ist sie ohne Beichte und Sakramente dahingefahren – sie wollte ja nichts davon hören, daß ich aus Sant Apostoli den Kurate herbeihole, und Beppo stand ihr bei, und der Zio, der litt es auch nicht, der schrie zornig, der Kurate, wenn ich ihn hole, würde ihn verraten und verkaufen, und so steht denn nun die arme Seele da in der Kammer drinnen über der Erde, und was aus ihr wird in unseres Heilands Himmel da oben, wenn sie hinkommt ohne Sakrament und Ölung und Absolution der Sünden, das weiß Gott allein, der mit mir nicht darüber ins Gericht gehen wird, denn ich bin unschuldig daran!«

Beppo war während dieses Redestromes seiner Mutter längst vorgetreten und hatte stumm die Tür zu Irmgards Kammer vor Bruder Martin geöffnet.

Dieser trat leise ein.

Er sah Irmgards Leiche auf dem Bette liegen. Die wachsbleichen Züge des jungen Mädchens schienen ihm unendlich verschönt. Es war, als ob die ganze reiche und edle, engelhafte Seele vor dem Scheiden in diese Züge getreten und diesem schlummernden Antlitze seinen rührenden und eigentümlich ergreifenden Ausdruck gegeben habe.

»War sie so schön?« fragte Bruder Martin sich erstaunt, die Träne fühlend, die in seine Wimper trat. »Wie schön doch die Menschenseele ist! Die reine Menschenseele!«

Er wischte das feuchte Naß aus seinem Auge und blickte auf Ohm Kraps. Dieser saß auf seinem Stuhl neben dem Bette, stierte auf den Boden und murmelte unverständliche Worte zwischen den Zähnen; er schien wie von Sinnen.

Bruder Martin setzte sich auf einen Schemel in die Fensternische. Er stützte den Kopf auf die Hand und sah so in die Züge der Toten.

Der Anblick dieses Antlitzes hatte etwas Überwältigendes für ihn.

»Wie ist die Menschenseele so schön! Und wie unendlich traurig ist ihr Los! So traurig, daß ihr das Beste der Tod gibt!«

Von diesem Gedanken kam er nicht los.

Aber es streifte sein Blick nach einer Weile das weiße Marmorbild an der Wand drüben; er kehrte dann zu der Toten zurück und von ihr zu dem Marmorbilde. Es war seltsam, in diesem Augenblick war ihm, als bekäme das Marmorbild eine Sprache und eine Bedeutung, die es früher nicht für ihn gehabt hatte, und als ob ihm das wachsbleiche Antlitz der Toten diese Bedeutung erschließe. War es nicht das gleiche Wesen, der gleiche geistige Ausdruck, der aus beiden sprach? Etwas vom edelsten Menschentum, von durch Schmerz geläutertem und nun in seiner hohen Reinheit und Schönheit sich bewußt gewordenen Werte; etwas von einer Seelenfreude, die über einer großen Trauer lag, wie ein weißer Lilienkelch über einer dunklen Flut, ein silbernes Mondlicht über einem tiefen Schattentale? Das blutige, gepeinigte Christus-Antlitz drüben an der Wand, über dem dunkle Sprüche murmelnden wunderlichen und verwachsenen Manne, hatte für Martin etwas Kaltes, Befremdendes bekommen; es blickte fremd auf diese Leiche, während das schöne Menschenantlitz der Göttin auf eine Schicksalsschwester zu schauen schien.

Martin ward sich dessen, was er empfand, nicht recht bewußt. Es lag etwas Beängstigendes, Verwirrendes für ihn darin; vielleicht so beängstigend, als wenn ihm in diesem Augenblicke der wiedererwachende Zweifel zugeflüstert hätte: sieh, das Menschenwesen bedarf deines theologischen Gottes da an der Wand nicht, wenn es sich seiner ganzen Reinheit und unsündigen Schönheit nur bewußt wird und in ihr seine Erlösung sieht, wozu frommt ihm dann Theologie!

Wäre aber der Meister Santi in diesem Augenblicke eingetreten, er hätte wohl nicht so triumphierend auf die Richtung der Blicke Irmgards gedeutet und ihn damit besiegen wollen.

Diese Blicke waren jetzt ja auch kalt, starr und erloschen. Sie war hinübergegangen in die ewige Ruhe, in das selige Jenseits, sie war bei Gott. Konnte es anders sein? Sie war nicht gestorben im Glauben an die Kirche. Nicht versehen mit dem Seelgeräte, ohne Sakrament und Ölung, wie Frau Giulietta geklagt. Aber sie hatte ihren Bruder im Geiste, ihren Christus geliebt und war gestorben in einer Tat der Liebe. Sollte Gott diese reine Seele von sich stoßen, weil sie zu ihm kam ohne Priesterwerke; konnte der ewige unendliche Geist sich von ihr wenden, weil auf der Stirn der Leiche nicht ein wenig Fettigkeit von einem Öle glänzte, das ein Mönch da aufgetragen? Es war eine schreckliche, eine entsetzliche Vorstellung, ein grenzenloser Wahnsinn, eine schaurige Gotteslästerung ...

Martin fuhr empor, es schüttelte ihn an allen Gliedern, dieser furchtbare Wahn, daß die Gnade, die Liebe des großen Weltenschöpfers, des Allerbarmers, des Vaters der Welt bestimmt werde durch solch nichtiges äußeres Tun und Werke!

Er küßte Irmgards kalte Stirn und dann eilte er davon; er war zu bewegt, um anders als mit einem Händedruck von Frau Giulietta und Beppo Abschied zu nehmen, der eben still in sich versunken zusah, wie seine Mutter ein altes ledernes Reiterwams für ihn vom Staub reinigte.

»Ich komme wieder, ich komme wieder, um Euch wegen der Bestattung, und wegen des alten Mannes beizustehen, jetzt laßt mich, ein anderes drängt mich«, sagte er, während er sich selber den Riegel der Tür aufriß und durch sie ins Freie eilte.

Bei einer ihm teuer gewordenen Toten sitzen und in die stille Wehmut, in die weiche Trauer um sie sich versenken, durfte er das noch? Nein, wenn er der Mission gehorchte, deren Ruf er in sich fühlte, so war *die* Zeit für ihn vorüber. Auch er mußte dann sprechen können: »Laß die Toten ihre Toten begraben!« Das ist ein schwer Geheiß! Du sollst dein Gemüt opfern an die Tat. Du sollst ihretwegen tausend Bande der Liebe, die zurückhaltend dich umklammern, zerreißen. Du sollst die Sorge der Liebe nicht mehr üben, nicht mehr dich mühen dürfen um den kleinen Kreis, der dich mit Zärtlichkeit umgibt. Du sollst auf dir selber ruhen und ganz sein mit und in dir selber. Du sollst mit dreifachem Erz gepanzert sein und mit dem eisernen Egoismus des Helden das große unerbittliche Wort sprechen: Laßt die Toten ihre Toten begraben...

Als er durch die Umzäunung des Gärtchens trat, stieß er auf einen Mönch, der an dem Zaun entlang geschlichen kam und auf ihn zutrat. Er war im schwarzweißen Habit des heiligen Dominikus, ein hagerer Mensch mit einem olivenfarbigen Gesichte und schmalen blinzelnden Augen.

»Eh, Frate Agostino«, flüsterte er, »hört doch, hört! Das ist doch Frau Giuliettas Haus, der Witwe, ist es nicht? Was tatet Ihr dort? Wohnen zwei Deutsche dort, ein älterer verwachsener Mann und ein Mädchen, das als Bursch verkleidet im Hospizio dell' Anima ankam? Wohnen sie in der Tat dort? Ihr könnt mir's sagen; ich bin aus Santa Minerva und das Sant Ufficio will es wissen, ob...«

»Wenn das Sant Ufficio das Mädchen sucht«, antwortete Bruder Martin barsch, »so kommt es zu spät, das Mädchen ist tot.«

»Tot? Ah – es ist tot! Ist es wirklich tot? Dann wird der Alte Seelenmessen für sie lesen lassen. Der Alte hat Geld mitgebracht. Hat er sie schon bestellt? Habt Ihr sie alle uns vorweggenommen? Ihr Augustiner? Überall stößt man auf Euch! Als ob sie in Santa Minerva nicht besser und wirksamer gelesen würden als...«

Martin wendete ihm den Rücken. Er hastete, aus der Nähe dieses Menschen wegzukommen. Wie aus einer Pest-Atmosphäre drängte es ihn fortzukommen. Als ob ihn darin die Perniciosa ergreifen müsse, mit welcher ihm die Alte mit dem Esel gedroht. Die Perniciosa des ätzenden zerstörenden Giftes, das er damals auf dem Wege über die öde Höhe in seinem Gebein gefühlt.

Auch davor mußte Luther jetzt fliehen. Er mußte ganz sein und ungeteilt in sich selber. Er durfte sich nicht mehr anbellen lassen von dem Hunde des Zweifels, der ihn aus dem olivengelben Gesichte des Dominikaners anfletschte. So ein Meßpfaff war imstande ihn zurückzustürzen in die Verzweiflung des Unglaubens, in den Zweifel an allem. Und auch dawider mußte ein dreifaches Erz um seine Brust liegen. Mußte er sein Gemüt umschnüren können, daß es nicht zu Empfindungen überquelle, die ihn erweichen und lähmten, so mußte er auch sein Denken und Grübeln beschränken können. Mußte er sprechen können: Laß die Toten ihre Toten begraben, so mußte er auch sprechen können: Laß die Denker ihre einsamen Pfade wandeln. Schau ihnen nicht nach, ob ihre Schritte sie in Nacht und Dunkel führen, oder ob auf morgenrotübergossene Bergeshöhen; ob sie, zu eisumstarrten Gipfeln klimmend, in irgend einen schwindelerregenden Abgrund stürzen, oder auf der höchsten Höhe den Flammenwagen des Elias finden, der sie zum Himmel emporträgt! Ihr Weg war nicht der seine. Er mußte alles von sich abtun, was seine Tatkraft brechen konnte. Er mußte sich an seinen Christus klammern und ihn, den die Kirche erschlagen, lebend der Welt zurückgeben; den bekannten Gottmenschen, den bekannten Christus, wie die Bibel ihn gab, nicht wie zweifelndes Denken ihn zu einem Phantom verflüchtigte.

Das nächste, was Bruder Martin zu tun oblag, war jetzt hinausgehen zum Hause Callistos, um die Nachricht vom Tode Irmgards dorthin zu bringen. Er durfte nicht säumen es Egino und Corradina kund zu tun, damit sie nicht mehr den Gang in die Stadt anzutreten brauchten, der ihnen so verhängnisvoll werden konnte.

Darum schritt er auf dem kürzesten Wege wieder der Porta del Popolo zu. Als er ihr näher kam, nahm er wahr, daß ein stärkerer Haufe bewaffneten Volkes unter dem Torbogen lungerte und auf den Steinbänken an den Seiten saß als gewöhnlich. War auch das um des Herzogs von Ferrara willen? Sicherlich, und ihn, den armen Mönch, konnte es nicht berühren. Er ging ruhig in den Schwarm hinein.

Da streckte ihm ein Schweizersoldat die Partisane entgegen.

»Wohin, Mönchlein? Du kommst nicht hinaus!« sagte er.

»Ist das Befehl?« fragte Bruder Martin auf deutsch. »Wozu, weshalb?«

Der Schweizer nahm die Partisane auf seine Schulter zurück und weniger barsch, als er die vaterländischen Laute vernahm, antwortete er:

»Es ist Befehl und deshalb troll Dich. Es darf herein, wer da will, aber niemand darf hinaus.«

»Auch ein harmloser Mönch wie ich nicht?«

»Nein, geh!«

»Ist's um des Herzogs von Ferrara willen? Ihr seht doch, Landsmann, daß ich der Herzog nicht bin – und in meiner Kutte trag ich ihn auch nicht!«

»Was welscht der Mönch da? Ist's deutsch?« sagte hier ein banditenmäßig aussehender graubärtiger Kerl mit einem langen Messer im Gürtel. »Vielleicht steckt unter seiner Kutte der Bursche, den wir suchen... komm einmal heran, Frate tedesco, und laß Dir unter die Augen sehen...«

Der Mann streckte den Arm aus, um ihn auf die Schulter Bruder Martins zu legen; dieser fuhr zurück und der Schweizersoldat rief dazwischen:

»Geh, Lanfranco, laß ihn! Er ist ein deutscher Landsmann und mag frei gehen, woher er gekommen...«

Bruder Martin fand es geraten sich rasch aus dem Haufen zurückzuziehen und ihm aus den Augen zu kommen.

Aber nun, was beginnen? Wie Egino warnen? Gewiß waren die anderen benachbarten Tore ebenso gehütet.

So gab er sein Vorhaben auf. Müden Schrittes einherwandelnd, das Herz von Sorge bedrückt, gelangte er bis an die Thermen des Diocletian, deren Ruinen sich damals noch bis an die Stelle, wo heute der Mosesbrunnen der Aqua Felice rauscht, vorstreckten.

Dort begegnete ihm ein Mann, der langsam an ihm vorüberging, in einen Mantel gehüllt, den Hut mit niedergeschlagenem Rande tief ins Gesicht gezogen.

Zum Erkennen der beschatteten Züge war es zu dunkel. Aber die Gestalt, der Gang mahnten Bruder Martin so sehr an Signor Callisto, daß er stehen blieb und sich nach ihm umsah.

Auch der Mann war stehen geblieben sich nach dem Mönch umzuschauen. Jetzt kam er heran und diesem dicht ins Auge schauend, sagte er:

»Eh, Bruder Martin, Ihr seid es?«

Es war die Stimme Callistos.

»Ich bin es... und ich treffe Euch hier, Signor Callisto? Was ist geschehen, was führt Euch in Nacht und Dunkel in diese verlassene Gegend?«

»Das ist leicht erklärt, guter Frate. Ich habe mich, wie wir Älteren der stürmischen Jugend gegenüber am Ende immer müssen, in unseres jungen Freundes Verlangen gefügt, und nach dem, was ich einmal getan, nun auch in allem weiter geholfen, damit er und Corradina sicher davon und aus Rom fortkommen. Die nötigsten Bedürfnisse für beide sind auf meinen Klepper gepackt und mein Gärtner ist damit abgeschickt nach Baccano hinaus; da soll er auf sie in einer stillen, abseits gelegenen Herberge warten. Sie verkleiden sich beide; ich habe noch gesehen, wie meine Ottavia der Gräfin Corradina dabei behilflich war sie in das stattlichste Mädchen aus dem Volke zu verwandeln. Dann bin ich, da die Dämmerung nahte, aufgebrochen und gemächlich hierher vorausgeschritten. Wenn sie von Irmgard kommen, werden sie sich hieherwenden, wir treffen uns hier; ich führe sie alsdann durch das nächste Tor ins Freie und auf Umwegen, so weit es nötig ist...«

»Ihr führt sie durch das nächste Tor, Signor Callisto? Mein Gott, so wißt Ihr nicht...«

»Daß die Tore stärker als sonst besetzt sind? Gewiß habe ich es wahrgenommen, als ich kam; aber was soll's? Es sind die Schweizer des Papstes; es gilt dem Herzog Alfonso von Ferrara...«

»Nein, es gilt allen!«

»Allen?«

»So sicher, daß Ihr vergeblich suchtet wieder hinauszukommen, um die Nacht unter Eurem eigenen Dache zuzubringen!«

»Ah... wie wißt Ihr's?«

»Hab ich's doch selber versucht hinauszugehen, und bin zurückgejagt!«

»Das ist ein böser, ein furchtbar böser Querstrich. Dann liegt unser Fluchtplan am Boden. Was dann beginnen?« rief Callisto aus.

»Ich zermartere mein Hirn mit dieser Frage seit mehr als einer Stunde!«

»Der unselige Egino mit seinem deutschen Starrsinn!« sagte der Rechtsgelehrte.

»Scheltet ihn nicht. Er hatte recht mit seinem Verlangen. Das Traurigste dabei ist nur, daß er sich nun ganz umsonst in diese heillose Gefahr und Lage begibt, denn bei Irmgard kommt er zu spät. Sie ist tot.«

»Tot?«

»Sie ist heute um die Mittagsstunde gestorben.«

»Dann ist's ja just, als ob ein böser Dämon über dem armen jungen Manne walte!«

»In der Tat, so ist es; wie ein wahrer Hohn des Schicksals!« antwortete Bruder Martin.

»Was beginnen wir ihnen beizustehen?«

»Ich weiß jetzt nur eines zu raten. Eilen wir zum Hause der Frau Giulietta. Dort finden wir ihn vielleicht und beraten, wohin wir ihn und die Gräfin bringen, bis diese unglückliche Sperre der Tore aufhört.«

»Ja, ja«, rief Callisto aus, »eilen wir dahin, eilen wir augenblicklich dahin!«

Sie gingen rasch beide durch die Dunkelheit davon. Callisto schritt vorauf, Bruder Martin müden Fußes ihm nach.

Der Weg war nicht allzu weit. Sie sahen bereits die dunklen Umrisse der Constantins-Thermen vor sich auftauchen, als sie plötzlich Hufschlag und Waffengerassel vernahmen. Ein Reitertrupp sprengte heran; sie hatten kaum Zeit sich zur Seite zu werfen. Als sie dann hastig weiter eilten, nahmen sie einen noch stärkeren Trupp, ein Durcheinander von Menschen und Rossen und lautes Waffengeräusch wahr.

Ehe wir uns anschicken es zu erklären, wenden wir uns zu Egino und Corradina zurück.

## 47. Durch!

Es war um Ave Maria, als Egino und Corradina ihren waglichen Weg antraten. Signor Callisto hatte, wie er erzählt, schon die Villa verlassen; Donna Ottavia hatte die Gräfin Corradina, nachdem sie sie in ein Mädchen aus dem Volke verwandelt, noch mit feuchtem Auge umarmt, ihr noch über das schwere Budgetto die grüne Schürze in Falten gezogen und die schweren Schuhe fester zugeschnürt und dann mit den herzlichsten und gerührtesten Segenswünschen Abschied von ihr und Egino genommen.

Und so, einige Minuten nachdem Callisto die Villa verlassen, traten Egino und Corradina durch das Tor derselben auf den Flaminischen Weg hinaus und wandelten lässig der Porta bei Popolo zu. Sie trugen abwechselnd einen mit Gemüse und frühreifem Obst gefüllten Korb. Das Stadttor schien frei. Nur als sie hindurch getreten, sahen sie im Innern, rechts wie links, auf Steinbänken eine Menge bewaffneter Wächter, vielleicht dreißig bis vierzig Männer, Soldaten und Sciocciaren, deren lange Feuerrohre an der Wand hinter ihnen lehnten.

Die Wächter hatten der Eintretenden nicht acht. Erst als diese einige Schritte an ihnen vorüber waren, sagte einer der Sciocciaren, ein graubärtiger Mann, ihnen nachschauend:

»Wer sind die Zwei?«

»Wer sollt' es sein, Lanfranco? Gärtner, die Gemüse in einen Palazzo bringen...« versetzte ein anderer im selben Banditenkostüm.

Lanfranco schüttelte den Kopf.

»Das hat nicht den Gang und den krummen Rücken von Gärtnersleuten«, sagte er und erhob sich, während er hinzusetzte:

»Lauf ihnen nach und schau ihnen ins Gesicht, Niccolo; Du mußt Eure Gräfin Corradina kennen...«

»Ah bah«, sagte Niccolo, »ich werde mich hüten unnütz zu laufen. Wir sollen achten, daß sie nicht zur Stadt hinauskommen, wenn sie noch drin sind. Sind sie draußen, so werden sie gewißlich nicht hereinkommen, Compadre.«

»Wer weiß es?« murmelte Lanfranco verdrießlich zwischen den Zähnen.

Dann rief er laut:

»He, Ihr da, la Gente! Hört doch!«

Egino wendete den Kopf. Corradina beeilte ihren Schritt und auch Egino schritt dann rascher weiter.

»Die Ragazza hat nicht Lust sich von Euch unters Kinn fassen zu lassen; Ihr seid ihr zu häßlich mit Eurem ungekämmten Graubart, Compadre Lanfranco!« rief Niccolo aus, und die anderen Wächter lachten.

Compadre Lanfraneo aber hatte nun einmal seinen Verdacht geschöpft und er ließ sich von seinen Gesellen darin nicht beirren. Er folgte dem Paare.

»Will doch sehen, wo sie bleiben!« murmelte er und schritt hinter den beiden drein, doch weit genug, daß er von ihnen unbemerkt bleiben konnte.

Seine Sandalen waren weich, die Straße ungepflastert, so blieb sein Schritt unhörbar. Auch gelangten sie bald in eine bevölkerte Straße, wo der Verkehr, wenn auch jetzt gering, doch darum nicht ganz erstorben war und es schwerer machte eine solche Verfolgung zu bemerken.

Egino und Corradina schritten rasch dahin. Sie gelangten endlich an den Fuß des Quirinalischen Hügels und stiegen langsameren Ganges empor. Zwei wie Banditen aussehende Burschen begegneten ihnen; beide plauderten lebhaft mit einander und hatten der Flüchtlinge nicht acht. Diese sahen schon die hohen Trümmerreste der Thermen Constantins dicht vor sich. Plötzlich aber hörten sie einen Ruf hinter sich.

Egino sah betroffen um, da er dieselbe Stimme, welche schon früher am Tore hinter ihm drein gerufen, zu erkennen glaubte. Er sah die beiden Banditen, die eben an ihm vorübergegangen, zu einem Dritten gesellt, sich nacheilen; was sie riefen, verstand er nicht.

»Fliehen wir, fliehen wir!« flüsterte Corradina angstvoll.

»Nein, nein«, sagte Egino, »nur nicht das! Sie würden uns einholen und dann wär's um so schlimmer. Wir müssen ruhig bleiben und sie zu täuschen suchen; aber Ihr müßt mit ihnen reden, weil meine durch Fremdartigkeit auffallende Sprache uns verraten könnte.«

Sie gingen anscheinend ruhig weiter ihres Weges und kamen fast bis an eine hochragende schwarze Mauerecke der Thermen, die hier bis an den Weg vorsprang. Noch ehe sie bis ganz an die Stelle gelangt, wo der Weg sich um diese Mauerecke herumwarf, hatten die drei Männer sie eingeholt, rufend und scheltend; sich zu ihnen umwendend, sagte, während Egino den Griff des Dolches in seiner Brusttasche umfaßte, Corradina:

»Was wollt Ihr von uns, Leute? Wenn Ihr Galantuomini seid, laßt uns gehen und diese Früchte in den Palast Colonna bringen; wir sind arme Gärtnersleute, das seht Ihr ja...«

»Demonio«, rief der eine der drei, niemand anders als Lanfranco, der in den beiden anderen gute Freunde gefunden und sie nun mit sich genommen zu haben schien, um die langwierige Verfolgung zu beenden und sich zu vergewissern, ob sein Verdacht gegründet oder nicht: »Demonio, ich will Euer Gemüse da ungekocht und den Korb obendrein hinunterschlingen, wenn es wahr ist!«

Damit legte er die Faust auf Corradinas Schulter und sah, dicht vor sie tretend, ihr ins Gesicht, während die zwei anderen nach Eginos Armen griffen, um ihm sofort eine Verteidigung unmöglich zu machen. Egino riß sich von ihnen los, während Lanfranco fortfuhr:

»Glaubt Ihr, ich erkenne Euch nicht, Donna Corradina, glaubt Ihr, der alte Lanfranco sei so dumm...«

Lanfranco konnte nicht enden, denn er fühlte in diesem Augenblicke schon die Hand Eginos am Kragen, der ihn von Corradina zurückschleuderte und mit der anderen Hand den Dolch hervorriß und ihn erhob, um sich damit die beiden anderen Banditen vom Leibe zu halten, die nun mit halblaut ausgestoßenen Flüchen wieder auf ihn eindrangen.

Corradina stieß einen Angstruf aus; sie warf sich auf Lanfranco, der im Augenblick, wo Egino sich wider die letzteren wendete, nach seinem Unterarm griff, um ihm denselben wehrlos zu machen und den Dolch zu entwinden. Stumm die Zähne zusammenpressend, rang Egino dawider mit einer zähen Kraft, die der des alten Banditen völlig gewachsen gewesen wäre; die beiden anderen aber stürzten sich so heftig auf ihn, daß sie ihn aufs Knie niederrangen. Corradina sah, daß sie ihn, ehe wenige Sekunden vergehen würden, überwältigt haben mußten.

In diesem Augenblicke aber fuhren zwei völlig unerwartete Erscheinungen in die zu einem Knäuel geballte, im Dunkel miteinander ringende Gruppe hinein. Es ward plötzlich dicht in ihrer Nähe Pferdehufschlag und Klirren von Waffen und Geschrei laut: zwei schnaubende Rosse warfen ebenso plötzlich einen dunkleren Schatten auf die Kämpfenden und eine halblaute Stimme rief:

»Accidente, was geht hier vor? Auseinander da, oder ich haue Euch in die Schädel, Gesindel!«

Der Mann, der das von einem der Rosse herabrief, ließ dabei eine breite und lange Klinge über die Köpfe der Banditen und mit einem flachen Hiebe auf den Rücken Lanfrancos niederfahren.

Corradina hatte sich schon ihm entgegengeworfen und die Knie des Reiters umfassend, rief sie aus:

»Herr, rettet uns von diesen Banditen, beim Erlöser, rettet uns!«

»Corpo de la Madonna, geht zum Henker!« schrie Lanfranco dawider an. »Was habt Ihr Euch dreinzumischen? Wir sind keine Banditen, wir sind Saveller Dienstleute und dies sind unsere Gefangenen. Steht uns bei sie festzumachen!«

»Wer sind sie?« sagte der Reiter, wie betroffen.

»Geht's Euch an? Es sind die, welche wir suchen, die...«

»Aber Ihr kennt uns ja!« rief jetzt laut Egino, der dem Reiter, weil seine Stimme ihm bekannt getönt, forschend in die Züge geblickt hatte. »Seht uns nur einmal genau an, Ihr kennt uns ja!«

Der Reiter beugte sich herab, um, so gut es ging, in Eginos und dann in Corradinas Züge zu spähen und sagte dabei erschrocken:

»Iddio... Ihr... Ihr seid's? Und dies«, fuhr er, rasch sich aufrichtend und nachdem er dem andern Reiter neben ihm ein paar Worte zugeflüstert, fort – »dies wollen Saveller Dienstleute sein? Banditen seid Ihr, Galgenfutter, Halsabschneider, räudige Hunde, Gesindel, das auf die Galeere gehört! Hau dazwischen, Gregorio, wenn sie nicht machen, daß sie fortkommen!«

Dabei holte er mit seiner langen Klinge aus, als ob er sie auf Lanfrancos Schädel niederfahren lassen wollte.

Die Banditen prallten zurück.

Lanfranco stieß einen Fluch aus, der andere Reiter aber drang ebenfalls mit seinem Pferde und gezogener Klinge auf ihn ein; wenn er nicht niedergetreten sein wollte, mußte er sich zur Flucht wenden und die anderen beiden folgten ihm, den steilen Pfad hinunterstolpernd.

»Aber um Gotteswillen«, sagte tief aufatmend Egino, »wie kommt Ihr hierher, so im rechten Augenblicke unser Lebensretter zu werden, Beppo? Wie seid Ihr überhaupt zu einem Reiter geworden?«

»Folgt mir, folgt mir«, versetzte hastig der in einen Reiter verwandelte Beppo und warf sein Pferd herum. »Ich will Euch retten, Euch und die Donna dort; um der armen Irmgard willen will ich Euch retten, aber eilt!«

Egino und Corradina folgten ihm, während der andere Reiter neben ihnen blieb.

Als sie nach wenigen Schritten um die Ecke der Mauertrümmer kamen, sahen sie eine ganze Gruppe von Reitern, vielleicht zehn oder fünfzehn, im dunklen Schatten der Ruine halten. Beppo sprach einige Worte mit dem ersten von ihnen, dann winkte er Egino mit der Hand und, während der zweite Reiter bei dem Trupp blieb, ritt Beppo weiter über eine dürre Grasfläche; Egino und Corradina hatten Mühe neben ihm zu bleiben.

Sie kamen an dem Agavenzaun, der Frau Giuliettas Gärtchen einfaßte, vorüber.

»Beppo«, rief hier Egino aus, »ist nicht das Eurer Mutter Haus, nicht das Irmgards Wohnung? Wohin führt Ihr uns? Wir kamen um Irmgard zu sehen. Wir sind auf der Flucht; vorher wollten wir Irmgard sehen!«

»Irmgard ist tot!« antwortete Beppo, halblaut und gepreßt. »Dort in der Kammer, Ihr seht das Licht durch die Läden schimmern, dort liegt sie!«

»Tot? O mein Gott!«

»Sie ist vor wenig Stunden gestorben.«

Corradina ergriff Eginos Arm, wie um ihn zu unterstützen oder wie in einem heftigen Erschrecken.

Egino war stehen geblieben; ein jäher Schmerz durchzuckte ihn. Er stand wie an den Boden geheftet.

»Vorwärts, vorwärts!« rief Beppo, von seinem vorschreitenden Pferde herab sich zurückwendend. »Ich will Euch retten, Euch beide, um ihretwillen! Sie wäre ja umsonst gestorben, würdet Ihr nicht gerettet. Aber Ihr müßt eilen!«

»Wohin denn führt Ihr uns?« fragte Corradina jetzt, Egino sich nachziehend.

Beppo wies mit der Hand auf eine starke Truppe, welche in diesem Augenblicke, wie sie sich um eine Ecke der hohen Mauer der Colonnesischen Gärten wendeten, vor ihnen sichtbar wurde. Vor dem Tore, welches noch heute aus diesen Gärten auf den Monte Cavallo, den Rücken des Quirinalischen Hügels, führt, hielten vielleicht fünfzig Reiter, teils hoch zu Roß, teils neben den Pferden stehend. Als sie näher kamen, gewahrten sie, daß alle diese Männer gewaffnet waren, viele wie richtige Kriegsleute, mit Brustharnischen und Helmen, Faustrohren und Schwertern, viele nur mit Helmen und langen Stoßdegen. Doch trugen auch die letzteren fast sämtlich starke Wämser von Büffelleder und hoch zum Knie hinaufgezogene Reiterstiefel, dasselbe Kostüm, in dem auch Beppo auf seinem schwarzen Gaule saß.

»Es sind Hand- und Saumpferde da« fuhr Beppo fort; »für den Fall, daß uns einige unserer Tiere erschossen oder erstochen werden, haben wir Pferde zum Ersatz mitgenommen... kommt nur, ich schaff' Euch beiden eins!«

Er ritt weiter und führte Egino und Corradina mitten in den Haufen der Reiter hinein; hier gab es ein kurzes Hin- und Herreden zwischen Beppo und einem hohen, stark gebauten Mann, der ein schwarzes Barett auf dem bärtigen Haupte trug, während sein Helm am Sattelknopfe niederhing; der Mann schien Einwürfe zu machen.

»Was hilft uns ein Mann, der kein Schwert hat, aber statt dessen ein Weib mit sich führt!« hörte Egino ihn sagen.

Beppo eiferte:

»Aber er ist ein Kriegsmann und ein Schwert wird sich auch noch finden, und wenn Ihr Ferraresen uns, die wir der Colonna Klienten sind, nicht zur Hilfe wollt, so habt Ihr's nur zu sagen; wir gehen dann heim und lassen Euch sehen, wir Ihr durchkommt!«

Der andere murrte etwas in seinen Bart, Beppo aber war schon abgesprungen und hatte einem Reiter sein Tier übergeben. Er holte aus dem Kreis ein leeres Pferd herbei, auf das er Corradina hob, dann rasch eine zweites für Egino. Corradina war des Reitens zu gewohnt, um sich nicht bald bequem und fest im Sattel zu fühlen; Egino hatte sich ohne Bügel im Augenblick aufgeschwungen. Beppo eilte nun zu seinem Tiere zurück und wollte eben sein Faustrohr von seinem Sattel, woran es hing, lösen, um es Egino hinüberzureichen, während dieser mit der Rechten nach dem Zügel von Corradinas Pferd hinübergriff, um es dichter zur Seite zu ziehen.

In diesem Augenblick aber ertönte ein kurzer schriller Pfiff aus dem Garten heraus; in dem Tore desselben erschienen gleich danach mehrere bewaffnete Männer, die heraustretend Befehle zu geben schienen und sich auf, so viel die Dunkelheit erkennen ließ, reicher geschirrte Pferde, welche ihnen vorgeführt wurden, schwangen. Aus kurzer Entfernung herüber schallte Hufschlag; er verriet, daß der hinter der Mauerecke haltende Trupp, zu dem Beppo Egino zuerst geführt, als Vortruppe schon davon sprenge; der Mann im Barett, mit dem Beppo sich eben gestritten, rief:

»Avanti!«

Und der ganze Haufen setzte sich in Bewegung, anfangs im Schritt, dann im raschesten Trab. Es ging über den Rücken des Quirinals dahin, demselben Wege nach, den Bruder Martin gewandelt war, als er, von Frau Giuliettas Hause kommend, zur Porta del Popolo gegangen war, immer den bellenden Hund zur Seite.

Während die schweren und hohen Rosse jetzt dahinbrausten, hinderten ihre heftigen Bewegungen jedes Sprechen, wenn es auch möglich gewesen wäre sich trotz des Klirrens von Geschirr und Waffen und der Hufschläge auf dem harten trockenen Boden verständlich zu machen. Aber man hatte bald die Stelle des Weges erreicht, wo er sich zur unteren Stadt hinabsenkte und man mit verkürzten Zügeln im Schritt reiten mußte. Egino sah jetzt Beppo an seiner Seite und rief nun tiefatmend aus:

»Aber ich bitt' Euch, Beppo, jetzt erklärt uns, unter welchen Leuten wir sind, wer uns so davonführt, als wären wir in einem Traum befangen...«

»Unter welchen Leuten Ihr seid«, fiel ebenso schwer von dem scharfen Ritt aufatmend Beppo ein, »ahnt Ihr das nicht? Die Herren da hinter uns sind der Herzog von Ferrara und der erlauchte Fabricio Colonna; die Schar von Kriegsmännern um uns sind des Herzogs Alfonso reisige Leute, in deren Geleit er hergekommen ist, und wir anderen, wir sind die Klienten Colonnas, die aufgeboten sind zu ihrer Unterstützung. Wir haben den Bargello mit seinen Gesellen, die den Palast bewachten, drüben an Sant' Apostoli überfallen und geknebelt und auf den Hof des Palastes geschleppt; unser Weg jetzt führt zur Porta del Popolo, an der wir uns werden durchhauen müssen, und zum Ponte Molle, den wir ebenfalls im Sturm zu nehmen haben werden; es gilt eben den Herzog von Ferrara in Freiheit und Sicherheit zu bringen. Der Heilige Vater will ihn in der Morgenfrühe in die Engelsburg bringen lassen und wir bringen ihn heute Nacht in die Freiheit... der Maestro di Casa unseres Herrn Fabricio hat heute die Waffentüchtigen der Klienten und alles von uns, was reiten kann, im Stillen aufgeboten und für Pferde und Wehren gesorgt; ganz im Geheim ist es abgemacht, drum sind unserer im ganzen auch nicht mehr denn sechzig, aber ich denke, wir werden genug sein um durchzukommen. Nun wißt Ihr's.«

»Und daß Ihr uns vorhin just so im rechten Augenblicke wider die Briganten zu Hilfe kamet...«

»Ich war bei dem Vortrupp«, fiel Beppo ein; »wir hielten still hinter der alten Mauer, als wir das Rufen und Euer Ringen mit den Briganten dicht in unserer Nähe vernahmen, und so kam ich just recht Euch zu retten...«

»Und wie sollen wir Euch danken«, fiel hier Corradina ein, »daß Ihr uns unter Euch aufgenommen habt und nun in so stattlichem sichrem Schutz davonführt!«

»Ihr braucht mir nicht zu danken, edle Frau«, versetzte Beppo. »Ich rette Euch, weil die arme Irmgard Euch gerettet sehen wollte, die jetzt bei den Engeln ist da droben. Die arme Irmgard! Dort von diesem dunklen, mit Sternen übersäeten Himmel herab wird sie auf uns niedersehen! Sie wird Euch sehen und auch mich sehen. Sie wird wie eine Heilige sein, die alles sieht und jedes Gebet hört, das ein armer Mensch an sie richtet – wird sie nicht?«

»Gewiß«, sagte Egino, »und sie wird auch sehen, wie dankerfüllt unser Herz für Euch ist, Beppo!«

»O, Dank!« rief Beppo fast unwillig aus. »Sollt' ich Euch hier fangen lassen von diesen Leuten der Savelli? Redet mir nicht von Dank, sondern setzt Euch lieber fest in den Bügeln; Ihr hört, wie sie am Tore eben aneinandergeraten.«

In der Tat klang Rufen und Waffenlärm von da herüber durch die Nacht; der Vortrupp mußte in diesem Augenblicke mit der Torwache zusammenstoßen.

»Avanti!« rief noch einmal laut der Anführer der Reiterschar.

Die Rosse wurden gespornt, der ganze Haufen sprengte dicht zusammengeballt auf das Tor los; man hörte Rufen und Schreien von dort zwischen dem Rasseln zusammenklirrender Waffen. Über den dunklen Körpern sich bäumender Pferde ließen sich zum Hiebe ausholende Schwerterklingen, geschwenkte Partisanen und Hellebarden wahrnehmen; jetzt blitzten auch Feuerrohre auf, das Krachen der schweren Schüsse hallte von der Fronte der Kirche von Santa Maria und den nächsten Mauern wieder; doch schien die Wache, überrascht und überrumpelt von dem plötzlichen Angriff, bereits zu weichen, als der Hauptrupp zur Stelle kam und die Waffen schwang, um, sich vordrängend, in den Kampf einzugreifen.

Die Voraufgekommenen stießen schon ein lautes: »Hoch Este! Hoch Colonna!« aus.

Das Tor war genommen, die Wächter waren flüchtig auseinandergesprengt bis auf ein halbes Dutzend Männer, die umringt waren und die nun mit den vorgehaltenen Klingen und mit flachen Hieben gezwungen wurden, das beim ersten Lärm von ihnen niedergelassene Fallgitter wieder emporzuziehen.

Als dies geschehen, rasselte der ganze Schwarm wie ein Sturmwind weiter die Flaminische Straße hinab, an der dunkel daliegenden Villa Callistos vorüber. Eine Zeit von einer Viertelstunde noch und die schwächer als das Tor besetzte Tiberbrücke war mit leichter Mühe genommen; mit dem jenseitigen Ufer war die Freiheit gewonnen die Freiheit für den Herzog von Ferrara, wie für Egino und das Weib seiner Liebe.

## 48. Abschied.

Wir haben Bruder Martin und den Rechtsgelehrten auf der Höhe des Quirinals gelassen, an der Stelle, die man heute Monte Cavallo von den sich bäumenden riesigen Rossen nennt.

Die beiden Männer hatten gesehen, wie auch die zweite größere Reitertruppe sich in Bewegung gesetzt, und hatten sich wieder zur Seite geflüchtet, um ihr auszuweichen. Da sie sich anfangs weniger rasch bewegte, als die Vortruppe, und im Schritt an den beiden Männern vorüberkam, so behielten diese Zeit die zwei inmitten des Zuges reitenden Gestalten wahrzunehmen, die nach ihrer Tracht und ihrem Aussehen einen so befremdlichen Anblick unter dem Kriegsvolk darboten.

Obwohl es schon längst zu dunkel zum bestimmten Erkennen war, rief doch Callisto überrascht aus:

»Seht Ihr die beiden, den Mann und das Mädchen in der Tracht des Volkes, Bruder Martin? Wenn es unsere Freunde wären!«

»Ihr müßt es besser wissen«, fiel ihm Bruder Martin ins Wort, »wie Ihr Egino und seine Gräfin ausstaffiert habt, um sie unkenntlich zu machen, und ob sie es sein können.«

»Sie waren es gewiß, ich möchte darauf schwören!« fuhr Callisto fort.

»Aber wie dann dies alles deuten? Wer sind diese Reiter, wie kommen unsre Freunde unter sie? Sind sie entdeckt? Führt man sie gefangen fort? Wozu dann diese Menge reisigen Volks? Habt Ihr eine Ahnung, Signor Callisto?«

»Nicht die geringste; wir können nichts tun, um diese Rätsel zu lösen, als zum Hause der Frau Giulietta gehen, das da vor uns liegt; vielleicht erhalten wir eine Auskunft dort.«

»Gott gebe es!« sagte Bruder Martin, erregt und mit verdoppelter Eile dem Hause, auf das Callisto gedeutet hatte, zuschreitend.

Sie kamen in den Garten Frau Giuliettas und sahen eine Frau ihrer Größe und Gestalt dicht an der Zaunöffnung, welche zum Eingang diente, unbeweglich dastehen.

Es war, als lausche sie dem in der Ferne verhallenden Hufschlag der Rosse.

»Seid Ihr es, Donna Giulietta... ja, Ihr seid es, und Ihr erkennt uns?« flüsterte Callisto.

»Gewiß, gewiß, Signor Callisto«, antwortete hastig Frau Giulietta; »hätte ich nicht schon Eure Stimme vor einer Weile erkannt, glaubt Ihr, ich würde so ruhig hier Euer Näherkommen abgewartet haben? In dieser schrecklichen Nacht, wo ich die Tote da hinter mir im Hause habe, und nun noch verlassener und allein mit ihr bin in dem stillen Hause, wo nur der alte verhexte Mensch an ihrem Bette sitzt und sich nicht regt und rührt und keinen Bissen Speise an den Mund nehmen will, und nur seine Sprüche hinmurmelt, die kein Christenmensch versteht und die am Ende gar Zaubersprüche sind, womit der alte Kobold mein ganzes Haus und Hab und uns alle unglücklich macht? O tretet ein, Signor Callisto und seht...«

»Laßt nur, laßt, Donna Giulietta«, fiel Callisto ihr ins Wort. »Sagt uns nur rasch, waren der Graf Egino und die Gräfin Corradina hier und was bedeutete der Reiterschwarm, der an uns da eben vorüberritt, und wer waren die zwei Menschen aus dem Volke, die mitten zwischen ihnen so rasch davongeführt wurden?«

»Wer die Reiter waren, das kann ich Euch sagen, Signor Callisto«, entgegnete Frau Giulietta eifrig, »denn jetzt, wo sie's durchgeführt haben und auf und davon sind, braucht's ja nicht mehr verschwiegen zu werden, so geheimnisvoll der Beppo, der arme Junge, auch den ganzen Tag über damit getan hat, denn er ist dabei, müßt Ihr wissen, Signor Callisto, der Beppo, und weil er so gewandt und anstellig ist und auch fest im Sattel wie ein alter Reiter, und zu allen Dingen wohl zu gebrauchen, so haben sie ihm einen Teil zu befehligen gegeben; Gott habe sie alle jetzt in seinem Schutz und bewahre sie vor Unglück...«

»Aber Donna Giulietta«, fiel ihr Callisto in die Rede, »Ihr wolltet uns sagen, was dieses alles bedeutet... ich bitt' Euch, so kommt doch zur Sache, wer waren diese Reiter?«

»Sagt ich Euch's denn nicht Signor Callisto, der Colonna Leute sind es und Reiter des Este – unser Herr und Padrone Fabricio Colonna hat des Heiligen Vaters Zusage erhalten, daß Alfonso von ihm Güte und Frieden haben solle, und nun er gekommen ist, der erlauchte Alfonso, will ihn der Heilige Vater zwingen sein Land zu verlassen und nach Asti zu ziehen, um fortan als ein Bettler zu wohnen und Fabricio Colonna will nicht dulden, daß man seinen Freund und Gast so betrüge, und deshalb bringen sie ihn mit Gewalt und Waffen zur Stadt hinaus...«

»Das walte Gott!« fiel wie erleichtert aufatmend Bruder Martin ein.

Callisto rief:

»Aber die zwei, der junge Mann und das Mädchen, die davongeführt wurden?«

»Ich weiß nichts von einem jungen Mann und einem Mädchen«, antwortete Frau Giulietta.

»Vielleicht hat der ehrliche Beppo sie erkannt und rettet sie jetzt«, sagte Callisto.

»Gewiß ist es so! Wir können wenigstens nichts anderes tun, als hoffen, daß es so ist!« rief Bruder Martin.

»Und vielleicht auch mir kommt diese Wendung der Dinge zugute«, fügte Callisto hinzu; »wenn die Colonnesen die Torwachen zersprengen und zerstreuen, so ist auch mir wohl der Weg geöffnet, um heim zu kommen und Donna Ottavia zu beruhigen; kommt, Bruder Martin, uns bleibt nichts übrig, als Frau Giulietta gute Nacht zu wünschen und heim zu wandeln.«

Frau Giulietta wäre gern abermals in Klagen ausgebrochen, wie allein sie nun ohne Beppo sei, und wie sie sich scheue in ihr Haus mit der stillen Leiche und dem Zaubersprüche murmelnden Kobold darin zurückzutreten; aber die beiden Männer entzogen sich ihr und verschwanden alsbald im Dunkel.

Nach einer Viertelstunde Gehens waren sie am Kloster von Santa Maria und am Tore del Popolo.

Callisto hatte sich einer trügerischen Hoffnung hingegeben, wenn er geglaubt, man werde ihn jetzt hinauslassen; die überrumpelten Wächter hatten sich von ihrem Schreck und ihrer Niederlage erholt und sich wieder gesammelt und wiesen ihn zornig und fluchend zurück. Signor Callisto mußte sich darein ergeben bei dem nächstwohnenden seiner Bekannten ein Obdach für die Nacht zu suchen; Bruder Martin ging sein Kloster und seine Zelle aufzusuchen und ließ sich dort, zu Tode ermüdet, auf sein Lager niederfallen.

Es war spät am andern Morgen, als er aus einem tiefen, kräftigenden Schlummer erwachte; er hatte sowohl die Matutin der Mönche verschlafen, als die Morgenmessen und die Frühstückszeit. Er mußte den ihm zugewiesenen Laienbruder um ein wenig Milch und Brot bitten, und als ihm dies gebracht worden, begann er sein Bündel zu schnüren. Es war wenig, was er hergebracht; was er mitnahm, war nicht viel mehr; ein wenig Wäsche, so viel ihrer ein reisender Mönch bedarf, und einige Aktenstücke aus dem Prozeß, den er zu betreiben gesendet worden, und mehrere Bücher, die er in Rom und zum Teil schon auf der Herwanderung in Verona und Bologna zu kaufen Gelegenheit gefunden... zusammengeschnürt machten sie jetzt eine Last aus, die doch für einen Fußwanderer zu tragen zu beschwerlich war. Es mußte ein anderes Mittel sie fortzuschaffen, ersonnen werden. Schätze dieser Art, wie sie großenteils in Deutschland daheim kaum aufzutreiben waren, konnten nicht im Stich gelassen werden.

Dann wendete er den Tag an, um Abschied zu nehmen von Rom. Einen stummen Abschied, zunächst von einigen heiligen Stätten, wo er gebetet und betrachtet hatte, als er zuerst seine Pilgerwanderungen durch die ewige Stadt gemacht; von den schönste»der Basiliken, in deren mächtigen und prachterfüllten Schiffen, in denen die Christen ferner Jahrhunderte gekniet, so oft, wenn er eingetreten, ihn der Geist der reineren Urzeiten des Glaubens, der Geist der Apostel und derer, die als Märtyrer für die evangelische Wahrheit gestorben, angewht hatte. Er ging Abschied zu nehmen von den Gräbern der Apostel; und von dort heimkehrend trat er noch einmal in das Pantheon des Agrippa ein, in den stillen Bering des schönen Heidentums, das sich hier doch so groß, so klar, so gedankenhell über ihm wölbte; er stieg noch einmal zum Kapitol hinauf, von dem aus Rom die Welt erobert hatte; er ließ den Blick über die Trümmer der Cäsarenpaläste und die hohen Mauern des Flavischen Amphitheaters schweifen und heftete ihn dann zum letzten Male auf die Welt von Ruinen zu seinen Füßen, auf die Stelle, wo einst auf dem Forum die Würfel fielen über die Geschicke des Erdkreises.

In eine Vigne trat er endlich, die auf seinem Wege lag, und ließ sich Wein und zu essen geben. Man brachte ihm Speisen und eine helle binsenumflochtene Flasche und einen kleinen Zinnbecher dazu, hinaus auf einen aus rohen Brettern zusammengeschlagenen Tisch, der vor dem Hause unter einem mächtigen Maulbeerbaum stand. Im Schatten des Baumes setzte er sich auf ein Stück roter Marmortrümmer, einen Block jenes *antico rosso*, den Afrika an die Weltherrscherin Rom zollte, der vor fünfzehnhundert oder zweitausend Jahren vielleicht den Altar eines Gottes oder den Sockel einer Heroenstatue gebildet hatte und der jetzt zum Sitze dem deutschen Klosterbruder Martin mit dem gedankenschweren Haupte diente.

Die Vigne lag hoch; man überschaute von dem Platz unter dem Maulberbaum aus ein gutes Stück der ewigen Stadt und der Campagna, dahinter die reinen schöngeschweiften Linien der beiden Gebirge, mit den Städtchen, Kastellen und den Siedlungen uralter Latinerzeiten an ihren Abhängen.

Der ganze Tag war fast Bruder Martin, ehe er sich's versehen, dahingeschwunden über seinen Abschiedswanderungen und Gängen durch die Stadt.

Jetzt sank die Sonne. Die Luft war so klar und durchsichtig, daß alle Fernen nahe geworden und jeder Punkt der Landschaft in kürzester Frist erreichbar schien.

Der deutsche Klosterbruder aber, als er so auf die ewige, von der ewigen Schönheit zauberischer Natur umwobene Stadt blickte, dachte an des Horaz berühmte Strophe:

*Alme Sol, curru nitido diem qui*
*Promis et celas, aliusque et idem*
*Nasceris; possis nihil urbe Roma*
*Visere majus!*

»In Wahrheit«, sagte er sich, »nichts Größeres hat die Welt! Sie ist das Geschöpf, das Kind, die Erbtochter der Welt, diese Roma! Die Menschengeschlechter, wie sie sich folgten, haben sie gebaut, die Nationen ihr Bestes für sie geschaffen. Ägypter, Griechen, Etrusker, Latiner, sie alle haben die Schätze ihrer Kultur da zurückgelassen. Und die großen Geister der Menschheit, die schaffenden Genien ihre besten Werke. Vom oberen Nil, aus der Stadt der hundert Paläste, kam dieser Marmor; aus Hellas kamen die Künstler, die aus solchen Blöcken die Pracht der Bildwerke schufen. So schmückte die Welt ihr Geschöpf; es gehört der Welt, es ist das ewige Eigen der Nationen. Aber die Priester kamen und nahmen der Welt dies Kind, um ihm ihren Glauben beizubringen, um es mit ihrem Aberglauben zu füllen, um ihm eine Mönchskutte anzuziehen!«

Es zog ein großes Weh, ein großer Abschiedsschmerz durch sein Herz, indem er sich sagte, daß er gehen müsse, um nie zurückzukehren. Die Hände, die sich der Erbin der Geschichte bemächtigt hatten, waren feindlich erhoben wider Menschen seines Gemüts. Sie trieben ihn aus, fort aus dieser schönen Welt. Fort aus den weichen und milden Lüften immergrüner Gärten, aus dem Bereich der erhabenen Denkmale des Altertums, aus dem Kreise des durch die Sitte verfeinerten, durch Kunst und Poesie veredelten Lebens, aus dieser Atmosphäre des sorgenlosen Daseinsgenusses, wo es nichts als ein wenig stumme Unterwürfigkeit, nichts als ein wenig Verrat an innerer Treue gegen sich selbst, am Wahrheitsgefühl und an der lebendigen Überzeugung kostete, um leicht und glatt an Schuld und Laster vorüber und durch den Tod hindurch in das leuchtende Himmelstor, in die ewige Fortsetzung des sorgenlosen Hienieden geführt zu werden!

Von dem allen fühlte Bruder Martin sich ausgeschlossen, verbannt, vertrieben.

Die Brücke war abgebrochen zwischen ihnen und ihm, und ein tiefer Abgrund klaffte zwischen den Männern der Werke und dem Manne des Glaubens. Rom stieß ihn von sich für ewig. Er wendete ihm den Rücken wie der Tannhäuser, der nach Versöhnung dürstend gekommen und dessen deutschen Seelendrang Rom auch nicht verstanden. Er zog heim über die Alpen, in das deutsche Vaterland, die Wiege der Menschheitsgedanken der Zukunft. Auf seiner Brust ruhte das Evangelium dieser Zukunft.

Es waren die Blätter des großen Hohenstaufen-Kaisers. Einst war das Reich untergegangen, weil diese Hohenstaufen ihre politischen Schicksale an die Schicksale Italiens geknüpft hatten. Jetzt rächte der Größte von ihnen diesen Untergang; die Empörung und das Losreißen rebellischer Mächte vom Reich strafte er, indem er mit scharfem Schwerthieb auch die religiösen Schicksale der zwei Völker trennte und den Glauben der Heimat losriß von dem Glauben derer jenseits der Alpen.

Ein solcher Schwerthieb ja wurde die Lehre, welche sein Buch enthielt, sobald dies Buch gelegt war in die Hand des rechten von Gott erwählten Streiters. – –

Als Bruder Martin in sein Kloster heimkam, gab ihm der Pförtner einen versiegelten Zettel.

Der Pförtner sagte, ein Mann aus der Villa des Rechtsgelehrten Signor Callisto Minucci habe ihn gebracht. Als Martin ihn erbrochen, las er die Worte:

»Callistos Gärtner, der diesen Zettel mitheimnimmt, wird Euch sagen, daß wir gerettet sind.

Wir erwarten Euch, Bruder Martin, jenseits der Grenze, in Siena.«

## 49. Kaisergedanken.

Es war fünf Tage später.

Eine Viertelstunde weit vor der Stadt Siena, an dem Wege, der gen Rom führt, an einem zur Erquickung der Wanderer angelegten Brunnen hatten sich zwei Männer gelagert, froh, wie es schien, der Rast unter den dichten Schatten der Platanen, welche den zum Ruhen einladenden Platz umgaben.

Der eine von ihnen, ein kleiner, ältlicher, verwachsener Mann, lag ausgestreckt auf dem harten, von kurzem Gras bedeckten Boden.

Er hatte seine beiden Ellbogen aufgestützt, ließ seine breiten Kinnbacken auf den Fäusten ruhen und starrte, anscheinend gedankenlos, das frisch sprudelnde Wasser an, welches aus einem aus Stein gehauenen Löwenmaul in den zum Trog verwendeten Sarkophag darunter niederrauschte.

Der andere war ein weißgekleideter Mönch, der lesend auf der Bank zur Seite des Brunnens saß.

Er hatte wohl der Wärme wegen die schwarze Kutte abgeworfen, die halb aus dem Tragkorb eines Esels heraushing, der still mit gesenktem Kopfe neben dem im Grase Ausgestreckten stand und nur Leben verriet durch den Pendelschlag seines Schweifes, mit dem er sich den über ihm summenden dichten Schwärm von Mücken abwehrte.

In den Tragkörben des Esels nahm man allerlei Habseligkeiten wahr, zu oberst einen Pack schwerer Bücher.

Der Mönch war versenkt in das kleine Buch, welches er in Händen hielt.

Das Buch des Kaisers Friedrich *II.* war niedergeschrieben von ihm um die Zeit des Konzils von Lyon, in den Tagen, wo Innocenz *IV.* mit nur 140 französischen und spanischen Bischöfen den Kaiser gebannt, seiner Krone verlustig erklärt, seines Reiches förmlich entsetzt und aus geistlicher Machtvollkommenheit der deutschen Nation ihr gesalbtes und gekröntes Haupt genommen hatte.

Es war der große Todesstoß für das alte germanische Reich gewesen.

Friedrich hatte die Könige und Fürsten aufgerufen zum Bezwingen dieser Hierarchie, welche mit offener Gewalttat die Weltherrschaft an sich riß.

Aber die Könige und Fürsten hatten ihn verlassen und beugten sich. Die Völker schmiegten sich dem Joche des Priestertums, und der verlassene Kaiser, der mit weitem Blicke in die Zukunft das Elend und das innerliche Verkommen sah, die in Deutschland eintreten mußten, wenn die »deutsche Individualität«, der Trieb sich zu zerklüften und zu trennen und nach tausend Richtungen auseinander zu streben, so die Weihe und Segnung der Kirche erhielt, die das einigende Band der Nation zerriß – der verlassene Kaiser konnte nichts tun, als mit den letzten Kräften mühsam sein Banner hochhalten, bis es aus der Hand des Sterbenden fiel – und dann sterbend den Ausdruck seiner eigenen inneren geistigen Befreiung dem vermachen, den die Zukunft ihn zu rächen senden würde.

Er dachte an das:

Exoriare aliquis nostris ex ossibus ultor.

Aber was er für ihn niedergeschrieben, waren weit weniger die Aussprüche eines Weisen, der in Abkehr von der Welt, in dem stillen Schachte seines Denkens Schätze sucht, als die praktischen Winke, Ratschläge und Warnungen eines Mannes, der in den Weltgeschäften aufgewachsen, zur Menschenklugheit erzogen war und gelernt hatte, mit dem Realen zu rechnen. »Die Menschen, wie sie sind«, hatte er geschrieben, »bedürfen noch einer überirdischen göttlichen Gewähr für das Gesetz, nach dem sie handeln sollen.

Die Autorität der Vernunft und des Gedankens wird immer nur die Weisen und Guten leiten, die Macht des Schönen nur über schöne Herzen sich erstrecken.

Die große Masse aber bedarf, damit das Gesetz ihr gelte, das Siegel des Wunders und die Unterschrift einer Hand, die aus den Wolken kam, darunter.

Streitet nicht darüber mit der Masse. Verschwendet eure Kraft nicht im Kampfe um ihre Dogmen.

Nicht den Priestern die Dogmen, nein, den Dogmen sollt ihr die Priester nehmen.

Auf diesem Wege allein werdet ihr die Geister allmählich sich befreien sehen.

Gott aber ist nicht des Menschen Diener, der Mensch nicht Gottes Sklave; wir sind des großen Vaters *Söhne* und zwischen Vater und Sohn braucht kein Priester sich zu stellen. Der Priester kennt das *divide et impera* und handelt danach. Da sich aber die Gottheit nicht von ihm wider die Menschen aufhetzen läßt, so jagt er den Menschen Schrecken vor der Gottheit ein.

Feuer erzeugt Wind. Mit der Feuerlohe der Schwärmerei mögt ihr einen Sturm erzeugen, aber die Stürme ziehen über der Menschen Häupter dahin, die Feuerlohe verglüht und was folgt, ist Stille und die alte Nacht.

Es ist leichter ein großes Ziel erreichen, als, wenn ihr's erreicht habt, bei ihm stehen zu bleiben. Zu jenem gehört Mut, zu diesem Selbstbeherrschung. Habt ihr ein Großes getan, so kommen die, welche Größeres von euch verlangen und heischen das, was jenseits eures Zieles liegt und für das eure Zeit nicht reif ist. Mit den Vorwürfen der Feigheit und Halbheit wollen sie euch spornen, das Unerreichbare zu erstreben, und dies Streben wird euch um das Erreichte bringen.

Darum steht fest bei eurer Erkenntnis. Nehmt den Menschen nicht ihren Glauben an den waltenden, allmächtigen Gott und seine reinste Erscheinung in Christus und an Christi Wort. Nehmt ihnen nicht den Glauben; der Glaube stellt die Blätter der Blume dar, deren Duft die Gottesliebe ist, die allein uns heiligt. Aber gebt den Menschen ein neues Priestertum, das, zu der die Menschenseele selber berufen. Schnallt nur ihrer Vernunft den Stachelgürtel des Wahnes ab, löst die Schraube des Widersinnigen, unter der ihr Geist verkrüppelte und ruft sie auf zur Besinnung, damit ihr Seelenleben nicht länger die Vergewaltigung und die Zwangsjacke um ihr Gemüt dulde ...«

Bruder Martin war bis zu dieser Stelle in dem Buche des ersten der Reformatoren, der hier in solchen einzelnen Gedanken neben einer Menge anderer Aussprüche, die er aus Schriften der Vorwelt und seiner Zeit entnommen, eine ganze Politik einer Reformation niedergelegt hatte, gekommen, als er aufschauend sich zwei Gestalten von der Stadt her nahen sah.

Ein junger Mann, eine Frauengestalt, denen ein Diener in einiger Entfernung folgte. Sie kamen näher; sie hatten schon die an der Quelle ruhende Gruppe ins Auge gefaßt, als Bruder Martin sie erkannte.

Er sprang auf und ging ihnen lebhaft entgegen.

»Graf Egino«, rief er erfreut aus, »und Ihr, hohe Frau, seid mir gegrüßt! Welche Freude, daß ich Euch wohlbehalten vor mir sehe!«

»Und dieselbe Freude haben wir Euch endlich in die gute Stadt Siena einleiten zu können«, sagte Egino, dem Landsmann die Hand schüttelnd. »Wir harrten dort in der Herberge seit zwei Tagen auf Euch, seit wir dort glücklich angekommen sind und den Herzog Alfonso haben seine Straße weiterziehen lassen.«

»Also Ihr kamt meinetwegen daher gewandert?« fiel Bruder Martin ein. »So kann ich Rom um des einen willen segnen, daß es mir einen edlen Freund mit heimgibt!«

Unterdes war Corradina einige Schritte vorgetreten und hatte den noch immer still auf dem Rasen liegenden Reisebegleiter Martins betrachtet.

Dieser wendete ihr sein Gesicht zu, stierte sie eine Weile an, dann sagte er:

»Ah, Ihr seid's! Ihr! Und den da kenn' ich auch!«

Nach einer Pause fuhr er flüsternd fort:

»Ich habe ihn hingemacht, ganz hin! Gut ist's nun doch, daß ich ihn hingemacht habe. Ist es nicht? Der Mönch da hat mich absolviert. Nun, wo die Irmgard tot ist, ist's gut, daß er sein Teil hat ... er hat sich nicht mehr gereckt, habt Ihr's nicht gesehen?«

Corradina schrak vor dem häßlichen Mann, der über nichts anderes als seinen Mord schien brüten zu können, zurück; Bruder Martin trat neben sie und sagte:

»Ihr kennt ihn ... er ist nun unser Reisegefährte; Ihr müßt ihn schon dazu annehmen, Gräfin, den armen Ohm Kraps!«

»O gewiß«, fiel sie ein »wir sind Euch dankbar, daß Ihr an ihn gedacht habt ...«

»Ich habe Irmgard auf dem Campo Santo bestatten helfen«, fuhr Martin fort, »und ihr Ohm ist mir dann wie willenlos gefolgt. Wir haben uns zusammen einen Esel gekauft und dann uns selbander auf die Wanderschaft gemacht ...«

»Dieser arme Mann ist mir wie ein Glück, das Ihr mir zuführt, Bruder Martin«, sagte Egino. »Welcher Trost für mich darin liegen muß, daß ich für seine Zukunft sorgen kann, das könnt Ihr mit mir fühlen!«

»Aber da ist ja auch Götz, Euer Getreuer«, rief jetzt Bruder Martin aus, den Diener, der Egino gefolgt war, anblickend.

»Den verdank' ich Callisto, dem braven Freunde. Er hat ihm ausgewirkt, die Stadt verlassen zu dürfen, und da Callistos Gärtner, den wir in Baccano fanden, wußte, daß wir uns nach Siena gewendet, hat er uns hier, dazu noch auf meinem gutem Rosse eingeholt.«

Sie hatten unterdes sich in den Schatten der Quelle begeben. Egino und Corradina setzten sich zum Rasten auf die Steinbank.

»So können wir denn wohlgemut morgen weiter ziehen«, sagte, vor ihnen stehenbleibend, Bruder Martin, »heim über die Alpen. Lassen wir eine teure Seele zurück, so getrösten wir uns, daß sie immer in unseren Gedanken lebt, und so bei uns bleibt und mit uns zieht. Das Glück Eurer Zukunft sollte sich nun einmal auf einem solchen Opfer aufbauen. Das ist das Gesetz des Lebens. Jedes Glück verlangt seinen Preis, den wir zahlen müssen, bald einen leichteren, bald einen schwereren. Das leichtere Gemüt kommt leichteren Kaufes davon, dem ernsteren und tieferen wird Schwereres abverlangt.«

»Es ist so«, versetzt« Egino »und Ihr, Bruder Martin, könnt das aus der Tiefe der eigenen Seele heraussprechen, denn auch Euch hat Rom ein Opfer abverlangt.«

»Ja, ein großes: den inneren Frieden, mit dem ich kam, die gläubige Einfalt meines deutschen Gemüts, und es hat mir dafür gegeben den Sturmdrang zum Kampfe für die Wahrheit und das reine Wort Gottes; ich kam in der leichten Kutte des Bettelmönchs und gehe heim belastet mit der schweren Rüstung eines Streiters Christi, Euer Buch in der Hand, hohe Frau, wie ein scharfes sieghaftes Schwert!«

Sie schwiegen.

Egino erhob sich dann.

»Gehen wir zurück, um uns zur Ausfahrt für morgen in der frühesten Frühe zu rüsten«, sagte er.

Aber Corradina legte ihre Hand auf die seine und unterbrach ihn, sich zu Bruder Martin wendend:

»Wißt Ihr, daß Ihr uns noch ein Versprechen zu lösen habt? Ihr wolltet unserem Verlöbnis die Weihe eines Priesters geben und habt es im Drang der Ereignisse unterlassen. Es ist ja Sitte, daß man auch die Verlöbnisse weiht und ich wünsche es, weil ich Eurem jungen Freund allein in sein Land folge...«

Bruder Martin sah sie eine Weile schweigend an. Dann antwortete er:

»Gott wohnt so gut unter dem Schattendach dieser Baumwipfel, wie in einer steinernen Kirche. Lasset Euch also gleich hier vor ihm einsegnen.«

Er legte ihre Hände zusammen und während beider Blicke sich ineinander senkten, setzte er wehmütig lächelnd hinzu:

»Seht, das ist die erste Tat des neuen Priestertums, welches wir der Welt geben wollen. Ich, der Mönch, kann weiter nichts als sie segnen, sie bezeugen. Und nun auf in die Heimat, gen Wittenberg!«

## Über tredition

### Eigenes Buch veröffentlichen

tredition wurde 2006 in Hamburg gegründet und hat seither mehrere tausend Buchtitel veröffentlicht. Autoren veröffentlichen in wenigen leichten Schritten gedruckte Bücher, e-Books und audio-Books. tredition hat das Ziel, die beste und fairste Veröffentlichungsmöglichkeit für Autoren zu bieten.

tredition wurde mit der Erkenntnis gegründet, dass nur etwa jedes 200. bei Verlagen eingereichte Manuskript veröffentlicht wird. Dabei hat jedes Buch seinen Markt, also seine Leser. tredition sorgt dafür, dass für jedes Buch die Leserschaft auch erreicht wird.

Im einzigartigen Literatur-Netzwerk von tredition bieten zahlreiche Literatur-Partner (das sind Lektoren, Übersetzer, Hörbuchsprecher und Illustratoren) ihre Dienstleistung an, um Manuskripte zu verbessern oder die Vielfalt zu erhöhen. Autoren vereinbaren direkt mit den Literatur-Partnern die Konditionen ihrer Zusammenarbeit und partizipieren gemeinsam am Erfolg des Buches.

Das gesamte Verlagsprogramm von tredition ist bei allen stationären Buchhandlungen und Online-Buchhändlern wie z. B. Amazon erhältlich. e-Books stehen bei den führenden Online-Portalen (z. B. iBookstore von Apple oder Kindle von Amazon) zum Verkauf.

Einfach leicht ein Buch veröffentlichen: **www.tredition.de**

## Eigene Buchreihe oder eigenen Verlag gründen

Seit 2009 bietet tredition sein Verlagskonzept auch als sogenanntes "White-Label" an. Das bedeutet, dass andere Unternehmen, Institutionen und Personen risikofrei und unkompliziert selbst zum Herausgeber von Büchern und Buchreihen unter eigener Marke werden können. tredition übernimmt dabei das komplette Herstellungs- und Distributionsrisiko.

Zahlreiche Zeitschriften-, Zeitungs- und Buchverlage, Universitäten, Forschungseinrichtungen u.v.m. nutzen diese Dienstleistung von tredition, um unter eigener Marke ohne Risiko Bücher zu verlegen.

Alle Informationen im Internet: **www.tredition.de/fuer-verlage**

tredition wurde mit mehreren Innovationspreisen ausgezeichnet, u. a. mit dem Webfuture Award und dem Innovationspreis der Buch Digitale.

tredition ist Mitglied im Börsenverein des Deutschen Buchhandels.

## Dieses Werk elektronisch lesen

Dieses Werk ist Teil der Gutenberg-DE Edition DVD. Diese enthält das komplette Archiv des Projekt Gutenberg-DE. Die DVD ist im Internet erhältlich auf **http://gutenbergshop.abc.de**